南开学者书系 第一辑

主编 宁宗一 冯尔康

建构审美化的心灵史

宁宗一 著

河北出版传媒集团
河北教育出版社

图书在版编目（CIP）数据

建构审美化的心灵史 / 宁宗一著 . -- 石家庄：河北教育出版社，2022.9

（南开学者书系 / 宁宗一，冯尔康主编 . 第一辑）

ISBN 978-7-5545-6912-2

Ⅰ . ①建… Ⅱ . ①宁… Ⅲ . ①文学研究－文集②美学－文集 Ⅳ . ① I0-53 ② B83-53

中国版本图书馆 CIP 数据核字 (2022) 第 006636 号

南开学者书系 第一辑

建构审美化的心灵史

JIANGOU SHENMEIHUA DE XINLINGSHI

丛书主编 宁宗一 冯尔康

作　　者 宁宗一

策　　划 董素山 王艳荣

责任编辑 张柳然

装帧设计 郝 旭

出版发行 河北出版传媒集团

河北教育出版社 http://www.hbep.com

（石家庄市联盟路705号，050061）

印　　制 河北新华第一印刷有限责任公司

开　　本 787毫米×1092毫米 1/16

印　　张 37

字　　数 516千字

版　　次 2022年9月第1版

印　　次 2022年9月第1次印刷

书　　号 ISBN 978-7-5545-6912-2

定　　价 88.00元

绪 论

经典文本·心灵史·阅读行为

中华民族的传统文化，有着灿烂辉煌的历史成就，而且历千年而血脉不断，这在世界文化史上是蔚为奇观的。德国哲学家黑格尔曾准确地评论："中国是特别东方的"。在我看来，黑格尔的精辟见解揭示了这样一个事实：世界上一些文明古国，如埃及、巴比伦、印度、希腊，都曾在世界文化史上留下了最初的辉煌篇章，为人类文明和进步开辟了道路。但在历史曲折的演变中，这些伟大的古代文化或是消亡、沉沦，或是断裂。唯有长期相对独立发展的中国文化，历数千年而绵延不断，与西方文化相比，具有特别鲜明的东方色彩。具体到中国古典文艺也是"特别东方的"，这是我们阅读、领悟、探索中国文艺传统时应特别注意的。中国传统文化和融合着这种文化基因的诗艺与诗学，就是在一个与西方迥异的土壤中培植起来的。比如，我们今天耳熟能详的名篇名著。许多西方的美学概念和诗学范畴就未必适用于中国的古典艺术形式。事实上，正是这些具有鲜明"东方"色彩的伟大作品才是伟大的中华民族为自己建造的纪念碑。

一

今天，我们面对这些留存下来的庞大的精神遗产，除心存敬畏以外，自然会升腾起一种强烈愿望，抑制不住追问：哪些是我们心中的经典？经典是怎样确立的？又是什么时候被确认的？这些，自然是见仁见智了。然而我们又不能不对经典的含义寻找出一种可能的共识，包括厘清经典与非经典的界限，经典的必要标志是什么，等等。

数年前，我在《文摘周报》上看到转载郭宏安先生一篇对经典文本的切实描述，他说：

> 经典著作是一系列我们必须记住的人名和书名，是我们共同的文明的标记，是人类几千年活动的大大小小的里程碑。这里程碑，对于个人来说，也许只有几块，但是它所蕴极深、极远、极广、极大，可能支配着你整个的一生。如果没有，也许你的一生就失去了指南。……这个指南，可以是政治的，可以是经济的，可以是科学的，可以是哲学的，可以是文学的，而其核心，则是道德的。如今道德受到了嘲笑和诟病，但是它仍然是经典著作的一块或隐或显的基石。[①]

郭先生是外国文学研究专家、翻译家、理论家，他的这段既平实又深刻的描述似乎不是专指文学经典，而是泛指中外古今的文化经典，但是他的描述对我们有很重要的启示。在我看来，在多重含义下，经典应是指那些真正进入文化史、文学史，并在文化发展过程中起过重大作用、具有原创性和划时代意义和永恒艺术魅力的伟大精神产品。它们往往是一个时代一个民族历史文化最完美的体现，按先哲的说法，它们是“不可企及的高峰”。当然，这不是说它们在社会认识和艺术表现上已经达到了顶峰，只是因为经典名著往往标志着文化艺术发展到了具有一个时代最高表现力的阶段，而作家又以完美的艺术语言和形式把身处现实的真善美和假恶丑，以其特有的情感体验深深镌刻在文化艺术的纪念碑上。而当这个时代一去不复返，其完美的艺术表达和他的情愫、体味以至他们对自己时代和现实生活认知的独特视角，却永恒地存在而不可能被复制、被取代和被超越，从而成为人类艺术发展长河在这个时代的标志或里程碑而载入史册。当然，这一切，对于文学艺术经典文本来说，最重要的标志和条件就是，它必须是心灵化的、审美化的，即对生活所产生的心灵感应的袒露，又是种种精神领会与情智发现的意

---

① 郭宏安：《必须和经典作品保持接触》，《文摘周报》2003 年 9 月 29 日。

蕴性的审美积聚。对于读者来说，经典随着人们的感知和体验的加深以及审美力的提高，是永远说不尽的，这样的文本就有了不可代替的价值，一个个立体的作家和立体的精神世界才会在文艺长河中永存。

二

在经典文本对我们的多重意义中，其核心价值何在？我认为是它审美化的民族心灵史的意义。

中国文学史发展得太盛且太久。中国文学浩繁的内容和分支，有时又使我们忘记了人们探究文学史时最朴素的出发点。事实是，历史过程和社会发展及诸种生活方式影响着人们的心灵。所以，当代人对自己心灵历程的兴趣或许大大多于对自己政治、经济历程的关心。基于这一点，作为反映人类历史中成为精神文化底层基础的感情、意绪、伦理模式和思维习惯的文学艺术，往往被当代人认为是更为重大的研究课题。比如，人们更加关注古代思想家或学人为什么把自己的著述直接称之为“心史”，为什么俄国作家果戈理也径直称自己“最近的著作都是我的心史”。[①] 所以，从有机整体的视角来观照，以经典文本为核心的中国文学发展史，在一定意义上说就是一部审美化的心史。或曰：一部中国文学史叙述的就是一部民族的心灵史、一部人民的心灵史、一部知识精英的心灵史。正是基于这样的认识，我们再也不能满足和承认那空泛的、毫无实质意义的“文学即人学”的过时论说了。因为有识之士早就看到文学实质上是人的性格学、人的灵魂学、人的精神主体学了。其实，早在19世纪，丹麦的著名文学史家勃兰克斯在他的《十九世纪文学主流》的引言中就明快透髓地表述：“文学史，就其最深刻的意义来说，是一种心理学，研究人的灵魂，是灵魂的历史。”[②] 勃氏的这一文学史观的深刻

---

① 转引自魏列萨耶夫:《果戈理是怎样写作的》，蓝英年译，天津人民出版社，1980，第21页。

② 勃兰克斯:《十九世纪文学主流》第一分册，人民文学出版社，1980，第2页。

性就在于他根本没有把文学停留在人学的层面上，而是充分认识到文学乃人的灵魂史，人的精神立体运动的历史。所以黑格尔才说：只有心灵才涵盖一切。这是因为，心理结构乃是浓缩了的人类历史文明，文学作品尤其是其中的经典文本则是打开时代灵魂的心理学。事实是，从屈原到陶渊明；从李白、杜甫到苏轼、辛弃疾；从罗贯中、施耐庵到吴敬梓、曹雪芹；从关汉卿、王实甫到汤显祖，再到洪昇、孔尚任，他们的心灵始终与人民的心灵相通、互动、契合。在他们文本的背后，大多蕴藏着人民的郁勃之心灵脉动，蕴藏着他们对于极端专制主义暴政的反抗之音。总之，当我们综观一部中国文学发展史时，我们几乎都感到了作家们情感的喷薄和气质的涵茹。当然，这一切又都必然是时代狂飙带来的社会意识在杰出作家身上的结晶。如果我们不透过其创作去追溯其灵魂深处，又如何能领会这些杰出作家以自己的心灵所感受的时代和人民的心灵呢？彭·琼生称莎士比亚及其作品为“本世纪的灵魂”，那么我们也完全可以说，我们文学史上的那些伟大的作家及其经典文本是他们所处时代的“灵魂”。所以，窃以为，从深微处，中国文学史是一门中国的心理学，一门形象的社会心理学。对待具有心灵史性质的经典文本，我们既要深入作家的灵魂，也要纵目他们所受规范的社会心灵总体。也就是要透过作家的感情深处乃至一个发人深思的心灵悸动作为突破口，去综观时代风尚与社会思潮。所以，只要我们不仅仅是从“人学”，而是从心灵史这个更为重要层面加以观照，我们必有新的发现。正是在这个意义上，笔者极为欣赏柯林伍德在《历史的观念》中的那句名言：“历史的知识是关于心灵在过去曾经做过什么事的知识”，“一切关于心灵的知识都是历史的”。①

三

走笔至此，我想试着以经典文本为实证谈谈它们为什么是大师们叙写的民族

① 柯林伍德：《历史的观念》，何兆武等译，中国社会科学出版社，1986，第247页、第249页。

心灵史。我首选的作品是自己教学中比较熟悉的几部长篇小说，因为它们也是读者耳熟能详的作品。鲁迅在谈到小说的特质和功能时指出，小说乃“时代精神所居的大宫阙”。[①]巴尔扎克也曾说：小说被认为是一个民族的秘史。这说明史诗性的长篇小说是心灵史最理想的形式载体。

元末明初横空出世的《三国演义》和《水浒传》，在中国小说史上是一个奇特的现象。一写据地称雄，一写山林草莽，都把英雄的豪气做了深刻而富有社会意味的描写。尽管这两部长篇巨著的气韵风貌和美学意蕴迥不相同，然而却都是共同生根在中华土地上，并吸取了中国文化的深厚营养而成长起来的参天大树。

三國志通俗演義卷之一
晋平陽侯陳壽史傳
後學羅本貫中編次
祭天地桃園結義
後漢桓帝崩靈帝即位時年十二歲朝廷有大将軍竇武太傅陳蕃司徒胡廣共相輔佐至秋九月中涓曹節王甫弄權竇武陳蕃預謀誅之機謀不密反被曹節王甫所害中涓自此得權建寧二年四月十五日帝會群臣於温徳殿中方欲陞座殿角狂風大作見一條青蛇從梁上飛下来約二十餘丈長蟠於椅上靈帝驚倒武士急慌救出文武互相推擁倒於丹墀者無數須臾不見片時大雷大雨降以氷雹到半夜方住東都城中壊却房屋數千餘間建寧四年二月洛陽地震省垣皆倒海水泛溢登莱沂密盡被大浪捲掃居民入海遂改年熹平自此邊界時有反者熹平五年改爲光和雌雞化雄六月朔黑氣十

图 1　明嘉靖本《三国志通俗演义》书影

具体到《三国演义》，六百余年来，它不仅作为一部典范性的历史小说被我们整个民族一代一代地不断阅读，得到各个阶层人民的共同喜爱，而且作为我们民

① 鲁迅:《三闲集》，载《鲁迅全集》第 4 卷，人民文学出版社，2005，第 134 页。

族在长期的政治和军事风云中形成的思想意识和感情心理的结晶，对我们民族的精神文化生活产生过广泛而深远的影响。

《三国演义》描写的重点是封建社会内部各个政治、军事集团之间尖锐复杂的矛盾冲突，作者几乎很少表现与政治斗争没有直接关系的情节。在小说中，一切可能出现的斗争方式——军事的、政治的、外交的、公开的、隐蔽的、合法的、非法的——都出现了，而且所有这些斗争，都是在漫长的封建统治集团内部冲突中积累起来的经验的基础上进行的。所以我们说，它不是历史书，而是历史小说，因为它所反映的社会历史内容已不限于三国一个时代，而是概括和熔铸了长期封建社会不同政治集团之间争夺统治权的历史内容，因此，小说所塑造的一系列人物也与历史上的人物有所区别。作为天才的小说家，罗贯中正是紧紧把握住曹、刘两个集团这条矛盾主线，从而刻画了政治、军事冲突中的群像。

总之，《三国演义》除了给人以阅读的愉悦和历史的启迪之外，更是给有志于王天下者听的“英雄史诗”。它弘扬的是：民心为立国之本，人才为兴邦之本，战略为成功之本。正因如此，《三国演义》在雄浑悲壮的格调中弥漫与渗透着的是一种深沉的历史感悟和富有力度的反思。它绝非如有的学者所言“是一部权术、心术大全”。[①]

看《水浒传》，我们会感到一种粗犷刚劲的艺术气氛扑面而来，有如深山大泽吹来的一股雄风，使人顿生凛然荡胸之感。刚性雄风，豪情惊世，不愧与我们民族性格中阳刚之气相称。据我所知，在世界小说史上还罕有这种倾向鲜明、规模巨大的描写民众抗暴斗争的百万雄文！

《水浒传》作者施耐庵的小说智慧绝不可低估。他一方面有深切的人生新体验，具有当时元末明初民众抗暴斗争的现场实践；另一方面，他又勇敢地把草泽英雄推上了舞台中心，机智地写出“逼上梁山”和“乱由上作”的过程，在广阔

① 参见《读书》2005 年第 7 期。

的领域内反映了宋元之际的社会生活，抒发了他内心的激愤。施氏以“一百单八将”为重心，以梁山泊英雄起义的发生、发展、高潮直至衰落和失败为轴心，揭示了现实政治的黑暗，反映了群众性反暴斗争的正义性和民众的社会理想。借用鲁迅先生的话，它是为市井细民“写心”。

施氏这位小说家的智慧就在于他演绎时代的大事件和“写心”时走的是一条“景观化”的道路，即一个人物的命运就是一个景观（景点）。比如，林冲的故事是通过误入白虎节堂、大闹野猪林、火烧草料场、风雪山神庙、手刃陆谦富安，最后是逼上梁山、火并王伦。林冲正是在“忍”与“不能忍”的冲突中经历了心灵中的冲突，最后，林冲的性格史才完整地体现出来。而武松的故事，又是通过景阳冈打虎、斗杀西门庆、醉打蒋门神、大闹飞云浦、血溅鸳鸯楼等情节勾画出这位人物的不平凡的经历和命运……这些个人的故事，一经串联就是一部“史”了。它不像《三国演义》写帝王将相，而是着眼于民间，着眼于平民，着眼于受苦人、不平者和各色游民。于是，那个过分简约的“历史”就可以随着作者自己的人生视角进行想象力充沛的组合，并巧妙地编织成一幅幅纯粹的风俗画，纯粹的波澜壮阔的风景线。小说的神韵正是在这景观化的景点中得到充分的展示，而又对草莽英雄的独特命运和心灵轨迹做了卓越的体现。同样是那位批判《三国演义》的研究者，在同一篇文章中批判《水浒传》是在“造反有理”和“情欲有罪”两大理念下造成暴力崇拜和推行残酷的道德专制。这样的说法可能有以偏概全之嫌，且有悖于小说为市井细民“写心”的用意吧！

吴承恩在《西游记》中营造了一个属于他自己的独特世界。他以卓越的艺术创作才能，使原来的“西游”故事顿改旧观，面目一新。吴氏的小说智慧一是巧妙地把取经故事演变成孙悟空“一生”的故事，如果没有孙悟空，就没有了吴氏《西游记》这部小说，这当然是他的首要创造；二是吴氏把人生体验和艺术思维放置在具体描写上，使宗教丧失了庄严的神圣性。他写了神与魔之争，但又绝不严格按照正与邪、善与恶、顺与逆划分阵营：他揶揄了神，也嘲笑了魔；他有时把爱心投向魔，又不时把憎恶抛掷给神——并未把挚爱偏于佛、道任何一方。在小说家犀利的笔锋下，宗教的神、佛从神圣的祭坛上被拉了下来，显现了它的原形！“大闹天宫”可以作为象征，它提纲挈领地为整部小说定下基调。创作《西游记》是吴氏的一次精神漫游。想必在经历了一切心灵磨难之后，他看清了世人的真相，了解了生活的真谛，他更加成熟了。

看《西游记》，我们会发现小说处处是笑声。只有心胸开朗、热爱生活的人，才会流露出一种不可抑制的幽默感。吴氏是一位温馨的富于人情味的人文主义者。他希望他的小说给人间带来笑声。《西游记》不是一部金刚怒目式的作品，讽刺和幽默这两个特点，其实在全书一开始就显示出来了，它们统一于吴承恩对生活的热爱，对人间欢乐的追求。

《三国演义》《水浒传》《西游记》通常被说成是时代累积型建构的巨制伟作，但是，不可否认，最后定型的文本毕竟是一位小说天才的完成品，它们自成体系，形成了自己的空间。今天，即使我们把它们放在中国文学发展的纵坐标或是世界格局同类文体的横坐标去观照，它们都不失为一种辉煌的典范。它们，或是过于早熟，或是逸出常轨，都堪称世界小说史上的精品。这种小说的智慧是由其在小说史上的原创性和划时代意义决定的。正如米开朗琪罗所说：他们的天才有可能造成无数的蠢材。事实上，他们以后的各种效颦之作不都是遭到了这种可悲的命运吗？因此，小说文本从来不可以“古”“今”论高下，而应以价值主沉浮。正是从这个意义上说，这几部小说经典是永远说不尽的。同时它们又一次证明：经典的原创性、不可代替性，以及难以超越性。

现在，我们暂时把上述几部世代累积型的带有“集体创作”流程的大书先搁下，来看看以个人之力最先完成的鸿篇巨制《金瓶梅》。

为了确立我国小说在世界范围的艺术地位，我们有必要指出，兰陵笑笑生这位小说巨擘，起码是一位在明代无法超越的小说领袖，在我们对小说智慧表示崇拜的同时，也需要崇敬这位智慧的小说家。我们是不是也应像提到法国小说家时就想到巴尔扎克，提到俄国作家时就想到托尔斯泰，提到英国小说家时就会想到狄更斯，提到美国作家时就想到“硬汉”海明威一样，提到中国小说家时就会想到他？在中国小说史上能成为领军人物的，以个人名义出现的，我想笑笑生、吴敬梓、蒲松龄与曹雪芹是当之无愧的大家、巨匠，他们在各自的时代和创作领域做出了不可企及的贡献。在中国小说艺术发展史上，他们是无可置疑的几位小说权威，这样的权威不确定不行。笑笑生作为一位独立的创作个体，明代小说界无人能与之匹敌，他的《金瓶梅》在“同时说部，无以上之”[①]！

《金瓶梅》的出现，其表征是：小说观念的强化；小说文体意识出现了新的觉醒；小说的潜能被进一步发掘出来。《金瓶梅》追求原汁原味的生活形态，趋于像生活本身那样开阔和绚丽多彩，更加切近现实，再不是按照人物类型化的配方去演绎形象，在性格塑造上打破了单一色彩，丰富了多色素。笑笑生为小说创作开辟了全新的道路。他以清醒冷静的人生态度和审美体验直面现实，在理性的审视背后是无情的暴露。

《金瓶梅》称得上是一部人物幅凑、场景开阔、布局繁杂的巨幅写真。笑笑生腕底春秋，展示出明代社会的横切面和纵剖面，使得《金瓶梅》不同于《三国演义》《水浒传》《西游记》那样分别以历史人物、传奇英雄和神魔为表现对象，而是以一种带有浓厚的市井色彩，从而同传统的官僚、富商有别的恶霸豪绅西门庆一家的兴衰荣枯的罪恶史为主轴，借宋之名写明之实，直斥时事，真实地暴露了明代中后期中上层社会的黑暗、腐朽和不可救药。笑笑生勇于引进“丑”，把生活中的负面人物作为主人公，直接把丑恶的事情细细剖析给人看，展示出冷峻的真实。

当代作家刘震云在对媒体谈到他的新作《我叫刘跃进》时说：“最难的还是现实主义。”我认同此说，现代的文学界似乎很少谈什么现实主义、浪漫主义了。其

---

① 鲁迅:《中国小说史略》，载《鲁迅全集》第9卷，人民文学出版社，2005，第187页。

实，正是伟大的现实主义文学才提供了超出部分现实生活的现实，才能帮你寻求到生活中的另一部分现实。《金瓶梅》就历史地验证了这一点。我们可以明晰地看到，《金瓶梅》叙写的可不是那个社会的奇闻，而是那个时代的社会缩影。在中国小说艺术发展史上，从志怪、志人到唐宋传奇再到宋元话本，往往只是社会奇闻的演绎，较少是社会的缩影，而《金瓶梅》则绝非乱世奇情。书中虽有达官贵人的面影，但更多的是社会“边缘人物”卑琐的生活和心态，在小说中也可以清晰地看到其真切的生存状态。比如，书中的女人世界，以主角潘金莲、李瓶儿为例，她们何尝不渴望走出阴影，只是她们总也没走进阳光。

笑笑生的高明，就在于他选取的题材决定了他无须刻意去写出几个悲剧人物，但书中处处都有一股悲剧性潜流。因为我们从中已清晰地察觉到了一个人又一个人以不同形式走向死亡，而这一连串人物毁灭的总和就预告并象征了这个社会的必然毁灭。这种悲剧性是来自作者心灵中对堕落时代的悲剧意识。

《金瓶梅》并不是一部给我们温暖的小说，作者冷峻的现实主义精神，使灰暗的色调一直遮蔽和浸染全书。《金瓶梅》一经进入主题，第一个镜头就是谋杀！武大郎被害，西门庆逍遥法外，一直到李瓶儿之死，西门庆暴卒，这种灰暗色调几乎无处不在。它挤压着读者的胸膛，让人感到呼吸空间的狭小。在那血肉模糊的“另类”杀戮中，那因利欲、肉欲而抽搐的嘴脸以及以命相搏的决绝，真让人感到黑暗无边，而作者的情怀却是冷峻、苦涩而又苍老。

《金瓶梅》是一部留下了缺憾的伟大小说文本。但它也提供了人生思考的空间。事实是，一切看似生活的实录，精致的情节提炼，都让人惊讶。它的缺憾可不是有人说的那近两万字的性描写。已故古典文学研究大家聂绀弩先生说得极为准确，他认为笑笑生之所以伟大，就在于他写性并不是不讲分寸的，他是“把没有灵魂的事写到没有灵魂的人身上”。[①] 笑笑生的真正局限，是他在探索新的小说

① 聂绀弩:《谈〈金瓶梅〉》,《读书》1984年第4期。

样式、独立文体和寻找小说文体秘密时，加入了自以为得意却算不上高明的那些个人又超越不了的功利性和文学的商业性。

然而，《金瓶梅》的作者毕竟敢为天下先，敢于面对千人所指。时至今日，再次捧读它时，我们仍然会发出一声感叹：笑笑生没有辜负他的时代，而时代也没有遗忘笑笑生。他的小说所发出的回声，一直响彻至今，一部《金瓶梅》是留给后人的禹鼎，使后世的魑魅在它面前无所逃其形。

我曾直言，《金瓶梅》和《红楼梦》相加，构成了中国小说史的一半。此说曾引起异议，但我至今不悔。这是因为《红楼梦》的伟大存在离不开与《金瓶梅》相依存相矛盾的关系。同样，《金瓶梅》也因为它的别树一帜和不同凡响，与传统小说的色泽太不一样，使它的伟大存在也离不开与《红楼梦》相依存相矛盾的关

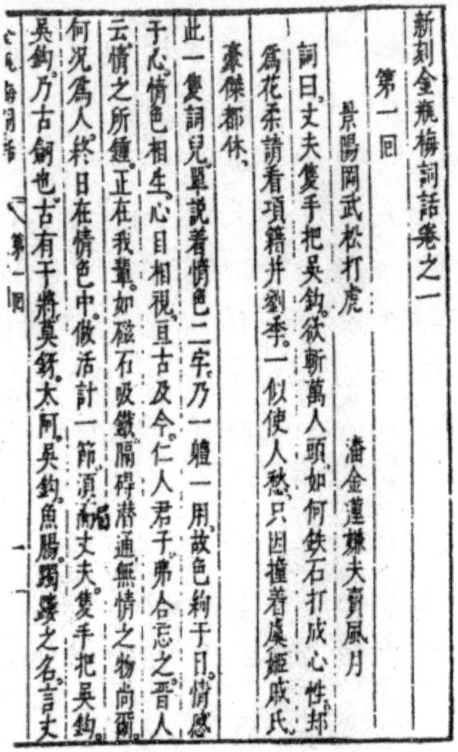
新刻金瓶梅詞話卷之一
第一回
景陽岡武松打虎　潘金蓮嫌夫賣風月
詞曰丈夫隻手把吳鉤欲斬萬人頭如何鉄石打成心性却
為花柔請看項籍并劉季一似使人愁只因撞着虞姬戚氏
豪傑都休
此一隻詞兒單說着情色二字乃一體一用故色絢于目情感
于心情色相生心目相視亘古及今仁人君子弗合忘之晉人
云情之所鍾正在我輩如磁石吸鐵隔碍潛通無情之物尚爾
何況為人終日在情色中做活計一節須知丈夫隻手把吳鉤
吳鉤乃古劍也古有干將莫邪太阿吳鉤魚腸屬鏤之名言丈

图 2　明万历本《新刻金瓶梅词话》书影

系。如果说从神韵和风致来看，《红楼梦》充满着诗性精神，那么《金瓶梅》则是世俗化的典型；如果说《红楼梦》是青春的挽歌，那么《金瓶梅》则是人在步入晚景时对人生况味的反复咀嚼。一个是通体回旋着青春的天籁，一个则是充满着沧桑感；一个是人生永恒的遗憾，一个则是感伤后的孤愤。从小说的诗学的品位来说，《红楼梦》是诗小说、小说诗，《金瓶梅》则是地道的生活化散文。

顺着这一思路，我们就可以比较容易地进入《儒林外史》和《红楼梦》的艺术世界了。

如考察吴敬梓的小说创作，不能不看到我国古典长篇小说如下的发展轨迹：从纵向看，随着封建社会的逐渐走向解体和进入末世，文艺的基本主题也逐渐由功利的政治文化的外显层次发展到宏观的民族文化的深隐层次。小说家们纷纷开始注意由于经济生活方式的转变而牵动的社会心理、社会伦理以及社会风习的多层次的文化冲突，并且自觉地把民俗风情引进作品，以此透露出人们的心灵轨迹，传导出时代演变的律动。这就不仅增添了小说的美学色素，而且使作品负载了更深沉的社会心灵的内容，反映出历史变动的部分风貌，《儒林外史》正是这种审美思潮的产物。

从横向看，吴敬梓看到了科举制度和八股制艺对人的灵魂的残害达到了何等酷烈的程度！因此，他意在通过自己对民族文化和民族性格以及民族素质宏观的历史反思，从而期望当时和以后的知识分子走向更高的精神境界、更高的品质，也就是他要通过自己小说中历史的文化反思去影响民族的灵魂。这就充分说明了吴氏的睿智和见地。

讽刺大师吴敬梓是用饱蘸辛酸泪水的笔来写喜剧、来描绘封建主义世界那幅变形的图画的。他有广阔的历史视角，有敏锐地观察社会的眼光，因此，在他的讽刺人物的喜剧行动背后几乎都隐藏着内在的悲剧性的潜流。这就是说，他透过喜剧性形象，直逼到了悲剧性的社会本质。这是《儒林外史》喜剧性和悲剧性融合的重要特点。

在中国小说艺术史上，还没有像《红楼梦》这样能够细致深微，然而又是气魄阔大地、从整个社会的结构上反映生活的复杂性和广阔性的作品。可以毫不夸张地说，《红楼梦》正是当时整个社会（尤其是上层社会）面貌的缩影，也是当时社会整个精神文化的缩影。难怪“红学”研究专家蒋和森先生生前感喟:《红楼梦》里凝聚着一部《二十四史》！是的，《红楼梦》本身就是一个丰富的、相当完整的人间世界，一个绝妙的艺术天地！然而，我们又得实事求是地承认，《红楼梦》是一部很难读懂的小说。作者在写作缘起中有诗曰：

满纸荒唐言，一把辛酸泪。

都云作者痴，谁解其中味？

这首诗不仅成了这本书自身命运的预言，同时也提示读者，作品寄寓着极为深邃的意味。

当我们面对《红楼梦》文本的深层意蕴，我们就可以清晰地看到作者把主要笔力用于写一部社会历史悲剧和一部爱情悲剧。这幕悲剧的中心舞台就设置在贾府尤其是大观园中。而主人公贾宝玉、林黛玉、薛宝钗、王熙凤等慧绝一时的人物及其命运，尤其是他们的爱情婚姻的纠葛，以及围绕这种纠葛出现的一系列各种层次的人物面貌及其际遇，则始终居于这个悲剧舞台的中心。其中令读者最为动容的是宝、黛爱情悲剧，不仅因为他们在恋爱上是叛逆者，而且还因为他们的恋爱是一对叛逆者的恋爱。这就决定了宝黛悲剧是双重的悲剧，封建礼教和封建婚姻制度所不能容许的爱情悲剧，上流社会以及贵族家庭所不容许的叛逆者的悲剧。正是作者把这双重悲剧融合在一起着笔，它的人生意味才更为深广。

《红楼梦》的深刻之处还在于它使家庭矛盾和社会矛盾结合起来并赋予家庭矛盾以深刻的社会矛盾的内涵。既然如此，小说的视野一旦投向了全社会，那么，政治的黑暗、官场的腐败、世风的浇漓、人心和人性的衰微便不可避免地会在作品中得到反映。书中所着力描写的荣国府、宁国府就像一面透视镜似的凝聚着当时社会的缩影。这个封建大家族，也正像它所寄生的那个将由盛转衰的清王朝一样，虽然表面上还维持着烜赫的豪华场面，但那“忽喇喇似大厦倾”的必然趋势，却已从各方面无法掩饰地暴露出来，而这一切也正符合全书以盛写衰的创作构思的特点。

《红楼梦》一经出现，就打破了传统的思想和手法，从而把章回体这种长篇小说文体推进到一个崭新的阶段。曹雪芹的创作特色是自觉偏重于对美的发现和表现，他愿意更含诗意地看待生活，这就开始形成他自己的特色和优势。而就小说的主调来说，《红楼梦》既是一支绚丽的燃烧着理想的青春浪漫曲，又是一首充满悲凉慷慨之音的挽诗。《红楼梦》写得婉约含蓄，弥漫着一种多指向的诗情朦胧。这里面有那么多的困惑，那种既爱又恨的心理情感辐射，确实常使人陷入两难的茫然的迷雾。但小说同时又有那么一股潜流，对于美好的人性和生活方式，如泣如诉的憧憬，激荡着要突破覆盖着它的人生水平面。小说执着于对美的人性和人情的追求，特别是那些不含杂质的少女的人性美感所焕发着和升华了的诗意，正是曹氏审美追求的诗化的美文学。比如能够进入“金陵十二钗”正册、副册的薄命女子，都具有鲜明的个性和美的形象。作者正是以如椽之笔，将这样一大批红粉丽人，一个一个推到读者面前，让她们在大观园那座人生大舞台上尽兴地表演了一番，然后又一个个地给予她们以合乎逻辑的归宿，这就是为我们描绘了令人动容的悲剧美和美的悲剧。

作为心灵自传的《红楼梦》，恰恰是曹雪芹经历了人生的困境和内心的孤独后，才有的对生命的深沉感喟。他不仅仅注重人生的社会意义、是非善恶的评判，而是更加倾心于人生生命况味的执着品尝。曹氏已经从写历史、写社会、写人生，到执意品尝人生况味，这就在更深广的意义上，表现了人的心灵和人性。

中国古典小说的民族美学风格，发展到《红楼梦》，已经呈现为鲜明的个性、内在的意蕴与外部环境相互融合渗透为同一色调的艺术境界，相互融合渗透为同一色调的艺术世界。得以滋养曹雪芹的文化母体，是中国传统丰富的古典文化。对他影响最深的，不仅是美学的、哲学的、心理学和史学的，而且首先是诗的。我们称之为诗小说、小说诗，或曰诗人的小说，《红楼梦》是当之无愧的。

如果与《三国演义》《水浒传》《西游记》《金瓶梅》比照着看，我们发现一条重要的小说诗学规律：拥有生活固然必要和重要，但是作为小说艺术来说，心灵更为重要。仅仅拥有生活，你可能在瞬间打通了艺术的天窗，但没有心灵的支撑，这个天窗就会很快落下来。《儒林外史》与《红楼梦》的精神价值正在于它们有着一颗充实的心灵的支撑，所以才更富于艺术的张力。我想把前者表述为“物大于心”的小说，而后者则是“心大于物”的小说。从一定意义上说，特别是从小说诗学来说，这两部小说都具有心灵自传的意味。这说明长篇小说在早期表述心灵的外化能力较弱，而在长篇小说发展至清代，精神内涵的开拓则有了超越性的变化。

我国古典诗艺，从《诗经》《楚辞》到李杜、苏辛；散文从庄周到韩柳；戏曲从十大悲剧到十大喜剧；小说从“四大奇书”到“四大谴责小说”，其中不乏名篇佳作，有的已经是不朽的丰碑。它们是永难挖掘尽的精神文化矿藏，其历史的深度和文化反思的力度，特别是它们的精神层面的意蕴，值得我们不断品味。所以，传世之经典名著和所谓热门的、流行的、媚俗的畅销书永远不是同义语，也绝不是在一个等次上的，而最重要的分水岭就是看是否有心灵史的意义。

四

经典的阅读是一个值得深入思考的问题。

近读钱锺书先生早期所写的散文，其中有一篇发表在1933年3月1日《新月月刊》第四卷第六期上。该文是评论曹葆华的诗集《落日颂》的，其中就谈到了阅读的问题。钱先生首先就把文学作品与非文学作品加以分别。他说：“非文学作品只求 readable——能读，文学作品须求 re-readable。re-readable 有两层意义。一种是耐读：‘咿唔不厌巡檐读，屈曲还凭卧被思’，这是耐读的最好的定义。”[①]钱先生是批评曹葆华的诗作不耐读，是无须用“水磨工夫来读的”，与我们今天说的经典的阅读似不搭界，但钱先生却指明了好的文学作品是“耐读”的，而且是要用“水磨工夫”去品味的，这就对我们今天的阅读行为有了启示作用。

经典的阅读，一般往往有初读经典与重读经典、浅读经典与深读经典的过程。这里，不仅仅是因为这些经典名著已经过时间的淘洗和历史的严格筛选，其本身的存在就证明了它们的不朽，因而需要反复地阅读；也不仅仅因为随着我们人生阅历的积累和文学修养的不断提升而需要重读、深度、精读，以获得新的生命感悟和情感体验。这里说的经典阅读，乃是从文化历史发展过程着眼的。仅就我们个人的亲身感知，长期的“左”的思维模式就给经典名著带来太多的误读和谬读。且不说“文革”浩劫期间，经典几乎遭到了灭顶之灾；即使在“文革”前的十七年，面对经典，我们的阅读空间也是何等残破与狭小，而阅读心态与阅读行为又是何等的不正常！众所周知，阶级斗争与阶级分析作为“指导思想”，使得我们只懂得给书中人物划分阶级成分，进而千方百计地追寻作者的阶级归属和政治派别。再有就是那机械刻板的经济决定论，在我们阅读名著时，也是到处搜罗数据来理解时代背景。而解读文本时，只要一句“历史局限”或“阶级局限”，就可以成为万能的标签，从而夺走许多传世之作鲜活的生命。至于我们教学中常常运用的“通过什么反映了什么”的万古不变的公式，更是死死地套住了人们的阅读思维。就是在这种被扭曲了的阅读心态下，我们对传统文化中的经典名著产生了太多太多的误解。

改革开放，思想解放，读书无禁区，经典名著开始重印，给读书界带来了前所未有的生气。然而，这里仍然存在一个阅读和重读以及如何重读经典的问题。不可否认，经典对于一些读者也许只是被知晓的程度，或只限于了解书名和主人

① 钱锺书：《钱锺书散文》，浙江文艺出版社，1997，第95—96页。

公的名字，对作品本身却知之甚少。即使读过，有时也只是浅尝辄止。而重读、深读和精读却绝非“再看一遍”，也非多看几遍。如果仅仅停留于“看几遍”，那可能是无用的重复。重读的境界应当像意大利作家伊塔洛·卡尔维诺在《为什么读经典》一书中所言：经典是每次重读都像初读那样带来了新的发现的书；经典是即使我们初读也好像是在重温的书。这位作家是用这种体会来解释何谓经典的，但同样道出了阅读经典的感受。它启示我们：初读也好，重读也好，都意味着把经典名著完全置于新的阅读空间之中，即对经典进行主动地、参与地、创造性地阅读。换言之，你在打开经典名著那不朽的超越时空的过程中，建立起了自己的阅读空间。而这需要营造一种精神文化的氛围，张扬一种人文情怀，培养一种宁静又激越的心境，也许只有这样才能感受到一种期望之外的心灵激动。

事实是，读书是纯个体活动。我们读一本书，读得再深、再透也只是个人的视角和体验。而一部经典名著当然不是给一个人、一群人看的，而是给无数个人读的，这样就会有千千万万种不同的读法，不同的心灵体验。在阅读领域倒不妨借用这句名言：独立之精神，自由之思想。所以，当你有了“独立”和“自由”的心态时，你就会跳出传统的阅读思维模式和话语圈子，你才会明敏地发现一个个既在文本之外又与文本息息相关的阅读事实。因此，开辟多元、多向度、多层次的思维格局，培育自身创造性的主动的文化性格，才是我们在面对经典名著时必须要有的一种健康的阅读心态，而阅读空间自然会被大大拓展。

文化传统是一个国家的灵魂。作为传统文化中的核心的经典，则是一个民族、一个国家的灵魂，对它的核心价值应深怀敬畏之心。经典资源除具有培养审美力、愉悦心灵之功能以外，还保有借鉴、参照、垂范乃至资治的社会文化功能。对于每个公民、每个读书人来说，经典名著在科学的现代意识观照下，其文化内涵必有启迪当代公民明辨何为公正、何为进步、何为正义、何为真善美之功能，并且我们可以从中汲取精神力量，有所追求，有所进取，有所摒弃。

记忆中有位当代作家，谈到阅读名著的感受，他认为，阅读进入了敬畏，那阅读便有了一种沉重和无法言说的尊重，便有了一种超越纯粹意义上的阅读体味和凝思，进而有了自卑，深感自己知识的贫乏，对世界和中国历史竟那样缺少骨肉血亲的了解。我想，这就是经典的力量吧！

当然，事情还有另一面。谁都不会否认这是一个物质的时代，也是一个喧嚣和浮躁的时代，商业因子竟然太多地渗入阅读世界。人们不妨看看大大小小的书店里那“经典”的盛况：“经典小说”“经典美文”“经典抒情诗”……可以说滥用“经典”之名已然成风，而琳琅满目、五花八门的“解读”也随风而生。这种功利虚幻症的蔓延，令人唏嘘。

今天，我们呼唤阅读经典，乃是一种文化上的渴望。在商业大潮和浮躁的氛围下，我们更需要精神的滋养，心灵的脱俗。李渔说：“毒气所钟者能害人，则为清虚之气所钟者，其能益人可知矣。”物质产品如此，精神产品当然更是这样。文学艺术是最贴近人类灵魂的精神产品，它是捍卫人性的，而且越是灵魂不安的时代，我们越是需要它的抚慰。我们的使命是把阅读看成生命的一部分，因为阅读已经进化成了我们生命的一种欲望。

目录

上　编

我的文学史观①

一、以当代意识重构中国文学史

20世纪50年代以来，文学史研究、文学史的编写和文学史规律性的探讨，可以说是个始终不衰的热门话题。然而“古为今用”一说一经提出，又被实用主义和狭隘功利主义加以曲解，中国古典文学和中国文学史的研究受到了意想不到的干扰，甚至在这个领域的部分“地区”几乎走上了歧途。幸好，改革开放以来，文艺领域开始走上了正本清源的道路，古典文学研究和文学史的讨论才有了健康、清新的局面。

所谓“重写文学史”是从现、当代文学研究界发难的，虽然后来受到了诘难，但这是一个本无需质疑的提法，因为任何一个时代都会根据自己的时代的需要而在重写文学史，任何一个文学史家都可以重写文学史。刘大杰先生和领导人在就古典文学问题谈了一次话以后就又重写了他的中国文学发展史，这是众所周知的事。至于经常为人们征引的克罗齐的名言“一切历史都是当代史”，尽管不同的人对它的内涵做出过很不相同的解释，但如从最朴素的意义上来理解，它不外是说，时代不同，文化背景不同，研究者的历史性格不同，学养不同，自然所写的历史就会不同，就会带上自己所处时代、环境以及当时意识形态的烙印。而从另一意义上来说，每个人都有阐释历史的观点、视角和操作方法，所以历史总是在不同时代、不同的人的笔下有不同的面貌、色彩。尽管这绝非否定其客观的真理性和科学性的标准，然而在最准确意义上的阐释历史，都必然具有时代精神在，历史学家的人文性格在。所以，人们求之于文学史家的精彩之作，乃是“通古今之变，

① 本文发表于《文学遗产》1992年第5期，原题为《关于文学史观与文学史编写的若干断想》。

成一家之言”。正是在这个意义上，读者大多认为集体编写之文学史往往缺乏学者的必要的艺术个性和独特的审美判断力。因此，窃亦以为，集体编写文学史在学术空气越趋活跃、学术性格越趋成熟之今日，它可能并非是理想之路。

“重写文学史”还有一个更深层的意义，即是关于历史意识与当代意识问题。窃以为，二者决不矛盾，历史意识就是尊重历史，而当代意识实质上是对研究者主体的一种科学性要求，强调历史意识，不等于复原历史。事实上，历史是无法复原的，提出“向历史本来面貌逼近”是明智的。当代意识，不能肤浅地理解为或等同为西方新思潮、西方意识。当代意识，应是当代人的科学精神，科学的悟性和思辨力，也包含了对真理的信仰和追求，以及作为一名学者所应有的独立品格和尊严。当然，重写文学史，不应是一部“修正史学”“平反史学”。因为重写文学史的真正意义不是在于我们能够站在今天的社会政治台阶上，对过去的历史事实按照今天的尺度给予一个既定的评价，而是应当站在当代的文化立场上，提供一个重新认识文学历史现象的新范式。

重写文学史或重构文学史与传统的文学史学不同还在于：以当代意识反观历史，追溯其形成、发展的历时性过程，并从中发现文学在历史发展过程中那些恒常不变的基因。从对历史的观察视野说，如果传统的编年史注重的是通过过去认识现在的话，那么以当代意识重构中国文学史注重的则是通过现在来理解过去。在这个意义上讲：历史研究并不等于研究历史。研究历史只是历史研究的一个领域，即只是历史研究的一个组成部分，它并不等于历史研究的全部内容。但是，在我们的文学史学研究领域中，历史研究在相当程度上曾被认为就是研究历史。历史研究几乎被研究历史所占据了。具体地说，就是单纯地去搜集史料、整理史料、分析史料，而忽视了对历史与现实之间内在联系的研究。文学史研究之所以强调文学史建构的当代性，意在于把历史研究从单纯的史料研究中解脱出来，还其文学历史研究的多重性格。

正是根据这一点，我认为以当代意识重构中国文学史，实际上有一个研究者思维空间拓展的问题，有一个重建阅读空间的问题，也就是说有一个提高精神思维境界的问题。学术思维不随时代更新，文学史无法重写，也写不好。

以当代意识重构文学史实质上是一个如何对待传统（传统文化和文化传统）的问题。传统体现着本体，本体永远包含正、反矛盾两仪的统一，所以任何民族群体的传统中都包含了消退与进展两种因素。由于接受者条件不同，他或可能接受（选择）着进展的方面，或可能接受（选择）着消退的方面。又由于其自身条件基因的不同，进展的方面亦可导致消退，消退方面反可导致进展。因此，以当代意识观照传统不可笼统地肯定或否定。“作为艺术的文学，既有成为某种文化载体而可以划分先进落后的一面，更有超越文化的功利意义而根本谈不上什么先进不先进的一面……艺术有成就大小的区别，有深浅精粗的区别，却很难说有什么先进与落后的区别。”“艺术发展不是一种取代关系，……鲁迅不能取代施耐庵，毕加索也不能取代伦勃朗。不同时间的艺术之间最终不是一种时间的线性关系，而是一种空间并存的关系。最新的东西可能速朽，最古老的东西也可能长存。这里重要的是质量的区别而不是先后序列的区别。”① 因此，传统文化（包括中国文学遗产）作为自在之物时，无所谓优劣。其所带来的优与劣，主要取决于接受者主体的自身条件。因此，传统对于优越者来说，就是优越的；反之，传统对于拙劣者来说，就是拙劣的。而把传统理解为僵化封闭的人，他本身就是僵化封闭的；而把传统理解为发展开放的人，他本身也就是发展开放的。事实是，文学发展的历史本应理解为本体作用下人类群体精神升华延续的洪流。这洪流是“流”在历史的纵向上的，它在历史上这样的流和那样的流，主要是由于历史的“地形”造成的。重构文学史的新框架是必然的。

重构文学史作为一种科学使命，在我们这代人身上怎样搞法，自然也取决于我们时代的“地形”，取决于我们的文化积累、素养，特别是精神思维的境界和素

① 王蒙：《风格散记》，人民文学出版社，1991，第257页。

质。我们既不必沮丧于过去文学史编得多么不成功，亦无须陶醉于过去文学史写得多么好，重要的是我们为文学发展历史的研究开辟了何等的“地形”，甚至新的“源泉”。中国文学艺术的发展历史在我们身上“流”得如何，以及历史经验总结得如何，首先取决于我们心灵的“地形”。所以在研究文学史观和文学史学及编写方式、操作方法时，反思我们自身的精神境界和思维态势与学术思维的优势和劣势及其不断更新等问题都是万万不可忽略的。

二、不妨把文学史作为“心史”来研究

因为人们都知道了文学是人学，所以，文学史、文学史论，应该也可以写出人史的意义。可我们的一些文学史却常常只是“文学大事记+作品作家论”。那些波澜起伏的时代心潮，那些在各种各样的欲望和意志支配下活动着、较量着的人，他们的心态变迁的历程，都不见了。绚丽多彩、激动人心的文学现象被挤压成干巴巴的教科书语言、社论语言。文学史丧失了文学的生命力。因此，理所当然地，人们呼唤文学史家展现作家们作为“时代感应的神经”的精神品格，揭示不同的文学观深层积淀着的时代主题。由此上溯他们人生观、文学观的思想渊源、传统承继关系，从而引发出一些富于魅力的有意味的文学问题。然而，这毕竟还是作为科学的文学史的第一个层面。或曰它只是完成了科学的文学史的第一个任务。而第二个层面呢?

中国文学史发展得太盛且太久。中国文学浩繁的内容和分支有时又使我们忘记了人们探究文学史时最朴素的出发点。事实是，历史过程和社会发展及诸种生活方式影响着人们的心灵。所以现在的当代人及其当代意识对自己心灵历程的兴趣或许大大多于对自己政治、经济历程的关心。基于这一点，作为反映人类历史中成为精神文化底层基础的感情、情绪、伦理模式和思维习惯的文学艺术，往往被当代人认为是更重大的研究课题。比如人们开始关注郑思肖为什么把自己的著述直称之为“心史”，为什么外国作家果戈理称自己“最近的著作都是我的心

史”。[1]而我们的著名小说家吴敬梓的《儒林外史》也不再简单地被称之为知识分子的百丑图，而誉之为知识分子的痛史、知识分子的灵魂史，是吴敬梓对知识分子心路历程的反思之作。至于曹雪芹的《红楼梦》无疑更是这位小说巨擘的心灵私语，是他的辛酸史。《离骚》是屈原的心史，《自京赴奉先县咏怀五百字》及“三吏三别”又何尝不是杜甫的心史呢？总之，从有机整体的观念来看，一部中国文学发展史，在一定意义上说，是一部生动的、形象的、细腻的“心史”。总而言之，一部文学史就是一部人民的灵魂史、知识分子的灵魂史。正是因为这样，我们再也不能满足和承认文学是“人学”了。我们应该看到文学实质上是人的精神主体学、人的灵魂学和人的性格学。19世纪的著名文学史家勃兰克斯在他的《十九世纪文学主流》的引言中说：“文学史，就其最深刻的意义来说，是一种心理学，研究人的灵魂，是灵魂的历史。”勃氏这一思想的深刻性就在于他不是停留在文学即人学的层面上，而是充分认识到文学是人的灵魂史，人的精神立体运动的历史。这是因为，心理结构是浓缩了的人类历史文明，文学作品则是打开时代灵魂的心理学。丹纳在《英国文学史》序中说：“如果一部文学作品内容丰富，并且人们知道如何去解释它，那么我们在这些文学作品中所找到的，会是一种人的心理，时常也就是一个时代的心理，有时更是一种种族的心理。”事实是，从屈原到陶渊明，从李白杜甫到苏轼辛弃疾，从罗贯中施耐庵到吴敬梓曹雪芹，他们的心灵始终与人民的心灵相通。在他们的杰作的纸底或纸背，大多蕴藏着人民的郁勃的心灵，蕴藏着他们对于极端专制主义暴政的反抗之音。总之，当我们综观一部中国文学发展史时，我们几乎都感到了作家们感情的喷薄和气质的涵茹。当然这一切又都必然是时代的狂飙带来的社会意识在优秀作家身上的结晶。如果我们不透过其创作去追溯其灵魂深处，又如何能领会这些杰出作家以自己的心灵所感受的时代和人民的心灵呢？彭·琼生说莎士比亚及其剧作为“本世纪的灵魂”，那么也完

---

① 魏列萨耶夫：《果戈理是怎样写作的》，天津人民出版社，1980，第21页。

全可以说屈原、陶渊明、李白、杜甫、白居易、苏轼、王安石、陆游、辛弃疾、关汉卿、王实甫、汤显祖、李贽、施耐庵、罗贯中、蒲松龄、吴敬梓、曹雪芹、孔尚任等人及其作品是他们所处时代的"灵魂"。所以，窃以为，从最深微处，中国文学史也是一门中国社会心理学，一门形象的社会心理学。歌德曾比喻说，望远镜有两头，一头扩大，一头缩小，我们既需要"大"，也需要"小"。对待具有心史和灵魂史性质的中国文学史，我们既要深入作家的灵魂，也要纵目他们所受规范的社会心灵总体。也就是要透过作家的感情深处或作品内容乃至一个发人深思的生活细节和心灵悸动作为突破口，去纵观时代风尚与社会思潮。所以只要我们从心史这个重要侧面出发，则我们必有新的发现。社会使文学史研究得到进一步深入，我们则可以从那纷纭呈现的历史表象背后，发现一些鲜活的东西。正是在这个意义上，笔者极为欣赏柯林伍德在《历史的观念》一书中这个观点："一切关于心灵的知识都是历史的。"

三、夹缝时代——文学发展过程的契机

在一段时间内，以几位大作家为代表，一批优秀作家集中出现，形成文学创作的高潮；若干年后，又有一批作家同时涌现，形成另一个高潮，这是文学史上带有规律性的现象。一部文学史，大体上就是由许多这样高潮汇合而成的。然而，大作家的出现往往不是孤立的，在他的同时，或稍前，或稍后，总有一批才华横溢的作家围绕着他，宛若群星与北斗，相互辉映着，布成灿烂的星空。翻开《录鬼簿》，我们可以看到，在元大都围绕着关汉卿、马致远、王实甫、白朴，集中了郑廷玉、杨显之、纪君祥、康进之、高文秀等许多才情豪健的剧作家，他们一时并出，各骋骥騄，终于掀起中国戏剧的高潮。

此外，文学的繁荣，要有一个能够激励作家从事创作的艺术氛围。思想要砥砺，艺术要切磋，没有同时的、同辈的作家的互相启发、交流和竞赛，大作家的文思之泉也会枯竭。作家之间的相互促进的关系，史不绝书。李白性格傲岸，但

对比他年长十二岁的孟浩然却十分钦佩；杜甫对比他年长十一岁的李白也极其倾慕，和李白的交往，是他珍藏在心底的最美好的回忆。此外，苏轼对黄庭坚、秦观的培养和奖掖，繁荣了北宋的诗坛。而元代戏剧家杨显之，其外号“补丁”之名，就是因为他常常对关汉卿剧作提出切中肯綮的意见。从《录鬼簿》中我们还会发现很多剧作家之间都是好友、知音。这说明文学的繁荣是多么需要一种宽松、和谐的艺术氛围呵！

但是，文学的发展过程和文学史实又有另一种更重要的情势。纵观中国文学史，文学最繁荣之日，恰恰在意识形态重建之时，这往往与一定时期经济的发展不成正比。一位外国著名理论家就曾断言：世界上一些著名作家与作品，恰恰出现在有裂缝的时代。由此我想起了美国的奈斯比特的《大趋势》一书中的一个说法。他认为，夹缝时代是夹在两个时代之间的时代，这个时代是摇摆不定的，但这是一个伟大的时代，一个发酵的时代，它里面充满了各种生机和可能性。把此说作为参照，我们发现文学的发展过程，也不断证明，在历史风云急遽变化的时代，在旧的意识形态大厦倾斜之际，或新的意识形态体系正在重建之时，作家的感情和思想都发现了新大陆。作家对生活的理解，对感情的驾驭，就获得了更大的内在自由，形象构成的机遇就空前地增加了，形式流派就纷呈起来了。

在中国古代文学发展过程中，确实有一种特异现象，即文学创作往往是“生于压抑，死于自由”。它也许和“文穷而后工”有相似之处，而又迥不相同。“生于压抑”必有忧患意识，过于“自由”则会丧失使命感，消解创作中必要的激情。事实是，伟大作家往往是在社会危机尖锐化的时代产生的，这个时代，照卢那卡尔斯基的说法，就是俗语叫作“灵魂”那个东西分裂成为两半或好几部分的时代。当一个民族面临着激烈的矛盾冲突的时候，必然会在这个民族的儿女身上，必然在觉醒了的成员身上，必然在知识精英的伟大作家身上，激起罕见的热情和勇气，必然会涌现出成千上万的民族英雄和先进战士。此刻也正是伟大的作家出现的时代。因为凡是真正伟大的作家必定是群众的喉舌，他们必然是把人民的爱和恨、人民的愿望和理想最彻底地表现出来的人。就以关汉卿和汤显祖来说，这两位剧坛巨擘之所以能成为中国古代最伟大的剧作家，就在于，他们一个是生活在中国社会矛盾展开得最激烈的时代；一个是在中国社会转型期，即处在资本主义萌芽开始冲击古老的自然经济的时代。这时，整个社会、整个民族都分裂为互相对立的两部分或几部分，敏感的、天才的作家们的灵魂似乎也感到了被撕裂的痛苦，使得他们不得不提起笔来写出他们的也是民族和人民的爱和憎、苦难和希望。关汉卿和汤显祖，一个是黑暗社会的揭露者和批判者；一个是人性的解剖者和灵魂的拷问者。但是，在他们的作品里，既有神圣的东西，也有渺小庸俗的东西，而本质上则是神圣的东西。而正是从这神圣的东西出发，他们共同地对渺小庸俗的罪恶的东西，发起了猛烈的进攻和无情的抨击。当然，他们有时对自己心头的这种神圣的东西也发生过怀疑，因而有时也不免起来反对自己，这就是他们、也是其他许多大作家的精神悲剧。但是，他们心头上的神圣的东西是压不倒的，即对人的信念，对人民的关怀和爱，对停滞的社会的忧患意识。当然，生活又往往令他们失望，因此，他们就不得不把这信念与爱以及忧患，转向冥冥中的神，转向了广义的宗教意识，这就是我们感到同他们之间的某种隔阂的原因之所在。一部中国文学史，对于我们今天的人来说，一直处在“惊人的一致，深刻的矛盾”运动当中。而究其多种原因，其中之一则是作家生成于夹缝时代，这个时代往往造就了他们的天才、敏感、灵性和特殊感悟时代的能力，当然也让他们始终处于极度痛苦之中。可以不可以这样做一简明的概括：每一个伟大辉煌的人生都伴随着艰苦、曲折、磨难才得以完成。每一部名著的背后都隐藏着一个艺术家多难的生活经历，历史的磨难孕育着艺术家的大作品。

四、文学史编写的操作程序

文学史的编写，其操作方法的本体内涵，应当是文学本性的展开。文学的本性是复杂的、多重性的，因此，它所展开的操作程序及工作范式，必然是多元的。

但是，正如有的文学史家所言：理论思维的贫乏与理论框架的单调，是文学史研究停滞不前的主要原因。然而，单从哲学发展层次讨论文学史是什么，于实际研究作用不大。因此，选择工作范式和设计操作程序就显得极其重要。

从实际出发，创制文学史研究的理论范式，无论是外国的，还是中国的，莫不始于阅读。有识之士已经看到，阅读空间的重建是研究工作完成蝉蜕和更新的内在动因。例如，意识到“以文本为中心”的必要，使英美新批评提出“细读法”；以“读者意识和作者意识的相遇”为前提，意识批评中的乔治·布莱建立并发展了认同批评法；把弗洛伊德的精神分析学作为认识文学的基础，夏尔·莫隆力图在作品中发现从顽固比喻到个人神话之间的通道；为了寻求终极的结构模式，茨维坦·托多洛夫可以把一本书当作一个名字来加以分析；为了在文艺创作中起用久被忽视的读者，接受美学中的康斯坦斯学派反复强调作品的召唤结构，等等。诸如此类导致文学研究一次又一次完成蝉蜕的努力，无一不起源于一次比一次强烈的重建阅读空间的愿望。研究的问题，归根结底是一个阅读的问题。要拓展文学史研究者的思维空间，首先要重建文学史研究者的阅读空间。阅读空间的狭小和残破，早已使文学史研究者有窒息之感了。且不说过去那种以阶级斗争为纲的阅读方式，使多少文学史研究者竭力在作品中调查作家的阶级成分，千方百计地追寻作家的阶级归属和政治派别，以为如此即可纲举目张；也不说经济决定论使多少文学史研究者四处搜罗数据以构筑所谓时代背景；也不说机械“反映论”使多少文学史研究者形成牢不可破的思维定式，把“通过什么反映什么”当成万古不变的公式。仅以所谓“阶级局限”四个字，就使多少文学史研究者的研究文字失去鲜活的生命。他们忽视了作家的政治观点和他的作品可以是互相矛盾的，也不理解聪明的作家往往不在想象的作品中直接表述其政治立场和哲学观念，也不愿承认成功的作品中的人物一定是自由的、不肯轻易接受作者主观意图的摆布。因此，在一些研究者中在遇到矛盾时，不承认矛盾、分析矛盾，而是尽力弥合矛盾，其结果，要么以“局限”之名从轻发落，要么一厢情愿地修改历史。

要重建阅读空间，必须打破单向的、线性阅读方式，开辟多向多元多层次的思维格局，培育建设性的文化性格。然而，这一切非有一种新的阅读心态不可。因为有什么样的阅读心态，就会有什么样的阅读空间。在一个开放的、多层次的阅读空间中，有多种并行的或者相悖的阅读方式和批评方法，研究者可以择善而从，也可兼收并蓄，甚至可以因时因地而分别取用。但无论如何，阅读心态都是不可以不闻不问的，任何封闭的、教条的、被动的，甚至破坏性的心态都可以导致阅读的失败。所以，为了建构文学史的新体系，必须进行主动的、参与的、创造的阅读，从而才有可能产生出一种开放的、建设的、创造的文学史研究，才能有较为完善的文学史编写的运行机制。

所谓文学史研究中的理论思维和思想的贫困，就其根本点说是哲学意识的贫困，这也许是我们文学史研究界的一个较为普遍的弱点，我们似乎还没有充分重视从哲学特别是历史哲学和艺术哲学的新成果中吸收营养。文学史研究虽然是一门科学，但它是介于艺术与科学之间的，既然它带有科学的性质，就需要如康德所说的：来自哲学高度的监督，学者如果缺乏哲学的眼光，他就会变成一个独眼龙。为了文学史研究和编写向更高层次拓展，哲学思考比任何时候都显得更重要。这是因为，哲学探讨人生，它给人生一个审美的解释；哲学沉思万物，它使澄明的思考闪耀诗的光辉；哲学追问世界本体，它对世界本体做出艺术化的说明。事实只能是，深厚的哲学修养和恢宏的历史哲学意识能够大大拓展文学史研究和创制者的精神视野和思维空间。唯其如此，中国文学史的建构，其营养不只来自文学之内，而往往来自文学之外。诸如经济学界、历史学界、心理学界、社会学界以及整个思想文化界在变革中的新的理论思维成果，其间，哲学界的营养及其发展的新成果常常是中国文学史内蕴深度的一个重要因素。那种缺乏哲学意识的文学史家，是很难使自己的文学史研究升值的。只有不断拓展自己的思维空间，才能使文学史的理论框架走向完善，才能对文学及其发展流变做出有史识、今识和诗识的描述和判断。看来，文学史大厦的建构，如没有文学史家主体哲学意识的率先强化，没有渗透着永不妥协的历史思辨和一个思想者的真诚，就不能使文学史研究达到一个更高的境界。

一个时期以来，对于社会科学研究领域（其中包括文学史研究）出现的新概念、新原理和新范畴的创制，我们听到了太多的诘难、挖苦和过于严厉的批评。其实，马克思早就说过："每个原理都有其出现的世纪"。可以说，无论观念、原理，抑或范畴、概念，既有其自身统一、连贯、不可分割的继承性和持续性，也有其产生、发展过程中的时代性、阶段性的本质差异。原理、范畴、概念也不是亘古一样的不变模式，而是人类对于无限的客观世界不断认识的历史的产物。说句实在话，不少文学史过分习惯于论著借以立论的概念的彼此重复，好像作文者手里只有数目固定，而且形状颜色又相当单调的积木，虽然颠之倒之，力求诸般变化，都无论如何逃不开千篇一律。其实，概念的贫困正是与思想的贫困有着密切的关系。我们较少看到一部文学史提出属于自己的鲜活的概念，并使用这些概念来发表新鲜的史见。常识说明，概念以至于术语，是人们进行思维，特别是逻辑思维的基础材料，又是一切科学理论最基本的知识单元。自然科学与文艺科学理论价值都要以若干精确的科学概念为其"核心概念"才能成立。试看中国传统文化中的意境、形神、气韵、风骨、性灵等都是古人创制的富有诗意而又很精当的艺术概念。至于说那些已被世界文艺史认同的形象、典型、现实主义、浪漫主义、象征主义等同样具有普遍意义和生命力。古往今来，无论哲学、历史学、伦理学、心理学、政治学、文艺学以及其他各个领域，各种思潮起伏，有如大江东去，人们不仅在其中对人和社会做着无休止的探索，而且为这些探索不断升华而创造了不计其数的概念。一部思想文化史，从一定意义上说，也可以看作是人类创造概念和论证这些概念的历史。反过来，这无数概念生生灭灭所形成的运动又反映着人类思维的进展，以及这无限进展的可能。我读波兰著名哲学家、美学史家符·塔达基维奇所著之《西方美学概念史》，即深受启发，他正是围绕美学概念的衍化而勾勒美学发展史的。这一参照，我想对研究者是有一定启发性的。

基于以上的理解，笔者试图就文学史的几个小小的局部，作一点点“抽样分析”，以便和同行学者交流。

设想·试验Ⅰ：从文化哲学角度来观照屈原诗思。

屈原是一个伟大的创造性的根本的孤独者。因为屈原像一切精神现象史中的伟大人物一样孜孜不倦地创造具有世界意义的文化。而一切真正的艺术、哲学和科学的创制，在本质上都是既顽强又猛烈的自我意识，都是一种神圣的孤寂的生涯。在当时的历史环境中，作为一种独有的生命意识，屈原面对的只能是永恒的孤寂和寂静的永恒。为了打破、砸烂这个不堪忍受的悲剧框架，他只有悲愤地击盆而歌。诗之于他，就是解放，就是超脱，就是灵魂的自由和归宿。

是的，屈原的伟大正在于他把自己身上那么众多的痛苦、烦忧、压抑、搏斗和孤独感都转化成了审美的人生，转化成了本体意象，转化成了内省意象符号与情感空间，从诗学上讲，屈原用自己的心灵回答了一个重要问题：诗是意象符号的系列呈现。因此，屈原用他的生命创构了一种独特的既是古典的又是浪漫的中国诗歌哲学体系，它犹如一面镜子，照鉴出时代的精神。

在本质上，我们应当把屈原看作是一位诗人哲学家，他是诗美王国的普罗米修斯或西西弗斯。之所以把屈原视为文化哲学家，正是由于他使人们看到了一个独特的深层世界的人。文化哲学之于屈原的诗思，首先启示我们对命运的思考。屈原诗思的文化哲学内涵又恰恰在于，他所陈述的并非个别人与命运的搏斗，而是陈述哲学上大写的人，陈述人类作为一个“类”与命运的搏斗。读屈原的作品，总是使我们自然联想到莎士比亚的哲理悲剧和贝多芬的《命运交响曲》，这是由于它们都在用各自的语言系统向我们揭示灵魂受到压抑和发生冲突时的境况。它们令我们惊愕，迫使人们领略到人生宇宙的神秘。它们共同的特点都是代表了人类同命运永远处于绝对矛盾中的。这样也就可以理解了屈原为什么常常在诅咒痛苦又玩味痛苦，躲避痛苦又寻找痛苦，为痛苦所激怒又被痛苦所安慰了。是的，所谓屈原之魂，每经过一次痛苦的挣扎，一次生与死的危机，就会达到一个新的、更为深广的境界和层次，都会得到一次净化和过滤。对于屈原，痛苦贯穿于他的一生，而幸福只能来自他自己的内界，来自他的诗美。

进一步说，屈原诗思之魅力，正在于它是生命这种痛苦前进的外化。质而言之，屈原诗思是生命不断向着否定以及否定的痛苦前进脚步声的壮美回响。屈原的痛苦就像莎士比亚与贝多芬的痛苦一样，都越出了个人狭隘的范围，而是文化哲学意义上的卓特人士所特有的一种“对世界的痛苦”。正是这种高层次的深邃痛苦，构成了屈原所居时代文化哲学勃然崛起的心理动机。因为在中国，带有强烈浪漫精神的庄子哲学和屈子哲学几乎都是对生命、对世界本体体验的一种反思，都是对人生宇宙根本痛苦的壮美宣泄和系统表述。

设想·试验Ⅱ：创制元杂剧史的“第二范畴”——元杂剧艺术形态史。

我们以前的杂剧艺术史观是：元杂剧艺术的历史就是以元杂剧作家与杂剧作品为核心的编年史，就是以剧作家的个人经历为中心的人物史和以杂剧剧作为中心的剧作史，我认为这是艺术史学的“第一范畴”。毋庸置疑，这种元杂剧史的第一范畴，无论作为一种基础史学，抑或是一种文献史学，它都具有不容否定的学术价值。

但是，我们不能把整个杂剧艺术史的研究停留在这一范畴上，至少我们不能把我们的元杂剧史仅仅局限在对剧作家和剧作的一般描述和解读上。这就是说，人们只有确立一种继往开来的理论视野，才能够在无数的历史事实之间，建立起一种新的关联域，从而使事实不再是纯粹的事实而成为理论的历史依据，成为阐明历史的证词。唯此，才能使沉睡在幽暗的戏剧档案库里的剧作产生出新的含义。为此，在我们站在当代的文化立场上，不妨提出一个重新认识杂剧艺术历史现象的新范式，这就是元杂剧艺术的形态史学。我们可以暂时把它称之为元杂剧艺术史的第二范畴，或第二深隐层次。

与传统元杂剧艺术史相比，杂剧形态史学首先所注重的是关于杂剧艺术史的研究，而不单是剧作史的研究。所谓杂剧艺术史的研究，就是把杂剧作为一个整体，而不是把它作为孤立的个体，抑或个体之和。我们所说和所理解的杂剧艺术并不是一个统计学意义上的数学概念，而是一个艺术哲学意义上的美学概念。我们所要追溯的并不是某一时期杂剧艺术的历史背景，而是杂剧艺术在整个历史发展过程中与实现社会、文化传统之间所构成的诸多联系。我们所要辨析的也不仅仅是一部剧作与另一部剧作的异同，或一位剧作家与另一位剧作家的异同，而是杂剧艺术总体意义上的分化、中和和历史趋势。

其次，杂剧艺术形态史所要展开的是关于艺术史的研究，而不是作家史的研究、剧作史的研究。所谓艺术史的研究，说到底就是关于杂剧艺术特性史的研究。我认为杂剧作为一种艺术，它的审美特性就是它的叙事性。易而言之，杂剧正是通过它自己独特的叙事功能确立了自身的艺术地位。叙事与戏剧冲突正是构成杂剧艺术本体的中心内容。为此，杂剧形态史学，最终要解答的就是杂剧在叙事方式、语言表述和反映生活、体现心灵轨迹等方面的历史演变。至于剧作者究竟是谁，毕竟不是我们研究的最终目的。这些主体因素只是有助于说明杂剧形态形成的个性因素时才进入杂剧的历史。我们更关注的是主体背后以匿名的方式操作主体的力量，以及在戏曲舞台表象下面隐藏的深层意蕴。简明地说，我们要寻找的是"故事中的故事"，是潜在于文本之外的"第二文本"。

设想·试验Ⅲ：小说文化的比较研究与小说史研究的整体意识。

小说文化史的研究，是指对小说文化的流派、体系、思潮诸现象，通过多种方式进行比较对照，判明其异同，分析其缘由，从而寻求共同规律的方法。实质上，小说文化的比较研究，是一种宏观的考察小说历史和小说现实的方法。马克思在《十八世纪外交史内幕》一文中就发表过一个精辟的见解："要了解一个限定的历史时期，必须跳出它的局限，把它和其它历史时期相比较。"是的，小说的研究，要克服其旧有的格局与狭隘性，而把它们纳入更加广阔的历史背景中去，这是研究小说文化现象及其艺术规律的前提。法国著名比较史学家布洛赫强调比较研究可以克服"国家孤立主义倾向"，我认为这是可以移用于小说史研究中来的。

事实证明，宏观的比较研究有助于发现小说艺术之间的异同，感到有新的问题需要解释，促使小说创作和新的小说观的诞生，从而扩展小说历史和小说创作现状研究活动的视野和范围。

当然小说艺术的比较研究也须遵循一定的原则，这就是确立两者之间的可比性，如时代、题材、母题、主题、思想倾向、结构、语言风格等某一方面确有相似之处，以进行同中见异，或异中见同的比较，既可以是横向的比较，又可以是纵向的比较。对中国小说来说，还可以将不同题材、体裁、类型进行比较；当然还可以将不同体裁形式的文艺作品做综合的比较，如小说与戏剧，小说与诗歌，小说与讲唱文学的比较等。

关于中国古代小说史研究的整体意识，那是要求我们用广阔的眼界考察整个中国小说艺术发展史，把它作为世界小说史的一部分，而不应当把它排斥在世界小说史之外。中国的小说史家把中国小说艺术自身发展历史看成中国小说史，但外国的小说史家却把中国小说史当成世界小说史来研究。中国小说史和世界小说史的这种错综复杂的关系，要求我们从不同的角度进行研究。这就是说，要有一个更广阔的视角，把自己民族的小说放到世界文学的格局中去考察，在别的文化体系的比照之下，用一种陌生化的非我的眼光，互为主观，从而完成自省、重建民族小说的重任。我们有理由把我国古代小说看作是世界文学（小说）发展的一部分。事实也恰恰如此，19 世纪以来，人们还可以孤立地谈论某一民族的文学而不致影响其论述的准确性；而在今天，世界文学的形成，要求研究者具有一种“世界眼光”，即把本民族的文学发展放在“参与世界上的事业”（鲁迅语）这么一个参照系来考察。所以作为文学史一个重要分支的小说史研究的整体意识也就是一种强烈的世界意识。现、当代小说研究如此，古代小说研究也应作如是观。

20世纪中国文学史研究与中国社会

复杂多元的文学史格局要求与之相适应的研究视角与考察方式。对于研究主体来说，文学史具有广阔无垠的空间，或曰有一种永恒的潜在张力。因此，从一定意义上来说，每一部文学史著作都是一个过渡性文本。回顾与前瞻中国文学史的教学与研究，反思规范与挑战规范是我们不可推却的历史使命。相对而言，一部理想的文学史是文学史家的人格、文化良知、学识、审美力和价值观念的高度结合。重写文学史乃是学术文化史的必然，新的学院派必将发挥文学史研究的文化优势，即可能将文学史置于现代学术发展的脉络上来考察，从而思考整个文学史学科之来龙去脉与科学建构。黑格尔老人在回忆自己走过的学术道路后，在与友人书中说："我必须把青年时代的理想转变为反思的形式。"[①]是的，要前进，就要进行历史的理性反思。本文正是我长期教学生涯积累的一些学习心得，是研读我的精神同道许多精彩论著的感言，这其中也就有了我对中国文学史教学与研究的反思与取向。

一

我估计大家都听过这样一个故事：曾经有个模仿卓别林的比赛，卓别林也去参加了，但卓别林却没有得到名次，他被淘汰了。为什么那些假卓别林能得第一，而真卓别林反而得不到呢？因为假卓别林对真卓别林有一种主观上的想象。这种迷恋、想望和想象很重要，卓别林对自己因为没有这种想象，所以他输了。我认为这则故事对我们极具启发意义，扩而大之，它有了象征意味。具体到我所研究的专业领域，文学艺术要求的其实是一种主观的真实感，这种东西比真的东西还

① 苗力田译编：《黑格尔通信百封》，上海人民出版社，1981，第58页。

要真，这就是我们认为的文学艺术的魅力。有人说，文学艺术都是主观化、个人化的，这其实并没有错，起码是“片面的深刻”。进一步说，文学的研究和文学史的建构又何尝不是也具主观化、个人化的呢？

和文学研究与文学史建构的主观化、个人化密切相关的是一个现代精神或曰当代意识的问题。我们曾试着对“当代意识”做了个粗略的界定：如果说历史意识是我们通常所说的尊重历史的真实和厚重的历史感的话，那么当代意识实质上是研究者主体的一种现实精神和科学性要求。强调历史意识不等于也不可能复原历史。事实上，提出“向历史本来面貌逼近”可能更显得明智。而当代意识乃是当代人的科学精神、科学的悟性和思辨力，也包含了对真理的信仰与追求，以及作为一名学者所应有的独立品格和学术尊严。我曾在一些场合和文章中不断强调过：重写文学史，绝非要写一部“修正史学”、一部“平反史学”，而是应当站在当代的文化立场上，提供一个重新认识文学历史现象的新范式。以当代意识重构文学史的提法是否能成立，是一个可以进一步探讨的问题。然而一个不争的事实是：文学史研究与一般历史研究最大不同之处，是它不像一般历史事实那样具有相对的确定性。在文学艺术领域，越是重要的文学现象、文学思潮和代表性的作家作品，在不同的文学史家眼中就更仁智相异，而且进一步有了“说不尽”和“一百个观众就有一百个哈姆雷特”之说。因此，不管文学史家怎样客观、公允，他所描绘出来的文学历史图像，仍然会带有强烈的个人色彩和学者的学术个性以及观照方式乃至独有的操作程序。一位文学批评家就此曾明确指出，假定有十位文学史家，同时写某一时期的文学史，我可以断言，他们越是富于才华，写出的文学史就越会各不相同，如果他们生活在不同的历史时期，这十部文学史的差异还会大大增加。他还说，人们常用“公允”“客观”这类字眼来称赞文学史著作，这其实是一种误解，文学史家并不能做到真正的公允和客观[①]。一位艺术史家也表

① 王晓明：《刺丛里的求索》，上海远东出版社，1995，第 237 页。

明自己撰述艺术史的观点："再现历史，不可能重复历史。而任何历史著作都是当代人抱着当代意识写给当代人看的。"[①] 对此，朱学勤先生说过一段很实在的话："一代人本身有怎样的历史，总是在影响这代人如何理解以往的历史。兰克和他的学派当然可以要求纯客观，但未必能够做到纯客观。人们走不出自己的历史，犹如走不出自己的皮肤。"也许朱先生同样担心别人对他的误解，所以他特意找补了一句话：对克罗齐的"一切历史都是当代史"的观点不能作实用主义解，以此放言无忌，任意曲解历史，它只不过公开承认一切历史著作的局限，以及历史写作者走不出自己皮肤的一份无奈[②]。而法国的一位专家雷蒙·阿隆则调侃地说：历史是由活着的人为活着的人重建的死者的生活。我有意地从当代文学史研究家、艺术史研究家、外国历史研究家和一位外国史学家的言论中抽取了一些观点，但绝不敢断章取义，而是从其整体的理论中抽取其根本的理论观点，把他们作为一个参照系而已。既然其他领域可以作如是观，为什么中国古代文学史不可作如是观呢？在当代意识问题上，我的理念是始终如一的。在我看来，学人如果具备条件，每个人都有阐释文学史的观点视点和操作程序以及具体方法，所以文学史总是在不同的时代、不同人的笔下有不同的面貌、色彩。在最准确意义上阐释历史，都必然具有时代精神、历史个性在、史学家的人文性格在。记得去年年初，我拜读北大林庚先生的《中国文学简史》我就了解到，林老最初写文学史时，心里想的就是新文学的创作。所以在他的文学史当中许多价值标尺都是根据五四精神判定的。所以评论界认为，他力图找到古代文学之生命动力，以求为新文学创作服务，这就是我们读林老文学史著作时首先感受到的那种消除今人和古人之间距离的取向。事实上你读林老著作中盛唐诗一章中的描述简直是一首抒情诗，作者把古人的诗心、自己的激情融为一体，于是读者的心随着作者一起激荡，一起进入盛唐诗那自由、开朗、奔放的意境中去，而文学史的本相全然未曾丢失。应该说这是

① 赵鑫珊：《希特勒与艺术》，百花文艺出版社，1996，第1页。
② 朱学勤：《道德理想国的覆灭》，上海三联书店，1994，第10页。

真实的感受。

事实上，从某种意义上说，文学史家在还原历史时几乎都不可避免地融入了自己。比如，早期的刘大杰先生独自撰写的《中国文学发展史》，他对作家心灵体验式的分析，和林庚的史著中的唐诗部分作家的分析，几乎都突显了知识分子心灵史的特征。也许读者或从一个文学史的教学工作者的角度来看，如果没有这种强烈的生命体验的主体介入，文学史能否在人们的心灵中激活，是很值得怀疑的。不妨把话往更实在处说，后来者读前辈如刘著文学史、郑振铎先生《插图本中国文学史》和林著文学简史，不仅会读到他们笔下的文学史，而且还看到这一代人是如何在他们所生存的社会以自己的方式——思想深度、感悟能力和文学才情——去阐释历史。近二十年来，学界为什么越来越对“教科书模式”感到不满，而越来越强烈地渴望与追求“一家言”的文学史，就证明了这一点。作为一个文学史教师，从反思历史角度来说，我认为越来越失去人文性，而日趋工具化，毕竟是文学史教学和文学史编写的败笔。

现在，我们不妨回过头来问一句，文学史是什么？我想，它不应该是一般文学事件和文学细节的单纯考证，不应只是对一位作家、一部作品的复述和描绘吧！按照我的经验，一部理想的文学史应当是文学史家的人格、文化良知、学识、审美力和价值观念的高度结合，应该是对文学历史和文坛巨擘的热情拥抱，应该是借社会历史、生活现实洗刷而变得无比深邃的目光，对文学历史过程和精英作家、民间艺人的人生扫描。没有社会给予的当代生命感悟和当代意识的深切而真诚的感受，也无所谓文学史家的深刻。正是基于这一点，不论我们眼下能否做到，文学史家在一定意义上应是思想家。思想家的历史感和现实感总是紧密糅合在一起的，他的历史思考总是和现实思考统一在一起的。因为现实为思想提出问题，思想必与现实和历史结合。而思想又应“大于”历史和现实，因此治史者，其中包括治文学史者绝不能撇开社会现实。只有超越传统才能真正理解、阐释传统，文学史亦然。文学发展的全部历程都是一个被“当下”和“今人”“化”了的过程，也只有如此文学之生命乃得以延续。

说了这么多的话，其实都是为“当代意识”和“一切历史都是当代史”做必要的阐释，当然也是一种铺垫。因为没有这种观念，中国文学史的研究和中国社会的关系就无从说起，因为任何时代的“当下”和“当代意识”都是建构文学史的契机，而一旦忽视了它，中国文学史研究的命题就会失去其根本，而变成了毫无意义的空谈，从而也就失去了它的社会价值。总之，我是把“当代意识”作为自己的一种学术立场，至于其他文学史家自有他们自己的学术立场。

二

在尽可能准确地描述中国文学史研究与中国社会关系之前，我们很容易地遇到一系列既抽象而且又令人长期困惑的问题：中国传统观念中的“文学”是什么？中国文学研究史和中国文学史的对象有什么区别？中国文学史作为一门学科又是从什么时候建构的？

说文学乃是社会有机构成的大系统中的不可或缺的子系统，这可能不会有人提出异议。然而中国传统观念中的“文学”是什么，就有了分歧意见。其实研究者已经指出，在中国古代，文学这一名称并非精确无误地指称某一种实际事物。广义的文学，也包括所有稍具文采的文章。比起我们今天用“文学”专称那些具有形象性、虚构性和抒情性等特征的语言作品来说要宽泛得多。我们既然以古典文学为研究对象，那就不妨参照古人的观念，主要用文学来指称稍具文采的文章。一方面，这在文学史建构的初始阶段，更符合中国古典文学的实际状况，试看近代以来的中国古典文学史，哲学著作或文章不都包容其中吗？另一方面，这也切合古代文学研究者的实际情况，中国古代的文学研究者的眼光大多是浏览于文、史、哲各个领域的，我们当然不能比他们更为狭隘。

研究者还认为文学研究史和文学史的研究对象比较容易区别，但是其中也有较复杂的一面。文学研究史，那是自有文学之日起，就有了文学的研究，尽管一开始是不自觉的朦胧的乃至是很粗糙的。如果从孔子研究“诗三百”算起，中国的古典文学研究已经有了两千五百多年了，算是源远流长了。从中也就可以看出，所谓文学研究史即旨在描述和评价从古至今研究古典文学的历史。所以一部文学研究史就是一部描述文学研究家、文学研究著作、文学研究活动、文学研究状况以及文学研究走向的历史。而文学史则是一部描述文学家、文学文本、文学创作活动、文学流派、文学形式、类型演变、文学思潮和文学规律的历史。如果说，文学研究史着眼的是文学研究家的活动，那么文学史则是着眼于文学家及其创作活动。更加明确地说，前者是文学研究家的学术活动的历史；而后者则是文学家的创作活动的历史[①]。

但是文学研究史和文学史的研究对象、任务在比较明晰的情况下，其中又夹缠着许多不易区别的问题。比如，郭文中所指出的，文学研究史和文学史与文学批评史、文学理论史特别是文学思想史到底是一种什么关系？从表面上看，批评史、理论史和思想史都着眼于文学研究家的学术活动，它们必然与文学研究史有重合之处，即它们在研究对象上有重合之处。但是文学思想史除与文学研究史有着密切关系以外，它和文学史更有密切关系。因为所谓的文学思想，既包括文学批评思想和文学理论思想，更包括作家文学创作中反映出来的文学思想倾向，其中包括作家的审美理想、审美原则和审美趣味等。于是文学史同文学思想又难以剥离开来。由此，我们似乎可以对中国文学史的研究这一课题做出一个虽似嫌粗略但尚能反映事物本质的界定了。中国文学史的研究对象是自古迄今中国文学发展的历史，它旨在描述和评骘历代文学家的创作活动以及支配这种创作活动的文学思想，特别是在这种创作活动中创制的精神产品——文本，以及由此形成的各种流派、各种文学类型和文体。即作家所采用的手段、方法和体现的情感、理性、意志等诸多属于心灵世界的东西。这似乎是一个可以包罗万象的概括，但它大致

① 郭英德：《中国古典文学研究的对象、任务和方法》，《中国文学研究》1993 年第 4 期。

可以和文学研究史相区别了。

但是令人尴尬的是中国文学史和中国的文学研究史并没有随着社会的发展而同步发展。如前所言，在中国自有文学之日起就有了文学研究。而中国的文学史，或曰科学意义上的文学史那是近代的事情了。

研究中国文学史的学者大都知道，最早写中国文学史的并不是中国人，而是西洋人和东洋人。林传甲即慨然叹曰："日本早稻田大学讲义，尚有中国文学史一帙，我中国文学为国民教育之根本，昔京师大学堂，未列文学于教科……"[①]。胡小石先生在谈及此事时，也颇多感慨，他说："中国人所出的，反在日本人和西洋人之后。这是多令人惭愧的事。"[②]然而有趣的是，第一部中国文学史虽说不是中国人写的，而是东洋人和西洋人写的，但是谁又是第一个写第一本中国文学史的人，这在中国的学术界虽未掀起过什么大讨论，但极零星的文章确是有的。先是丰华瞻先生在《读书乐》中撰文认为，英国人翟理斯出版于1901年的《中国文学史》是第一部中国文学史。不到几个月，陈福康先生在《读书乐》上撰文，认为最早写中国文学史的应是日本人。早在1882年就出版了末松谦澄的《中国古文学略史》。又过了不到几个月，陈福康先生在《新民晚报》上谈及自己过去的说法也不甚妥切，他在考订材料的基础上发现最早撰写中国文学史的，"看来应是俄国人"。他说：19世纪80年代，俄国著名的东方学家柯尔施主编出版了一套《世界文学史》，其第一卷包括了中国、埃及、印度等，中国部分是约请当时俄国名列前茅的汉学家瓦西里耶夫写的。该书于1880年在圣彼得堡出版，中国部分约有一百六十页。同年这一部分又以《中国文学史纲要》的书名单行出版。苏联著名的汉学家艾德林、李福清等人认为，此书是不容争辩的世界上第一部中国文学通史。在此书问世九十周年的时候，艾德林还曾撰文论述了它的学术价值。于是陈福康先生

① 《中国文学史》，武林谋新室出版，日本东京宏文堂印刷，上海科学局发行，宣统二年（1910）校正再版。

② 胡小石：《胡小石论文集续编》，上海古籍出版社，1991，第3页。

得出结论说："瓦西里耶夫此书虽然比翟理斯的那本少得多，但它早出版二十多年。看来翟氏那本即使在西方也称不上第一本中国文学史了。"[①]

其实，按研究专家的说法，"文学史"从概念到一种学科，都是从西方经日本传入中国的。19世纪，受发达的历史学科的影响，以民族性观念为基础，同时又按时代顺序研究一个国家的作家和作品，这种文学发展史研究方法在欧洲已经很流行了，而且很快传入亚洲。而善于学习西方的日本，在1890年，就出版了高津锹三郎、三上参次合写的《日本文学史》，这是日本学者首次使用西方的研究手段编写本国文学史的成果。而受这种文化交流影响的中国文学史的编写工作也就在中国逐渐开始了。先是北京的京师大学堂在模仿日本大学的建制的基础上，开始讲授文学史课程，这就是众所周知的一件事：1904年二十多岁的林传甲出任京师大学堂大学国文教席，以百日之功编写了一部七万字左右的简明的《中国文学史》讲义，这是被历来文学史研究者共同认定的已知的文学史开山之作[②]。

然而学界也许更看重同在这一时期写定的另一部中国文学史著作，即黄人的《中国文学史》。这部著作印行时间虽稍晚，但写作时间却也始自1904年，大约在1910年前完成。这部著作和林著的最大不同处，是二人在对传统文学观念上的差异。研究者认为黄人的《中国文学史》具有崭新的观点，这就是邓绍基先生所明确概括的。

第一，受进化论学说的影响。自严复《天演论》以来，西方进化论思想在学界影响甚大。黄人在《中国文学史》中论及文学发展时说："文治之进化，非直线

① 《新民晚报》1980年8月18日。

② 把这次讲稿整理成文后的两个多月，偶然在1999年2月6日《今晚报·日知录》上读到时萌先生的大作:《中国最早的文学史》。时萌认为在林传甲之前，黄摩西在1902—1903年已为东吴大学编写过一部《中国文学史》讲义，比林著又早了两年。据时萌先生介绍，黄著文学史排印二十九册，前为绪论，计三册，下分古世、中世、近世三个时期，各附名家作品及生平，绪论乃全书菁华，集中他对文学的各种创新思想。本人因无缘读到此书，不敢妄评，特此介绍，以便读者参考。

形，而为不规则之螺旋形。盖一线之进行，遇有阻力，或退而下移，或折而旁出，或仍循原轨。故历史之所演，有似前往者，有似后却者，又中止者，又循环者，及细审之，其范围必扩大一层……”他又说：“其实，止者自止，行者自行；退者自退，进者自进。其止也，正其所以行也；其退也，正其所以进也。”还说：“故统一之形虽如故，而实质已乘涨力而四出。”由这种观念出发，他批评了文学历史上不止一次出现的僵化的“复古”论调和鄙视后出的叙述文体的小说与戏曲的陈腐观念。仅这一点黄人的文学史就与林著文学史大异其趣。林传甲固守传统观念，对宋元以来的小说、戏曲皆加排斥，并视之为“淫亵之词”。由此也可以看出林著传统文学观念仍很浓厚。

第二，受西方美学思想影响。著者从“人生有三大目的——曰真、曰善、曰美”出发，论述文学的“最大之目的”是真、善、美。他在他的文学史总论中说：“故从文学之狭义观之，不过与图画、雕塑、音乐等。自广义观之，则实为代表文明之要具，达审美之目的，而并以达求诚明善之目的者也。”“不能求诚明善，而但以文学为文学者，亦不能达其最大之目的也。”又说：“文学之属于美之一部分，然三者皆互有关系。”这里所说的“三者”即指真、善、美，不过他有时把求真明善写作“求诚明善”。从这里也可以看出黄人的美学追求在文学史中的表现是很明晰的。

第三，在对待中国的传统文学和吸收西方先进文化的关系上采取有分析的也是比较全面的态度。他一方面认为应当“吸收新质，要为文学生活上营养之资”，一方面又提出不能“过华屋而叹凌夷，窥明镜而羞老大”，不能在西方先进文化面前一味拜倒而造成“厌家鸡爱野鹜之风”。他对待中国传统文学还采取了一种有分析的态度。他认为传统文学中美恶妍媸并存，而他撰写文学史的目的之一就是为了“使人知所抉择”。他说：“史者，人事之鉴也，美善妍媸，具陈于前，无所遁形，而使人知所抉择。”这又注意了传统文学的美育功能了。

黄人在《中国文学史》中表现的这些观点和观念上的更新，当然绝非偶然现象，而是同当时社会的变革运动密切相连。那场文学革命运动几乎对我们仍然是言犹在耳，而它又初始于维新变法初期，戊戌变法运动失败后，却有了进一步发展。梁启超先生提出的“诗界革命”的口号，其总的宗旨就是输入“欧洲之真精神真思想”来改造旧文学。后来的文学史家在谈到那场文学革新运动是中国文学史上空前的“新变”，其中一个重要根据就是由于它的指导思想中汲取了和借鉴了18世纪中叶以来西方新兴的哲学思想、社会学说和文学概念①。

戴燕女士对此梳理得最为清晰，分析得最为确当。她认为，从1904年林传甲以二十岁的青年学者的理论勇气，又以百天之速度完成了中国第一部《中国文学史》，到黄人的《中国文学史》的出版，这无疑是中国文学史建构的初步胜利。然而，文学史作为一门科学，一经进入真正文学史思考，便会产生一系列问题。在一系列问题中，文学史的概念和著述体裁自然成了第一个难于解决的复杂问题。因为中国文学史的写作从一开始就是学习西方模式，模仿西方文学史的叙述语言，可是一旦和中国的文学发展中的“本来的实情”相接触，就发现原来是不能够把中国文学史写得跟西方文学史一模一样的。因为中、西文学和文学的发展过程不一样。于是中国早期的专治文学史的学者，有感于中、西双方文学分类的分歧，就发现还是沿用中国原有的术语和概念，能够比较有效地表述中国的文学发展过程。

她指出，曾毅在日本参考日本汉学家的著作编写《中国文学史》时，就发现了中、西双方在文学分类上本来各有其原则，因此感到用西方人的文学分类法，命名中国文学，是一件困难的事。所谓论理、记事、抒情，“犹相错综，难以犁别”也。其后谢无量写《中国大文学史》也差不多有曾毅的困惑，他索性回到章炳麟的《国故概论》中去，但为了表明自己并非保守与固执，他在中国文学史的具体写作上做了某些调和。比如他说，有韵文中的赋颂、哀诔、铭、占繇、古今

① 邓绍基：《回顾百年文学史研究的一点想法》，《文学遗产》1997年第3期。

体诗、词曲及无韵文中的小说“多主情与美”，无韵文则“多主于知与实”。其实这也是套用西方的某些美学概念，在文学史的写作上也缺乏实质性的突破。

说起谢著的无实质性的突破，她认为还是源于我们的价值观念。谢无量的大文学史，于1918年10月由中华书局出版，六年之内曾重版六次。然而从林传甲编的那本不太像样的小册子算起，这八十多年，毕竟让我们看出它们基本上是中国传统的目录学与史传体的自然延伸，早期文学史的“陈列”方式与西洋文学史著作的“叙述”方式至少在功能上并不一致（即目录学中这种区分与陈述不是用撰述者的口吻来“叙述”，而是由书目资料来“陈列”的）。当然新与旧不等于好与坏，旧体裁未必不如新格局，那些“陈列”式的撰述更不一定比“叙述”式的创制差，更何况旧与新并无天堑式的鸿沟。但是，用当代人的现代意识加以观照，就很自然地认为它有了“历史”的意识，但却消解了文学史上必不可少的“文学”意味。

所以戴燕女士感慨地说，消失的时间已经带走了历史上曾经出现的一切精神活动，当代人无权否认他们的一切，但作为一定社会活动，学术、文化下的产物又有很多值得我们反思的东西[①]。

说到这儿我们必须插入一个极为复杂而又被人如此容易理解的问题：即社会存在和社会意识的关系问题。社会、经济、政治的变革必然或迟或速地影响意识形态的各个领域，然而文艺创作和文艺研究又并不是总和社会物质生产的发展和变革同步或成正比。而各个意识形态之间的相互影响反而表现得极为明显，甚至可以说，它们之间的关系极为敏感。作为学理性极强的文学史研究，对于社会的一切变革并未表现出立竿见影，而恰恰是在隐显之间、有无之间中产生色彩斑斓的影响。《读书》杂志1998年10月号“编辑手记”中有一段意味深长的话。在

① 戴燕：《文学·文学史·中国文学史——论本世纪初“中国文学史”学的发轫》，《文学遗产》1996年第6期；《怎样写中国文学史——本世纪初文学史学的一个回顾》，《文学遗产》1997年第1期。

谈到《共产党宣言》和《天演论》两部书对国人特别是人文知识分子的影响时说："……那不是轰动一时的事件，而是持续百年的情结，以至我们很难断言，究竟哪一本小册子才真正主导了中国人的灵魂。""这是两个不同的文本，两个在取向上相去甚远的文本。但是，它们在现代中国历史中的影响如此源远流长，因为它们用两种不同的态度和方式表述着同一个世界进程。"然而其中更耐人寻味的是"赫胥黎的这本抨击社会达尔文主义的著作成了传播社会进化论的最为重要的文本，流风所被，'物竞天择，适者生存'一时间成为振聋发聩的口号，成为现代社会公开认可的历史逻辑"。

这就给我们一个重要的提醒：对自然科学发展史上里程碑式的进步，我们应有所认识。因为它们的每一次进步都刷新了整个人文学科。进化论如此，稍后的相对论、耗散结构论、系统论等，都以其特有的功能，改变着人们的思维方式和思想观念。我们必须看到，在20世纪的前半期，进化论几乎全面刷新了文学理论、文学批评以及文学创作的各个领域，就如同20世纪的后半期，系统论、信息论、控制论、热学第二定律对文学的影响也不亚于进化论之于19世纪和20世纪初的文学。从热力学第二定律所引出的熵的观念已逐渐渗透到社会科学和文学研究领域之中。这些应该属于不争的事实。说到自然科学的成果对人文社科的影响，其实还是要回归以上所说明的主题。因为从20世纪前半时期，文学研究和文学史的研究与写作，进化概念的形成，可谓源远流长。陈平原先生在一篇文章中已经指出：即使在西方，布吕纳蒂耶尔企图以生物学的术语为某些文学类型的进化建立一种固定的模式遭到失败后，已经少有西方学者愿意涉足这个领域。而在中国，布氏的理论设计仍在中国文学史研究中起作用。陈平原先生还指出，从严复到胡适到郑振铎再到刘大杰，进化的观念仍然逐渐被列入文学史研究中，文学演进的历史被描述为若干文学类型（体裁）按自然进化顺序排列而成的完整系列，如同生物体一样经历萌芽、生长、开花、成熟、僵化以至最后衰亡的全过程。这种文学史思路正负效应并存。进化的观念无疑使中国学者更自觉地纠正过分拟古、崇古的价值取向，而其强调运动和变迁、联系和规律，又使得中国文学史研究具备一种整体感，这是不容否认的进步。可是这一文学史研究框架，过分突出了进化的必然和衰亡的命定，一切都是生物进化链条中的必要的一环，没有偶然性，也没有作家主观努力和天才发挥的余地。尤其是其直线发展的理论假定，既排斥与正宗挂不上钩的"邪门歪道"，又漠视脱离主线的"不连续性"，很难理解文学发展的多种可能性，更不要说考虑那些只提命题而没能展开充分论证的艺术追求[①]。所以像郑、刘两位文学史大家，像他们独立完成、影响深远的两部分量沉实的文学史著作尚且如此，其他文学史著作就可见一斑了。现在人们不妨面对中国的文学发展和变迁历史，我们能够抛弃直线发展依次前进的幻想，又能承认其演变并非只能顺时针转动，也可能逆时针转动乃至跳越前进，而且像重视连续性一样重视非连续性，又能承认文学内在自我调整机制、杂交、变种，是不是更符合文学史的真相呢？是不是文学史并不像生物的由胚胎、发育、成长、全盛、衰落呢？陈先生分析的这些问题，理所当然地值得我们思考。

三

中华人民共和国建立初始，中国文学史的研究尚未提上日程，但1952年全国高等院校进行了调整（简称院系调整），于是中国文学史课程成为中文系、历史系、外文系文学教育的重要组成部分。从此作为中国传统文化的重要组成部分的中国文学史研究成了现代系统科学的文艺史学转换的标志。因为进入现代教育以来，大学中文系对文学史的教学，历来都是十分重视的。这样，文学史教材不仅从一个方面体现了我们教育制度的思想，同时也从一个方面表达了我们文艺教学和文学史研究的状况和水平。

那么为什么文学史研究竟天然地落在高等院校的教学体系和文学教师身上

① 陈平原：《"进化的观念"与小说史研究》，《文艺研究》1989年第5期。

呢？这里我们不能不调转笔头谈谈“学院派”和“学院派批评”的问题。“学院派”和“学院派批评”在一个相当时间里，名声并不佳。似乎一提到“学院派”就与“经院派”混同而含有了某些贬义，而一提到“学院派批评”似乎就是僵化、学究气的同义语。即使一些著名的世界级的批评家也未能免俗。比如，法国文学批评家阿尔贝·蒂博代（1874—1936）在他的批评学代表作《六说文学批评》中在对三种批评模式进行评估时，对以大学教授为主的“职业的批评”，甚多揶揄之词。他认为“职业的批评”死守规则，多老生常谈，缺乏敏锐的艺术感觉，弥漫着沉闷的学究气、迟疑症等。当然蒂博代也承认，教授专家们具有他们本人良好的学养，知识系统化，深厚的历史感和视野开阔、持论通达平正等长处。但是，蒂氏恰恰没看到“职业的批评”最大的优势是文学史研究。也就是说，教授——文学的历史教师恰恰是最主要的承担着文学史、历史学建构的主力。事实是，作家或编辑记者偶尔也涉足文学史这一领域，那也只是因为他们其中的一些人经常游弋于作家、编辑与学者教授之间，但文学史研究的主要成果无疑仍出于大学的专家学者和教授之手。而当你面对学界和出版界时，你更会发现，中国现代文学史上的批评家、小说家，诗人如鲁迅、胡适、闻一多、朱自清、俞平伯、钱基博、钱锺书、刘大杰诸先生，以及游国恩、王季思、林庚、李长之、萧涤非、季镇淮、谭丕模、余冠英、詹安泰诸先生，在一定意义上说都是学院派和学院派批评家。他们都有文学史和文学史论著作传世。这说明，仅就古典文学研究的生命内核来说，它的创造性价值，它的系统化、理论化、知识系统和科学精神以及积极追求新知的品格，主要是通过职业的、理性批评体现和实现的。

也许正是有了这雄厚的基础和悠远的传统，1952 年院系调整后，很快各院校自编的文学史教材，无论是公开出版的还是内部交流的，都如雨后春笋般地涌现。由于众所周知的社会历史原因，我们对文学史意识形态性的理解和功利性要求，又很快地使文学和文学史教学与研究长期处于停滞和徘徊的状态。我们先是追随苏联的模式，季莫菲耶夫的文学理论成为我们文艺思想的指导者，而在北大讲学的一位名不见经传的文艺学教师毕达柯夫的浅薄的、教条的《文艺学引论》一书也成了争相传抄的热门书，而且随后也成了编写文学史的重要参考书。从此中国文学史的研究在一股盲目的不分良莠的文艺思潮影响下，特别是从1954年的批评俞平伯、胡适和胡风文艺思想运动始，大学中的文学史的研究与教学一反知识性系统，而都以更加激进的内容和方式，显示了文艺史这门学科本不应有而偏偏发生了的时效性和政策性。文学史突然变成注释当时文艺政策和政治运动的工具。一句话，文学史不再作为一种专门的知识，它的政治工具性竟强调到空前的程度。

到了1957年反右扩大化的政治运动和1958年的"大跃进"时期，中国文艺的知识体系所遭到的震动与颠覆是难以用一两句话说清的，北大五五级同学的一部红皮文学史把一部生动活泼的中国文学史演绎成了干瘪的阶级斗争史和文艺斗争史。受这种时代潮流的影响，连沉着冷静的茅盾先生也出来凑趣，在围剿麻雀的全民运动中，他的《夜读偶记》诞生了。他的话虽非一言九鼎，但他主张的中国文学两千年史是一部现实主义对反现实主义的斗争史，毕竟还是成了文学工作者和大专中学教师作为分析文学史的无往而不胜的法宝。从此郑振铎的插图本文学史遭到了彻底的否定，而影响最大而且最富个性色彩的刘大杰先生的文学发展史遭到了几乎可称之为毁灭性的批判。而王季思先生的断代文学史也没能逃脱他的学生对他的严厉指斥。而他们两个人在勇敢地站出来为他们自己的观点进行辩解时又遭到了更大的轰击。思想显得活跃的刘大杰先生看准了时代潮流的需要，那就是他一次次地违心地出版修订本。"文化大革命"一经发动，儒、法斗争一经提出，又是刘大杰先生率先修改了他的文学发展史，一部好端端的独立完成的文学史终于堕落成一部儒、法斗争文学史。当然这已是后话，我只是怕后面来不及再提及此事，所以插进了这一笔。

历史进程中的"二律背反"，在1959年庐山会议的悲剧发生后表现得最为明显。虽然阶级斗争的弦仍拉得紧而又紧，然而三年困难又多少给知识群体一个稍做修整的机会，迟迟想启动的文科教材的编写工作，反而有了机会紧锣密鼓地展开了。20 世纪 60 年代初期陆续出版的文科教材中的《中国文学史》，由游国恩、萧涤非、王季思、季镇淮、费振刚诸先生领衔主编，它初步建立了中国文学史研究体系，但不可否认，政治意识形态的要求，仍是它框架建立的基本依据。虽然三十多年中它几乎没有什么变化，然而为文学史的教学与研究提供了最初的范本，当然也培育了他的传承者。与此同时，当时称之为中国科学院文学研究所的古代文学研究所也在动手编写中国文学史。何其芳在总结“左”的思潮的情境下，力图主持写一部更富学理性、知识性和整合性的文学史。在他的努力下，像钱锺书、王伯祥、余冠英等几乎都被动员亲自执笔写下他们研究中最有心得的篇章。在征求意见稿中，我仅从行文用语中就发现宋代文学部分，从概论到重要章节，其中就似有钱锺书先生的手笔在。无论如何，我们确实得承认，文学史作为一门独立的学科，游先生主编的也好，文研所集体编写的也好，都不能不受到主流意识形态支配，它的功利性是无可回避的。但是也应当承认，这两部文学史都很强调这门学科的知识性和系统性。因为这是专家们的学养决定了他们必然关注完备系统的知识是一门学科的基础，是它赖以存在的前提。两部文学史不仅在普遍的意义上阐发了文学史的性质和形态，阐发了马恩学说在当代中国权威地位的确立和发展，而且具体论述了古代文学活动作为人类特有活动的复杂性，论述了文学作为精神生产的特殊性及基本规律，尤其是它们几乎都揭示了文学与社会的关系，都特别注重文学史知识的系统建构。其中可以作为文学史研究的基本经验的，学界大致梳理出以下几个特点。

第一，文学与社会的关系。强调了任何一种文学样式的兴衰都是与社会的发展分不开的。例如，我国是一个散文大国。在文学史上，散文曾经历了不同的发展时期，而且兴起与衰落，无不与当时社会的政治、经济形势有着直接的联系。讲到散文发达的隆盛期，就会分析春秋战国时期是我国历史上学术繁荣、流派纷呈、百家争鸣的时代特色，就要追寻当时社会形态发生的深刻的变化。谈到唐代的古文运动，也是从唐代是我国历史上封建经济和文化高度繁荣的时代着手分析。

唐代文苑，异彩纷呈，除了取得辉煌成就的唐诗以外，唐代的散文创作出现的空前繁荣的景象也无不是同社会发展密切相关的有力说明。

第二，文学与政治的关系。强调文学与政治的关系既表现为作家的政治立场、世界观与自身创作的关系，也表现为政治家与文学家的关系，政治运动与文学运动的关系。还表现为政党、政权与文学事业的关系。说明了文学作品虽非都表现政治，但文学的发展却与政治存在着千丝万缕的联系。反对就文学研究文学，因为那是无法揭示文学的深层规律的。

第三，文学与人民的关系。强调任何重要的文学现象之出现、重要的作家的出现和伟大的杰作的出现都与人民群众的精神状态分不开。人民群众的社会心理、时代情绪和审美风尚，不仅会影响到作家的精神面貌，而且还会影响到题材的选择乃至文学作品的欣赏和传播。

第四，文学与文化的关系。看到了每一时代的文学风貌不独与这个时代的现实生活相联系，也与这个时代的总体文化水准、文化氛围相联系。因此也就关注到文学史的更深入的研究不能不涉及对特定时代的人情风俗、道德伦理、宗教哲学等的观照。

从以上四点可以看出，他们编写文学史的方法，基本上是社会—历史批评方法，即从反映论的立场出发，联系时代背景、社会状况来分析、评论文学现象、文学思潮、文学流派与作家作品。当然如果能够消除庸俗社会学的干扰，这种研究方法论是很有效的研究文学史规律的方法。不过，文学史是一种极为复杂的社会现象与精神现象，只采用一种方法是难以描写它的真实面貌的。事实上，庸俗社会学的倾向在教材中存在，在教学过程中更是严重地存在。生搬硬套地用时代精神和作家世界观去诠释作品的主题思想，这实质上是把文学作品当成了简单的时代传声筒，抹杀了文学艺术的特性。至于机械地理解所谓政治标准第一，艺术标准第二，更是抹杀了审美价值主要体现在艺术性上。而一部文学文本没有对其独特的艺术性的把握，它又怎么能够在文学史上独占一席之地呢？

对于社会—历史的批评观，如果往20世纪三四十年代的“中国社会史论战”去推论，那开始注重社会结构变迁的历史观终于诞生了，这条路径至今仍是抗衡国学人文传统的重要力量。颇为遗憾和可惜的是，这条路径极易蜕化为“阶级斗争”和“经济决定论”的简易图式分析。1962年以后一直发展到“文化大革命”正证明了这点。刚刚理顺了的文学史观和文学史的操作程序，不到几年时间就被完全打破了。

我在此所要表达的意思是，中国文学史研究界要生产出真正具有原创性的文学史，就必须超越那个曾日益浓重的庸俗社会学、“左”的教条主义，其中包括阶级标签与“经济决定论”等庸俗结构主义的基础。当然，新型的社会理论对中国文学史的研究是十分必要的和重要的，然而要摆脱权力压迫和话语霸权也非易事。按我个人的意见，文学史建构这门学问乃是学习如何从中国本土出发提出问题，而尽量消化西式思维的有益影响，同时又不做学问上的“九斤老太”，老是炫耀那点“国学”家底。这无疑是一个漫长而痛苦的过程，但又是必须去趟去闯的荆棘之路。

四

近二十年来，我国文学史的学术研究尽管还有不尽如人意的情况，但应承认，这个领域比中华人民共和国成立后的任何时候更有生气，研究成果虽非辉煌，亦可谓蔚为大观了。三十年“一贯制”的文学史教材虽还在流行、参阅、再版，但院校自编、合编的教材无论是公开出版的，还是内部交流，又出现了新一轮的繁荣。文学史教材的“各自为政”式的编写逐步在发生变化。这一切当然得益于改革开放的时代环境和学术文化环境，也得益于学科队伍对学科建设的整体努力。然而，在我们与世界隔绝太久后，我们会愈益发现，中国文学研究特别是中国文学史研究面临着困境，面临着内部和外部的挑战。

说到挑战，我们自然想到了英国历史哲学家阿诺德·汤因比的名言：在文明的起源中，挑战与应战的交互作用，乃是超越于其他因素的一个因素。其实不仅是文明的起源，而且文明的建设和更新，都具有挑战与应战交互作用的因素。人类文化的生生不息，一方面包含着由新的生产力启动的反传统活力与传统惰力之间的挑战与应战；另一方面也包含着外来文化与民族文化的挑战与应战。人类文化正是在这种挑战与应战的交互作用中，获得生命力，并不断赓续、变迁和超越。当我们把自己的视野延伸开以后，我以为，在这种挑战与应战的交互作用中，我国的文学史研究才获得更新和超越。而当我们凝眸审视，我们又深切地感到，只有提高文学史研究的科学水平和强化研究的当代性，才能实现和推进文学史学术研究的更新和研究方法的现代化进程。

迎接和响应这种挑战的就是 20 世纪 80 年代初的“重写文学史”的呼唤和各种设想以及实验。

新时期以来，即改革开放以后，“重写文学史”是从现、当代文学研究发难的，因为他们直接面对的是不久故去和在世的作家与作品的再评价的问题。这是由于中华人民共和国建立以后，政治运动频频发生，政治意识形态一天天强化，而文学又是在一条从属于政治路线的“左”的主导思想下进行创作和研究的，于是在禁区打开以后，人们首先想到的就是文学史上的正本清源、拨乱反正的问题。虽然“重写文学史”一度受到了诘难，但这是一个本无须质疑的提法。因为任何一个时代都会根据自己的时代需要而重写文学史，任何一个文学史家也都有权进行文学史的重写。而在古典文学史的研究领域，人们又很快发现，“文革”时期“古为今用”一说提出后，又被实用主义和狭隘的功利主义加以利用、曲解和发挥，中国文学史的研究受到了意想不到的干扰，甚至在这个领域的部分“地区”几乎走上了歧途，于是学者本人和读者都渴望重写文学史。另外也还由于读者大多认为在今日的学术文化环境中，再去用集体编写文学史的方式，会大大削弱学者的艺术个性、审美体验方式和独有的审美判断力。人们求之于文学史家的精彩之作，乃是“通古今之变，成一家之言”。正是在这一意义上，窃亦以为，集体编写文学史在学术空气日趋活跃，学术性格日趋成熟之今日，它可能并非是理想之路。总之，重写文学史乃是现实社会之需要，也是现实社会之于一切学术史的必然。

“重写文学史”还有一个更深层的意义，即文学史之重构与传统的文学史学之不同。我在文章的前面已经阐发了我对当代意识的观点，那么重写文学史，正是要求我们在“当下”，以当代意识反观历史，追溯其形成、发展的历时性过程，并从中发现文学在历史发展过程中那些恒常不变的基因。从对历史的观察视野说，如果传统的编年史注重的是通过过去认识现在的话，那么以当代意识重构中国文学史注重的则是通过现在来理解过去。从这个意义上讲：历史研究并不等于研究历史。研究历史只是历史研究的一个领域，即只是历史研究的一个组成部分，它并不等于历史研究的全部内容。但是，在我们的文学史研究领域中，历史研究在相当程度上曾被认为就是研究历史。历史研究几乎被研究历史所占据了。具体地说，就是单纯地去搜集史料、整理史料、分析史料而忽视了对历史与现实之间内在联系的研究。我对文学史研究之所以如此强调其建构的当代性，意在把历史研究从单纯的史料研究中解脱出来，还其文学历史研究的多重性格。

还是根据这一点，我认为以当代意识重构中国文学史，实际上有一个研究者思维空间拓展的问题，有一个重建阅读空间的问题，也就是说有一个提高精神思维境界的问题，学术思维不随时代更新，文学史无法重写，也绝对写不好！

以当代意识重构文学史实质上是今日之社会提供了我们如何对待传统（传统文化和文化传统）的问题。传统体现着本体，本体永远包含正反矛盾两极的统一，所以任何民族群体的传统中都包含了进展与消退两种以上的因素。由于接受者主体条件不同，他或可能接受（选择）进展着的方面，或可能接受（选择）消退着的方面。又由于其自身条件基因的不同，进展的方面亦可导致消退，消退方面反可以导致进展。因此，以当代意识观照传统不可笼统地肯定或否定。“作为艺术的文学，既有成为某种文化载体而可以划分先进落后的一面，更有超越文化的功利意义而根本谈不上什么先进不先进的一面……”，“艺术发展不是取代关系……鲁迅不能取代施耐庵，毕加索也不能取代伦勃朗。不同时间的艺术之间最终不是一种时间的线性关系，而是一种空间并存的关系。最新的东西可能速朽，最古老的东西也可能长存。这里重要的是质量的区别，而不是先后序列的区别”[①]。因此，传统文化（其中当然包括文学遗产）作为自在之物时，无所谓优劣。其所带来的优与劣，主要取决于接受者主体的自身条件。因此，传统作为一种精神流动体，它对于优越者来说，就是优越的；反之，传统对于拙劣者来说，就是拙劣的。而把传统理解为僵化封闭的人，他本身就是僵化封闭的；而把传统理解为发展开放的人，他本身也就是发展开放的。事实是，文学发展的历史本应理解为本体作用下人类群体精神升华延续的滚滚洪流。这洪流是“流”在历史的纵向上的。它在历史上这样的流和那样的流，主要是由于历史的“地形”造成的。重构文学史的新框架是必然的。

重构文学史作为一种科学使命，在今天改革开放和多元并存的文化态势下，我们这一代人怎么搞法，自然也取决于我们社会的“地形”，取决于我们的文化积累、素养，特别是精神思维的境界和素质。我们既不必沮丧于过去文学史编得多么不成功，亦无须陶醉于过去文学史写得多么好，重要的是社会和文化为我们文学发展历史的研究提供和开辟了何等的“地形”，甚至新的“源泉”。中国文学艺术的发展历史在我们身上“流”得如何，以及历史的正反面经验总结得如何，首先取决于社会决定我们心灵的“地形”。所以在研究文学史和考虑文学史编写及操作时，反思我们自身的精神境界和思维态势与学术思维的优势和劣势及其不断更新等问题都是万万不可忽视的。作为人文知识分子，反思自己的魂魄，反思自己的学术历程和心态变迁必然是一致的。历史赋予我们人文知识分子，在最起码意义上，反思已成了我们不可推卸的历史使命。这才是我们时代和我们的社会现实

① 王蒙：《风格散论》，人民文学出版社，1991，第257页。

决定的，也是这个社会文化的精神表征。

五

我认为要重建文学史，重读名著乃是前提条件，这就是我们在几年前提出的“名著重读与文学史重构”的命题。从实际出发，创制文学史研究的理论范式，无论是外国的还是中国的，莫不始于阅读。有识之士已经看到，阅读空间的重建是研究工作完成蝉蜕和更新的内在动因。例如，意识到“以文本为中心”的必要，使英美新批评提出“细读法”；以“读者意识和作者意识的相遇”为前提，意识批评中的乔治·布莱建立发展了认同批评法；把弗洛伊德的精神分析学作为认识文学的基础，夏尔·莫隆力图在作品中发现从顽固比喻到个人神话之间的通道；为了寻求终极的结构模式，茨维坦·托多罗夫可以把一本书当作一个名词来加以分析；为了在文艺创作中起用久被忽视的读者，接受美学中的康斯坦斯学派反复强调作品的召唤结构，等等。诸如此类导致文学研究和文学史建构一次又一次完成蝉蜕的努力，无一不起源于一次比一次强烈的重建阅读空间的愿望。研究的问题，归根结底是一个阅读的问题。要拓展文学史研究者的思维空间，首先要重建文学史研究者的阅读空间。阅读空间的狭小和残破，特别是20世纪50年代末到70年代中期“左”的政治路线和教条主义的文艺方针，早已使文学史研究者有窒息之感了。且不说那众所周知的以阶级斗争为纲的阅读方式，使多少文学史家竭力在文本中调查作家的阶级成分，千方百计地追寻作家的阶级归属和政治派别，以为如此即可纲举目张；也不说那“经济决定论”使多少文学史研究者四处搜罗数据以构筑所谓的时代背景；更不要说机械“反映论”使多少文学史研究者形成了牢不可破的思维定式，把“通过什么反映什么”当作固定不变的公式。仅仅以所谓的“阶级局限”四个大字，就使多少文学史研究者的研究文字失去鲜活的生命。它使我们全然忽视了作家的政治观点和他的作品可以是互相矛盾的，也不理解聪明的作家往往并不在想象的文本中直接表述其政治立场和哲学观念，甚至我们不愿承认成功的作品中的人物一定是自由的、不肯轻易接受作者主观意图的摆布。因此，在那个时代，在一些研究者中间，在遇到文学史的诸多矛盾现象时往往不承认矛盾、分析矛盾，而是尽力弥合矛盾，其结果，要么以“局限”之名从轻发落，要么一厢情愿地修改历史。

要重建阅读空间，必须打破单向的线性阅读方式，而要开辟多元多向多层次的思维格局，培育建设性的文化性格。然而这一切非有一种新的阅读心态不可。因为有什么样的阅读心态，就会有什么样的阅读空间。在一个开放的、多层次的阅读空间中，有多种并行的或者相悖的阅读方式和批评方法，研究文学史完全可以择善而从，也可兼收并蓄，甚至可以因时因地而分别取向。但无论如何，阅读心态却是不可以不闻不问的，任何封闭的、教条的、被动的，甚至破坏性的心态都可以导致阅读的失败。所以，为了建构文学史的新体系，必要的程序是重读名著，必须进行主动的、参与的、创造的阅读，从而才有可能产生一种开放的、建设的、创造的文学史研究，才能有较为完善的文学史编写的运行机制。

选择回归文本和走进经典是我从事文学史教学与研究一直坚持的策略，这不仅仅是因为经典名著已经过时间的淘洗和历史的严格检验与筛选，更重要的它们是浓缩了的人类历史文明，是打开时代灵魂的心理学。长期以来，我不断斟酌的也正是这样一个问题：既然文化史曾被大师称作心理史，那么作为文化，它无疑会散落在大量的典章制度和历史著作中；但是，它是不是更深刻地沉淀在古代作家的活动环境中，沉淀在他们的身上，尤其是沉淀在他们的心灵中？因此，要寻找作为文化现场的中国文学史，我认为首先应到作家的心灵文本中去勘察。令我们最感痛心的、具有永恒遗憾意味的是，历史就像流沙，很多好东西都被淹没了，心灵的文化现场也被乌云遮蔽得太久了！

这就是为什么我长期以来，宁肯从作家创造的艺术世界来认识作家；从作家对人类情感世界带来的艺术启示和贡献，评定作家的艺术地位的原因。

说来惭愧，我教了四十余年的文学史[①]，在兜了一个大圈子后，又重新选择回归文本的策略，绝非偶然。其实细想起来，从新时期以来，人们在学术反思的基础上，越来越看出，扎扎实实地回归文本对于一个文学史教师来说是一种必然。仅从传授已知的知识的教学工作来说，读懂文本是最起码的基本功，至于说到进一步探求未知的知识的科研工作来说，第一步也必须建立在细读文本的基础上，不然任何文学史的所谓规律性的探索，都会变成无源之水。从另一侧面来说，无论古今，作家得以表明自己对社会，对人生，对心灵和文学的理解的唯一手段就表现在文本之中；同时也是他们可以从社会、人生、心灵和文学中得到最高报偿的手段。所以一个作家真正需要的，除了自身的人格与才情之外，那就是他们的文本本位的信念。因此，对于一个真诚的文学史研究者来说，尊重文本乃是第一要义。

可以作为参照系的是西方文学史中的作家本位和作品本位之争。19 世纪法国批评家圣伯夫是作家本位论者。他认为作家生平是作品形成的内在依据，因此绝不能把人和文本分开，必须收集有关作家的一切资料，其中包括家族史、书信、知情人的回忆等。而文本本位论者后来的代表人物普鲁斯特，他认为，作家的真正自我仅仅表现在文本之中，而且只有排除了那个外在自我，才能进入写作状态。据说所有第一流作家都本能地站在普鲁斯特一边。像海明威这样的大作家就明确地说："只要是文学，就不用去管谁是作者。"而福克纳告诉他的传记作者：我的雄心是退出历史舞台，死后除了发表的作品以外，不留下一点废物。

在此以前，我还发现，德国伟大的诗人和思想家海涅原来也是一位坚定的文本主义者，他在评论莎翁的剧作时，捎带发表了一段很精彩的文字，现摘少许，以飨读者：

① 我是把自己从事中国文学史教学与研究四十多个年头中的"文化大革命"期间"停课闹革命"的四年多时间完全扣除了。

> 艺术作品愈是伟大，我们便是汲汲于认识给这部作品提供最初动机的外部事件。我们乐意查究关于诗人真实的生活关系的资料。这种好奇心尤其愚蠢，因为由上述可知，外部事件的重大性和它所产生的创作的重大性是毫不相干的。那些事件，可能非常渺小而平淡，而且通常正如诗人的外部生活非常渺小而平淡一样。我是说平淡而渺小，因为我不愿采用更为丧气的字眼①。

海涅还有很多刻薄的言辞，我不再征引了，以免伤害持不同看法的朋友。总之对这两种截然不同的意见，我似乎更偏重于海涅和普鲁斯特一边。当然，由此也可以看出史学与文学之差异。历史学如不研究人物的行状、根脚就无所谓历史；而文学除了作家的研究，他们的研究对象绝不会比历史人物留下的文本更少，这也许是一个史学的门外汉说的地道的外行话。

在这一小节的最后，我想总结出这样一段意思：无论是文本主义还是作家本位以及其他的主义，我想任何人都可择善而从，我们不必由此就悲观地认为文学史是不可研究的。在任何时代，任何社会，任何意识形态的影响，对文学史（其实是对所有其他的“史”）的研究，肯定有着省略些什么，遗忘些什么的危险，而且这个陷阱是研究行为本身天然带出来的，属于不可清除之列。在此意义上，我们有理由认为，历史就意味着遗忘。我相信，这是我们有可能对一个时代的文学进行描述的大前提。

以这种眼光去看中国文学史研究，我认为一部理想的文学史（哪怕是断代史），首先应该是一部文本的艺术分析史。对文本进行艺术的分析诚然是对文体、心理体验与词的分析，但它要分析出为什么在这个时代这个社会而不是其他时代和社会产生这样的审美体验和文体；为什么是在这个时代而不是在其他时代产生了词的这种用法而不是那样的用法，这样的文体而不是那样的文体，等等。总之，

---

① 海涅:《莎士比亚的少女和妇人》，载《莎士比亚评论汇编》上，中国社会科学出版社，1979，第328页。

文学不仅仅是反映了生活的什么什么，文学乃是对生活的思考，是对生活的研究，文学永远不是生活本身。我的意思是，思潮论与文本分析，思潮史与文本分析史并不矛盾，而是交织在一起的，也许这样做更像一部文学史，而不仅仅是社会史、生活史。

六

“不妨把文学史作为审美化心史（心灵史）来研究”，这是我从 1980 年就坚持的命题，后来在历史系冯尔康先生主持下召开的首届中国社会史研讨会上，曾以《戏曲史·心史·社会史》为题，阐述了我的一些极为粗糙的想法，现在我再结合近几年的学习心得谈谈我的旧的和新的观点。

因为人们都知道了文学是人学，所以，文学史、文学史论，应该也可以写出人史的意义。可我们的一些文学史却常常只是“文学大事记＋作家作品论”。那些波澜起伏的时代心潮，那些在各种欲望和意志支配下活动着、较量着的人，他们心态变迁的历史，却都不见了。绚丽多彩，激动人心的文学现象被挤压成干巴巴的教科书语言、社论语言。文学史丧失了文学的生命力。因此，理所当然地，人们呼唤文学史家展现作家们作为“时代感应的神经”的精神品格，揭示不同的文学观深层积淀着的时代社会主题。由此上溯他们人生观、文学观的思想渊源，传统承继关系，从而引发出一些富于魅力的有意味的文学问题。然而，这毕竟还是作为科学的文学史的第一个层面，或曰它只是完成了科学的文学史的第一个任务。而第二个层面呢？

中国文学史发展得太盛且太久。中国文学浩繁的内容和分支有时又使我们忘记了人们探究文学史时最朴素的出发点。事实是，历史过程和社会发展及诸种生活方式影响着人们的心灵。所以现在的当代人及其当代意识对自己心灵历程的兴趣或许大大多于对自己政治、经济历程的关心。基于这一点，作为反映人类历史中成为精神文化底层基础的感情、心绪、伦理模式和思维习惯的文学艺术，往往被当代人认为是更重大的研究课题。比如，对中国古代思想文化界的代表人物，从郑思肖到黄宗羲，为什么人们那么看重他们著作的“心史”的意义，为什么外国作家果戈理径直地称自己“最近的著作都是我的心史”①。而我们的著名小说家吴敬梓的《儒林外史》也不再简单地被称之为知识分子的百丑图，而誉之为知识分子的痛史，知识分子的灵魂史，至于我，则把这部专门写知识分子的小说看作是吴敬梓对知识分子的心路历程的真实和审美的写照，是吴敬梓对举业至上主义的百年文化反思之作。至于曹雪芹的《红楼梦》无疑更是这位小说巨擘的心灵私语，是一部名副其实的心灵挽歌，当然也就是曹雪芹在咀嚼人生况味后的心酸史。在诗之王国中，《离骚》当然是屈原的心灵史诗，《自京赴奉先县咏怀五百字》、“三吏三别”又何尝不是诗圣杜甫的心史呢？总之，从有机整体的观念来看，一部中国文学发展史，在一定意义上说，是一部生动的、形象的、细腻的审美化的“心史”，是一部人民的灵魂史。19 世纪的著名文学史家勃兰兑斯在他的六卷本《十九世纪文学主流》的引言中说：“文学史，就其最深刻的意义来说，是一种心理学，研究人的灵魂，是灵魂的历史”②。这是我迄今看到的对文学史做出的最符合实际、最富有科学意味的界定。勃氏这一思想的深刻性就在于他不是停留在文学即人学的层面上，而是充分认识到文学乃是人的灵魂史，人的精神主体的历史。这就是我反复说明的，心理结构乃是浓缩了的人类历史文明，文学文本则是打开时代灵魂的心理学。丹纳在其名著《英国文学史》序中说：“如果一部文学作品内容丰富，而且人们知道如何去解释它，那么我们在这些文学作品中找到的，会是一种人的心理，时常也就是一个时代的心理，有时更是一种种族的心理。”事实上，在中国，从屈原到陶渊明，从李白、杜甫到苏轼、辛弃疾，从罗贯中、施耐庵到吴敬梓、曹雪芹，他们的心灵始终是和人民的心灵相通的。在他们的杰作的纸底或纸背，大多蕴藏着人们的郁勃的反抗之音。总之，当我们综观一部中国文学发展史

① 魏列萨耶夫：《果戈理是怎样写作的》，天津人民出版社，1980，第 21 页。

② 勃兰兑斯：《十九世纪文学主流》第一分册，人民文学出版社，1980，第 2 页。

时，我们几乎都感到了作家们感情的喷薄和气质的涵茹。当然这一切又都必然是时代的狂飙带来的社会意识在优秀作家身上的结晶。如果我们不透过其创作去追溯其灵魂深处，又如何能领会这些杰出作家以自己的心灵所感受的时代和人民的心灵呢？彭·琼生在评说他的同代人莎士比亚及其创作时说了一句话：莎士比亚是“本世纪的灵魂”。这是何等中肯何等准确啊！那么我们也完全可以说，屈原、陶渊明、李白、杜甫、白居易、苏轼、王安石、陆游、辛弃疾、关汉卿、王实甫、汤显祖、李贽、施耐庵、罗贯中、笑笑生、吴承恩、蒲松龄、吴敬梓、曹雪芹、孔尚任、洪昇等人及其作品是他们所处时代的“灵魂”。所以，窃以为，从最深微处，中国文学史也是一门中国社会心理学，一门形象的社会心理学。而要对待具有心史和灵魂史性质的中国文学史，我们既要深入作家的灵魂，也要纵目他们所受规范的社会心灵总体。也就是要透过作家感情深处或作品内容乃至一个发人深思的生活细节和心灵悸动作为突破口，去纵观时代风尚与社会思潮。所以我常想，只要我们从心史这个重要侧面出发，则我们必有新的发现。今日之社会已使文学史研究得到进一步深入，我们完全可以从那纷纭呈现的历史表象背后，发现一些鲜活的东西。仅仅是在这个意义上，我极为欣赏柯林伍德《历史的观念》一书中的这个观点：“一切关于心灵的知识都是历史的。”

既然把文学史看作是审美化的心灵史，那么，作为“发皇心曲”的作家灵魂的研究，细致入微的作家心态的剖析，就会很自然地被提到日程上来。

令人感到欣慰的是，近年我毕竟看到了文史学界一些精神同道开始对人类心灵历史越来越大的关注，对一个时代的情感和思潮的关注，他们自觉地向我们打开了洞悉历史文化深层奥秘的新窗口。由此人们看到的是，往昔岁月中各种人的动机、欲望、性格、气质、情愫、才情、生死观、处世观等精神状态，看到群体幻觉和重要历史文化人物和著名作家的各色心态。于是，文化人的研究视野开始拓展到内宇宙。这无疑是深化了对人的本体和人的实践的认识和感受。这一转变，是与国际文史学界对心智史、心态史的关注同步发展的。

事实是，作为心灵的最细微处、最微妙处，即心灵的最敏感处，乃是心态的变迁史。如果说，思想与性格，人格与气质等在成熟后，具有一定的恒定性，而心态则是一种精神流动体，它更受时代精神、社会思潮、个人遭际乃至政局的影响，而不断变动游移。进一步说，作家之间最深层最重要的差别是心灵和心态，其他一切差别，几乎都是表层的。因此，在我们认真观照作家和知识阶层的心态时，我们往往发现，它不是在“过去”就已经凝结成型的，所以，心态乃是“尚未”被规定的精神现象，它当然和思想、性格密切联系，然而它总是处在“制作”之中，“创造”之中。

长期以来，我们的文学史研究，在观照一个作家或一个历史人物时，往往只看到链条的两端，而对整个链条，也即是整个过程，却有意无意地忽略了，这几乎成了过去的一种研究的制作模式。正是这种模式往往窒息了研究者的才智，挡住了研究者的视界。现在读者企望于研究者的是，他们能注意并捕捉人文知识分子内心生活的多样性、迅速变化的心态，用敏锐的眼光、睿智的洞察力把握文人内心生活依稀可以捉摸的那一瞬间，使“过程”丰富多彩，并以细腻的、敏锐的、深刻的辨析力加以透视解剖，从而使“过程”显得具象化、明晰化，心悦诚服地认同他们对“过程”的理解。这种“过程”，就是注重心理运作的辩证法。

七

在中国文学史的建构中，我更看重文学发展过程的一个契机，即“夹缝时代”。

时贤曾经精辟地指出：在一段时间内，以几位大作家为代表，一批优秀作家集中出现，形成文学创作的高潮；若干年后，又有一批作家同时涌现，形成另一个高潮，这是文学史上经常出现的带有规律性的现象。一部文学史，大体上就是由许多这样的高潮汇合而成的。然而，大作家的出现往往不是孤立的，在他的同时，或稍前，或稍后，总有一批才华横溢的作家围绕着他，宛若群星之与北斗，相互辉映着，布成灿烂的星空。翻开元人钟嗣成著《录鬼簿》，我们可以看到，在元大都围绕着关汉卿、马致远、王实甫、白朴，集中了郑廷玉、杨显之、纪君祥、康进之、高文秀等许多才情豪健的剧作家，他们一时并出，各骋骥騄，终于掀起了中国戏剧的高潮。

此外，文学的繁荣，要有一个能够激励作家从事创作的艺术的氛围。思想要砥砺，艺术要切磋，没有同时的、同辈的作家的互相启发、交流和竞赛，大作家的文思之泉也会枯竭。作家之间相互促进的关系，史不绝书。李白性格傲岸，但对比他年长十二岁的孟浩然却十分钦佩；杜甫对比他年长十一岁的李白也极其倾慕，和李白的交往，是珍藏杜甫心底的最美好的回忆。此外苏轼对黄庭坚、秦观的培养和奖掖，繁荣了北宋的诗坛。而元代戏剧家杨显之，其外号"补丁"之名，就是因为他常常对关汉卿剧作提出切中肯綮的意见。从《录鬼簿》中我们还会发现很多剧作家之间都是好友、知音。这说明文学的繁荣是多么需要一种宽松、和谐的艺术氛围和学术文化环境呵！

然而这只是中国文学发展历程的一个侧面，文学的发展过程和文学史实还有另一种更值得关注的情势、形态。纵观中国文学史，文学最繁荣之日，恰恰在意识形态重建之时，这往往与一定时期经济的发展不成正比。一位外国著名理论家就曾断言：世界上一些著名作家与作品恰恰出现在有裂缝的时代。由此我想到了美国的奈斯比特的《大趋势》一书中的一个说法。他认为，夹缝时代是夹在两个时代之间的年代，这个时代是摇摆不定的，但这是一个伟大的时代，一个发酵的时代，它里面充满了各种生机和可能性。以此说作为参照，我们发现文学的发展过程，也不断证明，在历史风云急遽变化的时代，在旧的意识形态大厦倾斜之际，或新的意识形态体系正在重建之时，作家的感情和思想都发现了新大陆。作家对生活的理解，对感情的驾驭，乃获得了更大的内在自由，形象构成的机遇就空前地增加了，形式流派也纷呈起来了。

在中国古代文学发展过程中，确实有一种特异现象，即文学创作往往是"生于压抑，死于自由”。它也许和“文穷而后工”有相似之处，而又迥不相同。“生于压抑”必有忧患意识，过于“自由”则会丧失使命感，消解创作中必要的激情。事实是，伟大作家往往是在社会危机尖锐化的时代产生的，这个时代，照卢那察尔斯基的说法，就是俗语叫作“灵魂”这个东西分裂成为两半或好几部分的时代。当一个民族面临着激烈的矛盾冲突的时候，必然会在这个民族的儿女身上，必然在觉醒了的成员身上，必然在知识精英的伟大作家身上，激起罕见的热情和勇气，必然会涌现出成千上万的民族英雄和先进战士。此刻也正是伟大的作家出现的时刻。因为凡是真正伟大的作家必定是群众的喉舌，他们必然是把人民的爱和恨、人民的愿望和思想最彻底地表现出来的人。就以关汉卿和汤显祖来说，这两位剧坛巨擘之所以能成为中国古代最伟大的剧作家，就在于，他们一个是生活在中国社会矛盾展开得最激烈的时代；一个是在中国社会转型期，即处在所谓资本主义萌芽”开始冲击古老的自然经济的时代。这时，整个社会、整个民族都分裂为互相对立的两部分或几部分。敏感的、天才的作家们的灵魂似乎也感到了被撕裂的痛苦，使得他们不得不提起笔来写出他们的也是民族和人民的爱和憎、苦难与希望。关汉卿和汤显祖，一个是黑暗社会的揭露者和批判者；一个是人性的解剖者和灵魂的拷问者。但是，在他们的作品里，既有神圣的东西，也有渺小庸俗的东西，而本质上则是神圣的东西。而正是从这神圣的东西出发，他们共同地对渺小庸俗的罪恶的东西，发起了猛烈的进攻和无情的抨击。当然他们有时对自己心头的这种神圣的东西也发生过怀疑，因而有时也不免起来反对自己，这就是他们、也是其他许多大作家的世界观的矛盾和精神悲剧。但是，他们心头上的神圣的东西是压不倒的，即对人的信念，对人民的关怀和爱，对停滞的社会的忧患意识。当然，生活又往往令他们失望，因此，他们就不得不把这信念与爱以及忧患，转向冥冥中的神，转向了广义的宗教意识，这就是我们感到同他们之间的某种隔阂的原因之所在。一部中国文学史，对于我们今天的人来说，一直处在“惊人的一致，深刻的矛盾”的运动中。而究其多种原因，其中之一则是作家生成于夹缝时代，而这个时代往往造就了他们的天才、敏感、灵性和特殊感悟时代的能力，当然也让他们始终处于极度痛苦之中。可以不可以这样做一简明的概括：每一个伟大辉煌的人生都伴随着艰苦、曲折、磨难才得以完成。每一部名著的背后都隐藏着一个艺术家多难的生活经历，历史的磨难孕育着艺术家的大作品。

八

中国台湾著名的人类学家李亦园教授在《中国文明的民间文化基础》一文中提道：一个庞大而历史悠久的文明如中国，向来存在有缙绅或官方文化与民间或俗民文化之别。他依据美国人类学家芮斐德《乡民社会与文化》中所说的“大传统”与“小传统”之别，指出了大传统是一个社会里上层的士绅、知识分子所代表的文化，这多半是经由思想家、宗教家反省深思（reflective）所产生的精英文化（refined culture）；而相对的，小传统则是指一般社会大众，特别是乡民（peasant）或俗民（folk）所代表的生活文化。这两个不同层次的传统虽各有不同，但却是共同存在而相互影响的。李先生转引西方学者观点，认为古老文明的社会的研究，一向因为他们的上层士绅文化或经典文化较为突出，所以容易引起学者的注意，史学家、思想家以及古典学者的研究兴趣，大都长久集中在这些大传统文化方面，而其成就向来也很高。只是较后来，人类学家与民俗学家才开始注意到代表大多数民众一般生活的小传统文化。李先生继而指出，在古典文明的研究中，小传统的研究仍然是较受忽略的，而在中国文化的研究领域中，小传统的民间文化的研究也同样是经常被忽视，这实在是一件很遗憾的事，因为我国小传统的民间文化无论如何代表较大多数一般民众的文化……李先生在这方面还做了很多精彩的发挥。这就使我联想到了很多问题。

有些研究者已经指出，长期以来，史学在我国肩负的不是“穷探治乱之迹，上助圣明之鉴”的重任，就是寻找和论证“人类历史的发展规律”的伟业。结果一部无比丰富繁杂、生动多彩的“历史”不是被简化成几个帝王将相、英雄豪杰的“家谱”，就是被抽象为几条规律、几个公式的总结。而一代又一代人民大众在一场又一场历史风云变幻之际的衣食住行、婚丧嫁娶、消闲娱乐等则根本不被重视，因为普通人的日常生活和具体的生存方式是“不入流”的，是不能进入“历史”的。对此，虽早有史家屡表不满，呼吁注重社会史、文化史、大众生活史的研究，但对生活、风俗史的具体研究又委实过于繁难，因此一直“成效甚微”。

其实在中国文学史中，在过去乃至现在的研究中缺乏的也正是这种倾听民间的回声。不用说中华人民共和国成立前，中国文学史写到宋代部分就写不下去了，像李长之先生的大作，林庚先生早年写的文学史也是这样。而到了“重写文学史”的呼声一个接着一个时，章培恒、骆玉明二位先生主编的《中国文学史》在 1996 年一出世，影响甚巨。但能涵盖文学史一半的小说、戏曲、讲唱文学却只占三卷本的一部，即下卷的元明清部分，而下卷又涵盖了诗、文，小说和戏曲，也就是下卷的一部分。这正不无遗憾地说明文学史家缺乏对民间文化的充分重视或者说传统的、正统的文学观念还在有意无意地束缚着研究者的头脑。严格地说，小说和戏曲这些叙事文学是具有大众性的东西，或可径直地说，小说和戏曲的本体特征就是世俗的，这不是贬低它，而是从文体意识观照的结果。它跟诗歌、散文不同，诗与散文讲究心灵的智慧、内心的体验和感受。而小说就是要讲一个故事给你听，它要讲一些百姓爱听的故事。小说起码要好读，有人爱读有更多的人去读。所以小说和戏曲都不可能在象牙塔内，而是要时刻走向民间。当然小说对民间有一种启蒙作用，但民间对小说又有一种支撑作用。如果民间失去了小说或者小说失去了大众，小说也就到了死亡的时刻了。这就如同戏剧，没了观众也就没有了戏剧一样。所以我常说，小说戏剧不能缺少烟火气、地气，小说戏曲永远不应是插花艺术，它的人民性和大众性是它的优势。然而中国文学史在观照这一部分民间文化时却有与史学相似之处，这是不能不加以反思的。作为一种取向，21 世纪在民间文化和社会史、民族风俗史等方面是不是可以得到更多学者的关注呢？

是的，诗、词、文与小说、戏剧等叙事文体的审美功能当然不同，谁也不可能代替谁。然而我喜欢用一个比喻。比如很多长篇小说和多本戏剧剧本往往就像是一个有许多窗口的房间。《三国演义》《水浒传》等史诗性作品就是有许多窗口的房间，读者从不同窗口望去，看到的是不同的天地，有不同的人物在其中活动。这些小天地又道路相通，于是读者面前出现了一个完整的世界。仅以《三国演义》来说，在这里一切可能出现的斗争方式都出现了，军事的、政治的、外交的、公开的、隐蔽的、合法的、非法的，而且所有这些斗争，都是在漫长的封建统治集团内部斗争所积累起来的经验的基础上进行的。基于长篇小说的这种多义性多层次的题旨与思想内涵，我们的文学史研究著作应该看到这些传世之作那超越题材、超越时空的特征。因为从审美结构来看，可以称之为不朽之作的都包含着三个层次：表层是各种形式美因素及其唤起的意象；中间层次是意象所指示的历史的、社会的内容；它的深层结构则是超越时空的具有象征意味的深层意蕴。也就是说，当作家在作品中超越了题材自身的特定时空意义，揭示出某种普遍性的社会的哲理的内涵和心理内涵时，这个作品就获得了题材之外的某种象征意味。它的意味或典型形象就在世世代代读者心目中成为某种象征的形式而被吸收和改造，读者即以自己不同的心境而代入不同的经验内容，这就是我们常提及的“象征意蕴”。中国文学史叙事文体这种文化意蕴又是很多诗文难以涵盖的。

从世界文学史的角度来观照，叙事文体的作品在文学发展过程中是被看重的，不是文学史家而只是一位著名的作家的巴尔扎克就看到了：“文学就像所代表的社会一样，具有不同年龄，沸腾的童年歌行，史诗是茁壮的青年，戏剧与小说是强大的成年。”[①] 对于高级形态的成年时代的戏剧小说，我想不应受到和童年歌行、壮年史诗过于悬殊的待遇吧！何况，小说戏剧从民间文化角度来看，更具有文学史意义。

---

① 王秋荣:《巴尔扎克论文学》，中国社会科学出版社，1986，第 255 页。

九

关于文学史的整体意识问题。恩格斯在《评亚历山大·荣克的〈德国现代文学讲义〉》时提道："任何一个人在文学上的价值都不是由他自己决定的，而只是同整体的比较当中决定的。"这提示我们，文学研究的视点，还要求研究者具备整体意识。

首先，它要求研究者把研究对象置于文学史的整体框架中来确认它的价值，辨识它的文学源流，并且在文学史的流变中探讨某些文学现象的规律和意义。这种史的研究把我们引向一个课题，即如何打通长期以来人为分割成几个文学发展的阶段。因为中国文学是一个整体，对它作史的研究也必须予以整体的观照。对此复旦大学陈思和先生和北京大学陈平原、钱理群、黄子平等先生更提出了"20世纪中国文学"的新观念，受到广大文学研究者的认同。

其次，整体意识要求我们用广阔的视界考察整个中国文学艺术发展史，把它作为世界文学史的一部分，而不应当把它孤立在世界文学史之外。真正的有洞察力的文学史家总是从不同角度来看问题。中国的文学史家把中国文学自身发展历史看成中国的文学史，但外国的文学史家却把中国文学史当作世界文学史来研究。中国文学史和世界文学史的这种错综复杂关系，恰恰要求我们从不同的角度进行研究。这就是说，要有一个更广阔的视角，把自己民族的文学放到世界文学的格局中去考虑，在另一种文学体系的比照下，用一种陌生化的非我的眼光，互为主观，从而完成自省、重建民族文学的重任。对此，比较的研究是会起到巨大的促进作用的。因为比较的研究是在开放的世界主义文学的觉醒中诞生的，所以，比较的文学和文学史研究最能够自觉地将民族文学史纳入世界文学的总体格局和发展倾向之中，为此，我们理所当然地把我国文学的发展过程视作世界文学发展过程的一部分。有识之士即曾谈到，19世纪以前，人们还可以孤立地谈论某一民族的文学而不致影响其论述的准确性；而在今天，世界文学的逐步形成，要求文学史研究者具有一种世界眼光，即把本民族的文学发展放在如鲁迅所说的“参与世界上的事业”这么一个参照系上来考察。所以，文学史研究的整体意识也就是一种强烈的世界意识、参与意识，亦即现代精神、当代意识。

十

无须回避的事实是，中国文学史的建构或重建必然地落在高等院校和部分社科院的文学研究人员的身上。前面我已经说明，无论舆论界和批评界如何评论“学院派”和“学院派批评”的弱点，但学院派中的专家具有他们本人良好的学养、知识系统化、深厚的历史感和学术视野开阔、持论通达等长处，所以他们的文化优势就是文学史研究。而在今天，“新学院派批评”已经在建构中，几年前我有幸参加这一问题的讨论，我更加深信学院派的生命力及其不断更新后勃发的动力。为此，“新学院派批评”必定在文学史建构中发挥以下的特点。

第一，在批判地继承中国传统的朴学基础上，集其大成，创立文学史研究的新历史主义方法。它的特色是：以真实为基础，以考证为先行，联系和扣紧文本的外在因素（时代、环境、影响、作家生平等），同时保留对文本本身的审美品位和艺术的敏感与直觉。这是一种智性和灵性结合的新实证主义。

第二，决然排斥凝固的理论模式或死板的知识，先验地框住鲜活的艺术生命。而是将自己关注的对象置于广阔的文化背景上，进行严谨而有序的、历史的、美学的透视，努力从本学科与相关学科的互补中，发现和阐释文学史发展过程的诸多问题。

第三，将思想家的冷静和艺术家的感悟以及解剖学家的精心结合起来，用清爽的知性滤选阅读行为，进而转化为一种形而上的思考与明晰的表述。

第四，始终保持学者型的求真求实的态度，不玩五花八门的“流行色”，而是贯注以科学的实证性，同时又熟练地把传统的重意会和现代的阐释学、重言传有机地结合起来。

第五，对关注的文学现象不做居高临下的裁决，将重心放在建设上，以立为中心。在与作家与文本进行对话和潜对话时，处于平等地位，同时又保持适当的审美心理和理性、情感距离。以自如而又清醒的态度面对对象，为读者建造一条心灵通道，即文学史对象—文学史家的话语—读者的感悟。

第六，无史之论乃无源之水，无论之史只能是一盘散沙。坚持论从史出，史论结合，相互印证、相得益彰。

我认为学院派，特别是新学院派批评正应建立这种文学史的学术价值、科学态度、理论意识、革新精神和主体特征。这是一种既不谋求史论的话语专制，又力戒专横的学阀作风，是一种真诚、豁达的力求知识广博，且志在不断探索新知的新的文学史建构的风度，又是一种将历史的、审美的、哲学的、心理的、道德的诸多因素融合，并激活当代人新鲜智性、灵性和创造力的建构。

一个我至今还无力把握的问题，或者说始终使我困惑的问题是：中国史学界的分期是否一直还在左右着中国文学史的分期？据我所知，现在大部分高等院校的中文系所开设的中国文学史，对其分期问题，仍然是在中国社会史的分期上左顾右盼，或从范说，或从侯说，或从翦说，或从郭说。也就是说，在中国文学史的分期问题上，我们完全没有自己的主体性构架，而是从属于史学界的意见，形成了一种依赖性的惯性。同样，迄今为止，我更没看到史学界把中国文学史的内在分期作为参照。按文艺史学界，特别是我了解的美学史学界，就曾提出过这样的意见，即“中国社会史的分期仍在争论，但在意识形态领域以及美学和艺术发展史上，却似乎相当明显”[①]。这样一个事实，不知是否引起史学界的精神同道们的充分注意？我想，所谓哲学思考，其要点就在于选择一个独特的视角去观察世界，去观察人和他们所处的时代。社会史和文艺史的研究是否也应选择某个新的视角呢？

① 李泽厚：《美的历程》，文物出版社，1981，第158页。

天下的学问，本是你中有我，我中有你，彼此渗透，相互关联。人们把学问分成哲学、历史、宗教、文学、化学、物理、数学等不同的学科，实在是不得已而为之的。然而当今的世界，人类知识的统一，同知识的专业化，毕竟同样重要。把社会史、文艺史作为一个整体来加以研究，便是通往人类知识的统一这个宏伟目标的一条康庄大道。

我极欣赏歌德的一句名言，它是如此耐人寻味：人靠智慧把许多事情分出很多界限，最后又用爱把它们全部沟通。

信然！

原载《复旦学报（社会科学版）》2000 年第 4 期

关注古代作家的心态研究[①]

一

一位学者曾指出：在学术研究过程中，不仅研究课题的提出具有时代性，而且研究课题的解决也具有时代性。因此，对于一个研究者来说，关键似乎并不在于一以贯之的“我注六经”，而在于不断翻新的“六经注我”。换言之，一个研究者不应一味因袭陈旧的研究课题，而应面向时代，从时代的走向上撷取最富时代感的研究课题，从而使自己的学术研究充溢强烈的时代感和旺盛的理论活力。[②]

但是，长期以来我们总是自觉或不自觉地接受了这样一种传统观念：有史无情是史官所长，有情无史乃诗家之风。于是，对于历史人物（其中当然包括古代作家、艺术家），古代的史学家记载的大多是他们的外在事迹，如思想、学说、著述、政绩等。而其丰富的心灵世界和精神历程，这本应是他们所有事迹的出发点，却恰恰被一般的史家所不介意而又常常成为无聊文人们拿来虚构和演绎故事的素材。在这样认识的局限下，那些波澜起伏的时代心潮，那些在各种各样物欲和意志支配下活动着、较量着的文士们，他们的心路历程和心态变迁的历史似都不见了。其实，历史过程和发展及诸种生活方式影响着人们的心灵，而心理结构正是浓缩了的人类历史文明，文人的创作则又是打开时代灵魂的心理学。基于这一点，历史从一定意义上说应是人类的心灵史。也许正是根据这一认识，几年前我曾提

---

① 本文不是对近年出版的古代作家心态史研究专著进行全面的述评，文中所引例证，只是根据行文之需要而作的引述。本文写作的直接目的，是渴望对古代作家的心态有更广泛、更深入的研究。意见的不成熟和观点的浅薄是明显的，仅供同行讨论对话时参考之用。

② 参见潘知常先生著《众妙之门——中国美感心态的深层结构》（黄河文艺出版社，1989）第5页所引。

出“不妨把文学史作为心史来研究”的命题。当时我认为，我们再也不能满足和承认文学是“人学”了。我们似应看到文学实质上是人的灵魂学和人的性格学，而一部文学发展史，从有机整体的观念来看，它是一部生动的、形象的、细腻的“心史”。因此，“发皇心曲”的作家灵魂的研究、细致入微的作家心态的分析，就会很自然地提到日程上来。

令人感到欣慰的是近年我们看到了文史界同仁对人类的心灵历史的越来越大的关注、对一个时代的情感和思潮的关注。这一转变，无疑是与国际文史学界对心态史、心智史的关注同步发生的。就笔者视界所及，就有罗宗强先生的《玄学与魏晋士人心态》（1991 年）、幺书仪先生的《元代文人心态》（1993 年）、蔡翔先生的《此情谁诉》（1994 年）、董乃斌先生的《文化紊流中的文学与文士》（1995 年）、袁济喜先生的《人海孤舟》（1995 年）、朱义禄先生的《逝去的启蒙》（1995 年）、张志忠先生的《迷茫的跋涉者》（1995 年）、张毅先生的《潇洒与敬畏》和刘武的《醉里看乾坤》（皆为 1995 年出版）。[①] 他们自觉地向我们打开了洞悉历史深层奥秘的新窗口，由此，人们看到的是往昔岁月中各种人的动机、欲望、气质、性格、情愫、智慧、能力、处世观、生死观等精神状态，看到群体幻觉和重要历史人物和著名作家的各色心态。于是，知识分子[②] 的研究视野开始真正拓展到内宇宙。这无疑是深化了对人的本体和人的实践的认识和感受。

二

我们企盼一部成功的文学史，不仅仅是从中看到文学的史实及其发展的一般轨迹。我们期望看到的是凝结在文学作品中反射出作家精神的主体运动，从而看到时代的灵魂、民族的灵魂，所以要审视历史运动，不能忘了窥探人的内心世界

① 以上皆为许明主编《中国知识分子丛书》（河南出版社）所选。

② 本文在写作过程中，文人、知识分子、士等称谓，是从广义上来理解的，因此只凭行文的需要，而不作严格界定。

和精神历程。因此，文学研究者在审视文学发展历史时，必须伸进作家的思想、感情、性格、气质中去，特别是伸进游移不定的心态中去，这样才能显出“不朽”的神韵来。

然而，我以为，作为心灵史的最细微处、最微妙处的心态的研究，似应有别于思想史和性格史的研究。如果说思想性格、人格气质等在成熟后具有一定的稳定性，而心态则是一种精神流动体，它更受个人遭际、社会精神、时代思潮乃至政局的影响，而不断变动游移。进一步说，作家之间最深层、最重要的差别是心灵和心态，而其他一切差别都是更表层的，因此在我们认真观照作家的心态时，我们往往发现它不是在“过去”就已经凝结成型的。所以，心态乃是“尚未”被规定的精神现象，它当然和思想、性格、密切联系，然而它总是处在“制作”之中、“创造”之中。

长期以来，我们的文学研究在观照一个作家或一个历史人物时，往往只看到链索的两端，即只看到心理过程的开端和结局。而对于整个链索，也即整个过程，却有意无意地忽略了，这几乎成了一种研究的制作模式。正是这种模式往往窒息了研究者的才智，挡住了研究者的视界。令人读来神往的是，近年出版的这十几种研究文人心态的新著却在一定程度上打破了这种模式。他们在把握文人心态时，引起其无限兴趣的恰恰是“过程”本身。他们注意并善于捕捉文人内心生活中多样的、迅速变化的心态，用敏锐的眼光、睿智的洞观力把握住文人内心生活依稀可以捉摸的那一瞬间，使“过程”丰富多彩，并以细腻的、敏锐的、深刻的辨析力加以透视解剖，从而使“过程”显得具象化、明晰化。而读者跟着他们的观察得以心领神会，心悦诚服地认同他们对“过程”的理解。这种“过程”，就是注重心理运作的辩证法，它从一个侧面反映出我们学术的思维方法越来越走向成熟——从单向思维向多向思维的发展。

罗宗强先生著的《玄学与魏晋士人心态》在对作家心态变化的研究方面是出色的。作为“悲剧的典型”的嵇康，历来是言人人殊，特别是关于嵇康被杀的原因更是莫衷一是。从江淹一直到后来的夏完淳都在嵇康的志向高洁上做文章，“于是猜想嵇康的心态是遨游尘埃之外，不与流俗为偶”。陈祚明则以为，嵇康的心态主要是愤世嫉俗。而罗著则从《答难养生论》等文章中引发出，嵇康从内心深处不愿追求仕禄、不愿参与政争，是因为“他有着一种傲视世俗，以己为高洁、以世俗为污浊的心态”。至于他的被杀是由于嵇康“处处以己之执着高洁，显名教之伪饰。而伪饰，正是当时名教中人之一要害”。而嵇康的执着存在，对于伪饰的名教中人实在是一种太大的刺激，他为司马氏所不容，就成了必然的事。这种从思想、感情到心态去分析嵇康的被杀，无疑是十分深刻的。

在幺书仪的《元代文人心态》中，“发皇心曲”的研究体现在细致入微的心理分析上。而心理分析中强调的又是人物心理的真实性，不去看重人物的完美性。在幺著中的赵孟頫，不仅仅是一声叹息、一曲哀歌、一腔愤懑、一缕飘忽的情绪，而是一个活跃的心灵在流动。不可排解的忧郁、执着却软弱的追求、深刻而复杂的悲剧情绪、深厚的人道主义精神，构成了赵孟頫的心路历程。正是作者把握住了赵孟頫感情变化和心态流动的微妙处，因而也就道出了一个心理研究的真谛：人并不止有一种面目。

研究者这些独特的精彩的发现，窃以为是得力于他们最感兴味的心理过程和心理的真实性。车尔尼雪夫斯基在对托尔斯泰的小说进行评论时说：

> 心理分析可以采取不同的方向：有的诗人最感兴趣的是性格的勾描；另一个则是社会关系和日常生活冲突对性格的影响；第三个诗人是情感和行动的联系；第四个诗人则是激情的分析；而托尔斯泰伯爵最感兴趣的是心理过程本身，它的形式，它的规律，用特定的术语来说，就是心灵的辩证法。[①]

---

① 《古典文艺理论译丛》第5册，人民文学出版社，1963，第161页。

以上诸作当然不是小说创作，但道理却有极相似之处，即他们的学术兴趣和操作程序的重点，显然是在极为重要、极为关键的心理过程本身，它的形式、它的规律，这就是对心灵的辩证分析的鲜明特点。

三

古代文学中的心态史研究，真正需要关注的是士人在不同环境中所呈现的不同生命状态。士之所以为士，是因为士在社会环境、政治环境中从事精神生产的知识层、思考层，是一个智慧的阶层，有很大的智慧潜在力。他们在整体社会精神生活中扮演着主角。然而，对于一切知识分子来说，政治是无法躲避的东西，几乎每一个真正想有所作为的文士都逃避不了政治给予的磨难。拿破仑就曾对歌德坦言："政治，那是近代无法躲避的东西。"（《潇洒与敬畏》一书中所写的苏轼等人的从政悲剧再好不过地证明了这一点。）也许正是士人的特殊生活地位，统治集团才不仅需要与文人对话，而且需要士所提供的帮助，于是出现了"礼贤下士"的场面，士也会一跃而成为统治行列中的成员。这时，士由认识而走向实践，由后台走向前台。士的认识有赖于一定的社会条件。在社会诸条件下，最重要的恰是政治环境。然而文人一旦和政治联系在一起（不管何种形式），绝大多数的文人就会这样或那样成为悲剧命运的承担者。罗著中写的嵇康如此，阮籍又何尝不是如此呢？尽管他不以己之高洁，显世俗之污浊，而"始终徘徊于高洁与世俗之间""依违于政局内外"，但精神悲剧无一日不在他的灵魂深处演出着。至于何晏则是送上门去，所谓"急于用事"，但时时感受到的也是政治斗争中的风险，日子何尝好过。这一切说明吹花开的是"人主"，吹花落的权力也掌握在"人主"手里。在《元代文人心态》《潇洒与敬畏》《逝去的启蒙》等著作中所描述的众多人物的行迹中，也几乎都可以挖掘出隐蔽在心灵深处的悲剧性潜流。董乃斌著《文化紊流中的文学与文士》以明晰简洁的笔触勾勒的陈蕃，不就是坚决与宦官阉党斗争，于七十岁高龄而惨遭毒手的吗？至于书中还提及的范滂最后也是隐于党锢之祸，本可逃生，却“不肯屈志，宁可杀身取义……”这些着墨不多的几位文士心灵，都有值得深思的社会的、政治的、文化的心理内涵。

当然，这一切又绝非偶然。一方面，我国的知识分子皆有与生俱来的忧患意识，甚至从一定意义上看，一部知识分子史就是一部知识分子忧患意识史；另一方面，如果从中国文人心态的深层结构来观照，文人多偏爱悲剧，或曰偏爱悲剧是文人的一大“审美特征”。借用尼采的一句话：悲剧乃是人生的最高艺术。不妨这样说，文人在肯定生命，连同从包含在生命中的痛苦与毁灭中生出的悲剧性，也作为一种“审美快感”给予认同。有人甚至说，爱好悲剧，几乎是古代文人的天性所至。

虽然如此，但由于个人所处的时代和环境不同，那种忧患意识、那种因种种条件引起的心灵流程是完全不同的。如果恰逢乱世，那么是高卧东山还是击楫中流？是混迹市朝还是采菊东篱？在进退出处际徘徊犹豫者，也属不少。如果正逢中原陆沉，王朝易祚，被征服的民族更要承受巨大的精神创伤，这一点在传统文化最忠诚的信守者——士阶层中反映得尤为突出。比如，魏晋六朝、宋元明清各代，社会格局的变化迫使他们必须做出新的人生选择：是归顺新朝，还是矢志守节？前者无疑要受到舆论和内心的谴责，后者将意味着终身的寂寞无为。便是幸遇盛世，又何尝没有种种违心的选择、痛苦的舍弃呢？在那种社会动荡不宁，或纲纪隳坏的年代里，文人很自然地将儒家的人生信守和道家的无为哲学、佛家的空寂糅合在一起，对人生进行超越现实的思考。张著中的苏轼的个案分析可能是最富典型意义的了。

英国历史哲学家汤因比在深刻地分析人类灵魂的分裂是社会表面呈现的任何分裂的基础时，不厌其详地论证：

一个灵魂由于在社会解体的悲剧里扮演着角色，失去了创造性行动的机会……对于这个灵魂来说唯一还剩下的自由就是在主动和被动的取舍之中作一种选择。……灵魂分裂的灵性经验是一种动力的运动，而不是一种静止的状态。

> 这个溃败的灵魂，由于认识到不能控制环境，因而就屈服，于是就相信这个宇宙，包括它自己，完全受一个既非理性的又不能征服的权力所支配：这权力是两面邪恶的女神，或者在“命运”的称呼下，求得它的恩佑；或者在“必然”的称呼下，忍受它的强制。①

如果我们用汤因比的话语与我们所分析的文人心态相比照，真有许多相像之处。无论是“动乱年代的选择”，还是“先天下之忧”与“全一己之愚”；无论“用世、弃世与玩世”，还是“维护本实的退避”；无论是“寻找新的精神归宿”，还是“心理的变态”，都使我们想到恩格斯在论及英国工人状况时所说的：他们的灵魂冲撞，是由于他们几乎都是“没有自由意志的物体”。他们的一生往往是凄惨和得意、失败和胜利形成强烈的对比，物质和精神、现实和幻想尖锐地冲突，悲剧和喜剧、眼泪和笑声高度地交融和统一，它形成一股巨大的情感冲击波，在轰撞着今人的灵魂。研究者由痛苦的反思转为对古代作家心灵的真实揭示；而读者则由心灵的真切感受转入痛苦的沉思。

士人在不同时代、不同环境下呈现的生命存在状态既然如此复杂而多彩，那么对他们的研究就应该运用多种方法、全方位的视角。除了关注士阶层心灵流动的共性外，每一个个体都有他特殊的属于他自己的心态发展衍化历程。这里，用一种双向性的交流和相互观照的路子，也许是可行的，即通过对文人的相对恒定和流动的心态观照写出时代的变迁对个人命运、精神历程的影响，又从个人的遭际和心灵历程的走向反射出时代的变迁和转换。我们既需要宏观地纵目于作家所受规范的社会心灵总体，也要深入作家的灵魂，通过作家的感情深处的一丝心绪、一点情愫，乃至一个发人深思的生活的细节和心灵悸动作为突破口，去观照时代

① 汤因比：《历史研究》中册，上海人民出版社，1996，第236—238页。

风尚与社会思潮。

书会才人乃是宋元时代的产物，而书会才人在元代的存在更是一个特殊现象。从心理上来说，浓重的自卑和强烈的自尊交织，这是在现实生活中失去了“治国安邦”的庄严的社会责任感之后的文人最易产生的心理状态的两极。所以，书会才人所走的道路，既不是摧毁这个世界，幻想建立一个新世界，也不是投入这个世界，成为它的和谐的一分子，而是通过批判、讽刺、诅咒以及放浪形骸，来与这个世界对抗。把握了这一点，我们就发现，他们具有书生与平民的双重身份，性格上的两重性和看世界的两种视角。这种理论发现，对我们认识关汉卿、王实甫、马致远、白朴、郑德辉、纪君祥等戏剧巨擘的创作和个性的独特，都是大有启迪意义的。

至于《潇洒与敬畏》中对朱熹精神世界的方方面面的透视，更令人折服。与苏轼相似，朱熹习佛问道的时间较早，自言也曾领会得个“昭昭灵灵的禅”，可是后来却“逃禅归儒”。正是在政治失意、穷病交加、心力交瘁的党禁生活中，朱熹开始了《楚辞》集注的工作，而且一再在注解中申明屈原忠君爱国的精神，这实际上是在借屈原之魂魄表白自己的儒者心迹。然而更为复杂的是，朱熹在逃禅归儒后，却未忘却慕好禅仙修炼之术，这又是他解决人生问题的一种方法和途径。著者最后认为:“只不过儒者的道骨仙风常常隐藏在其灵魂深处，时隐时现，难以捉摸。”这是对朱熹精神世界切中肯綮的评骘。

四

心态史的研究固然要注目于不同生存状态下的不同士人的心路历程，特别是他们每个人的特殊的情感体验。然而要研究一个朝代和一个时期的作家的心态史，却应该看重选择对象的典型性。这就让我们想起了王瑶先生生前的一段言论，他认为文学史要求通过对大量文学现象的研究，抓住最能体现文学特征的典型现象，从中体现规律性的东西。王先生十分看重现象与本质（规律）之间的“典型现象”

这一中间环节，这是具有普遍方法论意义的结论。

从对大量文学现象的研究，到抓住最能体现文学特征的典型现象，这是说着容易做着难的一个极其艰苦的工作过程。它需要经过从个别到一般，再从一般到个别的过程。同时，还需要做材料的分析、类比、筛选诸多工作，而这又是最烦琐而且常常难以轻易定夺的事情。当你分类时，你会发现有很多中间状态的现象存在；当你类比时，或许会失去价值准则；当你筛选时，你更会感到有那么多难以割舍的东西。这就需要具有历史的、哲学的两重视力去观照色彩斑斓的社会的、文化的、生命的现象。

典型现象与典型人物的选择之所以重要，是因历史的表层都是一个个个案史，所以研究者的功力在于如何将个案构成和联系成一个朝代、一段历史的文人群体网络，通过对这网络的研究就会发现这段历史中士人的群体命运，从而在总体上把握这个时代知识分子的心理脉搏。比如，罗著对魏晋士人心态的考察，涉及的人物将近百人，而作为典型人物的则是十余人，然而只要你通读全书，就会立即发现十几个典型人物却构成了一个魏晋时代文人的群体网络，而作者正是对他笔下这些人物进行了一次哲学巡礼。在我看来，《文化紊流中的文学与文士》《元代文人心态》《人海孤舟》《潇洒与敬畏》和《逝去的启蒙》都有这种特色。这种建构的特色，不仅能令读者感受到政治文化的外显层次，而且还能逐步洞察到民族文化的深隐层次，特别是能注意到因社会的剧变而牵动着的知识分子的心理、伦理、道德等多种生活层面的文化冲突，并以此透视出人文知识分子和政治知识分子的心灵轨迹、心态的游移，从而倾听到时代变化的脉动律。

古代作家心态史的研究，其方法应该是开放的、多种多样的。但是，窃以为将心比心，或曰以心会心是一个最普通而又实用的方式。这是因为对他人的理解来自对自己的理解，心理的洞察来自自我意识。研究者的功力应体现在透过字里行间，穿透纸背去体验、把握当时文人的强悍与脆弱、诚实与虚伪、愤激与孤独、爱与恨。只有善于抓住当时文人的内心矛盾，抓住他们的自我折磨，抓住他们的欲说还休，才能对心态流程的真实轨迹加以把握。严格地说，“将心比心”是一种真切的内心体验，是一种平等的对话关系。它既能贴着自己的人物，逼真地描述出他们的心理流程，又始终与他们保持着根本的距离。上文所举诸例，都具有细致的观察、冷静的描述以及含蓄语气的特点，都体现出传统文化中“静观”的审视态度。他们既不想与他们的研究对象的心悖谬，也不与他们对象之心重合。在罗著、幺著、董著和张著中，即使对一些保持名节的有识之士，撰著者也没有忘记作为史家所应保持的冷静。所以说，研究者既多怀同情之心、抒怜惜之情，又具冷眼旁观之自觉，这就是我们认为的心态史研究中所追求的史笔诗心的理想境界。

当然，心态史的研究只是文学研究的一部分，它不可能代替一切文学与历史的研究。法国年鉴派的当代著名学者雅克·勒高夫在题为《年鉴运动及西方史学的回归》的讲话中说：

> 从前有人犯了用经济解释一切的错误，而今有人犯着用心态解释全部历史的错误，必须把心态史维持在它所属的范畴之内。

信然。

中国古典小说学论纲

一、小引

摆在我们面前有一个有趣而又微妙的问题：在遥远的古代，在西方还没有发生如今日之文化交流，但却在远隔万里之外不约而同地创造了一系列文艺形态，后来又不约而同地创造了叙事文学的小说和戏剧。这是什么原因呢？摩尔根在他的《古代社会》中曾经做过颇为精彩的宏观回答。他说："人类的经验差不多都是采取类似的路径而进行的，在相同的情况中，人类的需要基本上是相同的，所以人类精神的活动原则也都是相同的。"看来，需求乃是创造之母。因为人类在自身发展过程中总会碰到极端相似的物质和精神的需求，总得为满足这些需求而采取同一生产方式，这就是人类早期出现相似的文艺现象的最终根源。文艺之神毫无偏袒地翱翔于各个文明发祥地，正是凭着这种共同的需求。

然而中国文艺发展和小说的勃兴则有着自己独特的演进轨迹。这是因为，在中国的传统文学观念中，一直分正宗的文学和邪宗的文学。"文以载道"，所以散文的地位最为尊贵。曹丕所谓"经国之大业，不朽之盛事"[①]，就是对散文而发的。"诗言志"，诗抒发个人心中的情志，地位亦极显要，虽不能经天纬地，但也有"经夫妇，厚人伦，美教化"的功效，所以也属于正宗。而小说，总是被当作街谈巷议之言，"如或一言可采，此亦刍荛狂夫之议也"[②]。鲁迅先生感慨系之地说："小说和戏剧，中国向来是由于社会的，政治的，心理的，文化的多重原因，在中国古代文学发展长河中，小说艺术的发展，成熟略晚于诗文。"从唐传奇的"始有意为小说"，至宋元话本，小说才迅速普及开来；而至明清乃蔚为大观，诞生了可

---

① 《典论·论文》。

② 《汉书·艺文志》。

以彪炳于世的伟大小说家和伟大的小说作品。这里需引用巴尔扎克在《论历史小说兼及〈弗拉戈莱塔〉》中的一句话:“文学就像所代表的社会一样，具有不同的年龄，沸腾的童年歌行，史诗是茁壮的青年，戏剧与小说是强大的成年。”[①] 其发展序列，正如周扬同志所说，在中国“一部文学史，艺术史，可以说就是艺术形式的发展史。诗经、楚辞、汉赋、唐诗、宋词、元曲、明清小说就是各类艺术形式适应时代和思想内容的变化而不断演变和发展的历史”[②]。在中国，作为一种文类的小说艺术虽然晚出，可是如果和欧洲文学史上的小说相比，则又是早产儿。在欧洲文学史上，13 世纪的薄伽丘的《十日谈》是划时代之作，开始了小说的新纪元，而同样作为市民文艺式样的“宋元话本”则早于《十日谈》两个半世纪。在薄伽丘的同时或稍前一些，在我国已经产生了两部辉煌的小说巨作：施耐庵的《水浒传》和罗贯中的《三国演义》。

值得我们特别重视的是中国的小说艺术有自己的审美理想，有自己的支配作用的思想和文化传统，也有自己的理论批评体系，这是应该认真研究和探索的。

二、中国古代小说观念衍化的宏观轨迹

小说观是小说家对小说作为一种艺术形式的总体看法，包括小说家的哲学、美学思想，对小说社会功能的认识，所恪守的艺术方法、原则等许多复杂内容。小说观念具有鲜明的时代色彩，它是时代的产物，是小说家和读者美学思想交互作用的结果。它在艺术创作中无所不在，渗透在作品的思想、形式、风格之中。各个历史时代都有其代表性的小说观，有贡献的小说家们的各种小说观之间存在着沿革关系。

对于中国小说概念的认同和观念的衍化是经历了漫长的历史过程的。从概念上看，中国“小说”一词的含义又有古今之别（西方亦复如此）。现代汉语中

---

① 王秋荣:《巴尔扎克论文学》，中国社会科学出版社，1986，第 255 页。

② 周扬:《关于社会主义新时期的文学艺术问题》,《人民日报》1979 年 2 月 24 日。

的“小说”是中国古代“小说”一词的继承，但它的内涵和外延在不同历史时期又不尽相同，现代小说是用来说明作为艺术创作的一种形式、一种文类，并且用“小说”这个词来翻译西方的“罗曼”（romance）或者“小说”（novel）。而小说概念在中国古代，在相当长时期却处于模糊不清的状态。早先的所谓小说，实际上是目录学上的一个名词，根本不是文艺学上的词义。它和文学上的一种文学体裁——小说，在内容和形式上都不相同。作为“小说”这一单词出现，最早见于公元前360年至公元前280年之间哲学家、文学家庄子的著作。庄子在他的《外物篇》中讲到任公子钓鱼的故事，以小鱼竿不能钓大鱼来比喻小才不能得到大道时提到“小说”二字。“饰小说以干县令，其于大达亦远矣”，意谓“小说”不过是无关道术的琐屑言谈，根本不是一种文学样式。

至汉代，评论“小说”的记载主要有两则。桓谭《新论》说：“若其小说家，合丛残小语，近取譬论，以作短书，治身理家，有可观之辞。”班固《汉书·艺文志·诸子略》：“小说家者流盖出于稗官，街谈巷语，道听途说者之所造也。”这些记载都说明了当时人们尽管认识到小说有“可观”“可采”之处，对“治身理家”有一定帮助，但大多加以鄙夷，认为小说是“小知”所谈、“稗官”所采，形式是“残丛小语”的“短书”，内容则是有别于“大达”的“小道”。总之，它的特点是“小”，堂堂君子所“弗为”。先秦两汉时代的这种小说观长期影响着我国古代小说的发展，中国小说于魏晋六朝时期盛行“志怪”，以内容的神异炫人，唐兴“传奇”，从叙录鬼怪转到描绘人事，向前跨进了一大步，而故事离合无常，情意反复，在婉转中仍然有许多生发，立足于“奇”。正如鲁迅所说：“小说亦如诗，至唐代而一变。虽尚不离于搜奇记逸，然叙述宛转，文辞华艳，与六朝之粗陈梗概者较，演进之迹甚明；而尤显者乃在是时则始有意为小说。”[①] 小说艺术开始进入自觉创作的新阶段。当时进步的传奇作家和评论家还突破了小说是“小道”的传统

① 鲁迅：《中国小说史略》，载《鲁迅全集》第9卷，人民文学出版社，2005，第73页。

观念，认识到小说“有益于世”[①]从而促使唐人自觉地创作小说，用来劝诫或“族美”，以发挥小说的社会教化的功能。唐传奇的作者改变了小说“合丛残小语”和“粗陈梗概”的初级形式，有意识地“著文章之美，传要妙之情”[②]，从而极大地提高了小说的艺术性。唐代传奇标志着我国古代小说脱离了童年而走向成熟，但仍不为正统文人所承认。宋人陈师道《后山诗话》中说：“范文正公为《岳阳楼记》用对语说时景，严师鲁读之曰：‘传奇体’耳。”言下之意传奇仍是“小道”，还不能进入正宗的文学之林。

值得一提的是自从平凡而富有生气的市民进入小说界，小说王国的版图便从根本上改观了，恰如哥伦布发现新大陆，使世界地图必须重新绘制一样。作为市民文艺的宋元话本小说在中国小说史上承前启后，独树一帜，自成一个新阶段。它的兴起是中国小说文学从内容到形式向生活突进的一大解放；同时又是中国小说文学走向群众、走向艺术高峰的一座桥梁，它为中国小说开辟了一个崭新的天地，从而使小说这个文学的“私生子”在文坛上争得了不容忽视的地位。集中反映小说观念加强和争取小说在文学史上的地位要求的是宋末罗烨的《醉翁谈录》。罗烨第一个突破了封建阶级的偏见，对通俗小说家的地位、广博学识和艺术修养给予了充分的肯定。他在“小说开辟”中宣告：

> 夫小说者，虽为末学，尤务多闻，非庸常浅识之流，有博览该通之理。幼习《太平广记》，长攻历代史书。烟粉奇传，素蕴胸次之间；风月须知，只在唇吻之上。《夷坚志》无有不览，《琇莹集》所载皆通，动哨、中哨、莫非《东山笑林》；引倬、底倬，须还《绿窗新话》。论才词有欧、苏、黄、陈佳句；说古诗是李、杜、韩、柳篇章。举断模按，师表规模，靠敷演令看官清耳。

① 柳宗元：《读韩愈所著毛颖传〈后题记〉》。
② 沈既济：《任氏传》。

这段文字一开头就对传统小说观念给予了驳辩，指出小说家绝非庸俗之辈，他们博览群书、学识渊博，具有丰富的知识积累。罗烨敢于突破封建阶级鄙视通俗小说和小说家的偏见，把小说家的才识和一般人心目中的大学问家并列，确是非常大胆和卓越的见解。同时，这也多少反映了市民阶层为自己喜爱的小说文学争取地位的要求。

如果参之从时间稍早的一些著作，我们更可以了解到当时“说话”人的才能和学识。宋人吴自牧《梦粱录》卷廿《小说讲经史》条记载：“有谭淡子、翁三郎、雍燕、王保义、陈良甫、陈郎妇、枣儿余二郎等，谈论古今，如水之流。”“讲史书者，谓讲说《通鉴》，汉、唐、历代书史文论，兴废争战之事，有戴书生、周进士、张小娘子、宋小娘子、邱机山、徐宣教；又有王六大夫，元系御前供话，为幕士请给讲，诸史俱通，于咸淳年间，敷演《复华篇》及中兴名将传，听者纷纷，盖讲得字真不俗，记问渊源甚广耳。”从这里可以看到，“说话”人多能贯通经史、博古明今，所以讲任何故事都有源有本，历历如数家珍。神话、传说、宗教、世态、风习、天文、地理、政教、法制无所不知，上至二皇五帝、员外、相公，下至引车卖浆、走卒小贩，又无所不晓。可以说，是前代的全部文化财富在艺术上哺育了“说话”人的艺术创造力。

唐传奇重视人工美（艺术美），认为艺术虽来源于生活，但生活现象本身的表现力不够，必须经过一番艺术加工加以提炼、凝缩、集中、强化，才能成为艺术形象。而宋元话本则更重视自然美，认为经过选择而找到的原型本身已有较强的表现力和说服力，即使不可避免的虚构，话本艺人也善于隐藏其虚构的痕迹，使听者和观众相信这是真人真事。因此，用特定术语来说，宋元话本小说宁愿“移植”生活，而不愿“重组”生活。在叙事方式上，宋元话本追求着一种纪实性风格，虽有夸张，乃至怪诞，但力求体现出一种逼真的、自然的生活场面感。这是由于艺人相信真实生活的表现力在于尽力从生活本身开掘典型化所需要的冲突、情节、人物等艺术元素。灌圃耐得翁在《都城纪胜》“瓦舍众伎”条中言：“最畏小说人，盖小说者能以一朝一代故事，顷刻间提破。”这句话除赞美小说家艺术概括手法高超之外，还说明话本小说家的直面现实和迅疾反映现实的精神。总之，宋元话本小说是在对实际生活的增删隐显中实现艺术真实性的超越，即在日常现象的集中概括中实现艺术创造性的超越。所以，话本小说的作者的小说观念是在现实生活的隐迹立形搜妙创真中向着艺术真实的目标突进。

然而，宋元话本还没有发展为多元化的纪实性，较少多线结构，也不具有多层次、多侧面和多义性。在实际生活中，多系统交叉的艺术反映在宋元话本小说中还没有得到充分的实现。正由于此，话本小说不善于处理浩大的复杂的史诗性题材，不善于反映一个时代的重大问题；同样，过分强调了质朴性，而忽视了风格样式的多样性。

历史期待小说观念的突破和更新，同时也呼唤文坛说部的巨擘早日诞生。

时代和天才同时发出了回声。

一个千疮百孔的元王朝倒塌了，废墟上一个崭新的、统一的、生机勃勃的明王朝正在崛起。许许多多的杰出人物曾为摧毁腐朽的元王朝做出过史诗般的贡献。这是一个没有人能否认的英雄如云的时代。活跃在政治、军事舞台上的人物的事迹吸引着人们。于是，小说家自然地产生了一种富有时代感的小说观念，即塑造和歌颂自己阶级的英雄形象，以表达对以往历尽艰辛、壮美伟丽的斗争生活的深挚怀念。他们要从战争的“史”里找到诗，而史里确实有诗。英雄的历史决定了小说的英雄性和豪迈的诗情。明代初年横空出世的两部杰作——《三国演义》和《水浒传》，标志着一种时代风尚。这是一种洋溢着巨大的胜利喜悦和坚定信念的英雄风尚，是以塑造英雄人物和抒发壮志豪情为主体的激情充沛的风尚。这种英雄文学最有价值的魅力在于它的传奇性，他们选取的题材和人物本身通常是富有传奇色彩的。人们很难忘记刘备、关羽、张飞、赵云、李逵、武松、林冲、鲁智深这些叱咤风云的传奇英雄人物。我们看到的是一个刚毅、蛮勇，有力量、有血性的世界。这些主人公当然不是文化上的人，但他们是性格上的巨人。这些刚毅果敢的人富有个性、敏于行动，无论为善还是作恶，都是无所顾忌勇往直前，至死方休。他们几乎都是气势磅礴、恢宏雄健，给人以力的感召。这表现了作家们的一种气度，即对力的崇拜、对勇的追求、对激情的礼赞。它使你看到的是刚毅的雄风，是男性的俊美，这美就是意志、热情和不断的追求。

《三国演义》《水浒传》反映了时代的风貌，也铸造了独特的艺术风格，它们线条粗犷、不事雕琢，甚至略有仓促，但让人读后心在跳、血在流，透出一股逼人的热气。这是它们共同具有的豪放美、粗犷美。这些作品没有丝毫脂粉气、绮靡气，而独具雄伟的劲直的阳刚之美和气势。这种美的形态是从宏伟的力量、崇高的精神体现出来的，它引起人们十分强烈的情感，或促人奋发昂扬，或迫人扼腕悲愤，或令人仰天长啸、慷慨悲歌，或使人刚毅沉郁、壮怀激烈。这种气势美就在于它们显现了人类精神面貌的气势，而小说作者所以表达这种气势美，正是由于他们对生活中的气势美有独到的领略能力，并能将它化为小说的气势美。

然而，随着这种美学特色而来的，是《三国演义》《水浒传》又都体现了当时的一种小说绝对观念，即在现实所能想象的程度把人物性格的某一方面——如崇高和卑鄙——完满化、定型化、极端化。就其实质而言，还不是把现实的人各种复杂因素和层次考虑在内的思维方式，而是一种理想的、主观的浪漫态度。这种浪漫的态度和气质的突出标志，就是它的经过夸饰了的英雄主义气概。

可是，在这种气势磅礴、摧枯拉朽的英雄主义的力量背后，却又不似作者当时想象那么单纯，因为构成这个时代的背景——现实的深层结构——并非如此浪漫。于是，随着人们在经济、政治、意识形态等其他领域的实践向纵深发展，这种小说观念就出现了极大的矛盾，小说观念需要更新已经提到日程上来了。

明代中后期，小说又有了重大发展，其表现特征之一是小说观念的加强，或者说小说意识又出现了一次新的觉醒，小说的潜能被进一步发掘出来，这就是以《金瓶梅》为代表的世情小说的出现。《金瓶梅》的出现在更深刻的意义上是对《三国演义》和《水浒传》所体现的理想主义和浪漫洪流的反动，拦腰截断了浪漫的精神传统和英雄主义风尚。然而《金瓶梅》的作者又萌生了小说的新观念。具体表现为小说进一步开拓新的题材领域，趋于像生活本身那样开阔和绚丽多姿，而且更加切近现实生活。小说再不是按类型化的配方演绎形象，而是在性格上丰富了多色素，打破了单一色彩，出现了多色调的人物形象；在艺术上也更加考究新颖，比较符合生活的本来面目，从而更加贴近了读者的真情实感。更为重要的是，它以清醒的冷峻的审美态度直面现实，在理性审视的背后是无情的暴露和批判。

兰陵笑笑生抛弃了传统小说学，把现实的丑引进了小说世界，从而引发了小说观念的又一次变革。《金瓶梅》不像它以前的《三国演义》《水浒传》以历史人物、传奇英雄为表现对象，而是以一个带有浓厚的市井色彩、同传统的官僚地主有别的恶霸豪绅西门庆一家的兴衰荣枯的罪恶史为主轴，借宋之名写明之实，直斥时事，真实地暴露了明代后期中上层社会的黑暗、腐朽和它的不可救药。作者勇于把生活中的反面人物作为主人公，正面地写一些逆历史潮流而动的人物和事件，直接把丑恶的事物细细剖析来给人看，展示出严肃而冷峻的真实。《金瓶梅》正是以这种敏锐的捕捉力及时地反映出明末现实生活中的新矛盾、新斗争，从而体现出小说新观念觉醒的征兆。

但是，小说观念的变革，一般来说总是迂回的，有时出现巨大的反复和回流。因此，纵观小说艺术发展史，不难发现它的轨迹是波浪式前进或是螺旋式上升的状态。《金瓶梅》小说观念的突破，并没有使小说径情直遂地发展下来，事实却是大批效颦之作蜂起，才子佳人模式化小说的出现，以及等而下之的“秽书”的猖獗。而正是《儒林外史》和《红楼梦》的出现，才在作者的如椽巨笔之下、在总结前辈的艺术经验和教训之后，又把小说创作推到了一个新的阶段，又一次使小说观念有了进一步的觉醒。

《儒林外史》和《红楼梦》已经从功利的政治文化的外显层次，发展到宏观的、民族文化的深隐层次。从小说观念更新的角度看，吴敬梓和曹雪芹都注意到了社会的演进和转变牵动着人们的心理、伦理、风习等多种层次的文化冲突，并以此透视出人们的心灵轨迹，传导出时代变革的动律。比如，吴敬梓的《儒林外史》对形形色色的知识分子的悲喜剧，实质上是做了一次哲学巡礼。他的小说美学特色不是粗犷的美、豪放的美，更不是英雄主义的交响诗。《红楼梦》亦是如此。作者写的小说似乎从不写激烈，但我们却能觉察到一种激烈，这是蕴藏在作者心底的激烈，从而也就传递给了能够感受到它的读者。因此，《儒林外史》和《红楼梦》的小说美学品格，有一种耐人咀嚼的深沉的意蕴。他们在把握人物时，并不一定强调性格色彩的多变，而是深入地揭示更多深层次的情感区域，研究那些处在非常性的、不合理的、不合逻辑的，甚至是变态的心理，人的情感在最深挚时常常呈现出的诸种正常和反常的形态。人的感情发展或感情积累也往往不是直线上升而是表现为无规则的、弯弯曲曲的，甚至重又萦回的现象。吴敬梓和曹雪芹对封建主义的批判，正是通过这种对人性的开拓达到其目的的。

还应看到，在我们读《儒林外史》和《红楼梦》时，总有一种难以言传的味道，这是吴敬梓和曹雪芹对小说观念的另一种贡献，即他们在写实的严谨与写意的空灵交织成的优美文字里隐匿着一种深厚意蕴，一种并无实体，却又无处不在、无时不有，贯注着人物性格、故事情节，挈领着整体的美学风格并形成基本格调的意蕴。我们以为那该是沉入艺术境界之中的哲学意识，是作者熔人生的丰富经验、对社会的自觉责任感与对未来美好的期望于一炉，锻炼而成的整体观念，以及由此产生的审美态度。他们能“贴着”自己的人物，逼真地刻画出他们的性格心理，又始终与他们保持着根本的审美距离，细致的观察、冷静的描述和含蓄的语气都体现着传统美学中“静观”的审美态度。一幅幅和平的不带任何编织痕迹的画像，给我们留下了一个个深刻的印象：它恬淡，同时也有苦涩、艰辛、愚昧。一个个日常生活中最常见和最微小的元素被自由地安排在一切可以想象的生活轨迹中，这些元素的聚合体对我们产生了强烈的，甚至是主要的影响，它使我们悲、使我们忧、使我们喜、使我们思考，使我们久久不能平静。这就是吴敬梓和曹雪芹在他们的小说中为我们创造的意境。这反映了一个小说美学的规律——孤立的生活元素可能是毫无意义的，但是一系列的元素所产生的聚合体被用来解释生活便产生了认识价值。《儒林外史》和《红楼梦》正是通过这种生活元素的聚合过程，使我们认识了周进、范进、匡超人、杜少卿，认识了贾宝玉、林黛玉、王熙凤和贾政，认识了那些悲喜剧产生的原因。所以，我们说，这两部杰作就是全凭着作者独特的视角、借助于生活的内涵而显现出它们不朽的魅力。

从我国小说中经典作品《三国演义》《水浒传》发展到《儒林外史》《红楼梦》，我们可以明显地发现小说观念的变化和更新，往日的激情变为冷峻，浪漫的热情变为现实的理性，形成了一股与以往完全不同的小说艺术的新潮流。当然，有不少作家继续沿着塑造英雄、歌颂英雄主义的道路走下去，但是他们所塑造的英雄人物已经没有英雄时代那种质朴、单纯和童话般的天真。因为社会生活的多样化和复杂性已经悄悄地渗入了艺术创作的心理，社会生活本身的那种实在性使后期长篇小说中普遍的人物形象一开始就有了世俗化的心理、性格，人被扭曲的痛苦和要获得解脱的渴望。这里，小说的艺术哲理中的一个重要范畴——悲剧——的含义也发生了具有实质意义的改变，传统中只有那种英雄人物才有可能成为悲剧人物，而到后来一切人物都有可能成为真正的悲剧人物了。

总之，在我国小说经历了漫长的发展过程，而在最后，即小说创作高峰期，出现了《儒林外史》和《红楼梦》这种具有总体倾向的巨著，它们开始自觉地对人的心灵世界的探索、对人的灵魂奥秘的揭示、对人的意识和潜意识的表现，把小说的视野扩展到内宇宙。当然，这种对内在世界的表现，基本上还是在故事情节发展过程中、在人物形象塑造中，加强心理描写的。这当然不是像某些现代小说那样，基本没有完整情节，对内心世界的揭示突破了情节的框架。但是，对内心世界的探求、描写和表现，不仅在内容上给小说带来了新的认识对象，给人物形象的塑造带来了深层次的材料，而且对小说艺术形式本身也产生了极大的影响。这就是我国古代小说从低级形态发展到高级形态的真实轨迹。

三、中国古典小说民族风格的美学特征

中华民族的传统文学有着灿烂辉煌的历史成就，而且历数千年而血脉不断，这在世界文学史上是蔚为奇观、罕有与之难分轩轾的。黑格尔在他的《历史哲学》中说："中国是特别东方的。"这个见解是非常精辟的。在我们看来，黑格尔揭示了这样一个事实：世界一些文明古国，如埃及、巴比伦、印度、希腊，都在世界文化史上留下了最初的辉煌篇章，为人类文明和进步开辟了道路。但在历史曲折的演变中，这些伟大的古代文化或是消亡、沉沦，或是曾经中断。唯有长期相对独立发展的中国文化，数千年绵延不绝，与西方文化相比，具有特别鲜明的东方色彩。中国古典小说也是"特别东方的"，这是我们探讨中国小说的艺术传统应提到创作实践和理论研究日程上的依据。中国传统美学和融合着这种美学的传统的小说艺术形式，是在一种与西方迥异的土壤中培植起来的。许多西方的美学范畴、美学概念未必完全适用于中国的小说艺术。

关于中国古典小说的艺术传统和民族风格究竟包含什么内容，不少小说理论家曾经做过有益的探讨，有一些比较流行的提法，认为章回体是我们民族形式的长篇小说，笔记体（这个术语是沿用旧的，指《太平广记》所收辑直到清人的笔记小说）是我们的民族形式的短篇小说，认为故事有头有尾，顺序展开，是民族形式，而不按顺序，拦腰开头，则是外来的形式。这些看法，相当普遍。[①] 茅盾同志曾就这些看法提出过质疑。事实上"章回体"只是因为中国的长篇小说最早是从说话艺术的"讲史"一类发展而来，如果它在早期的长篇小说创作中还起着情节结构的组合作用的话，那么到了主要是文人创作的《儒林外史》和《红楼梦》里所谓"章回"只不过是文字形态的遗留罢了。至于叙述方式上的有头有尾、层次分明、交代清楚，这只是总结了我国传统小说艺术的结构上的基本特点，它虽符合多数群众的欣赏习惯，然而结构和叙述方式只是民族风格、民族形式中的一

① 参见茅盾:《茅盾文艺评论集》上卷，文化艺术出版社，1981，第381页。

个方面，而不是艺术形式民族化的全部，甚至也不是它的核心。用“有头有尾，顺序展开”概括小说艺术形式的民族传统未必确切。

那么，什么是中国古典小说的艺术传统呢？当前，有一些小说美学著作对中国小说的艺术传统美学特色和西方传统小说美学的异同进行过探讨。限于我们陋闻寡见，也限于本文的主旨，这里的探讨只限于和小说的艺术传统有比较密切联系的方面，即在小说艺术中主观与客观的关系上、在小说艺术对现实进行艺术加工的原则和方法上，以及由此而产生的艺术形象与生活（自然）形态的比差上。这就是传奇性、传神、白描和意境。这是民族特定历史精神生活的一些印迹，是在长期发展的艺术传统中逐渐培植形成的。

中国古典叙事文学中的小说、戏曲通称传奇。传奇者，以情节丰富新奇、故事曲折多变为特色也。中国小说的传奇性正是传统美学在小说艺术中的一个突出的特征。传奇就意味着艺术对现实的把握中，摈弃那些普遍的平凡的生活素材，撷取那些富于戏剧性的生活内容，并以偶然性和巧合性的形态显现，这种艺术方法似乎更接近于西方的浪漫主义。虽然优秀的古典小说作品还是力图把握现实的某些本质方面，偶然和巧合中包含着必然性，人物的性格和丰富的社会生活面貌在很大程度上通过曲折复杂的故事情节直接显现或间接暗示出来，而不倾向于对生活的如实模仿。情节的魅力在中国叙事艺术中往往比在西方叙事艺术中更受重视。如果拿我们古典小说的传统表现手法来和欧美各国古典小说比较，人们不难发现，他们的小说是以写人为主，人中见事，擅长追魄摄魂地刻画人物心灵变化的辩证法，而我们的古典小说则侧重于记事，事中见人，善于声情并茂地展示事物发展过程的辩证法。

中国小说自古以来便是密切联系群众的，它的形成是先言而后文，说书人面对听众，为要“黏人”，更加讲究情节的丰富和曲折，一个关子套一个关子，一个悬念跟着一个悬念。如果书情的结构铺排稍一松懈，听众一散神，兴味一低落，听众一起座，局面便无可收拾。所以，以情节丰富和生动曲折见长在宋元“说话”

艺人中已极为突出。“说话”人自豪而又不无夸张地说：“说收拾寻常有百万套，谈话头动辄是数千回。”[①] 这种注重掌握丰富的情节和情节描写，把我国小说善于编织故事的技巧向前推进了一大步。明清以来，小说创作虽然逐渐脱离了说书艺术，却依然保持、发展着这一特点。它们很少有一览无余、看头知尾的毛病，很少有板滞枯涩的痕迹，不但故事的情节夭矫变幻、摇曳多姿，就是情节的一个片段也往往笔圆句转、一波三折，极尽曲折之能事。清人但明伦在评《聊斋志异·葛巾》的情节技巧时有一段极为精彩的小说情节的美学见解，他说：“此篇纯用迷离闪烁夭矫变幻之笔，不惟笔转，直句句转，且字字转矣。文忌直，转则曲；文忌弱，转则健；文忌腐，转则新；文忌平，转则峭；文忌窘，转则宽；文忌散，转则聚；文忌松，转则坚；文忌复，转则开；文忌熟，转则生；文忌板，转则活；文忌硬，转则圆；文忌浅，转则深；文忌涩，转则畅；文忌闷，转则醒。求转笔于此文，思过半矣。”这里提出的“转”，显然有转折、回转和转变之意，正是指故事情节的曲折多变。这是掌握小说艺术辩证法的深刻认识。总之，只有这样的故事情节，才能使听者和读者兴趣盎然，具有吸引人的艺术魅力。一览无余，在任何情况下和艺术欣赏心理都是格格不入的。

我国古典小说往往以“巧”取胜，最大限度地运用偶然来暗示必然，而不直接描写必然，这一点充分显示了我国古代小说家的巧思。“无巧不成书”就是传奇性，它既肯定了小说需要虚构，又揭示了小说虚构本身的奥秘。作家“巧”的艺术表现手法运用得好，就能造成故事情节的回旋跌宕，“奇”与“巧”的辩证统一，巧则奇，奇则巧，“奇”才能传，“巧”才能书。奇就是要有前人或别人笔下没有出现过的故事，敢于出“奇”制胜；“巧”则要有“山重水复疑无路，柳暗花明又一村”的情节结构。敢于寻找那富有表现力的偶然形式，去揭示作家所企图表现的生活性的内容，这就是，偶然是必然的偶然，意料之外是情理之中的意料

① 《醉翁谈录》。“收拾”和“话头”都是宋代“说话”人的特定术语。

之外，亦即奇得不悖情理，巧得事所必然。

从艺术上讲，巧的魅力是来自对生活矛盾的反映，也可以说，艺术上的巧合是来源于生活的巧合，是生活矛盾饱和状态的一种反映形式。正因为这样，它给予听众和读者的艺术感受是极其强烈的，这是聪明的中国古代小说家把美感的民族传统贡献于世界艺术宝库的第一点。

古典小说把美感的民族传统贡献于世界小说艺术宝库的，除了传奇性，更为重要的是传神。古今中外，文艺创作共同的审美目标都是力求突破事物的外壳而把握事物精神的实质。丹纳在《艺术哲学》中就认为“艺术家为了表现重要的特征的东西，为此特征删节即遮盖特征的东西，挑出那些表现特征的东西，为特征的变质部分加以修正，对于特征消失的部分加以改造”。然而中国的传统美学思想更重视“体物传神”。被誉为“画妙通神”的东晋大画家顾恺之“画人尝数年不点目睛，人问其故？答曰：‘四体妍蚩，本亡（无）关于妙处；传神写照，正在阿堵之中’”。[①] 顾氏是主张以形写神的。汉代《淮南子》也曾反对过“谨毛而失貌”的画法。白居易对张敦简所画的动植物的评语是“形真而圆，神和而全”[②]，就是说它既达到形似，又达到神似。苏东坡也说：“作画似形似，见比儿童邻。”这种艺术法则也渗透到我国小说艺术中了。当然同画论相比，在古典小说理论中论述形似、神似的少一些。但胡应麟已称道《世说新语》“晋人面目气韵，恍然生动”，达到形神毕肖。托名李贽称赞《水浒传》第三回“描画鲁智深千古若活，真是传神写照的妙手”[③]。李渔对《三国演义》第十六回描写典韦与张绣军队死斗的批语是“摹写神勇令人惊心动魄”“俱为典韦传神写照”[④]。对于《红楼梦》善于传神写照，脂砚斋也有所评论，如第六回刘姥姥初见王熙凤时，凤姐头也不抬，“只管拨手炉内

① 张彦远：《历代名画记》。

② 白居易：《记画》。

③ 李贽：《李卓吾先生批评忠义水浒传》第三回总评。

④ 李渔：《李笠翁批阅三国志》。

的灰，漫漫地问道”，脂批道“神情毕肖”“此等笔墨，真可谓追魂摄魄”。同一回写贾蓉站在凤姐面前“垂手侍立，听何示下”，脂批道：“传神之笔，写凤姐跃然纸上。”故有人称《红楼梦》是“传神笔墨足千秋”①。《红楼梦》之所以千秋弥珍，就在于它塑造人物艺术是“超以象外，遗貌取神”。这“神”，这“魂”就是隐藏在人们外貌背后的心理性格。只有让读者形象地看到人物的心理性格，才能产生神形毕露、姿态横生的艺术效果。二知道人的《〈红楼梦〉说梦》曾有赞语：“盲左班马之书，实事传神也；曹雪芹虚事传神也。”这是切中肯綮之语。鲁迅曾赞扬《儒林外史》的描写是声态毕作，洞见人物心肝；赞扬《世说新语》写得出“寥寥数言，立致通显”②；赞扬《水浒传》好汉的诨名和六朝所谓“品题”“正如传神的写意画，并不细画须眉，并不写上名字，不过寥寥几笔，而神情毕肖”③。综观所述，传神具有以下几项原则：抓住事物最带本质特征的地方，突出地用力写好；在有限中暗示无限；在事物的运动和人物的行动中，把握自然的优美的旋律和人物的生动的性格，切忌停滞呆板的涂抹改描；行文力求简洁明晰，英爽流畅，神韵飞扬。在这里，抓住事物最带本质特征的原则是一个根本原则，是贯串其余、支配其余的原则，因为正如歌德所说，显示特征的艺术是唯一真实的艺术。忽视了特征，也便是忽视了真实性，传神手法便成了架空。茅盾同志在总结中国文学的民族形式时说，人物形象塑造的民族形式“是粗线条的勾勒和工笔的细描相结合。前者常用于刻画人物的性格，就是使得人物通过一连串的事故，从而表现人物的性格，而这一连串的事故通常都是用简洁有力的叙述笔调（粗线条的勾勒），很少用冗长的细致抒情的笔调来表达。后者常用以描绘人物的声音笑貌，即通过对话和小动作来渲染人物的风度”④。我们认为这是我国古典小说达到传神境界的主要途

① 永忠：《因墨香得观〈红楼梦〉小说吊雪芹三绝句》。

② 鲁迅：《且介亭杂文二集》，载《鲁迅全集》第6卷，人民文学出版社，2005，第335页。

③ 同上书，第394页。

④ 茅盾：《茅盾文艺评论集》上卷，文化艺术出版社，1981，第383页。

径。总之，中国古典小说对我国传统的传神手法的卓越贡献，在于最善于抓住客观事物的本质特点和人物的精神气息，把最厚实的生活真实感和最深刻的思想力带进这个最讲究神清气爽、迁想妙得的艺术领域，而且达到了毫不着力、浑然天成的境界。

怎样才能使作品通向“传神”的艺术彼岸？“白描”就是其中一座很重要的“桥”。古人云：“白描入骨”“白描追魂摄魄。”[①] 这正是道出了白描手法的妙用，说明了精粹的白描手法总是和传神联系在一起的。白描与传神的统一，即所谓“体物传神”，是我国传统小说的一种审美目标。“白描”这个词起源于我国古代的“白画”，在花卉画和人物画中有着广泛的运用。它纯用墨线勾勒，不加彩色渲染，寥寥数笔，描摹对象以求达到栩栩如生的效果。一些文学大师吸取了古代绘画的白描法，在运笔艺术上笔触简洁、凝练，形象地描绘人物的音容笑貌的特征，有意识地留下某些空白来启迪读者的艺术想象，从而在含蓄的意境中完成对人物的艺术描绘。古典小说艺术家则创造性地把绘画白描运用于叙事性的文学创作，并达到了完臻的程度，其内涵与绘画大致相同。对“白描”的真谛，鲁迅先生做了这样的概括：“‘白描’却并没有秘诀。如果要说有，也不过是和障眼法反一调：有真意，去粉饰，少做作，勿卖弄而已”[②]。这里说出了两级意义：第一级意义是白描要求明快、简洁，不拖泥带水，具有单纯美；而第二级含义则是不仅简洁和明晰，而且真切和微妙，显出一种黑白对比的力量美。这就要求小说家对生活有透彻的观察和对传统艺术有精到的修养。鲁迅先生对我国古典小说中的白描手法是极为欣赏的。在《中国小说史略》第二十一篇讲到《醒世恒言》第九卷《陈多寿生死夫妻》时，高度评价了“其述二人订婚及女母抱怨诸节，皆不务装点，而情态反如画”。小说全文九千余字，取材于明人笔记原文仅一百一十三字，而原文无一字写到女母抱怨，纯是拟话本作者根据自己丰富的生活知识加以敷陈补充的，“所写

---

① 张竹坡《金瓶梅》批语。

② 鲁迅：《南腔北调集》，载《鲁迅全集》第 4 卷，人民文学出版社，2005，第 631 页。

皆近闻，世态物情，不待虚构”，只写人物的言语行为，不做任何点染，而柳氏的撒泼、朱世远的懦弱、朱多福的羞怯，都声态并作、逼真生动。因为朱陈两家做了一世棋友，才订下了儿女亲家，所以柳氏拿着棋盘、棋子发泄这一笔，抓住了人物关系的契机，抓住了各种矛盾的纠结点，一笔揭开，使局中各个人物的心理都发生微妙的反应，不直接描写心理活动而各人的肝肺悉见。因为写得简洁，世态便直观地呈现在读者面前，不为任何冗词所隔断，兼简洁与明晰之长、备朴素与优美之妙。

古典小说里的白描，并不是简单的直观形象的影写，而是用简洁、精练的文字，通过粗线条的大笔勾勒和工笔细描相结合的手法，赋予人物以可感的外在形态，为揭示人物的性格、气质、感情提供血肉之躯。这种形貌白描多着墨不多，然而却做到了“笔精形似”[①]，能将人物肖像描绘得极为传神，如雕塑立体地呈现于读者眼前。比如，《水浒传》开头不久写九纹龙史进，所用白描手法极为精彩：

只见空地上一个后生脱膊者，刺着一身青龙，银盘也似的一个面皮，约有十八九岁，拿条棒在那里使。

在这里，作者运笔简练，显示作者笔底的功力。他极简省地勾勒了一个人物的侧影，然而这一白描手法却点出了人物的神韵风貌，给读者留下了一个英气勃勃，好动、逞强的少年英雄的印象。这个人物的形象描绘，不仅富有质感，而且具有韵味。

白描是一种写意，因此，古典小说对人物形象的勾勒常常是写意人物形象的主要特征，以虚带实，造成一种艺术空白，给听众和读者以想象、联想的余地来补充形象的全貌。就这一点来说，《金瓶梅》中的白描艺术是非常出色的，如被许

① 张九龄:《宋使君写真图赞并序》。

多研究者所称道的第一回应伯爵和谢希大到西门庆家，西门庆怪他们好几日“通不来傍个影儿”，应伯爵便向谢希大道：“何如？我说哥要说哩！”因对西门庆道：“哥，你怪的是，连咱们也不知道成日忙些什么。”过了几天，西门庆、应伯爵十几个人在玉皇庙结拜兄弟。西门庆提出应伯爵岁数大，要应伯爵居长，应伯爵伸着舌头说：“爷可不折杀小人罢了！如今年时，只好叙些财势，那里好叙齿？”这真是传神写照，难怪张竹坡批道：

> 描写伯爵处，纯是白描追魂摄影之笔。如向希大说“何如？我说”，又如伸着舌头道“爷”，俨然纸上活跳出来，如闻其声，如见其影。

《金瓶梅》塑造得最成功的人物是潘金莲，运笔也纯用白描，如第三十回写李瓶儿临产，吴月娘等人都到她房中看望。潘金莲因妒生嫉，把孟玉楼拉出房间说：“爹喏喏！紧着热剌剌的，挤了一屋子的人，也不是养孩子，都看着下象胎哩！”孙雪娥听见李瓶儿生孩子，慌慌张张走来观看，险些被台阶绊了一跤。潘金莲看见便对孟玉楼说：“你看！献勤的小妇奴才！你慢慢走，慌怎的？抢命哩，黑影里绊倒了，磕了牙，也是钱。养下孩子来，明日赏你这小妇一个纱帽戴？”如此准确逼真的语言，如此出色精粹的文字，只能有《红楼梦》中王熙凤的语言可与之媲美。这些都是形神兼备，以形写神的典范。难怪张竹坡评点到这里时也不能不惊叹地说“白描入骨”！

因此，我们说中国古典小说把美感的民族传统贡献于世界的小说艺术宝库里的还应有白描手法的单纯美，这绝非过誉之词。

意境是中国诗歌艺术的基本的审美范畴，对于小说艺术来说，它又是白描和传神艺术的完整化，是诗对小说的积极渗透。

我国是一个有着“诗国”之称的民族，自《诗经》《楚辞》而下，我国诗歌已有数千年的历史。其他文学艺术，无不得到诗的滋养。诗歌的触角伸向各个艺术领域。唐代是个诗的朝代，我国诗歌意境大规模地渗入小说机体也始自唐代，这种渗入绝不仅表现在唐人传奇中。因为“行卷”要见“诗笔”，而有大量的诗篇穿插其间，主要的是表现在作品中有着完整的诗的韵律。鲁迅早就对传奇的“文采与意想”予以注视，他认为唐传奇“文笔是精细、曲折的，至于被崇尚简古者所诟病；所叙的事，也大抵具有首尾和波澜，不止一点片断的谈柄”[①]。这里指明了唐传奇中的意境有两个特点：一是有波澜起伏的诗的旋律；二是有完整的艺术意蕴，是一个艺术的完整体。比如，我们读元稹的《莺莺传》，人们都可以从元稹那种富于感情的笔触下感受到爱情的音乐和爱情的诗。我们正是从莺莺那颗心灵所颤动出来的爱情旋律看到了她的纯真和热切。尤其是小说里莺莺给张生的信，真是沁人心脾、动人心弦。莺莺用饱含真情的语言，表述了她内心里的一切，她没有去压抑自己的感情，也没有抑止自己的泪水，她的心声如万斛清泉，随地涌出，自然而真切，读来就如同一首深沉哀怨的诗，使人如融进那感情的海洋之中，情随波涌，思乘风驰。鲁迅认为，中国诗的意境对小说的渗透是有积极意义的，“藻思横流，小说斯灿”[②]，便是对这一点的充分肯定。

唐人传奇的文采和意象，唐人传奇的内蕴的浓郁的诗的意境，在中国优秀古典小说中得到充分的继承和创造性的发展。其中最深最浓的，可以称为“诗小说”或“小说诗”的就是伟大的诗人、小说家曹雪芹的《红楼梦》。全书以诗为魂，构成了特有的诗的意蕴。作者长于写生活中的普通人，在他们平凡的生活命运中发掘纯朴的诗意。他同情人生的普遍苦难，又常止于一般感慨，以达到认识的目的。众多的“红学”研究者已经深刻地指出：在《红楼梦》里，曹雪芹往往把环境的描写紧紧地融合在人物性格的刻画里，使人物的个性生命能显示一种独特的境界。环境不仅仅起着映照性格的作用，而且还具有强烈的感染力。作者把人物人性的特点、行动、心理活动和环境的色彩、声音融合在一起，构成一个情景交融的活

① 鲁迅：《且介亭杂文二集》，载《鲁迅全集》第6卷，人民文学出版社，2005，第335页。
② 鲁迅：《古籍序跋集》，载《鲁迅全集》第10卷，人民文学出版社，2005，第87页。

动着的整体。最突出的，当然是环绕着林黛玉的“境”与“物”的个性化的创造。大观园的良辰美景，潇湘馆的凄清的氛围，几乎都是通过林黛玉的情绪心理来表现的。即使是景色的描写，也都渲染着、渗透着林黛玉的情绪、心理、个性的色调和气质，仿佛都有林黛玉一样的哀婉忧伤的悲剧性格。由此可以看出，中国古典小说的民族美学风格发展到《红楼梦》，已经呈现为鲜明的个性、内在的意蕴与外部的环境相互融合渗透为同一色调的艺术境界。总之，在这里是“情与意会，意与象通”，具有了“象外之象”和“味外之旨”，这是主客观结合、虚实结合的一种诗化的艺术形象及其艺术取向。所以我们认为，得以滋养曹雪芹的文化母体是中国传统丰富的古典文化，对他影响最深的，不仅是文学的、美学的、哲学的，首先是诗的。

在我们分析问题时，对传神、白描和意境分别加以论述，以便判明它们的区分和递进性。其实，在优秀的作品中，它们是互相联系、互相渗透，结合成统一的艺术机制的。没有白描和传神的手法，采取繁缛、堆砌和艰涩的敷陈叙事，是很难甚至是不可能产生浓烈的诗的意境美的；而离开意境的完整体，白描和传神的手法也会流于肢裂。我国优秀的杰出的小说作品，之所以能以小见大，言有余而意无穷，具有巨大的艺术诱导力，和它简洁、明晰、形神兼备的描写手法有着密切的关系，也和诗的意境的令人沉醉的感染力、令人遐想的引发力有着深刻的关系。意境之深，正是中国古典小说的优秀传统，或者说是我们民族艺术传统的最卓越的地方之一。

总之，中国古典小说的形式美体现着一种独特的、内在的民族精神韵致。这是十分宝贵的。当然，民族风格与其他事物一样，也是在不断发展着的。作为小说家，既是在创作，也是在发展。在中国小说史上，每一件真正称得上是艺术品的作品，都在民族风格的发展史上占有一席之地。从这方面看，众多优秀古典小说留下的印迹是光彩夺目的。

四、自成格局的小说理论批评

小说的艺术理论是人们对小说现象的理性认识和科学概括。古代作家以非凡的才能创造了小说。人们在尽情地享受着小说艺术之美的同时，又力图准确地认识和概括这种为人类生活增添了无穷色彩的艺术样式，这就是小说理论的发端和形成。

中国小说理论批评有自己的特点。从大的范围来考察，我国整个的古典文论与西方文论相比，往往同中有异。西方文论是哲理的，我国古典文论则是诗意的；他们长于思辨，我们重于直观的领悟；他们注重逻辑推理，我们则偏重于具象的扣合；一个长于客观、冷静的剖析，一个侧重于主观、动情的评骘；重思辨的着眼于系统化构筑理论体系，耽于诗意的则沉浸在亲切的洒脱的美感境界中。我国古典文论有自己非常丰富的美学特征，所以我们的研究就必须尊重这种历史形成的民族特点。

具体到中国小说理论批评则是自成格局、独标异彩的。散见于明清小说里的序、跋、评、叙、述、引、题词、凡例、读法、导语、自记中的关于小说创作的论述，就如零金碎玉，搭建成中国小说理论批评的主要框架。它们并不像“正规”理论文字那样有条有理，但却能评出许多大块文章所说不到的精妙之处，而且提出了一系列在它们之前的理论著作所没有提出过的更为丰富复杂的课题，体现了我国传统美学和文艺理论的新突破。

在序跋方面，明清两代的审美价值最高。或序自己的作品，或序他人之小说。如冯梦龙、凌濛初、蒲松龄等人，在小说的地位、社会功能和审美经验方面提出了很多新概念，发表了许多卓然不群的好见解。冯梦龙在“三言”的名篇序中，都一致强调了小说的社会教化作用。在署名“绿天馆主人”的《喻世明言》序中说，好的小说能使“怯者勇，淫者贞，薄者敦，顽钝者汗下。虽日诵《孝经》《论语》，其感人未必如是之捷且深”。他重视小说，认为它能吸引人的原因是它的艺术感染力和它激动人、影响人心灵的作用。在《醒世恒言》的序中，冯梦龙除了强调小说的教化作用之外，甚至还把小说的意义提高到可为有国者借鉴，即“为六经国史之辅”“以醒天下之权与人，而以醒人之权与言”。同那种把小说当作雨窗寂寞、长夜无聊的消闲解闷的传统观念相悖，他公开将自己的小说选集命名为《喻世》《警世》和《醒世》。用冯梦龙的话说：“明者，取其可以导愚也。通者，取其可以适俗也。恒则习之而不厌，传之而可久。三刻殊名，其义一耳。”很明显，冯氏是想通过小说来劝喻世人、警诫世人、唤醒世人的。当然，今天看来，这些说法是过分地夸大了小说的社会作用和社会效果，不免失之偏颇，但他提出的却是属于具有反封建思想的为人生而艺术的理论。明清通俗小说家们多以小说为劝善惩恶的工具，或者把小说作为战斗的武器。《说呼全传·序》说：“小说家千姿万状，竞秀争奇，何止汗牛充栋，然而必有关惩劝，扶植纲常者方可刊而行之”。这是一种强调小说的社会效果的见解。

明清小说家还在表现方法上发表了很多创见。比如，在虚与实的辩证关系上，金丰在《说岳全传·序》中就说得合情合理。他认为：“从来创说者，不宜尽出于虚，而亦不宜尽出于实，苟事事皆虚，则过于诞妄而无以服考古者之心，事事皆实，则失于平庸而无以动一时之听。”这就使虚实既各有分寸，又都以表现思想主题为依归。

其他如为《金瓶梅》写叙的欣欣子，在通俗化的小说理论方面也是有贡献的。他特别重视小说语言的通俗性，认为“市井之常谈，闺房之碎语，使三尺童子闻之，如饫天浆而拔鲸牙，洞洞然易晓”。通俗化作为小说的品格，早在宋元时代的说话人就曾有过高见，所谓“话须通俗方传远，语必关风始动人”。通俗成为话本及以后明清小说流传的决定性条件之一。

明清两代的小说理论批评家非常注意“读法”。几部大书在序跋、评点等之外，往往特列“读法”冠于卷首，开宗明义地给读者以指点。“读法”大多包括明确全书意旨、作提纲挈领式的读书指导、独具慧眼的艺术鉴赏和深有体味的读书经验。纵观几部名著的“读法”，大多言简意深，启人心智，往往能体现评论者的政治思想、社会意识和审美经验。这是一种别开生面、引人入胜、有启发性的小说理论批评形式。比如，张竹坡《批评第一奇书金瓶梅读法》就明确指出：“《金瓶梅》不可零星看，如零星，便止看其淫处也。故必尽数日之间一气看完，方知作者起伏层次贯通气脉为一线穿下来也。”张氏所谈是要求读者对全书进行整体把握，不可一味猎奇，这对读者正确领悟《金瓶梅》的审美价值是大有裨益的。当然，“读法”中的迂腐之论、牵强附会以及不是从审美角度进行“指点”的也颇多，这里就不一一加以评骘了。

小说评点是中国古代小说理论批评的主体部分，也是中国古代小说美学的主要形式，为别国所罕见。小说评点是我国古代典籍评注形式和文学批评方式在小说理论领域里的运用和发展。评点本意是评论和圈点。古人读书时在自己认为精彩之处加以圈点，或因有所感，随手记下，撮要钩玄，点睛取髓，乃至借题发挥。唐代即有诗文评点，至宋，一些学者先后评点了不少诗文。这些评点作为文章作法之典范刊行成书，如吕祖谦的《古文关键》、楼昉的《古文诀》、真德秀的《文章正宗》、方回的《瀛奎律髓》等。钱锺书先生在《管锥编》中谈及陆云的《与兄平原书》，谈到了“评点”这一独特形式：

> 陆云《与兄平原书》。按无意为文，家常白直，费解处不下二王诸《帖》。什九论文事，著眼不大，著语无多，词气殊肖后世之评点或批改，所谓“作场或工房中批评”（workshopc riticism）也。方回《瀛奎律髓》卷一〇姚合《春游》批语谓“诗家有大判断，有小结裹”；评点、批改侧重成章之词句，而忽略造艺之本原，常以“小结裹”为务。苟将云书中所论者，过录于机文各篇之眉或尾，称赏处示以朱围子，删削处示以墨勒帛，则俨然诗文评点之最古者矣。[①]

① 钱锺书：《管锥编》第4册，中华书局，1979，第1214页。

这里，钱先生所论述的就是最早的评点的方式。

在我国开小说评点先河的是刘辰翁评点《世说新语》。明人许自昌《樗斋漫录》在谈及李贽的小说评点时，即指出刘辰翁为小说评点的开山祖。小说评点至晚明李贽、叶昼定型，经金圣叹、毛宗岗、张竹坡、脂砚斋、冯镇峦、但明伦等批评家发扬光大，遂成为中国小说理论批评中一种独特的文学批评和审美鉴赏的方式。

小说评点包括回批、眉批、旁批、双行夹批等，评点内容大多为对作品思想内容的评判发挥和对小说艺术的研究，更侧重于对小说艺术创作规律的探讨。小说评点的最重要的特色是通过审美鉴赏，揳入心灵的新的路数。它更注重批评的个性的表现，直观、即兴的意味也更浓。由于理论批评和审美鉴赏结合得相当紧密，所以审美主体对客体的观照就呈现出绚烂多姿的个性光彩，通过小说评点这面透镜显示出来的评点世界充满着活力和灵气。读者从评点者慧心的点拨中驰骋想象，很容易与评点者在艺术生命的搏动中产生共鸣和审美情趣上的沟通，并获得充分的领悟。这就是李贽所说的“通作者之意，开览者之心也……于一部之旨趣，一回之警策，一字一句之精神，无不拈出，使人知此为稗官史笔”。这就需要评点者具备十分真切的艺术感受、深厚的文艺修养和穿透力极强的剖视能力。胡适带着极大的偏见斥小说评点为“八股文法”，就在于他完全不能理解小说评点家（当然，这里指的是那些可以称为优秀的杰出的小说理论家们）的判断既有智性的推理活动，也有感性的直观活动。不了解他们具体深微的审美感受，自然就难以透彻地理解他们艺术判断、小说主张的真正内涵，从而无可避免地湮没小说评点的最有生气的、丰赡而精深的审美内涵。

总之，如果我们把小说的序、跋和评点组合起来，那么我们即会发现，中国小说的理论批评的自成一家的格局，已经很好地把审美心理、审美创造、审美欣赏等一系列小说美学上的问题几乎都涉及了。李贽、叶昼、金圣叹、脂砚斋和但明伦的小说评点中议论纵横，警句迭出。他们触及许多艺术辩证法，如真与假、情与理、形与神、虚与实、主与客、分与合、起与落、伸与缩等。

在中国小说理论批评中，“逼真”是评价小说的最基本的标准之一。在小说评点中，随处可见诸如“情状逼真”“情事逼真”“语与事俱逼真”“小小情事都逼真”“闲话都逼真”等批语。此外，与“逼真”属同一美学范畴的是“传神”“摹神”“追魂摄影”“化工肖物”等概念，它们都是指艺术的真实。因此，在古代小说理论批评中的“真”有两种含义：第一种“真”是指生活真实，所谓“真有其事”，就是这种真；第二种“真”是指艺术真实，它是典型化所要追求的目标，所云之“逼真”“真情”即这种“真”。同样，与“真”相对的概念“假”也有两种不同的含义：一种“假”是相对生活真实而言，它是典型化所要求的“假”；一种“假”是相对艺术真实而言，是艺术虚假或虚假的艺术。托名李贽对《水浒传》第十回所作的回评：

> 《水浒传》事节都是假的，说来却似逼真，所以为妙。常见近来文集，乃有真事说做假事者，真钝汉也，何堪与施耐庵、罗贯中作奴？
>
> 《水浒传》文字原是假的，只为他描写得真情出，所以便可以与天地相始终。即此回中李小二夫妻两人情事咄咄如画，若到后来的混天阵处都假，费尽了苦心亦不好看。

这里所说的“假”，便是指小说中的人物和事迹。它们相对生活真实来讲，当然是“假”的；但《水浒传》的妙处在于它又能把这些“假”的写成“真”的，所以“《水浒传》事件都是假的”“《水浒传》文字原是假的”，就是相对生活真实的“假”，这就“假”得好、“假”得真。至于“若到后来的混天阵处都假，费尽了苦心亦不好看”，这就是说它完全背离了生活真实和艺术真实的美学原则，因而毫不足取了。

虚与实，也是小说评点中经常运用的一对概念。这里讲的虚实是指虚笔和实写的关系问题，而不是历史演义小说中典型化的虚构和历史真实性的关系问题。小说评点中谈虚实辩证法的不算少，如金圣叹在《水浒传》第二十七回“武都头十字坡遇张青”的批语中说：

> 张青述鲁达被毒下，忽然又撰出个头陀来，此文章家虚实相间之法也。然却不可谓鲁达一段是实，头陀一段是虚。何则？盖谓鲁达虽实有其人，然传中却不见其事；头陀虽实无其人，然戒刃又实有其物也。须知文到入妙处，纯是虚中有实，实中有虚，联绾激射，正复不定，断非一语所得尽赞耳。

虚从于实，附丽于实，运用虚的目的乃是为了衬托和表现实。因此，虚实必须辩证地结合起来。毛宗岗在《三国演义》第五十一回总评中说：

> 当周瑜战曹仁之时，正孔明遣将取三城之时，妙在周瑜一边写实，孔明一边写虚，又妙在赵子龙一边在周瑜耳中虚写；此叙事虚实之法。

毛宗岗在第二十回总评中也说：

> （董承、马腾）前之救驾是实写，而后之救驾是虚谈；前之受诏用虚叙，而后之受诏用实写，一虚一实，参差变换，各各入妙。

《三国演义》确实深得“叙事虚实之法”，也确实做到了“一虚一实，参差变换，各各入妙”。像赤壁战后，周瑜、孔明与曹兵进行了一连串的战斗。周瑜与曹仁之战是实写，赵云袭取南郡是半虚半实，张飞袭取荆州则是虚写，关羽袭取襄阳也是虚写，而且都是同时进行的。而作者或虚或实，或半虚半实，都叙写得生动自然，神出鬼没，确实是妙不可言。

《聊斋志异·侠女》写侠女宣飞利剑，使一白狐身首异处，但明伦在评析时说："报仇是本文正面，剑术是报仇实迹，正面难写，而实迹又不可不写。乃于此处借狐以写七首之神异，后之杀仇取头，只用虚写便足。"

小说避开了正面写侠女如何杀人，而是用了虚写："夜将半，女忽款门入，手提革囊，笑曰：'我大事已了，请从此别'。"这样写既节省笔墨，避免直露，能留给读者以发挥想象的余地，而且也可以产生实写的艺术效果。因为前面铺写了侠女如何杀狐，读者对她高超的剑术已有领教，这就是但明伦所说的实迹。从实衬虚、以虚代实、虚实相间的表现方法，能使文章腾挪多姿。

以上问题都触及小说创作的内部审美规律，因此颇具审美理论价值。

小说评点派的重要贡献还在于他们开始注意提炼、归纳和总结小说创作和具体艺术表现方法的一些"法"。中国诗论、文论就好谈章法、文法。杜甫的《寄高三十五书记（适）》云："佳句法如何？"批评家时常以"法"这个概念笼统地指称艺术创造中的技巧。其实，按严格意义来说"法"并不就是艺术创造中的技巧。"法"只意味着作家创造某种文学的形式时所依据的法则、规矩和程式。王世贞在《艺苑卮言》中说："首尾开阖，简繁奇正，各极其度，篇法也。抑扬顿挫，长短节奏，各极其致，句法也。点缀关键，金石绮彩，各极其造，字法也。"这里指的就是诗人的技巧方面艺术能力的高下，也就取决于他对这些法则、规矩和程式的掌握。

至于小说评点中提出的"法"，一般都认为总结小说创作的文法。章法始自金圣叹，近年有的专家在研究《新刻绣像批评金瓶梅》的评点时，认为冯梦龙首先开始了总结小说创作技法[①]。冯氏明确提出了小说创作的"躲闪法"和"捷收法"，除了这类直接指出文章之"法"外，还有一些未明说是什么"法"，但实际上已经

① 蔡国梁选编：《金瓶梅评注》，漓江出版社，1986，第396页。

点到，再由后人标明的，如第十回、第七十三回等所评的“绵里裹针”“绵里下针”的“妙法”，就是后来金圣叹所说的“绵针泥刺法”第十、二十二、六十一回等评的“线索之妙”“映照得妙”“针密如蝨”等，就引出了金圣叹的“草蛇灰线法”等。可见，《新刻绣像批评金瓶梅》批评者确是我国小说批评史上总结创作之法的一个先行者[①]。

金圣叹在前人的开拓下总结了《水浒传》的十五种技法，即“倒插法”“夹叙法”“草蛇灰线法”“大落墨法”“绵针泥刺法”“背面敷粉法”“弄引法”“獭尾法”“正犯法”“略犯法”“极不省略法”“极省略法”“欲合放纵法”“横云断山法”“鸾胶续弦法”等。脂砚斋在评点《红楼梦》时提出的做法不下数十种，其中有“反衬法”的“指东击西，打草惊蛇法”“回风舞云，倒峡逆波法”“由远及近、由小至大法”“虚敲旁击、反逆隐回法”“三染法”“进一步法”“退一步法”“金蝉脱壳法”“反点题法”“避俗套法”“倒卷帘法”“皴染法”“避难法”“暗透法”“转叠法”“层峦叠翠法”“背面敷粉法”“重作轻抹法”“横云断岭法”“云罩峰尖法”“三五聚散法”“偷渡金针法”“一击两鸣法”“岔法”“虚敲实应法”“突然法”“伏线法”“将繁改简法”等。但明伦在评点《聊斋志异》时又总结了“反逼法”“挪展法”“暗点法”“转笔法”“遥对法”“勾连法”“双提法”“以叙为提笔，以闲笔为伏笔法”“先断后续法”“叙次忽断忽续法”等。其他一些小说评论家也提出了不少“法”，如“借树开花法”“水中吐焰法”“突阵法”“火里生莲法”等。

上面所提及的这些做法，有一些总结得并不是十分科学，其含义也不十分明确。我们即使真的掌握了这些技法，也不见得就能写出小说。但是，他们仍然给我们一些重要启示，即以总结出的各种技法就可以看出小说创作发展到成熟阶段已经有“法”可循了。

中国小说评点中所提到的各种技法、章法，大多是就人物性格审美化问题和

---

① 蔡国梁选编：《金瓶梅评注》，漓江出版社，1986，第 397 页。

情节的审美因素加以多角度探讨的。

在人物性格的审美化问题上很多小说评点家都提了新的看法和见解，他们已经在更深的理论层次上探讨了人物性格和形象塑造。人们都知道“性格”作为一个明确的审美概念，最早提出者是金圣叹，他在《读第五才子书法》中说“《水浒传》写一百八个人性格，真是一百八样。若别一部书，任他写一千个人，也只是一样，便只写得两个人，也只是一样”。但是，如何完成真正的性格塑造却需要技巧，这里就涉及很多“法”了，如略貌取神、以形写神，而其中像“三染法”和“皴染法”就是使人物立体化的途径。形象和性格的塑造不是一次完成的，它需要多侧面、多层次地逐渐显示；这一点在长篇小说的人物性格创造上就显得更为突出、更为重要。《红楼梦》写人物大多是先做概括性的介绍、点染，使之初具轮廓，然后反复皴染，使之逐渐丰富和明晰。脂砚斋评《红楼梦》第二回就指出：

> 此回亦非正文，本旨只在冷子兴一人，即俗语所谓“冷中见热，无中生有”也。其演说荣府一篇者，盖因族大人多，若从作者笔下一叙出，尽一二回不能得明，则成何文字。故借用冷子兴一人略出其大半，使阅者心中已有一荣府隐隐在心，然后用黛玉宝钗两三次皴染，则耀然于心中眼中矣，此即画家三染法也。

至于《红楼梦》中王熙凤性格的塑造更是通过多次的皴染和勾画，逐渐使人物由远及近，逐渐丰满和立体化的。

中国古典小说在性格和形象塑造上有一个极鲜明的特点，即注重形象造型的对比性。形象对比作为一种艺术手法是极简单的，但是它在认识上却有很大功能。大反差的两极化的形象参照对比，会使人的认识发生突变，从静止、渐进的状态跃进到一个新的质的境界。这种反差当然不是外部形态造型的比较，而是一种性格力量的撞击，目的是要造成一种情绪、一种态势、一种留给听众和读者的思索。

中国小说善于强化对比，在对比的选择上有意地寻找两极形象碰撞的交叉点、戏剧冲突的交叉点。所以，形象性格的对比的特点是以小说的情绪为内涵的。这种对比艺术在中国小说章法上有正衬法和反衬法。毛宗岗在《三国演义》第四十五回回首总评中说：

> 各有正衬，有反衬。写鲁肃老实，以衬孔明之乖巧，是反衬也。写周瑜乖巧，以衬孔明之加倍乖巧，是正衬也。

衬托不能以牺牲对立的一方来达到目的。作为对正衬法的审美功能的弥补，便有反衬法。金圣叹称之为“背面敷粉法”。“背面敷粉法”是在突出某一方的过程中，无意使另一方的性格得到突出。总之，中国古典小说人物塑造中的对比手法正是如此表现的，它的主题意向非常明确，即要通过是非、真假、美丑、新旧等不同观念、不同文化层次的冲突，做到人物性格化的。

重视情节的审美因素，是中国小说理论批评的重要特点。金圣叹、毛宗岗、但明伦等人用一系列概念来说明小说情节、结构的章法。这些情节、章法显示出对于现象的独特把握，其中不乏情节规律的揭示。

在诗歌和音乐中，重要诗句和旋律的重复是使结构完整的一种常见的手法，能造成回环往复的美。而在小说中，情节的简单重复往往会造成雷同。但是，中国古典小说偏要于险处取胜，有意使情节重复，同时在重复中写出不重复。古代小说评论家称之为“犯中见避”。

“犯中见避”的情节在古代小说中有很多成功的例子。大体有两种：一种是主角不同，如《三国演义》里多次写火攻，《红楼梦》里多次写生日等；一种是主角相同，如《三国演义》里的刘备三顾茅庐、诸葛亮七擒孟获等，《西游记》里的孙悟空三打白骨精、三调芭蕉扇等，《红楼梦》里的刘姥姥三进荣国府等。这种“犯中见避”的艺术功力，表现最突出的是《水浒传》中的“三打祝家庄”。第一次，因缺乏调查研究，宋江又操之过急，孤军深入，结果陷入敌人的埋伏之中，招致失败；第二次，因为还没有拆散扈祝联盟，兼之指挥失当，“一味苦战”，结果落了个“不得便宜，急急赶出村口来”；第三次终于胜利，这是因为盘陀路摸清，又以俘获扈三娘作为人质，彻底搞掉了三庄联盟，再加吴用巧施“里应外合”之计，终于打破了祝家庄。“三打”的情节上是“犯”中有“避”。在具体描写上各显差异，这是“避”。唯其有“避”，才充分地表现了军事斗争的千变万化的复杂性，方能去掉板滞乏味的毛病，而呈现出跌宕回旋之魅力，所以避中的犯、变化中的重复，不是简单的“再来一次”，而是一种辩证的、更高层次的重复，这是避与犯二者之间相互运动的艺术辩证法的最好的体现。

金圣叹在评论中还把“犯”具体分为“正犯法”和“略犯法”两种。前者如写武松打虎后，又写李逵杀虎，又写二解争虎；写潘金莲偷汉后，又写潘巧云偷汉；江州城劫法场后，又写大名府劫法场；写何涛捕盗后，又写黄安捕盗；写林冲起解后，又写卢俊义起解；写朱仝雷横放晁盖后，又写朱仝雷横放宋江等。正是故意把题目犯了，却有本事出落得无一点一画相借。后者“如林冲买刀与杨志卖刀；唐牛儿与郓哥；郑屠肉铺与蒋门神快活林；瓦官寺试禅杖，与蜈蚣岭试戒刀等是也”[①]。这里，我们虽然还很难分清金圣叹所区分的“正犯法”和“略犯法”的区别，但它们在揭示“重复”艺术这一点是很有启发的。

任何叙述性的作品，从整体看，它的故事情节总是连贯、发展的，体现出一个“续”字。但在一些人物多、头绪繁的小说里，作者很难顺着一条线索一口气说完，中间一定得穿插一些情节，即所谓“插笔”，这就是故事情节的“断”。金圣叹把这些断与续的辩证处理称为“横云断岭法”。毛宗岗把这一情节结构法具体运用于《三国演义》的评述中。脂砚斋评点《红楼梦》的刘姥姥一进荣国府也指出作者“惯用此等横云断山法”。他们一再说明这一技法之妙，是从读者的审美感受出发的。如果情节比较简单，则“宜于连”，若过多穿插，反为琐碎；如果情节

① 金圣叹:《读第五才子书法》。

较为繁杂，那就要“妙于断”，不断而“连叙”，则“惧其累赘”。单调、烦冗是情节结构的大忌，在读者心里会导致乏味。如果情节发展过程中时有“横云断山”穿插其中，会以不断变化的情节调动读者的审美兴趣。

通过以上简括介绍，我们可以清楚地看到，在我国古代小说的理论批评中，批评家对于“法”的重视是显而易见的。他们精细的分析为我们解答了这样一些疑问：特定的现实和小说家对于现实的感受将按照什么规律组织起来，方可能产生艺术效果？这种艺术效果的依据又是什么？总之，无论是小说的创作，还是小说的审美，小说批评家对于“法”的探索都在一定程度上为读者提供了钥匙。但是，这种重视如果过了头，“法”在艺术中所起的作用就被绝对化了。一些小说评点家由于对“法”的孤立崇拜，从而不知不觉地在艺术与现实的关系上形成一种头足倒立的见解。在他们的观念中，艺术就是“法”。这时，他们往往将“法”作为艺术产生的根本前提。尤其当一些传达方式已经明显地无法接纳特定的现实和小说家的感受时，固守所谓成“法”，更容易形成桎梏。在这个意义上，所谓的“法”总是包含着保守性。过去诗文写作中有所谓“死法”“活法”之说，而画论中也有“大体需有，定体则无”“至人无法非无法也，无法而法乃为至法”。这些观点应当是对我们正确理解小说的章法、技法有启迪意义的。

总之，中国小说理论批评是我们优秀的民族文化遗产的组成部分，它们在探讨古代小说的审美规律、方法等方面做出了杰出贡献，丰富了世界小说理论批评的宝库。我们要以马克思主义的美学观为指导，批判地继承古代小说美学理论的优秀传统，吸收东西方各国有价值的小说美学理论，总结小说创作的经验，为建立具有中国特色的小说美学体系而努力。

五、结语

我们今天的小说，是历史的小说的一个发展。推陈而出新，旧小说演变为新小说，离不开对中外文化的继承和借鉴，而小说的艺术技巧和艺术形式在民族范围内又有比较直接的继承性。我国小说在漫长的发展过程中形成了为人民大众喜闻乐见的鲜明的民族形式和风格，这是古代小说高度成熟的一个重要标志，反过来它又培养和塑造了本民族读者的审美习惯。我国古代小说由于受宋元以来的“说话”艺术的影响，在人物描写、情节结构、文学语言等方面都有自己的特点，其中凝结着几代人的心血，包含着千百次探索的艺术经验，这是值得我们永远珍惜的。

然而，我们还应看到，古代人的性格描绘在今天是不再够用了。凝聚着中国传统美学思想，经过长期锤炼发展的传统小说形式比较精致、缜密、完整、风格化，富于独特的形式美。但是，这种艺术形式往往比较凝固、程式化，这是和长期封建社会“亚细亚生产方式”相联系的，它比较适应于相对停滞的生产力。一旦社会生产关系出现了巨大变化，意识形态领域发生剧烈变革，传统的小说艺术形式往往不容易适应反映复杂的社会现实，不适应表达人们新的思想感情。当然，这种经济基础对艺术形式的影响是间接的、曲折的、缓慢的，但这种影响迟早是要显示出来的，而且事实上已经显示出来了。在20世纪里，可以说，一直就处于这种艺术形式变革的探索之中。

必须看到，小说艺术数千年的发展历史，就是一部小说观念不断更新的历史，就是一部艺术手法层出不穷的发展史，就是一部语言表现力无限扩张的发展史。人类社会的发展和人类自身的发展存在着无限的可能性，小说对不断发展的人和不断发展的人类社会的表现也存在着无限的可能性。在今天这样一个世纪的转折点上，我们一方面必须坚持“只有民族的，才是世界的”观点，同时我们也不应违背现代性来强调所谓的“民族性”。其实，中国民族性的特点正在于“它极善于大胆吸收消化外来事物，做出适合于自己的现实生存和发展的独立创造。这才是中国人真正的历史精神和民族风貌”[①]。

---

① 李泽厚:《走我自己的路——杂著集》，中国盲文出版社，2002，第99—100页。

从罗烨《醉翁谈录》谈“说话”艺术

《醉翁谈录》凡十集，每集二卷，共二十卷，题“庐陵罗烨撰”。向为簿录家所未载，仅明代李诩《戒庵老人漫笔》中曾引过此书文字。

罗烨《醉翁谈录》虽署编者姓名，但时代已不甚可考。小说研究者对其时代仍有争议。从《醉翁谈录·舌耕叙引·小说开辟》中所载，“分州、军、县、镇之程途”上观察，确系宋代地方行政区划，又“书中市语杂出，胥近浅陋，当为南宋坊制”。[①]但二集卷二中《吴氏寄夫歌》的作者吴伯固女，《王氏诗回吴上舍》中的吴仁叔妻，都是元人，如是“宋椠”，决不会把元人诗载进去，故疑为元椠。然而，通观《醉翁谈录》一书，似与《梦粱录》《都城纪胜》等一样，皆以南宋杭州作背景，故罗烨很可能是宋末元初人，书中杂有元事，或系后人窜入，或系元椠。

此书保存了一些少见的宋之戏文情节，其中有很宝贵的资料。卷首《舌耕叙引·小说开辟》条所记“说话人”的家数，话本小说中对烟粉、灵怪、传奇、公案等的分类以及载录小说名目107种，一直为治小说史者所重视。然而，这篇诗文交织、骈散兼行的独特新颖的文字，在有关小说史的著作和单篇论文中虽屡有引用，但这篇文字中涉及“说话”艺术的地方，似乎还未引起足够估量。根据《舌耕叙引·小说开辟》条所记南宋之“说话”艺术，却凝聚着许多珍贵的艺术经验，是迄今为止所发现的总结“说话”艺术实际经验的最早文献。在一定意义上说这是我国第一篇比较系统地总结通俗小说创作经验的小说理论著作，在我国小说理论史上有着重要的意义。

---

① 戴望舒:《跋〈醉翁谈录〉》，载《小说戏曲论集》，作家出版社，1958。

一

我国的小说，原是民间的产物，为广大人民所爱好。在一向以诗文为文学正宗的封建士大夫心目中，小说并没有地位，士大夫说它是不登大雅之堂的“小道”“末流”。最早提到“小说”概念的《庄子·外物》篇就认为“饰小说以干县令，其于大达亦远矣”，把它看作是浅薄琐碎的言论。当然，这里所说的“小说”，显然不是指文艺创作的小说，但后世所以沿用“小说”一词以称文艺创作，正反映了对于这种文化的轻视。汉代的桓谭在《新论》里称小说也是“合残丛小语”而写成的“短书”，不同于高文典策。[①] 至班固《汉书·艺文志》则说：“小说家者流，盖出于稗官，街谈巷语，道听途说之所造也。”从这些一鳞半爪的材料可以看出，他们对于小说，总的态度是轻蔑。鲁迅先生曾指出：“在中国，小说是向来不算文学的”，[②] “向来是看作邪宗的”。[③] 小说家地位也甚卑微，史书上的儒林传、文苑传里，诗人、散文家、画家比比皆是，可有几个小说家？到了宋元时代，我国通俗小说已相当发达。由于这种通俗小说反映了人民的愿望，因而更引起统治集团的嫉视。他们千方百计摧残、剿杀小说。但是，小说这种文学体裁的蓬勃发展，要求对它作出适当的评价，给予它在文学史上应有的地位。罗烨的《醉翁谈录·小说开辟》，反映了这一要求。他第一个突破了封建的偏见，对通俗小说家的地位、广博学识和艺术修养给予了充分肯定：

夫小说者，虽为末学，尤务多闻。非庸常浅识之流，有博览该通之理。幼习《太平广记》，长功历代史书。烟粉奇传，素蕴胸次之间；风月须知，只在唇吻之上。《夷坚志》无有不览，《琇莹集》所载皆通，动哨、中哨，莫非《东山笑林》；引倬、底倬，须还《绿窗新话》。论才词有欧、苏、黄、陈佳句；说古诗是李、杜、韩、柳篇

① 《文选》“江文通杂体诗三十首”李善注引《新论》。

② 鲁迅：《且介亭杂文》，载《鲁迅全集》第6卷，人民文学出版社，2005，第21页。

③ 鲁迅：《且介亭杂文二集》，载《鲁迅全集》第6卷，第301页。

章。举断模按，师表规模，靠敷演令看官清耳。

这段文字一开头就对传统的小说观念给了驳辩，指出小说家绝非浅薄庸俗之辈，他们博览群书，学识渊博，具有丰富的知识积累。《太平广记》《夷坚志》是传奇、志怪的类书或总集。而宋人皇都风月主人编的《绿窗新话》差不多都是传奇小说的摘要，很可能就是说话人编的资料书。宋代说话人从小就是通过《太平广记》这样的大类书向前代作品学习，同时他们还广泛地研读古代的历史文献。如果我们查检一下宋元话本小说，不难看到不少话本的本事和原型是从这些书中汲取的，然而一般都比原作要丰富得多。例如，《张古老种瓜娶文女》根据《太平广记》卷十六的《张老》;《小水湾天狐贻书》来源于《太平广记》卷四五三的《王生》;《金明池吴清逢爱爱》根据《夷坚志》卷四的《吴小员外》；而《闹樊楼多情周胜仙》则是《夷坚志》第三一卷的《邓州南市女》敷演而成的。当然这些书对宋元“说话”艺术的影响决不限于题材，而是多方面地给“说话”艺人以营养。另外唐诗、宋词也同样丰富着说话艺人的艺术修养。可以说，是前代的全部文化艺术财富在艺术上哺育了“说话”人的艺术创造力。如果参之以时间稍早的一些著作，我们更可以了解到当时“说话”人的才能和学识。宋代的吴自牧《梦粱录》卷二十“小说讲经史”条记载:“有谭淡子、翁三郎、雍燕、王保义、陈良甫、陈郎妇、枣儿余二郎等，谈论古今，如水之流。”“讲史书者，谓讲说《通鉴》、汉、唐历代书史文传，兴废争战之事，有戴书生、周进士、张小娘子、宋小娘子、邱机山、徐宣教；又有王六大夫，元系御前供话，为幕士请给讲，诸史俱通，于咸淳年间，敷演《复华篇》及中兴名将传，听者纷纷，盖讲得字真不俗，记问渊源甚广耳。”从这里可以看到，“说话”人多能贯通经史，博古明今，所以讲任何故事都有源有本，历历如数家珍。神话、传说、宗教、世态、风习、天文、地理、政教、法制，无所不知，上至三皇五帝、员外、相公，下至引车卖浆、走卒小贩，又无所不晓。罗烨《醉翁谈录·小说开辟》中有几句诗用来概括“说话”艺人的广博学识：

> 小说纷纷皆有之，须凭实学是根基。开天辟地通经史，博古明今历传奇。蕴藏满怀风与月，吐谈万卷曲和诗。辨论妖怪精灵话，分别神仙达士机。涉案枪刀并铁骑，闺情云雨共偷期。世间多少无穷事，历历从头说细微。

诗词的语言，固然难免有夸饰，但从中仍可推断“说话”人文化修养之一斑。罗烨在《醉翁谈录》中敢于突破正统文人鄙视通俗小说和小说家的偏见，把小说家的才识和一般人心目中的大学问家并列，确是非常大胆而卓越的见解。同时这也多少反映了市民阶层为自己喜爱的文学争取地位的要求。

联系“说话”艺人的创作和演说的话本，我以为有这样一些问题值得注意。

首先，知识代表着文化修养，它往往作用于作品构思的全过程。当小说家观察生活的时候，如果没有必要的知识和深厚的文化艺术修养，许多生动的情节和细节便会瞒过他们的感觉，轻易地滑了过去。知识的积累和文化修养有助于作者对所描写的生活的集中和概括，促其完整，使其丰厚。话本小说的作者如果不是熟谙世情，通晓历史，研读各种杂著，综合各种生活知识和艺术知识，就不可能通过众多的市井细民的生活，描绘出封建社会复杂的关系，就不可能在他们的笔端饱和着关于社会生活和社会心理的点染。

其次，小说家必须熟知历史，才有助于更好地理解历史。“说话”艺人讲究“实学是根基”，“根”不深不足以长成参天的大树，“基”不固不足以建高屋。他们称赞某某人的艺术高度，往往要归功于“底子厚”或“根基结实”，这是创作的一种重要准备。随之而来的是要求“有博览该通之理”。所以优秀的话本小说家进行创作前，要以历史学家的角度在做渊博的准备，而以诗人在进行丰富的构思，最后又以小说家的绚丽风格去演说去落笔。所以在一些优秀的话本小说中，可以看到征引旁博，才艺纵横，想象奇胜，同时又都这样那样地染着时代的色彩。所以有宋一代所出现的一批值得称道的优秀话本小说，才成为表现一定时代的人类历史生活的画图。正因为如此，今天我们虽然感到这些小说思想内容上存在着局限，却仍然认为它有助于了解人生。

第三，天下一切学问之间，本来没有绝对的分界线，大都可以触类旁通的。在艺术领域中更是如此。诗歌与绘画，音乐与诗歌，小说与戏剧，既各有特殊性，又有共同的规律，也有密切的关系。“说话”艺人之所以“尤务多闻”，就在于涉猎广泛，以收触类旁通之效，有助于本行表现能力的提高。搞文学创作，更是不可不“多识于鸟兽草木之名”。

“行万里路，读万卷书”是古人作为艺术创造的信条来遵守的。不过在古代社会，“行万里路”是很不容易的，“读万卷书”同样是艰巨的。然而他们却都是从这点出发，进一步开拓了艺术创造的天地。据元人陶宗仪的《南村辍耕录》卷二十八载，宋代“说话”艺人丘机山“遨游湖海间”。这也说明“说话”艺人不一定专在一处献艺，也可能外出走江湖，到处谋生，因此，他们见识极为广博。

二

在中国小说发展的道路上，宋代的通俗白话小说的勃兴是一件大事，它标志着中国小说进入了一个新的时代。“实在是小说史上的一大变迁”[①]。体现这种“变迁”的标志之一是当时“说话”艺术创作题材和流派的多样化，并在这一基础上出现“说话”的“家数”的明确分工，以及在各“家数”中出现多种分类的细目。

宋之“说话”早有“四家”之说。这“四家”究竟如何分，近世研究小说史的学者有过不同的看法。前人记载说话“家数”的有：宋人灌园耐得翁《都城纪胜》“瓦舍众伎”条，吴自牧《梦粱录》卷二十“小说讲经史”条，周密《武林旧事》卷六“诸色伎艺人”条，《西湖老人繁胜录》“瓦市”条和宋，无名氏《应用

① 鲁迅:《中国小说的历史的变迁》，载《鲁迅全集》第9卷，人民文学出版社，2005，第329页。

碎金》[1]“伎艺”篇第三七所记。可以看出当时都把小说、讲史、说经放在“说话四家”以内，至于“合生”“商谜”是否归入四家，始终有争议。而罗烨《醉翁谈录》甲集卷一所载的“小说引子”却明确地在题下注明“演史、讲经并可通用”，可见小说、讲史、说经是“说话”艺术中各自分工的基本三家。尤其是文中又说：

……由是有说者纵横四海，驰骋百家。以上古隐奥之文章，为今日分明之议论。或名演史，或谓合生，或称舌耕，或作挑闪，皆有所据，不敢谬言。

可见罗烨是把“合生”也算是“说话”的一个家数。因此，在这里，重要的不仅是“说话”中到底有没有“合生”，而在于，当时由于“说话”艺术的精进，不仅“说话”人实行了职业化，而且进一步专业化了，有了明确细致的分工。据宋代的孟元老《东京梦华录》载，当时“说话”人中，有的专精小说，有的专精讲史，甚至有人专精一部书的。如北宋徽宗时东京瓦舍中有霍四究专说“三分”（即三国故事），尹常卖专说《五代史》，孙宽、孙十五等五人擅长讲史，李慥、杨中立等六人擅长小说，张山人等精说诨话。周密《武林旧事》载，南宋临安有名的“说话”艺人有96人之多，讲史有乔万卷等23人，小说有故衣毛三等52人，说经有长啸和尚等17人。吴自牧《梦粱录》载，王六大夫专讲《复华录》及中兴名将传。《西湖老人繁胜录》载，艺人小张四郎可以一辈子守着北瓦中一个勾栏表演，不用挪移地方。

罗烨《醉翁谈录·小说开辟》条正是在宋人“说话”艺术高度发展的基础上对“小说”一项的题材及其分类提出了值得重视的见解：

说重门不掩底相思，谈闺阁难藏底密恨。辨草木山川之物类，分州、军、县、镇

① 内阁文库藏洪武刊本，今有罗振玉辑“百爵丛书”写印本。

之程途。讲历代年载废兴，记岁月英雄文武。有灵怪、烟粉、传奇、公案，兼朴刀、捍棒、妖术、神仙。自然使席上风生，不枉教坐间星拱。

接着分别举出八类小说的名目：

灵怪：杨元子、崔智韬、太平钱、巴蕉扇、红蜘蛛等十六种；

烟粉：错还魂、钱塘佳梦、燕子楼等十六种；

传奇：莺莺传、爱爱词、王魁负心、李亚仙等十七种；

公案：石头孙立、三现身等十六种；

朴刀：大虎头、李从吉、杨令公、青面兽、陶铁僧等十一种；

捍棒：花和尚、武行者、飞龙记、五郎为僧等十一种；

神仙：种叟神记、许岩等十种；

妖术：西山聂隐娘、红线盗印等九种。

这些题材不同的短篇小说，从前有人给它分过类。《都城纪胜》把它分做三大类，即一为银字儿，如烟粉、灵怪、传奇；二为说公案，如搏刀、赶棒及发迹变泰；三为说铁骑儿，如士马金鼓之事。到了《梦粱录》又取消了三大类的分类法，而将所列举的子目独立起来，成了七类，去掉了铁骑儿。《醉翁谈录》的特点除了去掉了发迹变泰一类，明确地分为八大类以外，而且分门别类，把八大类小说的名目列出，这就明显地比所有前出诸书更加明确，更加具有资料完备的说服力，可辨明以上各书所载宋代说话家数分类不清之惑。又由于所列八大类的小说还有部分传本，有助于我们进一步了解宋人“说话”艺术中“小说”一项的题材内容。

从现存的少数几个传本和题目、故事来源考察，可以了解它分类的根据。像灵怪，是讲鬼怪故事的，现存《郑节使立功神臂弓》(《醒世恒言》第卅一卷）可能就是《红蜘蛛》，讲的是蜘蛛精的故事。烟粉，大概是专门讲女性故事的，而且大多指人鬼恋爱，现存的《燕子楼》(《警世通言》第十卷《钱舍人题诗燕子楼》)和《钱塘佳梦》(明代弘治本《西厢记》附载《钱塘梦》）可以作为例证。传奇，大多取材于唐之传奇小说，如《莺莺传》大概就是讲元稹的《莺莺传》;《李亚仙》讲的是白行简的《李娃传》。公案，讲的是断狱勘案的故事,《三现身》可能就是现存的《三现身包龙图断冤》。(《警世通言》第十三卷）朴刀和捍棒性质差不多，大多是讲英雄好汉的故事;《拦路虎》现存《清平山堂话本》，内容和《水浒传》里的情节近似。至于《青面兽》《花和尚》《武行者》，都是《水浒传》人物的名称，这当然就是当时民间流传的小本《水浒》故事了。神仙、妖术的内容，大致相近。其中的《种叟神记》可能就是《古今小说》卷三十三的《张古老种瓜娶文女》，题材来源于唐代小说《续玄怪录》。其他如《竹叶舟》《黄粱梦》《西山聂隐娘》《红线盗印》等明显的是取材自唐人小说。

在粗略考察宋代“说话”艺术中“小说”一项下的分类以后，我们认为有三点值得注意。

第一，根据小说题材内容的不同而进行分类，是小说发展过程中合乎规律的现象。小说反映的对象是丰富多彩的，复杂纷繁的社会生活，决定了小说题材的多样性，而且由于每一个“说话”人所熟悉和注意的生活方面的不同，作品题材的分类完全是可能的。小说史上出现的“家数”和题材分类，在一定程度上反映了小说这个艺术部门发展过程的客观要求。

第二，前人对宋之话本小说的题材分类是包含有正确成分的。因为一般说来它能概括话本小说所反映的现实范围。但从现在的观点来看，这种分类法是十分不够的。因为这不但是不科学的，而且它从题材中抽去了思想的因素。任何小说都是思想和题材的统一，忽视其中的一个因素，都不可能使我们了解这个作品的真实价值。

第三，由于历史不断前进和发展，社会生活日逐变化和复杂，生活的各个方面都有可能被写进小说，作品分类的变动是必然的。因此，我们认为后世如晁瑮刻的《宝文堂书目》和钱曾刻的《也是园书目》，不沿袭原来《醉翁谈录》等书的小说分类法是可以的，但他们却采取了简单化的做法，根本放弃了分类法，或笼统地把小说统称之为“词话”，则是不妥当的。

三

“说话”是诉之于听觉的艺术。话本小说的一切艺术特色总是和诉之听觉这一点有密切联系。根据习惯，听众对于说话人总有如下的要求。

一是要情节生动有趣，既要有来龙去脉，又反对平铺直叙。因此，话本小说从来就以复杂曲折的故事和奇峰突起的布局取胜。听众的第二个要求，就是要“看”到活生生的人物。因此，话本小说擅长于赋予人物鲜明的性格，给他们安排典型环境。听众的第三个要求，是要从逼真的人物和生活形象上觉察出“说话”人对于这样的人物和这样的生活的评价。他们总是要用自己对生活和人物的认识和态度去与“说话”人的认识和态度相比较、相交流。可以看到，“说话”艺术以其特殊条件作用于听众，而听众又反转来作用于“说话”艺术。

罗烨在《醉翁谈录·小说开辟》中比较概括地总结了宋代“说话”艺术的经验，有助于我们了解“说话”人怎样编织故事，刻画人物，批判社会，宣扬思想的：

> 只凭三寸舌，褒贬是非；略咽万余言，讲论古今。说收拾寻常有百万套，谈话头动辄是数千回。

情节的丰富和曲折多变向来是中国古代小说的艺术特色之一。汉魏六朝盛行“志怪”，以内容的神异炫人；唐兴“传奇”，从鬼怪转到人事，向前跨进了一大步，而离合无常，情意反复，在宛转中仍然有许多生发。到了宋代，说话人面对听众，为要“粘人”，更加讲究情节的丰富和曲折生动，一个关子套一个关子，一个悬念跟着一个悬念。如果书情的结构铺排稍一松懈，听众一散神，兴味一低落，听众一起坐，局面便无可收拾。所以，以情节丰富和生动曲折见长在宋人“说话”

艺术中最为突出。“说话”人自豪而又不无夸张地说：“说收拾寻常有百万套，谈话头动辄是数千回。”“收拾”和“话头”，都是宋代“说话”人的术语。“收拾”即说书时交代情节，“话头”就是故事开头。注重掌握丰富的情节和情节描写，进一步把我国古代小说善于编织故事的技巧向前推进一大步。有曲折的情节，有委婉的故事，这就是我们通常所说的小说中有戏。成功的话本小说很少有看头知尾，一览无余的毛病，很少有板滞枯涩的痕迹，不但故事情节夭矫变幻，摇曳多姿，就是情节的一个片段，也往往笔圆句转，一波三折。《醉翁谈录》在谈到话本小说的情节结构和布局的手法时，做了这样的概括：

> 讲论处不偌（通滞）搭、不絮烦；敷演处有规模、有收拾。冷淡处提掇得有家数，热闹处敷演得越久长。

就现存宋人话本看，有些作品显得粗糙，甚至艺术上还很拙劣。因为它们只是供“说话”人用的“脚本”，在一定意义上是个“半成品”。但是，在有修养的说话人献艺时，有充分的“再创造”的余地。他们浓彩渲染，淡笔细描，摹景状物，写意传神，都能曲尽其妙，达到“极摹人情世态之歧，备写悲欢离合之致”[①]的艺术化境。他们对于每回书，每个段落，怎么开头，如何结尾，“讲论处”和“敷演处”，“冷淡处”和“热闹处”又怎样处理，都擅长于展示出艺术的辩证法，使之疏密相间，浓淡相衬，时松时紧，时徐时疾，巨细得体，变幻多姿，弛张交乘，跌宕有致。在交代情节、刻画人物时，他们不喜欢做长篇的抽象描写，而善于从具体行动中去发展情节，描写人物的面貌。所以，“讲论处”总是点到而已，而到敷演处就彻底放开；至于“冷淡处”，就重简练，要短，要流畅，一带而过，要有惜墨如金的本领，让听众在惊涛骇浪似的情节波澜之前或之后得到艺术

① 笑花主人：《今古奇观序》。

上间歇的享受，又在没有沉重的情节发展的负担下去领略书情的丘壑。所谓“热闹处”，也就是现今评弹中所说的“关子书”。“关子书”往往是矛盾冲突发展的高潮，人物性格或命运发生突变或升华的关键所在，是矛盾发展到悬崖绝壁，似乎山重水复疑无路，然而却峰回路转，柳暗花明。这时最忌简单化，如果刚刚揭开矛盾，马上就慌着收场，一点没有回旋，这是说书人的大忌。在这时要求“说话”人的是精雕细刻，浓笔重彩，尽力渲染，把书情加以丰富、发展。这不是卖关子，拉场子，更不是向听众们故弄玄虚，而是在艺术上精益求精，以达到体现主题的目的。我们传统戏曲口诀中有这样一句话：“疏处可以跑马，密处插不下绣花针。”金石篆刻讲究章法，有“疏可走马，密不通风”的说法，这些都是属于艺术结构和布局的章法，指出了对待重场戏与过场戏，高潮和低潮，决不能一视同仁，平均对待。“说话”人把这概括为一句很精辟的口诀：“有话即长，无话即短。”由此可以看出：有繁有简和虚虚实实的描写方式和布局，都是拥有丰富经验的“说话”人懂得听众的审美经验、兴趣和能力的表现。

四

成功的艺术作品都有一种“虏人神色”的艺术魅力，通过这种艺术魅力，引起了观赏者的兴味和共鸣，从而达到审美和体悟人生的作用。这种“抓人”的力量的产生是多方面的。例如，一个演员的一个有神采的动作，一段准确的有内涵的对话，一个耐人寻味的细节描写等，都能构成一件作品的诱惑力。然而，至关重要的仍然是提起听众和读者对情节的兴趣以及对人物命运的关切。《文心雕龙·知音》说：“慷慨者逆声而击节，酝藉者见密而高蹈；浮慧者观绮而跃心，爱奇者闻诡而惊听。”这种说法，虽然不是针对“说话”艺术说的，可是“说话”艺人创造性的表演，他们塑造形象的才能和技巧，符合这样的要求。作为诉之于听觉的“说话”艺术，要在当场“抓人”，能否具有这种艺术感染力和魅力，是演说成功与否的关键。《醉翁谈录》生动地记录了当时“说话”艺术的强烈的艺术感染力和魅力：

> 说国贼怀奸从（应作“纵”）佞，遣愚夫等辈生嗔；说忠臣负屈啣冤，铁心肠也须下泪。讲鬼怪令羽士心寒胆战；论闺怨遣佳人绿惨红愁。说人头厮挺，令羽士快心；言两阵对圆，使雄夫壮志。谈吕相青云得路，遣才人着意群书；演霜林白日升天，教隐士如初学道。噇发迹话，使寒门发愤；讲负心底，令奸汉包羞。

“说话”人这种讲说的感染力和魅惑力首先产生于“说话”人的善于对气氛进行的渲染。气氛的渲染是属于“说话”艺人的艺术技巧的问题。气氛的形成往往牵涉艺术表现上的许多方面，其中包括人物和环境的具体安排，细节的刻画，等等。但是，在这里更为重要的是“说话”人对于创作题材的理解和态度。人们大概都有听别人讲故事的经验，即使是同一内容的故事，带着激情地讲和平平淡淡地讲，效果大不相同。听故事者的情绪波动，和讲故事者的情绪波动有连带关系。而讲故事者的激情，就与对于故事的理解和态度有关。当然，题材的选择是否得当也很重要。

“说话”艺人在谈到自己的艺术时，曾经提出过这样的见解：“话须通俗方传远，语必关风始动人。”

“说话”人并不把自己的任务限制于搜采一些奇闻轶事来娱乐听众，而是在描绘各种重要的生活现象时，重视其教育意义。《醉翁谈录·小说引子》中说“言其上世之贤者，可为师；排其近世之愚者，可为戒。言非无根，听之有益”，也就是这个意思。“说话”人重视他们作品中的褒贬劝惩的意义，也就是他们提倡的所谓“关风”。

“说话”人的褒贬劝惩和对是非的倾向，不仅从情节和场面中自然流露出来，而且往往由“说话”人直接出面对事件和人物进行评论。“小说引子”在诗中说：

春浓花艳佳人胆，月黑风寒壮士心，讲论只凭三寸舌，秤评天下浅和深。

又，《醉翁谈录·小说开辟》说：

只凭三寸舌，褒贬是非，略咽万余言，讲论古今。

这说明“说话”人讲述故事不能只是站在事件的旁边来叙述事件，而要以事件的裁判者的身份出现。这当然又是和诉之于听觉的艺术特点有关了。

首先，“说话”人在“说话”时，第三人称的叙述和描写占了主要地位。由于“说话”人处于叙述者的地位，而不是书中的角色，他仿佛是事件的目击者，却不是事件的参与者；另外“说话”这种口头文学和供人阅读的小说的区别之一，在于“说话”的对象不是可以随意支配书本的读者，而是在勾栏瓦舍中随着表演的进行而接受的听众，它首先使听者和“说话”人交流，从而使听者与书中人物交流。表演者和听众“联合”起来，一同对书中的人物采取基本相同的态度。这种感情倾向和情绪的交流，“说话”人往往采用不同的形式：一种借助于韵文，如《三现身包龙图断冤》中，“说话”人在故事末尾评赞包公说：“诗句藏谜谁解明，包公一断鬼神惊，寄言暗室亏心者，莫道天公鉴不清。”这里“说话”人用“包公一断鬼神惊”，表现了他对于“暗室亏心者”的肮脏生活的反感。一种是夹叙夹评，如《宋四公大闹禁魂张》，“说话”人对于“禁魂张”张富的悭吝就是采取夹叙夹评的方法。还有一种是“说话”人用直接的说明式的评语发表意见，如《简帖和尚》，“说话”人就是借书会先生之口，大大奚落了那个贪财好色的和尚。而最著名的是《错斩崔宁》中“说话”人采用直接抨击官府的方法，在政治感情上和听众交流：“做官的切不可率意断狱，任情用刑，也要求公平明允。道不得个‘死者不可复生，断者不可复续’”。“说话”人这种对待所描述的人物和事件的明辨是非的态度，对于所描写的生活现象的判断和解释，可以说是话本小说的一种特点。

“说书唱曲要动七情”，“要懂得喜怒忧惊悲恐思”，这是至今书场老艺人课徒时的家常话，要求说唱者对书词曲文中的人物事件“动情”，体贴入微，爱憎分明，然后才有可能在说唱当中生动地刻画人物，准确地表达书情，再使听者动情。联系《醉翁谈录·小说开辟》中所总结的“说话”艺术的特点，我们认为这中间是有一条共同艺术规律可循的。

原载《南开学报（哲学社会科学版）》，1978 年第 4—5 期合刊

古代小说流派简论

——以宋元话本为例

鲁迅先生曾经指出，宋元话本的出现，“实在是小说史上的一大变迁”。这是因为，它从新的视角和深度上突进市民世界，为我国小说的历史打开了一个新的生活领域。市民阶层、市民意识、市民问题已逐渐转到时代视野中的中心位置，不管小说家是否察觉到这一点，但时代视野的转移已作为一种历史潜流在运动着。最初把市民视野和时代视野历史性地重合在一起的，就是宋代“说话”四家中的“小说家”。

宋元小说话本第一次把“市民阶层”作为一个整体系统，并做了全景式的艺术展示，使得这一阶层中的各种复杂社会成员，取得了合法的文学地位。宋之前，虽然也有某些作品触及市民阶层，但往往只是触及其中个别类型的成员，或只是这个阶层的一个小小侧面。从系统学的角度来看，还缺乏整体性。个别作家的个别作品，虽然反映了市井民生，却不可避免地分割了市民阶层这个系统。而宋元时代这股市民文学潮流却对市民阶层这个社会生物群体做了全方位的艺术展现。在这个全景式的展示中，人们可以看到市民阶层复杂成分结构及其各种独特的心理和情趣。三教九流、五行八作构成了宋元市民社会结构的多元性和复杂性。

宋元话本没有产生如同《三国演义》《水浒传》《人间喜剧》和《战争与和平》那样足称一时代纪念碑的艺术巨构。小说中的形象，应该说，是经由几代“书会才人”和说书艺人共同构筑的，是一种集体的艺术劳动的成果。当把这些人物形象集合起来时，那将是一个完整的“市民王国”。可以说，它为我们提供了一部呼之欲出、掩卷难忘的宋元市民社会的世态风俗史。如若从古代小说人物画廊中摘下来自话本的艺术形象，中国古代小说史也将因之而黯然失色。

宋代文坛向以标新立异、思潮纷涌为特色，而宋之“说话”四家中的小说家又是群英汇聚、人才济济，于是乃使小说流派的萌蘖有了某种温床。中国小说史上早期流派的出现，是宋元话本对我国传统小说的一项重大突破，是小说意识觉醒的一个突出的标志。

一

不同的小说流派的存在是宋元小说史上的客观事实。宋元人的著述中曾有详略不同的记载。最早见于宋理宗端平二年（1235）灌圃耐得翁的《都城纪胜》“瓦舍众伎”条说：

> 说话有四家：一者小说，谓之银字儿，如烟粉、灵怪、传奇；说公案，皆是搏刀赶棒，及发迹变泰之事；说铁骑儿，谓士马金鼓之事；说经，谓演说佛书。
>
> 说参请，谓宾主参禅悟道等事。讲史书，讲说前代书史文传、兴废争战之事。最畏小说人，盖小说者能以一朝一代故事，顷刻间提破。

这是在“说话”艺术高度发展的基础上对“说话”各家的概括性说明，其中对“小说”一项则按题材提出了最早的分类法。耐得翁还着重指出“最畏小说人”，可见小说家是“说话”各家中技巧最高的一家。

又，南宋末年吴自牧所作的《梦粱录·小说讲经史》中说：

> 说话者谓之“舌辩”，虽有四家数，各有门庭。且小说名“银字儿”，如烟粉、灵怪、传奇、公案、朴刀杆棒发发踪参之事，有谭淡子、翁三郎、雍燕、王保义、陈良甫、陈郎妇、枣儿余二郎等，谈论古今，如水之流。

这里对小说家的分类与《都城纪胜》所载大同小异，它只是取消了小说中三大类的分类法，而将所列举的子目独立起来，成为七类，去掉了“铁骑儿”。

最有价值的是宋末元初人罗烨在《醉翁谈录·小说开辟》中对“小说”一项的题材及其流派分类提供的可贵材料：

> 说重门不掩底相思，谈闺阁难藏底密恨。辨草木山川之物类，分州军县镇之程途。讲历代年载废兴，记岁月英雄文武。有灵怪、烟粉、传奇、公案，兼朴刀、杆棒、妖术、神仙。自然使席上风生，不枉教坐间星拱。

紧接着分别举出八类小说的名目，计：

灵怪：杨元子、崔智韬、红蜘蛛、铁瓮儿、太平钱、巴蕉扇、无鬼论等十六种；

烟粉：灰骨匣、燕子楼、贺小师、错还魂、钱塘佳梦、柳参军等十六种；

传奇：莺莺传、爱爱词、鸳鸯灯、王魁负心、牡丹记、章台柳、李亚仙、崔护觅水、卓文君等十七种；

公案：石头孙立、三现身、八角井、药巴子、铁秤槌、河沙院等十六种；

朴刀：大虎头、李从吉、十条龙、杨令公、青面兽、陶铁僧、王沙马海等十一种；

杆棒：花和尚、武行者、飞龙记、拦路虎、五郎为僧、狄昭认父等十一种；

神仙：种叟神记、金光洞、竹叶舟、黄粱梦、许岩、四仙斗圣等十种；

妖术：西山聂隐娘、骊山老母、贝州王则、红线盗印、丑女报恩等九种。

罗烨《醉翁谈录》的特点除了去掉发迹变泰一类，明确地把“小说”家按题材和创作方法分为八大类以外，而且分门别类，把八大类小说的名目列出，这就明显地比所有前出诸书更加确切，更加具有资料完备的说服力，可辨明以上各书所载宋代说话家数及小说流派分类不清之惑。更为重要的是，它还提供了小说理论上流派观念明朗化的信息。这种理论上的明朗化恰恰与宋元之话本流派杂然纷呈的奇观互为表里。且其中所列八大类的小说还有部分传本，有助于我们进一步了解宋人“说话”艺术中“小说”一项的题材内容。

从现存的几个传本同题目、故事来源进行比较研究，即可以了解它分类的根据。像灵怪，大致是演说精怪故事的，如《红白蜘蛛记》，有元刻本残页，讲的就是蜘蛛精的故事；烟粉，主要是讲女性故事的，而且大多指人鬼恋爱，所谓“烟花粉黛，人鬼幽期”，现存的《燕子楼》即《警世通言》卷十《钱舍人题诗燕子楼》和《钱塘佳梦》[①]；传奇，大多取材于唐代传奇小说，其中也包括讲人世间悲欢离合的奇闻轶事，如《李亚仙》讲的可能是白行简的《李娃传》；公案，说的是断狱勘案的故事，《三现身》可能即现存的《三现身包龙图断冤》(《警世通言》十三卷)；朴刀和杆棒性质差不多，大多是讲江湖豪侠的故事，《十条龙》《陶铁僧》即《警世通言》里的《万秀娘仇报山亭儿》;《拦路虎》见于《清平山堂话本》,《醉翁谈录》把它列在杆棒类，正和杨温使棒情节相合。至于《青面兽》《花和尚》《武行者》都是《水浒传》人物的名称，这当然就是当时民间流传的小本《水浒》故事了；神仙、妖术的内容大致相近，其中的《种叟神记》当是《古今小说》卷卅三的《张古老种瓜娶文女》，题材来源于唐代小说《续玄怪录》。其他如《黄粱梦》《竹叶舟》《西山聂隐娘》《红线盗印》等明显地是取材于唐人小说。可以看出，《醉翁谈录》的分类以及罗列其代表作，是宋元时代流派观念从萌生到觉醒的产物。

在粗略考察宋元小说家话本一项下的分类以后，我们是否承认这是一种从流派角度对小说类型的划分呢？换句话说，这是不是就是小说的流派呢？

窃以为，流派是一种分类，一种概括，是作为复杂的社会的和心理的、时代的和个人的精神产品，它既无法按生物分类那样理出纲门种属，又没有为研究者所公认的流派取舍标准。那么《都城纪胜》《梦粱录》《醉翁谈录》诸书对小说的

① 参见明弘治本《西厢记》附载《钱塘梦》。

分类和概括，就有着流派的性质，体现了一种流派观念的觉醒意识。事实上，流派的划分标准，从来就是多元的：有的侧重于社会功能，有的侧重于题材层面，有的侧重于创作方法，有的则按文化类型和情感类型区分，等等。比如，唐诗中的“山水田园诗”“边塞诗”则明显侧重于题材层面；新乐府运动推重乐府诗观民风、砭时弊、谏朝政的社会功能；宋词的豪放派和婉约派则是从情感类型入手做出的区分。及至后来的“公安派”“桐城派”，又是依其文学主张和文学实践乃至作家籍贯加以考察而得出的结论。之所以如此，是因为文学由多种要素按一定结构组合而成，在具体的文学实践和文学作品中，它会根据各种需要而强化某一侧面，突出某一特征，呈现出文学本身的开放性、多元性。社会生活，文化背景，作家和文学传统因素各自具有丰富性、多样性，使文学创作具有无穷无尽的组合变化，人们也正是从这无穷无尽的组合变化中，概括出某些有普遍性规律性的征候，从而为某一文学流派作品命名的。

《醉翁谈录》诸书对小说流派的划分，明显地就是侧重于小说题材层面。根据小说题材内容的不同进行流派分类，是小说发展进程中合乎规律的现象。小说反映的对象是丰富多彩的、万象纷呈的社会生活，这决定了小说题材的多样性，而且由于每一个“说话”人所熟悉和注意的生活方面的不同，在作品题材的分类基础上划分小说流派完全是合理的。小说史上出现的“家数”和题材分类，在一定程度上反映了话本小说这个艺术部门发展过程的客观要求。

前人对宋元小说的流派分类包含合理成分，因为它能概括小说所反映的现实范围。但是，从当代小说意识加以观照，这种分类法又是十分粗浅的。因为它从题材中抽去了思想因素，而任何小说和小说流派都是思想和题材的统一，忽视其中的一个因素，都不可能使我们了解一个流派的真实价值。必须看到，流派的形成，其原因是极复杂的，它固然与题材、创作方法、审美追求以及作家的创作个性、气质、经历以至地方色彩有密切的关系，但其中更内在的原因，就是思想。内容不仅决定基本形式，内容也决定流派。从这一意义上来说，《都城纪胜》诸书从题材上划分小说流派，仍属于小说流派观念的雏形期和萌芽层面。

另外，所谓流派，顾名思义，是处在不断流动、发展、变化中的。没有发展、变化的流派简直不可想象。就一个小说流派的生命过程来说，在不同的社会环境中，同一流派会有不同的命运；在同一社会环境中，不同的流派会有不同的演进过程。这是由于历史不断前进和发展，社会生活日逐变化和复杂，生活的各个方面都可能被写进小说。而且小说流派之间在交流中，会不断调整自己、加强自己，所以流派的变异和重新组合划分也是必然的。因此，我们认为后世如晁瑮刻的《宝文堂书目》和钱曾刻的《也是园书目》不沿袭《醉翁谈录》诸书的小说流派分类法并非是一种前进的现象，而是采取了简单化的做法。根本放弃了流派的分类法，或笼统地把小说统称之为“词话”则不甚妥当。所以我们既反对轻率地缺少根据地任意乱划宋元小说的流派，也不赞成无视小说流派、根本抹杀宋元小说流派存在的诸种做法。

二

我们既然承认宋元小说流派的存在是客观事实，我们也看到了前人对小说流派的阐释既有建树又存在着不可避免的局限，这样就给我们提出了一个严峻的问题，我们将从何种角度来观照宋元小说的流派呢？换言之，我们主要应把“视点”投诸宋元小说流派的哪些方面呢？应当承认，宋元小说家话本本身的复杂性就已给我们带来一系列困难，而我们的困惑还在于构成宋元小说流派的诸因素往往因材料的匮乏而使我们陷于于史无证的尴尬局面。

比如，流派应是时代要求、文学风尚和作家美学追求几方面融合渗透而形成的结晶。在这里，作为创作主体的作家的美学追求是根本性的，而我们只能从《醉翁谈录·舌耕叙引》中获得一些信息，至于具体作家的具体美学追求和理论主张，我们几乎一无所知。再有，在小说史上能体现着一种文学流派的，往往有一个作家群。这个作家群是由一些在小说观念上有着某种或某些共同追求的作家组成的，所以由作家而群体而流派，则是规律性地一再出现着的。

现据《东京梦华录》《西湖老人繁胜录》《梦粱录》《武林旧事》及其他笔记所载两宋时期属小说家的“说话人”有李慥、杨中立、蔡和、小张四郎、谭淡子、王保义、王六郎、王寿、史惠英、秋山等七十余人。其他还有众多不知姓名的书会先生，他们足以构成一个作家群体。然而，除个别说话人如秋山编唱《刎颈鸳鸯会》、王六大夫说铁骑儿、元代杂剧作家陆显之写过《好儿赵正》、金仁杰写过《东窗事犯》外，我们几乎全然不知他们各属小说家的哪一个行当。再加上说书艺术大多是师徒相传的形式，一定意义上的集体创作，这就更难以区分其流派之间的差异，认识其流派个性。

另外，小说流派的出现，往往与社团的纷起、创作的繁荣同步而至。宋元时代说书艺人和下层文人都有过他们自己的民间组织，如各种名号的书会和雄辩社。然而这些书会和雄辩社不过是一种行会性组织，不见得是统一的文艺流派，而且事实上我们至今还找不到一条材料可以证明哪一个书会有什么共同的文学纲领，公开发表过自己的文学主张。而且文艺流派和文学社团是既有区别又有联系的两个概念。流派是一定社会历史时期的产物，是艺术风格相似的作家们在特定条件下自觉和不自觉的结合。换言之，流派的组成是以不同的作家在创作实践中显示出来的艺术倾向、风格相似为前提的。这里倒是可以借用现代小说家郁达夫所说过的一段话来加以说明，他认为：“文学上的派别，是事过之后，旁人（文学批评家们）替加上去的名目，并不是先有了派，以后大家去参加，当派员，领薪水，做文章，像当职那么的。”事实正是如此，因为流派是属于艺术范畴内的一种文学现象，而不是一个政治范畴，也不是一种社团的组织形式。因此，在一定意义上说，宋元小说流派的形成是归属于那种不自觉形成的文学流派。他们还不曾在一个时期内形成具有自觉的艺术主张和艺术追求的作家群体和派别。他们在“说话”的家数上可以各自擎出旗号，但在一个家数内部似乎还没有擎起类似流派的旗号，因此我们目前对宋元小说的各流派，只能看作是一种艺术实践的流派，而不是艺术理论的流派。

抛弃机械的切割，依据小说的多元性、开放性，对小说进行多元划分，并不意味对流派的取舍标准可以随心所欲地采用和废弃，它是有着内在质的规定性的。所以，我们认为应当按照文艺创作规律，把视点投诸三个方面，即题材、创作方法和艺术风格，并把这三个方面进行系统的、有机的、综合的考察，这样，庶几可以使宋元小说流派能在当代小说观念观照下得以显现其各自的特色。

这是因为：其一，题材相同或类似的小说往往有某种共同的倾向存在，而且小说题材可以显示独特的艺术风格；其二，对流派形成从根本上起作用的，往往是作家运用的创作方法，因为小说流派和创作方法有着较直接的关系，同一流派的作家往往采用同一种创作方法来反映现实，不同流派的作家往往采用不同的创作方法来反映现实；其三，艺术风格则是划分流派的基础，谈流派，就一定要注意从风格上鉴别，因为艺术风格是文学流派形成的渠道之一，在流派形成的过程中，艺术风格往往起决定性的作用。总之，从表现对象和表现方式两个相互联结的侧面去识别作家的异同，去考察流派的是否存在，这将是一个较为妥善和全面的方式。

要认识宋元小说流派类型，还有两个前提应予把握，一是文化背景，二是小说传统。这就是要求我们把一个流派放到一个广阔的文化空间去考察，只有如此才能充分感觉到小说创作的丰富性和差异性，从整体上把握一个流派。

宋元小说，是中国小说发展异乎寻常的时期，总的说来，是一个有声有色、日新月异、生气勃勃的历史时期。小说的本质终将由时代决定。这是由于一个时期的小说的崛起总是有着时代的原因。宋元小说是中国小说艺术发展中的一个特殊阶段，它发育成长在中国历史文化演变的一个独特时期。从“说话”艺术的定型期的宋代来说，它是我国古代经济文化高度发展的时代，居于当时世界文明的最前列，承前启后，继往开来，在我国历史发展的总过程中占有极为重要的地位。陈寅恪先生早有揭示：

> 华夏民族之文化，历数千载之演进，造极于赵宋之世。[①]
>
> 天水一朝之文化，竟为我民族遗留之瑰宝。[②]

陈氏乃唐史学家之巨擘，他讲中国文化“造极于赵宋之世”，却排除了李唐王朝。显然，这一断语出自陈氏，绝非轻率。

仅就文坛来说，那个时代似乎气度特别宽宏，容得下现实主义、浪漫主义两道文学长河并流，容得下一大批风格互异的作家竞驰，容得下不同的文学流派共存。尽管“茂林多枯枝”，但相对自由的空气也确实使一代人才得以抒发自己的蕴蓄。

从小说传统来看，魏晋以降的文人小说，分成志怪和志人的两大流脉。从唐代俗讲衍演而来的市人小说，就其内容分，也可以区别成两大类：叙述人间故事和叙述超人间故事的。从总的发展趋势看，随宋元小说日益拥有广泛的群众，随着群众对小说的认识价值日益提高的要求，直接反映人生现象的小说的阵地越扩越大；超人间现象的描述渐渐地向两个方面发展，一是神怪的情节成了人间生活的附庸，二是仍以超人间的故事为主体，但它成了讽喻体小说。

宋元小说的各流派个性正反映了小说传统的这一衍演形态。

与此同时，我们也应看到，一方面宋元时代的书会才人和说话艺人是共同的民族、时代和传统文化造就的，他们的文化素质有相互贯通之处。但作为小说的作者，他们讲究文学性和创造才能，因而在文化类型和审美选择上又有明显差异。另一方面是时代思潮的变迁不断带动创作基调的变迁。时代思潮和作家个性的遇合点，决定了小说家的创作基调。由于思潮纷涌，追随时代思潮的小说家的个性也会发生变化，这就必然带动了他们的遇合点的推移，带动创作基调的变迁。宋

① 陈寅恪:《金明馆丛稿二编》，上海古籍出版社，1980，第 245 页。

② 陈寅恪:《寒柳堂集》，上海古籍出版社，1980，第 162 页。

元小说流派的变迁史正反映了这一规律。

基于以上的认识，我们认为，宋元小说大致可以归纳为四大流派，即写实派的社会问题小说、浪漫派的爱情小说、江湖派的豪侠小说、幻奇派的神怪小说。下面仅就各流派的演变和特点粗略地勾画一个轮廓。

三

社会问题小说是一个宽泛的概念。任何具有社会价值和社会反响的小说，都或深或浅地提出一些社会问题。在这里，我们是把那些比较明显、比较尖锐地触及某类社会政治问题、社会人生问题的话本小说称之为社会问题小说或问题小说的。这一称谓不算十分严谨、准确，但大体是说得通的。所谓写实，是说它富于现实主义的艺术精神，即植根于真实的生活。社会问题小说本是现实主义的题中应有之义。在中国，古代文艺上的写实各派大都是围绕提出问题这个中轴旋转的辐条。它正视社会人生问题，体现着现实主义的艺术态度。在小说家以文学积极参与历史社会发展的自觉性非常高的宋元时代，这种广义的社会问题小说在小说创作领域占有重要的地位。

写实派的社会问题小说的题材、主题相当广泛，它们从各种角度接触到当时严重的社会问题，透露出宋元时期特有的时代气息。

研究宋元小说，首先碰到的一个令人注目的现象就是所谓公案小说的兴起和繁荣。公案小说，顾名思义就是以社会讼狱事件为题材的小说。公案小说的繁荣自然是由于政治黑暗、司法腐败、道德堕落，人民的生命毫无保障，随时都会遭到意外，或者被人罗织成罪，因而人民渴望正义，幻想清官的出现。但是，这只是公案小说产生的社会基础。另外，还有一个重要原因，即“说话”是直接面对广大听众的。对于广大市民阶层的听众来说，他们不单纯满足于对各种错综复杂故事的谛听，也不满足于自己被动的接受者的地位。听众越来越强的主体意识中，已经渗透进了不容说书人忽视的参与意识，人们以切身体会与耳闻目睹的事件进行积极补充和再创造。听众的这种强烈的主体意识，自然会激发说话人对这类小说的创作欲望。宋元小说中这类以市井日常生活为描写对象的作品和元杂剧中的公案剧，开了描写市井日常生活的先例，在文学史上第一次留下了平凡琐屑而鲜血淋淋的中世纪封建城市的某些图景。

小说话本中有不小一批以切中时弊、思考问题为宗旨的名篇，如《错斩崔宁》《错勘赃》《错认尸》《简帖和尚》（一名《错下书》）等。在这类社会问题小说中，说话人善于抓住一些怵目惊心的典型事件，对封建统治机构进行有声有色的声讨。《错斩崔宁》就以低沉的笔触，黯淡的色调，为我们描绘了一个动人心弦的悲剧。陈二姐和崔宁，被卷入因十五贯钱引起的谋杀案中，结果在昏官的严刑拷打之下，招供诬服，被判处死刑。作者针对这一对青年男女无辜被杀的怨狱，愤慨地指出："这段冤枉，仔细可以推详出来；谁想问官糊涂，只图了事。不想捶楚之下，何求不得。"小说告诫这些昏庸官吏：

> 做官的切不可率意断狱，任情用刑，也要求公平明允，道不得个"死者不可复生，断者不可复续"。可胜叹哉！

这里的主要内容是揭露，主要情感是愤怒。它形象地指出，人民之所以惨遭杀害，是由于官吏昏庸，滥用刑罚，草菅人命。故事是用一连串的巧合构成的，而巧合只是造成事件的假象，而任何假象，又都是可以通过周密的调查研究去识破的。但官府全凭主观臆断，便把复杂问题简单处理了。这说明，被剥夺了生活权利的市井细民，完全可以不明不白地被处死。小说通过这个悲剧故事发出了重视人命的人道主义的呼声。尽管这个呼声还是微弱的，但这毕竟是和视人命如草芥的封建专制思想根本对立的新思想。

《简帖和尚》写的是封建社会城市生活中一件常有的设局谋骗的事。如果仅从表面看，小说中对某些僧侣的诡谲淫恶的揭发和嬉笑怒骂，都是咏史诗式的，使读者从作品的杼轴一新的艺术意匠中强烈地感到了这个和尚的阴险、狡狯、毒辣和老谋深算。但是深入挖掘这篇小说的底蕴，人们不难发现，杨氏之所以在两个男人中间反复易手，并遭到一系列不幸，其根源仍然是那个在保护人民的幌子下残害人民的整套的封建官僚机构。府尹虽然认为证据不足，不能为杨氏定罪，但又允许皇甫休妻，实际上是封建皇权支持了夫权。《简帖和尚》是在僧侣的罪恶、妇女的从属地位和官僚政治的黑暗腐败这三条黑线的交叉点上产生的。

《错认尸》也是如此，写泼皮王酒酒利用官府的昏庸，实现其讹诈未遂、借刀杀人的阴谋。《错勘赃》则是写谢小桃和倘都军私通，借官府陷害丈夫。这些小说中的矛盾冲突虽未能充分展开，但小说提出的问题本身，还是相当尖锐并富有时代色彩。

《汪信之一死救全家》思想内容比较复杂。小说的主角汪革是一个冶铁工场的场主。最初他丝毫没有背叛朝廷的意图，一直“志在报国”，“并无二心”。但是由于无赖的诬害，贪污懦怯的差吏们的造谣、刺激，和上下官府的罗织入罪，他除了拿起武器来之外，没有别的道路可走。然而，甚至在起事之后，他想望着的最终目标也还依然是“就朝廷恩抚，为国家出力，建万世之功业”。所以当斗争受到挫折时，他为保全身家财产，决计出去自首。汪革作为一个反抗者的形象诚然是不彻底的，不坚决的，然而小说通过他的境遇，宣告了封建统治下人民生活的没有保障。即使自己多么不愿意，可是无情的现实却逼迫着他们不能不起来作生死存亡的斗争。这个故事和《水浒传》所写的卢俊义等上层人物被逼上梁山的经历颇为相似，写出了封建统治集团的残酷迫害，造成了官逼民反。其他如唯一涉及民众起义的小说《冯玉梅团圆》中，作者也指出了民众起义的原因是“百姓既没钱粮交纳，又被官府鞭笞逼勒，禁受不过”。一个悲欢离合的故事被放置在民众起义的宏阔背景下加以描绘，就使得这些小说有了特殊的认识价值。

从这类作品可以看出，写实派的社会问题小说的一个显目的特色，即从人生的小窗口看取社会，以一个个小人物在这个时代的遭际和命运为中心，展示市民社会的复杂身影和情态。尽管这些作品对于大时代的种种风云从不做正面的全景式的反映，已经接触了的也还不是那么丰富多彩、气势恢宏，但是在这方面的开拓，却是小说史上前所未有的现象。

另外，这类小说出于揭示社会矛盾的需要，多以缩影式的方法展示社会全貌，所以经常采取横断面切入的写法。这种横断面的直接切入，不仅使场面描绘与人物之间的纠葛更加生动，并促使小说结构朝严谨精致的方面发展。这是这类社会问题小说在小说艺术上的一个贡献。

但是，这类写实派的社会问题小说，虽然时代色彩显目，却存在一个共同的弱点，即未能透过社会现象而挖掘其社会的根源。比如《错斩崔宁》《简帖和尚》《错认尸》《错勘赃》都着眼于一个“错”字上。无疑，这是作者看到了昏官的率意断狱造成无辜人民冤狱的重要原因。但是，当他们寻觅和探究这幕幕悲剧的最后根源时，却又往往迷失在次要的矛盾之中，或被假象所迷惑。即如《错斩崔宁》中，作者就把“错斩”直追到“人情万端”“世路崎岖”这些表面现象上去。于是得出了“口舌从来是祸基”的错误结论。所以后来冯梦龙认为“戏言”是这一悲剧的祸源，在他编纂《警世恒言》时索性把原名改题为《十五贯戏言成巧祸》。当然，戏言是祸基，却也在一定程度上反映了小市民在长期的黑暗封建统治下所造成的畸形的心态。所谓“颦笑之间，最宜谨慎”的告诫，就不是完全没有意义的了。

另外，就是这类小说中“清官”形象的问题。在小说中，“清官”形象的突出特点都是为民申冤，所谓“民间苟有冤抑，便当力为昭雪”。但是，对“清官”的歌颂和盼望，既是斗争的表现，也是软弱的表现，正如马克思所说：“弱者总是靠相信奇迹求得解放，以为只要他能在自己的想象中驱逐了敌人就算打败了敌人”。[①]“清官”形象之所以有一定意义，就在于清官形象中往往体现出人民自己的

① 《马克思恩格斯选集》第 1 卷，人民出版社，1972，第 607 页。

智慧，以及对事件的健全的判断的能力，体现了人民对罪恶社会的裁判。“清官”形象的出现是人民要把自己对社会和事件的看法同政治权力结合起来的一种幻想。因为“清官”不但像人民一样不满滥官污吏，而且可以利用自己的权力去制裁权贵和滥官污吏。然而，清官思想在理论上也是荒谬的。清官思想不是宣传人民要求解放的力量，不是宣传人民自己掌握自己的命运，而是宣传一种盲目的英雄崇拜的思想，“救世主”的思想。

整个市民社会，从各个方面感受着现实的无情冲击和挤压。社会的种种被披露或未被披露的“问题”总是引起小说家们沉重的思考。在社会问题小说中婚姻问题是又一个极其引人瞩目的主题。

《快嘴李翠莲记》是一篇极为别致的作品。它以独特的夸张的手法，朴素而泼辣的民间风格，通过李翠莲出嫁的本末，塑造了倔强好胜敢于向封建礼教和一切传统习俗大胆挑战的妇女形象。虽然作者对他的主角既怀有同情，又带着嘲弄，但作者毕竟写出了一个与封建礼法太不相适应的女人。小说最后以“这样媳妇，久后必被败坏门风，玷辱上祖”，犯了“七出之条”，被休回家。当她回家后，又不为父母兄嫂所容，但她宁愿削发为尼，也不肯就范。李翠莲的出家，很自然使人想起易卜生的娜拉的出走，留给人们的只能是一个大大的问号——一个燃烧着个性之火的妇女难道就在偌大的社会里无存身之处，只能遁入空门，了此一生吗？这既是一个性格悲剧，也是一个社会悲剧，但小说却用喜剧的风格写出了这个悲剧。

恩格斯曾经这样说过：“不言而喻，体态的美丽、亲密的交往、融洽的旨趣等等，曾经引起异性间的性交的欲望，因此，同谁发生这种最亲密的关系，无论对男子还是女子都不是完全无关紧要的”。[①] 恩格斯这里讲的，对于任何时代的两性关系来说，都带有某种规律性的普遍意义。如果讲得坦率一点，那不妨可以

① 《马克思恩格斯选集》第 4 卷，人民出版社，1972，第 72 页。

说，在两性关系中，不外是“情”与“欲”。“情”比较多地偏重于社会思想方面，“欲”则比较多地偏重生理方面。这两者，正如从恩格斯的话里可以看出的一样，是互相有关、不可分割的。“情”，不仅是由于共同的思想基础和旨趣，而且是由于对方“体态的美丽”而产生的，并且自然会导致恩格斯所指出的那种“欲”。而这种“欲”只要是来自那种具有合理基础的“情”，也就不失为一种人的自然而正常的“欲望”，而不是一种脱离了人性的动物性的本能了。这种正常的“欲望”，由于封建社会的虚伪礼教而被歪曲了。在文学描写中，这两者之间的辩证关系本来就不应该是一个禁区，问题在于作者如何去写、为什么去写，是为了表现社会现实生活的真实和人性的真实，还是追求低级的纯官能性的“趣味”。

在宋元小说里，两性关系是被着重表现的一个问题。而众多的奸杀事件则又反映了中世纪城市生活中的一个侧影。关于《刎颈鸳鸯会》，人们通常把它看作是一篇描写私通和奸杀事件的具有“自然主义”倾向的小说。而且确实由于作者把小说主人公蒋淑珍的性意识、性行为作为一种脱离人的具体活动的静态的生命行为，有意夸大出来，因此，在其笔下，蒋淑珍的“动物性的生理性要求”被抬高到压倒一切的位置，成了支配家庭纠葛、掀起人物思想波澜、推动情节展开的杠杆。作者的写作意图无疑是要鞭挞这个“淫妇”和否定其“私通”行为的。然而，当我们从作品展示的形象的客观意义加以审视时，就会发现，这篇小说实际上接触到了封闭于封建家庭中的少女的性的苦闷以及封建婚姻制度不合理等诸多的社会问题。

蒋淑珍作为一个农家少女正处于多思的年华，生理上的变化和心理上的隐秘世界又不为父母所了解。只是因为自己一时缺乏性的自控能力，招来了不好的名声，从此使婚姻蹉跎。为了不使家门出丑，父母草率地把她嫁给了一个大她二十多岁的“农庄人家”。后来丈夫死了，她守寡三年，又因不安于室，被推出家门，嫁给了一个经常外出做买卖的商人，以致最后与人私通，完全走上了堕落的道路，招来了杀身之祸。在我们看来，蒋淑珍的悲剧，决不单纯是情欲和性本能的驱使所造成的。作为一个妇女，她有过对美满婚姻、幸福家庭的强烈渴望，而且，即使她完全堕落时，她也还是有过深切的悔恨和严厉的自谴，由此还带来了更深的苦闷和抑郁。蒋淑珍后来在婚姻上的一切不幸，并非只是因为她作为少女时的一次不慎行为造成的，恰恰是封建包办婚姻把她一步一步推向罪恶的深渊，是封建礼教吞噬了一个本来正常的灵魂。小说毕竟提出了婚姻原则究竟是“礼法”还是“人性”的问题。后来的小说《闲云庵阮三偿冤债》故事开端曾引用几句谚语：“男大须婚，女大须嫁；不婚不嫁，弄出丑咤”。这几句话本意是以一种封建主义的口吻劝告做父母的早些给儿女完婚，以防出丑，但是他们却绝不可能认识到更重要的是尊重儿女的自身意愿。

从上述几篇小说，我们大致可以看出写实派的社会问题小说的一些主要特点，即作品避免了历史上曾经出现过的那种浮躁无根的伪浪漫主义，而是于冷峻的文字背后辐射出作者对社会对人民命运的深切关注和思考，同时还超越了无数靠情绪而创制小说的作者，能站在社会的政治的角度揭示出当时社会所面临的一系列问题。它敢于直面现实，具有干预涵盖当时政治、道德、伦理、文化诸领域社会问题的气度。它已从以往写奇人或知识层的条条狭长的小路上跑向市民社会的广阔原野。

写实派的社会问题小说，实际上是一种能够清晰地再现宏观世界规律的特殊微观世界。然而，我们也不难发现这一流派小说的明显弱点：问题急切而答案空渺，问题重大而形象弱小。这几乎可以被看作是这一流派小说的思想上和艺术上的基本倾向。作为社会问题小说，它所提出的的确是人民所最关心的问题，因为这些小说鲜明地反映了当时的现实；但与此同时，我们也看到作者们对封建制度的认识还停留在表层，他们所看到的还只是封建社会罪恶的一些现象，还没有透过这些现象认识封建社会的本质，也还没有把这一切罪恶归之于封建制度的本身。它们的济世方剂不外是企望“清官”出现以澄清玉宇，或者“剃了头发做师姑”，以示与尘世决裂。但是更好的出路究竟在哪儿呢？

社会问题小说思想和主题的统一并不是简单的、明确的，而是复杂的矛盾的。一方面作品广泛而敏锐地发现和提出问题，暴露了骇人听闻的残酷的现实，表现了作者有“智”有“识”，从而具有宋元时代的志士风格；另一方面，在深入并且试图解答这些问题时，往往又不敢正视这些问题，以逃避斗争解决矛盾，缺乏足够的“勇”，带上了弱者的气质。一方面对灭绝人性的事件不满和提出抗议，另一方面则又在强大的封建势力面前茫然和无所措手足，这使作者的“仁”也在相当程度上成为弱者的“仁”。再有，一方面对是非有鲜明的态度，另一方面对复杂的社会矛盾往往不能理解，于是这“识”，也是精神贫困者的“识”。这些写实派的社会问题小说在智、仁、识、勇诸方面，是长短互见，不甚平衡的。

在艺术上，社会问题小说往往注意事件甚于注意人物，而写事件又在很大程度上受到原始事件的束缚，不能根据积极的目的进行概括。所谓“顷刻间提破”和“捏合”，既说明小说家概括现实、反映生活的迅疾、敏捷，但也不免仓促和粗糙，因而也相当程度地妨碍了创造富有生命力和个性色彩鲜明的形象。在小说的传奇性和表现丰满的人物性格之间，小说话本显然偏倚于前者。

另外，宋元小说话本在艺术结构上趋于程式化。比如，社会问题小说中那些叙述讼狱的故事大都有一个结构模式，它一般由两个部分组成。首先表现讼狱事件是怎样发生的，通过成案的过程，展示市民生活的画面，反映社会的种种矛盾纠葛；其次写官府的如何判案，揭开封建专制机构的黑暗腐朽，表现对昏庸、贪婪、残暴的官吏的批判；最后是“清官”出现，平反冤狱；等等。在这种叙述角度折射下，这类小说的结构类型已经规定好了：当作者借用结构作为提炼素材的手段之一时，他们不是从人物的主观感受和意识流动的角度把握事件，而是在时间、空间秩序的控制下，客观地遵循着因果转化的必然逻辑结构情节。这种固定模式往往限制了作品更好地展开冲突。

再有，宗教迷信思想还作为现实主义发展初级阶段上的一个不可避免的特征在社会问题小说中存在着。如《汪信之一死救全家》《刎颈鸳鸯会》等，它以对现实矛盾的不现实的认识和解决，妨碍现实主义精神的高度发挥。比如，公案小说中“清官”形象的屡屡出现，开的就是一张具有空想色彩的药方，使作品蒙上了一层虚幻的色调。可以看出，作为一个现实主义潮流的社会问题小说，还带着许多非现实主义的成分，现实主义小说发展的历史，也就是对这些非现实主义成分克服的过程。事情就是这样，市民社会这一环境为自己造就了小说作者这样的表现者与批判者，然而小说的作者的思想和艺术上的一些缺陷，仍然须由这一环境来解释。

四

本来，爱情就是人类生活中一块优美动人的天地。在这里，人的激情、人的风度、人的个性、人的人格力量比其他方面更容易有充分的、全面的展现。但是，历来的封建统治者总是把富有民主精神的爱情，看作是造反精神的表现，并残酷地镇压这些造反者。青年男女对于不受封建桎梏束缚的爱情的任何追求都被看作是破坏封建制度的行为。因此，渴望自由和不屈服，便成为一种危险的反抗既定的社会秩序的革命行动。世界上有那么多仿佛只是单纯描写爱情悲剧的艺术作品，都包含着那样巨大的爆炸力，这绝非偶然。从世界文学史角度看，当诗还未最后冲入革命主题的广阔园地以前，诗人主要是通过社会和恋人们之间所发生的冲突来表现被压迫人民的爱好自由的性格，这并不是偶然的。数不尽的渴望自由的青年男女的殉情史，清楚地说明了这一点。

宋元小说对爱情的描写与传统文学中的爱情描写大异其趣，它在更广阔的社会生活背景上展开了这个主题，而在它提供的特异的艺术世界里，还贯穿了新的思想因素。它是按照市民意识和市民原则处理爱情主题的，是真正为市井细民写心。因此，市民的反封建主义斗争使小说史上留下了不少独放异彩的爱情题材的名篇，在艺术风格上独树一帜。《碾玉观音》《闹樊楼多情周胜仙》《志诚张主管》《杨思温燕山逢故人》和《风月瑞仙亭》是为代表。

富有浪漫精神的市民阶层的生活在宋元时代经常激活说话艺人的诗情。在他们的口头讲述中和笔底记录中，市民特别是市民中的女性常常是以豪放不羁、热爱自由的形象出现。他们把市民阶层的女性那种在爱情上的“野性”和自由不羁同贵族少女的矜持、做作，形成对照。他们在较少受封建礼教文明侵蚀，具有几分强悍泼辣性格的人物身上，发掘出来某些不平凡的动人的东西，来对照虚伪、苍白、卑劣的封建主义的“文明社会”。与众多的流行的爱情小说相比较，《碾玉观音》中描写的爱情称得上是新颖别致、卓然不群。在秀秀和崔宁的爱情史中，小说让我们一览无余的是真实的人物和真实的人生。秀秀式的爱情和特有的情致，在中国小说史上差不多还是第一次呈现在读者和听众面前。

性格最为突出的仍然是秀秀，她坦率到了惊世骇俗的地步。她从不否认也不掩盖她在崔宁面前的激情。她的感情来得那么强烈。如同人们评价 18 世纪著名中篇小说《曼侬·莱斯戈》中所指出的那样，小说中的主人公的爱情具有“排山倒海的力量”。那么《碾玉观音》中的秀秀在短暂时刻所掀起的感情风暴也颇有“排山倒海”的气势。

秀秀性格的动人之处，是对情人镂心刻骨的痴情。在秀秀熄灭了自己的生命的火焰时，她又一次向那个罪恶的社会提出了悲愤的抗议，她最终还是把崔宁拉走了，一块儿到魔爪伸不到的鬼的世界里做夫妻了。恩格斯说：“性爱常常达到这样强烈和持久的程度，如果不能结合和彼此分离，对双方来说即使不是一个最大的不幸，也是一个大不幸；仅仅是为了彼此能结合，双方甘愿冒很大的危险，直至拿生命孤注一掷。”[①] 秀秀正是拿生命孤注一掷以求得和崔宁的结合，这里表现了秀秀对自由爱情的忠矢不渝。

同《碾玉观音》相似的《闹樊楼多情周胜仙》也是一篇不同凡俗的爱情小说。《闹樊楼多情周胜仙》着重表现的同样是市民女子追求个性解放、恋爱自由和反抗

① 《马克思恩格斯选集》第 4 卷，人民出版社，1972，第 73 页。

封建道德观念的斗争精神。为了范二郎，她曾死过两次，甚至做了鬼还要和他相会，最后又通过五道将军救了范二郎出了监狱。这种生前相爱，死后缠绵，充分表现了她生生死死都要为反抗封建礼教束缚而斗争到底的精神。从整个故事情节来看，它和《碾玉观音》一样，都富有浪漫色彩，都弘扬民主理想，也都有某些荒诞成分。同样，作者也以同情和赞扬的态度描绘了周胜仙为了追求自主爱情所采取的大胆泼辣的行动，严厉地谴责了封建家长的专横残暴和封建道德的冷酷虚伪。这无疑的是中世纪社会下层妇女民主意识觉醒的反映。

《碾玉观音》和《闹樊楼多情周胜仙》中的主人公完全不属于小说史上那种闺阁淑女或高贵命妇的人物体系。她们总是自觉地站在这个黑暗社会的对立面，对那个不容异己的封建专制主义国家的道德规范公开表示轻蔑，并以触犯它为乐事。如果说众多的爱情小说（如唐传奇中的爱情小说）的诗意多表现为温馨的、柔美的意蕴的话，那么这两篇小说所表现的诗意，则是粗犷的和豪放的情志。要而言之，这两篇小说从风格气质上说是属于浪漫型的；它们共同的审美追求，都是要写出一种个性、一种激情。正是这一特异的美学风格，才为中国古代爱情题材的小说做出了具有历史意义的贡献，并成为后来中国浪漫派小说的先声。

像宋元小说中写“痴情”的故事，就题材和内容来说，不妨分为两类：一类是写男女两方的痴情。这种故事在阶级社会里，一般都是以悲剧告终。因为，阶级社会中的爱情婚姻一般来说都是阶级的结合、利益的结合，如果只是从感情出发，而且是情感至上以至脱离了阶级、社会的规范，总是要与社会习俗、道德羁绊格格不入，发生矛盾，为社会所不容。《碾玉观音》《闹樊楼多情周胜仙》是为代表。另一类是写一方对一方的痴情，这当然更是悲剧，因为痴情者的对立面，不仅可能有社会习俗、道德观念，而且还肯定会有一个对这种痴情或不理解、或不接受、或冷漠无所感觉、或轻侮加以玩弄的负情者，唯其如此，这种故事一般都格外惨，调子也显得特别低沉。这一类痴情的故事还有一个值得注意的特点，那就是其中的痴情者往往多是妇女而较少是男人。《志诚张主管》和《杨思温燕山逢故人》是为代表。

《志诚张主管》叙写王招宣府里一个二十多岁的小夫人，因“失了主人之心”，被转嫁给年已六十的线铺商人张员外。她爱惜自己的青春，对封建买卖婚姻不满，主动追求张员外店里的青年伙计张胜。但是张胜不敢接受小夫人的追求，小夫人终于在封建势力的迫害下自杀了。小夫人做了鬼还是找张胜，可是张胜却“心坚似铁，只以主母相待”。小夫人的鬼魂在张胜家里，终因其丈夫张士廉的来临而突然失踪，故事即告结束。

小说把一个身处卑贱地位的妇女的爱情故事写得非常感人，或者更确切地说，作者是以这个少妇身上那种极为纯真的、极为可贵的感情来打动读者的。这个少妇与张胜之间，并没有发生相爱的事，而只是她的单恋，作者偏偏就是要写她的单恋、她的痴情、她的火一样的追求，写她那种淳朴的、深邃的、温厚的、真挚的爱。正因为她这种爱是在长期艰难困苦的生活中坚持下来的，是付出了她的最大代价的，所以在作者的笔下那奇异的鬼恋就成了一种人世间罕见的可贵的感情，虽然她爱慕的只不过是一个胆小而又自私的小市民。但是深入挖掘这个作品的内涵，人们仍不难发现，在这里，作者的意图并不是要写这个少妇对张胜的爱值不值得，而是要从这个少妇的爱、从她那深厚的感情中展示出她心地性格的纯朴、执着和那一腔扑不灭的爱情之火。

《志诚张主管》表现了卑鄙龌龊的社会现实对于真正的爱、天真的追求和温馨的柔情的敌对。那个像一朵白色的荏弱的小花的女主人公，一个处于被损害被践踏的地位的小夫人的不幸遭遇，在很大程度上加深了这篇小说的社会批判性。

痴情妇女的爱白白被浪费、白白被玩弄甚至白白被践踏的主题在小说中反复出现。《杨思温燕山逢故人》就是通过一个在战乱中流落异乡的下级官员的视角，展示了一幅在民族大灾难的激流中生离死别的悲惨图画。以郑意娘的一灵不昧，刻画了国破家亡时殉身的鬼魂难以瞑目；最后以韩思厚的违弃盟誓、另求新欢，谴责了不能坚持节操的乱世男女。这个故事没有半点粗俗的成分，充满了道德感是它在思想内容上最显著的特点，忠贞观念得到了作者最热情的赞颂。恩格斯告诉我们，在野蛮时期的中级阶段和高级阶段交替的时期，对偶家庭开始瓦解，一夫一妻制家庭开始出现，而它的最后胜利构成了人类文明时代开始的标志之一。从那以来，就逐渐产生了一种道德观念：忠贞。它的职责就在于往往只是用来要求妇女，一夫一妻制只是对妇女而不是对男子有效，“破坏夫妻忠诚这时仍然是丈夫的权利”[①]。《杨思温燕山逢故人》以赞颂的语言描写郑意娘的忠矢不渝正是用来反衬韩思厚违背盟誓的负情行为。这里体现出一种对美好情操的追求，因而，也就必然使这篇小说在低抑的氛围和沉痛的感情中升腾着一种崇高的情操的力量。

《志诚张主管》《杨思温燕山逢故人》都是极为感人的哀歌。小说中的两位主人公在那个世界上从来没有得到过半点幸福的身世以及她们婚姻史上那苦涩和悲怆，都是一种强烈的控诉，对社会、对封建礼教的控诉。这些作品都有很深的揭露现实的意义，而其艺术风格又都是那么具有动人的魅力，几乎都可以算得上是宋元小说中的力作。

《风月瑞仙亭》《张氏夜奔吕星哥》《张浩私通李莺莺》都肯定了青年男女违背父母之命、大胆要求婚姻自主的精神。比如，卓文君与司马相如、张氏与星哥的黄夜私奔，不同程度地反映了当时市民意识中的浪漫情思。其凄艳的格调和高逸的神韵虽不如上述几篇显著，但不失为宋元话本中浪漫派爱情小说的代表作。

宋元话本中，众多的爱情小说与写实派的社会问题小说在艺术风格和创作方法上迥然不同。社会问题小说的调子大多是冷峻的、悲怆的；而爱情小说则是热烈的、激情的。黑格尔曾经说过，有诗人掌握世界的方式和散文家掌握世界的方式。前者注重于“精神方面的旨趣”，表现一个自觉的心灵的发展过程，后者注重“现实界的广阔材料”，表现那些“按照原因和结果、目的和手段以及有限思维所用的其他范畴之间的通过知解力去了解的关系”。[②] 我想，写实派的社会问题小

① 《马克思恩格斯选集》第4卷，人民出版社，1972，第57页。

② 黑格尔:《美学》第3卷下册，商务印书馆，1981，第22—26页。

说的格调应属于黑格尔老人所说的散文家掌握世界的方式；而浪漫派的爱情小说则属黑格尔所言，是诗人掌握世界的方式。无论浪漫派的爱情小说中有多少写实的笔墨，有怎样的对于具体生活场景的描绘（这一点确实展示了这些作品创作方法的二重性），它们仍然应当被看作那一时期浪漫主义倾向在小说界的代表。它们的浪漫主义倾向，不仅表现为超拔的奇想，不仅表现为夸张的形容，而且表现为愤激的控诉，表现为感伤的喟叹，表现为执着的追求。正像前面所说，它们的审美追求是要表现一种个性、一种激情。正如高尔基所说："浪漫主义乃是一种情绪，它其实复杂地而且始终多少模糊地反映出笼罩着过渡时代社会的一切感觉和情绪的色彩。"[①] 无论是《碾玉观音》《闹樊楼多情周胜仙》或是《杨思温燕山逢故人》《志诚张主管》都既有对社会积弊感到哀伤和愤怒，同时又都对朦胧的社会理想执意追求而又时时迷惘，这种双重的情绪之流在作者的灵台世界上表现着一曲抑扬顿挫的二重奏，使他们热烈而焦灼地追寻一个主观情绪的喷火口。因此，比较而言，宋元话本中的社会问题小说重于剖视相对稳定和日渐深入的社会冲突的历史潜流；而这些写爱情的小说则更多喷发愤激的主观情绪。前者观照的是由于滞留的悲剧的社会，要求作者们正视社会的弊端，深刻地揭示悲剧的社会根源；而后者观照的则是处于觉醒的剧变时代，要求作者勇敢地向周围社会挑战，倾吐他们不管是悲哀是昂扬，总之是真诚的情感。时代提供了浪漫派的爱情小说起而与写实派的社会问题小说相分驰的社会历史条件。

宋元小说中爱情题材的浪漫主义特色还表现在情奇与事奇的高度结合。《闹樊楼多情周胜仙》结尾有两句诗道："情郎情女等情痴，只为情奇事亦奇。"恰恰道出了浪漫派爱情小说的情节跟人物和主题的关系：事奇，是因为情奇；而事奇又适足以表现情之奇。周胜仙的生生死死都在眷恋范二郎，情节发展曲折跌宕，将周胜仙的一片执着的深情，表现得淋漓尽致。《碾玉观音》围绕着秀秀和崔宁爱情婚

① 高尔基:《俄国文学史》，上海文艺出版社，1956，第 70 页。

姻的得与失和主人公悲剧性遭遇，显示出异常离奇的情节变化。作者在推进故事发展过程中，刻意盘旋、悬念迭出，最后才点出秀秀鬼魂的活动，而这里最引人注目的是小说的现实性情节自然地向幻想性情节的飞跃。作者在“崔宁也被扯去和父母四个一块儿做鬼去了”的描写中，突出了情节的悲剧气氛，也充分传达出主人公无限悲愤的心情，使读者和听众想到，陷身于人身占有制中的女奴的爱情悲剧命运，何其悲惨！《杨思温燕山逢故人》在这方面具有共同的特色，它在现实性情节中力求其真，在幻想性情节中极写其奇，两种极不相同的情节，几乎同时出现，形成了水月交辉的意境。它们如乐曲中的两组旋律，互相对比着交织进行，呈现着异常错综复杂的景象。它确实是一篇很有独创性的、展开了一个新的生活领域和感情境界的小说。而这一点正是宋元话本中浪漫派的爱情小说的共同特色。

五

如果说宋元话本中浪漫派的爱情小说写的就是《醉翁谈录》中所说的“春浓花艳佳人胆”的话，那么江湖派的豪侠小说写的则是《醉翁谈录》中所说的“月黑风寒壮士心”。

所谓江湖派的豪侠小说，是专指市民社会中那些月黑杀人、风高放火、具有“江湖气”的剽悍泼辣的传奇人物故事。从这类故事中，我们可以看到的是一个蛮勇、有力量、有血性的世界。无论是为善还是作恶，都是无所顾忌，勇往直前。这些人物不怕流血，蔑视死亡，甚至犯罪的勇气和残忍的行为都成了力的表现。虽然这类故事中的人物还缺乏以后英雄传奇小说中人物具有的刚性的雄风、男性严峻的美和恢宏雄健的气度，但是人物性格大多还是体现出了市民社会生活的传统准则——豪侠仗义、疾恶如仇。而其场面又都洋溢着一种活泼泼的情趣，不是深不可测的神秘和恐怖。《醉翁谈录》所列朴刀、杆棒两类中的《杨令公》《青面兽》《花和尚》《武行者》当属这一流派，可惜都已失传。现存的《万秀娘仇报山亭儿》(即《十条龙》)、《杨温拦路虎传》和《宋四公大闹禁魂张》就是江湖派豪侠小说的代表作了。

《万秀娘仇报山亭儿》是以反强暴为其主题的。小说叙写强徒十条龙苗忠、大字焦吉和陶铁僧抢劫了万秀娘，偷儿尹宗仗义救人，后因狭路相逢，尹宗终被苗忠、焦吉所杀。小说肯定了万秀娘的机智报仇和尹宗的舍己救人。而对陶铁僧的态度则是复杂的。陶铁僧仅因为一天拿了万员外的四五十钱，便被迫失去了生计，对于这一点作者是同情的，认为万员外是“刻深招祸”；但是，对陶铁僧的铤而走险则是反对的。可是小说也没有给陶铁僧指出其他的道路，这就不能不限制主题开掘的深入。《杨温拦路虎传》里也是叙写强盗细腰虎杨达抢了杨温的妻子，杨温几经搏斗，最后才把妻子夺了回来。这类故事颇像《水浒传》一些故事的情节。尹宗、杨温等形象虽不够丰满，但对于他们体现的江湖上的“路见不平，拔刀相助”的侠义行为，小说还是做了比较充分的展现。

在江湖派的豪侠小说中算得上是佳作的且最具这一流派特色的是《宋四公大闹禁魂张》。小说描叙宋四公、赵正、侯兴、王秀等几个“黑社会”人物的神出鬼没的活动，他们以异出奇样的手段窃富济贫，骚扰官府；同伙之间又钩心斗角地互相捉弄、倾陷。这里既有江湖上常用的蒙汗药，又有开卖人肉馒头的黑店；既有蒙面大盗式的化装，又有侠客式的飞檐走壁；既有公案小说中常见的“栽赃法”，也有“飞过海”的绝技和出人意表的诡计。小说除了对禁魂张的贪吝刻薄和为富不仁的性格写得很现实以外，故事的中心人物都是极为奇异的传奇化人物。宋四公这个窃富济贫的偷儿，颇有几分豪侠作风。后来他逃脱追捕，投奔赵正，才引出赵正潜入东京，骚扰官府，作弄官吏，在帝辇之下演出了一幕幕惊心动魄又妙趣横生的活剧。在一定意义上，这个故事含有官逼民反的思想倾向，反映了人民仇恨统治者的情绪，显示出封建压迫和反压迫斗争的一个侧影。《水浒传》中许多故事，很可能是取资于此而加以放大提高的。后来的公案小说、武侠小说有不少当从这篇作品中得到启示。

江湖派的豪侠小说反映了部分时代风貌，也铸造了独特的艺术风格。它们线条粗犷，不事雕琢，甚至略显仓促，但让人读后心在跳、血在流，透出一股迫人的热气。但这些小说缺乏的是丰厚沉实的底蕴和绚丽凝重的色彩。同时也还未能从强勇的个性中寻找到理想的诗情，他们不是叱咤风云的英雄。另外，人物虽大多身怀绝技、侠肝义胆，却又因未刻画出社会内涵丰富的灵魂，因而这类小说达不到揭橥社会关系的深度。小说虽赞美勇者，但尚未升华为艺术的人格理想。因此，作为江湖派的豪侠小说还未最终形成可以称之为豪侠式的风格印记。

六

我国小说从魏晋南北朝就分成志怪和志人两大类。前者传写荒幻事体、鬼神灵迹；后者记述人生事体、人物言行。至唐，志怪的宗教色彩渐淡薄，但仍多逞奇猎异之笔。而宋元小说则把志怪小说人情化，别具某种寓意性，从而增加作品的内涵。幻奇派的神怪小说主要是指那些通过神奇、荒怪的幻设，揭示现实生活的矛盾冲突，传达人的生活理想，即所谓“驰想幻域，映照人间”。比如，《张古老种瓜娶文女》《西湖三塔记》《西山一窟鬼》《陈从善梅岭失浑家》《杨谦之客舫遇侠僧》，都可以归入这一流派。

《陈从善梅岭失浑家》和《杨谦之客舫遇侠僧》内容相似，前者描叙被派到“千层峻岭，万叠高山，路途难行，盗贼烟瘴极多”的地区去做巡检的陈辛，半路上被妖精夺去了妻子，后来依靠神仙的拯救，夫妇终于重圆。后者也写出一个到“蛮烟瘴疫，九死一生”的安庄县任官的杨益，在异僧的帮助下，最后转祸为“福”。这两篇小说都有极荒诞的情节，但都反映着封建时代那些对自己的前途感到无限恐惧的边臣逐客们的心理和幻想。

在一部分无力娶妻的穷人们的幻想的基础上，便产生了像《张古老种瓜娶文女》那样的一个贫苦的种瓜老儿，用自己的神力，娶了一个宦门的年青小姐为妻的故事。这就说明，封建社会中人们的幻想，即使是幻想，也不免带上了这个社会的深深的烙印的。

《西山一窟鬼》写落第秀才吴洪，由王婆为媒，娶李乐娘为妻，外带侍女锦儿。后来发现他们都是鬼，幸遇癞道人施法除了鬼怪的故事。这篇小说纯系荒怪的幻设，但似亦有寓意。它流露的如同《杨思温燕山逢故人》中所谓的“太平之世，人鬼相分；今日之世，人鬼相杂”的心态。由于作者投入了自己对社会的感受，和对人生的理解，因此使小说无论寓意的深广度和明晰度都不同于一般鬼怪小说。另外这篇小说手法上亦有特色，鲁迅先生认为它“描写委曲琐细，则虽明清演义亦无以过之”。[①]《西湖三塔记》则是典型的灵怪故事，叙临安府奚宣赞，清明节游西湖，为白衣娘子（白蛇）、卯奴（乌鸡）、婆子（獭）三怪所迷惑，最后奚真人将三怪镇压在三个石塔里。《西湖三塔记》似是白蛇传故事的早期形态。

其他还有《红蜘蛛》《洛阳三怪记》和《定山三怪》等。这些流传于民间的怪异传说自然也有一部分具有某种现实性，但大部分则带有妄谈鬼灵妖异的自然性，与现实生活联系甚少。

幻奇派的神怪小说的主要特色表现在：一方面，不仅个别人物、情节是幻设的、非现实性的，有时着重表现的艺术环境、艺术世界也是幻设的、非现实的，它多以其幻想的神怪世界比喻实际的人间社会。从这方面看，具有明显的象征性。另一方面，上列幻想世界，特别像《张古老种瓜娶文女》《西山一窟鬼》等又包含大量近乎现实的情事、画面、艺术内容，这就不同于一般的象征艺术。这种幻想的形象结构不仅具有象征性，也是对于现实生活的直接影射，是象征与影射的结合体，是两者互相交叉、渗透又互相融合的艺术成果。这就是“江河日下，人鬼颇同”[②]，用幻想的宝镜照鉴实在的人生，“是美妙的虚构里隐藏着的真实”。[③]

---

① 鲁迅:《中国小说史略》，载《鲁迅全集》第9卷，人民文学出版社，2005，第121页。

② 高珩:《聊斋志异序》。

③ 但丁语。参见《欧美古典作家论现实主义和浪漫主义》第一册，中国社会科学出版社，1980，第89页。

上面我们试着对宋元小说流派做了一番匆匆的巡礼，当然这是很粗糙的。另外，小说流派是自然形成的，是一种客观存在，是通过作品显示了自己的特点的，而不是人为地主观地划分出来的，所以宋元小说中的一些名篇，比如《拗相公》，我们就觉得很难归属哪一流派，因此我们也无须把它硬塞到某一流派中去。事实上，小说史上很多小说作品就是很难被归入哪一流派的。

再有，上述各流派在小说史上的地位、作用、意义是很不一样的，有些甚至是不可同日而语的。但既然作为流派，它们也必然会有各自的特点。对于我们来说，应像俄罗斯伟大诗人普希金所说："一切流派对于我都是一样的，都向我呈现出它的一切有利的和不利的方面。"

史里寻诗到俗世咀味[①]

——明代小说审美意识的演变

从宏观小说诗学角度来观照，史诗性小说是一个民族为自己建造的纪念碑，它真实地描绘了民族的盛衰强弱荣辱兴亡，因此鲁迅把它称之为时代精神所居之大宫阙。墨写的审美化心灵史册比任何花岗岩建筑更加永久而辉煌，因此劳伦斯称其为最高典范，莫里亚克称之为艺术之首。明代长篇小说在中国古代文学整体发展中占有的重要位置就充分证明了这一点。而明代长篇小说的发展态势又启示我们，小说的文体研究，特别是小说审美意识的研究，应当得到更加深入的把握和探讨。

关于小说审美意识的内涵，我认为有以下四点：

第一，小说审美意识是小说家对小说这种艺术形式的总体看法，包括小说家的哲学、美学思想，对小说社会功能的认识，所恪守的艺术方法、创作原则等；

第二，小说审美意识是小说家和读者（听众）审美思想交互作用的结果，它在创作中无所不在，渗透在作品的思想、形式、风格，特别是意象之中；

第三，小说审美意识具有鲜明的时代色彩，各个历史时代都具有其代表性的小说审美意识，而这种鲜明的时代色彩又不否认各个时代各种小说审美意识之间存在着沿革关系；

第四，小说审美意识的更新、演变像一切艺术观念的变革一样，一般说都是迂回的、或快或慢的，有时甚至出现了巨大的反复和异化。

---

① 本文收入《新华文摘精华本（2000—2008）· 文艺评论卷》，人民出版社，2009，第57—66页。

一

基于这样的认识，纵观明代小说艺术发展史不难发现，它的演进轨迹是波浪式前进和螺旋式上升的形式。

元末明初以降，中国古代小说经历了三次小说审美意识的重大更新:《三国演义》《水浒传》是第一次;《金瓶梅》是第二次；清代的《儒林外史》《红楼梦》是第三次。中国古代小说艺术发展史已经证明：每一次小说审美意识的更新，都对小说发展起着极大的推动作用。[①]

作为中国长篇小说的经典性巨著，《三国演义》《水浒传》是在这样一个社会背景下诞生的：千疮百孔的元王朝倒塌了，废墟上另一个崭新的、统一的、生气勃勃的明王朝在崛起。许多杰出人物曾为摧毁腐朽的元王朝做出过史诗般的贡献，这是一个没有人能否认的英雄如云的时代。于是，小说家很自然地产生了一种富有时代感的小说观念，即有效地塑造和歌颂民众心中的英雄形象，以表达对以往历尽艰辛、壮美伟丽的斗争生活的深挚怀念。他们要从战争的“史”里找到诗。而“史”里确实有诗。英雄的历史决定了小说的英雄主义和豪迈的诗情。我们说，明代初年横空出世的两部杰作——《三国演义》和《水浒传》，标志着一种时代的风尚；这是一种洋溢着巨大的胜利喜悦和坚定信念的英雄风尚。这种英雄文学最有价值的魅力就在于它的传奇性。他们选择的题材和人物本身，通常就是富有传奇色彩的。我们谁能忘却刘备、关羽、张飞、赵云、马超、黄忠和李逵、武松、鲁智深、林冲这些叱咤风云的传奇英雄人物？通过他们，我们看到的是一个刚毅、蛮勇、有力量、有血性的世界。这些主人公当然不是文化上的巨人，但他们是性格上的巨人。这些刚毅果敢的人，富于个性，敏于行动，无论为善还是为恶，都是无所顾忌，勇往直前，至死方休。在这些传奇演义的故事里，人物多是不怕流血、蔑视死亡、有非凡的自制力的，甚至残忍的行动都成了力的表现。他们几乎

① 因论述和体例的关系，关于神魔小说系统本文暂不探讨。

都是气势磅礴、恢宏雄健，给人以力的感召。这表现了作家们的一种气度，即对力的崇拜，对勇的追求，对激情的礼赞。它使你看到的是刚性的雄风，是男性的严峻的美。这美，就是意志、热情和不断的追求。

《三国演义》《水浒传》反映了时代的风貌，也铸造了独特的艺术风格。它们线条粗犷，不事雕琢，甚至略有仓促，但让人读后心在跳、血在流，透出一股迫人的热气，这就是它们共同具有的豪放美、粗犷美。这些作品没有丝毫脂粉气、绮靡气，而独具雄伟劲直的阳刚之美和气势。作者手中的笔如一把凿子，他们的小说是凿出来的石刻，明快而雄劲。它们美的形态的共同特点是气势。这种美的形态是从宏伟的力量、崇高的精神中显现出来的。它引起人们十分强烈的情感：或能促人奋发昂扬，或能迫人扼腕悲愤，或能令人仰天长啸、慷慨悲歌，或能使人刚毅沉郁、壮怀激烈。在西方美学论述中，与美相并列的崇高和伟大，同我们表述的气势有相似之处："静观伟大之时，我们所感到的或是畏惧，或是惊叹，或是对自己的力量和人的尊严的自豪感，或是严肃拜倒于伟大之前，承认自己的渺小和脆弱。"[①] 不同之处是，我们是将气势置于美的范畴之中。《三国演义》《水浒传》的气势美，就在于它们显现了人类精神面貌的气势，而小说作者之所以表达了这种气势美，正是由于他们对生活的气势美的独到领略能力，并能将它变形为小说的气势美。

可是，在这种气势磅礴、摧枯拉朽的英雄主义力量的背后，却又不似当时作者想象得那么单纯。因为构成这个时代的背景即现实的深层结构并非如此浪漫。于是，随着人们在经济、政治以及意识形态的各个领域的实践向纵深发展，这种小说审美意识就出现了极大的矛盾，小说审美意识更新的需要已经提到日程上来了。

明代中后期，长篇小说又有了重大进展，其表现特征之一是小说审美意识的

---

① 车尔尼雪夫斯基:《美学论文选》，缪灵珠译，人民文学出版社，1957，第 98 页。

加强，或者说是小说文体意识又出现了新的觉醒，小说的潜能被进一步发掘出来。这就是以《金瓶梅》为代表的世情小说的出现。《金瓶梅》的出现，在最深刻的意义上是对《三国演义》和《水浒传》所体现的理想主义和浪漫主义洪流的反动。它的出现也就拦腰截断了浪漫的精神传统和英雄主义的风尚。然而，《金瓶梅》的作者却又萌生了新的小说审美意识，小说正在追求生活原汁形态的写实美学思潮，具体表现在：小说进一步开拓新的题材领域，趋于像生活本身那样开阔和绚丽多姿，而且更加切近现实生活；小说再不是按类型化的配方演绎形象，而是在性格上丰富了多色素，打破了单一色彩，出现了多色调的人物形象；在艺术上也更加考究新颖，比较符合生活的本来面貌，从而更加贴近读者的真情实感。他为小说写作开辟了全新的道路，不断地模糊与消解着文学与现实的界限。更为重要的是他以清醒的冷峻的审美态度直面现实，在理性审视的背后，是无情的暴露和批判。

《金瓶梅》是一部人物辐辏、场景开阔、布局繁杂的巨幅写真。腕底春秋，展示出明代社会的横断面和纵剖面。《金瓶梅》不像它以前的《三国演义》《水浒传》那样，以历史人物、传奇英雄为表现对象，而是以一个带有浓厚的市井色彩、从而同传统的官僚地主有别的豪绅西门庆一家的兴衰荣枯的罪恶史为主轴，借宋之名写明之实，直斥时事，真实地暴露了明代后期中上层社会的黑暗、腐朽和不可救药。作者勇于把生活中的负面人物作为主人公，直接把丑恶的事物细细剖析来给人看，展示出严肃而冷峻的真实。《金瓶梅》正是以这种敏锐的捕捉力及时地反映出明末现实生活中的新矛盾，从而体现出小说新观念觉醒的征兆。

兰陵笑笑生发展了传统的小说学。他把现实的丑引进了小说世界，从而引发了小说审美意识的又一次变革。

首先是小说艺术的空间因“丑”的发现被大大拓宽了。晚出于笑笑生三百年的伟大的法国雕塑家罗丹才自觉地悟到：

在艺术里人们必须克服某一点。人须有勇气，丑的也须创造，因没有这一勇气，人们仍然停留在墙的这一边。只有少数越过墙，到另一边去。[①]

罗丹破除了古希腊那条“不准表现丑”的清规戒律，所以他的艺术倾向才发生了质变。而笑笑生也因推倒了那堵人为垒在美与丑之间的墙壁，才大大开拓了自己的艺术视野。他从现实出发，开掘出现实中全部的丑，并让丑自我呈现、自我否定，从而使人们在心理上获得一种升华、一种对美的渴望和追求。于是一种新的美学原则随之诞生。

但是，小说审美意识的变革一般来说总是迂回的，有时甚至出现了巨大的反复和回流。因此，纵观小说艺术发展史，不难发现它的轨迹是波浪式前进、螺旋式上升的形式。《金瓶梅》小说审美意识的突破，没有使小说径直地发展下去，事实却是大批效颦之作蜂起，才子佳人模式化小说的出现，以及等而下之的艳情“秽书”的泛滥。而《儒林外史》和《红楼梦》的出现，才在作者的如椽巨笔之下，总结前辈的艺术经验和教训以后，把小说创作推到了一个新的阶段，又一次使小说审美意识有了进一步的觉醒。

从中国小说经典性作品《三国演义》《水浒传》发展到《金瓶梅》，我们可以明显地发现小说审美意识的变动和更新。往日的激情逐渐变为冷峻，浪漫的热情变为现实的理性，形成了一股与以往不同的小说艺术的新潮流。当然，有不少作家继续沿着塑造英雄、歌颂英雄主义的道路走下去，但是我们不难发现，他们所塑造的英雄人物，已经没有英雄时代那种质朴、单纯和童话般的天真。因为社会生活的多样化和复杂化，已经悄悄地渗入到艺术创作的心理之中。社会生活本身的那种实在性，使后期长篇小说中的普通人物形象，一开始就具有了世俗化的心理、性格，人性被扭曲的痛苦以及要求获得解脱的渴望。这里，小说的艺术哲学中的一个重要范畴——悲剧——的含义，也发生了具有实质意义的改变：传统中

① 海伦·萝斯蒂兹:《罗丹在谈话和信札中》，载《文艺论丛》第10辑，上海文艺出版社，1980，第404页。

只有那种英雄人物才有可能成为悲剧人物，而到后来，一切小人物都有可能成为真正的悲剧人物了。

小说艺术的发展历史，也往往有惊人的相似之处。一位当代作家曾说：文学上的英雄主义发展到顶点的时候就需要一种补充，要求表现平凡，表现非常普通、非常不起眼的人……这就是说，当代小说有一个从英雄到普通人的文学观念的转变。而明代小说也有一个从英雄到普通人的小说观念的转变。事实是，中国小说经历了漫长的发展过程，而在最后，即小说创作高峰期，出现了《儒林外史》和《红楼梦》这种具有总体倾向的巨著。它们开始自觉地探索人的心灵世界，揭示人的灵魂奥秘，表现人的意识和潜意识，把小说的视野拓展到内宇宙。当然这种对内在世界的表现，基本上还是在故事情节发展过程中、在人物形象塑造中，加强心理描写的。这当然不是像某些现代小说那样，基本没有完整的情节，对内心世界的揭示突破了情节的框架。但是，对内心世界的探求、描写和表现，不仅在内容上给小说带来了新的认识对象，给人物形象的塑造带来了深层性的材料，而且对小说艺术形式本身，也发生了极大的影响。这就是中国古代小说从低级形态发展到高级形态的真实轨迹。而在这条明晰的轨迹上，鲜明地刻印着《三国演义》《水浒传》和《金瓶梅》的名字。

二

14世纪到16世纪在中国诞生的“四大奇书”无疑是世界小说史上的奇迹。无论是把它们放在中国文学发展的纵坐标上还是世界格局同类文体的横坐标上去认识和观照，它们都不失为一种辉煌的典范。它们或是过于早熟或是逸出常轨，都堪称是世界小说史上的精品。阅读这些文本，你不能不惊讶于这些伟大作家的小说智慧。这种小说的智慧是由其在小说史上的原创性和划时代意义所体现的。《三国演义》《水浒传》《西游记》通常被说成是世代累积型建构的巨制伟作。但是不可否认，最后显示其定型了的文本的不可重复性和不可代替性的，毕竟是一位小说天才的完成品。它们自成体系，形成了自己的空间，在自己的空间中容纳一切又“排斥”一切，正像米开朗琪罗的那句名言：“他们的天才有可能造成无数的蠢材。”如前所述，他们以后的各种效颦之作不都是遭到了这种可悲的命运吗？因此小说文本从来不可以“古”“今”论高下，而以价值主沉浮。正是在这个意义上说，明代四大奇书是永远说不尽的。这里我们不妨从广义的历史小说和世情小说这两种小说类型，来分别谈谈明代小说审美意识的特征。

中国传统的历史小说创作的大格局，历来是历史故事化的格局。中国源远流长的历史小说审美意识的定规是：历史小说——故事化的历史。历史故事化的第一形式，也是传统历史小说中发育最成熟的形式，是历史演义。历史演义式的历史小说，大抵是以历史朝代为背景，以历史事件为主线，以历史人物为中心，演绎有关历史记载和传说，或博考文献，言必有据；或本之史传，有实有虚。其代表性作品当属《三国演义》。历史小说的第二种形式，是写历史故事。历史故事式的历史小说，以故事为中心为主线加以组织，历史背景、历史事件、历史人物实际上被淡化、虚化了，《水浒传》是为代表。历史故事化具有史诗性质，《三国演义》的社会的审美的价值，正在于它不仅仅是一个民族一段时间的历史的叙述，而且它的叙述成为对这个民族的超越历史整体性的构建和展示（即概括和熔铸了漫长的古代社会的历史）。这就是为什么后来有那么多重写民族史诗的原因。

与《三国演义》史诗化写作相反，《水浒传》走的其实是一条景观化历史的道路，它有些站在“历史”之外的味道，几乎是为了一种“观念”，写出了传奇英雄人物的历史：一个人物就是一个景观。如林冲的故事、武松的故事、鲁智深的故事，一经串联就是一部“史”。它把社会风俗画的素材或原料作为必要的资源，从而把历史的天然联系有意割断，使历史回忆转化成眼中的一段纯粹风景，于是历史被转换成可以随着自己的审美理想进行想象力充沛的塑造和捏合的意象，随各自的需要剪裁、编制。在这种历史叙事悖论中，历史作为一个对于我们有意义的整体，实际上离我们越来越远。无论是历史的史诗化还是历史的景观化，都把历史挪用和转化为宋元以来瓦舍勾栏中的文化消费品。消费历史，严格地说，是写作者、演说者和文化市场合谋制作的一个引人注目的文化景观。在这个景观中，个人也好群体也好，都在享受着历史快餐，因而也就远离了历史。

其实这绝非中国历史小说创作的失败，恰恰相反，从一开始，中国的历史故事和历史演义就富有了真正的文学意味。如从时间来说，小说审美意识至迟在元末明初已趋成熟。事实上，以《三国演义》为代表的众多历史小说家无论面对何种形态的历史生活，一旦进入文学的审美领域，就为其精神创造活动的表现提供一种契机。尽管这种契机具备选择的多样性，但绝不是严格意义上的历史，历史就是历史，而文学就是文学，文学可以体现历史，却无法替代历史。一部《三国演义》虽然以艺术形象的方式体现了三国时期的政治、军事战略思想，但它毕竟不是一部史籍意味上的著作，它仅仅是小说，一部政治史的战争风俗画。

证之以文本内涵，你不能不承认，罗贯中和施耐庵都发现和意识到了文学的宗旨并不在于再现历史，而在于表现历史，在于重新创造一个关于逝去岁月的新的世界。从一定意义上说，对于一位小说家来说，依据一定的历史哲学对某些历史现象做出理性的阐释，并不构成小说家的主要任务，即他不是为了充当历史学家，而是为了经由历史生活而获得一种体验，一种关于人与人类的认知，一种富有完整性的情智启迪，一种完全可能沟通现在与未来、因而也完全可能与当代精神产生共鸣的大彻大悟，一种从回忆的漫游中实现的不断显示新的阐释信息的思情寓意……毋庸置疑，像罗贯中这样的小说大师，他对历史生活的追溯与探究，正是为了一个民族的自我发现。但无论是颂扬还是鞭笞，归根结底仍然是为了从一种历史文化形态中向读者和听众提供一点儿精神历程方面的东西。因此《三国演义》虽有史家眼光，但文学的审美总是把作者的兴趣放在表现历史的魂魄之上，从而传出特有的光彩和神采。可以说，史里寻诗，已经明确了文学与非文学的关系，文学就是文学，不是史学，同时又使文学具有了质的规定性，即深刻的文学发现和浓郁的诗情，必须到历史的深处去找。基于这种审美意识，《三国演义》等所揭示的深度，就是把历史心灵化、审美化。

谈到历史心灵化、审美化这一审美意识，乃是一种面对遥远的或不太遥远的历史生活所产生的心灵感应的袒露，所以历史演义是一种充满了历史感与现代感的弹性极强的精神意识行为，一种体现了当时人们的感知方式的审美过程，又是种种精神领会与情智发现的意蕴性的审美积聚。这种对描写素材与文学表现之间的微妙关系的思考与理解，是不是对于今天作家创作历史小说还有着启示意义呢？我的答案是肯定的。

三

中国的小说发展史有它自己繁荣的季节、自己的风景，有自己的起伏波动的节奏。明代小说无疑是中国小说史上的高峰期、成熟期，是一个出大家的时期。要研究这段历史上的小说审美意识，除视野必须开阔、资料储备充分以外，最主要的是如何把握中国传统文化的命脉和中国小说自身的内在逻辑。比如，从一个时段来看小说创作很繁荣，其实是小说观念显得陈旧而且浮在表层；有时看似萧条、不景气，也可能地火在运行，一种新“写法”在酝酿着，所谓蓄势待发也。如果从《三国演义》最早刊本的嘉靖壬午年（1522）算起，到《金瓶梅》最早刊本的万历四十五年（1617）止，这近一百年的时间里，小说的变革与其说是观念、趣味、形式、手法的变迁，不如说这个时期“人群”发生了巨大的变化。而“人群”的差异是根本的差异，它会带动一系列的变革。这里的人群，当然就是城镇市民阶层的激增及其势力的进一步扩大，市民的审美趣味大异于以往英雄时代的审美趣味。而世代累积型的写作在逐渐地消歇，随着人群和审美意识的变化，小说领域越来越趋向于个人化写作。而个人化写作恰恰是在失去意识形态性的宏伟叙事功能以后，积极关注个人生存方式的结果。在已经显得多元的明中后期的历史语境中，笑笑生特异的审美体验应属于一种超前的意识。

这里所说的“超前意识”全然不是从技术层面考虑，而是指《金瓶梅》颇富现代小说思维的意味。比如，作者为小说写作开辟了一条全新的道路；它不断地在模糊着文学与现实的界限；它不求助于既定的符号秩序；它关注有质感的生活。这是一种什么样的生活？这种追问已经无法从道德上加以直接的判断，因为这种生活的道德意义不是唯一重要的，更重要的倒是那个仿真时代的有质感的生活。于是它给中国长篇小说带来了一股从未有过的原始冲动力，一种从未有过的审美体验。这就是《金瓶梅》特殊的文化价值。

任何文学潮流，其中总是有极少数的先行者，《金瓶梅》就是最早使人感受到了非传统的异样。它没有复杂的情节，甚至连一般章回小说的悬念都很少，充其量写的是二十几个重点人物和这些人物的一些生活片段，但每一个人物、每一个片段都有棱有角，因为《金瓶梅》最突出的叙事就是要保持原始的粗糙特征。至于这些人物，在最准确的意义上说，几乎没有一个是正面性的，不是什么"好人"，但也并非个个都是"坏人"。他们就是一些活的生命个体，凭着欲念和本能生活。这些生活就是一些日常性的，没有惊天动地的事迹，没有令人崇敬的行为。这些生活都是个人生活的支离破碎的片段，但这里的生活和人物却给人以深刻的印象。在作者毫不掩饰地叙述中，这些没有多少精神追求的人，他们的灵魂并没有隐蔽在一个不可知的深度，而是完全呈现出来。所以，如果你一个个地分析书里面的人物，反而是困难的，而且很难分析出他们的深刻，你的阐释也很难深刻。因为他们的生活就没有深刻性，只有一些最本真的事实和过程。要理解这些人和这些生活，不是阐释、分析，只能是"阅读"和阅读后对俗世况味的咀嚼。

《金瓶梅》的叙事学不是靠故事来制造氛围，它更不像明代其他三部经典奇书那样具有极纯度的浪漫情怀。对于叙述人来说，生活是一些随意涌现又可以随意消失的片段，然而一个个日常生活中最常见的和最微小的元素，被自由地安排在一切可以想象的生活轨迹中。这些元素的聚合体，对我们产生了强烈的心理影响：它使我们悲，使我们忧，使我们愤，也使我们笑，更使我们沉思与品味。这就是笑笑生为我们创造的另一种特异的境界。于是这里显现出小说美学的一条极重要的规律：孤立的生活元素可能是毫无意义的，但系列的元素所产生的聚合体被用来解释生活，便产生了审美价值。《金瓶梅》正是通过西门庆、潘金莲、李瓶儿、应伯爵等人物，揭示了生活中注定要发生的那些事件，也揭示了那些俗世故事产生的原因。笑笑生的腕底功力就在于他能“贴着”自己的人物，逼真地刻画出他们的性格、心理，又始终与他们保持着根本的审美距离。细致的观察与精致的描绘，都体现着传统美学中“静观”的审美态度，这些都说明《金瓶梅》的创作精神、旨趣和艺术立场的确发生了一种转换。

《金瓶梅》审美意识的早熟还表现在事实意义上的反讽模式的运用，请注意，笔者是说作者事实意义上的反讽而不是有意识地运用反讽形式。反讽乃是现代文学观念给小说的审美与叙事带来的一种新色素（我从来反对流行于中国的“古已有之”的说法），但是我们又不能否认在艺术实践上的反讽的可能，虽然它还不可能在艺术理论上提出和有意识地运用。事实上，一个时期以来，《金瓶梅》研究界很看重它的讽刺艺术，并认为作为一种艺术传统，它对《儒林外史》有着明显的影响。但依笔者的浅见，与其说《金瓶梅》有着成功的讽刺笔法，不如说笑笑生在《金瓶梅》中有了事实意义上的反讽。一般说来，讽刺主要是一种言语方式和修辞方法，它把不合理的事象通过曲折、隐蔽的方式（利用反语、双关、变形等手法）暴露突出出来，让明眼人看见表象与本质的差异。而反讽则体现了一种变化了的小说思维方式：叙述者并不把自己搁在明确的权威地位上，虽然他也发现了认识上的差异、矛盾，并把它们呈现出来，然而在常规认识背景与框架中还显得合情合理的事象，一旦认识背景扩大，观念集合体瓦解而且重组了，原来秩序中确定的因果联系便显出了令人不愉快的悖逆或漏洞。因此反讽的意义不是由叙事者讲出来的，而是由文本的内在结构呈现，是自我意识出现矛盾的产物。或者可以更明快地说，反讽乃是在小说的叙事结构中出现了自身解构、瓦解的因素。

事实上，当我们阅读《金瓶梅》时，已经能觉察出几分反讽意味，所以对《金瓶梅》的意蕴似应报之以反讽的玩味。在小说中，种种俗人俗事既逍遥又挣扎着，表面上看小说是在陈述一种事实，表现一种世态，自身却又在随着行动的展开而转向一种向往、一种解脱。这里面似乎包含了作者对认识处境的自我解嘲，以庄子的“知止乎（其）所不（能）知”的态度掩盖与填补着思考与现实间的鸿沟。实际上，我们不妨从反讽的角度去解释《金瓶梅》中那种入世近俗、与物推移、随物赋形的思维形态，与作者对审美材料的关心和欣赏。其中存在着自身知与不知的双向运动，由此构成了这部小说反讽式的差异和亦庄亦谐的调子，使人品味到人类文化的矛盾情境。

面对人生的乖戾与悖论，承受着由人及己的震动，这种用生命咀嚼出的人生况味，不要求作者居高临下地裁决生活，而是以一颗心灵去体察人们生活中的各种滋味。于是，《金瓶梅》不再简单地注重人生的社会意义和是非善恶的简单评判，而是倾心于人生的生命况味的执着品尝。在作品中作者倾心于展示的，是他们的主人公和各色人等人生道路行进中的感受和体验。我们研究者千万不要忽视并小看了这个视角和视位的重新把握与精彩的选择的价值。小说从写历史、写社会、写风俗到执意品尝人生的况味，这就在更宽广、更深邃的意义上表现了人性和人的心灵，这就是《金瓶梅》迥异于它以前的小说的地方。

《金瓶梅》中的反讽好像一面棱镜，可以在新的水平上扩展我们的视界与视度。当然，《金瓶梅》反讽形式的艺术把握也有待于进一步思考与评说。

《金瓶梅》在中国小说史上的地位，归结一句话，就是它突破了过去小说的审美意识和一般的写作风格，绽露出近代小说的胚芽，它影响了两三个世纪几代人的小说创作，它预告着近代小说的诞生！

四

中国小说，从志怪志人，经唐宋传奇、宋元话本一直到明清章回小说，说明小说是一种应变能力极强又极具张力的叙事文体，它的形态可以多姿多彩，它的美学内涵可以常变常新，它的发展更不易被理论所固化。对小说审美意识的研究，将是一个长期的生动的广泛的课题。

古代小说研究的反思和取向

一

人们都喜欢说，今天是小说时代，一切文学样式似乎都让位于小说，于是文学的理论批评和研究的热点和焦点也就在小说上了。不知道是不是一种偶然的契合，在古代小说研究领域，十年来，显得格外热闹，似乎也可以说，古代文学的研究大有让位于古代小说研究之势，以致批评和研究的热点和焦点都转移到古代小说上了。

十年来，我国古代小说研究尽管还有不尽如人意的情况，但应当承认，这个领域比新中国成立后的任何时候都更有生气，研究成果虽非辉煌，亦可谓蔚为大观了。然而，当我们面对今日之学术环境，会逐渐发现，古代小说研究也面临着困境，面临着内部的和外部的挑战。

说到挑战，我想到了英国史学家阿诺德·汤因比的名言：在文明的起源中，挑战与应战之间的交互作用，乃是超于其他因素的一个因素。其实，不仅是文明的起源，文明的建设和更新都具有挑战与应战交互作用的因素。人类文化（当然包括小说文化）的生生不息，一方面包含着由新的生产力启动的反传统活力与传统惰力之间的挑战与应战，另一方面也包含着外来文化与民族文化之间的挑战与应战。人类文化正是在这种挑战与应战的交互作用中获得生命力，并不断赓续、变迁和超越。当把视野延伸开以后，我以为，在这种挑战与应战的交互作用中，我国的古代小说文类的研究才能获得更新和超越。

二

黑格尔老人在回顾自己走过的学术道路后，在与友人书中说："我们必须把青年时代的理想转变为反思的形式。"(《黑格尔通信百封》)要前进，必须对历史进行哲学反思。回想过去，我们从事中国古代文学研究的，一直存在着两股力量，或说两种"流别"。一种是以检验师的敏锐目光与鉴别能力，审视着历史上和古籍中的一切疑难之点，并以毕生的精力对此做精细入微的考证、汰伪存真的清理；另外一种是20世纪50年代开始吸收俄国革命民主主义批评家别林斯基、车尔尼雪夫斯基和杜勃罗留波夫的美学思想，以及苏联的带有杂质的马克思主义文艺理论（其中包括多式多样的文艺学教科书）来研究古典文学和古代小说。前者多属于微观研究，这对于小说史的研究是必需的，因为历史的真实性无疑是任何小说艺术研究的第一个价值尺度。从这个角度看，一切以忠于史实为原则的古代小说研究工作，都离不开这种微观研究。但是，如果把它当作小说研究的不二法门或是最有学术价值的，那显然也是一种偏颇。有些古代小说研究者囿于识见，只见树木，不见森林，用力虽勤，其弊在琐屑苍白。琐细冷僻、无关宏旨的一事一考、一字之辨，尽管可以竭研究者之精思，但重大的小说艺术现象却往往因而被置之脑后。正如韦勒克所说，这种搜求材料、考据事实的方法并非毫无用处，关键是它不能揭示文学的根本问题，因为"真正的文学研究关注的不是惰性的事实，而是价值和质量"[①]。文学研究是一种系统的知识体系，它有自己独特的方法和目的，它的核心问题是要把"文学既作为艺术，又作为人类文明的一种表达"[②]来研究。韦氏的这种看法，我认为是中肯的。因为在当代世界各国的文艺研究（包括小说研究）中，这种"实证主义"的潮流并没有消退，仍然有着相当的势力。

至于后者，则被固定为一种僵化的"教科书观点"，许多附加在马克思主义美学名下的错误观点被当作马克思主义来接受和传播。久而久之，"教科书观点"成了人们头脑中的传统观念，并逐渐演变为一种思维定式，至今仍有一些研究者被这种文艺观念所束缚。比如，主题思想是小说的核心和灵魂，在内容上处于统帅

---

① 韦勒克:《批评的诸种概念》，四川文艺出版社，1988，第274页。

② 同上书，第264页。

的地位，素材为它而提炼，情节为它而安排，人物为它而设置。这实际上是一种主题决定论。在这种理论观念的影响下，在我国古代小说的研究和教学中似乎已形成了一套程式化的分析方法：大抵先从作品中抽象出一个主题，然后依据这个主题对作品的其他艺术构成成分进行分析，做出价值判断；而人物形象、情节结构和语言艺术等方面的分析大多用来当作印证主题思想的材料或注脚。很明显，这是一种先立论、后求证的研究方法在小说研究中的表现。有的同志把这种研究方法用创作中的“主题先行”来比喻，确是一语中的。事实上，正是在这种“主题先行”的方法指引下，在有关《三国演义》《水浒传》《西游记》《金瓶梅》《儒林外史》《红楼梦》的主题辨析上，虽能言之成理，正题反题也都言各有据，但往往各执一己之偏见，是丹非素，以至“喧议竞起，准的无依”[①]。而有些结论往往是脆弱的，经不起反复推敲。其实，像《三国演义》《红楼梦》等鸿篇巨制，往往具有多层次的主题，或者叫多义性、立体化的主题，因此，探索其最根本最深层的意蕴本身就是一个复杂的课题。对于把握和理解这一意蕴和潜流，既不可径情直遂地用直奔主题的方法，希求从作品中抽象出一个单纯的主题，也不应当把主题的把握就当作理解和认识一部庞大的叙事性作品的归宿和目的。总之，努力把握一部作品的主题无可非议，但任何主题思想的把握都不能是对小说本身价值判断的最终结论。突出其中一种成分，而忽视其他成分，甚至用一种成分的分析来取代整体分析，特别是把作品的主题思想看得高于一切的研究方法，正是长期流行的僵化的“教科书观点”和教科书模式的直接表现。《三国演义》《水浒传》《西游记》《金瓶梅》《儒林外史》《红楼梦》等几部大书的主题学研究中，迄今遗风尚在的简单化倾向，很值得我们进行深刻的检讨。

---

① 钟嵘：《诗品序》。

三

近年来，随着我们生活的进程和学术思想的发展，古代小说研究者已开始感到一种力不从心的困窘，开始发现我们原先所熟悉的那一套评论模式，有的已不够用，有的是不再适用了。其中还有一些同志较早地、较自觉地意识到了自己过去接受的理论体系和思考方法的某些局限性，十分注意新的思想艺术资料的消化吸收，以更新自己的知识结构和研究方法，这无疑是个可喜的现象。

然而，更新观念和方法毕竟有一个过程。我们发现有些研究者在还没有充分理论准备的情况下就跟着时尚骚动了起来，操持起“新”方法匆匆上阵。比如，在“文化热”冲击的时候，也刺激了一些古代小说研究者从文化学角度研究中国古代小说本体。由于我们过去很少真正科学地、系统地研究文化理论和文化史，与文化直接关联的人类学、社会学、民俗学等学科在过去或未建立或遭破坏，我们对于这个在我们周围环境中无所不在的“文化”倒是相当无知的，结果古代小说研究者在运用各自的“文化”概念去理解小说文体和小说艺术史时经常产生矛盾以至谬误（尽管这是不可避免的）。有时则如堕五里雾中，那么多诱人的术语却总让人担心作者自己是否真弄清楚了。从文化的范畴考察古代小说本是题中之意，无可厚非，但毕竟不是浮皮潦草地抒扯几个关于文化的新名词，给研究对象“穿鞋戴帽”所能奏效的。

从文化学角度切入，就要求小说研究者能深入文化心理素质或“心境”“情绪”这些深隐层次。例如，蒲松龄和吴敬梓性格中的刚毅、耿介、执着和幽默的特征有来自各方面的文化影响。吴敬梓的冷峻、沉郁的创作心理和艺术气质与时代有关，而又与蒲松龄迥异。看来，文化是一个过于笼统的概念，当我们捕捉它的时候，它也许会捉弄我们，只送给我们一些糊弄人的东西，却将深层的宝藏掩盖起来。要追踪文化那飘逸的灵魂，恰恰需要研究者具备丰赡的文化修养，而这一点又恰恰需要长期的文化积累和认真的消化。

“小说是综合艺术”，这一观点当前在一部分昧于艺术理论知识的人中广为流行。因为在他们看来，古代小说中也有诗、有画、有音乐、有戏剧，所以古代小说是“综合艺术”，实际上，这种“引进”是个天大的误会，完全无助于古代小说本体和美学特性的研究。

“综合艺术”观念来自古老的艺术感觉的美学理论，它强调各艺术间的渗透和比附，如说“诗是有声画，画是无声诗”，“雕塑是流动的音乐”等。各艺术间某种意义的相通性及其互相影响的事实促成了这种理论的流行，但也造成艺术认识的模糊与混淆。直到18世纪，巴托关于美学分类的理论和莱辛《拉奥孔》的问世才对这种印象式的理论作了清算。“综合艺术”终于变成了纸上谈兵。小说无论怎样综合，都是单一的语言艺术。“综合”构不成世界，靠简单地移植和生硬地套用其他艺术的术语是论证不出小说本体的美学特性的。

四

出现上述似是而非的观点，究其根源，重要的一条是理论准备不足，是由于原来的理论系统和批评方法“已不够用”之后，人们还未获得完整的理论架构和方法论所致。恩格斯在《自然辩证法》一书中说：“一个民族要想站在科学的最高峰，就一刻也不能没有理论思维。”在相当一段时间内，恩格斯这句至理名言没有引起我们古代文学研究界应有的重视。我们的研究水平显得迟滞，其原因固然是多方面造成的，但忽视理论思维却是导致这种状况的最重要原因之一。学术研究流别万殊，而目的则在于探求社会、历史、文化发展的共同规律；学术研究非陈陈相因，而在于生生不息。随着社会的变革，文艺观念、小说理论批评模式的更新也将同步前进。

无论观念、原理，抑或范畴、概念，既有其自身统一、连贯、不可分割的继承性和持续性，也有其产生、发展过程中的时代性、阶段性的本质差异。原理、范畴、概念也不是亘古一样的不变模式，而是人类对于无限的客观世界不断认识的历史的产物。说句实在话，我们的古代小说理论批评，在概念（并不就是术语）运用上显得陈旧、混乱，而一个时期以来，对于文艺研究领域出现的新的概念，我们又听到太多的诘难、挖苦和过于严厉的批评。有识之士已经指出，人们过分习惯于文章借以立论的基本概念的彼此重复，好像作文者手里只有数目固定，且形状颜色又相当单调的积木，虽然颠之倒之，力求诸般变化，都无论如何逃不开千篇一律。其实，概念的贫困同贫困的理论批评有着密切的联系。我们很少看到一篇古代小说研究文章能提出属于自己的鲜活的概念，并使用这概念来发表新鲜的见解。常识说明，概念、术语是人们进行思维，特别是逻辑思维的基础材料，又是一切科学理论最基本的知识单元。一部思想文化史，从一定意义上说，也可以看作人类创造概念和论证这些概念的历史。反过来，这无数概念生生灭灭所形成的运动，又反映着人类思维的进展，以及这进展的无限的可能。

不错，就古代小说研究而论，十年来，在一片荒芜中终于得到复苏。但严格地说，古代小说研究的重大突破，特别是古代小说本体研究的突破还为数不多，其中一条，古代小说研究理论的匮乏、视点的单调，尤应进行深刻的反思。而现在，古代小说研究正面临着理论思维的贫困，正面临着因思想的贫困而带来的概念的贫困。

所谓理论思维和思想的贫困，就其根本点来说是哲学意识的贫困。也许这又是我们古代小说研究者的一个共同弱点：多数研究者只关心文艺理论和小说文本，而不善于在哲学和历史的新成果中汲取营养（我国哲学和历史方面的研究近年来有相当大的进展，很多方面比文学批评要深刻得多）。古代小说研究和批评是介于艺术与科学之间的，既然它带有科学的性质，就需要如康德所说的“来自哲学高度的监督”，学者如果“缺乏哲学的眼光”，他就会变得视野狭窄。在这里，哲学意识乃是从广义的角度来理解的，所谓“判天地之美，析万物之理”的哲学意识。而这种哲学意识，在当今世界，从来没有像现在这样渴望它智慧之光的照耀和温暖、启迪和安慰。事实只能是，深厚的哲学修养和恢宏的历史哲学意识能够大大拓展古代小说研究者的精神视野和思维空间。唯其如此，中国古代小说学的建构，其营养不只来自文学艺术之内，而且往往来自小说文化之外，如经济学界、历史学界、心理学界、社会学界以及整个思想文化界在变革中的新的理论思维成果，常常是古代小说研究内蕴深度的一个重要因素。那种缺乏哲学意识的人，是很难使自己的古代小说研究升值的。只有不断拓展自己的思维空间，才能对小说文化本体做出独一无二的审美判断，才能触发和增强自己的史识、今识和诗识，才能自成一个古代小说研究世界。看来，古代小说研究学科的建构，如没有古代小说研究者主体哲学意识的率先强化，没有渗透着永不妥协的历史思辨和一个思想者的真诚，就无法使中国古代小说研究达到一个更高的境界。

五

当前，我们正处于一个经济、文化、思想都空前活跃的、开放的时代。在国内思想解放和世界科技革命浪潮的冲击下，我国文艺研究领域近年来也出现了蓬勃繁荣的新局面，其中方法论的革故鼎新尤其令人瞩目。随着中国古代小说研究的日益深入，研究方法问题也越来越显得重要而突出。若要进一步提高古代小说研究的科学水平，就必须实现研究方法的现代化，加强古代小说和小说史研究的当代性。

古代小说研究需要引进新的思维方式、方法，还因为小说研究乃是一种“补偿”——如同小说与生活的关系一样。而优秀的古代小说家和小说作品比生活更有才智。为了揭示这种才智——小说的意义和价值，在传统的研究武器（如社会——历史批评等）之外，未尝不可以做一些原型批评的、精神分析学的、结构主义的批评方法的研究和实践。当然，从每一种方法本身来说，它们都可以“以不变应万变”，把全部小说作为自己的对象，但在事实上每一种新的批评和研究方法的出现无不以它的对象——作品的更新和发展为原因。用当代的批评方法去分析研究传统的小说，不能不有所选择。根据对象的不同而使用不同的批评方法，并不会削弱批评家的个性。国外不少有成就的批评家和我们自己的不少研究者的例子表明，显示批评者和研究者个性的，不仅是所用的方法，更主要的是评论研究文章的学术见地和语言风格等。

李泽厚先生的这个意见颇对，“在具体的方法上，我主张是多层次、多侧面、多角度、多途径、多目标、多问题、多要求、多方法，互相补充，互相完善，而这个过程，也就体现了学术上自由竞争的精神”[①]。这对古代小说研究的学科建设，是必要而必需的。

六

我国小说史上的几位大家，如罗贯中、施耐庵、吴承恩、兰陵笑笑生、冯梦龙、蒲松龄、吴敬梓、曹雪芹堪称小说文化巨人。他们如同一座座大山，巍峨丰蕴，横看成岭侧成峰，不同角度、不同视点自有不同的发现。这就决定了古代小说研究视点的多样化。

在过去三十年中，我们的古代小说研究在分析作品的审美风格和社会价值时，主要把视点投诸两个方面：一是作品的具体形式，如从形象塑造、结构营造、语言技巧等因素入手；二是以作家的世界观，如社会观、政治观、人生观、文艺观等来观照作品。这两种角度都没有错，都有必要，都有利于理解他们和他们的作品与时代生活的关系。但是，光凭这样的角度似难于立体化地认识这些人间的小说巨擘，因为我们在很大程度上忽视了作家的个性、气质、性灵这些重要层面。

一个小说家的艺术风格与他本人的个性气质有密切的内在联系。这不仅包括世界观、学识修养，还包括作家个人的气质、性灵、才智。小说家的个性气质是极为复杂的，可以说每个人都有自己的一个世界。曹雪芹的“痴”，是他性灵、气质的一种“异常”的外观现象，而内里却蕴藏着一股灵气。这股灵气贯注于他一

---

① 李泽厚:《走我自己的路——杂著集》，中国盲文出版社，2002，第161页。

生的创作中。灵气，大概是作家有别于常人的个性气质的一个重要特点。但作家中有的灵气十足，有的则不足；有的表现为异常的外观现象，有的则是正常的。另外，我们还不能忽视从双向影响中看到古代小说家的性格气质、情感形态等方面的特色。就以罗贯中、施耐庵、吴敬梓、曹雪芹来说，我们虽对他们的生平事迹知之不多，但可以想见，他们必定既是时代和历史的产儿，又在一定程度上是同时代人的各种影响的“合力”所造就的。在他们身上可以看到同时代人投射的“影子”，发现他们所灌注的“血液”。从这个视角出发，既可避免把这些小说巨擘偶像化，又可以从双向影响看到同时代作家个性、气质和性灵的特色。

另外，还有一个研究视角，也是一个常常为我们所忽略的视角，即对小说家人生况味的感悟。对于一部作品的评价，历来见仁见智。就以《儒林外史》来说，有的人说它展示的是儒林百丑图，而有的研究者则认为它是一部儒林之“痛史”。至于对《红楼梦》题旨的论证更有数不尽的说法。其实，窃以为有些评判都忽视了作家的某些本意。从根本上说，这两部伟大的小说几乎都传达了一种作者感受到的人生况味：是人生不是社会，是况味而不是思想。用“时代感”去硬套，或用“深刻”去度量，不尽其然。只有那些能体味到小说家人生况味的研究者、读者才会深切地感受到小说的内在气韵。

古代小说研究的新视角，要求研究者具有整体意识。首先，它要求把研究对象（小说作品）置于小说史的整体框架中来确认它的价值，辨识它的小说文学源流，并且在小说史的流变中探讨某些小说现象的规律和意义。这种方式的研究对象仍然是作品和小说现象，而不是小说史本身。但研究者必须把小说史作为研究对象的参照系，在这两者之间寻求研究的意义，或在小说史的宏观研究中阐述具体理论问题，或以具体作品的价值来重新审视小说史中曾经存在的一些现象。这种史的研究把我们引向一个课题，即如何打破长期以来人为分割成两个领域的古代小说与近代小说的界限。因为中国小说是一个整体，对它作史的研究也只能以整体来观照。

其次，中国古代小说研究的整体意识，还要求我们用开阔的眼界考察整个中国小说艺术发展史，把它作为世界小说史的一部分，而不应当把它排斥在世界小说史之外。中国的小说史家把中国小说艺术自身发展的历史看成中国小说史，但外国的小说史家却把中国小说史当成世界小说史来研究。中国小说史和世界小说史的这种错综复杂的关系，要求我们从不同的角度进行研究。也就是说，要有一个更广阔的视角，把自己民族的小说放到世界文学的格局中去考虑，在别的文化体系的比照下，用一种陌生化的非我的眼光，互为表现，从而完成自省、重建民族小说的重任。我们有理由把我国古代小说看作世界文学（小说）发展的一部分。事实也恰恰如此，19 世纪以前，人们还可以孤立地谈论某一民族的文学而不致影响其论述的准确性；而在今天，世界文学的形成要求研究者具有一种“世界眼光”，即把本民族的文学发展放在“参与世界上的事业”[①] 这么一个参照系来考察，所以小说研究的整体意识也就是一种强烈的世界意识。现、当代小说研究如此，古代小说研究也应作如是观。

七

每个研究者对一部小说的解读和研究总是从一定角度出发的。研究者不能不受研究者自身的主客观条件的影响。不同的人由于不相同的生活经验而形成互有差异的思维定式，这就是本不该忽视而恰恰被长期忽视了的理性的个性——虽然理性恰恰是重在共性的发现。一般说来，人的认识总会自觉不自觉地受到主观因素的作用和个性特征的影响。特殊地说，对艺术作品的认识，更是屏杂着审美体验的影响和受着审美情趣的制约，更容易形成个性化的倾向，更容易发生歧见和争执。当丰富多彩的审美意识直接间接地与物质生活联系在一起时，人们之间的争辩一时可能难分难解。在这种情况下，对于同一作品形成背反之争也是常见之

① 鲁迅:《而已集》，载《鲁迅全集》第 3 卷，人民文学出版社，2005，第 574 页。

事。鉴于多年的经验教训，对于已经开展起来关于艺术作品的争鸣最好不要简单下结论，不要急于“一锤定音”。非此即彼的选择很容易使我们的美学思维方式走回头路。

“二律背反”并非理性的不幸，研究的一律化才真正是理性的不幸。要建设中国古代小说研究学科，就应经常进行对话和潜对话，就要营造一个和谐的学术氛围。一位勇于开拓的研究者不是在自我封闭的心理状态中进行思维的，而是在与外界对话的过程中不断摄取新的信息并调整自己的理论意识。我常觉得对古代小说本身和理论批评与研究的实事求是之心难求。而批评家及研究者的思维方式中某种单一的要求往往给作品和别人的理论文学带来过多的损伤。其实对峙是一种必然，但不一定必然转化为对立，这里就需要一种现实的宽容。宽容不是掩饰意见分歧，而是体现在彼此都在坚持从自己的思维角度、立场发表见解时，努力倾听对方的声音，并从中汲取对自身有益的东西。认识彼此的局限是一种明智，而故意把自己表现得毫无局限，这才是真正的局限。

古代小说研究学科的建设需要宽容，还表现在小说研究的可错性和探索的变易性。小说研究是对小说文本和小说现象的一种追求、评判和概括、探索。这种努力和探索既负荷着多重制约，又需不断突破这些制约。所以，小说研究，在某种意义上讲，都属于对小说和小说家的一种“瞎子摸象”，它既有对本体贴近真实形貌的猜测，又有相当荒谬的可错性。这就决定了小说研究只能永远处于“夸父逐日”的过程中，因为真理的太阳既是遥远的，又每一天都是新的，这导致其很难是凝固而完美的模态。实际上，一个研究者断言越多，其潜在的可错性就会越多。为此，我们迄今还未曾看到过一种全面正确的小说研究辉煌地战胜所有的对手而独霸天下的情况。

过去，理论研究文章一旦出现失误常为人们所不容。然而人们不想，思考进入某种复杂状态时，失误是难免的，可错性是经常出现的。可以说，失误与可错性现象的存在应被视为一种逻辑发展的定律。在这里，思想交锋和精神交流只有在深切理解和可以分析的基点上才能得到深化。说理与说教的分界线常在有无这种胸怀和精神状态。批评家应具有的风度当是那种新型的风度，中国小说研究学科的建设正需要这种风度。我们这一代每一个参加古代小说研究学科建设的人都应建立自己的文化品格，即把古代小说研究作为目的，而超越其他外在功利性的东西。

古代小说研究方法论刍议

人类学问的推进和方法之推进是联系在一起的。古代单元化的方法论必然向着现代多元化的方法论发展。我们则应自觉地对文学研究这个领域中的传统的方法和现代的方法，不分新与旧，做实事求是的多元化的分析和研究。

事实是，我国古代的几部小说经典的文献学、历史学、美学和哲学的研究已经初步形成了多元化的格局。这就是说，对它们的研究的起点已被垫高，研究的难度也越来越大。在这种形势下，我们的古代小说研究必须面向世界，开辟中外学术对话的通道，借鉴、汲取新观念、新方法，在继承前贤往哲一丝不苟严谨治学精神的同时，应随时代之前进而不断更新和拓展。事实上，几部经典小说文本，已提供了广阔无垠的空间，或曰有一种永恒的潜在张力。因此，从一定意义上来说，面对每一部小说文本，它的研究也都应被视之为过渡性文本。所以，今天我们对每一部小说文本的审视与诠释，都是学术文化史的必然。

当然，小说研究对于一些学人来说，没有什么固定的方法，或曰一位小说研究者肯定有很多方式。比如，有的人擅长复述故事，有的人擅长理论性阐释，有的人则对一个字词、典故都要进行细密地考证，有的人只是漫无边际地与小说人物进行对话和潜对话，当然也有为数很少的人几样兼备。而人们也许渴望返璞归真，只想知道小说作者怎么想的，又怎么写的，也许就是“无为之为”，也就是没有方法之方法。

然而，对于学院派而言，方法论对于其讲究的学术规范则是不可或缺的重要一环。

不要鄙薄学院派。学院派必将发挥小说学建构的文化优势，即可能将中国古代小说研究置于现代学术发展的文脉上来考察和思考整个古代小说之来龙去脉，以及小说审美意识的科学建构。黑格尔在回忆自己走过的学术道路后在与友人书中说:“我们必须把青年时代的理想转变为反思的形式。”[①] 所以，回顾与前瞻小说研究，反思规范与挑战规范，是我们不可推卸的责任。

一

那么，小说方法论的本体内涵是什么？一言以蔽之，应是文学本性的展开。而文学的本性又是多重性的，因此，人们所应展开的研究方法必然是多元的。

比如,《金瓶梅》的研究，这部小说的作者之谜，理所当然地要被研究者提到首要的议事日程上来，于是陆续提出了王世贞、徐渭、卢楠、薛应旂、李卓吾、赵南星、李开先、屠龙、李渔等说。然而到了后来，“兰陵笑笑生”本来只是别号或化名，或者说只是这部小说作者的代称，可是却被“演绎”成一个多种面孔的人物。直到当下，由于商业行为的介入，一位小说家竟然被多处地方抢来抢去，至今仍不遗余力地进行“考证”，以便证明“我们”这儿是这位大小说家的诞生地[②]。这种作家研究的无序状态[③]，就理所当然地被一些研究者所批评。甚至一位不厚道的批评者把整个《金瓶梅》研究讥诮为“笑学”，这当然会引发一些严肃的“金学”研究者的不快。然而，是不是在面对这种讥讽时，我们也应进行一些反思呢？

从方法论角度来观照，我认为有两个层面应予考虑：

---

① 苗力田译编:《黑格尔通信百封》，上海人民出版社，1981，第 58 页。

② 有趣的是，从笑笑生的考证竟在后来又派生出抢夺小说中的虚构人物和其“故里”等事。二省三市就演出了一场抢夺“西门庆故里”的闹剧，把小说虚构的人物也抢来抢去。从作者之“谜”到人物之“虚”，弄得乌烟瘴气。最近我们终于听到了有关管理部门的声音：据 2010 年 7 月 14 日《深圳商报》报道，文化部和国家文物局发出通知，严禁以负面人物建立主题文化公园。不知政府部门的指示能不能刹住这股“抢”风。

③ 据说现在已有六十几位“笑笑生”备选人了。

第一个层面，确实有一些文史家长于从微观角度研究《金瓶梅》的作者问题。他们以检验师的敏锐目光与鉴别能力，审视历史上或古籍中的一切疑难之点，并以毕生之精力对此做精细入微的考证，汰伪存真的清理。他们“论一事必举证，尤不以孤证自足，必取之甚博，证备然后自表其所信”①。其“沉潜”之极致乃有乾嘉学派大师们的风范。他们的精耕细作的收获，不容忽视。

然而，在《金瓶梅》作者的考证中，我们也看到，有个别研究者往往囿于识见，只见树木不见森林，用力虽勤，其弊在琐屑苍白，琐细冷僻。无关宏旨的一事一考、一字之辨，尽管可以竭研究者之精思，但重要的小说文化现象往往被置之脑后，这当然是一种偏颇。

为了不造成误解，我们必须指出，史实是治史的基础，一部小说的作者问题，也必须在具体可靠的史料基础上方能构筑成功。历史的真实性，同样是小说作者问题的第一价值尺度。从这个角度看，一切以史实为原则的小说作者的考证，都离不开微观研究，也就是说，都必须从小的角度去观察与考索历史的局部、细部。这种考察进行得越细致、越准确，那么由此构筑的历史大厦就越有可靠的根基。为了促进作家身世的研究，我们只是主张要从大的文化背景和中国小说的特性入手去考察微观对象，因为这样才能跳出过去“兰陵笑笑生”考索的窠臼。

在《金瓶梅》的作者破译过程的今天，在众说纷纭中，我的看法始终如一。在没有确凿的资料和证据面前，我宁肯把“兰陵笑笑生”这个明显的作者笔名就认作是一个永远的天才的象征，他无须被还原为一个实在的某某人。事实上，中国通俗小说的作者之谜不仅仅是一部《金瓶梅》的作者，甚至妇孺皆知的罗贯中是《三国演义》的作者，吴承恩是《西游记》的作者，现在也遭到了质疑，虽然论文、专著一大摞，但我至今存疑。原因只有一个，即中国小说特别是通俗小说一直被认为是“邪宗”，是小道，是街谈巷议，因此无论作者个人有意地化名，或

---

① 梁启超:《清代学术概论》，商务印书馆，1930，第13—14页。

历朝历代的读者善意地把一部小说安在一位文化名人的名下，我想都是事实。所以与其捕风捉影，进行徒劳的“伪考证”，不如索性把中国的通俗小说家的署名只当作一个文化符号，在不影响理解文本内容、意义和艺术成就的基础上，给予更宽容的处理。这样“笑学”之讥也就不会轻易落在我们的“金学”的头上了。

对于我们来说，搜求材料，考据事实的方法，并非毫无用处，关键是它能否有助于揭示文学审美的根本问题。借用美国文艺理论家韦勒克在《比较文学的危机》一文中所说：真正的文学研究关注的不是惰性的事实，而是价值和质量。[①]他还认为，文学研究是一种系统的知识体系，它有独特的方法和目的，它的核心问题是要把文学首先定位在艺术上，所以他又在《反实证主义的潮流》一文中明确指出：文学既作为艺术，又作为人类文明的一种表达去研究文学文本。[②]韦氏的看法我认为是中肯的，因为在当代世界各国的文艺研究中，这种“实证主义”的潮流并没有消退和更新，仍然有相当的势力。因此，就目前研究状况来说，提倡一下回归文学本位，强调一下文本细读是非常必要的。这就是我要论述的第二个层面的问题。

二

一般地说，小说研究和小说学的建构，任何方法论意义上的学术策略和采用的具体方法，都来自小说研究者的学养、路数和兴趣。目前文学研究中提出的综合研究、学术史研究、文化研究和文化诗学研究都提供了新的思路和视角。但是一个不争的事实是，每个学科都有自己的界限。我的文化焦虑是，当前的文学研究特别是小说研究有一种取消“文学”取消“小说”的倾向。而对文学性和小说特质的消解，都是对文学性和小说特质的致命戕害。一个时期以来，文学被泛化了，小说也被泛化成无边无际的“文化”或者别的什么，那最终是导致文学审美

① 韦勒克:《批评的诸种概念》，四川文艺出版社，1988，第274页。
② 同上书，第264页。

性的消解。我的忧思是：当人们不再沉浸在诗意世界去领略那天才的文学精魂和美学创造，是人类文明之大幸还是不幸？

事实是，小说研究直面的是人，是作家，是作家的心灵和心态。既然面对的是人的灵魂，谁又能不带着自己的感情色彩去审视呢？小说研究者再怎样客观、公允，也不可能避免主观的介入。进一步说，一个小说研究者不投入感情，那又怎能感悟到成人在一路步入晚景时对人生况味的咀嚼，以及那历经心灵磨难后的沧桑感。《金瓶梅》感伤后的孤愤和《红楼梦》所述说的人生的永恒遗憾虽然迥异，但它们同样需要小说研究者诗意的观照。不然笑笑生的机锋、顿悟、妙谛和曹雪芹天纵之神思、幽光之狂慧都难以艺术地把握。

我感觉到，我们的精神同道中有人忽略了米兰·昆德拉最爱引用的奥地利小说家赫尔曼·布洛赫的一句至理名言："小说唯一的存在理由就是去发现唯有小说才能发现的东西。"[①]

虽然米兰·昆德拉对世界小说史的认识有很多谬误[②]，但坚信布洛赫一再坚持强调的观点，对于这一点我们不能否认这两位外国小说家的真知灼见。细想起来，我们过去何尝没发现只有小说才能发现的历史社会和人生图像呢？比如历史，它的写作多是宏观的，偏重重大事件的变迁；小说再怎么宏阔，也多作微观，许多描述多是史家不屑顾及的百姓生活。历史关乎外在，小说则注重内在，历史重形而小说重神。历史登高临远，雄视阔步，小说则先天地富于平民气质和世俗情怀。

比如，作为世情小说开山祖的《金瓶梅》就为我们展现了一幅色彩斑斓的市民社会的风俗画。是的，《金瓶梅》堪称中国中世纪封建社会的百科全书，而其最大特色是笑笑生极其关注世风民俗。在这一百回的大书中，作者常常怀着浓厚的

---

① 艾晓明编译：《小说的智慧——认识米兰·昆德拉》，时代文艺出版社，1992，第13页。

② 比如昆德拉就说："小说是欧洲的创造""小说作出的发现……都属于整个欧洲"。（见该书第13页）事实是，作为一种文类的小说艺术，如与欧洲文学史上的小说相比，我国的小说艺术则是早产儿，我国的市民小说就比《十日谈》早了两个半世纪。

兴趣挥笔泼墨描写出一幅幅绚烂多彩的风俗画面，成为刻画人物、表现题旨的文化背景。人世间众多的民风世俗，举凡礼节习俗、宗教习俗、生活习俗、山野习俗、江湖习俗、市场习俗、匪盗习俗、城市习俗、乡间习俗、娱乐场所习俗、行会习俗、口语习俗、文艺习俗等，几乎都可以从这部小说中找到，它为我们积淀着生动形象丰富多彩的风情习俗大观。当然，小说家言不免夸张，但绝非毫无根据。联系“金瓶梅艺术世界”，我们可以看到，也许这里未必都能够得到多少可以考证的历史事实，但是，《金瓶梅》所展示的五光十色的社会图景和丰富多样的人物形象却有助于我们认识当时社会生活的某些本质方面，具有一般历史著作和经济著作不能代替的作用，特别是具有许多历史学家所忘记写的民族文化的风俗史的作用。

总之，兰陵笑笑生不是一个普通艺匠，而是一位心底有生活的独具只眼的大小说家。他真的没有把他的小说仅仅视为雨窗寂寞、长夜无聊的消闲解闷之作。他的小说是出于市民的思想意识和市民的视角。这从一个重要方面来说，笑笑生发现又展示了市民社会的风俗画，正是市民日益强大并在小说领域寻求现实主义表现的反映。

“金瓶梅艺术世界”的创造，对我们的启示是，小说的审美的研究必须得到强化，对小说的审美感悟绝不能失去耐心。回想十几年前文化研究热时，《金瓶梅》确实得到“文化”的综合研究，然而，众所周知，《金瓶梅》只剩下了社会历史的注脚，文学性的研究和审美批评被大大消解。

三

其实，文化研究在西方也早有争议。格林布拉特是当今西方学术界对文学进行文化研究和跨学科研究的领袖人物之一。他把自己新历史主义方法论称之为“文化诗学”。但几年后，他就发现，每个学科都有自己的界限，保留各自的界限是必要的。具体到小说的某些文化研究，有一个致命的弱点，即无视小说艺术的界限，脱离了小说文本，结果造成过多的误读，或过度诠释。由此，在小说史和小说学的建构中我想我们的前提仍应是回归文本，在“细读”上下功夫。回归文本之本意就是要求审美的文学性构成不应消解。给我印象最深的是2003年刘少勤先生之大作《文学评论断想》，他认为“任何一种批评，都不能脱离‘作品’，都必须面向‘作品’本身。当代中国的文学批评，一个重大缺陷就是离开了‘作品’，瞎扯各种‘文化’和各种‘主义’”。于是刘先生疾呼“面向作品本身”[①]！还有严绍璗先生在为张哲俊先生专著《中日古典悲剧的形式》所写的序中同样精辟地写道：“在人文学术研究目前的学术状态中，应该特别提倡文本的解读和文本的解析，特别提倡建立在充分的文本基础上的理论研究，从而与欧美的各种主义和论断共济互补，从而创造出具有世界性的理论学说。基于这一最基本的认识，我觉得一切对学术和社会承担责任的稍许年长一些的学者，应该积极地鼓励年轻的学者，致力于文学文本的研究，并从文本的解读中引导出具有一般意义的理论来。”[②]观刘、严二位先生的意见，我应引他们为精神同道和学术知己。

其实，中国小说研究界熟悉我的都知道，我对《金瓶梅》没有做过深入研究，只是在学习“金学”专家诸多研究该书的论著后，确实觉得对《金瓶梅》的解读，回归文本并非是一个过时或不必要的絜叨的策略。我直觉地感到，在“红外线”热潮影响下，现在也有了“金外线”的倾向，所以我才认为，回归文本是《金瓶梅》的一个重要的研究策略，并试着把自己的一贯的学术追求即文本实证和理论研究相互照应的思路在这里再作扼要的陈述。我的心情是想为朋友们的讨论提供一个参照，希冀在碰撞和交流中引发更多的思考。因为我思忖，对《金瓶梅》的解读，永远是一个不会终结的对话和潜对话的过程。

无论从宏观小说学角度看还是从微观小说学角度看，《金瓶梅》文本，都是一

① 刘少勤：《文学评论断想》，《政策》2003年第1期。

② 严绍璗：《序言》，载张哲俊《中日古典悲剧的形式：三个母题与嬗变的研究》，上海古籍出版社，2002。

切读者关注的对象。这是因为，兰陵笑笑生得以表明自己对世道人心和小说艺术的理解的唯一手段就表现在他的文本之中。同时也是他可以从社会、人生、心灵和艺术中得到最高报偿的手段。所以，具体到一位小说家，他要通过文本证明的是他的人格、才情，特别是审美的道德的倾向。这就是为什么小说家本人总是有一种文本本位的信念。

可以作为参照系的西方文学史中就有一大批文本本位论者。普鲁斯特就明快地表明：作家的真正自我仅仅表现在文本之中，而且只有排除了那个外在自我，才能进入写作状态。海明威这位硬汉作家索性说：只要是文学，就不用管谁是作者。而福克纳更干脆地告诉他的传记作者：我的雄心是退出历史舞台，死后除了发表的作品以外，不留下一点废物。看到这些言论，也许我们觉得有些偏激从而有了偏颇的毛病，然而你却不能不承认这些作家把文本确实看作心灵自由的表征。他们的自救往往是通过文本回归心灵，从而走向清洁的与美善的人性。具体到笑笑生，谁又不承认他心底回旋的仍然是美的信念和美的理想呢？谁又不承认他是以纯真的真善美的心来写作呢？无论是暴露，无情的暴露，还是孤愤、谴责，不都是笑笑生的“我心”的叙事？时至今日，我们读者几乎都把《金瓶梅》文本看作是笑笑生心灵独白的外化，是他人生体验的印痕。于是，对于《金瓶梅》文本，我们再不会看到单一的诠释了；而“一种”解读也在逐渐从研究论著中消失。事实上，对《金瓶梅》心灵文本的追寻，极大地调动了读者思考的积极性。每一位读者都有可能根据自己的生活经验和审美经验，思考《金瓶梅》文本提出的问题并且得出完全属于自己的结论。回顾一下，作为持久不衰的“显学”的《红楼梦》研究不是不断在证明：对它的心灵文本的追寻，使这部旷世杰作的多义性成了它艺术内涵的常态，而对《红楼梦》任何单一的解读都成了它艺术内涵的非常态吗？《红楼梦》研究辉煌丰硕的成果，必将鼓舞我们广大《金瓶梅》文本研究者的信心。它将使我们的审美追求更愿与凝聚为文本的作家心灵进行对话和潜对话，并学会探寻在文本内蕴的漩涡和潜流中发现《金瓶梅》文本之伟大。

在面对作家和他创制的文学文本时，我宁肯从作家创造的艺术世界来认识作家，从作家给人类情感世界带来的艺术启示和贡献来评定作家与文本的艺术地位[①]。

学术研究是个体生命活动。生命意志和文化精神是难以割裂的。学术研究包括古代小说研究的“无我”，是讲究客观，“有我”则是讲究积极投入。而我们的理想境界则在物我相融。过去，考据与审美的理论研究往往相互隔阂，甚至相互排斥，结果二者均得不到很好的发展。我们的任务是把二者都纳入艺术与方法的体系之中并加以科学的审视，只有这样才能体现考据、审美研究与文本实证的相互应照、互补相生、互渗相成的新的学术个性。如此，《金瓶梅》研究庶几可以得到健康发展。

反之，如果我们的“金学”研究队伍，都在“金外线”上蜂拥而上，埋头在缺乏可信性的史料中，对《金瓶梅》绝非幸事。因为它最容易湮灭和灼伤研究者自身的性灵，使审美体验迟钝，使文笔不再富于敏感性和光泽。也许它仅有了“学术性”，而全然失去了《金瓶梅》研究必须有的艺术审美性。如果真到了不动情地审视那发黄的旧纸时，我想那就成了今日多病的学术的病症之一了，或者应了一位学者的明智之言：学问家凸现，思想家淡出。然而《金瓶梅》等古典小说名著的研究使命毕竟是在追求“有思想的学术和有学术的思想”这个层次上的。

四

强调回归作家的文本，是看到了唯有文本才是最真实地反映作家的内心世界，而他的生平传记乃至谈话录不一定就能揭示作家的心灵的真诚。因此我常说，伟大作家的文本是留给我们的精神遗嘱。一部中国文学发展史，在一定意义上说，就是一部形象的、生动的、细腻的“心史”。19 世纪著名文学史家勃兰兑斯在他的

---

① 视野所及，我认为王先霈先生的《文学文本细读讲演录》和傅延修先生的《文本学》都是文本学研究的力作。

六卷本《十九世纪文学主流》的引言中说:“文学史，就其最深刻的意义来说，是一种心理学，研究人的灵魂，是灵魂的历史。”[1] 这是我迄今看到的对文学史做出的最符合实际、最富有科学意味的界定。勃氏这一思想的深刻性就在于他不再是停留在文学即人学的层面上，而是充分认识到文学乃是人的精神主体的历史。这就是我一再强调的，心理结构乃是浓缩了的人类历史文明，文学文本，特别是小说文本则是打开时代灵魂的心理学。

然而，在认同必须超越“人学”的基础上，心灵史的研究又应当是动态的，即作为心灵史的最细微处、最微妙处，乃至稍纵即逝的心态也是研究的对象。心态史的研究应当有别于思想史和性格史的研究。相对而言，思想性格等在成熟后，具有相对的稳定性，而心态则是一种精神流动体。心灵的流变更受个人遭际、社会精神、时代思潮乃至政治变数的影响而不断游移。进一步说，作家之间的差异除思想、性格、气质、人格之外，最深层最重要的差别往往是心态变异中的特色。因此，在我们认真观照作家的心态时，往往发现它不是在“过去”就已经成型的，所以，心态乃是“尚未”被规定的精神现象，它当然和思想、性格密切联系，但又不能等同，因为它总是处在“制作”之中，“创造”之中。

心态史的叙述是一种“发皇心曲”的研究，它体现在细致入微的心理分析上，而心理分析中强调的是人物心理的真实性，不大看重人物的完美性。所以通过作家文本中把握心态流动的微妙处，也就道出了一个心态研究的真谛：作家并不只是只有一种面孔。这就决定了他的心灵流变往往是社会流变的一面镜子，或是一个缩影，更是活生生的人的本相的真实显现。

我们在读《金瓶梅》时会不会有这样一种感悟：笑笑生在人生旅途中行走着，成长着，也成熟着。身影远去，留下一道道踪迹，或深或浅，汇聚一起，你蓦然回首竟是一部大书。笑笑生不同凡响处，就在于他把人们经历过的，又是司

① 勃兰兑斯:《十九世纪文学主流》第一分册，人民文学出版社，1997，第 2 页。

空见惯的永恒的人生历程，却以哲人式的思考，又用形象提炼、升华，演绎了这部百万字的巨著。不同的只是笑笑生把它转换成纯粹市民社会中的事和市民中人，而这些事和人又是出于作家个人的艺术虚构。然而读者一看，其生活底色是活生生的现实世界，一个我们能深切感知的人生与社会。这是一个方面。

另外，还有就是作家心灵世界的复杂性，而这种复杂性就凝聚在他笔下的人物中。笑笑生善于洞悉每一个人物，透视每一件事情。在他的"精神的眼睛"的观照下，这个社会既是一个被放大了千百倍的世界，又是一个被剥去了种种表象的全然裸露的世界。他的伟大就在于他发现了如巴尔扎克所说的：一种文明所产生的怪物及其全部斗争，野心和疯狂。但是，我们更应看到笑笑生内心的隐忧。一般地说，初读《金瓶梅》故事时，我们注意到了笑笑生注重人生的善恶是非和社会意义的评判，然而当你进入小说的深层意蕴时，你会感悟到笑笑生更倾心于人生生命经验的况味的执着品尝。我们读者千万不可忽视和小看了生命的经验和人生的况味这个绝妙的视角和视位的重新把握，以及精彩而又智慧的选择的价值。从一般的写世俗之事和家庭之人到执着地品味人生的况味，这就在更宽广、更深邃的意义上，表现了人性的冲突（其中当然包括笑笑生的人性与书中西门庆和潘金莲无人性之冲突），表现了丰富的心灵世界。而用小说在写出野心与疯狂之际，却又表现了作家内心人性之美，这正是各个时代、各种人都具有的感受和体验。所以我才认为，从《金瓶梅》的接受史来观照、体验和体会人生况味，是这部世情小说的艺术魅力所在，也是笑笑生通过他的奇书与读者进行对话的最易沟通之处。

对古代小说家的心态史的研究，从小说方法论角度说，应该是多元的、开放的，也是多视角、多层面、多侧面的。窃以为，中国传统诠释学中的"以心会心""将心比心"仍有其鲜活的生命力，仍然可以运用于小说家的心态史和心灵文本的研究。这是因为对他人的理解来自对自己的理解，心理的洞察来自自我意识。易卜生在谈到自己的文学创作时曾说：写作就是坐下来审视自己。那么研究一部小说，更需要对自己有所理解。研究者的功力应体现在面对一部经典的心灵文本时，能穿透纸背去体验，把握作家的心灵脉动。正如我们面对《金瓶梅》时，就能发现我们是在面对笑笑生，他的强悍与脆弱，真诚与虚伪，愤激与寂寞，爱与恨，喜与悲，坦荡与阴鸷……我们几乎都可以感知。是的，只有抓住作家的内心纠葛，抓住他的自我折磨，抓住他的欲说还休，抓住他的挥斥洒脱和悲剧意识，抓住他的宽容与狭隘，才能对笑笑生这样的小说巨擘的心灵流变的真实轨迹加以把握。

严格地说，以心会心，将心比心，是一种真切的内心体验，而对阅读来说还是一种纯真的审美体验。而小说家的心灵正好也是饱含着人生和审美的体验，他常常能够与我们的体验灵犀相通。正是基于这一点，会心与比心才是一种沟通、交流和对话。这，既能贴着自己要探究的心灵脉动律，并尽可能地描述出作家的心理流程，又始终与他们保持一定距离，达到理性与感性相融合的审视。这可能就是一位读者或小说研究者应具备的既多怀同情之心，抒怜惜之情，又具冷眼旁观之自觉吧！这也许就是我们的心灵史与心态史研究方法所追求的史笔诗心的理想境界吧！

五

什么是方法？什么是文学方法论？什么又是小说研究方法论？我想，如果明快一点，是不是可以这样回答：方法就是主体介入客体的工具，同时又是客体的“类似物”。它一方面为主题的目的所推动，另一方面又要在发展的客体中找到自己的思维内容。因此，只要客体在发展，方法永远推陈出新。研究新方法，借鉴新方法是一种合乎规律的必然现象。我们不妨粗略地回顾一下小说方法论的沿革：

中国小说理论批评自成格局，独标异彩。散见于明清小说里的序、跋、评、叙、述、引、题辞、凡例、读法、导语、自记中关于小说创作的论述犹如零金碎玉，营造成中国小说理论批评的主要框架，其中已有今日所说的带有小说方法论意味的精妙之处。有些是那些大块文章说不到的灵性感悟，它提出了一系列在他们之前的理论著述中所没有提出过的更为复杂的小说文类的课题，体现了传统小说美学雏形期的形态。其中小说评点正是中国古代小说理论批评的主体部分，也是中国古代小说审美鉴赏的主要方式，为别国所罕见。

评点本意乃是评点和圈点。古人读书对在自己认为精彩之处加以圈点，或因有所感，随手记下，撮要钩玄，点睛取髓，乃至借题发挥。其中虽有艺术与人生之理念支撑，但不少评点往往是才情、灵性、顿悟之挥洒。然而评点中的回批、眉批则更侧重于对小说艺术创作规律的探索。因此，我们不妨把小说的序、跋和回批组合起来，即会发现它们已经较好地涉及了审美心理、审美创造、审美欣赏等一系列小说美学上的不少问题。李贽、叶昼、金圣叹、脂砚斋、张竹坡、但明伦的小说评点中议论纵横，警句迭出。他们触及许多艺术的辩证法，比如，真与假，情与理，虚与实，主与客，分与合，起与落，伸与缩，直与曲等。

小说评点的另一重要贡献还在于他们开始注意提炼、归纳和小说创作与艺术表现的一些“法”。中国诗论、文论就好谈章法、文法。批评家时常以“法”这个概念笼统地指称艺术创作中的技巧。其实，按严格意义来说，“法”很难说就是艺术创作中的技巧。“法”只意味着作家创造某种文学的形式时所依据的规矩、程式和法则而已。

小说评点中提出的“法”，一般都认为是总结小说创作的文法。可能是冯梦龙开其先河，“躲闪法”和“捷收法”就是他提出的概念。可称为评点派大师的金圣叹在前人开拓下总结了《水浒传》的十五种技法，脂砚斋在评点《红楼梦》时提出的做法不下数十种，直到但明伦评《聊斋志异》又总结了前人的法，提出了不少“法”。总之林林总总，不下一百多“法”。实事求是地说，这些“法”的总结并不是十分科学，其含义也未必很明确。

对于中国小说的评点，今日小说研究界评价不一，有的学者把他们提升到“小说美学”的高度，有的学者则不赞成把小说评点的学术价值刻意提高。然而窃以为，近三十年来对小说评点的研究还是取得了很大成绩，对我们汲取其经验大有裨益。

也许就是“与时俱进”吧，改革开放，文禁初开，迎来了新一波的“西学东渐”。随欧美小说的大量译介之后，花样翻新的小说研究的方法论也被一一引进来。西方文学方法论如走马灯似的变换，我们也几乎不加思索和鉴别地一一引入进来，于是20世纪80年代才有了方法论之热潮的涌现。不可否认，小说方法论的新知输入大大促进中国小说研究观念和方法的更新。一时间，新名词、新概念铺天盖地而来。一方面是小说研究有了日新月异的面貌，另一方面，“套用法”也比比皆是。后来有的学者调侃这种倾向：中国小说研究成了各种新方法的“试验田”。

在花团锦簇的各式“方法论”中，小说研究者终于厘清了小说文类还是与叙事学有着“血缘”关系。即我在前面所说，主体介入客体时，叙事学方法论就是小说艺术的“类似物”。于是我们的古典小说真正进入了本体性研究阶段。

应当说，我们的叙事学研究虽然仍有争议（包括叙事学与叙述学概念的运用上还有不同界定）[1]，但可以称之为成绩斐然。其标志是，小说研究者视野被扩大了，小说名作得到了本体性的阐释，小说的审美性价值日益明晰。我承认我就是受益者之一。

在试着用叙事学方法论来观照《金瓶梅》时，我就发现《金瓶梅》在创作时开辟了一条全新的道路。它不断地模糊着文学与现实的界限，它不求助于既定的符号秩序，它关注有质感的生活。看来笑笑生就是要保持原始的粗糙特征。对于叙述者来说，生活是一些随意涌现又可以随意消失的片段，然而一个个日常生活

① 伍晓明先生在《当代叙事学》“译后记”中极为强调叙事与叙述的区别。他认为，“叙述”在汉语中指动作或活动，是动词或表示动作的名词。Narrative则主要指被叙述出来的东西，因此是一种事实而非活动。参见马丁:《当代叙事学》，伍晓明译，北京大学出版社，1990，第323页。

中最常见的和最微小的元素，被自由地安排在一切可以想象的生活轨迹中。这些元素的聚合体，对我们产生了强烈的心理影响；它使我们悲，使我们忧，使我们愤，也使我们笑，更使我们沉思与品味。这就是《金瓶梅》为我们创造的另一种特异的境界。于是这里显现出小说美学的一条极重要的规律：孤立的生活元素可能是毫无疑义的，但系列元素所产生的聚合体被用来解释生活，便产生了审美价值。《金瓶梅》正是通过西门庆、潘金莲等人物认识了生活中注定要发生的那些事件，也认识了那些俗世故事产生的原因。笑笑生的腕底功力就在于他能"贴着"自己的人物，逼真地刻画出他们的性格、心理，又始终与他们保持着根本的审美距离。细致的观察与精致的描绘，都体现着传统美学中"静观"的审美态度，这些都说明《金瓶梅》的创作精神、旨趣和艺术立场的确发生了一种转捩。

就在叙事学研究蓬勃发展时，由于写作《说不尽的金瓶梅》一书，我深深感到《金瓶梅》的叙事学研究对于我来说已很难再有什么突破。而在顺向考察和逆向考察时，我才觉得《金瓶梅》是一部"另类"小说。于是在 20 世纪 80 年代末和 90 年代初我开始作了一些小说类型学的探索。

窃以为，中国古代小说类型的区分，长期处在模糊状态，人们往往停留在语言载体的文言与白话之分，或满足于题材层面上所谓的历史演义、英雄传奇、神魔小说和世情小说等的界定。于是在中国古代小说研究中经常出现一种"类型性错误"。所谓"类型性错误"，就是主体在研究观念和方法上混淆了不同范畴的小说类型，从而在研究活动中使用了不属于该范畴的标准。这种评价标准上的错位，就像用排球裁判规则裁决橄榄球比赛一样，即张冠李戴，此类方法论上的错误屡屡发生。在价值取向上，诸多的著名小说中，《金瓶梅》的命运可能是最不幸的，它遭到不公正的评价，原因之一就是批评上的"类型性错误"所致。因此，需以小说类型理论确立《金瓶梅》研究中亟待解决的问题。

事实是，小说的变革与其说是观念、手法、趣味、形式的变迁，不如说是这个时期"人群"发生了巨大的变化。而"人群"的差异是根本的差异，它会带动一系列的变革。《金瓶梅》中的“人群”，当然就是城镇市民阶层的激增及其势力的进一步扩大，市民审美趣味大异于以往的英雄时代的审美趣味。正因为如此，这种来自市井阶层的小说类型，是顺应亚文化群的小说类型，它既然不是专注于故事从而来制造气氛，所以它也就没有明代的那三部属于世代累积型小说的那种具有极纯度的浪漫情怀。而相对来说，《金瓶梅》一类的纯属市民的小说，不要求纯粹抽象的精神活动，他们更关心自己身边的“生活琐事”，因此家庭背景的小说才风行一时。另外，闲暇生活常常需要一种感官刺激，以此达到平衡神经官能的作用。因此以《金瓶梅》为典型例证的市民小说常常会有性与暴力的内容。正因如此，市民小说常常在有意无意中迎合读者消遣需要，有庸俗的、粗糙的东西掺杂其间是普遍的现象。这也是毋庸置疑的问题。

还应着重指出，从话本小说到《金瓶梅》，说明市民小说是一种应变能力极强的小说艺术，它的形态可以多姿多彩，它的内涵可以常变常新，它的发展更不易被理论所固化。因此对市民小说和对《金瓶梅》类型的研究将是一个长期的、生动的、广泛的课题。

进入21世纪，我有幸参与了李修生、赵义山二位教授主编的《中国分体文学史》的评议会，又和孟昭连教授共同编写《中国小说艺术史》。前后相隔不久的两件事又一次引发了我对小说文体的思考。

前面已提到回归文学本位，这是一种本体性的思考。从逻辑关系来看，既然是文学本位就要充分考虑文学本体的核心，即文体。事实是，文体不是一个文学的局部，文学创作都在文体之中，文学的各种形态都被文体浸泡过。因为有了文体意识，才有诗歌思维（形态），散文思维（形态），戏剧思维（形态）和小说思维（形态）等，无论是诗歌、散文、戏剧、小说，其思维形态既是作家对客体的一种审美认知能力，也是构筑形象体系、显露主体审美理想的一种创造力，所以，它是一种动态过程。前者表现为对认知客体的信息搜集、筛选与归纳，后者则表现为在目的性的引导下，以一定结构形态与表现方式，把诸多形象元素进行组合和生动描述。所以，各种文体的思维图式体现不同作家不同目的性的认知活动和审美表述。所以，分小说、戏剧、诗歌、散文文体，就是以文体的审美特征为表征，为旨归。

其实，在中国古代关于文体意识是有一个漫长发展的过程的。李清照仅仅以她的创作和审美体验提出了“词别是一家”之说，就引发了偌多的争议和不断的探讨，但李清照的思考是何等深刻啊！到了现代，文体的概念常见，不过作为一种追求和倡导仍很不够，提出文体家的要求就更少见了。这就让我记起 1933 年鲁迅先生在《我怎么做起小说来》一文中说，他在小说语言上的努力曾得到过有些人的肯定，他说：“只有一个人看出来了，但他称我为 Stylist（即文体家 Stylist，当时译作体裁家，现在一律译为文体家了）。”这说明，鲁迅先生是默认了这一点的，尽管他当时也自谦了一番；不过这也说明在很讲究文体的我们国家，也曾经忽略了文体和文体意识。

如果不被误解的话，我认为对文体概念的界定还是应给予明确化的。按我的粗浅的理解，文体应该是特定的艺术把握生活的方式，即黑格尔在他的《美学》一书中多次反复强调的：既是作家的艺术感知方式，同时又是艺术传达的方式。而艺术的内容与艺术的有意味的形式又将相互转化——哲学高度对文体的把握——主体精神对象化的认识，是我们常说的文体的最深层次。

进一步说，文体是作家运用语言的某种统一的方式、习惯和风格，不是简单的语言本身。因此，对于文学类型的各种文体的描述就不能仅仅是对文学语言的单向描述，而必须配合以作家创作所涉及的影响文体形式的语言之外的诸种因素，如时代、社会、思潮、流派、题材、题旨、理念等因素的研究。这些影响文学文体形式的语言以外的因素就是理论界常常提及的“文体义域”。

联系《金瓶梅》之文体，我们首先感受到的就是它凸现的三大特色：小说的市井气、平民化和个性化。在我们沿着小说情节的滚动，逐步看清了这部小说的独有神韵：正在进行的，打算进行的，已经进行的情节。而对话在这里起了非常重要的作用：烘染环境、氛围，指明器物，带出动作，隐喻表情、心理、性格、人物关系，等等。在笑笑生的笔下，这些描绘容量大而多变，技巧精而繁复。于是，我们发现，在《金瓶梅》中，语言不再是修辞的、技巧的、纯形式的运用，而是主体与客体，作品生活内容与作家的情感特征以及语言意蕴等诸多元素的融合。

在思考这篇小说研究方法论时，我尽可能地学习和参考了先贤和时彦的研究成果，以及欧美的理论译著。使我备感亲切而又震动的是，在我阅读陈平原教授的《文学的周边》时，他已经在思考和搭建中国小说研究的框架了。陈平原教授写于 2003 年 9 月 25 日至 10 月 27 日的长文《小说史学的形成与新变》就做了这样的告白："具体到每个研究者，不可能永远追随潮流，必须有舍弃，也有所坚持，我的努力方向是，将叙事学、类型学、文体学三者合一。"[①] 读了这样的文字，我可以说太有同感了。古典小说的研究，特别是几部小说经典文本，单一的叙事学研究已远远不能揭示其文学性审美性的底蕴。叙事学、文体学与类型学以及其他的诗学方法的综合观照，"搭建起中国小说研究的基本框架"，庶几可以把这些大书的文化内涵揭示得更深刻、更明晰一些。总之，对于我们这些从事古代小说教学和研究的人来说，方法论的模式总是在不断更新，我们的理论思维也应不断更新。进一步说，小说研究中从未有一个固定的方法论。方法论的多元态势只能是常态，单一的方法论必定受到文学艺术的新形态的挑战。现代量子力学创始人海森伯就认为，世界不是一种哲学可以完全解释的。他在阐发测不准定律时明快地指出：在描述一种现象时需要一种理论，在测定另一种现象时，则需要另一种理论，没有放之四海而皆准的绝对真理[②]。

总括以上粗疏的意见，我认为在小说研究领域，应该自觉地重视方法论的意

① 陈平原：《文学的周边》，新世界出版社，2004，第 186 页。

② 参见海森伯：《物理学和哲学》，商务印书馆，1984，转引自徐岱《小说形态学》，杭州大学出版社，1992，第 249 页。

义。古代小说研究的新形势要求于我们的是：纵横驰骋于中外文学之间，古今贯通，上下左右求索，采摭群言，以广见闻的态度，熔种种方法于一炉，从而提炼出真知灼见。

戏曲史·心史·社会史

我们国民的学问，大多数实在靠着小说，甚至于还靠着从小说编出来的戏文……

——鲁迅《马上支日记》

法国社会将要做历史家，我只能当它的书记。

——巴尔扎克《人间喜剧·序》

如果我们不是庸俗地、简单地理解，又不为现在一些时髦的观念所囿，那么我们以为马克思、恩格斯和列宁的以下三段为人们所熟悉的名言，仍然应该是我们研究艺术、历史的指南。马克思谈到19世纪英国现实主义小说家们时说：他们“以他们那明白晓畅和令人感动的描写，向世界揭示了政治的社会的真理，比起政治家、政论家和道德家合起来所作的还多”。①

恩格斯在给玛·哈克奈斯的信中论述到巴尔扎克的《人间喜剧》时也说：它“给我们提供了一部法国‘社会’特别是巴黎上流社会的卓越的现实主义历史”。他指出：巴尔扎克通过艺术形象反映的法国社会的历史，要比历史教科书的记载更具体，更丰富，“甚至在经济细节方面（如革命以后动产和不动产的重新分配）所学到的东西，也要比从当时所有职业的历史学家、经济学家和统计学家那里学到的全部东西还要多”。②

列宁在谈到列夫·托尔斯泰的作品时也指出：“如果我们看到的是一位真正伟大的艺术家，那么他就一定会在自己的作品中至少反映出某些本质的方面。”

我认为这三段话是我们文史两家对话的理论基础。

联系中国的古典小说、戏曲会使人感到，人们虽未必能够得到可以考证的历

① 《马克思恩格斯论艺术》第2卷，人民出版社，1972，第402页。

② 《马克思恩格斯选集》第4卷，人民出版社，1972，第462页。

史事实，但优秀的小说、戏曲总是通过典型环境和典型性格再现现实生活。它们展示出的各个时代的五光十色的社会图景和丰富多样的人物形象，是有助于我们认识当时社会生活的某些本质方面的，具有一般历史著作所不能代替的作用。被巴尔扎克所极力推崇的又被“许多历史学家所忘记写的”民族文化的风俗史，尤其如此。

这里我选择了戏曲史、心史和社会史这样一个题目，意在说明：社会史的研究是否应对揭示出了中国风俗史一面的戏曲艺术发展史予以更多的考虑，是否应以戏剧艺术所反映出的种种情况为视角去探寻一下历史表象背后的更深一层的东西。因为从文化心理结构来说，戏曲艺术所积淀的政治意识、民族特质乃至中国人民文化性格及其流向都是非常值得研究的。

一

得力于中华广阔地域上众多河流山脉错综交织、分割切刈而成的各种相对独立的地理生态环境，繁衍出五花八门，形态各异的戏曲艺术。它们自由竞争、生生不息，平静而自信地迈向现代化的新中国。从其发轫，它就紧紧地扎根于自己的文化土壤上，同时又与亿万底层民众（尤其是以后之城市市民）的文化思想和心理融为一体。极其奇特的现象是：那在上层文化建构中刮过的飓风，吹平了小丘，拔掉了大树，却不能扫平离离的原上草。认识到中国封建意识的强大与国民性的迟滞和顽固，就不难理解这样一种社会艺术现象。中国封建社会所孕育形成的古典戏曲形式美的登峰造极，以及由中国封建社会所赋予它的超稳定性的特性，使其保持了强大的惯性。时至今日，传统的古老文化已经进入一个蜕旧变新的时期了，然而古老的戏曲艺术却仍有其广泛的生存区域。这种现象的出现，不能不说同戏曲艺术的特性有关，同中国戏曲艺术的特殊发展轨迹以及特有的社会功能有密切联系。

戏曲是一种空间的艺术。假如说文学是对生活的描述，电影是世界的窗口，那么戏曲便是社会的模型。观众是戏剧发生、发展的必不可少的条件。没有读者，文学作品可以作为一种美的潜能被印刷成书，暂时搁置起来，而没有观众的戏剧表演顶多也只是排练。这种人（演员）与人（观众）面对面的会见、交流，这种与现实人生处于同一时空的艺术特性，使戏剧活动成为一种大众娱乐，一种民众集合，一种当代仪式。它不仅是社会的创造物，并且本身也是一种创造性的社会文化现象。社会分成不同的人群，他们都可能成为戏剧的观众。他们对戏剧有着各自不同的要求，政治家主张合时，思想家要求深刻，道德家看重仁义，艺术家追求完美，而民众需要娱乐。

值得注意的是这样一种文化现象，旧戏舞台上，往往悬横匾曰："高台教化"。也有许多神庙的戏台上悬横匾曰："与民同乐"。把这两句话合起来，用今天的艺术功能论的概念来说，就是"寓教于乐"。它说明，演戏是为了教育，也是为了娱乐。既要"与民同乐"，又要达到"高台教化"的目的。

我国古代有不少作者已认识到戏曲艺术这种既"乐"又"教"，寓"教"于"乐"的作用的巨大。如明朝杰出画家陈洪绶就说：

> 今有人焉，聚徒讲学，庄言正论，禁民为非，人无不笑且诋也。伶人献俳，喜叹悲啼，使人之性情顿易，善者无不劝，而不善者无不怒，是百道学先生之训世，不若一伶人之力也。且若前此讲学解理义者，不免行鸟兽之行，而申（生）娇（娘）两人能于儿女婉变中立"节义"之标范，其过之不甚远也哉。[①]

在道学是正统、演员是贱役的三百多年前，陈洪绶敢于说，一个演员在台上表演所起的作用，一百个道学家也比不上；他还敢于把追求自由幸福生活的申生、娇娘当作"标范"，这简直是对封建道学的最大不敬，这又是多么有胆有识的见

① 陈洪绶：《节义鸳鸯冢娇红记序》。

解。一出戏能使人随着台上演员创造的角色而喜怒哀乐，从而取得潜移默化的美感效应，使人们竞做“好”事，反对“坏事”。陈洪绶在这里真切地看出了艺术形象感染力的强大。

对于这个问题，明代以前的一些有见识的文人也曾发表过很多重要的宏论。如元代前期戏曲评论家胡祇遹在一首《赠歌妓》（木兰花慢）的词中一开头就指出：“话兴亡千古，试听取，是和非”。这就是说，戏曲艺术就是通过展示古往今来，兴废争战之事，使众观、听者能够认识是非善恶，这是由于元代戏曲“上则朝廷君臣，政治之得失，下则闾里市井，父子、兄弟、夫妇、朋友之厚薄，以至医药卜巫，释道商贾之人情物理，殊方异域，风俗语言之不同。无一物不得其情，不穷其态”[①]。这就说明了因为元剧展现的元代社会生活的广阔，说明了它为观赏者提供了认识生活的视野，以及判断是非的标准。

对于戏曲艺术的社会功能，一些正统文人也早已看到，如现存目莲戏剧本的最早作者郑之珍（明万历时人）即说：“设为人于此，左规矩而右准绳，佩章甫而坐通衢，执圣人之经，鸣鼓而集众，听其不望，望而去有几。”这位郑之珍终于发现了讲道不如演戏，因此他去改编人们熟悉的目莲故事，企图用戏曲形式和形象促使人们“为善”。

清代一位封建正统文人林以宁更从反面对戏曲艺术的潜移默化的作用和社会功能做了充分估计，他说：

> 治世之道，莫大于礼乐；礼乐之用，莫切于传奇。愚夫愚妇每观一剧便谓昔人真有此事，为之快意，为之不平，于是从而效法之。彼都人士，诵读圣贤，感发之神，有所不及。君子为政，诚欲移风易俗，则必自删正传奇始矣。[②]

① 胡祇遹：《赠宋氏序》。以上皆见《紫山大全集》卷八。

② 林以宁：《吴山三妇评本还魂记题序》。

这是公开提出用自己的世界观和政治标准去删正民间或是进步的戏曲艺术，用来为其“移风易俗”的政治目的服务。

当然，在我们看来，讲学方式有讲学方式的好处，戏剧有戏剧的功能；讲学使人明理，戏剧使人移情，二者可以并存，不能偏废。封建道学先生讲学的作用比不上民间艺人演戏所能得到的社会效应，这首先是由它们的“教育”内容所决定的。但是，就形式来说，戏曲艺术的潜移默化的美感功能，的确有它的特殊的魅力在。人们在观看最喜爱最熟悉的戏曲时，无不春风满面，蔼然可亲。它们通俗易懂，机趣盎然，活灵活现，真切动人。它们唱做念打，色色俱精，丝竹杂陈，洋洋盈耳；载歌载舞，目不暇接；服装脸谱，色彩缤纷。故事有头有尾，生动有趣；内容则离合悲欢，曲尽其致。它们是赏心悦目的审美对象，又是瓜棚田头的谈笑之资。面对着它，使人乐而忘疲，不禁随着台上的喜怒哀乐而喜怒哀乐，或油然而生仰慕之意，或瞿然而有警悟之心，或忧愁尽解，或感慨扼腕。于是人们在这里既得到了娱乐，又在娱乐中自然而然地受到了感染，由衷地感到什么是正义和不义，什么是善恶是非，爱什么，恨什么，在不知不觉中逐渐积淀为一种深沉的意识。传统戏曲中，美好的旧日传说如嫦娥奔月、牛郎织女，以及英雄忠义之士和奸佞小人的故事，在日熏月陶中牵动着人们的内心。像杨家将、水浒英雄、程婴、公孙杵臼、窦娥、诸葛亮、关云长、赵子龙、白素贞、崔莺莺，以及潘洪、秦桧、曹操、法海、崔老夫人……几乎家喻户晓。人物的音容笑貌，宛然在目，甚至连三尺童子，也能眉飞色舞，议论其好坏是非。这些形象深入人心，世世代代影响着我们的人民。可以说，许多戏曲反映了我们的民族性格，反过来又在我们民族性格和民族心理的发展中，起了一定的作用。因此可以说，一定社会制度中相对恒定的社会关系，社会行为，以至受褒贬的社会角色，必然教化和强化人们的观念。戏曲艺术的感化是“随风潜入夜，润物细无声”的，然而进入情景定义中必然“春来发几枝”。总之在所谓“有意味的形式”——戏剧艺术中，积淀着社会内容，也必然浓缩着人们强烈的情感、思想、信仰和理想以及整体的审美意识。同时人们又以一种非清晰非理性形态，以一种集体无意识形态反射于社会生活的各个角落。

戏剧艺术的盛行发展，是社会的产物。社会中的风俗、习惯、生活方式等行为文化，通过戏剧艺术极其清晰、生动、形象地再现着。而戏曲艺术的性质又是由广泛的群众接受性所决定的。在文艺作品中所具有的种种基本功能中，戏曲艺术则侧重于把认识和美育寓于娱乐之中。连环画、年画、民间乐舞、曲艺（各种说唱艺术）、通俗小说等艺术形式，构成通俗文艺的系列，与典雅的纯文学并行不衰。戏曲艺术是真正的大众文艺。这种艺术在净化和污染人们精神世界，促进和阻滞社会发展方面的作用是不可低估的。

正由于戏曲艺术是社会的产物，就必然同社会本身一样表现出历史的继承性，利弊也就共存于其中。在中国几千年的历史演化过程中，太平盛世的积极有为和大厦倾倒前的消极无为，改革图新和因循守旧等，在近千余年的戏曲艺术发展史中，必是精华和糟粕同时摆在人们的餐桌上。人们会因各自不同的生活环境以及由生活环境造成的心理、气质来决定自己的取舍存弃，或从中吸取积极的力量，或从中接受消极的思想。消极的戏曲艺术作品在社会生活中，会导致人愚昧、复旧、返祖，阻滞社会前进的车轮；而积极的戏剧艺术作品则可以净化人们的思想和社会的空气，改良社会土壤。而在今天，一种强大的反封建主义文化浪潮重新掀起，人们通过历史的反思，不断考虑着一个严肃的哲学问题：一种由近千年的戏曲文化发展所造成的文化心理结构一直还在缠绕着当今很多人的头脑，它给中国老百姓的血肉之躯，打上了深深的烙印。是的，封建制度和封建国家可以推翻，支撑这种制度和国家的一切物质基础也可被铲除或自行消亡，但是戏曲文化所体现出的封建文化传统和封建意识形态，特别是潜藏于人们内心深层的封建文化心理，是不可能一举澄清的。

中国社会史研究和戏曲史研究有一个共同的重要任务，即需要有一种深刻的历史反思——对戏曲文化的自我分析和自我批判，从而在民族文化的择取中觅取活力不断的源头。

二

自古以来，文史本是一家，但近几十年来围绕着给曹操翻案和海瑞罢官等问题，两家不时发生龃龉。虽未大伤感情，但也引来诸多不快。其实说起来也很可悲，因为各方所操持的武器，不过一个是历史真实（或曰历史事实），一个是艺术真实（或曰艺术虚构）。尽管好心人一再想把两个“真实”捏合在一起，可是往往捏而不合，那么关键何在呢？我认为史家较少研究“心史”，而文家则在研究“心史”上也刚刚起步。如果要想解决文史两家的某些隔阂，我看“心史”的研究是一个造成同心合力打开历史和文学神秘之门的钥匙，或者说它是研究的一种媒体，而这媒体本身又是研究的重要对象。

现在我想以元代的杂剧为例，试着谈一谈“心史”研究的必要性，并试着推测一下艺术与社会条件究竟有无联系。

在元代社会历史和元杂剧研究中，一直存在着一个敏感问题，即知识分子的地位和环境问题。由此还引出了一个更为重要的问题，即如何看待正史和心史的问题。

一种说法是：元代开国后八十多年间废除科举，堵塞了广大知识分子的晋身之路。“学成文武艺，货与帝王家”，出将入相的美梦破灭了。蒙古贵族建立政权后，不但把各民族分为四等，而且据说还依据身份、职业把人强分为十级。在这十级中，文人被贬到了最低微卑下的地位。这十级的具体内容，郑思肖的《郑所南集》与谢枋得的《叠山集》所记虽不尽同——或称“七猎、八民、九儒、十丐”，或称“七匠、八娼、九儒、十丐”，但文人的社会地位仅比乞丐高一等，竟居于普通百姓与娼妓之下，却是清楚的。

一种说法则认为元朝本无按职业身份把人分为十种的典章、法律，发出“九儒”感叹的是诗人谢枋得，画家郑思肖。因为他们是宋之遗民，忠于赵宋王朝，不愿改换主子，以至在生计潦倒时发出的感喟和牢骚，并不能说明元代有人分十等的典制，更不能断言知识分子在元朝遭到了位处娼妓之下的厄运。所谓“九儒，十丐”不过是激愤之语，根本不是元初普遍的社会现象。这一派认为：元初政治清明，元世祖忽必烈“度量弘广，知人善任使”。对知识分子是重视的，重用了宋末儒学名士许衡、姚枢等人。

对于这两种意见，如果从表层看不难解释，因为一是要看到在元朝统治者的文化思想与政策支配下，知识分子也非铁板一块，而是在不断分化：一类投靠权贵，进入庙堂，成为当权者；一类消极颓唐，高蹈出世，隐身山林和市井之中；一类则不屑仕进，自觉或被迫地参加了人民反抗压迫和各种形式的斗争。这类人中有的被逼上梁山，有的运用文艺武器，参加了政治、思想、文化的斗争，在群众支持下，不避杀身之祸，担当人民和时代的代言人，积极反映人民的愿望和斗争生活，激发他们对黑暗统治的不共戴天的斗争意志，表达他们对美好生活的热烈追求和向往。

二是如何看待正史和心史的问题。既然逝去的历史是由如此复杂的材料构成的，那么学术研究就应当尊重这种显然比几部传世的“正史”更真实的历史本身。国际间兴起了一种新的研究方法论，即从被研究的对象自己留下的资料出发去分析研究。这种资料不是太史公们或董狐们制作的，而是第一手的心灵史的材料。

因此我们认为，研究元代的社会史和元杂剧以及作家们的地位，似乎不应仅限于我们传统中所说的“正史”范畴。中国历史研究发展太盛且太久，浩繁的内容和分支有时使我们忘记了人类探究历史时最朴素的出发点。历史过程和诸种社会生活方式影响着人们的心灵，现在人们对于自己心灵历程的兴趣或许多于对自己政治经济历程的关心，所以人类历史中成为精神文化的底层基础的感情、情绪，伦理模式和思维习惯等，应当是更重大的研究课题。比如，前面所提到的郑思肖就明快地把自己的论著称为“心史”，而在他的“心史”中，就激愤地发出了对自己所处社会地位的沉深感喟，这是牢骚，更是义愤，但正是这种感情，却无比真实地反映了元代广大知识分子的卑微地位。谢枋得、郑思肖在他们的著作中比比皆是地提示了这种心情和心理观念，又把这些真实深埋纸底。探究这纸底的内涵自然不是易事，然而更值得内省的是：当我们研究元人杂剧时，当我们研究元代社会史时，真的可以对这些埋没了的东西不屑一顾吗？通过对元代知识分子社会地位的考察，我们充分肯定了“心史”的重要意义。那么，出于这些处于社会低微地位的知识分子之手的元杂剧作品，从有机整体观念来看，更是一部生动的、形象的“心史”。

再有，作家的感受，一般都是很敏锐的。在元代，由于人生道路的险巇，更增加了作家们的敏感，沉浸于国家兴衰的思考也助长了人们思辨的深邃。一些优秀的剧作家在做出时代回声时，感知的渠道往往来自多方。特别是仕途坎坷或社会地位低下的剧作家，相对来说更有机会熟悉市井中的风俗人情和人生悲欢离合的底蕴。因此他们心灵就更容易与人民的心灵相通。事实上，在元杂剧杰作中的纸底，大多蕴藏着人民群众的郁勃心灵，蕴藏着他们对于极端专制主义暴政的反抗之音，表现着他们对于当权者摧残文化，压抑人才，颠倒善恶美丑的深沉愤慨，并迸发出某些离经叛道的呼声。请看元剧名篇《窦娥冤》是如何通过它的主人公控诉那个罪恶的社会吧：

> 有日月朝暮悬，有鬼神掌着生死权。天地也，只合把清浊分辨，可怎生糊涂了盗跖、颜渊！为善的受贫穷更命短，造恶的享福贵又寿延。天地也，做得个怕硬欺软，却原来也这般顺水推船。地也，你不分好歹何为地！天也，你错勘贤愚枉做天！

这是震动人心的怒吼，它充分写出了窦娥无辜受害、含冤难诉的心情。它对封建世俗观念中最公正无私的事物——天、地、日、月——都彻底加以否定，实质上就是对现实人间最高统治者的否定。因此，它既是窦娥以及和窦娥同样命运的人们愤怒情绪的猛烈迸发，也是觉醒了的妇女的呼喊。这种对黑暗统治的彻底否定，这种觉醒了的意识，具有强大的精神武器的力量。

再看关汉卿的《单刀会》。这一杂剧的史实根据实在不充分，在《三国志·吴书·鲁肃传》中，关于关羽赴会事，只有一句简略记载，而戏中的绝大部分情节和人物之间的关系几乎都是虚构的。剧作家的创作意旨是要写出一种个性，一种激情，这就是那响彻在全剧中的主旋律——对英雄人物的伟大历史业绩的向往和对英勇豪迈精神的礼赞。在剧作家的内心中翻腾的是一股浩然正气，一种大无畏的精神，一个真正强者的激情。一句话，关汉卿意在通过关羽的精神去反映我们民族的精神，同时又把它作为精神的灯光，引导苦难的元代人民走向更高的精神境界，更高的理想，更高的品质，也就是要通过自己作品的灵魂去影响民族的灵魂。在这个意义上高尔基说的对："文学是一个民族情绪的历史。"

三

最后有两个问题要提，还有一点感慨要发。

一个我至今还无力把握的情况，或者说始终使我困惑的问题是：中国社会史的分期的争论是否一直还在左右着中国文艺史的分期？据我所知，现在大部分高等院校的中文系所开设的中国文学史，对其分期问题，仍然是在中国社会史的分期上左顾右盼，或从范说，或从郭说，或从翦说，或从侯说等。也就是说在中国文学史的分期问题上，我们完全没有自己的主体性构架，而是从属于史学界的意见，形成了一种依赖的惯性。同样，迄今为止（我因为见闻太窄），我也没有发现史学界把中国文艺发展史的分期作为参照系。这到底是一种偏见，还是一种既成法规？记得李泽厚先生在他的力作《美的历程》中提出这样的意见，即"中国社会史的分期仍在争论，但在意识形态领域以及美学和艺术发展史上，却似乎相当明显"。[①] 这样一个事实，似乎还没有引起文史家们的充分注意。我想所谓哲学思

① 李泽厚：《美的历程》，文物出版社，1981，第158页。

考，其要点就在于选择一个独特的视角去观察世界，去观察人和他们所处的时代。社会史和文艺史的研究是否也应选择某个新的视角呢?

第二个问题，观念和方法。

据金克木先生的介绍，近几十年来，有下列九种科学的美学研究，或者说是艺术科学研究。即一是历史学的研究，二是用比较方法进行研究，三是社会学的美学研究，四是用实验方法进行研究，五是心理学的美学研究，六是心理分析（精神分析）的美学研究，七是人类学的美学研究，八是符号学的美学研究，九是信息论的美学研究。在这九种研究方法中，我比较多地还是用历史科学的方法和社会学的理论研究文艺。应该承认，过去我们只强调经济基础的决定作用，强调阶级斗争，只承认不同的社会经济形态具有不同的文化形态，而忽略甚至否认了不同的社会发展阶段中，每一个民族文化都具有它本身前后一致的共同特点。否认了民族文化发展的相对独立性和由各种复杂因素所形成的自身发展规律。目前这种偏向已经得到纠正。但是，是否会发生另一种偏向或片面性呢?即在探讨一个民族文化传统时忽略并无视它和社会形态间的一定联系，回避它和社会斗争、民族矛盾间的关系。这个问题同样应该引起我们的注意和重视。

我们知道一件艺术作品，不但与创作者自身有关，同时也与一定时期的社会风尚有关。在这种文化艺术繁荣的原因中，常常有历史主义和伦理主义的二律背反的现象。试看元朝的短暂历史，一方面在残酷的民族矛盾的战争中，人民群众处在水深火热的动乱之中，挣扎于死亡线上；另一方面战争也推动了历史进展。在人类社会中，有些残酷的行为却常常具有历史动力的性质。因此哲学家们才说，历史总是在历史主义与伦理主义悲剧性的二律背反中前进。历史的进步往往伴随着道德的沦丧。戏曲的发展就碰到了这一矛盾，关汉卿等优秀作家们也碰到了这一矛盾。从这个意义上说，元朝的民族矛盾虽然给人民带来了苦难，但也扩大了剧作家们的生活和创作的视野。元剧题材的拓展，剧作家审视生活角度的多样就是证明。

记得有一位作家大致说过这么一段话，即天下的学问，本是“你中有我，我中有你”，彼此渗透，相互关联。对此我颇有同感。人们把学问分成物理、化学、哲学、历史、宗教、文学……这些不同的学科的分类，实在是不得已而为之的。然而当今的世界，人类知识的统一，同知识的专业化，毕竟同样重要。所以，把社会史、文艺史作为一个整体来加以研究，便是通往人类知识的统一这个宏伟目标的一条康庄大道。

原载《社会科学战线》1988 年第 1 期

创制元杂剧艺术史新构架

我们对任何历史问题的研究都应建立在对历史本质的认识之上，否则，离开了对这个根本问题的思考，只是孤立地去研究个别的历史事实，历史就成了一堆杂乱无章的碎片，一团永不能解开的乱麻。所以，在元杂剧艺术史的研究中，我们首先要弄清楚的是关于杂剧史研究的观念问题。

我们以前的杂剧艺术观是：元杂剧艺术的历史就是以元杂剧作家与杂剧作品为核心的编年史。就是以剧作者的个人经历为中心的人物史和以杂剧剧作形象、情节、冲突为中心的剧作史。

在元杂剧史的研究领域内，我称这种史学理论为元杂剧艺术史学的“第一范畴”。元杂剧艺术史学的第一范畴——作家作品史对杂剧艺术史的描述中所记述的是剧作家、演员和剧目，是作家的生卒，是杂剧的兴衰，是杂剧的演出，等等。毋庸置疑，这种元杂剧艺术史学的第一范畴，无论是作为一种基础史学，抑或是一种文献史学，它都具有不容否定的学术价值。

但是，现在面临的问题是，我们不能为此就把整个杂剧艺术史的研究都停留在这个范畴上。至少，我们不能把我们的元杂剧史的研究工作仅仅局限在对作家作品的资料考证和一般的描述和解读上。这种编年史样式的历史研究不应当成为垄断杂剧艺术史研究的唯一方法。

众所周知，学术研究的发展、进步，并不是指对历史事实的占有和垄断，也并不是孤立地提出某个新的观点。按照科学哲学家的尺度，学术研究的真正进展，是以理论范式的更替、转换为标志的。这就是说，人们只有确立一种继往开来的理论视野，才能够在无数的历史事实之间，建立起一种新的关联域，从而使事实不再只是纯粹的事实而成为理论的历史依据，成为阐明历史的证词。唯此，才能使沉睡在幽暗的戏剧档案库里的剧作产生出新的含义。

近些年来，国内文艺史学界关于“重写文学史”的呼声很高，但是我认为重写文学史（包括重写戏曲史）不应是一部“修正史学”“平反史学”。我认为，所谓重写文学史和戏曲史的真正意义不是在于我们能够站在今天的社会政治台阶上，对过去的历史事实（剧作和剧作家）按照今天的尺度给予一个既定的评价。而是应当站在当代的文化立场上，提供一个重新认识杂剧艺术历史现象的新范式。对于我们来说，这个新范式就是戏剧艺术的形态史。我们可以把它称之为中国元杂剧艺术史研究的第二范畴，或第二深隐层次。

与传统元杂剧艺术史相比，杂剧形态史首先所注重的是关于杂剧艺术史的研究，而不单是剧作史的研究。所谓杂剧艺术史的研究，就是把杂剧作为一个整体，而不是把它作为孤立的个体、抑或个体之和。我们所说和所理解的杂剧艺术并不是一个统计学意义上的数字概念，而是一个艺术哲学意义上的美学概念。我们所要追溯的并不是某一时期杂剧艺术的历史背景，而是杂剧艺术在整个历史发展过程中与现实社会、文化传统之间所构成的诸多联系。我们所要辨析的也不仅仅是一部剧作与另一部剧作的异同，或一位剧作家与另一位剧作家的异同，而是杂剧艺术总体意义上的分化、中和和历史趋势。

其次，杂剧艺术形态史所要展开的是关于艺术史的研究，而不是人物史的研究。所谓艺术史的研究，说到底就是关于杂剧艺术特性史的研究。我认为杂剧作为一种艺术，它的审美特性就是它的叙事性。易而言之，杂剧正是通过它自己独特的叙事（虚构故事创制冲突等）功能确立自身的艺术地位。叙事与戏剧冲突正是构成杂剧艺术本体的中心内容。为此，杂剧形态史，最终要解答的就是杂剧的叙事方式、语言表述和反映生活、体现心灵轨迹等方面的历史演变。至于剧作者究竟是谁，毕竟并不是我们研究的最终目的。这些主体因素只是有助于说明杂剧形态形成的个性因素时才进入杂剧的历史。我们更关注的是主体背后以匿名方式操作主体的力量，以及在戏曲舞台表象下面隐藏的深层意蕴。简明地说，我们要寻找的是剧作“故事中的故事”，是潜在于文本之外的“第二文本”。

对于任何企望把剧作的意义全部归之于作者本人意图的观点，我们都是不能附和的。因为决定剧作形态特征及意义的绝不仅仅是剧作者个人。杂剧作为一种大众化的传播媒体，一种具有商品化的娱乐艺术，它时常受制于整个社会的主流意识形态，它时常是一个被历史和现实的两根线揪动着的左右摆动的木偶。如果我们不对决定剧作形态的诸种社会、文化、历史、政治、经济、美学因素予以充分的分析与研究，而只是一味地把杂剧的是非功过都归之于剧作者身上，那显然是不公正的。

与传统的杂剧史学理论不同的还在于：形态研究更加注重杂剧艺术的当代性。即以当代戏剧（戏曲）的不同形态反观历史，追溯其形成、发展的历时性过程，并从中发现杂剧艺术在历史发展过程中那些恒常不变的基因。从对历史的观察视野来说，如果传统的编年史注重的是通过过去来认识现在的话，那么形态史研究注重的则是通过现在来理解过去。我们只有在对当代戏曲各种构成因素的研究过程中才能够发现，这些因素当初进入杂剧时所产生的真正意义。同样，对当代戏曲形态的认识，将有助于我们更加深刻地认识戏曲的过去——杂剧、传奇。反之，如果我们一味地去孤立地追寻历史，尽管我们能够得到许多历史的迹象，但却往往不能真正理解戏曲艺术历史。窃以为：对历史的认识必须通过历史与现实的种种关系的考察才能真正完成。在这个意义上讲：历史研究并不等于研究历史。研究历史只是历史研究的一个领域，即只是历史研究的一个组成部分，它并不等于历史研究的全部内容。

但是，在我们的元杂剧艺术史研究领域中，历史研究在相当程度上被认为就是研究历史，历史研究几乎被研究的历史所占据。具体地说，就是单纯地去搜集史料、整理史料、分析史料（这一切都是绝对必要的），而忽视了历史与现实之间内在联系的研究。形态研究之所以强调杂剧和戏曲的当代性，意在把历史研究从单纯的史料研究中解脱出来，还其历史研究的多重性格。

末了，应当说，建立元杂剧艺术史的新构架问题并不是标新立异，先贤与时贤已自觉不自觉地做过这方面的工作，只是那时还缺少完整的理论体系。笔者重提构建元杂剧艺术形态史只是受到其他学科研究的启示，认为，此一问题是应当提到日程上来了。我希望有志于元杂剧艺术史研究的同行以切实而又开放的眼光深一层次地观照元人杂剧创作轨迹和诸多艺术现象。

原载《北京师范大学学报增刊》1991 年

拓展元曲和元曲史研究的思维空间①

当中国的社会科学研究事业跨入20世纪90年代的时候，我们无疑将对它抱有一份期许与关注。在这一个十年里，中国的和其他许多国家的元曲研究界也许将迎来前所未有的发展时期，为元曲、元曲史研究同“元曲学”建构写下精彩的一笔。虽然这个十年刚刚过去三个年头，我们却已能从中发现一批颇有水平、颇有意味的研究成果。文化环境的日渐宽松，学术气氛的日渐平和，使这一段时间里的学术研究呈现出花开数朵、各表一枝的多元局面。从具体作家作品的研究，到重头的元散曲史和杂剧史的出版，以及“元曲学”的构想与实施，都有令人耳目一新之感。是的，最为引人注目的是，虽然这一时期的研究不乏共同对象的选择与总体趋势，然而，这个时期的元曲研究比以往的研究更多带有研究者鲜明的主体精神和个性色彩，从而使一些元曲研究成果获得了某种独特的学术风貌，而中国的元曲学的进一步发展与成熟，正需要这种鲜明的个性色彩。这种局面的出现自然值得我们高兴。我们期盼它能得到更为深入的发展。

这将是一篇散论性质和断想式的文章，仅仅以近几年元曲研究呈现出的一些特点和问题，罗列一些现象，而缺乏严密的内在逻辑和系统分析，不免有些一叶障目了。

在中国元曲和元曲史研究的现有基础上来谈论一下“深化”的问题是适时的。因为元曲研究发展到今天，应对其历史进程进行一番回顾和科学的审视，这样才能弄清楚下一步继续促使其深入发展的方向。

提到深入，首先不能离开现有的研究基础，这里包含着两重意思：一是指我们应当充分尊重和继承我们既有的研究成果，不能以形而上学乃至虚无主义的态

---

① 本文是根据1993年8月1日在首届国际元曲研讨会大会上的发言整理补充而写成的。

度来抹杀既有的研究成果，割断元曲及元曲史研究的历史传统，这是不言自明的事；二是既有的基础和成果必然地是深化和拓宽元曲及元曲史研究的反思对象。说句开心的话，人，是唯一能够反思的动物。所以要使我们的研究得以深化，人的反思的特有功能是必不可少的思维环节。深化和拓宽元曲和元曲史研究就包含了对既有的文学史观念、戏曲史观念和诗学观念、思维模式、价值尺度、研究方法等诸方面的反思，而这一切是以感性的、对象化的方式存在和体现于既有的研究成果中的。因此，当我们说深化与拓展元曲及元曲史研究不能脱离既有的研究成果时，不仅要从中发现积极和消极的方面，总结出经验和教训，更重要的是从中发现我们的观念、价值、方法等在元曲史研究中的有效性和局限性，并给以必要的补充、调整或改造，从而促进研究的深化与拓宽。

拓宽与深化元曲和元曲史研究，窃以为绝非仅仅是修订个别观点或评价标准，也绝非仅仅突出了哪个作家或作品，而首要的问题是一个历史观念的更新的问题，亦即文学史观念、元曲史（实为戏曲史）观念和诗艺观念的更新的问题。事实是，从治史角度来审度，从体例的设置、史料的选择到描述的方式、评价的尺度，无一不体现着作者的文学史观念、戏曲史观念等。要而言之，任何一部散曲史或杂剧史总是以这样的方式或那样的方式回答着“散曲史是什么，杂剧史是什么”，“什么文学现象和艺术现象在历史上是有价值的”诸如此类的问题。这些都属于文学史和戏曲史观念的问题。对于元曲史的研究者来说，区别仅在于他们是自觉还是不自觉地形成和利用着某种文学史观念和戏曲史观念，或者说是以理论形态还是非理论形态的方式把握着某种文学史及戏曲史观念。退一步说，即使缺乏自觉的思考也并不表现他们没有文学史或戏曲史观念。事实上，他们完全可能从其他文学史著述中受到某种文学史观念潜移默化的影响，或者在一些时风影响下形成某种文学史观念。比如，“政治决定论”的史学观念不能说在元曲史研究中已经绝迹。不错，现当代文学史研究中，“政治决定论”曾使得现当代文学史成了以文学史面貌出现的社会政治史。而元曲史研究在过去也没有完全摆脱掉以政治形势甚或政策的变动为根据，去解释、去评价元曲发展的诸种现象，以至在一个时期，令人感到即使作为文学的历史的元曲现象，不过是外在的政治因素的附生物。于是，在这里，元曲兴衰的深层文化心理和美学内涵及其根据似乎没有了，作家在作品中展现的复杂而独特的心灵世界消失了，整个元曲史也因此而成为文艺事件和作家及其文本演绎出来的政治说明书。这种文学史观念和戏曲史观念，一方面提供了元曲发展的历史研究的基本模式，同时这个模式多少年来又约定俗成，无形中把元曲史的描述演变为中国元代政治史的补充。正由于对元曲与政治的对应关系的过分强调，无疑又牢牢维系和巩固了“文学从属于政治”的不正确的观念。

当然，传统的元曲史观及其描述模式的有效性不应全盘否定。元蒙的政治及其统治集团的政策，多少能够揭示出元曲发展与元代政治、经济、文化的密切关系。而这种密切关系作为客观事实，正是中国元曲发展的独特性之一。在目前还很难找到其他描述方式来凸现中国元代文学在中国政治的震荡和冲击中曲折发展的具体行程。所以，从文学和政治的关系着眼，还不失为一种观察和描述元曲史的角度。问题在于：一是不能把它当作唯一的模式，二是必须把作为文学和艺术的元曲当作我们研究的出发点和落脚点，三是决不能把政治视为文学艺术发展即元曲发展的唯一决定因素。

写到这里，不可避免地要接触到如何认识元曲发展中的他律和自律问题。所谓“他律论”即认为文学发展的根本动力是“外在因素”，也就是社会政治、文化等因素。实质上，所谓的“政治决定论”就是绝对化了的他律论之一种。所谓“自律论”即认为文学艺术史就是文学形式自我生成、自我转换的历史，推动文学发展的是文学形式、结构、技巧等“内在因素”。窃以为正确把握文学发展的真正动因，这是我们确立科学的元曲史观念的一个重要前提。因此，他律和自律及其相互关系必须得到正确的认识。对于元曲史发展的内因，我以为还是应该从元曲的内容与形式的矛盾运动中去把握。一个时代社会生活的发展，包括政治、经济、文化等因素，它们为当时的文学艺术提供了新的内容，也提出了新的审美要求。这就给文艺自身的调整提供了契机，激起了文艺内容与形式的矛盾运动。当旧有的形式无法容纳、表现更新、更丰富的生活内容时，就必然引起形式的变革，从而促使整个文艺向前发展。同时也要看到另一种情况：当文艺在形式上脱离内容的要求，仅以某种“横移”的方式孤立地“自我律动”时，这有可能造成文艺的萎靡不振。只有当形式的自我律动与相应的文学内容取得协调，它才能以新的存在方式显示出文艺的发展。再重复一句，单纯形式感的变化并不就意味着文艺的发展，只有当这种形式感与这时代新的生活内容相应，获得协调时，这才是文艺发展的标志。一部元代散曲史和一部元代杂剧发展史完全证明了这一点。因为只有从元曲发展动势去探视内在的与外在的因由，从创作所呈现的若干个重要侧面去考察内在的构成及形成这种艺术构成的驱使力量。这才是正确理解“他律论”与“自律论”的辩证关系，从而有助于我们破译元曲发展动因的若干“密码”。

我们应当承认，在这方面，我们过去的思考确实不够深入，文学史观，元曲史观在我们视野中始终模模糊糊，似有似无，缺乏完整的建构。这里我觉得西方的某些文学史观念倒还值得我们借鉴一二。比如，法国批评家托多洛夫因受俄国形式主义影响，而过分强调了形式要素的功能和可变性。德国批评家姚斯从接受美学的角度提出：“文学史是一种审美接受与生产的过程。”韦勒克则认为：“文学上某一个时期的历史就在于探索从一个规范体系到另一个规范体系的变化。”这些观念的理论前提虽然相互差异，但有些共同之处能给人以正反面的启发：其一是在文学史的描述中要把握住文学的审美特性；其二是要从众多的单个作品中抽象和概括出文艺的规范体系或价值系统；其三是要揭示出这些体系或规范的连续性或历时性。这些看法大概可以弥补我们文学史观和戏曲史观之不足，起码起着一种参照系的作用。

现在再走到具体的散曲史和杂剧史的研究中来。史的研究当然离不开作家作品的研究。但窃以为，这种研究绝不是孤立地就事论事，就作品论作品，而是要把各种文艺现象（元曲现象）、作家作品以及环绕着它们的诸多政治、经济、文化、心理因素，作为一个有机的整体进行综合的研究。丹麦文学史大家勃兰兑斯认为，一个作品固然是一个独自存在的完备的整体，是一件完美、完整的艺术品，但“它却只是从无边无际的一张网上剪下来的一小块”。因此，元曲史的建构应当既要揭示包含着大量作品和文学现象的网络和体系，又要揭示这体系生成、发展、演变的连续性过程，不能把整体拆成孤立的、历时的、视为静止的。我想一部元曲史的历史感大概就是从文艺体系的连续过程中产生的。当然，不论就体系的构成来说还是就过程本身来说，都应得到文学（元曲）的“内部”和“外部”的说明。我想，这是我们反思、调整、补充我们的文学观念、戏曲史观念的一个思路。

以上所言，实际上涉及了在元曲的研究领域，如何首先拓宽阅读空间和调整阅读心态这样一个极普遍又亟须解决的理论和实践的问题。从实际出发，创制元曲研究的理论范式，无论是外国的，还是中国的，莫不始于阅读。有识之士已经看到：阅读空间的重建是文艺研究完成蝉蜕和更新的内在动因。“两难之境”的发现和确认，实际上是对重建阅读空间的一种觉醒和要求。例如，意识到“以文本为中心”的必要，使英美新批评提出“细读法”；以“读者意识和作者意识的相遇”为前提，意识批评中的乔治·布莱建立并发展了认同批评法；把弗洛伊德的精神分析学作为认识文学的基础，夏尔·莫隆力图在作品中发现从顽固比喻到个人神话之间的通道；为了寻求终极的结构模式，茨维坦·托多洛夫可以把一本书当作一个句子来加以分析；试图打破罗各斯中心主义，雅克·德里达可以拆散本文的结构而实现意义的多元化；为了在艺术创作中起用久被忽视的读者，接受美学中的康斯坦学派反复强调作品的召唤结构；等等。诸如此类导致文学研究一次又一次完成蝉蜕的努力，无一不起源于一次比一次强烈的重建阅读空间的愿望。批评的问题，研究的问题，归根结底是一个阅读的问题。要拓展元曲研究者的思维空间，首先要重建元曲学建构者的阅读空间。

元散曲与元杂剧的阅读空间的狭小与残破，早已使读者和研究者有窒息之感了。且不说过去那种以阶级斗争为纲的阅读方式，使多少元曲研究者竭力在作品中调查作家与剧中人的阶级成分；也不说经济决定论使多少元曲研究者四处搜罗数据以构筑所谓时代背景；也不说机械反映论使多少元曲研究者形成牢不可破的思维定式，把“通过什么反映什么”当成万古不变的公式，死死地套住任何落在眼中的元曲文本。仅以所谓“阶级局限”四字，就使多少元曲研究者的研究文字失去鲜活的生命！

为了重建阅读空间，必须打破单向的线性的阅读方式，开辟多向多元多层次的思维格局，培育建设性的文化性格。然而，这一切又非有一种新的阅读心态不可。面对浩瀚的元散曲和元杂剧文本，研究者是否是高级读者可以不论，但他首先是个读者。他的研究与批评始于阅读，甚至与阅读同步。因此有什么样的阅读心态，就会有什么样的阅读空间。在一个开放的、多层次的阅读空间中，有多种并行的或者相悖的阅读方式和批评方法，研究者可以择善而从，也可兼收并蓄，甚至可以因时因地而分别取用。但无论如何，阅读心态都是不可以不闻不问的。任何封闭的、教条的、被动的，甚至破坏性的心态都可导致阅读的失败。我们有必要再一次说明，面对元曲这成熟的和惊世的精品，必须进行主动的、参与的、创造性的阅读，从而才有可能产生出一种开放的、建设的、创造性的研究和批评。

在这里，我们应当说明的是，拓宽阅读空间只是吸收了接受美学对文本阅读再创造的观念，并不同意把作品封闭起来排斥任何外缘的了解，但绝非赞成无限夸大研究与阅读的主体性发挥。我们希望的是切实而又开放的研究与批评眼光，并不主张猎奇式的“玩批评”或“新名词轰炸”。我们把解读元曲是作为一门严肃的学问。现代的解读学应是开放式的本文细读与有限的审美接受的结合。解读任何一本杂剧都是征服困难，从而给读者一把体味与理解元曲的钥匙。

元曲史的创制除了重建阅读空间、调整阅读心态的问题，还有一个史料、史识和史笔的辩证运作的问题。

首先谈史料。毋庸置疑，史料是修史的基础。研究元曲和元曲史当然要占有大量的、充分的第一手材料。现在散曲史、杂剧史在国内外都有一定数量的出版物。但是，史料的大同小异，相互转引转抄的也多了，似曾相识，说不上什么第一手，更没有什么学术个性和史家风范。这可能是学术界目前存在的普遍现象，我们无须多费唇舌。然而面对史料的问题，笔者却认为有一个更为值得关注的问题，即我们如何摆脱一种虚假的“客观性”的缠绕。通常人们总是把史料的编年序列看成是最具客观性的，其实这种客观是要打引号的。因为修史者对于历史形态的任何解释都具有主观性。且不说修史者自己发表的解释和判断，仅就材料取舍、分期方式来说，就无法排除修史者的主观性，更何况任何文学艺术史从来就不是资料的堆积、事实的总和或评论的汇编。英国著名的美学家、史学家柯林伍德有个很有意思的说法，他把排列过去的现成史料、根据抄录和组合各种权威的引文而构造出来的历史称为“剪刀—糨糊历史学”或“剪贴史学”。他认为，把历史当作一系列连续发生的事件，完全是“假历史观念”。他发挥了自狄尔泰以来在西方普遍流行的史学观念，即在历史研究中并没有自然科学那种意义上的客观性。

我并不打算否认历史研究中的客观性。然而你的著作一旦打上你自己的学术个性的印记，那么这部著作就必然显露出治史者的主观性。因为它是治史者的学识、理论素养、艺术感受力和鉴赏力等一系列主观能力的综合表现，可以从史料的占有与发掘、史实的取舍和梳理、研究的角度与视野等各个方面得到体现。窃以为，当前元曲研究的史料问题，再不能停留在什么客观性主观性等问题上了，而是务去陈陈相因、以讹传讹的弊端，发挥当代研究者的各种优势，钩沉新史料，梳理旧史料，破译史料中的种种难题。这对于深化元曲史研究也是功德无量的好事。

其次说到史识。掌握了丰富的史料后还要进行严格的鉴别、筛选，去粗取精、去伪存真，提炼自己的观点，形成自己的见解，这里就有个史识问题。史识是学术个性的核心之所在。元曲史不应同于史料的编年序列，大概就在于治史者以自己的史识澄明现象背后存在的价值和意义。也许可以说史识是治史者对于元曲史料的穿透力、贯通力、直觉力、消化力、浓缩力或概括力。鲁迅先生在《汉文学史纲》中仅用酒、药、女、佛四个字就概括了汉魏六朝文学的主要特色；用廊庙与山林就总结了唐代文学的基本特征，不仅慧眼独具而且言简意赅。而丹麦的勃兰兑斯在分析《少年维特之烦恼》时，不同于一般评论者沉溺在对这个炽热而不幸的爱情悲剧的无穷感叹中，而是发现了整个时代的感情、憧憬和痛苦。他认为维特是一个伟大的象征性人物，不仅代表了新时代的精神，而且代表了新时代的才智。这些例证说明，大师们绝不仅限于对史料的把握，更重要的是他们史识的独特显示。这些例子说明，一个文学史家和元曲史家必须同时是一个批评家、理论家。然而，不客气地说，我们的元曲研究界，就整体而言，确实有一个理论素养亟待提高的问题。进而言之，如果我们不强化我们的理论水平及方法论，我们对于处在世界性交往的中国元曲研究及元曲史建构就会越来越感到隔膜和陌生。

再次，掌握了史料、形成了史识，没有史笔也不行。我们写元曲史不是把史料、史识暗诵于心，而要公之于社会。这既需要“董狐之笔”直书其事，也需要“春秋笔法”寓褒贬于其中，这除了要有才，有识，还需要有胆。自古以来，史笔就被认为是修史者人格精神的完整体现，这种写史之传统，在元曲史建构中理应弘扬。

为了不至于让集体意志下的“教科书意识”（或体系）磨平学术个性，我想无论史料、史识还是史笔，也都应当有研究者的主体特色，都应鼓励个人著述的元曲史，创造出史出多门的繁荣局面。

理论家们提出过，应当把杰出的文艺作品看作是一个有许多窗口的房间。我想浩瀚的元散曲和众多的杂剧文本就是一个有许多窗口的房间，读者从不同窗口望去，看到的是不同的天地，有不同的人物在其中活动。这些小天地之间有道路相通，而这道路又是由五光十色的场景构成，于是读者面前出现了一个完整的世界——元代的社会生活景观。而这就涉及一个研究元曲和元曲史的视角问题。

面对莎士比亚，歌德有“说不尽”之叹，难道关汉卿、马致远、王实甫、郑廷玉、白朴、纪君祥、睢景臣、张养浩、张可久等就是一下子说得尽吗？就以关汉卿来说，当你说“现实主义者关汉卿”的时候，立刻就会有人出来说“浪漫主义者关汉卿”，当你说“关汉卿是位观察者”的时候，立刻就会有人出来说“关汉卿是位洞观者”。

在这里，我认为读一读波德莱尔的《论泰奥菲尔·戈蒂耶》这篇文章是非常有益的。他说:“我多次感到惊讶，伟大光荣的巴尔扎克竟被看作是一位观察者;我一直觉得他最主要的优点是：他是一位洞观者，一位充满激情的洞观者。他的所有人物都秉有那种激励着他本人的生命活力。他的所有故事都深深地染上了梦幻的色彩。与真实世界的喜剧向我们显示的相比，他的喜剧中的所有演员，从处在高峰的贵族到处在底层的平民，在生活中都更顽强，在斗争中都更积极和更狡猾，在苦难中都更耐心，在享乐中都更贪婪，在牺牲方面都更彻底。总之，在巴尔扎克的作品中，每个人，甚至看门人，都是一个天才。所有的灵魂都是充满了意志的武器。这正是巴尔扎克本人。”我们决无意把巴尔扎克与关汉卿、王实甫、马致远等大师作肤浅的类比，我只是感到波德莱尔的这番言论对我们的元曲研究颇有启示意义。

波德莱尔论巴尔扎克在一定意义上说，它给我们开辟了把握元曲作家和元曲艺术现象的第二战场。假如我们再证之以巴尔扎克本人的言论，可能更会有新的发现。巴尔扎克在《驴皮记》初版序言中写道:“在诗人或的确是哲学家的作家那里，常常发生一种不可解释的、非常的、科学亦难以阐明的精神现象。这是一种第二视力，它使他们在各种可能出现的境况中猜出真象，或者说，这是一种我说不清楚的力量，它把他们带到他们应该去愿意去的地方。他们通过联想创造真实，看见需要描写的对象，或者是对象走向他们或者是他们走向对象。”巴尔扎克在这里提出的“第二视力”正是洞观者所独具的那种洞察力，那种透过现象直达本质的能力。巴尔扎克本人就具有这种“第二视力”，元曲诸大家也多不乏这种“第二视力”。而作为元曲研究者也应具有一个洞观者的“第二视力”。

刘勰《文心雕龙》说“寂然凝虑，思接千载；悄焉动容，视通万里”，陆机

《文赋》曰“观古今于须臾，抚四海于一瞬”，不就是说“洞观者”的“第二视力”吗？对于我们这些习惯于简单贴标签的人来说，借助于这种“第二视力”是很有必要的。歌德在和他的秘书聊天时也说：“经验丰富的人读书使用两只眼睛，一只眼睛看到纸面上的话，另一只眼睛看到纸的背后。”是的，“第二视力”也好，用两只眼睛看书也好，它都可能帮助我们突破已有的研究格局，把元曲及元曲史研究从狭窄的视野中解放出来，在不同的层次上对它进行审美的观照和哲学的领悟。

相信一种理论就能把握对象的思想朴素时代已经宣告终结了。人们日益清醒地认识到：任何一种戏曲研究理论方法，都无法达到对戏曲文化及其运动在真正意义上的全方位的把握，而只能在戏曲文体的某一层次、某一侧面进行“横看成岭侧成峰”的分化研究。荷兰文学理论家佛克马和易布思在《二十世纪的文学理论》中曾说过：“文学研究不再能涵盖整个领域，只有这种研究的协调分配才能回答我们所面临的诸多问题。”这段论述对元曲的研究同样适合。如果说，元曲及元曲史的研究从整体上需要多种研究的综合—互补的话，那么对每一个研究个体来说，就需要分化——深化的自觉意识。有分化，才能有深化。因此，“元曲学”的构筑只有在分化的研究的基础上，具有各个击破式的研究深化才能在本体上加以把握。这种分化，既包括研究职能的分化，也包括研究视野的分化，即从多学科的视角对“元曲学”的多层次、多侧面进行深化研究。因此，“元曲学”的建构应以科学的精神开创元曲理论研究的多元化格局。

要建立“元曲学”，就要经常进行对话和潜对话，就要造成一种和谐的学术氛围。一位勇于开拓的研究者不是在自我封闭的心理状态中进行思维的，而是在与外界对话的过程中不断摄取新的信息并调整自己的理论意识中进行的。这其中重要的一点，就是实事求是之心。我常觉得，在对元曲本身研究和理论批评中，实事求是之心难求。批评家及研究者的思维方式中某种单一的要求往往给作品、艺术观象和别人的理论文字带来过多的损伤。其实对峙是种必然，但不一定转化为对立，这里就需要一种现实的宽容。宽容，不是意味着掩饰意见分歧，而是体现在彼此都坚持从自己的思维角度、立场发表见解的同时，努力倾听对方的声音，并从中汲取对自身有益的东西。认识彼此的局限，是一种明智，而故意把自己表现得毫无局限，这才是真正的局限。

“元曲学”的建构需要宽容，还表现在元曲研究的可错性和探索的变易性。元曲研究是对戏曲文本和戏曲艺术现象的一种追求、评判和概括、探索。这种努力和探索既负荷着多重制约，又需不断突破这些制约。所以，元曲研究，从某种意义上讲，仍属于对元曲及元曲史和作家精神现象的一种“瞎子摸象”，它既有对本体贴近真实形貌的猜测，又有相当荒谬的可错性。这就决定了元曲研究只能永远处于“夸父追日”的过程中，因为真理的太阳既是遥远的，每一天又都是新的，没有一种凝固而完美的模态。

元曲和元曲史研究的可错性是无须嘲笑的。一个好的戏曲研究理论和方法是一个对对象世界提出涵盖面较广泛的看法，人们对此常常抱有这样和那样的期待。但实际上，一个研究者断言越多，其潜在的可错性就会越多，为此，我们迄今还未曾看到过一种全面的、正确的元曲研究辉煌地战胜所有的对手而一霸天下的情况。

不可否认，在过去，理论研究文章出现失误常为人们所不容，然而思考力进入到某种复杂状态时，失误是难免的，可错性是经常出现的。可以说，失误与可错现象的存在应视为一种逻辑发展的定律。在这里，批评的态度不应是金刚怒目式的，而应当选择善意探讨之法。思想交锋和精神交流只有在深切理解和可以分析的基点上才能得到深化。说理与说教，其分界线常在有无这种胸怀和精神状态。研究者应具有的风度应是那种新型的风度，“元曲学”的建构正需要这种风度。再说一遍，我们这一代每一个参加“元曲学”建构的人，都应建立自己的文化品格，即把元曲和元曲史研究作为目的，而超越其他外在功利性的东西。

中国戏曲史研究方法论刍议[①]

一、小引

当前，我国正处于一个经济、文化、思想都空前活跃的、开放的时代。在国内思想解放运动的推动和世界科技革命浪潮的冲击下，我国文艺研究领域近年来也出现了蓬勃繁荣的局面，其中方法论的革故鼎新尤令人瞩目。随着中国戏曲史研究的日益深入，研究方法问题也愈来愈显得重要而突出。若要进一步解放戏曲史研究的生产力，提高戏曲史研究的科学水平，就必须实现研究方法的现代化，加强戏曲史研究的当代性。

文艺研究者应该是具有先进世界观的独立而深刻的思想家，如同普列汉诺夫所说，是“那种兼备极为发达的思想能力跟同样极为发达的美学感觉的人”[②]。作为一个研究者，他的议论不是凭空而发，泛泛而谈，而是有深厚的根底，对研究对象占有扎实的第一手材料和与之相联系的社会历史材料，而且通晓以往的各种研究方法。王国维先生对中国戏曲史的研究，不仅是开创性的工作，而且熔广事搜辑的功夫与真知灼见的眼光于一炉，史识卓见，体系井然，显示出一种文史大家的权威性和力量。他所著的《宋元戏曲史》就是他独立建立起的第一座断代戏曲史大厦。

通过对王国维等前辈治史经验的总结，我们可以看到一个文艺研究者应具备史识、今识和诗识。史识即历史透视力，今识即现实洞察力，诗识则是艺术感受

① 本文是根据作者发表在《戏曲研究》第 11 辑的《评〈中国戏曲通史〉》和《元杂剧研究概述》一书的“前言”改写而成。

② 普列汉诺夫:《车尔尼雪天斯基的美学理论》，载《文艺理论译丛》第 1 期，人民文学出版社，1958，第 104 页。

力。而我们当代的研究者则需要创造性的科学的文艺研究，即应该显示出新时期的审美和历史的眼光。所谓文艺研究的理论发现，就是从敏锐的哲学思辨和美学眼光透视复杂的文艺现象和文艺发展的历程，见前人所未见，道前人所未道。因为任何真正的科学意义上的研究，其成果都应成为指引读者和作者进入新的境界的明灯。

为此，窃以为任何历史的描述都要依据一定的历史哲学、一定的参照系和一定的价值标准，都要采取一定的方法。中国戏曲史的建构也应如此。

二、考察戏曲发展史的视角：宏观与微观的辩证关系

中国的旧话中有所谓“高明”和“沉潜”两路人。这体现在学术研究家身上，便有姚黄魏紫各擅胜场的两家之长。

有的人长于从宏观角度研究历史，他们用哲人的睿智目光与思辨能力，对历史发展进行逻辑的总结、规律的探求。早在两千年前，司马迁在《报任安书》中就提出了“究天人之际，通古今之变，成一家之言”的主张，清人章学诚认为，治文史贵在“能得其所以然，因而上阐古人精微，下启后人津逮”[①]。这些见解对中国文史学的发展起着积极的影响。自从有了先进科学的理论做指导之后，掌握了这一全新的锐利思想武器的文史家，就能够做到科学地阐释历史现象的内部实质，揭示出历史发展的客观现象，这是马克思学说诞生之前任何一位识见高明的学者也无法达到的。

还有的文史家长于从微观角度研究文史，他们以检验师的敏锐目光与鉴别能力，审视着历史上和古籍中的一切疑难之点，并以毕生之精力对此做精细入微的考证，汰伪存真的清理。他们“论一事必举证，尤不以孤证自足，必取之甚博，证备然后自表其所信”[②]。其“沉潜”之极致乃有乾嘉学派的大师们。这些学者的精

① 章学诚:《又与正甫论文》。
② 梁启超:《清代学术概论》。

耕细作的收获，同样不容忽视。

宏观研究与微观研究二者相需若左右手。一方面，宏观研究可以带活微观研究、因为文艺研究的最终目的在于证明“为什么”，这就要甩掉许多无关宏旨的细枝末节的东西；另一方面，也要充分认识到微观研究对宏观研究的制约意义，因为历史上的正确结论不能仅仅依靠推理出来，而是要根据大量资料进行分析、研究之后归纳出来。因此，微观和宏观合则双美，离则两伤，应像戴震提倡的“巨细必究，本末兼察”。

具体到中国戏曲史的建构，在旧时代里，有些研究者往往囿于识见，只见树木，不见森林，用力虽勤，其弊在琐屑苍白。琐细冷僻、无关宏旨的一事一考、一字之辨，尽管可以竭研究者之精思，但重大戏曲艺术现象往往被置之脑后，这当然是一种偏颇。正如当代西方文艺理论家韦勒克所正确指出的那样，这种搜求材料、考据事实的方法并非毫无用处，关键是它不能揭示文学的根本问题。因为“真正的文学研究关注的不是惰性的事实，而是价值和质量”[①]。他还认为，文学研究是一种系统的知识体系，它有自己独特的方法和目的，它的核心问题是要把“文学既作为艺术，又作为人类文明的一种表达”来研究[②]。我认为韦氏的这种看法是中肯的。因为在当代世界各国的文艺研究中，这种“实证主义”的潮流并没有消退，仍然有着相当的势力。

因此，就目前研究状况来说，提倡一下宏观研究是非常必要的，因为“见林”比“见树”更要紧。我们应该用广阔的眼界考察整个中国戏曲艺术的发展史，把它作为世界戏剧史的一部分，而不应当把它排斥在世界戏剧史之外。戏剧史家总是从不同角度来看问题。中国的戏曲史家把中国戏曲艺术自身的发展历史看成中国戏剧史；但外国的戏剧史家则把中国戏剧史当成世界戏剧史来研究。中国戏曲史和世界戏剧史的这种错综复杂的关系，要求我们从各种不同的角度进行研究。

---

① 韦勒克:《批评的诸种概念》，四川文艺出版社，1988，第274页。

② 同上书，第264页。

这就是说，要有一个广阔的视角，为开创戏曲史研究的新局面，我们没有理由闭目塞听，而要努力开阔眼界。

为此，我们认为要研究中国的戏曲艺术，就必须对其历史进行全局性的、整体的宏观考察。当然，戏曲艺术的发展史和其他艺术部门的历史一样是多层次的。所谓全局、整体只能是相对意义上的，如果说全部文艺史是宏观范畴，那么戏曲史则是微观；如果说整个戏曲史是宏观，那么元代杂剧、明代传奇和清代的花部则是微观……我们还可以把戏曲史上的宏观和微观所包蕴和涵盖的范围扩展得更加广泛，包括空间和时间、抽象和具体等方面。探索戏曲艺术固有规律的过程乃是一个在历史事实基础上进行宏观考察的过程。由于考察的目的在于发现、开掘戏曲艺术史的内在联系，就必须把视野放开，纵观全局，透过复杂的艺术现象，认识戏曲历史的本质，揭示其固有的规律。因此，建构戏曲艺术史有必要对那些与戏曲艺术史有关的政治史、思想史、经济史、宗教史、哲学、民俗学等有所研究和把握，从而在比较广阔的时空背景中去考察戏曲发展的现象。这表现为"纵观"和"横观"两种形态。"纵观"是时间观，它要探讨戏曲艺术的发展过程，认识和评述每个发展阶段的特点，各种综合艺术因素之间的联系、影响、转化和演变的具体环节、中介与特点，从而可以比较准确地探索和总结戏曲艺术的基本规律。"横观"是空间观，它要探索各个时期作家的创作思想、文化环境、作家群之间的相互关系及特点、流派在戏曲发展史上的意义，等等。

总之，宏观研究是为了更好地解决戏曲艺术发展史上带有全局性、根本性的问题。事实上，关于戏曲规律性的审美思辨和理论判断，无不是宏观研究的结果。这说明，戏曲的宏观研究要求研究者具有高屋建瓴的壮阔胸襟和居高临下的宽广视野。这就使得研究者必须在更高的水平上掌握科学的观点和方法，具有较高的审美修养。而总结中国戏曲艺术发展史研究的经验和教训，大力发展科学思想方法指导下的宏观戏曲研究，必将为我们开辟新的领域，提出新的课题，指出研究的新途径，使我们在浩瀚的戏曲艺术大海中探骊得珠。

为了不造成误解，我们必须指出：史实是治史的基础，一部戏曲史著，不管其规模何等宏阔，也只有在具体可靠的史料的基础上方能构筑成功。历史的真实性，无疑是任何戏曲艺术史著作的第一个价值尺度。从这个角度看，一切以忠于史实为原则的艺术史研究工作，都离不开微观研究，也就是说，都必须从小的角度去观察与考索历史的局部、细部。这种考察进行得越细致、准确，那么由此构成的历史大厦就越有可靠的根据。我们之所以提出宏观尺度的重要性，也正是为了促进微观研究。即使作家作品研究，我们也主张从宏观角度和大的文化背景去考察微观对象，因为这样才能跳出一般作家作品论的窠臼。

三、对戏曲艺术发展过程的联系的考察

中国戏曲艺术的宏观研究，必须是发展的研究和比较的研究。戏曲艺术的发展，具体到各个时期的戏曲繁荣和衰落，必然是前有因、后有果的。因此其前后发展的脉络必须搞清。正如马克思在《资本论》中所说："研究必须充分占有材料，分析它的各种发展形式，探寻这些形式的内在联系。只有这项工作完成之后，现实的运动才能适当地叙述出来。"另一方面是前后左右的比较，比如我们在论述某一剧作家和作品及戏曲理论批评时，必须联系它之前的作家作品和之后的戏曲发展来进行考察。这样做，不仅能更准确深刻地把握研究对象的地位和特点，还可理清戏曲艺术发展的脉络，又能阐明戏曲艺术在不同阶段的不同特征。这种在发展、联系、比较中考察戏曲艺术的尝试，在戏曲研究中具有普遍的方法论的意义。

在联系和发展中考察戏曲艺术发展的轨迹，有可能揭示它丰富而复杂的内涵。在我国文艺史上有一个带规律性的现象是：小说、讲唱文学和戏曲艺术有着不可分割的血缘关系。其中纽带之一是在创作题材上往往同出一源或是相互借用。杰出的作家还能在这种"借用"的基础上，进行创造性的改编，翻演为新篇。宋元以来瓦舍勾栏遍布京师和大中城市，更为各种艺术在题材上的相互借鉴提供了广阔的园地，开凿了流通的渠道。因此，同一题材在说书场中和戏曲舞台上以各自

的艺术样式加以表演。同时，又在新的基础上互相吸收对方在处理同一题材时的经验，从而提高自己的艺术水平。这样循环往复，绵延不断，世代不息，大大丰富了艺术创作经验。此种情形构成了我们民族戏曲艺术的一种传统。比如，莺莺与张生的西厢故事，程婴救赵氏孤儿的故事，宋江和林冲、李逵、鲁智深、燕青的故事，以及包公、况钟、海瑞的断案故事都构成了序列和谱系，它们都是宋元明清杂剧、院本、传奇中屡见不鲜的题材。

在我国戏曲史上有一个奇特的现象。据文献载，宋金时代有广泛流行的杂剧、院本，并有剧目名称保存下来，然而剧本却荡然无存。对于这一现象，当然可以简单地说是与封建统治者对戏曲的摧残，是与没有定本而散佚或因课徒方式的口耳相传、随艺人死亡而断绝流传等因素有关。但是，这都是一般的民间文学的现象。对戏曲史上的这种现象应该根据戏曲艺术的特点进行细致地考察。将元人陶宗仪《南村辍耕录》“院本名目”和北杂剧进行比照，可以发现两者中有四十六本同出一个题材。虽然目前还未发现一个保存下来的完整的金院本，可供与现存的北杂剧进行比较，但从时代先后和取材相同这两点上已足能证明，有不少北杂剧就是把金院本加以丰富或改编而成的。所以这种在联系与比较中分析戏曲发展的轨迹，可以较好地了解其发展的真实过程，而且还可揭示出戏曲艺术的一个重要特点，一条重要规律，这就是：任何一部优秀的戏曲艺术作品都不会在舞台上消失或被摒弃，而是以有机的形式活在新的剧种和剧作中。

另外，窃以为在联系和比较中还可以了解一代戏曲艺术思潮的发展情况，了解一位剧作家和一部剧作的演变过程，从而更准确地论定其得失。因为这比孤立地就事论事要科学得多，也必然深刻得多。亚里士多德说过：人类有三种认识，即理论的、实践的和鉴别的知识。鉴别的知识要靠比较来获得。比较研究的好处就在于使研究对象具有更大的鲜明性。“两刃相割，利钝乃知；两论相订，是非乃见”。中国戏曲艺术的发展过程既然不是孤立地存在和发展，而是有着一个活动于其中的三维空间，那么一般的形象批评也就不能代替比较批评。别林斯基说过：

“要给予任何一个杰出的作者以应得的评价，就必须确定它底创作特色，以及他在文学中的位置。前者不得不用艺术理论来说明（当然和判断者底理解相适应的）；后者须把作者跟写作同一类东西的别人作一比较。”[①] 中国戏曲史是中国文化史上的启明星，有必要把它与古代的现代的和外国的戏剧星座进行一番比较，以看其高低明暗，论定其历史地位和特点。

总之，对一代戏曲作家作品以及艺术思潮和声腔表演的发展衍化，无论从纵的发展还是从横的断面看，都是既有联系，又有区别，均可做比较研究。“相比较而存在”是历史的实际。因此，在戏曲艺术研究中进行比较研究，是完全符合科学的世界观和方法论的。

四、用综合研究法建构戏曲史新体系

我们应该尝试打破以往戏曲史的格局，努力从戏曲作为综合艺术的特点出发，用综合研究法为建立戏曲史新体系做出有益的探索。首先我们认为，对戏曲艺术不应把它作为一个自我封闭的体系来研究，而应把它引入社会—历史范围，把艺术放在历史的一般发展中进行总的考察。因此，综合研究乃是一种历史性和立体性的研究。戏曲艺术在把握生活真理时，存在着许多中介因素，存在着以政治、哲学、宗教、伦理、美学等观点所组成的社会思潮的影响和渗透，这便是恩格斯所概括的意识形态领域各种因素的“交互作用”的原理。[②]

再者，我们民族戏曲艺术的熔歌唱、音乐、舞蹈、美术、表演、杂技、武术于一炉，并以唱、念、做、打统一于上下场舞台规律的表演形式，它称得上是名副其实的真正高度综合的艺术。然而，我们的戏曲史研究还更多地停滞在作家作品研究上（这当然是极必要的），而对其舞台艺术的特点重视不够。因此，从一定

① 别林斯基:《别林斯基选集》第1卷，时代出版社，1952，第219页。

② 参见《恩格斯致约·布洛赫》，载《马克思恩格斯选集》第4卷，人民出版社，1972，第477页。

意义上说，过去的一些戏曲史，大多是戏曲文学史。然而，严格地说，剧本虽是一剧之本，但相对舞台来说，它还是个“半成品”。剧作家的创作构思需在舞台上由演员加以体现。为此，作为舞台艺术的戏曲史的研究，就不能离开综合艺术的特点。另外，我国戏曲虽然是一种高度综合的艺术，但它所具有的各种审美元素绝不是简单的加法，因此考察戏曲发展的综合过程，决不能把综合体分解为若干元素，然后再分别去溯源，视戏曲为各种艺术和技艺的简单拼凑。为此，我们应针对戏曲艺术蕴藏着的多种艺术的综合而立体的特点，并作为场上之曲，采用综合研究法去探索其综合过程和发展规律，万不可陷入恩格斯所批评的那样，做了“分工的奴隶”，而应把剧本、表演、音乐、舞台美术等进行综合考察。

总之，综合研究法不仅适用于研究一切对象，对于戏曲艺术史来说，它还是由研究对象的特点决定的，如果不采用综合研究法去进行剖析，就难免捉襟见肘，穷于应对。早在一千多年以前，刘勰就已感叹前人和同时代那些“各照隅隙，鲜观衢路”的理论家，是“各执一隅之解，欲拟万端之变，所谓东向而望，不见西墙也”。

五、社会的历史的分析方法并未过时

应该承认，过去我们在文艺研究（包括戏曲史研究）中只强调经济基础的决定作用，强调阶级斗争，只承认不同的社会经济形态具有不同的文化形态，而忽略甚至否认了不同的社会发展阶段中，每一个民族文化都具有它本身前后一致的共同特点。否认了民族文化发展的相对独立性和由各种复杂因素所形成的自身的发展规律。目前这种偏向已经得到纠正。但是，是否会发生另一种偏向或片面性呢？即在探讨一个民族文化传统时忽略并无视它和社会形态间的一定联系，回避它和社会斗争、民族矛盾的关系。这个问题同样应该引起我们的重视。在我们的戏曲史研究中，目前就似乎有此倾向。比如，当前元杂剧研究者在探讨元杂剧繁荣的动因时，大多避开阶级和民族的矛盾，而仅着眼于元统治者的文化政策，从

而提出“客观上较为放任和主观上较为疏忽”是元杂剧繁荣的原因之一的观点。这一意见虽能新人耳目，但却忽视了任何文艺思潮都与一定时期的社会思潮有关这一事实。我们知道，一件艺术作品，不但与创作者自身有关，同时也有一定的社会动因在，戏曲艺术的繁荣原因之所以复杂，就在于常常有历史主义和伦理主义的二律背反的现象。试看元朝的短暂历史，一方面残酷的阶级和民族矛盾，人民群众处在水深火热的动乱之中，挣扎于死亡线上；另一方面战争也推动了历史的进展。在人类社会中，有些残酷的行为却常常具有历史动力的性质。因此，哲学家们才说，历史总是在历史主义与伦理主义悲剧性的二律背反中前进。历史的进步往往伴随着道德的沦丧。戏曲的发展就碰到了这一矛盾，关汉卿、纪君祥、马致远等优秀剧作家在当时也碰到了这一矛盾。从这个意义上说，元朝的阶级的和民族的矛盾虽然给人民带来苦难，但也扩大了剧作家们的生活和创作视野。元剧题材的拓展，剧作家审视生活的角度的多样就是证明。

我赞赏美国约翰·奈斯比特在《大趋势》一书结束语中一个观点，即夹缝时代的问题。他认为夹在两个时代之间的时代是摇摆不定的。但是，这是一个伟大的时代，一个发酵的时代，里面充满了各种生机和可能性。难怪一位西方的评论家说，重要的作家、作品，恰恰出现在有裂缝的时代。纵观世界文艺史，文艺最繁荣之日，恰恰在意识形态重建之时，这往往与一定的时期的经济的发展不成正比。旧的意识形态大厦倾斜了，或新的意识形态体系正在重建，此时剧作家的感情和思想都发现了新大陆。作家对生活的理解，对感情的驾驭，就获得了更大的内在自由，形象构成的机遇就空前的增加了，形式流派就纷呈起来了。

进一步说，伟大作家往往是在社会危机尖锐化的时代产生的，这种时代，照卢那察尔斯基的说法，就是“俗语叫做‘灵魂’的那个东西分裂成两半或好几部分的时代”[①]。当一个民族处在紧急关头的时候，当一个社会面临激烈的矛盾冲突的

① 卢那察尔斯基:《论欧洲文学》，百花文艺出版社，2011，第 121 页。

时候，必然会在这个民族的儿女身上，必然会在各阶级的觉醒了的成员身上，激发起罕见的热情和勇气，必然会涌现出成千上万的民族英雄和先进战士。最伟大的作家往往也就是在这样的时代出现的。因为伟大的作家首先就是民族的歌手、人民的喉舌，他们是把人民的爱和恨、人民的愿望和理想最彻底地歌唱和表现出来的人。就以关汉卿和汤显祖来说吧，这两个人之所以能成为中国古代最伟大的剧作家，就在于：他们一个是生活在中国社会矛盾展开得最激烈的时候；一个是处在资本主义萌芽开始冲击古老的自然经济的时候。这个时候，整个社会、整个民族都分裂为互相对立的两部分或几部分。敏感的天才艺术家，本民族的忠实儿子，人民的杰出歌手，他们的灵魂似乎也感到了被撕裂的痛苦和煎熬，使他们不得不提起笔来写出他们的，也是民族和人民的爱和恨、苦难和希望。关汉卿和汤显祖，一个是社会黑暗的揭露者和批判者；一个是人性和灵魂的解剖者和拷问者。但是，在他们的作品里，既有罪恶的东西，也有神圣的东西，而更本质的则还是神圣的东西，他们正是从这种神圣的东西出发来对罪恶的东西进行猛烈的抨击的。但是他们对于自己心头的这种神圣的东西，却也常常发生怀疑，因而有时不免起来否定自己，这就是他们的悲剧。他们心头的神圣的东西就是对人的信念，对人民的关怀和爱。但是人们又常常使他们失望，因此，他们就不得不把这信念与爱，转向冥冥的神、鬼，转向了广义的宗教意识。这就是我们感到同他们之间有某种隔阂的原因之所在。由此仍可看出社会的、历史的分析仍然是我们认识古代社会复杂文艺现象的明快武器。

六、戏曲史研究的聚焦点——“灵魂史”

中国历史研究发展太盛且太久，浩繁的内容和分支有时使我们忘记了人类探究历史时最朴素的出发点。历史过程和诸种社会方式影响着人们的心灵，现在人们对于自己心灵历程的兴趣或许多于对自己政治经济历程的关心，所以人类历史中成为精神文化的底层基础的感情、情绪、伦理模式和思维习惯等，应当是更重大的研究课题。比如，宋之遗民郑思肖就把自己的论著称之为《心史》。在他的"心史"中，他就激愤地发出了对自己所处社会地位的低下的深沉感喟，这是牢骚，更是义愤，但正是这种精神、这种感情，却无比真实地反映了元代广大知识分子的卑微地位和共同心声。它的真实性可以说远远超出了当时和以后的一切蹩脚的"正史"。无独有偶，俄国19世纪伟大的文学家果戈理也说："坦率地说出一切，所有我最近的著作都是我的心史……"[①]正由于此，我们才同意这种说法：对历史的文学的发想，并不应受人轻视，既然历史长河淹没了那么多人心的活动，既然历史本身也应当是人的心灵和感情的历史！中国戏曲作家在他们的剧作中比比皆是地提示了这种心情和心理观念，又把这些真实深埋纸底。探究这纸底的内涵自然不是易事，然而更值得内省的是：当我们建构中国戏曲史时，真的可以对这些被埋没了的东西不屑一顾吗？

出于众多的处于社会低微的知识分子和艺人之手的戏曲作品，从有机整体观念来看，更是一部生动的、形象的"心史"。质而言之，一部中国戏曲史，就是一部中国人民群众的灵魂运动史、知识分子的灵魂史。我们再不能一般地承认文学是人学了，我们要进一步承认文学是人的精神主体学，人的灵魂学和人的性格学。19世纪丹麦的文学史家勃兰克斯曾给文学史下过一个迄今为止我认为最确切的定义，他说："文学史，就其最深刻的意义来说，是一种心理学，研究人的灵魂，是灵魂的历史。"[②]勃氏这一思想的深刻性，就在于他不仅把文学一般地视为"人"学，而且充分认识到了文学是人的灵魂史，人的精神立体运动的历史。这是因为，心理结构是浓缩了的人类历史文明，艺术作品则是打开时代灵魂的心理学。我们不妨再引证一位大名人丹纳的话来印证此说。丹纳在《英国文学史》序言中说："如果一部文学作品内容丰富，并且人们知道如何去解释它，那么我们在这些文学作品中所找到的会是人的一种心理，时常也就是一个时代的心理，有时更是一种

① 魏列萨耶夫：《果戈理是怎样写作的》，天津人民出版社，1980，第21页。
② 勃兰克斯：《十九世纪文学主流》第一分册，人民文学出版社，1980，第2页。

种族的心理。”信然。

再有，作家的感受，一般都是很敏锐的。元明清时代，由于人生道路的险巇，更增加了作家们的敏感，沉浸于国家兴衰的思考也助长了他们的思辨的深邃。一些优秀的剧作家在做出时代回声时，感知的渠道往往来自多方。特别是仕途坎坷或社会地位低下的剧作家，相对来说更有机会熟悉市井中的风俗世情和人生悲欢离合的底蕴。因此，他们的心灵就更容易与人民的心灵相沟通。事实上，在杰出作家的优秀剧作的纸底，大多蕴藏人民群众的郁勃心灵，蕴藏着他们对于极端专制主义暴政的反抗之音，表现着他们对于当权者摧残文化、压抑人才、颠倒善恶美丑的深沉愤慨，并迸发出某些离经叛道的呼声。关汉卿的名剧《窦娥冤》就是对罪恶社会的深沉控诉；而他的《单刀会》则是对英雄人物的伟大历史业绩的向往和对英勇豪迈精神的礼赞，反映了我们民族的精神。在这个意义上，高尔基说得很对，“文学是一个民族情绪的历史”。

总之，我们在综观中国戏曲史时，几乎都感到了剧作家感情的喷薄和气质的涵茹。当然这一切又都是时代狂飙带来的社会意识在杰出剧作家身上的结晶。但试想，如果我们不透过其剧作追溯其心灵深处，又如何能领会这些杰出剧作家以自己的心灵所感受的时代和人民的心灵呢？彭·琼生曾称莎士比亚的剧作为“本世纪的灵魂”，那么我们也完全可以说，关汉卿、康进之、纪君祥、汤显祖、徐渭、孔尚任、洪昇等人的剧作是他们所处时代的“灵魂”。窃以为，从最深微处来说，中国戏曲史也是一门中国社会心理学。歌德说，望远镜有两头，一头扩大，一头缩小。我们既需要“小”，也需要“大”。对待具有“心史”性质的中国戏曲艺术史，我们既要深入作家的灵魂，也要纵目他们所受规范的社会心灵总体。也就是要透过剧作家的感情深处，气质深处，以及作品的内容情节乃至一个发人深思的生活细节的内涵作为突破口，去纵观时代风云和社会思潮。所以只要我们从“心史”出发，那么我们的戏曲史研究就可以得到进一步深入，我们就可以从那纷纭呈现的历史表象背后，发现一些新的东西。我同意柯林伍德的这个意见：“一切关于心灵的知识都是历史的。”[1]

七、结语

新中国成立以来，中国戏曲史研究的水平已有极大的提高，尤其是近年来的某些研究论著大多做出了突破性的贡献。但是，也应看到，在戏曲史研究领域中，对于戏曲艺术的发展规律和戏剧的一些复杂现象还没有能从理论上加以说明，经验性的分析较多，审美思辨的概括还显得薄弱。有些只限于作品本身思想艺术的分析，还不能把同样现象联系起来提高到理论高度进行科学的判断。我们的一些研究论著虽然也进行了一些综合研究，但对研究对象真正进行理论概括的，还为数不多。我们在讲到戏曲艺术规律时，主要还是一般的艺术规律而非中国特有的戏曲艺术规律。这说明，在中国戏曲史研究领域，我们既需要基本理论建设，也需要花力气对我们的民族戏曲美学进行基本建设。

① 柯林伍德:《历史的观念》，商务印书馆，2009，第309页。

戏曲史就是更替史

——《明代戏剧研究概述》前言

作为灿烂的元代文化的重要组成部分，杂剧艺术在我国戏剧艺术发展长河中行进了整整一个世纪，取得了辉煌的成就。它以特有的耀眼的光华自立于世界戏剧艺术之林。然而，像自然规律一样，艺术规律也是无情的。任何一种文化现象都表现为一个历史过程，都具有鲜明的时代性。社会生活的演衍不但改变着戏曲艺术的思想内容和精神风貌，而且还导致戏曲艺术样式的不断更迭。在明代，取杂剧的地位而代之的，是由南戏发展而来的传奇。所以，明传奇的出现，在整个戏曲艺术发展史上，继元杂剧之后，形成的第二个高潮。

一

无庸置疑，元代杂剧艺术体现着一种独特的、内在的民族精神韵致，这是十分宝贵的。在中国戏曲艺术史上，每一件真正称得上是艺术品的，都在民族风格、民族形式的发展史上有着一席之地。从这方面看，众多的优秀的元杂剧艺术品留下的印迹是光彩夺目的。当然，戏曲的形式、风貌与其他事物一样，也是在不断地发展着的。作为戏曲艺术家，既是在创造，同时也就是在发展。凝聚着中国传统美学思想，经过长期锤炼发展的元杂剧，形式上如此精致、缜密、完整、风格化，富于独特的形式美。然而，元杂剧体制上又往往比较凝固、模式化、规格化，缺少灵活性和对内容的适应性。一旦社会生产关系出现了巨大变革，意识形态领域发生剧烈变化，元杂剧这一形式往往不容易适应于反映复杂的社会现实，不适应于表达人们新的思想感情。在戏剧艺术世界中，可以说，一直就处在这种艺术形式变革的探索之中。明代戏曲以传奇为标志，打破了元杂剧四折一楔子的体制，艺术创造的空间随之得到拓展。明传奇不仅剧情更为曲折、跌宕起伏、巨波细澜，性格的多层次，多侧面的塑造，使人物形象呈立体化，而且风格气势也更加恢宏，远非元杂剧所能比拟。

其实，这是符合规律的现象。一种戏剧形式达到高峰之后，常常会在自己内部孕育着异己的胚胎，导致发生逆向的转折。同时，戏剧的接受者——广大观众，对艺术形式也有着力量惊人的选择品性。对于艺术发展长河来说，元杂剧形式的式微和逐渐被淘汰，并不是痛苦和失败，而是庄严瑰丽的落日，预示着充满生气的新形式即将诞生，标志着明代戏曲艺术家把握世界的能力又落下一座新的里程碑。作为戏剧的接受者，理应敞开胸怀，迎接这雄鸡高唱的又一个戏剧艺术的黎明。

的确，没有万世不变的艺术形式，戏曲形式当然也是如此。但是，一种艺术形式成为文明花朵而被承认之后，它所涵盖着的历史风云，凝聚着的智慧和力量，对人们欣赏习惯、审美心理和艺术选择，仍有着巨大的渗透力和潜在的心理习惯。所以在明代，面对着传奇这一新的戏曲样式的挑战，明代的杂剧也呈现出顽强的生存意志，常常在执拗地搜寻新的养料，努力保持着自己的力量。所以在明代剧坛，传奇虽然已占统治地位，杂剧这一形式并没有立即消失，像徐渭这样的杰出的剧作家仍然在变革中赋予这一形式以生命。

在形式创造上，明代戏剧往往能从总体需要出发，尽量运用新形式的力量，发挥传奇形式在作品中的表象作用。可以说，在戏曲中纯粹的抽象的形式是不存在的，一旦戏曲作品以具体的形式而展现，它自然便包含了内容的因素，因此，形式本来就是创造含义、表达含义的手段。如果说戏曲剧作家在创作中的一切努力都是在为内容寻找形式的话，那么当用以表达内容的形式在戏剧舞台上出现时，从一定意义上说，“形式就是内容”（尼采提出的命题），众多的传奇精品是为例证。

“思想史就是更替史”。思想领域、艺术领域，更替、更新是必然的。这在戏剧领域尤为显著。戏剧假定性手段的发展几乎是没有限度的，既可以有保留表象真实的假定，也可以有夸张、变形等破坏表象真实的假定，还可以有抽象、荒诞等离开表象真实，完全是戏剧艺术自身所创造的假定……事实说明，戏剧艺术千余年的发展史，就是一部假定性手法层出不穷的发展史，是一部舞台表现力无限扩张的发展史。人类社会的发展和人类自身的发展存在着无限的可能性，舞台对不断发展的人和不断发展的人类社会的表现，也存在着无限的可能性。可以想象，明代的优秀戏曲家们从多方面苦苦地去探究剧作形式、舞台面貌单一化、模式化、雷同化的原因时，力图打破杂剧艺术的独尊局面。戏剧的假定性问题的提出，以及假定性的美学地位的确立，在当时可以说是戏剧观念、演剧观念的一大突破。

二

应当承认，一切伟大的、杰出的作家都有他自己的哲学，而且伟大的作家的哲学总是反映了时代精神。丹纳在《艺术哲学》中写道：“一个科学家，如果没有哲学思想，便只是个做粗活的工匠；一个艺术家，如果没有哲学思想，便只是个供玩乐的艺人。”这是因为哲学探讨人生，它给人生一个审美的解释；哲学追问世界本体，它对世界本体做出艺术的说明；哲学沉思万物，它使澄明的思考闪耀着诗的光华。事实是，深厚的哲学修养能够大大拓展艺术家的精神视野和艺术胸襟，从而使作家的作品具有更巨大的思想深度和意识到的历史内容。文艺史反复证明，富有哲学氤氲的时代才能产生伟大的作家。

贝特兰·罗素在他的《西方哲学史》一书开头部分就指出：“要了解一个时代或一个民族，我们必须了解它的哲学。”应当承认，有元一代，比较而言是缺乏自身的哲学精神的，而一种失去或较少哲学的文明往往正是一种衰落的文明。正如古代罗马和拜占庭一样。我们不妨举一个人们熟知的例子，像元剧中被称为“天下夺魁”的王实甫《西厢记》也表现了感觉敏锐而理性不足的弱点。它的爱情哲学还只是停留在社会学的层面（尽管这也是伟大的），还未升华到真正高度哲学意蕴的层面。一句话，王实甫的哲学意识较为匮乏。究其原因，主要是作者还未获得完整的新的哲学架构，即没有获得哲学和历史的有力支持。这不是说，王实甫等优秀作家不善于从哲学和历史中吸取营养，而是元代还缺乏哲学和历史的新成果。正因为他没有获得“来自哲学高度的监督”，所以也就“缺乏哲学的眼光”[①]，这就造成了王实甫《西厢记》思想上的局限和爱情哲学的深度。

同样是爱情题材，一经比较，人们就会发现，明代剧坛巨擘汤显祖的《牡丹亭》，则是突出表现了艺术家主体哲学意识的自觉和强化。哲学意义上的“情”就是作为“理”的对立物而被汤氏所反复强调的。他在《寄达观》书中说：“情有者理必无，理有者情必无。”在《牡丹亭》“题词”中进一步明确提出“情”之真谛：“情不知所起，一往而深。生者可以死，死可以生。生而不可与死，死而不可复生者，皆非情之至也。……嗟夫，人世之事，非人世所可尽，自非通人，恒以理相格耳。第云理之所必无，安知情之所必有邪！”这是汤氏创作《牡丹亭》的哲学基础。当时曾给汤氏极大影响的泰州学派，就认为日用饮食男女生活之私都是属于自然本性的要求，是自然之理，与“存天理，灭人欲”的哲学口号针锋相对，肯定了“天理即在人欲中”。汤氏在剧中热情歌颂的“情”，是跟这一时代哲学思潮密不可分的。

汤氏创造的高峰期正处在一个狂飙突起的时代，正是一个思维世界跌宕起伏的时期。16 世纪与 17 世纪交替之际，随着明王朝命运的日薄崦嵫，朝政专横腐败到了极点，社会风气淫靡堕落到了极点，上上下下一片混浊污秽的空气，但是理学家们却仍然摆出一副道貌岸然的架势，抬出“理”来窒息社会的生机和人性的生机，以维系他们在思想界摇摇欲坠的统治。当时，一些头脑清醒、富有叛逆精神的思想家、艺术家，如徐渭、李贽、袁氏三兄弟无不希望吹起一股强劲的心灵之风，来荡涤这恶俗浇漓的世道。在这狂飙的时代，个性发展思潮在文艺创作和文艺理论中形成怒涛澎湃的时期，它一反前一时期复古主义僵化古板、扼杀性情

① 阿尔森·古留加：《康德传》，商务印书馆，1981，第 70 页。

的颓风。

汤氏得天独厚，他在这一反理学的哲学氛围中生活，他又得以不断地吸收哲学的新成果，很自然使他的戏曲创作的主体哲学意识得到率先强化，以鼓吹“情”来表示他对这种违反人的天然之情的“理”的批判。

描写个性，重视个性，从理论上阐发个性的作用，不仅是创造卓越艺术形象所必需，也是文艺真实性不可或缺的因素。

汤显祖的主体哲学意识向舞台形象创造的渗透，集中表现在杜丽娘身上。“惊梦”一出，杜丽娘脱口而出的一句话——“可知我常一生儿爱好是天然”——就是汤氏哲学、美学信念的告白。他用“天然”这一概念，表示他一生追求的是什么，反衬出这个社会的种种道德伦理是多么违反“天然”之情。这样看来，《牡丹亭》述说的虽然是青年男女的爱情故事，但并不仅仅限于爱情，也不仅仅限于青年男女。它已超越了题材自身，它的含义要广泛得多，深刻得多，它指的是人的自然本性、七情六欲，即合理的生存要求和人性的价值。这样就直接触及了情与理的冲突，美好的梦想与严酷的现实的矛盾。这种矛盾冲突每个时代都以不同的形式重演（这是由于每个时代的观众都从中得到相应的启发与感受，故而这部作品，既是属于它的时代，又超越了它的时代）。

汤氏在《牡丹亭》中，自觉地用“情”批判“理”，用个性解放思想反对封建的禁欲主义，说明他是站在时代先进思潮的前列，敏锐地反映了时代的变化，透露了民主主义思想的最初信息。正是这一点，《牡丹亭》和王实甫的《西厢记》在题旨上有了区别，而且在思维空间和理性的深广度上也有了极大的差异。《牡丹亭》虽然写的仍然是青年男女的爱情，形式上不脱离封建社会一般才子佳人式的幽期密约，但其内蕴的深广度有了极大的拓展。它赋予人生以哲理意义，或者说，作者实际上是对爱情做了一次哲学概括。少年、青年和将要告别青春或已经失去青春的古往今来的许多人们，都可以从中领略到兴奋、激情、流连和淡淡的哀愁，以及深深的惋惜、无限的惆怅……使读者和观众无不经受一次青春之美的感情洗礼。这可能就是《牡丹亭》的永久魅力和象征意蕴之所在吧！

把属于爱情题材中同一层次的元代的《西厢记》和明代的《牡丹亭》加以比较，我们可以发现，爱情题材内蕴的深广度，在很大程度上取决于创作家融注其间的哲学意识所达到的程度。而王实甫《西厢记》欠缺的正是那种雄踞于历史哲学的高度，将其人物尽收眼底，并超越爱情故事的表层，对社会、对人生进行更深一层的哲学沉思。

这种哲学意蕴，在汤氏的其他作品中也有呈现。在《紫钗记》中，他用“花神”作青春的象征，他诅咒摧残花神的暴力。他力图使花神还魂，他呼唤春光是那么迫切：

> 花神，多则是残红送了春，
>
> 东君，你早办名香为返魂！

这种浮想联翩的呼唤，在明中后期戏曲里是颇具哲理性特色的。

总之，在明代思想领域，哲学意识向舞台艺术形象的渗透，主要体现在人生真谛、普遍经验的心灵化、情感化，即从丰富的历史内涵中透露出一种沟通古今的哲理感。这意味着人类对哲学发展及现存哲学观清醒的认识，意味着对人类自身命运及人与世界、社会生活的本质关系的思考不再停留于感性、直观的现象上。因此，明代戏曲在哲学智慧之光的照耀、温暖和启迪下，使戏曲文化从深度和广度上都得到了新的拓展。

三

明代文坛向以标新立异、思潮纷涌为特色。而明之剧坛又是群英汇聚、人才济济，于是乃使戏曲流派的萌蘖有了某种温床。中国戏曲史早期流派的出现，是明代戏曲对我国传统戏曲的一次重大突破，是戏剧观念觉醒的一个突出标志。

在一时代的文艺总体与作家之间，文艺流派似乎是一个中介层面，一时代作家创作和评论的集合，有机地构成一时代的文艺现象。但这种集合，这种构成，往往是多种多样的。由作家而群体而流派，则是规律性地一再出现着的。物以类聚，人以群分，具有较多共同质的作家，总是天然地具有一种亲和力，或同声相应，同气相求，或一人倡导在前，群体追随在后，或狂飙突进、异军突起；或数代相袭、绵延不已。因此，我们认为，形成一个文艺流派的关键在于：作家之间由于在生活经历、思想方式、文化修养、艺术渊源方面有近似之外，在此基础上，形成共同的艺术追求，凝聚成流派的主导思想，由此而决定同一流派的作家在选择题材、提炼主题、塑造人物和风格追求等方面具有某些共同点。如果更简洁一些说，那么，所谓流派，就是时代要求、文艺思潮和作家们的美学追求几个方面融合渗透而形成的结晶。

根据这个标准，明代剧坛一个显著特点，就是流派观念的明朗化。

与明代说部不同，明代小说界还没有一个作家明确擎起类似流派的旗号。如果说他们已有了流派的划分，也大多数是后人总结出来的，如被鲁迅先生为之界定的神魔小说与人情小说两大“主潮”。这应归属于那种不自觉地形成的文艺流派。他们还不曾在一个时期内形成具有自觉的艺术主张和艺术追求的作家群体和派别。所以说，他们还只是一种艺术实践的流派，而不是艺术理论的流派。而明之剧坛，在一个时期之内已形成具有自觉艺术主张和艺术追求的作家群体和派别。因此，他们不仅仅是一种艺术实践的流派，同时还是戏剧艺术理论的流派。

明代剧坛上的“临川派”和“吴江派”是众多戏曲流派中最典型的例证。

以汤显祖为首的“临川派”和向来被认为属于此派的曲家来集之、冯延年、陈情表、邹兑金、阮大铖、吴炳、孟称舜、凌濛初构成了一个剧作家群体。他们的戏曲理论强调作家的才情，倡导以自我为中心的神情合至论，特别重视个人的感情作用，从而以感情说反对理学家的性理说。在创作形式上多不受格律的拘束，讲究“曲意”“意趣”，反对“按字摸声”，既要本色，又重文采。

以沈璟为首的“吴江派”，其中也拥有一批著名的曲家，如顾大典、吕天成、卜世臣、王骥德、叶宪祖、冯梦龙、沈自晋、袁于令等。沈璟倡导作曲“合律依腔”，语言“癖好本色”。他和他的群体的理论与实践，对于扭转明初骈俪派形成的脱离舞台实际、崇尚案头剧的不良风气，起了积极作用。

“临川派”和“吴江派”这两个作家群，是共同的民族和时代造就的，他们的文化素质有相贯通之处。但是，作为艺术家，他们讲究艺术个性和创造才能，因而在文化类型和审美选择上又有明显的差异。汤显祖是以思潮、情感型为主，而以人性、文化型为辅；沈璟则是以风俗、文化型为主，而以伦理、道德为辅。汤氏的文学是充满青春气息的热血文字，人性探索是汤氏戏曲由冷隽转向炽热，由含婉转向直率的一种审美酵素；而沈璟则是从市民风俗生活中获得灵感源泉。而两位剧作家又不约而同地从动态观照中被引导着越来越关注世事，对市民文化各个层面、各个角落、各种味道，体验得都较真切。可以看出，以汤显祖和沈璟为代表的这一代剧作家的文化类型是在中晚明时代思潮和文艺思潮大撞击背景中形成的。这也就证明了，思潮的撞击和文化类型之间存在着多姿多彩的作家心灵曲线。而人们正是从这些剧作家的心灵曲线中看到了他们给我们剧坛增添了新的文化素质：他们从不同的角度，给我们的剧坛增加了热度，增加了轻松，也增加了一些崇高、雄伟的史诗的气魄。

另外，所谓流派，顾名思义，是处在不断流动、发展、变化中的。没有发展、变化的流派简直不可想象。就一个戏剧流派的生命过程来说，在不同的环境中，同一流派也会有不同的命运；在同一环境中，不同的流派会有不同的演进过程。这是由于历史不断前进和发展，社会生活日逐变化和复杂，生活的各个方面都可能被写进戏曲。而且各戏曲流派在交流中，会不断调整自己，加强自己，所以流派的变异和重新组合划分也是必然的。即如上所述汤沈之争中，一些“吴江派”戏曲家如王骥德、吕天成同被认为属于“临川派”的凌濛初等，持诚恳、公正的态度。他们既承认沈璟于曲学“法律甚精”的长处，也不回护沈氏的“法胜于词”“毫锋殊降”的不足；在充分肯定汤作“奇丽动人”“境往神来，巧凑妙合”的同时，也指出他“略短于法”的毛病，因而形成较为一致的意见。在明清之际，终于出现了两派逐渐合流的局面。

抛弃机械切割，依据戏曲的多元性、开放性，对明代戏曲流派进行多元划分，并不意味着对流派的取舍标准可以随心所欲地采用和废弃，它是有着内在的质的规定性的。所以，我们认为，应当按照文艺创作规律，特别是戏曲艺术自身发展的独特规律，把视点投诸三个方面，即题材、创作方法和艺术风格，并把这三个方面进行系统地、有机地、综合地考察，这样庶几可以使明代剧坛流派能在当代戏剧观念的观照下，得以显现其各自特色。

四

在明代，与戏曲创作实践大踏步前进相适应的是戏曲理论的大踏步前进。在中国戏剧学史上，明代戏曲理论十分繁荣，甚至形成了一个前所未有的高峰。

戏曲艺术理论是人们对戏曲现象的理性认识和科学概括。古代戏曲家以非凡的才能创造了戏曲。在人们尽情地享受着戏曲艺术之美的同时，又力图准确地认识和概括这种为人类生活增添了的无穷色彩的艺术样式，这就是戏曲理论的发端和形成。

在元代，随着杂剧艺术体例的确立和表演形式的成熟，戏曲理论也开始发展。在表演艺术理论范畴中产生了燕南芝庵的《唱论》和胡紫山的“九美”说，而周德清的《中原音韵》的“作词十法”，为北曲作者的审音辨字做出了规范，对后世产生了深远的影响。而钟嗣成的《录鬼簿》则是第一次打破了正统的文艺观念，为戏剧争得了应有的地位。《录鬼簿》对剧作家的评骘，还开创了我国古代曲论中对美学风格的鉴赏和理论阐发。

明代戏曲理论是在元代戏曲理论基础上走向成熟和得到长足发展的。而其特点是不少优秀剧作家同时也是高明的戏曲理论批评家。

明初，作为皇族的朱权，编撰了《太和正音谱》。此书在继承《录鬼簿》肯定戏曲艺术价值的理论传统基础上，还从戏曲的“高台教化”的社会功能论角度，提高戏曲艺术的历史地位，而在戏曲风格流派、声乐歌唱等诸多方面作出了重要的理论贡献。明中叶以后，是中国古代戏曲理论最辉煌、最有成绩的时期，戏曲理论名家大批涌现，戏曲理论问题的多方面探讨、争鸣也是历史上空前未有的。汤显祖、沈璟、王骥德、吕天成、潘之恒等都带着各自的戏曲美学思维进入了戏曲理论阵地。这些理论家已不再局限于史料的记载、钩稽和单纯的艺术技法的经验总结，而更多的是接触到戏曲本体的诸多方面的问题。在戏曲理论形态上，此时既是对传统戏曲理论形态的全面总结，同时又是戏剧理论形态大幅度展开的时期。其中关于戏曲语言本色与文采问题相当深入的探讨，已上升到一个新的戏曲美学层次，成为明中叶以后一个理论重心，其影响极为深远。

时贤对中国戏曲理论形态的特点已有所论述，指出了中国诗文理论多专著而不重评点，小说理论有评点而乏专著，只有戏曲理论却集序、跋、专著与评点于一身。而值得我们重点提出的是，中国戏曲理论形态的内在特点的问题，因为这是我们认识明代戏曲理论对中国戏剧美学的重要贡献的关键。

从中西文论的比较研究入手，我国整个的古典文论与西方文论，往往同中有异。中国古典文论的思维方式侧重于以具象化的事和物为对象，更注重个性的表现，直观、即兴的意味更浓，因而理论批评与文艺作品的审美鉴赏结合得相当紧密，相对来说，不过分追求理论的系统化和周详。概言之，西方文论是哲理的，我国文论则是诗意的；他们长于思辨，我们重感悟和体验；他们注重繁复的逻辑推断，我们致力于具象扣合；一个习惯于客观、冷静的剖析，一个偏重主观、动情的评述；重于思辨的着眼于理论本身的系统化和体系性，耽于诗意的则沉浸在亲切而洒脱的美感境界之中。

具体到明代戏曲理论批评，它也是自成格局，独标异彩的。仅就散见于明人的剧作中的序、跋、评、叙、题辞、自记中关于戏曲创作的论述，就如零金碎玉，营造成中国戏曲理论批评的主要框架，其中的序、跋更是史、论、评三位一体的方法。它并不像“正规”理论文字那样有条有理，但却能评出许多大块文章所说不到的精妙之处，而且提出了一系列在他们之前的理论著作中所没有提出过的更为丰富复杂的课题，体现了我国传统美学和戏曲理论的新突破。正由于此，我们的研究就必须尊重这种历史形成的民族特点，我们也要怀着诗情的感悟去对待诗意的戏曲美学。

当然，事物也有复杂的一面，明代的戏曲诗学似乎都有一种倾向，即褒奖元曲而贬抑明曲，颇有一点“颂古非今”的味道。这涉及一个如何看待明代曲论的美学倾向的问题。其实，这不仅是明代特有的现象，在我国，历史上的各家文论似乎都有此特点：尊古。扩而大之，世界戏剧史上也有类似的现象。马克思在一封信中就说过这样一段话：“毫无疑问，路易十四时期的法国剧作家从理论上构想的那种三一律，是建立在对希腊戏剧的曲解上的。但是，另一方面，同样毫无疑问，他们正是依照他们的艺术要求来理解希腊人的。”这就是说，18世纪那些法国戏剧家们讲的三一律，实质上是曲解希腊戏剧，但是他们之所以要那样曲解古希腊戏剧，则是为了建立他们自己的戏剧。明代的曲论家也是如此做的。他们对元曲的褒与捧，实际上也有对元曲曲解之处，而在褒与捧之间就包含着他们为营造明代自己的戏曲的意图。尊古而不仿古，用所谓曲解“古”来建构“今”，就这一意义来说，明代戏曲理论又正是属于开创性的理论。

倾听民间心灵回声

——浅谈通俗文学的核心价值

几十年来，我一直从事中国文学史的教学工作，而文学史中的通俗小说和讲唱文学、戏曲艺术又是我研读的重点。今天正好通过这次研讨会，直陈我对通俗文学的核心价值的认知和点滴体会。

一

不错，中国是一个历史著作和历史学研究的大国，堪称世界之最。同样，我们还是一个通俗文学创作的大国。但是在传统观念中，历史著作和历史学才是经国之大业，而通俗文学和通俗文学研究，是消闲的，甚至个别人还视其为可有可无、无关大局、无关文艺之发展与繁荣的亚文化！

其实，在中国这个历史大国的旁边，还矗立着一座辉煌的通俗文学的大厦。它与正史不同的是，通俗文学构建的是一部真正的民间社会的心灵史，是一部心态史和心智史。在中国文化史中，如果没有了心灵史，肯定地说，就是一部残缺的文化史。我们暂且不说别的文类，如民歌、民谣，仅小说、戏曲和讲唱文学，就是心灵史的最好的载体，就是鲁迅先生强调的长篇通俗小说乃“时代精神所居的大宫阙”。中国的文化史正是靠着小说、讲唱和戏曲这样的心灵史、心态史和生活史的叙写，才显得形象、灵动、靓丽、丰满、完整和生机盎然，读来令人神往。因此，正史之史与通俗文学所承载的“史”，乃是文化史的左右手，不分轩轾！它理应被尊重，这是通俗文学的尊严。通俗文学研究者更应为通俗文学的尊严不遗余力地争取其文化史上的地方。一言以蔽之，中国通俗文学的庞大存在乃中国思想史和文化史的心灵证词。

其实，对文史两家有起码认知的人都看到：历史是宏观的，偏重经济的、政治的、军事的、典章制度的变迁的，等等；而通俗文学中的多种文类，相对而言则是微观的，许多叙事都是史家不屑顾及的百姓生活。历史关乎外在，通俗文学注重内在；历史重形，通俗文学重神；历史登高临远，雄视阔步，通俗文学则先天地富于平民气质。所以，历史中的正史和长期被视之为“小道”和“邪宗”的通俗文学，绝不能相隔相异，而是必须互相参定，互补相生。史家之眼光虽深邃，但文家之审美眼光又非史家之所长。

观照通俗文学的经典文本，从题旨到字里行间，我们常常会发现和感受到民间才人的全部智慧、灵性和强大的生活感受力，和对现实的烛照、触摸的动感！民间的才人，常以自身体验去感受历史与现实的美和丑，并且见证美丑之生成。其中，我们体悟到了那些令人至今难于忘却的人生况味，从而体验到通俗文学家们的心灵历程的外化。

我在读过的诺贝尔文学奖获得者的演讲录中，就看到2008年诺奖获得者法国作家勒克莱齐奥曾恳切地谈到中国诸多的通俗小说。他认为，从《水浒传》《三国演义》和《红楼梦》和其他通俗文学名著帮助他探索到了“中国思想”。事实是，像所有通俗经典文本一样，它们确实不仅帮助了我们国人对自身民族思想文化的认识，又何尝没有帮助那些不带偏见的外国朋友对中国人的生活史、思想文化史有了活生生的形象化的认识呢？

事实是，很多外国学人和中国的通俗文学研究者都发现了一部部伟大的通俗文学中的经典文本都有一种深刻的“绝对化的”社会学思考。实际上，我们对通俗文学的经典文本的象征意蕴是有着巨大的研究空间的。那些不朽的章回小说、讲唱文学和民间戏曲以及人们耳熟能详的民歌，就充满了使人思考的社会学的审美意识的问题。而生活史的、和心态史的诸多领域，更是我们应当给予审美观照的重点。

二

基于上面的粗浅认识，我想试着谈一点通俗文学具体的核心价值之所在：

建构当代中华文化，必须利用多种文化资源，其中当然包括通俗文学的文化资源。我们是一个充分尊重文化传统和传统文化的民族，特别是对扎根于民间的通俗文学有着深深的感情。因此对于从古至今的多种民间文化必须抱之以尊重、理解之态度，辩证地、历史地分析通俗文学中的丰富营养，努力开掘其最具生命力的成分。

第一，营养心灵。心灵就像纯数学的“空筐结构”。心灵的筐子的“空”是为了能随意装进天地间的万物，但更是精神层面的东西。中国浩瀚无垠的通俗文学海洋的魅力正是心灵空筐所需求的一种富有活力的生命里的营养。由于心灵与心灵，血肉之躯与血肉之躯（如民间戏曲）的交流，心灵的营养使通俗文学的经典文本在长期流播过程中具有直观性，于是它在捍卫人性的真善美与荡涤人性的假恶丑的观照中，它使心灵净化和充实，使人性中的尊严得到张扬。

第二，大智慧的赋予。通俗文学来自民间，扎根底层，所以草根、游民、书会才人都是智慧者写出智慧之作，特别是人生之智慧、审美之智慧，即所谓“慧光所及，智珠朗照”也。基于此，乃有对于艺术人生的精准见解和艺术大手笔的出现。而在一代又一代的听众和读者中产生巨大影响，使其思维感情进入新的境界，即逐步把握其象征意蕴，因为大智慧永远与生命的炽热和燃烧后之艺术之美结缘。

第三，原创性。从文学艺术层面观照，古代的优秀的通俗文学都具有原创性。从诗三百、汉乐府以降，一直到章回小说之经典之作以及仍活在舞台上的戏曲曲艺都是具有原创性意义的。因为这些伟构都是独创的，更是前无古人的，也是不可替代的。它们一经横空出世便不可重复，并走上不可企及的艺术高峰。它们都是形成了自己的空间。在它们自己的空间中可以容纳一切，又“排斥”一切。它们的作者大多是艺术天才，而他们的天才恰恰吸引了不少模仿的蠢材。唯其如此，他们才有不朽的价值，对以后所有的文艺创作具有永恒的艺术范本的意义。

第四，是我们探寻作家心灵史的最丰富的资源。从优秀的通俗文学中，我们清晰地看到他们在思考什么，有什么突破性的人生发现与对人性的认知。在那些经典文本中我们会看到通俗文学家们在纸上在舞台上走到了个人创造的极致，倾力完成一部巨著或一部又一部的作品。但是，只有他们在完成他们的全部文本时，他们的人生与艺术的得与失才得以显现。成就与失败，突破与局限，品位与过错，勇气与无奈，金子与垃圾，全部摆在那儿。对于当下的我们，任何一位通俗文学作家的每一行字，都可能对我们是有用的，都是他们心灵的见证。前提是，只要这位作家用真实的心灵去写作，那必然是他的创造，必然是他隐性的主题和主人公。

让我们倾听民间的心灵回声吧！通俗文学中的优秀之作是我们民族的又一部秘史，同时它们必然是我们民族心灵史的一部分。

黑格尔有句名言："美的艺术的领域就是绝对心灵的领域！"信哉斯言。

中国戏曲与小说的血缘关系

一

早年读散文名家姜德明先生的《戏话》① 一文，觉得他的文笔丝丝入扣，读之令人眼目清凉，身心愉悦。他不仅独具慧眼，通过京剧《三堂会审》与托翁的著名小说《复活》，拈出了一则有意味的“中西文艺比较”，揭示了人性中的负罪感和灵魂冲撞，说得极为通脱、明晰，且率真地表达了自己偏爱的一方——《起解》与《会审》。其中最令我感动的是这位散文大家的谦逊的文风，他用平等的商量的口气写道：“说句外行话，能不能说整本的大戏如同长篇小说，折子戏是散文？”不管你读后能否认同此说，这态度就让人听着舒坦，更不用说姜先生的体会显然是行家里手的理解。

说来也巧，偶读汪曾祺先生的《搭上随笔》②，出于职业与爱好的习惯，当然要首先拜读汪先生的《中国戏曲和小说的血缘关系》一文了。汪文也是从中西戏剧结构比较入手，指出“西方古典戏剧的结构像山，中国戏曲的结构像水”，接着从戏曲发展史角度画龙点睛地指出：“这种滔滔不绝的结构自明代至近代一直没有改变。这样的结构更近乎是叙事诗式的。或者更直截了当地说：是小说式的。中国的演义小说改编为戏曲极其方便，因为结构方法相近。”汪先生如数家珍地列举了《打渔杀家》《一匹布》《牡丹亭》《琵琶记》《武家坡》诸戏的时空处理及戏剧冲突等问题，做了鞭辟入里的分析，真是切中肯綮，醒人耳目。事实是，在文学的文化学研究中，充分认识中国小说与戏曲的血缘相关性是非常必要的，这还不仅仅是由于小说和戏曲的共同性都是因为具备叙事性，或者说都离不开故事。真正值

① 姜德明：《戏话》，《今晚报》1996 年 2 月 6 日，第 6 版。

② 《当代名家随笔丛书》之一种，群众出版社，1994。

得我们注意的是，中国的艺术精神都追求虚实相生、追求写意化、追求意境、追求突破时空限制的象征意蕴。所以，研究小说与戏曲的关系，似应超越过去题材溯源的单一思路，更多地在形态学、文化学的层面上开掘。

于是，我想到了前辈名家杨绛先生的精彩力作《李渔论戏剧结构》一文结尾部分的论述，她说：西洋小说往往采取戏剧式的紧密结构，把故事尽量集中在较小的地域、较短的时间。例如奥斯汀的小说就被称为“戏剧式的小说”。我国的传统戏剧却采用了幅度广而密度松的史诗结构。希莱格尔说“但丁的《神曲》是一部小说”“莎士比亚的悲剧是古典悲剧和小说的混合物”。那么，我国的传统戏剧可称为“小说式的戏剧”。[①] 杨绛先生的这番言论意在揭橥戏剧结构上的中西艺术之异，然而我们却可以举一反三。它告知我们的正是中国小说与戏曲的相互渗透是多方面的，也正是在形态学、文化学的层面上给予了我们极大的启示。为此我特别期待着中国学术界今后能够出版一部有质量的中国小说戏曲艺术发展史。

二

戏曲和小说的血缘关系，似乎很早以前就形成了我心中的一个“情结”，我说我渴望看到一部地道的中国的戏曲小说艺术发展史。所以我在很多场合，只要有机会就要“喋喋”地谈论如下的这个观点：一部中国小说史就是一部活的中国戏曲史；而一部中国戏曲史又是一部活的中国小说史。我想凡治中国小说史和中国戏曲史的学者，几乎都或多或少、或明晰或模糊地感觉到了这一点。因为人们都看到了，在中国戏曲文类和小说文类进入成熟期（或定型期）以后，它们的紧密联系和相互依存的关系就越发明显了。因此，与西方文艺发展史不同，中国的戏曲、小说有着自己独特的发展规律。其中重要一点，即二者经常相互作用、相互参定，同步发展，戏曲中的小说因素，小说中的戏曲因素都是显而易见的。形成

① 参见《杨绛作品集》第3卷，中国社会科学出版社，1993，第140页。

这种现象的原因，肯定是多方面的。然而，从总体上说，古代小说、戏曲所体现的，都是中国中世纪以后城市市民的思想意识。而宋元以降，中国独有的瓦舍勾栏艺术，无疑又给二者的融合提供了极为畅通的渠道。古代戏曲、小说这种血肉关系决定了研究它们的不可分割性。英国著名的历史哲学家汤因比曾经指出："我从来就没有把历史、当代史、经济史、宗教史和艺术史加以区别，也没有把历史的研究和技术的历史加以区别……我反对把人的研究分成若干所谓的'学科'。"汤因比的话也许是一种"深刻的片面"，但我们却有必要从中汲取充分的精神养料和思想灵感，他确实独具慧眼地窥见了20世纪末人类精神领域和学术研究中的综合趋势也是最佳运作方式。至于如何操作，那就看研究者的视角、切入方式、理解力、阅读心态或理论准备了！

中国戏曲和小说（理应包括独具特色的中国讲唱文学）的关系，从外显层次加以观照，人们几乎都可以把握这样一种血缘关系：即它们在创作题材上往往同出一源。同一题材在说书场中或戏曲舞台上以各自的艺术样式加以表演；同时，又在新的基础上，相互吸收对方在处理同一题材时的经验，从而提高了自己的思想艺术水平，这样循环往复，绵延不断，世代不息，大大促进和丰富了小说戏曲的艺术创作经验。此种情况确实构成了我们民族艺术的一种传统。

然而，真正的困难却在于，从深隐层次上去观照戏曲和小说的内在关系，就有着许多有待认真探索的问题。要而言之，如从艺术文化学角度和艺术形态学理解与把握这一问题，就有诸多难点和令人困惑的问题亟待从理论上史料上加以破译。且不说小说和戏曲完全属于两种文类，仅就叙事体和代言体等文体类型来考察，我们就已感到本体研究中的交叉渗透的复杂性。

关于这一点，我国理论界的有识之士已经认同：中国小说文体的基本叙事格局构成了三个层面：一是情节结构的戏剧化；二是形象构成的动作性和视象性；三是情景描述的写意与诗化。这种传统叙事格局也明显地体现了小说家对戏剧化的思维认同。据我看，这种认同，从实践上，李渔的艺趣意识最为明显。他公开地把自己的小说称之为“无声戏”，这足够说明，我们的小说家已有了清醒的认识——小说戏曲观念的同一性。

事实也证明，小说创作引进戏剧的艺趣意识，在情节的叙事结构上较大程度地改观了“记实研理，足资考核”，平直、浅露的叙事意向，逐步形成了重剪裁、巧构思，文笔精细曲折，情节描写波谲云诡、跌宕多姿而又合“人情物理”的叙事模式。总之，窃以为，小说思维机制是在两种文体的挟裹和诱发下，出现了流变的态势，而作为中国的戏曲思维也是如此运作的。

下　编

心灵的辩证法

——我读《莺莺传》

一、从“第一次印象”谈起

对于文艺爱好者来说，可能都有过这样的欣赏经验：对一篇文学作品（特别是那些叙事类作品）的第一次印象，往往会成为今后对这篇作品进行抑扬褒贬和审美判断的一个十分重要的基点。这也许是因为，对于读者来说，每篇作品只可能有一次“初次印象”。这如同一个人第一次看到一个性格特异的人，听到一个新鲜的故事，看到一件别致的事物。对他来说，这一切都是新鲜的。这个珍贵的新鲜感，在以后第二次、第三次的阅读中有时反而会淡漠了。这一规律常常出现在文艺鉴赏者的精神活动中。

我不能忘记第一次读元稹《莺莺传》时那种耳目一新的新奇之感。但那初次的印象，却又是一种很复杂的感受：它的文体是那样简约明澈、清新隽美，而且在那轻淡的描述里，有着一种自始至终强烈地拨动着人们心灵的琴弦的力量（就是这一点也足以与白行简的《李娃传》和蒋防的《霍小玉传》等媲美）。可是，传奇中作家借人物之口的告白和小说中的形象内容的矛盾又使人深感困惑：张生用情不专、负心背义抛弃莺莺，是封建社会的产物，然而“始乱之，终弃之”的行为不仅不被视为薄幸残忍，反而被认为这样做是“善补过”。莺莺的悲剧确实是概括了历史上许多受封建礼教约束和被轻薄少年遗弃的善良少女的共同命运，然而这样的少女为什么竟被诬为“不妖其身，必妖于人”的“妖孽”，而且以上言论还是出于曾经狂热地追求过她的人之口？总之，这篇小说给人们的最初印象就像是一支旋律和谐优雅的乐曲，在收煞时突然发出了使人难以忍受的噪音；或是像一出哀怨凄绝的悲剧，在凝聚和升华到崇高美的境界时骤然掺进了某种笑剧的因素，而破坏了整个作品的情调。

现在，虽然已经是时过境迁了，可那“两重性”的初次印象依旧是萦回脑际，而且似乎还在执拗地支配着自己的审美感情。但是，令我最触绪牵情的仍然是莺莺这个悲剧人物的命运。这说明，真正强有力的、作用于读者感情的还是作品提供的美的艺术形象。事实上《莺莺传》这篇小说的主体和真正的审美价值，不论我们愿意不愿意，只能是关于女主人公莺莺一生的故事。因此，如果贬低莺莺在小说中的地位，而只看重其他部分（诸如用索隐抉微的方法去考证张生是不是元稹，莺莺是不是出身高门甲族），那就无异于在大观园中无视贾宝玉，在《空城计》中忽略诸葛亮。现在，我们如果调转角度，不是首先抓住小说对社会现象的某些零星的暴露或影射，以及那苍白无力的说教，而是从女主人公的命运悲剧和性格的角度来看，那么《莺莺传》的全貌才会真正地呈现在我们面前。

看来我们的任务应当是努力遵循形象思维的规律，从莺莺这一形象完整的艺术创造，从这一人物典型的全部结构来进行美学分析。

二、“性格就是命运”①

记得歌德曾经说过：“艺术的真正生命正在于对个别特殊事物的掌握和描述。此外，作家如果满足于一般，任何人都可以照样摹仿；但是如果写出个别特殊，旁人就无法摹仿，因为没有亲身体验过。……每种人物性格，不管多么个别特殊，每一件描绘出来的东西，从顽石到人，都有些普遍性。”②《莺莺传》所描写的故事和人物之所以能够激起读者的共鸣，正是写出了“个别特殊”，并且生动地表现在人物刻画上。崔莺莺是唐代传奇小说中人物画廊里具有独特命运和性格的人物。她既不同于出身低贱而最后还是跨进了名门望族的李娃，也不同于被抛弃后饮恨而终、仍然燃烧着复仇火焰的霍小玉，而是一个出身上流社会的少女，在经过内

① 德国浪漫主义诗人诺瓦利斯语。

② 爱克曼辑录：《歌德谈话录》，人民文学出版社，1978，第10页。

心的重重矛盾，勇敢地冲破了封建礼教的精神桎梏以后，却被一个用情不专、负心薄幸的人所抛弃。这个爱情故事就是如此简单，而且读者不难发现，这是中外古今许多不怎么高明的爱情小说中反复出现过的情节。这要让一个生活阅历浅薄和艺术腕力不足的作者来处理，很容易落入俗套。然而作为小说家的元稹却完全采取了独辟蹊径的艺术处理，或者说作者找到了描写莺莺命运和性格的特异的角度和色调，从而谱写了一曲凄恻的恋情哀歌，一首深沉哀怨的诗。

我们知道，作家研究的对象是人和人的灵魂。文艺创作是探索和塑造人的心灵的劳动。在生活中，人之“情”是丰富多彩、千差万别的，也是探之不尽、索之无穷的。艺术中性格的创造，其要点正在于通过特定的社会关系，去捕捉、剖析人物感情世界的独特性，由此刻画和揭示黑格尔所说的“这一个”人物特定的社会内涵及其心灵的历程。莺莺这一艺术形象为什么能够这样的深入人心，也许我们最先想到的是爱情，悲剧的爱情。《莺莺传》的独创性在于，它不是孤立地、静态地去描写莺莺的爱情生活，而是在动态的流程和感情的流程中，揭示她的内心美。在这里我以为至少有以下两点值得注意：一是从爱情的特定性出发，表现得有特色；二是把爱情描写作为整篇小说的创作视角——揭示人物的美的灵魂的组成部分来对待。

且看莺莺表达爱情的方式吧。莺莺出身名门望族。我们民族文化的精神传统，特别是优秀的中国古典诗歌，自幼就把风神灵秀的莺莺塑造得很美，因此，莺莺给予我们的深刻印象是一个诗人气质的少女，或者说，是一个女性气质的诗人。加之封建礼教的熏陶，赋予她举止端庄、沉默寡言的大家风范。因此她初见张生，采取的态度是矜持的、防卫的，不轻易暴露自己的内心秘密，像是怕受伤害似的。然而，莺莺的灵魂深处却燃烧着青春的烈火，有所向往，也有所追求，经常以诗言情，属文吟咏，寄托自己这种潜藏着的思绪。莺莺的这种性格特点和内心矛盾，她的贴心丫头红娘最为了解。她曾对张生介绍过：“崔之贞慎自保，虽所尊不可以非语犯之。……然而善属文，往往沉吟章句，怨慕者久之……”初见张生虽“双脸销红”，羞于应对，却由于“怨慕者久之”，在面对眼前这位“性温茂、美风容”的年轻书生时，自然产生美好的印象。张生的《春词》二首，又使她看出了张生才情富赡。“才”与“貌”一经结合，“怨慕”久之的莺莺，萌发了对张生的感情。这时的莺莺第一次尝到了爱情的喜悦，她突然感到灵魂进入了一个新奇的自由的境界，终于鼓起了回诗约会的勇气。然而她毕竟是未经世面的纯真的少女，一旦张生真的出现在她的眼前，她感到十分惊惧，居于她头脑中的封建意识以她也意识不到的状态出来活动了。应该怎样收拾难堪的局面呢？倾诉衷情，私订终身，一时她又不敢（更何况红娘就在自己身边）；不关痛痒地虚以应对，又难以表达“怨慕”之情。这时她采取了完全违反自己初衷的行动，“斥责”张生“非礼之动”。正因为莺莺“大数”张生，只是一种爱而却惧的心理反应，所以莺莺过后思量，她又惧而更爱，终于主动地投到张生的怀抱里去，而“曩时端庄，不复同矣”。小说抓住莺莺内心中情与礼的矛盾，采取层层递进的情节结构，一层深一层地揭示了这个少女情感波澜中的心灵美。

这样，在我们面前出现的莺莺形象，她的性格就表现为：单纯之中寓有丰富，柔美中寓有坚韧。她从一个上流社会的少女而成为一个封建礼教叛逆者的心灵历程，是令人信服的，是那个时代出身于贵族家庭的青年人坎坷道路的合乎逻辑的发展。她走的道路是自己选择的，是她所独有的。一句话，是“崔莺莺式”的“这一个”。

元稹不愧为一个心灵探索者。由于他使自己的人物回到了真实的生活环境、真实的生活状态和心理状态中来，所以他才能掌握住人物的“心灵辩证法”。[①] 作家没有掩饰出身、教养、环境给莺莺带来的内心矛盾和性格弱点。他只是写出了一个上层社会出身的叛逆女性。而且在爱情之外，诸如生活道路等重大问题上，她也并没有叛逆封建主义的规范。所以元稹真正杰出之处，正在于一千多年前，

---

① 车尔尼雪夫斯基语，参见《古典文艺理论译丛》第 5 册，人民文学出版社，1963，第 161 页。

他就已经敏锐地观察到和捕捉住出身于封建上层家庭的少女在反抗传统的旧礼教时的内心冲突过程，并加以典型的概括。

如果说《莺莺传》从爱情的特定性出发，恰到好处地表达了一个少女的情怀，而且描绘得那么真实、准确、别具特色，那么小说更为重要的贡献还在于它成功地写出了一个人的命运，一个人的遭遇。它是通过人的命运、人的遭遇而展现了人物的高尚情操和精神美的。

所谓人的命运，不过是一个人所经历的生活和思想历程。莺莺正是带着自己命运的独特轨迹和心灵上的鲜明印痕而出现的。小说在写到莺莺和张生结合以后，着意向着人物的灵魂深处掘进。当崔母发现木已成舟，只好“因欲就成之”。莺莺却敏感地发现张生对她若即若离，她痛苦地预感到了“始乱终弃”的结果。面对这种预感，她的心情异常复杂，有热爱，有惆怅，有痛楚。她用自己的柔情和劝告，来表示对张生的忠诚。她是这样剖白心曲的：

> 始乱之，终弃之，固其宜矣。愚不敢恨。必也君乱之，君终之，君之惠也。则殁身之誓，其有终矣，又何必深感于此行？然而君既不怿，无以奉宁。君常谓我善鼓琴，向时羞颜，所不能及。今且往矣，既君此诚。

这里既有热切的期望、坦诚的吐露、聪明的暗示，又有难以言状的苦衷，情意是缠绵的。她并不回避即将和张生诀别时那令人心碎的痛苦，这就更反衬出她克制这种痛苦的精神力量。那宁静、深沉的絮絮情语也就更反衬出她的心情奔涌、情如火炽。这是一幕表面平静、内心激越、外冷内热的“戏”，同时，它又是何等绘形传“情”的笔墨啊！

像莺莺这样一个聪明、敏感、感情纤细的少女，却被命运抛到那样一种难堪的境地，千百种的不公平，让她的敏感的神经尤其不能容忍。在那礼教吃人、恶俗浇漓的社会，一个人的精神越丰富，就越痛苦。正如契诃夫所说：越是高尚，就越不幸福。坚定的爱情，不仅没有使莺莺自己得到幸福的可靠保证，而是在心里带来了更多的动荡和不安。她实际上已经接触到中国封建时代的一个令人痛苦的道理：爱情和婚姻本是漠不相关的两回事；她可以把整个生命交给爱情，但是却不能把婚姻交给自己。

莺莺这个人物刻画得成功之处还表现在作者写出了她的性格的转变。张生在长安“文战不胜”，“赠书于崔”。这又使得对爱情专一、执着的莺莺感动至极。她立即寄物喻志，并且写了那封情词感人的长信，表达她忠于盟誓，志坚“如环不解”。莺莺又一次向张生捧出一颗赤诚的心，他们的爱情又有了一次、也是最后一次成功的机会。但是负心的张生又变得冷酷，十分轻易地就把这次机会放弃了。他一年多不给莺莺音信，遂使莺莺断绝了一切念头，不得不“委身于人”。悲剧终于出现了。在整个事态发展中，主人公莺莺的情感流程和心灵的轨迹都是清晰的。如果说，莺莺在和张生初恋时是用热恋的眼光望着他，却不能以理智的心灵来观察他，草率地走错了一步，从而造成了巨大的不幸，那么一经发现张生决意遗弃她，使她再度陷入痛苦与绝望，她便下定决心，毅然离开了他，并拒绝张生求见，以表示她的不平和哀怨。应当看到，莺莺的觉醒是付出了代价的。作者写出了莺莺这样一个经过内心的痛苦折磨而最后觉悟了的灵魂，以及造成这种爱情悲剧的个人心理因素。

长期以来，对莺莺性格的评论中有一种倾向，认为莺莺是一个怨而不怒、逆来顺受的人物。比如，游国恩等先生主编的《中国文学史》就说：“当她意识到张生将要抛弃她时，却无力起来斗争，只能自怨自艾、听凭命运摆布。”[①] 张友鹤选注的《唐宋传奇选》也认为“她不是振振有词地向张生提出责难，而只是一味哀恳，希望他能够始终成全。只有怨，没有恨，这是阶级出身、封建教养带给她的局限性”。[②] 我过去多少也曾是这样看的，现在仔细想想，不是没有问题。其实，根据

① 游国恩：《中国文学史》第2册，人民文学出版社，2002，第236页。

② 张友鹤：《唐宋传奇选》，人民文学出版社，1979，第111页。

莺莺感情发展脉络来看，特别是通过莺莺命运的一起一落，我们不难看到莺莺性格的另一面。当张生要求相见，“崔终不为出”“竟不之见”。这是作者为我们打开的莺莺心灵的又一扇窗子，它让我们透视到，在莺莺柔弱的外表里，包含着一个刚强的灵魂。对张生的“竟不之见”，实际上是一次极为微弱的报复，一个她可能采取的小小惩罚。然而这在莺莺的性格里毕竟是一个意想不到的转折。至于那首赠张生的诗也应作如是观，请看：

弃置今何道，当时且自亲。
还将旧时意，怜取眼前人。

这里明白无误地道出：是你抛弃了我，那么现在还有什么可说的！但是，当时是你自己亲近我的。我奉劝你把过去那种对我的情意，去爱你现在的爱人吧！这首诗，哀中有怨，怨而不馁，既含蓄，又蕴藉，并且颇有讽喻意味。

诚然，乍看起来，小说的情绪似乎是低了些，哀伤了些，但我们不能简单地把《莺莺传》看成是一曲被遗弃者的悲歌。因为它在现实的写照背后，提出了一个新的价值标准，提出了人格和精神美的问题。它通过莺莺的形象写出人的感情和尊严的不可辱和不可犯，深邃激越地控诉了践踏人的精神是一种犯罪。莺莺正是不惜一切代价保持了自己的人格和尊严。这一切可能是元稹创作这篇小说时始料不及的吧！

三、“感人心者莫先乎情”[①]

诉诸情，工于表现人的内心生活，赋予艺术形象以独特的生命，是《莺莺传》这篇小说另一艺术特色。

① 白居易：《与元九书》。

“情”是艺术的灵魂。任何一篇文学作品，不写出人物的巨大的感情潮汐，就别想打动读者的心。元稹的贡献就在于他敢于把自己的艺术触角向人的感情领域伸展、发掘、开拓，让小说形象浸润着人性美和人情美。从这一角度来说，《莺莺传》是为我们最早地打开了又一个崭新的艺术视野的小说。

作为小说家的元稹在表达感情上做了独特的艺术追求：他采用了书信体这种易于抒发感情的形式。莺莺致张生的信占全部小说六分之一的篇幅。作家别出心裁地以“信”的形式来描绘莺莺的心灵世界，有利于细致地剖析人物的命运，也是深刻揭示人物的内在感情的有效方式。在我们翻阅唐人小说以后才发现《莺莺传》是绝无仅有的一篇。应当说这一新巧的艺术构思是我国小说艺术史上的一个崭新现象。据笔者所知，采用书信体的形式剖析少女爱情心理的，最成功也最有影响的是19世纪俄国伟大诗人普希金的诗体小说《叶甫盖尼·奥涅金》[①]中达吉雅娜给奥涅金的信。俄国文学批评家别林斯基曾对此信进行过专门的评论，并指出：当达吉雅娜的信在《奥涅金》第三章上发表之后，“立即疯魔了俄国的广大读者”，并且认为这是“披露一个女人内心的最高典范”。[②]看来，“信”确实是一种把情抒得更深，把意达得更明的手段。

现在我们把莺莺的信和达吉雅娜的信做一番比较，那将是很有意思的。

莺莺的信：

……自去秋以来，常忽忽如有所失。于喧哗之下，或勉为语笑，闲宵自处，无不泪零。乃至梦寐之间，亦多感咽离忧之思。绸缪缱绻，暂若寻常，幽会未终，惊魂已

① 普希金的诗体小说《叶甫盖尼·奥涅金》，描写的是当时一个贵族青年奥涅金深深感到上流社会社交活动的空虚、无聊，于是离开首都，来到乡间。他拒绝了外省地主女儿达吉雅娜的爱情。当他漫游全国后回到彼得堡又遇见达吉雅娜时，她已成为社交界的贵妇人。他追求她，却遭到了拒绝。

② 《论亚历山大·普希金作品》，载《别林斯基选集》，苏联国家文学出版社，1949，第658页。这里的译文是请孙昌武先生代为翻译的。

断。虽半衾如暖，而思之甚遥。一昨拜辞，倏逾旧岁。长安行乐之地，触绪牵情。何幸不忘幽微，眷念无斁。鄙薄之志，无以奉酬。至于终始之盟，则固不忒。鄙昔中表相因，或同宴处。婢仆见诱，遂致私诚。儿女之心，不能自固，君子有援琴之挑，鄙人无投梭之拒。及荐寝席，义盛意深。愚陋之情，永谓终托。岂期既见君子，而不能定情，致有自献之羞，不复明侍巾帻。没身永恨，含叹何言！倘仁人用心，俯遂幽眇，虽死之日，犹生之年。如或达士略情，舍小从大，以先配为丑行，以要盟为可欺。则当骨化形销，丹诚不泯，因风委露，犹托清尘，存没之诚，言尽于此。临纸呜咽，情不能申。千万珍重，珍重千万。……

再看达吉雅娜的信：

…………

现在，我知道，您可以随意的用轻蔑来处罚我。

可是您，对我的不幸的命运，

哪怕存着一点点怜悯，

请您不要舍弃我吧。

…………

别人啊！不，在世界上无论是谁，

我的心也不交给他了！

这是神明注定的……

这是上天的意思：我是你的；

…………

你在我的梦里出现过，

虽然看不见，你在我已经是亲爱的，

你的奇异的目光使我苦恼，

你的声音在我的心灵里，

早已就响着了……不，这不是梦！

…………

不是你吗，亲爱的幻影，

在透明的黑暗里一闪，

轻轻地向枕边弯下身子？

不是你吗？带着安慰和爱，

低低地对我说了希望的话？

你是谁，我的天使和保护者，

还是奸诈的诱惑的人：

解答我的疑惑吧。

或许，这一切都是空想，

都是没有经验的灵魂的幻梦！

而且注定了完全是另外一个样子……

可是随它怎样吧！我的命运，

从现在起我交给你了，

在你面前我流着泪，

恳求你的保护……

想象一下吧，我在这里是一个人，

谁也不了解我，

…………

我等待着你：看我一眼，

复活心的希望吧，

或者打断我的苦痛的梦，

啊，用份所应得的责备！

结束了！重读一遍都害怕……

我害羞和恐惧得不得了……

可是你的名誉是我的保障，

我大胆地把自己信托给它……

两封信出现的时间、地点相隔得如此遥远，而那如泣如诉的叙述方式是如此的相近；热情、巧妙、朴实的爱情心理的表述又是何等神似；美妙的情思，生动的形象，晶莹的语言，缤纷的色彩，和谐的旋律又是何等相像。它们同样都是真诚的少女悲切的灵魂的告白，都闪耀着一种思想的光芒，都向往美好的未来，都歌颂了纯洁的爱情，都打破了贵族上流社会的偏见。总之，它们都是诗中之诗。

然而这两封信的背景却有着这样大的差距：在莺莺那里，封建主义还将继续统治中国社会达十多个世纪之久。而在达吉雅娜的祖国俄罗斯，封建婚姻制度却是一步步接近解决的问题了。

对于我们来说，值得特别重视的更多的是莺莺致张生的信所表现出的我们民族女性特有的感情色彩，那表达情爱的独特方式和内在美。

莺莺的信是一封极不寻常的信，它文情并茂，感人至深。这信是莺莺用泪水写成的，是莺莺的最优美最动人的感情的流露。爱与怨贯穿始终，悲与愤笼罩通篇。通过这封信，我们可以清楚地看到莺莺在重重的矛盾中的求索，在迷惘的情绪中的挣扎。如果我们把它当作一种内心独白来读，那是颇为动人的。

当张生远离以后，在那冷酷虚伪的环境里，历尽精神磨难的莺莺有多少话要对张生说啊，但她的思念和悲怨之情却无处可讲，只能用泪水默默地将其书写在心上。如今张生寄来了信、物，此刻，郁积在她心底的爱和怨，终于一齐迸发了出来。但这迸发，既不是滚动着的熔岩，奔突而出，也不是闪烁着的耀眼的火光，燃烧着激愤的烈焰，而是像轻拢慢捻的琴音，弦弦掩抑声声思，倾诉着碎心的往事：从她惊惑不安地与张生会面，到“敛衾携枕”相伴，到使她抱憾终生的分别，到剪不断理还乱的悠悠情思。这悲与喜的回忆，这难堪的往事的追述，使全信呈现出强烈的主观的心理色彩，一字一句浸透着血和泪，真是握拨一弹，心弦立应，悲歌一曲，催人泪下。它是莺莺心声的自然流露，每一个读者都可以从莺莺的富于感情的笔触感受到爱情的音乐和爱情的诗。正是从这颗心里所颤动出来的爱情旋律，才使我们看到了莺莺的纯真和热切。

请听那字字传情的话语：

> 玉环一枚，是儿婴年所弄，寄充君子下体所佩。玉取其坚润不渝，环取其终始不绝。兼乱丝一绚、文竹茶碾子一枚，此数物不足见珍，意者欲君子如玉之真，弊志如环不解。泪痕在竹，愁绪萦丝，因物达情，永以为好耳。心迩身遐，拜会无期。幽愤所钟，千里神合。千万珍重！春风多厉，强饭为嘉。慎为自保，无以鄙为深念。

这一段饱含着泪水的独白，出色地刻画了人物内心世界，使人读之不禁凄然泪下。那一汩汩的“情”的暖流，是莺莺对爱情的表白，在读者的心海里激起了美的涟漪。这是多么独特多么美的意境呵！托物寄情，其情如火，构成了从人物内心“情”弦上蹦跳而出的音符和旋律，显示了独特的艺术光彩，它再准确不过地体现了中国古代妇女表达情爱的方式，它进一步丰富了莺莺这个温柔、敦厚、贤惠、充满诗情的艺术形象。

是的，在这里一切都是非常动人的。动人的力量来自莺莺真挚的感情和纯净的道德情操。它的纯净还没有被杂质搅浑，世俗的考虑和利害的打算，也还没来得及把它歪曲，它还只是一种向往、一种愿望、一种理想，还保持着某种超逸、灵致的风度。对对方是仰望和尊重，对自己则是自觉和自律。它就像一滴含英集萃的香精，使一汪清泉发出了芬芳；像一笔瀚墨，使整个画面充溢着一种色调。元稹所选取的、所描绘的就是这样一种感情。他用自然的散文化的形式，把它加以诗化，体现出了对一种美好的情操的追求，因而也就必然使这篇小说具有一种情操的力量。基于这一点，我认为车尔尼雪夫斯基在《生活与美学》中说得很正确：艺术创作是“人的一种道德的活动”。

把心灵，把内在美变成可以感知的，这个艺术的追求并非轻而易举、一蹴而就。《莺莺传》的艺术实践告诉我们：美是靠着特定的形象才得以体现的，心灵不能独立存在，它在形象之中，它蕴蓄在精美的构思之中，附丽在独特的艺术形象上。

不尚雕饰而在真挚中见性情，不劳文饰而于朴素中见光彩是这封信的特色。文字的美，语言的美，使这封信充溢着浓郁的诗情。刘勰在《文心雕龙·情采》篇中指出：“情者，文之经，辞者，理之纬；经正而后纬成，理定而后辞畅。”这是颇有道理的。“情”是作品的内在境界，“为情而造文”才能沁人心脾，动人心弦。莺莺用饱含真情的语言，表述了她内心的一切。她没有去压抑自己的感情，也没有抑止自己的泪水。她的心声如万斛清泉随地涌出，自然而真切，读来就如同一首深沉哀怨的诗，使人如融进那感情的海洋之中，情随浪涌，思乘风驰。

一篇读罢，心潮翻滚，寂然凝虑，封建礼教和冷酷虚伪的社会，撕裂着美好的东西，制造了多少爱情悲剧！封建礼教在摧残妇女的生机、束缚妇女的个性的同时，把富于魅力的女性美一起剥夺了。因此，那没有人性的封建礼教格外给人们一种冷酷的感觉。但是，“历史不断前进，经过许多阶段才把陈旧的生活形式送进坟墓。世界历史形式的最后一个阶段就是喜剧”。[①]

四、再回到“第一次印象”上来

应当承认，《莺莺传》既不是那种以巨大的艺术力量提出了重大社会问题的鸿篇，也不是提供了生动广阔的社会画面的巨著，它只是一篇爱情小说。爱情题材的思想容量也是有它的局限的，它不足以展开对社会的广泛的批判，尤其是像

① 马克思：《黑格尔法哲学批判》导言，载《马克思恩格斯选集》第1卷，人民出版社，1972，第5页。

《莺莺传》这样的短制，更不可能要求它说明某种复杂的阶级政治关系。然而不可否认，像《莺莺传》这样的作品，仍然是反映了妇女问题的一些重要侧面。

联系到小说最后莺莺的被遗弃的情景，以及张生假托舆论诋毁莺莺来看，元稹在最初的构思里，的确想把莺莺写成一个贵族社会的“尤物”。但当我们把这个形象放在当时唐代上流社会各种矛盾和思想冲突的背景下考察的时候，却发现莺莺不仅不是“尤物”，而是受尽了上流社会虚伪道德观念戕害的少女。莺莺的形象在读者的眼中是一个外形美貌、庄严娴雅、感情真挚、热烈追求真正的爱情生活的女性。情节发展到最后是莺莺的被遗弃，但这里表现的已经不是对“有罪”的封建礼教叛逆者的惩罚，而表现的是一个追求理想幸福的女性的抗议。莺莺走向了悲剧性的结局，其原因就在于她的行为是对封建礼教和世俗观念的挑战，就在于她竟然听凭感情的驱使，冲破贵族社会极端虚伪的这层道德面纱，才遭到了上流社会的人联成一体的攻击。小说结尾告诉人们，和她对立的已经不只是她的原来的情人张生，而是整个上层社会。虽说张生等人也以“耻与为伍”的姿态来表示自己和莺莺完全是两种人，是“善补过者”，然而他们才是真正的堕落者。这个客观的生活逻辑的确有点违反元稹的初衷。

小说以它的形象力量表明了一个道理：在中世纪的封建社会里，在那冷酷的现实里，一切对爱的追求，对幸福的向往，对生活的期待，终究被社会扼杀，或者在严酷的现实里化为泡影。莺莺的悲剧命运反映了她纯真、热切的个性与冷酷、虚伪的社会之间不可调和的矛盾。小说毕竟揭示了掩盖封建上流社会私生活的堂皇帷幕的一角，暴露出他们道德风尚的丑恶卑污。

看来，《莺莺传》创作者主观的美感判断和客观的实际标准是大相径庭的，读者的“第一次印象”不都是毫无道理的。形象是最有力量的，而说教总是苍白的。

考据，不应该遮蔽审美视线

——读陈寅恪的《读〈莺莺传〉》

陈寅恪先生是中国现代最重要的史家之一。1950年，他的文集《元白诗笺证稿》问世，此书首倡“诗文证史”。由此陈氏从偏重制度文化史等议题，转向以研究社会风习和时代情感、社会转变中的价值变迁为重点。他的“证史笺诗”以及融文史为一体的新体例史学，被认为是“学术上的又一个里程碑”。而书中的《读〈莺莺传〉》则被公认是以诗证史的代表作。文中对元稹及有关人的诗文、背景、古典、今典等一一考订，精细入微，是一篇影响甚巨的考证之作。

陈氏从《莺莺传》世称《会真记》谈起，认为真字即与仙字同义，而“会真”即遇仙或游仙之谓也。而“仙”之名既多用于妖艳妇人，又有以之曰娼妓的，继而考证元稹乃是“袭用文成旧本，以作传文”。再有，《莺莺传》“假托为崔者，盖由崔氏为北朝隋唐之第一高门，故崔娘之称实与其他文学作品所谓萧娘者相同”。据此，陈氏所得结论已明，即《莺莺传》和张文成之《游仙窟》、蒋防之《霍小玉传》、白行简之《李娃传》一样，都是写唐代进士贡举与娼妓之密切关系的小说。

陈氏此说一出，就我所知，可能是刘开荣先生最先依从附和之。他在1950年商务印书馆再版的《唐代小说研究》第四章第四节中就明确地表示:《霍小玉传》与《莺莺传》同是写进士与娼妓的恋情小说。而且着重指出“此谜已被陈寅恪先生《读〈莺莺传〉》所揭穿”。

从20世纪60年代初游国恩等先生主编的文学史，一直到90年代社科院文研所的“通史系列”皆未采用陈说，而是径直肯定了它的爱情小说的意义。只是90年代中期章培恒、骆玉明主编《中国文学史》依从陈说，书中几乎不顾小说的具体叙写，认为崔氏非名门闺秀，“其原型家庭地位较低”，并说它“其实很难简单地指为‘爱情小说’”。这一论断不仅突兀，而且从文本解读来说，此种看法难以被众多读者接受。因为每一个读者都可以较为明晰地从莺莺的富于感情的行为中，感受到爱情的音乐和爱情的诗。莺莺致张生的信，正是从莺莺内心深处所颤动出来的爱情旋律，它令读者看到了莺莺的纯真和热切，也看到了中国古代妇女表达爱情的方式。

进一步说，如果我们不去拘泥于远离文本内蕴的考据，仅从小说的诸多用语也可看出《莺莺传》并非叙写进士贡举狎妓之作。比如小说中的关键语“始乱终弃”，就不能用之于狎妓行为。记得我早年初读《莺莺传》，对“始乱之，终弃之”这句直接出于莺莺之口的话，就径直地理解为：曾是被热烈追求的和以后又被忍心抛弃的情人的无奈之语。这个问题一放几十年，巧得很，2000 年 5 月 20 日《文汇读书周报》有朱正先生大作发表，文中涉及对“始乱终弃”这一词语的释义。他说：“始乱之，终弃之，固其宜矣。”这是指开始挑逗她，玩弄她，最终是遗弃她，这才叫始乱终弃。古人用“乱”字表示性行为，有一个适用范围，上限是不能包括妻妾，下限是不能包括娼妓，在这两者之间，还不包括强暴。朱氏之辨析对我的启示是：始乱终弃只能是指对曾经爱过并发生性关系的情人的抛弃。

至于《莺莺传》的另一关键语是“为善补过”。一般论者大都从小说假托舆论为男主人公伪善行为辩护这一角度进行批判。其实为了证实小说非进士贡举狎妓之作，倒也不难说明。在大多数传奇中，任何狎妓行为既不存在自我忏悔，也未见“为善补过”的舆论支撑。张文成的《游仙窟》没有这种补过的忏悔，蒋防的《霍小玉传》中仅有对负情者李益的谴责，而并未对其狎妓本身进行否定，至于《李娃传》则更是对妓女的颂歌了。郑生的堕落虽与狎妓有关，但他的事业的成就恰恰是与李娃的“呵护”有关，因此也不可能说出“为善补过”。只有《莺莺传》因张生面对的不是娼妓，而是一个多情的过分漂亮的少女，所以才能假托舆论为男主人公的负义行为辩护。

这一切不外是说，即使是信史，对小说研究来说也只能是一种参照。为此，窃以为以史证文要小心，以文证史也要小心。

陈氏的弟子周一良先生认为陈氏学术博大精深，但归根结底是史家。他用了十二个字来概括先生，即儒生思想、诗人气质、史家学术。我想，陈氏既然是史家学术，所以他的学术眼光大抵还是史家之眼光。他的“亦文亦史”、文史交融的实践，只能是陈氏史学发展到一个新阶段的标志，而不是文学性的研究和审美批评。文学的研究，忧虑的恰恰是取消“文学”，因为任何对文学审美的消解，都是对文学研究的致命戕害。

镂心刻骨的痴情

——读《碾玉观音》随想

宋元话本小说对爱情婚姻的描写与传统文学中的爱情描写大异其趣。它是按照自己的原则处理爱情婚姻主题的，是真正“为市井细民写心”[①]。正因为如此，市民的反封建主义斗争使小说史上留下了不少独放异彩的爱情题材的名篇。

一

《碾玉观音》写的是一个爱情悲剧，故事情节非常曲折动人。像大多数有思想意味的爱情悲剧故事一样，这个悲剧不是心理性的，而是社会性的。小说中的璩秀秀，出身于装裱书画的工匠家庭。由于出身贫贱，在父母心目中，她的命运只能是“献与官员府第”做一名供人役使的奴婢，事实上，她后来也确实是这样被咸安郡王买去，做了个刺绣养娘。但是倔强的秀秀不肯向既定命运低头，小说用主要篇幅叙述了她同命运的斗争。一次王府失火，秀秀趁机找到王府的碾玉匠崔宁，向他表白了爱情，二人一同逃出王府，结为夫妻，在远离临安两千余里的潭州开了一家碾玉作铺。秀秀这一举动，是为摆脱奴隶的人身依附关系而对封建秩序的挑战，所以，封建势力对她的镇压也来得十分残酷。专横暴戾的咸安郡王得知消息后，将秀秀活活打死；秀秀的父母慑于统治者的淫威，也投水自杀。秀秀被杀害了，但是争取自由的烈焰却未止熄。她死后为鬼，仍与崔宁重建了一个自食其力的家庭，直到再次遭到郡王的迫害，秀秀做了鬼在人间也无处容身，才带着崔宁逃往统治者的魔爪伸不到的鬼的世界去了。在宋元话本小说中，《碾玉观音》就是这样一篇对被压迫者的抗暴斗争做了较深刻的反映、而较少庸俗气的

① 鲁迅:《中国小说史略》，载《鲁迅全集》第9卷，人民文学出版社，2005，第287页。

作品。

与众多的流行的爱情小说相比较，《碾玉观音》中描写的爱情称得上是新颖别致、卓然不群的。在秀秀和崔宁的爱情史中，我们几乎看不到“女性的娇羞”和“爱的甜蜜”等老套子，它也不是那重复了千百次的佳人爱才子，或才子追佳人，更没有搜集、记录生活中两性关系上的庸劣、丑恶的事实。在崔宁和秀秀的奇特爱情中，小说让我们一览无余的是真实的人物和真实的人生。秀秀式的爱情，在中国小说史上差不多还是第一次呈现在读者的面前。

说这种爱情差不多还是第一次呈现在读者面前，这首先是因为小说中的秀秀就是中国文学中以前从未出现过的形象，更准确地说是第一个女奴形象。富有浪漫精神的市民阶层的生活在宋元时代经常激起说话艺人的诗情。在他们的口头讲述和笔底记录中，市民特别是市民中的女性常常是以豪放不羁、热爱自由的形象出现的。他们把市民阶层的女性那种在爱情上的“野性”和自由不羁同贵族少女的矜持、做作形成对照。他们在较少受封建文明侵蚀、具有几分强悍泼辣性格的人物身上，发掘出某些不平凡的动人的东西，来对照虚伪、苍白、卑劣的“文明社会”。因此，如果说众多的爱情小说的诗意多表现为温馨、柔美的意蕴的话，那么，《碾玉观音》通过秀秀表现的爱情的诗意，则是粗犷和豪放的。请看小说对秀秀和崔宁逃出王府以后的一段精彩的对话吧！

> 秀秀道：“你记得当时在月台上赏月，把我许你，你兀自拜谢，你记得也不记得？”崔宁叉着手，只应得喏。秀秀道：“当日众人都替你喝彩：‘好对夫妻！’你怎地倒忘了？”崔宁又则应得喏。秀秀道：“比似只管等待，何不今夜我和你先做夫妻？不知你意下如何？”崔宁道：“岂敢！”秀秀道：“你知道不敢，我叫将起来，教坏了你，你却如何将我到家中？我明日府里去说！”崔宁道：“告小娘子：要和崔宁做夫妻不妨，只一件，这里住不得了。要好趁这个遗漏，人乱时，今夜就走开去，方才使得。”秀秀道：“我既和你做了夫妻，凭你行。”当夜做了夫妻。

两个人物，一个大胆泼辣，桀骜不驯，没有一点矜持和忸怩之态，更没有封建道德的负担；一个却绵善懦怯而又谨慎细心，在关键时刻却显示了对封建人身依附关系的反抗，都反映了下层市民思想意识。但两相比照，作为人物性格，最为突出的仍然是秀秀。她坦率到了惊世骇俗的地步。她从不否认也不掩盖她在崔宁面前的激情，她的感情风暴来得那么强烈。有趣不过的是秀秀“捕捉”崔宁的这场戏，她倒很像一位身经百战的将军在实施军事计划，这是颇富喜剧性的。说话艺人出手不凡，见地也很不俗，因为，这里出人物，这里有性格，貌似日常生活中的一番对话却有说服力地表现出：这是秀秀。

秀秀的激情，倒不必像一些文章说得那样，“表现了秀秀的理想、追求和抱负”。实际上秀秀像大部分刚刚解脱了封建桎梏以后的人，表现了直面现实的一面，在她身上展示的只是平凡人中的平凡的内心世界。而恰恰是在这里，人的风采、人的品格和人的诗情得到了充分的展现。这里值得注意的是作者细致地描述了一个市民出身的少女初恋时那种纯朴的情愫。我们说这是秀秀内心世界的情愫，是因为她的率真和坦荡，是抛掉枷锁后的兴奋和献身的决心。在这里，既无缠绵悱恻的爱情场面，也没有什么卿卿我我的爱的表示、爱的语言。一切都像活生生的现实生活那样自然、真切。它像一杯白水那样纯净，而这种情感状态，正是下层市民少女初恋时还保持着的天真、无邪、稚气的本色。因此，凡是读到这儿，人们会不自觉地被秀秀这个独立不羁的个性和她追求自由的激情所感染，我们切身体会到了文学形象所辐射出来的巨大的特殊的冲击力量。这应当说是爱情描绘上的一大贡献，而这一贡献又是经常被人们所忽略的：说话艺人以他们特有的敏感发现了这种特异的爱情心理，发现了带有某种天真质朴意蕴的爱情的追求，而小说也正是以这个少女身上那种极为纯真的、极为可贵的感情来打动读者的。

自从秀秀和崔宁结合以后，他们同甘共苦，相濡以沫，似乎已经看见了未来生活的曙光。但是，黑暗的社会怎么会容许这一对比翼鸟实现美好的理想呢？他们虽然远在临安两千里以外的潭州，还是没有逃脱咸安郡王和他的爪牙的魔掌。在幸福与毁灭面前，我们看到了秀秀又一次的挣扎和反抗。为了她所渴望的爱情，在爱神的祭坛前，她献上了自己的全部良知，乃至最后献出了自己年轻的生命。她看到了她引以为知音、寄托着她的痴梦的那个情人，过分老实和怯懦了。所以这个带着叛逆性和燃烧着炽烈而纯贞的爱情之火的女孩子，在封建恶势力面前挺身而出，她勇敢地承担了携崔宁潜逃的责任。于是，这样一个“戴罪”的女人，生前最后一次显示了她高尚的身影。秀秀那美丽而年轻的生命以悲剧告终了。作者正是通过美的毁灭，严正地控诉了吃人的封建专制制度和毫无人性的权势者。

我们看到，在秀秀熄灭了自己的生命的火焰时，她又一次向那个罪恶的社会提出了悲愤的抗议，她最终还是把崔宁拉走了，一块儿到魔爪伸不到的鬼的世界里做夫妻去了。这一手儿，实际上就是对现存社会的强烈否定。恩格斯曾经说过：“性爱常常达到这样强烈和持久的程度，如果不能结合和彼此分离，对双方来说即使不是一个最大的不幸，也是一个大不幸；仅仅为了彼此能结合，双方甘冒很大的风险，直至拿生命孤注一掷。”[①] 秀秀正是拿生命孤注一掷以求得和崔宁的结合。秀秀性格的动人之处，是对情人镂心刻骨的痴情。秀秀被打死了，但秀秀这种性格在成为鬼时，变得更直露、更偏执了。她的全部生活的意念和行动都凝结在“追求”上——追求崔宁，追求自由。这里表现了秀秀对自由爱情的矢志不渝。

有的人没有看到秀秀对崔宁的忠贞的情操，相反地认为，崔宁被秀秀缠上就是崔宁人生悲剧的开始，他们对冯梦龙编“三言”时改题为《崔待诏生死冤家》称赞不已，认为“生死冤家”有同情崔宁而指责秀秀之意，言崔宁不幸而遇此生死冤家，生时受累，又遭冤枉。这样的意见很难令人同意，好像崔宁的悲剧是秀秀执着地追求造成的，这实际是抹杀了不公道的社会吞噬着劳动者的灵魂与肉体的罪责。同上面的意见相左，我认为秀秀鬼魂的出现是作者用以表达他的思想感

① 《马克思恩格斯选集》第 4 卷，人民出版社，1972，第 73 页。

情、宣泄他的理想和主张而采取的一种手段。秀秀的鬼魂仍然苦苦追求崔宁，一方面表现了她对崔宁的全部痴情；另一方面体现的是美战胜了丑，善战胜了恶，正义伸张，奸邪受惩。所以秀秀鬼魂的出现，显示出一种道德力量。应当看到，死后为鬼是爱的追求的继续，同时也是为了复仇，为了鸣不平。生而复不了仇，死后为鬼也要复仇，这是一个更加深刻的悲剧，说明秀秀复仇意志的强烈和斗争心之旺盛。这种情操，这种激情，文学史上不乏其例。这篇小说之后，汤显祖在《牡丹亭》里就写了为情可以生、为情可以死的杜丽娘，作者用“尚情论”反对当时的理学，所谓“第云理之所必无，安知情之所必有邪”？这是《牡丹亭》的理论依据，也是所有具有反抗性的鬼魂形象的思想基础。

秀秀最后虽然也演出了一出类似“活捉”的“戏”，但她不是《王魁》里的敫桂英，也不是《三负心陈叔文》里的兰英。她们都是用鬼魂的威力索取“负心汉”的性命，这是一种较普遍的幻想惩罚的方式。《碾玉观音》也许更像明传奇《红梅阁》。《红梅阁》的李慧娘既不乞求清官，也不指望某个有政治势力的大人物，而是靠自己的力量复仇。用鬼魂惊吓和嘲弄了贾似道，而对她所爱慕的裴生则稍施“鬼法”救他脱险。这就是古往今来很多优秀的鬼戏表现出的生前受欺、死后强梁的思想。总之，《碾玉观音》中的秀秀鬼魂，表现了一颗纯朴的心中蕴藏着的无限的爱和恨，人们也正是从这一人物的深厚的感情和勃发的激情中，看到了“这一个”秀秀心地性格的纯朴、执着和韧性。所以，这是一首对道德化爱情的颂歌，歌颂了爱情婚姻的神圣性和夫妇之间的忠贞，正因为如此，充满市民阶层的道德感，就成了这篇话本在思想内容上的一个显著特点。

爱情小说总要表现某种不平凡的东西：或感人的故事，或热烈优美的情操，或深刻的社会意义，或隽永的哲理。在一定意义上说，《碾玉观音》作为一篇独特的话本小说，它几乎兼而有之了。然而更为重要的是，由于这篇爱情小说响彻着民主主义理想和热烈的爱情旋律，使它不同于一般的爱情小说而发出了异彩。这篇小说所具有的特殊价值就在于，它具有强烈鲜明的社会批判性，或者说，它把社会批判性与忧郁动人的抒情性结合在一起了。

我们知道，历来的封建统治者总是把富有民主精神的爱情，看作是反叛精神的表现，并残酷地镇压这些反叛者。青年男女对于不受封建桎梏束缚的爱情的任何追求都被看作是破坏封建制度的行为。因此，渴望自由和不屈服，便成为一种危险的反抗既定社会秩序的革命运动。世界上有那么多仿佛只是单纯描写爱情悲剧的艺术作品，却包含着那样巨大的爆炸力，这绝非偶然。例如，杜勃罗留波夫从奥斯特罗夫斯基的《大雷雨》里卡杰琳娜的爱情悲剧中就看到了这种力量。从世界文学史角度看，当诗（广义的文学）还未最后冲入革命的主题的广阔园地以前，诗人主要是通过社会和恋人们之间所发生的冲突来表现被压迫人民的爱好自由的性格，这并不是偶然的。数不尽的渴望自由的青年男女的殉情史，清楚地说明了这一点。今天我们读到的《碾玉观音》，正是通过爱情去控诉那吃人的封建社会，或者说，它是通过整个社会来歌颂这一爱情的。

《碾玉观音》写的是下层人民的美好理想不能实现的社会悲剧。但进一步看，这篇小说实际是叙述了一个双重悲剧：一个被迫送进王府的女奴，出卖自己劳动的悲剧；和一对在奇特的情境中相爱的情侣，最后仍然未能白头偕老的悲剧。如果说后一重意义上的悲剧还有一点通常爱情小说所常有的那种色调的话，那么前一重意义上的悲剧，则直接接触到了作者生活的黑暗的社会现实。

应当看到，小说作者并未把全部笔力用于秀秀与崔宁的爱情生活上去，更没有夸大性爱在生活中的地位和作用，而是着力叙述秀秀力争和保卫这种生活所进行的斗争，展示这个家庭奴隶对独立、自由的追求。实际上，他写的是一场严峻、残酷的社会冲突。因为，秀秀敢于触犯咸安郡王的尊严，破坏封建的人身占有制度，和崔宁双双远走高飞，摆脱封建压迫，这行为本身就有反封建的意义。统治者之所以残酷迫害秀秀，归根结底，也还是由于秀秀要摆脱那封建的人身依附关系。前面已经提到，秀秀是自觉地站在社会对立面，对那个封建专制主义的道德规范表示公开的挑战，并且以触犯它为乐事。她是一个社会的叛逆者，又是一个不愿受封建人身依附关系束缚的独立不羁性格的典型。她身上突出的特点是热爱自由和忠于自己。这种精神使她在死亡的威胁面前始终不肯退让一步，终于为此付出了整个生命。这种甘冒牺牲生命危险的“潜逃”行动，对一个年轻的养娘来说不能不是难能可贵的。

实际上，秀秀的存在是为说话艺人打开了一扇窗子，提供了一个最方便的视角去观察那个黑暗王国——中世纪封建专制主义的社会现实。因为秀秀的悲剧命运反映了卑鄙龌龊的社会现实对于真正的爱、天真的追求和温馨的柔情的敌对，在很大程度上是统治者利用人身依附关系去践踏、损害被压迫的人民。所以，在这篇小说里，对男女主人公之间种种痛苦的描绘，都是用来控诉封建专制主义的残酷无情，向造成这一对青年人悲惨命运的封建特权和暴力提出抗议的。说话艺人正是以这篇社会性小说为文学史提供了一篇充满反封建主义激情的爱情题材的代表作。是他们把市民阶层向压迫者进行直接反抗的历史时期中反封建人身依附关系这一重大社会课题与爱情题材结合了起来，从而为爱情小说做出了具有历史意义的贡献。同时，他们对个性自由的赞赏和尊重，几乎可以说在小说史上开辟了一个新的时代，成为后来《牡丹亭》《红楼梦》等反封建主义文学的先声。

二

从第一个写出了具有叛逆性的“逃奴”形象来说，这在中国小说史上毕竟是有划时代意义的。

纵观中外叙事作品，在人物形象描写方面大致上不出两大类：一类是帝王将相、公子小姐，与之相对的是生活在底层的穷苦的劳动人民；一类是不断做出惊人之举的具有超群绝伦本领的英雄豪杰，充满着传奇色彩，与之相对的是平淡无奇的“小人物”。但是在过去，帝王将相、公子小姐、英雄豪杰总是在文艺作品中占主要地位，所以恩格斯在谈到 19 世纪上半期欧洲文学时就深刻地指出：

近十年来，在小说的性质方面发生了一个彻底的革命，先前在这类著作中充当主人公的是国王和王子，现在却是穷人和受轻视的阶级了，而构成小说内容的，则是这些人的生命和命运、欢乐和痛苦。①

同样，在我国话本小说昌盛时期，小说主人公的重心也开始转移到下层市民中间来了。在一定意义上说，这也是小说领域里的一次革命。因为对市民文艺来说，描写劳动人民的形象，反映他们的生活和命运，欢乐和痛苦，实在是一件至关重要的事情。《碾玉观音》描写了一个王府中的女奴，一个刺绣养娘，这样在生活中极不显眼、甚至为人们所轻视的人物，在封建文人文学作品中是不屑把他们当作生活或历史中的主人公去进行描写的。而这篇小说却把这个女奴的形象写得非常美。这显然是作者基于对这些人物美好的心灵与情感的深刻理解和挚爱，才有这样精致的艺术构思的。正是从这个意义上说，《碾玉观音》写了像秀秀这样一些人物的生活命运，而且是用这样一种别具一格的艺术色调进行描写，给人以耳目一新的感觉，这件事情本身就很值得人们珍视。

《碾玉观音》在艺术上具有自己的特色。在精练的篇幅中，作者娓娓动听地叙述了一个在文学人物史上很富有特点的爱情故事，成功地描绘出一个在文学人物画廊中极为鲜明突出的人物形象，并且，其中还回荡着一种争自由、追求个性解放的激情，而在对事件、场景和人物的现实主义描写之中又透露出浪漫主义的色泽，难怪它成了宋元话本小说的压卷之作。

《碾玉观音》最值得称道的是它的情节构思的波谲云诡、变幻莫测。这篇小说围绕着秀秀和崔宁爱情婚姻的得与失及主人公悲剧性遭遇，显示出异常离奇的情节变化。作者在推进故事发展的过程中，刻意盘旋，悬念迭出，最后才点出秀秀鬼魂的活动。而这里最引人注目的，是小说如何使现实性情节自然地向幻想性情

① 《大陆上的运动》，载《马克思恩格斯全集》第 1 卷，人民出版社，1972，第 594 页。

节飞跃的艺术手法。《碾玉观音》在现实性情节中展开了秀秀和崔宁的爱情故事，随着故事跌宕起伏的发展，小说写暴戾的咸安郡王把崔宁和秀秀从潭州抓了回来，郡王把崔宁解去临安府断治，后来又要杀掉秀秀，由于夫人的劝说，才把秀秀拉入后花园。作者从现实性情节中设置的隐隐约约的伏笔中，幻想性情节突然显现：当差人押送崔宁到临安府路上，“有一顶轿儿，两个人抬着，从后面叫：‘崔待诏且不得去！’”原来这时的秀秀已经不是生人而是已死的鬼魂了。魂从知己，竟然忘死，很像唐传奇《离魂记》和元杂剧《倩女离魂》。但是，《离魂记》和《倩女离魂》是离魂后又还魂，是喜剧结局，而秀秀却终于没有还魂。直到后来，故事又经一番跌宕，郭排军告密，咸安郡王又去抓秀秀，这时写崔宁回家，走进房中，看到秀秀坐在床上，才知道秀秀是鬼。作者在“崔宁也被扯去和父母四个一块儿做鬼去了”的描写中，突出了情节的悲剧气氛，充分传达出主人公无限悲愤的心情，使读者想到，陷于人身占有制中的女奴的命运何其悲惨。

在现实性情节中力求其真，在幻想性情节中极写其奇，两种极不相同的情节几乎是同时出现，形成了水月交辉的意境，它们如乐曲中两组旋律，互相对比着交织着进行，呈现出异常错综复杂的景象。

《碾玉观音》中的幻想性情节虚幻怪异、想落天外，不可能具备现实性情节的真实性，比如秀秀的突然出现在崔宁发配的路上；又比如郡王第二次抓走秀秀，而当秀秀小轿到了王府门前时，掀开轿帘，却是一乘空轿，这些都是极虚极幻的细节。但是，小说尤善于在幻想性情节的极诡谲处描写极平实的细节，以取得艺术上的真实感，像小说中写秀秀变成鬼后，仍然和崔宁在建康府开了碾玉作铺，以及崔宁到临安府接秀秀一双父母（已死，变鬼了），都是极真实的。这就说明，幻想性情节虽不受现实生活逻辑的规范，但它也要遵循人物性格的逻辑和幻想世界的逻辑。总之，《碾玉观音》情节的曲折性和幻想性情节的运用，以及有关的一些艺术技巧，很值得我们借鉴。

政治史的战争风俗画卷[①]

——浅论《三国演义》

元末明初横空出世的《三国演义》是我国产生较早、影响极大的一部著名的长篇历史演义小说。就其社会影响的广度而论，可以说只有《水浒传》《西游记》和《红楼梦》能够与之相比。六百余年来，它不仅作为一部典范性的历史小说，被我们整个民族一代一代地不断阅读，得到各个阶层人民的共同喜爱，而且作为我们民族在长期的政治和军事风云中形成的思想意识与感情心理的结晶，对我们民族的精神文化生活产生过广泛而深远的影响，今天，它已被公认为世界名著之一。

在中国的全部文学作品中，可以说还没有哪一部作品能像《三国演义》那样与民间文学有着如此密切的关系。根据《三国演义》一书的故事情节改编的各种戏剧蔚为大观，而且大量的民间传说故事也仍然继续流传在极其广大的地区。

一、《三国演义》描写的政治、军事斗争

《三国演义》以三国历史为题材，刻画了众多的人物形象，描写了百年左右发生的事件，特别是描写了魏、蜀、吴三个统治集团的相互斗争和它们的盛衰过程。小说前八十回主要描写东汉王朝的崩溃、军阀之间的兼并战争和魏、蜀、吴鼎立局面的形成，后四十回主要描写三国间错综复杂的矛盾斗争以及三国统一于晋的历史。从全书的轮廓、线索和人物的主要活动来看，大体同历史相去不远。

但是，《三国演义》不是历史书，而是历史小说。它所反映的社会历史内容已不限于三国一个时代，而是概括和熔铸了上千年封建社会不同政治集团之间争夺

① 本文是为人民文学出版社《世界文学名著文库》中的《三国演义》所写的“前言”（2001 年 12 月版），发表时有删节，现根据原稿补上。

统治权的历史内容，作品中所塑造的一系列人物形象，也与历史上的人物有所区别。比如，三国时代的屯田制，曹操搞得较好，东吴较差，西蜀更差，但《三国演义》作者为了强调诸葛亮是个精兵善政的人物，就只描写了诸葛亮的屯田措施。又如貂蝉的故事，在陈寿的《三国志·吕布传》中，关于吕布这段私生活只有这样几句话："卓（董卓）常使布守中阁，布与卓侍婢私通，恐事发觉，心不自安。"鲁迅引用的现已失传的《汉书通志》还有下面几句话："曹操未得志，先诱董卓，进貂蝉以惑其君。"《三国志平话》中有貂蝉故事，但十分简略。作者根据上述两点史料和《三国志平话》上的传说，虚构了王允派遣貂蝉、使用连环计这个有声有色的故事。另外按《三国志》载，鞭打督邮是刘备干的，《三国演义》作者为了刻画张飞的性格，就把怒鞭督邮的事放在了张飞名下。其他像"三顾茅庐""七擒孟获""六出祁山"等，都远远超出史书记载的内容。这是作者根据全书主题的需要所进行的一系列情节和题材的提炼。

《三国演义》描写的重点是封建社会内部各个政治、军事集团之间尖锐复杂的矛盾斗争，作者很少表现和政治斗争没有直接关系的情节。在这里，一切可能出现的斗争方式都出现了，军事的、政治的、外交的、公开的、隐蔽的、合法的、非法的，而且所有这些斗争，都是在漫长的封建统治集团内部斗争所积累起来的经验的基础上进行的。比如刘备就是一个惯用韬晦之计的人物。小说第二十一回写曹操"挟天子以令诸侯"，势力很大，刘备则是寄人篱下，而且参与了衣带诏的密谋，准备时机成熟搞掉曹操。曹操自负英雄，野心极大，他看出刘备也非等闲之辈，但还不清楚刘备的志向究竟有多大，策略究竟有多高，对自己的雄图会妨碍到什么程度。他一直在怀疑，如果确实知道刘备志大才高，也想夺取天下，他就要乘刘备还在势孤力弱之际加以消灭。刘备对曹操的这种思想是早已估计到了的，为此处处提防。他知道自己越是表现得目光短浅、毫无大志，就越能减少或消除曹操的疑忌，保全自己，等待时机，以便远走高飞。于是"就下处后园种菜，亲自浇灌，以为韬晦之计"。后来"曹操煮酒论英雄"，刘备假托闻雷失箸，借此使曹操产生了错觉，“遂不疑玄德”了。又如孙权赚杀关羽后，把首级转送曹操，以此嫁祸于魏；而曹操不仅不受其骗，反而“将关公首级，刻一香木之躯以配之，并葬之以大臣之礼”，来表示魏对蜀的好感，使刘备全力伐吴，他好从中取利。孙权看到吴蜀联盟破裂，形势不利于己时，又遣使上书曹操，“伏望”曹操“早正大位”，“剿灭刘备”，表示愿意“率群下纳土归降”。这是孙权转移矛盾、保存自己的策略。而曹操比孙权更胜一筹，指出“是儿欲使吾居炉火之上”。诸如此类的斗争，在小说中是屡见不鲜的。这些斗争策略是由他们的集团利益所决定的。他们为了满足自己权力、财产的欲望，为了使自己在激烈的争夺战中不被消灭，总是玩弄各种手段，演出了一幕幕钩心斗角、尔虞我诈的活剧。

在《三国演义》里还可以看到，各政治集团为了自己的切身利益，几个集团今天分明天合，今天势不两立，明天却又杯酒言欢。他们既争斗又勾结，而且这种斗争渗透到生活的很多方面，连家庭、朋友、婚姻等都毫无例外地卷入了斗争的旋涡，甚至成为斗争的工具。利用婚姻来达到自己的政治目的，在《三国演义》中不乏其例。王允用貂蝉同时引诱吕布与董卓的所谓“连环计”，便是著名的例子。此外，像袁术想以自己的儿子和吕布的女儿联姻，孙权为夺回荆州把自己的妹妹当作牺牲品，所有这些都有明显的政治目的。人们从这些人物形象中清楚地看到，贪欲和权势欲如何主宰了封建社会中君臣、兄弟、夫妻、朋友等关系。

战争是政治的继续。《三国演义》表现各个政治集团通过各种方式，运用种种手段，以达到消灭敌对势力的目的，但主要是凭借武装力量，于是战争就构成了他们之间斗争的主要形式。小说中写了大大小小的许多次战役，其中描绘的许多战略战术的运用，大体上符合军事科学的原则，在一定程度上揭示了战争的客观规律。

二、各个政治集团的代表人物

《三国演义》的历史主题，主要是通过各个政治集团中的代表人物的描绘具体表现出来的。

《三国演义》的政治倾向是“拥刘反曹”。它选取曹操集团和刘备集团作为主要对立面，并把蜀汉当作全书矛盾的主导方面，把刘备、关羽、张飞、诸葛亮当作小说的中心人物。小说紧紧把握住曹、刘两个集团这条矛盾主线，刻画了曹操和刘备两个对立的艺术形象。

历史上的曹操本来就有欺诈残暴的一面，民间传说和野史已把这一特点突出、夸大。在《三国演义》里，曹操更被成功地表现为一个有着无穷的贪欲和权势欲的阴谋家和野心家。为了夺取政治统治权力，他和历史上许多阴谋家、野心家一样，善于使用伪善的两面派手法。他笼络人心，假行仁义，最初以反对董卓、匡扶汉室的名义取得一些人的信任，并且逐步扩大了自己的势力。比如第三十三回写他强迫百姓敲冰曳船，百姓逃亡，他命令军士捕杀，但又对“投首”的百姓说：“若不杀汝等，则吾号令不行；若杀汝等，吾又不忍；汝等快往山中躲避，休教我军士擒获。”这样，百姓的被杀，就只能怪他们没有藏好，而曹操似乎是关怀百姓的。又如祢衡当面痛骂过曹操，曹操怀恨在心，趁机叫祢衡去荆州劝说刘表投降，借刘表之手来杀祢衡，而在祢衡临行时，“却教手下文武，整酒于东门外送之”。曹操一贯弄虚作假，玩弄权术。自己的马践踏了百姓的麦田，他玩了一个“割发权代首”的把戏，表示自己也和普通将士一样“凛遵军令”。官渡之战中，许攸脱离袁绍来投奔他时，他表面热情欢迎，实际上却是口是心非，步步设防，不肯依赖信任。虽然他一会儿“挽留”，一会儿“附耳低言”，做尽了亲密无间的样子，而跟着来的却是一连串的谎言。总之，曹操明明是个极端的利己主义者，却要装着公而忘私的样子；明明是一个凶恶残忍的刽子手，却要显示仁爱善良。

曹操的性格特征是诡谲多变、阴险狡诈、心狠手辣。他为报父仇进攻徐州，“所到之处，杀戮人民，发掘坟墓”。为了镇压在许都纵火的耿纪、韦晃的余党，他在校场上立下红白二旗，下令“如曾救火者，可立于红旗下；如不曾救火者，可立于白旗下”。众官以为参加救火必定无罪，三分之二的人站在红旗下。曹操却说："汝当时之心，非是救火，实欲助贼耳。"不容分说，把站在红旗下的三百多人全部杀掉。他对部下的残酷狠毒更是无所不至。一次在与袁术作战时，军中缺粮，曹操先命令粮官王垕用小斛发军粮，然后又"借"杀王垕的头来平息众怒。最令人发指的是他杀吕伯奢的事件：曹操刺杀董卓未遂，投奔吕伯奢庄上，吕盛情款待，他疑心吕不怀好意，竟杀了吕家八口；后来明知是误杀，索性连吕伯奢也一并杀掉。在杀掉吕伯奢以后，他说过两句为后人十分熟悉的话："宁教我负天下人，休教天下人负我。"这是对他、同时也是对极端利己主义者本质的深刻概括。

但是，作者并没有把曹操这个艺术形象简单化。作为一个奸雄、阴谋家和野心家，一个封建集团的代表人物，曹操是被表现得符合他所处的地位的。他不仅具有雄才大略，而且善于用人。他从"方今正用英雄之时，不可杀一人而失天下之心"的观点出发，并没有杀掉被吕布打败而从小沛投来的刘备，并且还让他做了豫州牧；为了争取关羽而一直耐心地对待他，这都说明曹操作为一个封建集团的代表人物，是注意到整个集团的利益的。所以小说中的曹操堪称典型环境中的典型人物。

《三国演义》是把刘备同曹操对比着描写的。刘备以宽仁待民，曹操以残暴害民；刘备待士以诚心和义气，曹操则用权术和机诈；刘备说"我宁死，不为不仁不义之事"，曹操则说"宁教我负天下人，休教天下人负我"。总之，作者在许多地方拿曹操来同刘备做对比，以表现刘备身上的"美德"，从而把刘备塑造成为一个理想化的"圣君"和实施"王道""仁政"的代表。

诸葛亮是作者倾心赞颂和精心描绘的人物。历史上的诸葛亮本来是一个杰出的政治家，他辅助刘备建立蜀国，打击豪强，任人唯贤，改善与西南少数民族的关系，做出过有益的贡献。但是后代史学家往往注重赞扬他对刘备的忠贞不贰，《三国演义》也从这些方面加以强调。诸葛亮为了报答刘备的"知遇之恩"，竭尽心力为刘备争得了一个争王图霸的地盘，刘备死后，又忠心耿耿地辅佐刘禅，最后积劳成疾，死在北伐曹魏的军营中。

《三国演义》的作者一反正史所谓“亮才于治戎为长，奇谋为短，理民之干，优于将略”[①]的看法，把他描写成为政治、军事、外交无所不能、无所不精的人物，同时还多方面地突出了他的谦逊、谨慎、严于责己的政治家的风度和高贵品质。在刘备和孙权联合的过程中，他和周瑜便是一个鲜明的对比。周瑜也自有他的才能，但他胸襟狭小，嫉贤妒能，常常想杀害才能高出于自己的诸葛亮。他要诸葛亮去断曹操在聚铁山的粮道，目的是想假曹操来杀害诸葛亮。这个暗算自然是被识破了，诸葛亮扬言“周公瑾但堪水战，不堪陆战”，便立即激怒了周瑜。为了表示自己也“堪陆战”，周瑜便决定“自引一万军马往聚铁山断曹操粮道”。这时候本来可以向周瑜报复一下子的诸葛亮却表示：“目今用人之际，只愿吴侯与刘使君同心，则功可成；如各相谋害，大事休矣。操贼多谋，他平生惯断人粮道，今如何不以重兵提备？公瑾若去，必为所擒……”在这里，我们看到诸葛亮顾全共同抗曹这个大局，表明他是有政治原则性，是识大体、有度量的。

《三国演义》对诸葛亮治理内政的法治作风，也做了比较真实的反映。诸葛亮实行法治，赏罚严明。对犯法之人，不管其地位高低，功劳大小，和自己关系亲疏，都要依法惩治。李严是蜀国重臣之一，他在一次督运粮草器械中误了期限，为了逃脱罪责，假传皇帝诏令，叫诸葛亮退兵。诸葛亮了解李严“为一己之故，废国家大事”，立即予以严厉处分。而李严的儿子李丰有才能，他又任命李丰为长史。当然，这种赏罚分明，首先在于诸葛亮能够以身作则。马谡不听他的命令，丢掉了街亭，致使全军失利。他按军法斩了马谡，然后“自作表文，令蒋琬申奏后主，请自贬丞相之职”，并对费祎等人说：“但勤攻吾之阙，责吾之短。”

小说着重表现的是诸葛亮在斗争中的智慧，是他的足智多谋。诸葛亮深深懂得在进行军事斗争时必须同政治斗争配合起来。他善于了解情况，掌握敌人的策略，因时制宜，随机应变。他深谋远虑，因而料事如神；掌握斗争规律，因而能

① 陈寿：《三国志·诸葛亮传》。

预测事态发展的前景。诸葛亮出山，第一次博望坡用兵，以新野这么小的地方，靠几千人马，居然杀退了夏侯惇十万大军，赢得关羽、张飞的“伏拜”。又如诸葛亮敢于使用“空城计”，就是因为他对司马懿的情况做了认真地分析，知道他了解自己“生平谨慎，不曾弄险”，从而利用这一点，采用了十分“弄险”的疑兵之计，解除了危机。这里不仅看出诸葛亮出奇制胜的指挥艺术，还可以看出他的胆识和魄力。诸葛亮就是这样一个在各种斗争特别是军事斗争中发挥着很大聪明才智的人物。

诸葛亮的这些智慧并不是凭空出现的，它是吸收我国人民在长期复杂的斗争中积累起来的丰富经验的结果。民间谚语“三个臭皮匠，合成一个诸葛亮”，正体现了诸葛亮的聪明才智是集体聪明才智的结晶。在民间，诸葛亮几乎成了智慧的化身。

孙权是作者没有着重描写的人物。他的英雄气概比不上曹操和刘备，但能坐保父兄遗业，也不失为一个出色的人才。他对周瑜的倚重，对鲁肃的信赖，以及挑选吕蒙和陆逊作为都督，都显示出他用人的精当。他在许多方面表现出沉着和刚勇，但缺乏政治远见，重视目前利益，没有统一全国的雄图壮志。孙权是高层统治集团中又一类型的人物。

三、出色的战争描写和人物塑造艺术

《三国演义》的艺术成就是多方面的，其中以战争描写和人物刻画最为突出。

《三国演义》写的是军事斗争和政治斗争，因此作者在战争描绘上表现了他的宏伟构想。这部小说写了大大小小一系列的战争，展开了一幕幕惊心动魄的场面。这些战争在作者笔下千变万化，不重复，不呆板，各具特点，表现了战争的复杂性和多样性。每一次较大的战争的描绘，作者总是详尽地介绍主将的性格、兵力配备部署和双方力量的对比、地位的转化，以及战略、战术的运用，表现得丰富多彩。虽然战争总是在紧张、惊险、激烈的气氛中进行，但并不显得凄凄惨惨，而是富于英雄史诗的高昂格调。罗贯中这种描写战争的艺术才能，突出地表现在赤壁之战的描写上。《三国志》记赤壁之战极为简略，而《三国演义》则驰骋想象，以八回的篇幅，把战争场面渲染得波澜壮阔、淋漓尽致。在决策阶段，写孙、刘联盟的形成以及孙吴内部和与战之争，处处强调诸葛亮的作用；在双方备战阶段中，作者紧紧抓住曹军不习水战的问题，写周瑜和曹操之间的隔江斗智，曹操两次派蒋干过江，以及遣蔡中、蔡和诈降，都被周瑜识破，并巧妙地加以利用。同时，作者又描述了周瑜的妙计总不出诸葛亮的意料；周瑜嫉妒诸葛亮，想用断粮道、造箭等计杀诸葛亮，结果也一一被识破。这样作者便很自然地写出了诸葛亮的才能、胸怀高过了周瑜。在写交战双方矛盾上，作者较多地依据史实加以铺排；在写周瑜、孔明的内部矛盾上，作者几乎是全凭虚构。

作者不仅善于错综交织地表现矛盾，而且善于在紧张斗争中，用抒情的笔调进行点染，如诸葛亮草船借箭、庞统挑灯夜读、曹操横槊赋诗等"悠闲"插曲。这样山里套山，戏中有戏，推波助澜，逐渐把故事引向高潮。整个赤壁之战的八回书，大起大落，波澜壮阔；而节奏又富于变化，时而金戈铁马、雷震霆击，时而凤管鹍弦、光风霁月；紧张杀伐之际，插入抒情短曲，虽着墨不多，而摇曳多姿。如此布局，极见匠心。

作者写战争不落俗套，有时写短兵相接，有时写战局全面的鸟瞰，疏密相间、错落有致、虚实结合的手法尤臻妙境。对战争的胜利者往往不惜笔墨详尽描写，而对另一方只做简要叙述。赤壁之战详尽描写的是孙、刘一方；官渡之战则多写曹操一方；"安居平五路"，只有一路是实写，其余都是虚写。这样虚实照应，重点突出，省去了许多笔墨。

《三国演义》的战争描写中，还善于把战场的气氛逼真地描绘出来。赤壁之战，作者描绘总攻开始后的情景：

> 火趁风威，风助火势，船如箭发，烟焰涨天……但见三江面上，火逐风飞，一派通红，漫天彻地。

简单几笔浓墨重彩，勾画出火烧赤壁的战争场面，短促有力、富有气势的语言也显示出这场火战的迅猛激烈。关羽水淹七军又是另一番情景：

> 是夜风雨大作，庞德坐在帐中，只听得万马争奔，征鼙震地。德大惊，急出帐上马看时，四面八方，大水骤至，七军乱窜，随波逐浪者不计其数，平地水深丈余。

这里通过视觉和听觉，把水战的场面有声有色地描绘出来，使人如临其境。《三国演义》通过惊心动魄的政治、军事斗争，塑造了一批鲜明生动的人物形象，构成了一幅绚烂多彩的图卷。

作者刻画人物往往通过不同的矛盾冲突，反复渲染人物的主要性格特征。《三国演义》中，最生动的形象之一是张飞。怒鞭督邮一段痛快淋漓的描述，使张飞的疾恶如仇、不畏强暴的性格特征跃然纸上。“三顾茅庐”时，诸葛亮草堂春睡，故意装傲慢，张飞看不顺眼，便说：“等我去屋后放一把火，看他起不起。”后来曹操想借刘备之手杀掉吕布，张飞就真的去杀吕布，而且大叫说：“曹操道你是无义之人，教我哥哥杀你。”吕布无疑是个见利忘义的小人，张飞则是疾恶如仇，但不顾当时斗争的实际情况和实际需要的盲动，则又一次显示了张飞的心直口快、粗豪莽撞而内心又十分单纯的性格特征。张飞虽然粗豪，但粗中有细；虽然莽撞，却从善如流。他初见诸葛亮做军师不服气，等到旗开得胜就立即下马伏拜。他初到耒阳县见庞统怠职，便勃然大怒；等看到了庞统判案，立即就称赞他的才能。作者反复渲染，使“快人”和“莽张飞”的主要特征鲜明地显示了出来。

《三国演义》还善于通过渲染气氛和用对比、陪衬的手法，表现人物的精神面貌和性格品质。如关羽斩华雄，作者开始极写华雄的勇猛善战，一出马就连斩对方四员大将。至写关羽出战后，不具体描述交战经过，只写关外鼓声、喊声如地塌山崩，正当人们为关羽担心的时候，关羽已提华雄的人头掷于地上，出马前酾下的那杯热酒尚有余温。在这里，关羽的威风气势和勇猛善战的形象，都充分地表现了出来。

又如写“三顾茅庐”，刘备两次都没见到诸葛亮，而作者写其来去途中遇到的诸葛亮的朋友、弟弟、岳父，写卧龙岗的农夫、山光水色以至流传的歌曲，却无一不是写诸葛亮。诸葛亮虽然迟迟没有出场，可是作者借助于环境、气氛的描写，使读者心中隐然已有个品德高、才能大的诸葛亮的形象了。到刘备第三次去卧龙岗见到了诸葛亮，“隆中对策”一席话，就更加使得诸葛亮的性格鲜明突出，给读者以深刻的印象。对“三顾茅庐”前前后后的描写，刘备的求贤若渴和谦恭态度，关羽的自负和冷静观察，张飞的豪爽和鲁莽行事，彼此相互照应，又都是为了陪衬诸葛亮。这种人物描写的手法，标志着我国古典小说在人物塑造上的新拓展。

《三国演义》的艺术结构，既宏伟壮阔，又不失严密和精巧。全书记述时间漫长、人物众多、事体复杂、头绪纷繁，既要照顾历史事实的基础，又要适应艺术情节的连贯，但作者却能以蜀汉为中心，抓住三国矛盾斗争的主线，有条不紊地展开故事情节，既曲折变化，又前后贯串，宾主照应、脉络分明、布局严谨，从而构成了一个基本完美的艺术整体。

《三国演义》吸收了史传文学的语言成就，并加以适当的通俗化，这就达到了历史小说“文不甚深，言不甚俗”[①]的标准，具有简洁、明快而又生动的特色。

总之，《三国演义》除了给人以阅读的愉悦和历史的启迪以外，它更是审美化的历史的政治的史诗。这样的史诗，本来就是多层次、多侧面的，横看成岭侧成峰，但它的主题意旨和弘扬的是：民心为立国之本，人才为兴邦之本，战略为成功之本。正因如此，《三国演义》在雄浑悲壮的格调中，弥漫与渗透着的是一种深沉的历史感悟和富有力度的反思。它绝非有的学者所言“是一部权术、心术大全”。[②]

① 蒋大器:《三国志通俗演义序》。

② 参见《读书》2005年第7期。

《水浒传》的民族审美风格[①]

“民族审美风格”这一题目本身就决定了必须回归文学本位，回归文本，即完全以文学审美性视角来观照这部伟构。

选择了这个题目，我知道讲明白的难度很大。我们过去分析小说戏曲这些叙事文体，大多是谈艺术性中的这样几个元素：典型人物的塑造，结构布局，语言艺术。这样的模式的讲述已经有半个多世纪了，能不能突破？要不要突破？这是难题之一。难题之二是文化热中，文学研究领域中的“文化研究”几乎排斥了文学审美性的分析。我们能不能真正回归文学本位，能不能回归文学文本，做审美的解读？我们的前辈美学大家宗白华先生在《我和艺术》中强调：“美学就是一种欣赏。美学一方面讲创造，一方面讲欣赏。创造和欣赏是相通的。创造是为了给别人欣赏，起码是为了自己欣赏。欣赏也是一种创造，没有创造，就无法欣赏。”[②]宗先生这一审美欣赏的经验总结，不但揭示了中国美学的特殊研究法，而且扎实地立足于面向文学艺术真实的欣赏。然而今日之“文化研究”，严格地说只是一种综合性的文化研究，而丢掉的恰恰是文学的审美性。我们的历史学太强大了，文化研究往往变成了历史的社会的研究，而文学研究能否回归文学本位？文学能不能回归文本？这是今天我感到最有挑战性的问题。这么说，不是把文学的审美研究拉回到原有旧模式、旧框框中去，而是需要花大力气，把遮蔽已久的我们的审美视线启开，真正着眼于艺术美文的本质特征上来，着眼于文学本体的特点和规律上来，而不是仅仅着眼于跟文学相关的其他社会文化现象上去。明乎此，回归文本则必是回归文学本位的题中之意，是必然的。要想对任何一部文学作品进行审美观照，回归文本乃是第一要义。

---

① 本文是笔者 2009 年 12 月 10 日在浙江绍兴文理学院“风则江大讲堂”的发言纲要。

② 宗白华：《我和艺术》，载《美学与意境》，人民文学出版社，1987。

一、小说文体和类型述略

建立在回归文学本位和回归文本的基点上，必然要对文学文本的文体和类型有一个明晰的认识。

《水浒传》是长篇小说，是中国特有的文体类型：章回小说。从宏观小说诗学角度来观照，史诗性小说是一个民族为自己建造的纪念碑，它真实地描绘了民族的盛衰强弱、荣辱兴亡。深一层次地说，史诗性的长篇小说是小说家们叙写的民族心灵史，经典文本也就是大师们留下来的精神遗嘱。因此，鲁迅才把它称之为“时代精神所居之大宫阙”。英国作家劳伦斯把长篇小说称之为各种文体的“最高典范”。法国作家莫里亚克也把长篇小说称之为“艺术之首”。最有意味的是昆德拉那本流传得很远的《小说的艺术》一书中，曾反复述说奥地利作家布罗赫的那句小说定理，即“小说唯一存在的理由是‘发现’唯有小说才能发现的东西”。小说发展史证明：墨写的审美化的心灵史比任何花岗岩建筑更加永久而辉煌。

在中国，明清章回小说则开启了中国成熟的长篇小说的先河。明清章回小说应当说是中国文学发展史上最辉煌的成果。文体确立后，当然是小说类型。中国长篇小说，从明代开始奠定了四大类型：历史演义、英雄传奇、神魔故事和世情小说。这四大小说类型各自有自己的格局，《水浒传》是英雄传奇的开山之作。

英雄传奇又有四种类型：一是描写官逼民反，着重写反对暴政的侠义英雄，如《水浒传》和《后水浒传》等；二是描写抗击侵略，保卫疆土，如写民族英雄的“杨家将”和“说岳”系列；三是写发迹变泰，写出身寒微后来成就帝业的，如《飞龙全传》等；四是写草莽英雄，从反抗官府压迫开始，后来转而追随“真命天子”去打江山，如《隋唐演义》等。这四类中，当然以第一种为最上乘者。

二、叙事格局与命意

我前面的铺垫意在说明：《水浒传》的审美特色是中国古代小说的民族风格和

民族气派最突出最强烈的。无论从文体上还是从类型上说都最具代表性，而在叙事上说则更有特色。

在以上分析的基础上，让我们以小说文本为依傍，去感悟《水浒传》的民族审美风格吧！

《三国演义》和《水浒传》在中国小说史上的出现，是一个奇特的现象。曾有人将二者合称为一书，名曰《英雄谱》。这两部小说，一写据地称雄，一写山林草莽，都把英雄的豪气做了深刻而富有社会意味的描写。尽管这两部鸿篇巨制的美学风格与气韵风味迥然不同，然而却是共同生根在中国土地上，并吸取了中国文化的深厚滋养而成长起来的两株参天大树。

现在我们捧读《水浒传》时，会感到一种粗犷刚劲的艺术气氛扑面而来，有如深山大泽吹来的一股雄风，使人顿生凛然荡胸之感。它豪情惊世，不愧是与我们伟大祖国和中华民族相称的巨著。据我所知，外国作品中除有一部《斯巴达克斯》写奴隶起义的，其影响有限外，在世界小说史上还罕有像《水浒传》这样倾向鲜明的、规模巨大的描写人民群众的抗暴斗争的长篇小说。这在世界小说史和中国古代小说史上应当说是个奇迹。

作为文化符号的《水浒传》的作者施耐庵，他的小说智慧绝不可低估。他有深切的人生的新体验，在元末明初民族抗暴斗争的现场实践中，他勇敢地把草泽英雄推上了舞台，机智地写出“逼上梁山”和“乱自上作”的过程，在广阔的领域内反映了宋元之际的社会生活。施耐庵以“一百单八将”为重心，以梁山泊英雄起义的发生、发展、高潮直至衰落失败为轴心，揭示了现实政治的黑暗，反映了群众性抗暴斗争的正义性和广大群众的社会理想，同时也写出了古代人民抗暴斗争的历史局限性和悲剧的必然性。

《水浒传》的结构布局，特别是它的叙事格局，往往被很多学者质疑，一是说它是从“小本水浒”拼凑过来的，没有一个整体的构架，只是一个一个地写几个代表人物；一是说它只能像后来的《儒林外史》那样，写出几组人物，如同一个个短篇。两者意见雷同，都是认为它不像《三国演义》那样以历史为线索，有条有理地顺序写下来。这个问题，我要作为第一个问题回应，即施耐庵这位小说家他是站在理性的高度，以审美感性的方式演绎时代的大事件。他的精心结构，就在于它与《三国演义》那种史诗化写作相反，《水浒传》走的其实恰恰是一条景观化历史的道路，即一个人物就是一个景观。比如林冲的故事、武松的故事、鲁智深的故事、宋江的故事，这些个人的故事，一经串联就是一部“史”了。所以《三国演义》和《水浒传》虽然都是历史故事化，但《水浒传》是景观化历史的写法，所以它不同于《三国演义》。《三国演义》不可能有“风俗画”，而《水浒传》却把社会风俗画的素材和原汁原味的资料作为必要的资源。因为它不是像《三国演义》那样写帝王将相，而是着眼于平民，着眼于民间，着眼于中下层，着眼于受苦人、不平者和各色游民。于是那个粗略的“历史”就被转换成可以随着自己的审美理想进行想象力充沛地塑造和组合，随各自的需要剪裁、编制历史记忆中的意象，并被巧妙地转化成眼中一幅幅纯粹的风俗画，纯粹的波澜壮阔的风景线。施耐庵真正的伟大之处就在于此，他把过去的历史演义更进一步地文学化，把历史事件、历史故事演绎成了更有文学意味的小说艺术。原来，历史就是历史，文学就是文学，文学可以体现历史精神，但无意代替历史，这是小说观念的一大进步。这就证明一个重要的小说审美意识的规律：小说家无论面对何种形态的历史生活，一旦进入文学的审美领域，就为其精神创造活动的表现提供了一种契机，尽管这种契机具备选择的多样性，但绝不成为严格意义上的历史，更不是历史的附庸。总之，无论《三国演义》还是《水浒传》都不是要再现历史，而是要表现历史。它们只是“史里寻诗”，即从历史中发现文学性。文学永不是史学。高明的文学家、小说家有历史感就足够了。没有历史感，也就无法写出历史题材的作品，这是事实。明乎此，我们就知道了《水浒传》的结构主线，正是通过景观化把起义英雄一个一个、一股一股、一组一组地去写他们如何从四面八方百川入海式地汇集到梁山泊，形成一支强大的武装部队，攻城夺府，同宋朝政府对抗。这种结构布局就突出了“乱自上作”和“官逼民反”。而小说正是通过展示这幅规模宏大、惊心动魄的民族抗暴斗争的历史画卷，倾向鲜明地歌颂和表现了可以陈列满满一个画廊的群众英雄的典型形象。他们的神韵，皆在这景观化和景点上得到充分展示，这些草莽英雄的起义道路，也得到了充分地展示和卓越地体现。小说家的智慧，小说技巧的智慧充分得到具象的传达，使一切接受者热血沸腾！

所以在第一个问题明确后，我们会理解到：这种单线又交叉发展的结构法，每组情节既有相对的独立性，又是一环扣一环，环环勾连，逐步发展到梁山泊英雄大聚义。同时这种从主线出发，又和小说的主题意旨契合，也就是说通过不同英雄好汉的不同命运，最后都是逼上梁山，从而从不同渠道展示起义斗争的广阔画面，它真的像百川汇海一样，由分而合，推向声势浩大的梁山英雄大聚义的高潮。

以上说的是研究《水浒传》审美风格特色的前提。

三、《水浒传》的总体审美风格

那么，我们在读《水浒传》时，对其总体民族风格是怎样感受的呢？

《水浒传》反映了时代的风貌，也铸造了独特的艺术风格，即我们民族精神中重要的阳刚之美。它线条粗犷，不事雕琢，甚至略有仓促，但让人读后心在跳，血在流，透出一股迫人的热气，这就是它的豪放美、粗犷美。它没有丝毫的脂粉气、绮靡气，而独具雄伟劲直的阳刚之美和气势。作者手中的笔如一把凿子，他的小说是凿出来的石刻，明快而雄劲。它的美的形态特点是气势。这种美的形态是从宏伟的力量、崇高的精神中显现出来的，它引起人们十分强烈的情感：或能促人奋发昂扬，或能迫人扼腕悲愤，或能令人仰天长啸、慷慨悲歌，或能教人刚毅沉郁、壮怀激烈。《水浒传》的气势美，就在于它显示了人类精神面貌的气势，而小说作者所以表达了这种气势美，正是由于他对生活中的气势美有独到的领略能力，并能将它变幻为小说的气势美。

《水浒传》标志着一种英雄风尚。这种英雄文学最有价值的魅力就在于它的传奇性，我们很难忘却李逵、武松、鲁智深、林冲这些叱咤风云的传奇人物。在这里我们看到的是一个刚毅、蛮勇、有力量、有血性的世界。这些主人公当然不是文化上的巨人，但他们是性格上的巨人。这些刚毅果敢的人，富于个性，敏于行动，无论做什么都无所顾忌，勇往直前，至死方休。在他们的传奇故事里，人物多是不怕流血、蔑视死亡、有非凡的自制，他们几乎都是气势磅礴、恢宏雄健，给人以力的感召。这表现了作者的一种气度，即对力的崇拜，对勇的追求，对激情的礼赞。它使你看到的是刚性的雄风，是人性的严峻的美。

四、《水浒传》民族审美风格的四大特点

《水浒传》的这些美学风格得以出色体现，源于作者美的传达和美的表现的艺术技巧，这就是传奇性、传神、白描和意境。这些特点烙印着民族特定历史精神生活的印迹，是在长期发展的艺术传统中逐渐培植形成的。

先谈传奇性。中国古代叙述文学中的小说、戏剧、说唱，统称传奇。传奇者，以情节新奇、丰富、多变为特色。《水浒传》等诸多小说的传奇性，正是传统审美意识在小说艺术中的突出特征。传奇就意味着艺术在对生活的把握中，摒弃那些平凡的、了无生气的素材，而撷取那些富于戏剧性的、不一般的、跌宕多姿的生活，并以巧合即诸多偶然性的形态显现。它总是通过曲折复杂的故事情节或直接或暗示出生活中特异的事件和超乎想象的变异，从而把故事展示出来。鲁智深的故事，是通过三拳打死镇关西、大闹桃花村、火烧瓦罐寺、大闹野猪林，特别是倒拔垂杨柳等一连串惊人的情节和细节，描绘了这位英雄人物不平凡的经历和英雄性格。而武松的传奇故事，又是通过景阳冈打虎、斗杀西门庆、醉打蒋门神、大闹飞云浦、血溅鸳鸯楼等情节勾画出这位大英雄另一种极度奇异的生平故事。作者正是通过这些曲折复杂的故事，把英雄人物放在冲突的焦点上，并以他为矛盾冲突的中心，随着故事，亦即矛盾冲突的推进，环环紧扣，一浪接一浪，逐步

把不平凡的曲折故事叙述出来，而英雄好汉的丰富的性格特征及英雄本色又被鲜明、活泼地揭示出来。《水浒传》这种注重掌握丰富的情节和奇异情节的描写，就把中国小说善于编织传奇性故事的技巧向前推进了一大步。所以你看《水浒传》，绝无一览无余、看头知尾的毛病，很少有板滞枯涩之痕迹。小说的大部分，特别是英雄人物史的故事编织，大都夭矫变幻，摇曳多姿。即使情节的一个片段，也往往是一波三折，极尽曲折之能事。至于“无巧不成书”的运用，则充分把奇与巧的辩证的艺术思维处理得十分自然，巧则奇，奇则巧，“奇”才能传，“巧”才能书。传奇之奇，是出“奇”制胜；“巧”则是“山重水复疑无路，柳暗花明又一村”。由此，我们可以在中西小说比较中得出一个相对的规律性现象，即西方小说，是以写人为主，人中见事，是擅长于追魂摄魄地刻画人物心灵流变的辩证法；而我们的古典小说，以《水浒传》为标志，则侧重于记事，事中见人，是善于声情并茂地展示事物发展过程的辩证法。简单地说，他们善于雕刻心灵，我们则善于编织摇曳多姿的故事。当然这只是相对而言。

《水浒传》的审美风格，也是它把美感的民族传统贡献于世界小说艺术宝库的，除传奇性外，还有传神。古今中外，文艺创作共同的审美目标都是力求突破事物的外壳而把握事物的精神实质。中国则是在审美范畴中提出了“传神”“形神兼备”和“神似”的概念。《淮南子》就提出过要反对“谨毛而失貌”。白居易提出“形真而圆，神和而全”，既要达到形似，又要达到神似。东坡先生谓：“作画以形似，见与儿童邻。”这种艺术理念都渗透到我国小说艺术中了。比如，明胡应麟在称道《世说新语》时就说，“晋人面目气韵，恍然生动”，达到了形神毕肖。而托名李卓吾批评的《水浒传》第三回评语也说：“描画鲁智深千古若活，真是传神写照之妙手。”鲁迅赞扬《水浒传》好汉之诨名：“正如传神的写意画，并不写上名字，不过寥寥几笔，而神情毕肖。”从这里可以知道，传神具有以下几项原则：第一，在抓住事物的运动和人物的行动中，把握人物的性格特质；第二，行文力求简洁明晰，英爽流畅，神韵飞扬；第三，抓住人物最突出最本质的特征，贯彻其余、支配其余的原则，正如歌德所说："显示特征的艺术是惟一真正的艺术。"忽视了特征，也便忽视了真实性，传神手法便成了空架。茅盾在总结中国文学的民族形式时说，人物形象塑造是"粗线条的勾勒和工笔细描相结合"。前者常用以刻画人物性格，使人物通过一连串的故事表现人物性格，这一连串的故事通常使用简洁有力的叙述笔调；后者则用以描绘人物的声音笑貌，即通过对话和小动作来渲染人物的风度。这很像齐白石画中的虫草，自然的树木花草往往用写意方式，但蝉、蚂蚱、蜻蜓则是工笔细描，二者结合得天衣无缝。

《水浒传》英雄形象的成功塑造，得力于传神写照。前人曾有"水浒一百〇八人，人人面目不同"的说法，这话言之过甚。不过，全书至少有十几个到二十个个性极其鲜明、精神气韵达到出神入化境界的典型的人物，这确是事实。他们完全可以陈列满满一个画廊。

总之，传神的关键正在音容笑貌，在通过对话和细节乃至一个小动作中显现出来。举个大家熟悉的例子，小说写林冲的逼上梁山是最成功也是最典型的，林冲始终在"忍"与"不能忍"的冲突中经历着心灵上的痛苦。大家记得，高衙内第一次调戏他的妻子时，林冲拨过高的肩头，一看竟是本官的儿子，那举起要打的手就不由自主地垂下来。这个细节把林冲开始时的隐忍和逆来顺受写得非常准确，也非常传神。直到后来，高衙内第二次调戏他妻子，他又误入白虎节堂，中计被捕，发配途中几乎被害，他仍然委曲求全。直到火烧草料场等一系列情节，林冲与高俅的矛盾愈演愈烈，直至山神庙前手刃陆谦、富安。真是几经挫折，接受了血的教训，林冲逼上梁山。一直到在梁山火并王伦，林冲的性格才完整地体现了出来。林冲的性格发展和心路历程，在小说中可以说是写得最成功的，人物的精神气韵也最完满地展示了出来。

其实，《水浒传》中的传神写照，又往往似不经意却又甚见功力地用人物语言的高度个性化传神地表现了人物的经历、修养、个性、身份、地位。比如，往往被人忽略的第七十一回，武松、李逵和鲁智深三人都是反对招安的，但三个人的神态、话语和动作截然不同。武松直爽而诚恳，李逵莽撞，鲁智深粗中有细，这是小说中多次显现的。但在反招安的情节中，小说作者是用画龙点睛法揭示人物的精神面貌。武松在“叫”；李逵不仅“大叫”，而且“睁圆怪眼”，说完话还一脚把桌子踢起，跌成粉碎；而鲁智深却是在“道”了，话里话外都讲得是个道理，语调凄凉。三个人反招安，但“反”的程度不同，认识也不同，这样写，是从性格出发，而又用特殊的话语和细节来传达，于是真正做到了“传神写照”“形神兼备”。这就是画论中说的“迁想妙得”，即浑然天成的境界。

怎样才能使小说通向“传神”的艺术彼岸？这里我们就讲《水浒传》的白描手法，这种手法也是我们民族美感贡献于世界小说艺术的一大特色。

中国小说点评者常说“白描入骨”“白描追魂摄魄”。白描和传神的统一，就是“体物传神”，这是我国小说传统中的一个审美目标。本来“白描”起源于中国传统画中的“白画”，在花卉和人物画中被广泛运用。它纯用墨线勾勒，不加彩色渲染，形象地描绘人物的音容笑貌的特征，有意识地留下空白，启迪观众读者的艺术想象空间。中国古典小说艺术家则创造性地把绘画中的白描运用于叙事性的创作中，并达到了完美的程度。鲁迅说：“‘白描’却并没有秘诀。如果要说有，也不过是和障眼法反一调：有真意，去粉饰，少做作，勿卖弄而已。”[①]这里说的有两层意义：第一层含义是要求明快、简洁，不拖泥带水，具有一种单纯美。第二层含义则是简洁、明晰，而且要真切和微妙，显出一种黑白对比的力量美。你看《水浒传》开头，写“九纹龙”史进，本来不是小说的重点，但纯用白描手法，写来如此传神，并且如此干净利落：

> 只见空地上一个后生，脱膊着，刺着一身青龙，银盘也似一个面皮，约有十八九岁，拿条棒在那里使。

① 鲁迅：《南腔北调集》，载《鲁迅全集》第4卷，人民文学出版社，2005，第631页。

这个例子也许并不典型，但作者运笔简练，显示了作者笔底的功力。他极简省地勾勒了人物的侧影，然而通过这一白描手法却点出了人物的神韵风貌，给读者留下一个英气勃勃、好动、逞强的少年英雄形象。这个人物的肖像描绘，不仅富有质感，而且有韵味。

总之，白描是一种写意，因此，《水浒传》中对人物形象的勾勒，常常是写意人物形象的主要特征，以虚带实，造成一种艺术空白，给读者以想象、联想的余地，从而在再创造时补充形象的全貌。因此，我们说《水浒传》把美感的民族传统贡献于世界小说艺术宝库的还应有白描手法的单纯美，这绝非过誉之辞。

第四点是意境美。意境乃是中国诗歌艺术的基本审美范畴，而对小说艺术如何理解？小说艺术的意境美在哪儿？《水浒传》又在何处有意境？它又是如何体现这种诗意的意境美呢？

《水浒传》的意境美，一言以蔽之，乃是小说的白描和传神艺术的完整化，是诗对小说的积极渗透。

我国是有着“诗国”之称的国家。从《诗经》始，诗歌已有数千年的历史，其他文艺无不得诗的滋养，它的触角伸向各个艺术领域。

给我印象最深的是鲁迅先生在编辑《唐宋传奇集》时，他的“序例”说“藻思横流，小说斯灿”，就如此深刻地谈到唐传奇的诗的意境正是诗之意境渗透的结果。

现在我们具体分析《水浒传》中两个大家很熟悉的例子。

第一个例子是第十回“风雪山神庙”，写林冲去草料场的场面：

正是严冬天气，彤云密布，朔风渐起，却早纷纷扬扬卷下一天大雪来……出到大门首，把两扇草场门反拽上，锁了。带了钥匙，信步投东。雪地里踏着碎琼乱玉，迤逦背着北风而行。那雪正下得紧。[1]

大家看，小说叙事的诗意就在于《水浒传》作者不是静止地孤立地描绘自然景物和分析人物心态，而是紧密地配合着情节的进展，是用林冲这个流放者的眼光观察风雪交加的天气和陌生住处，并且随时介绍周围环境引起他的思绪的变化，这样就以浓烈的萧瑟凄凉的气氛，很好地衬托了他的委曲求全和忍辱负重的心情，从而造成了情景交融的诗的意境。

第二个例子，就是小说第三十六回写宋江的一段故事。这个例子的诗意不是依靠一大段的风景描写，只是在紧要处点染几笔，起到“画龙点睛”的烘托作用。

宋江被穆家兵赶到了浔阳江边，正在危急之际，忽然从芦苇荡里摇出一只船来，宋江便向艄公求救。不料那艄公张横亦是个强徒，拿出刀来竟要请他吃“板刀面”。正危急时，对面摇来另一只船，那船上的大汉李俊同张横原是一路，却也是宋江的朋友。他见张横，问起情由，疑那将被害的可能是宋江，便“咄”的一声喊了起来。作者描写这个惊奇场景时写道：

> “咄！莫不是我哥哥宋公明？”宋江听得声音厮熟，便舱里叫道：“船上好汉是谁？救宋江则个！”那大汉失惊道：“真是我哥哥，不早做出来！”宋江钻出船来看时，星光明亮……那船头上立的大汉正是混江龙李俊。

对于这一段描写，清代著名小说戏曲批评家金圣叹认为，尤其“妙不可说”的是“钻出船来看时，星光明亮”这十个字。他说这十个字“非星光明亮照见来船那汉，乃是极写宋江半日心惊胆碎，不复知何地何色，直至此忽然得救，而后依然又见星光也。盖吃惊后之奇喜也”。金圣叹的分析确实入木三分：作者避开了

① 着重号为笔者所加。

正面描写宋江的喜悦心情，而是以景来烘托暗示，言简意赅，含蓄隽永而又紧凑利落。我们可以想象，对于这个场面完全可以有不同写法：可以荡开去细致刻画先惊后喜、由悲转喜的戏剧性变化引起的人物的心理活动；也可以捕捉这一过程中人物的种种表情、动作和姿态等。但这种描写即使是成功而出色的，让人感到别有滋味，别有情趣，也很难有这么紧凑利落、自然传神的效果。叙事小说的意境正在此，诗与事的紧密结合是小说意境之上乘也。

无论是传奇性、传神、白描，还是意境，再有就是未分析的语言，鲁迅的一句话已足以说明他的水平和审美风格："《水浒传》和《红楼梦》的有些地方是能使读者由说话看出人物的。"

智慧的较量[①]

——读《西游记》

公元15—17世纪，对于中国小说艺术发展史来说，是一个令人瞩目的历史时期。这个时期，小说开始往纵横两个方向延伸，展现了色彩斑斓、标新立异的繁盛景象，长篇、短制、文言、白话，构成了一个惊人的小说奇观，小说世界已蔚为大观。世称的“四大奇书”——《三国演义》《水浒传》《西游记》《金瓶梅》——都产生于此时。它们都是耸立于艺术群山中的高峰，其中被鲁迅称之为“魁杰”“巨制”的神魔小说《西游记》，就是吴承恩终其一生对中国小说史、也是对世界小说史奉献出的伟大的瑰宝。

一、吴承恩的才艺

没有吴承恩，自然没有《西游记》；但没有《西游记》，也就不会有我们今天所理解的吴承恩。事实上，他们是互相创造的。在“四大奇书”中，也许《西游记》是最幸运的了。因为今天我们所掌握的它的作者吴承恩的生平资料，远比其他三部小说的作者都翔实得多。

吴承恩，字汝忠，号射阳山人。先世江苏涟水人，后徙淮安山阳（今江苏淮安县）。他约生于明孝宗弘治十七年（1504），约卒于明神宗万历十年（1582）。根据吴承恩手撰《先府君墓志铭》可以考见他的家世，特别是他父亲的事迹。他的高祖叫吴鼎，布衣。曾祖吴铭曾任浙江余姚县学训导，祖父吴贞做过浙江红和（在今浙江省杭州市）县学教谕。其父吴锐，因年幼失怙，家贫，仅读社学，未能走上科举功名的道路，与徐氏结婚后，就继承了岳父家的事业，以经营绸布为生，

① 本文是何满子先生主编的《十大小说家》（上海古籍出版社，1989）中的一篇。

虽身为商人，却“自《六经》诸子百家莫不浏览”，读至“屈平见放”、“伍大夫鸱夷”、诸葛亮“出师不竟”、檀道济“被收”、岳武穆“死诏狱”等，“未尝不双双流泪也”。吴锐又“好谭时政，意有所不平，辄抚几愤惋，意气郁郁”。这里显示了吴锐是一位颇有怀抱的人物。这样的家庭和父教，对吴承恩无疑会发生重要影响。

吴承恩自幼聪颖慧敏。陈文烛《花草新编序》谈到吴承恩幼年情况有一段生动的描述：

> 生有异质，甫周岁未行时，从壁间以粉土为画，无不肖物；而邻父老命其画鹅，画一飞者，邻父老曰：“鹅安能飞？”汝忠仰天而笑，盖指天鹅云。邻父老吐舌异之，谓汝忠幼敏，不师而能也。比长，读书数目行下。督学使者奇其文，谓汝忠一第如拾芥耳。

吴承恩在少年时代就以文名冠于乡里。吴国荣《射阳先生存稿跋》中说“射阳先生髫龄，即以文鸣于淮”；天启年间（1621—1627）修的《淮安府志》也说他“性敏而多慧，博极群书，以诗文下笔立成……复善谐剧，所著杂记数种，名震一时”，后来清代的《山阳县志》和《山阳志遗》也都说他“英敏博洽，为世所推”。

吴承恩少年时代就爱好神奇的故事传说，他在《禹鼎志》的自序中说：

> 余幼年即好奇闻，在童子社学时，每偷市野言稗史。惧为父师诃夺，私求隐处读之。比长，好益甚，闻益奇。迨于既壮，旁求曲致，几贮满胸中矣。

他还喜读“善模写物情”的唐人传奇，这些成为吴承恩后来写作《西游记》的起跑点，它为《西游记》的撰著做了必要的文学准备。

吴承恩不负父、师期望，较早地进了学。从他的文才来看，中举人，成进士，本不应成问题，但偏偏中了秀才后，即屡试不售，困顿场屋，蹭蹬穷年。嘉靖二十三年（1544），吴承恩已到中年才补得个岁贡生，又过了差不多七年之久，才到北京吏部候选，结果只获得了浙江长兴县丞的卑微官职。他是极不情愿地接受这个任命的。吴国荣在《射阳先生存稿跋》中称："（吴承恩）屡困场屋，为母屈就长兴倅。"这是确凿的原因：母老家贫，中举无望，才使他出任了这样一个与他思想性格极不协调的职务。然而吴承恩的政绩还是不错的，他不贪污自肥而又工作勤恳。陈文烛《花草新编·序》中说他"恬淡自守，廉而不秽"。他不愿改变自己的傲岸性格以屈从长官意志，始终保持着刚直的风骨。

对于一个诗人来说，忠实于自己的感受和发现，就意味着忠实于自己的诗魂。在众多的歌唱中，吴承恩的著名长歌《二郎搜山图歌并序》是一首气势伟岸的诗，也是他全部诗作中的一组强音符。他以纵横捭阖、浑灏奔放的笔触，为我们展现了一幅神话中二郎神搜山，使魑魅魍魉、狐猴虺龙或断头授首，或束手就擒的奇幻景观。这些狐妖虺龙就如《西游记》中的魔怪一样，诗人联想到它们就是人间黑暗邪恶势力的幻化，恨不得把它们斩尽杀绝。这诗的感情和时空的广阔，一定程度上概括了一个灾难的时代。因此，这首诗应该看作是吴承恩向一切封建统治和腐烂没落的社会发表的抗争檄文。

吴承恩久经动乱后，也许发已斑白，但是豪情与诙谐依旧，保持着刚直傲岸的风骨。他没有在悲哀中消沉，其《送我入门来》一首词可看作吴承恩整个人生态度的自我表白：不为贫穷的处境、困顿的遭遇、世人的白眼、炎凉的世态所屈服，在严霜积雪的酷寒中，信心百倍地"探取梅花开未开"，它可视为诗人的自况。这洁白芳香的"梅花"，正象征着他那高洁的人格，也象征着他自己从事的文学事业。他的诗和他的小说一样，是以乐观意识为轴心，或者说，终以乐观的调子完成悲哀的美。

诗人有幸，他不仅能以健笔参与了中国小说史创造的巨大工程，而且能以他的诗篇保留下历史巨变时代的动人场面和音响。

二、“西游”故事的演变

在我国文学史上，一个带有规律性的现象是：小说、讲唱文学和戏曲艺术有着不可分割的血缘关系，其中纽带之一是在创作题材上往往同出一源或是相互“借用”。杰出的作家还能在这种“借用”的基础上，进行创造性的改编，翻演为新篇。宋元以来，瓦舍、勾栏遍布京师和一些大城市，更为小说、讲唱文学和戏曲艺术在题材上的相互借鉴提供了广阔的园地，开凿了多条渠道。由此，同一题材在说书场中和戏曲舞台上以各自的艺术样式进行表演。

吴承恩在《西游记》中，创造了一个属于他自己的独特艺术世界。但是它的题材和基本情节又不是他的首创，它的产生过程和其他优秀的古典小说《三国演义》《水浒传》等相类似。

作为《西游记》主体部分的唐僧取经故事，是由历史的真人真事发展衍化而来。唐太宗贞观元年（627），青年和尚玄奘[①]独自一人赴天竺（今印度）取经，跋山涉水，历尽艰难险阻，经历了当时一百多个国家，走了几万里路，至贞观十九年（645），取回佛经657部。这一惊人举动，震动中外。归国后，玄奘组织译场，从事佛经的翻译工作。玄奘在取经过程中所表现的坚定信念、顽强意志，令人敬仰。他所身历目睹的种种奇遇和异国风光，对人们具有极大魅力，他的行为和见闻本身就具有不同寻常的传奇色彩。于是他奉诏口述沿途见闻，由门徒辩机写成《大唐西域记》。以后他的门徒慧立、彦琮为了夸大师父的宏伟业绩，弘扬佛法，在《大唐大慈恩寺三藏法师传》中，穿插了一些灵异传说。不过传文的基本面貌仍然是历史传记，而不是佛教的灵异传。取经故事的真正神奇化是在它流入民间以后，越传越奇，以至于离历史上的真实事件愈来愈远。在《独异志》《大唐新语》等唐人笔记中，取经故事已带有浓厚的神异色彩。据欧阳修《于役志》载，扬州寿宁寺藏经院有玄奘取经壁画，可知取经故事在五代时已流布丹青。

① 俗姓陈，名祎，法名玄奘，长安弘福寺和尚。

在这个时期，值得注意的是《大唐三藏取经诗话》的产生。刊印于南宋时期的《大唐三藏取经诗话》，是保存下来的晚唐五代寺院俗讲的底本。《取经诗话》已经开始把许多传说故事与取经故事串联起来，初步具备《西游记》故事的轮廓。全书分上、中、下三卷，内容记叙唐僧一行六人往西天时遭遇各种精怪的折磨，情节离奇，但不曲折。其主旨则在宣扬佛法无边、逢凶化吉。其中所经历的个别国度如女儿国，少数处所如大蛇林和深沙神处，能使人联想起《西游记》的有关章节。书中的猴行者是一个“人（神）化”的猴精，它化作白衣秀士，是神通广大、降服妖怪的能手，初具人、神、魔三位一体的性质。它是小说《西游记》中孙悟空的雏形。

形诸文字的第一本小说形态的《大唐三藏取经诗话》的出现，标志着玄奘天竺取经已由历史故事向佛教神魔故事过渡的完成；标志着“西游”故事的主角开始由唐僧转化为猴行者；标志着某些离奇情节有了初步轮廓。因此它在《西游记》成书过程中有着重要意义。

由于《大唐三藏取经诗话》是晚唐五代佛教徒宣扬佛法的“俗讲”，一般属于宗教文学。与此同时，“西游”故事随“说话”艺术的繁荣，又以“平话”的方式出现，至迟到元末明初，就出现了更加完整生动的《西游记平话》。后来百回本《西游记》中的一些重要情节，在《平话》里大体上已具备了。《西游记平话》的形式风格，比较接近于宋元讲史平话，文字古拙，颇像元刊本《全相平话五种》，描写亦欠精细。但无论从内容、情节、结构、人物诸方面看，《西游记平话》都很可能是吴承恩据以加工进行再创造的母本。可以说它为吴承恩创造《西游记》提供了一个很好的胚胎。

广东出土的元代前期磁州窑唐僧取经瓷枕（藏广东博物馆），证明取经故事在当时已在民众中广泛流传。画面上的人物是取经故事中的师徒四众，处于中心地位的是英姿勃勃的孙悟空。这说明取经故事和有关人物的关系和思想性格，至迟到元代已大致定型。

取经故事除了在话本和其他艺术形式中不断发展和流布外，还被搬上了舞台。宋元南戏有《陈光蕊江流和尚》，金院本有《唐三藏》，元杂剧有吴昌龄的《唐三藏西天取经》，可惜都已失传。元末明初则有无名氏的《二郎神锁齐天大圣》杂剧和杨讷（景贤）所著的《西游记》杂剧，共六本二十四折，以敷演唐僧出世的“江流儿”故事开场，后面有收孙行者、收沙僧、收猪八戒、女人国逼配、火焰山借扇、取经归东土、行满成正果等情节。吴承恩正是博采众长并受到多方面的启迪才创造了《西游记》。

随着唐僧取经故事的流传和衍化，孙悟空的形象也经历了一个同样漫长的演变过程。关于孙悟空形象的渊源，是一个争论了很久的问题。鲁迅认为孙悟空“神变奋迅之状”移取唐传奇李公佐所作《古岳渎经》里的淮河水怪无支祁。因为吴承恩的家乡，自古淮水为患，很早就产生了与治水有关的神话传说。无支祁就是大禹治水时收服的一个淮涡水神。他原是神通广大的猴精，后来被镇锁在淮阴龟山脚下。因此鲁迅认为孙悟空本出于无支祁。随后，胡适提出印度史诗《罗摩衍那》中的神猴哈努曼是孙悟空的原型。胡适的说法并未动摇鲁迅的说法，反而引起鲁迅更为有力的驳难。此后就出现了折中的“混同”说，认为孙悟空是继承无支祁，又接受哈努曼影响的“混血猴”。日本学者则大多根据佛经提出不少看法。然而如果我们沿着唐僧取经故事的演变，也不难发现，从《取经诗话》中的猴行者到《西游记》杂剧、《西游记平话》中的孙行者，再到吴承恩小说《西游记》中的孙悟空，他们之间有着一脉相传的血缘关系。孙悟空是吴承恩独运匠心，对猴行者、孙行者进行了质的改造，再创造出来的一个不朽的典型。或者说是吴承恩把民间传说和说书、戏曲中的孙行者融化为一个整体，才诞生了属于吴承恩创造的艺术结晶。孙悟空绝不是一个或几个现成形象的移借、合成，它的产生途径是艺术典型的创造。因此，如果仅据其特征的一点来寻绎其原型，是极不科学的。

《西游记》确实是吴承恩创造的一个真正属于他自己的独特的艺术世界。郑振铎先生早就看到这一点，他说：

> 惟那么古拙的《西游记》，被吴承恩改造得那么神骏丰腴，逸趣横生，几乎另外成了一部新作，其功力的壮健，文采的秀丽，言谈的幽默，却确远在罗氏（罗贯中）改作《三国志演义》，冯氏（冯梦龙）改作《列国志传》以上。[①]

历史赋予吴承恩创作《西游记》以客观和主观的条件。明朝自成化（1465—1487）以后，特别是嘉靖（1522—1566）、万历（1573—1620）两朝皇帝，都崇信道士羽客的妖妄之言。这股风气从上层一直蔓延到民间，神魔小说的崛起和风行，显然同这一社会风尚下的精神状况有着密切关系。至于作家的主观条件，由吴承恩的诗文已经证明他的文学才华是多方面的。而在小说创作经验的积累上，他的志怪小说集《禹鼎志》虽然已经亡佚，但此书或许是他为写《西游记》做准备或许是练笔而用的。幸运的是，从此书的序中我们却又得到这样的信息：“虽然吾书名为志怪，盖不专明鬼，时纪人间变异，亦微有鉴戒寓焉。”这“微有鉴戒寓焉”与《二郎神搜山图歌并序》联系起来看，其相通之处甚多，这就是作为小说艺术家的吴承恩兼具思想家某些品格的明证。如果我们再联系另一重要时代思潮，会更加看清吴承恩创作《西游记》也绝非偶然。在吴承恩青壮年时期，在意识形态领域，有着一般强劲的反理学统治、要求个性解放的思潮，李卓吾就是这一反传统思潮的中心人物。在此前后文艺各领域中的主要的革新家和先进者如袁中郎、汤显祖、冯梦龙等，都恰好是李贽的朋友、学生和倾慕者。他们或是主张直抒个人性灵，或是把人性中的性爱提到小说戏剧的创作日程上来。可以设想，在这股强劲的反传统思潮的冲击下，像具有吴承恩这样的人生经历的作家，他会很自然地浸淫在这清新的精神氛围之中，从而启迪他的灵智，不由自主地用小说创作的

---

① 郑振铎:《西游记的演化》，载《郑振铎文集》第5卷，人民文学出版社，1985，第254页。

方式投入到这股思想解放的浪潮中去。

三、在神魔斗争背后的寓意

吴承恩虽然以其卓越的艺术创造才能使原来的“西游”故事顿改旧观、面目一新，但他也不能不受传统故事基本框架的限制。《西游记》全书一百回，主要篇幅还是写孙悟空保护唐僧去西天取经，一路上降妖伏魔，扫除障碍，取回真经，终成正果的故事。

长篇神魔小说《西游记》是一个和谐的艺术整体。过去和现在，在《西游记》研究中始终有“两个故事”和“两个主题”的说法。认为孙悟空大闹天宫和保护唐僧取经，是两个不同的故事。在这两个故事的矛盾发展过程中，孙悟空所处的矛盾地位和矛盾的对象是不相同的，前者是叛逆英雄反抗天庭统治者，后者则“转化”为同各种阻挠取经事业的妖魔之间的斗争；前者的主题是通过神话式的故事形式，反映中国封建社会人民的反抗，后者的主题则“转化”为要完成一种事业，一定会遭遇到许多困难，而且必须战胜这些困难。而《西游记》就是糅合了两个不同的故事和两个不同的主题的神话小说。还有一种“主题矛盾”说，认为大闹天宫和西天取经是思想倾向对立的两个故事，后者否定了前者，存在着“不可调和的矛盾”。此说实为“主题转化”说的变种。

的确，在中国小说史上，有些长篇名作存在着主题的多义、多层次和多元性。但是，《西游记》并没有两个主题，也不属于多义性作品一类。小说的主旨极其明晰，就是西行求经。

中国古代长篇小说大多根据史书演变而来，其故事情节多少都有一点历史因由。从一定意义上说，中国的历史演义小说和神魔小说的结构法很像中国戏曲艺术的结构排场，它的“布关串目”都是属于“英雄颂剧”式的结构排场，这就是调动一切艺术手段来着意刻画和热烈歌颂英雄主人公。

《西游记》正是这样布局的。小说第一回至第十二回是整个故事的序幕，交代取经故事的缘起。第十二回后的八十八回书，才是吴承恩取经故事的主体工程。前七回集中写石产仙猴、闹龙宫、闹地府、闹天宫，主要是写西天取经的保护人孙悟空的非凡出身和神通广大的本领。第八回主要介绍取经集团中其他四名成员：沙悟净、猪悟能、白龙马及江流儿唐僧的出身经历。第九回至第十二回则是承袭第八回继续叙述西天求经故事的缘起。从整体结构看，前七回故事的主要作用，与第八回一样，既然同是介绍取经集团成员的出身经历，自然也应视为序幕的有机部分。把前七回同七回以后截然分开，说成是两个不同的故事，从而把孙悟空大闹天宫等情节从取经故事的序幕中剖离出来，显然既不符合小说作者的创作意图，也不符合中国古代小说思维的定式，更不符合神魔小说结构布局的一般模式。

众所周知，小说《西游记》的真正主角不是唐僧而是孙悟空。取经途中，斩妖除魔、扫除障碍，经历九九八十一难，每一次战斗离开孙悟空都不行。要而言之，要取真经，绝非易事，必须有能够降魔伏妖、克服千难万险的真正大能人。只有在序幕中充分展示孙悟空的非凡出身和超群绝伦的本领，才能为其取经途中的种种表现提供充足的依据，才能令人信服西天真经的获得是有保障的。吴承恩意在为孙悟空造像，在故事开端即浓墨重彩渲染孙悟空“石破天惊”的不平凡的诞生，并以细腻生动的笔触描述他如何求仙访道免遭轮回，如何寻取横扫妖魔的如意金箍棒，如何练就七十二般变化、十万八千里筋斗云以及火眼金睛等神奇本领，如何一次又一次地战胜天兵天将，其目的都是为孙悟空以后去西天求得真经做“武装准备”和进行“实战演习”。

吴承恩的这一整体构思，体现在《西游记》的情节提炼和故事剪裁的全过程。如果把小说《西游记》同《大唐三藏取经诗话》《西游记杂剧》相比较，有两点明显的变化值得注意。第一，《取经诗话》中的猴行者与《杂剧》中的孙悟空，虽已逐渐升格为主角，但其本领与所起之作用都有较大局限，取经途中降伏妖魔、保护唐僧的主要力量实际上是大梵天王与“十大保官”。而小说《西游记》却把孙悟空的神通广大与求得真经的决定作用大大提高和发展了，并淋漓尽致地发挥和渲染，从而使之由取经集团中的一个重要成员一变而为小说中名副其实的主角，是一个最富于“行动性”的角色。事实上《西游记》的主体工程和审美价值，只能是关于孙悟空“一生”的故事。一句话，如果没有孙悟空就没有吴承恩《西游记》这部小说。第二，《取经诗话》把唐僧看作是取经的主要人物，所以故事的开端也由叙述唐僧行状开始。猴行者出身经历，直到“入王母池之处第十一”，才以补叙方式略加介绍。《杂剧》承袭《取经诗话》所采取的做法，把唐僧的出身以占全剧六分之一的篇幅作为故事的开端，安排在第一本，孙悟空的出身经历，到第三本才进行追叙。而吴承恩的《西游记》则打破取经故事的传统格局，不仅把关于孙悟空出身的描写由原来作为穿插而存在的“隐蔽”环节，一变而为重要的显现情节，置于全书的开篇处，而且以七回的篇幅大加渲染。

《西游记》的确是一部复杂的小说。但是，这“复杂”并不在于人们通常所说是题材本身的局限性和吴承恩所处时代及其所属阶级的局限，也非如上述论者所说是“主题的矛盾”造成的。我们认为，它的复杂性正在于：它是以庄严神圣的取经的宗教故事为题材，但在具体描述时却使宗教丧失了庄严的神圣性。它写了神与魔之争，但又没有严格按照正与邪、善与恶、顺与逆划分阵营，它揶揄了神，也嘲笑了魔，它有时把爱心投向魔，又不时把憎恶抛掷给神；并未把挚爱偏于佛、道任何一方。

这一矛盾的“复杂性”，在小说的开端就显示出来了。本来孙悟空在花果山水帘洞带领着群猴，自由自在地过着那“不伏麒麟辖，不伏凤凰管，又不伏人间王位的拘束”的生活，他不能忍受任何压迫和不平。当他考虑到“暗中有阎王老子管着”的时候，竟不远万里，泛海越岭，访师求道。待学得一身本领后，他就闯入龙宫，向龙王索取宝盔、金箍棒，进而抡棒打入冥府，一笔勾销了生死簿上全部猴类的名字，从而能够“躲过轮回，不生不灭，与天地山川齐寿”。龙王、阎王当面对孙悟空无可奈何，等孙悟空一走，便立即向他们的主子——神界的最高统治者玉帝告状。玉帝“遣将擒拿”不成，便使出诡计：“降旨招安”，把孙悟空骗上天庭。神的王国，最高统治势力的象征，具有不可侵犯的权威，但孙悟空全然不放在眼中。太白金星奉旨请他上天，他“把个金星撇在脑后”，自己先走；南天门上不放他进去，他就骂金星是“奸诈之徒”。见了玉帝，既不“朝礼”，又不“谢安”，却“挺在身旁”，“唱个大喏”，自称“老孙”。当他发现封他为“弼马温”原来是个骗局时，便“心头火起，咬牙大怒”，“忽喇一声，把公案推倒”，耳中取出金箍棒，一直打出南天门，干脆竖起“齐天大圣”的旗号，与天庭对抗。玉帝调遣天兵神将，兴师讨伐，被他打得落花流水，狼狈逃窜。后来，神佛道联合作战，花尽力气，才把他投进老君的八卦炉里，可是七七四十九天，还是没有把他烧死。当老君开炉取丹时，孙悟空纵身而出。玉帝胆战心惊，只得去向西天佛老求救。孙悟空面对“法力无边”的如来佛，也是“怒气昂昂，厉声高叫”，定要玉帝让出天宫，宣称“若还不让，定要搅攘，永不清平”。

在这里，吴承恩驰骋其想象力于奇幻的情节中，写来神完气旺、声势夺人，读之惊心动魄、兴趣盎然。在吴承恩的笔下，神道佛联合战线的威风和神圣性扫地以尽。释教的佛菩萨、道教的祖师神仙和至高无上的玉皇大帝一个个惊惶万状、束手无策，道教中的太上老君和福禄寿三星被孙悟空任意捉弄，佛教的始祖释迦如来也被拿来取笑。最有趣的是孙悟空临遭镇压之前，他也还要在这位佛祖掌上撒上一点臊臭的猴尿。这随手拈来的一笔，真是令人忍俊不禁。在吴承恩犀利的笔锋下，宗教的神道佛祖从神圣的祭坛上被拉了下来，显现了它的原形！“大闹天宫”这则故事带有提纲挈领的意义，可说在主旨上为整个作品定下了基调。在取经途中，孙悟空的英雄形象又增添了新的光辉。为了扫除祸害，“与人间抱不平”，他上天入地，深入龙潭虎穴、妖巢魔窟，与各色妖魔人等战斗，随机应变，顽强不屈。他对付最厉害的妖魔的方法就是钻进对方的肚皮里，在里面“跌四平，踢飞脚”，“打秋千，竖蜻蜓，翻跟头”，疼得妖魔遍地打滚、满口求饶，从而转弱为强，反败为胜。他还有“济困扶危、恤孤念寡”和见恶必除、除恶务尽的美德；又有一见妖魔，盯住不放，纠缠到底，不达目的，绝不罢休的韧劲儿。从总体精神来看，孙悟空的“抗魔”斗争，可以说是“大闹天宫”的继续。而且事实上在取经征途中，孙悟空对待诸神佛道，仍然是那样桀骜不驯，没有放松对他们的捉弄和揶揄，态度是一以贯之的。比如，要他保护唐僧取经，他先提出“叫天天应，叫地地灵”的条件，要山神土地、四海龙王、值日功曹、天兵天将供他调遣，甚至连佛祖、玉帝也要为他服务。诸山神土地略有拂逆，孙悟空就要“伸过孤拐来，各打五棍见面”！仅仅为了欺骗两个小妖，他便要玉帝闭天半个时辰，“若道半声不肯，即上灵霄殿动起刀兵”！他经常以轻蔑态度揶揄、嘲弄这些神佛统治者。如对观音，敢骂她“惫懒”，咒她“一世无夫”；对佛祖，敢奚落他是“妖精的外甥”；对玉帝，要“问他个钳束不严”的罪名，见了面便“朝上唱个大喏”，打趣说：“老官儿，累你！累你！”所以从表面上看，孙悟空似乎接受了如来佛旨，皈依了佛教，保护唐僧去取经，但是他自身形象显示出来的具体内容，仍然是对诸神佛道的宗教禁锢的否定。

吴承恩在《西游记》中还极聪明、极俏皮、极轻松地描写了妖魔鬼怪同天上诸神道佛的微妙关系。如黑松林的黄袍怪是天上的奎木狼星，小雷音寺的黄眉妖是弥勒佛的司磬童子。神下凡成魔，魔升天做神，神魔原本一体！孙悟空很明白这些个底细，所以常常到天上去追查魔的来历。更有讽喻意味的是，当它们私自逃入人间为非作歹的时候，诸天神祇都装聋作哑，到孙悟空花了九牛二虎之力把他们将致死命时，什么李老君、弥勒佛、南极寿星、观音菩萨等，一个个都出来说情，加以保护，索取法宝，收上天庭，各归本位，仍做天神。由此可以看出，后者是前者的后台，前者是后者的基础，两者相依为命。吴承恩写了这些故事，可能不仅只是为了博读者一粲，它多数寓讥讽于笑谑。所以作为“社会”趣闻、“社会”活剧来读，也有发人深思之处。

这里显示了作者的宽广的精神视野，他把对宗教批判的锋芒转到了另一角度。原来宗教从来是与蒙昧主义相依为命的，他们所编造的谎言句句都要人当作真理般信仰——“神”是“正宗”，“魔”是“异端”。实际情况却大谬不然，全是用来骗人的。吴承恩在这里只是撩起了幕布的一角，让人们看到所谓天国、所谓佛道诸神到底是什么货色。在根本利益一致的基础上，神魔的关系原来就是纠缠不清的，有时简直就是二位一体。它的讽喻蕴含似也不难把握。作者喜爱孙悟空身上的魔性甚于他身上的神性。另外，如牛魔王虽然喜新厌旧，停妻再娶，但他那浑厚憨直之态也颇能令人解颐；平顶山的精细鬼、伶俐虫写得妙趣横生，十分逗人喜爱。看来，吴承恩对于神魔从不存偏见，也没有框框，只是在娓娓叙述奇幻瑰丽的故事时顺便给人物抹上一些诙谐的色彩。

吴承恩对宗教神学的批判是否提高到政治批判上？这是一个至今还有争议的问题。我们不同意把《西游记》的一些故事强与现实政治做比附，也不认为小说中屡有微言大义。但是也不能否认《西游记》“讽刺揶揄则取当时世态”。这是因为作家在现实生活中的感受会很自然地融入他的艺术思维中去，并通过他创造的艺术形象宣叙出来，那一丝丝情愫也会渗透在作家的言谈话语之中。对于这一点，《西游记》作者心中似有一条界线，而我们则看到两种类型，这两种类型在切近现实政治问题上，在深、浅、明、隐以及涵盖面上是很不一样的。

一类是作者特别耐人寻味地在取经路上直接安排了九个人间国度，指明其中好些都是“文也不贤，武也不良，国君也不是有道”的国家，并着重对道教的虚妄可笑和道士的弄权祸国进行了无情地揭露和严厉地鞭笞。比如，比丘国的道士进女色，被封为“国丈”，嗣后，又献延年益寿秘方，要用一千一百个小儿的心肝，把整个国家弄得乌烟瘴气。灭法国的国王许下罗天大愿，要杀一万个和尚。这些故事就和作者生活的嘉靖王朝的情况相当切近和相似。明代许多昏君庸王都信道教，道士通过祈雨、炼丹、进女色等卑劣手段，爬上高位，“干扰政事，牵引群邪”。如被奉为真人并且做了礼部尚书等大官的道士邵元节、陶仲文等，又与宦官（如崔文）、奸臣（如严嵩）同恶相济，祸国殃民。世宗佞道灭佛，亲自炼丹修道，耗尽民脂民膏。当时一些有正义感的士大夫往往不顾性命，上书进谏，结果不是被“榜掠”得“血肉狼藉”，就是被“先后棰死狱中”。如果我们能正确认识作者写小说时的背景和心态，就会发现这一类型的故事无疑具有令人深思的认识价值。

另外一种类型的就是属于信手拈来、涉笔成趣的讽刺小品。比如阴司冥府据说是最铁面无私的，可是唐太宗魂游地府时，判官崔珏竟因为生前是“太上先皇驾前之臣”，又与魏徵是“八拜之交”，故在收到当朝宰相魏徵的求情信后，立即私改生死簿，给唐太宗增添阳寿二十年。这些描写，无疑是封建社会徇私舞弊、贪赃枉法、官官相护等普遍存在的黑暗腐败现象的折射。但对读者来说，只把他们看作是一幅幅隽永的谐谑图即可，所谓“忘怀得失，独存赏鉴”，更多的微言大义是找不出来的，也不必费时间进行寻绎和考索。作者寄希望于读者的是能欣赏他的绝妙的幽默的“小小说”。

创作《西游记》是吴承恩的一次精神漫游，想必在经历了一切心灵“磨难”之后，他更看清了世人的真相，了解了生活的真谛。他更加成熟了。

然而，看《西游记》不能离开那个超人间的荒诞的外貌。它的“假定性”已呈现于读者之前，我们毕竟应当尊重作者的意图，把它当作神魔小说来读。我们绝不能辜负吴承恩奉献于小说史的这个新品种。

我们还要说一句，吴承恩对生活并未失去爱，小说处处是笑声和幽默。只有一个心胸开阔、热爱生活的人，才会处处流露出一种不可抑制的幽默感，他希望他的小说给人间带来笑声。《西游记》并非是一部金刚怒目式的作品，他富于一个人文主义者的温馨的人情味。讽刺和幽默这两个特点，其实在全书一开始就显示出来了，它们统一于吴承恩对生活的热爱，对人间欢乐的追求。

笑笑生对中国小说美学的贡献

——评《金瓶梅词话》

明代中后期长篇白话小说又有了重大进展，其表现特征之一是小说文体观念的强化，或者说是小说意识又出现了一次新的觉醒，小说的潜能被进一步发掘出来。《金瓶梅》的出现，在最深刻的意义上是对《三国演义》和《水浒传》所体现的理想主义和浪漫洪流的反动，它的出现也就拦腰截断了浪漫的精神传统和英雄主义的风尚。然而，《金瓶梅》的作者却又萌生了小说的新观念，具体表现在：小说进一步开拓新的题材领域，趋于像生活本身那样开阔和绚丽多姿，而且更加切近现实生活。小说再不是按类型化的配方演绎形象，而是在性格上丰富了多色素，打破了单一色彩，出现了多色调的人物形象，在艺术上也更加考究新颖。更为重要的是他们以清醒的、冷峻的审美态度直面现实，在理性审视的背后，是无情的暴露和批判。

《金瓶梅》是一部人物辐辏、场景开阔、布局繁杂的巨幅写真。腕底春秋，展示出明代社会的横断面和纵剖面。《金瓶梅》不像它以前的《三国演义》《水浒传》那样，以历史人物、传奇英雄为表现对象，而是以一个带有浓厚的市井色彩、从而同传统的官僚地主有别的恶霸豪绅西门庆一家的兴衰荣枯的罪恶史为主轴，借宋之名写明之实，直斥时事，真实地暴露了明代后期中上层社会的黑暗、腐朽和不可救药。作者勇于把生活中的负面人物作为主人公，直接把丑恶的事物细细剖析来给人看，展示出严肃而冷峻的真实。

兰陵笑笑生发展了传统的小说学，他把现实的丑引进了小说世界，从而引发了小说观念的又一次变革。

一、市民社会的工笔长卷

兰陵笑笑生是我国小说史上最杰出的小说家之一，是中国市民阶层最重要的表现者和批判者。他所创造的“金瓶梅世界”，经由对自己的独特对象——市民社会的生动描绘，展现了一个几乎包罗市民阶层生活各个重要方面的艺术天地，显示出他对这一阶层的百科全书式的知识，从而使诸如经济的、政治的、宗教的、社会的、历史的、心理的、生理的、婚姻的、民俗的、艺术的知识等，都在“金瓶梅世界”中得到鲜明的显现，可以把它称为这个时代的一面镜子。应当承认，在中国小说史上，特别是明代说部中，笑笑生提供的百科全书式的知识的丰富性和生动性，几乎在当时文坛上还找不到另一位作家与之匹敌。

在中国，作为一种文类的小说艺术，如果和欧洲文学史上的小说相比，则是早产儿。欧洲文学史上，14 世纪薄伽丘的《十日谈》是划时代之作，开启了小说的新纪元而同样作为市民文艺式样的“宋元话本”，则早于《十日谈》两个半世纪。事实是，自从平凡而富有生气的市民进入小说界，小说王国的版图便从根本上改观了，恰如哥伦布发现新大陆使世界地图必须重新绘制一样。作为市民文艺的宋元话本在中国小说史上承前启后，独树一帜，自成一个新阶段。

历史进入明代，我国小说已蔚为大观。《三国演义》《水浒传》标志着一种时代风尚，其刚性的雄风给人以力的感召。明代中后期，小说又有了新的发展，神魔小说《西游记》俏比幽托，揶揄百态，折射出当时社会上的种种弊端和丑恶现实。世情小说《金瓶梅》则为我们展现了一幅色彩斑斓的市民社会的风俗画。

在社会中，人是活动的中心，而描写了人，也就是描写了社会。世情小说最大的特点就是写常人俗事，而《金瓶梅》并不是以帝王将相、达官贵人作为自己创作的主要对象，在作者的笔下，他的全部兴趣、他最熟悉的人物和创作对象恰恰是市民社会的凡夫俗子。我们不妨把前人对这部小说所写人物进行的简评做一点梳理，让大家看看《金瓶梅》是如何展现这幅市井风俗画的：

其一,《金瓶梅·东吴弄珠客序》说:"借西门庆以描画世之大净，应伯爵以描画世之小丑，诸淫妇以描画世之丑婆、净婆。"

其二,《新刻绣像批评金瓶梅》评点者指出小说一号主人公西门庆是"市井暴发户"。提到西门庆的举止行为和语言谈吐都不脱"本来市井面目"。[①]

其三，夏曾佑在《小说原理》中指出:《金瓶梅》乃是一部"立意"写小人的作品。

其四，曼殊在《小说丛话》中说《金瓶梅》是一部"描写下等妇人社会之书"。

其五，狄平子在《小说丛话》中说:《金瓶梅》由于写了"当时小人女子之惨状，人心思想之程度"，才获得"真正一社会小说"。

…………

据我的授业恩师朱一玄先生编著的《金瓶梅资料汇编》中《金瓶梅词话人物表》的统计，可能会更有说服力地证明《金瓶梅》建构的是一个前无古人的市民王国。朱一玄先生指出,《金瓶梅词话》中人物的数目，尚无人做过精确的统计，列男 553 人，女 247 人，近 800 人。这真是一个庞大的数字。根据朱师的指引，我们可以进一步了解到"西门庆一家人物关系""西门庆奴仆""西门庆商业伙计""城乡居民"，包括医生、裁缝、接生婆、媒婆、优伶娼妓、和尚、尼姑、道士等，是他们构成了小说的主体，而上至皇帝下至文武官吏往往是穿插性、过渡性和背景性的人物，他们全然没有成为小说的主体部分。关于这些，读者不妨翻阅一下《金瓶梅资料汇编》，它将引领我们更顺利地进入这个市民王国。

是的，从《金瓶梅》的描写对象来看，不仅仅在于写了哪一阶层的人，而且还要看它写了哪些事。

我们说《金瓶梅》堪称中国中世纪封建社会的百科全书，就在于这部小说的

---

① 参见《新刻绣像批评金瓶梅》第十六、五十五回评。

作者极其关注世风民俗。在这一百回的大书中，在刻画自然环境与社会环境时，小说家常常怀着浓厚的兴趣挥笔泼墨描写出一幅幅绚烂多彩的风俗画面，使之成为刻画人物、表现题旨的文化背景。人世间众多的民风世俗，举凡礼节习俗、宗教习俗、生活习俗、山野习俗、江湖习俗、市场习俗、匪盗习俗、城市习俗、乡间习俗、娱乐场所习俗、行会习俗、口语习俗、文艺习俗等，几乎都可以从这部小说中找到，它为我们积淀着生动形象、丰富多彩的风情习俗大观。

在这里不妨举一些零星例证，让我们感受一下当时市民社会的风习。

在第十五回中，写正月十五元宵节，李瓶儿邀请吴月娘等人去她楼上看灯市。街上几十架灯架，挂着千奇百异的灯。此外，正月十五还有“走百病”的民俗。小说第四十四回也写吴大妗子说吴月娘从她们那里晚夕回家走百病。第二十四回还捎带写出陈经济走百病，和金莲等众妇人调笑了一路。

第十三回写了重阳节，花子虚请西门庆赏菊，“传花击鼓，欢乐饮酒”。这当然和孟浩然“待到重阳日，还来就菊花”不同，西门庆和花子虚等人只是附庸风雅而已。这件事和薛太监请西门庆“看春”一样，都是表面装风雅。花子虚的可悲也正在这里，他只知道游乐娼家，哪里知道西门庆早已瞄上他的妻子。所以《金瓶梅》写节日，也正是用以映衬出人物的面貌，有时是对人物的调侃，有时则是对人物的揭露和抨击。

从小说的描写中还可以看到山西潞州、浙江杭州、湖州以及四川等地，由于纺织业发达，这些地区显得十分富足。其中像浙绸、湖绸、湖锦、杭州绉纱及绢、松江阔机尖素白绫、苏绢等，均系当时的名产品，故必冠以地名。《金瓶梅》中西门庆为行贿，借蔡太师生辰派来旺专程到杭州织造置办寿礼，由此就可以想见一斑了。

《金瓶梅》以山东清河、临清一带作为故事背景，小说第九十二回写道：

这临清闸上，是个热闹繁华大马头去处，商贾往来，船只聚会之所，车辆辐辏之

> 地，有三十二条花柳巷，七十二座管弦楼。

小说家言不免夸张，但绝非毫无根据。人们知道，临清位于大运河畔，是北方重要的水陆码头。周围各县的商人都在这里转站，远方商人更是在这里长期驻足。小说就写了陈经济在这里开过大酒店，楼上楼下，有百十间阁儿，每日少说也能卖上三五十两银子。刘二的酒店也有百十间房子，兼营妓馆，“处处舞裙歌妓，层层急管繁弦，说不尽肴如山积、酒若流波”，每天接待过往商人，花天酒地，其繁华绮靡的景象可以依稀想见。

令人触目惊心的还有《金瓶梅》为我们展示的妓女世界，据研究者统计，在小说中有姓名居处可稽的妓女便有 39 人之多。陶慕宁教授在他的《金瓶梅中的青楼与妓女》一书中翔实地解剖了这个妓女世界，指出《金瓶梅》中涉及的妓女不外三种类型：第一种为丽春院系统的上等青楼，她们身着锦绣，品餍肥甘，享受贵族化生活；第二种类型为下等妓院，她们比不得丽春院中名妓的待价而沽，是妓女世界中的底层人物；第三种类型就是私窠子了，这种暗娼的大量出现，正是当时社会衰朽的一个小小的旁证。

陶慕宁教授还指出：

> 一幕幕笙歌纵饮的侈靡场景，一缕缕目挑心招的冶荡风情，一个个流波送盼的色中“尤物”，一桩桩谋财陷人的阴谋交易，绘成了一幅明代社会后期青楼生活的长篇画卷。[①]

通过以上的简单介绍，再联系“金瓶梅世界”，我们可以看到，也许这里未必能够得到多少可以考证的历史事实，但是《金瓶梅》所展示的五光十色的社会图

① 陶慕宁：《金瓶梅中的青楼与妓女》，文化艺术出版社，1993，第 1 页。

景和丰富多样的人物形象，却有助于我们认识当时社会生活的某些本质方面。《金瓶梅》具有一般历史著作和经济著作不能代替的作用，特别是具有被许多历史学家所忘记写的民族文化的风俗史的作用。

总之，兰陵笑笑生不是一个普通艺匠，而是一位心底有生活的独具只眼的小说巨擘。他真的没有仅仅把他的小说视为雨窗寂寞、长夜无聊的消闲解闷之作。他的小说是出于市民的思想意识和市民的视角。从这个方面来说，他展示的市民社会的风俗画正是市民阶层日益强大并在小说领域寻求表现的反映。

二、化丑为美

这里不得不借用一点美学理论谈一下《金瓶梅》艺术世界的特色。

现代西方有一门很流行的“审丑”学，我们中国的学术界和文学界还未能独立地建构类似的“审丑学”。

但是中国却在16世纪就以自己的艺术实践建构了具有中国民族审美特色的“审丑学”了。令我们惊诧的是，晚出于兰陵笑笑生三百年的伟大的法国雕塑家罗丹也是在创作实践中才自觉地感悟到：

> 在艺术里人们必须克服某一点。人须有勇气，丑的也须创造，因没有这一勇气，人们仍然停留在墙的一边。只有少数越过墙到另一边去。[①]

罗丹的艺术勇气，从理论到实践破除了古希腊那条“不准表现丑”的清规戒律，所以他的艺术创造才发生了质变，并使他成为雕塑艺术大师。

笑笑生所创造的《金瓶梅》的艺术世界之所以经常为人所误解，就在于他违背了大多数人的一种不成文的审美心理定式，违背了人们眼中看惯了的艺术世界，

① 海伦·娜丝蒂兹:《罗丹在谈话和信札中》，载《文艺论丛》第10辑，上海文艺出版社，1980，第404页。

违背了常人的美学信念。而我们认为笑笑生之所以伟大，也正在于他没有以通用的目光、通用的感觉去感知生活。

触碰丑恶，写小说有两种方法，一种是选取典型事件，不留情面、不留死角、不加忌讳地表现，让人看得心惊肉跳、五内俱焚、悲愤交加，这是批判现实主义。另一种是暴露丑恶的同时，不忘人类的爱心，让人物在黑暗中闪现人性的光辉，这是煽情主义的方法。

《金瓶梅》的艺术世界之所以别具一格，还在于笑笑生为自己找到了一个不同一般的审视生活和反思生活以及呈现生活的视点与叙事方式。对于明代社会，他戴上了看待世间一切事物的丑的滤色镜。有了这种满眼皆丑的目光，他怎能不把整个人生及生存环境看得如此阴森、畸形、血腥、混乱、嘈杂、变态、肮脏、扭曲、怪诞和无聊呢？因为对于一个失去价值支点而越来越趋于解体的文明系统来说，这种“疯狂”的描写，完全是正常的。然而，《金瓶梅》中的几个主要人物的性格塑造毕竟是极具时代特征而又真实可信的。对于这一点，至今尚无人提出疑义。

兰陵笑笑生创作构思的基点是暴露，无情的暴露。他取材无所剿袭依傍，书中所写，无论生活，无论人心，都是昏暗一团，虽然偶尔透露出一点一丝的理想的微光，也照亮不了这个没有美的世界。社会、人生、心理、道德的病态，都逃不出作者那犀利敏锐的目光。在那支魔杖似的笔下，长卷般地展出了活灵活现的人物画像。它以官僚、恶霸、富商三位一体的西门庆的罪恶家庭为中心，上联朝廷、官府，下结盐监税吏、大户豪绅、地痞流氓。于是长卷使人看到的是济济跄跄的各色人物，他们或被剥掉了高贵的华衮，或被抉剔出他们骨髓中的堕落、空虚和糜烂。皮里阳秋，都包藏着可恨、可鄙、可耻的内核。《金瓶梅》正是以这种敏锐地捕捉和及时地反映出明末现实生活中的新矛盾、新斗争，从而体现出小说新观念觉醒的征兆，或者说它是以小说的新观念冲击传统的小说观念。正因为如此，对于它的评价也不是任何一个现成的美学公式足以解释的。

按照一般的美学信念，艺术应当发现美和传播美。《金瓶梅》的作者在我看来，不是他无力发现美，也不是他缺乏传播美的胆识，而是这个世界没有美。所以他的笔触在于深刻地暴露这个不可救药的社会的罪恶和黑暗，预示了当时业已腐朽的封建社会崩溃的前景。鲁迅在《中国小说史略》中说得非常深刻：

> 作者之于世情，盖诚极洞达，凡所形容，或条畅，或曲折，或刻露而尽相，或幽伏而含讥，或一时并写两面，使之相形，变幻之情，随在显见，同时说部，无以上之。

又说：

> 至谓此书之作，专以写市井间淫夫荡妇，则与本文殊不符，缘西门庆故称世家，为搢绅，不惟交通权贵，即士类亦与周旋，著此一家，即骂尽诸色。

鲁迅的这些论断是符合小说史实际的，也是对《金瓶梅》的科学的评价。

我们必须抛弃一切成见。《金瓶梅》是中国章回小说中的精品，它虽然属于“另类”“异类”，但是，《金瓶梅》是小说艺术，而艺术创作又是人的一种精神活动，所以它也需要追求人性中的真善美。复杂的只是因为世界艺术史中不断提示这样的事实，即描绘美的事物的艺术未必都是美的，而描绘丑的事物的艺术也可能是美的。这是文艺美学中经常要碰到的事实。因此，不言自明，生活和自然中的丑的事物是可以进入文艺领域的。

问题的真正复杂还在于，当丑进入文艺领域时，如何使它变成美，变成最准确意义上的艺术美。《金瓶梅》几乎描绘的都是丑。正如德国伟大的美学家、诗人席勒在他的《强盗》序言中所说：

正因为罪恶的对照，美德才愈加明显。所以，谁要是抱着摧毁罪恶的目的……那么，就必须把罪恶的一切丑态在光天化日之下暴露出来，并且把罪恶的巨大形象展示在人类的眼前。

试看，《金瓶梅》展示的西门庆家族中那些负面人物：西门庆、潘金莲、陈经济以及帮闲应伯爵之辈，丑态百出，令人作呕。但是，正如上面所说，《金瓶梅》毕竟是艺术。它在描绘丑时，不是为丑而丑，更不是像一些论者所说《金瓶梅》作者是以丑为美。不！他是从美的观念、美的情感、美的理想上来评价丑，否定丑。《金瓶梅》表现了对丑的否定，又间接肯定了美，描绘了丑，却创造了艺术美。这样，人们就很容易提出一个问题:《金瓶梅》是怎样来打开人们的心扉，使之领悟到自己所处的环境呢？回答是：否定这个时代，否定这个社会。兰陵笑笑生笔下所有的主人公都是以其毁灭告终的。他把他的人物置于彻底失败、毁灭的境地，这是这个可诅咒的社会的罪恶象征。因为一连串个人的毁灭的总和就是这个社会的毁灭。读者透过人物看见了作者的思想。笑笑生就是以他那新颖独特的文笔，深刻地反映了社会的真面目。崭新的文笔和崭新的作品思想相结合，这就是《金瓶梅》！这就是作为艺术品的《金瓶梅》！这就是笑笑生以一位洞察社会的作家的胆识向小说旧观念的第一次有力的挑战。

伟大的艺术家罗丹还曾说：一位伟大的艺术家，或作家，取得了这个“丑”或那个“丑”，能当时使它变形……只要用魔杖触一下，“丑”便化成美了……一位真正艺术家的功力就表现在这一“化”上。一般地说，文艺家把生活中的丑升华为艺术美，除了靠美的情感、完美的形式、可信的真实性来完成这个艺术上的升华外，最根本的还是要根据美学规律的要求，通过艺术典型化的途径，对丑恶的事物进行深刻的揭露，有力的批判，使人们树立起战胜它的信念，在审美情感上得到满足与鼓舞。这就是卢那察尔斯基所说的对生活中的丑，要“通过升华去同它作斗争，即是在美学上战胜它，从而把这个梦魇化为艺术珍品”。[①]

《金瓶梅》中的西门庆是一个负面人物，这是毫无异议的。但是，他的美学含义，却应该是真正“典型”的。我们老一辈的美学家蔡仪先生就认为“美即典型”。如果是“典型”就是美的。否定性人物如同肯定性人物一样，作为“某一类人的典范”[②]，集中了同他类似的人们的思想、性格和心理特征，从而给读者提供了认识社会生活的形象和画面，这就是作为负面人物的西门庆的美学价值。《金瓶梅》所塑造、刻画的一系列人物，力求做到人物典型化，从而给负面人物以生命。罗丹说：

> 当莎士比亚描写亚果或理查三世时，当拉辛描写奈罗和纳尔西斯时，被这样清晰、透彻的头脑所表现出来的精神上的丑，却变成极好的美的题材。

所以他又说：

> 在自然中一般人所谓“丑”，在艺术中能变成非常的“美”。[③]

显然，笑笑生这位天才的小说家在表现生活的丑时，智慧地用手中的“魔杖”触了一下，于是生活的丑就“化”成了艺术的美了。

由此可证明：艺术上一切“化丑为美”的成功之作都是遵照美的规律创作的，都是从反面体现了某种价值标准的。

当然，我们也无须否认，《金瓶梅》作为世情小说的开山之作，它没有能完全

① 卢那察尔斯基：《安·巴·契诃夫对我们能有什么意义》，载《论文学》，人民文学出版社，1978，第243页。

② 巴尔扎克语。

③ 罗丹：《罗丹艺术论》，人民美术出版社，1978，第25页。

“化丑为美”。也就是说，作者未能把生活中的丑艺术地转化成艺术美，这充分表现在《金瓶梅》中对两性间的性描写过于直露和琐细。这种描写虽然是受社会颓风影响所致，目的又在于暴露西门庆等人的罪恶，但它毕竟给这部不朽的小说带来一些负面的影响，以至影响了它的流传，因为《金瓶梅》对性生活的描写毕竟不同于它以前的《十日谈》。《十日谈》贯穿着强烈的反宗教、反教会、反禁欲主义的精神。一方面是因为刚从宗教禁欲主义的束缚中冲出来，物极必反，难免由“禁欲”而到“颂欲”，另一方面也是市民资产阶级的爱好，但归根结底是对伪善而且为非作歹的教会、淫邪好色的神父、嫉妒成性的丈夫进行揭露、讽刺和批判。

“化丑为美”是有条件的。作家内心必须有自己的崇高的生活理想和审美理想之光。只有凭借这审美理想的光照，他才能使自己笔下的丑具有社会意义，具有对生活中的丑的实际批判的能力，具有反衬美的效果。如果是对丑持欣赏、展览的态度，那么丑不但不能升华为艺术美，反而会成为艺术中最恶劣的东西。

生活里有美便有丑，美和丑永远是一对孪生的兄弟，所以表现丑的艺术也永远相应的有它存在的价值。但是这里有一个分寸感，一个艺术节制的问题。《金瓶梅》的审美力量在于，它揭露阴暗面和丑恶时，具有一定的道德、思想的谴责力量，这就是为什么《金瓶梅》中均是丑恶的“坏东西”形象，连一个严格意义上的肯定性人物都没有，却能引起人们美感的原因！而另一方面，这位笑笑生的某些败笔也在于他在揭露腐朽、罪恶和昏暗时缺乏节制。忠实于生活，不等于展览生活。《金瓶梅》缺乏的正是这种必要的艺术提炼。

总之，《金瓶梅》不是一部令人感觉到温暖的小说。灰暗的色调挤压着看客们的胸膛，让人感觉到呼吸空间的狭小，我们似乎真的感觉得到那个社会的黑暗无边。

三、人原本是杂色的

当我们走进《金瓶梅》的艺术世界时，我们的“第一印象”和特殊感受已如前节所说，那是一个人欲横流、世风浇漓的“丑”的世界。然而我们在面对小说中的主要人物时，我们又会发现这位兰陵笑笑生在写人物时真的是一位传神写照的高手。

一个普通的艺术真理是：只有描写出各种各样的鲜明的人物形象，才能全面地反映出社会的风貌。我国现代著名作家老舍先生在总结他一生的创作和纵观了世界文学史以后，在《老牛破车》中说了这样一段话：

> 凭空给世界增加了几个不朽的人物，如武松、黛玉等，才叫作创造。因此，小说的成败，是以人物为准，不仗着事实。世事万千，都转眼即逝，一时新颖，不久即归陈腐；只有人物足垂不朽。此所以十续《施公案》，反不如一个武松的价值也。[①]

如果说《金瓶梅》的成就也是给世界小说史上增加了几个不朽的人物，我想也是符合实际的。如西门庆、潘金莲、李瓶儿、应伯爵等人，堪称典型环境中的典型人物。但是如果进一步说，在《金瓶梅》的人物画廊中十多个不朽的典型人物，首先是因为形象上的传神和不拘一格。这种“不拘一格”就是指，它打破了它之前那种写人物性格好就好到底、坏就坏到底的写法，这可以包括《三国演义》《水浒传》和《西游记》等名著。因为这些名著在塑造形象、刻画性格时，还不能突破既有的范式，缺乏性格描写上的艺术辩证法。而《金瓶梅》则在人物性格、行动和心态上已经萌生了一种新的小说审美意识——现实生活中的人是复杂的，不是单色素的，小说应把这种复杂性表现出来。

事实上，在现实生活中，正如俄国作家高尔基在谈及创作心得时所说的，人“是带着自己的整个复杂性的人”，因此他明快地说出他的体会：

① 老舍:《老牛破车》，人间书屋，1941，第99页。

人是杂色的，没有纯粹黑色的，也没有纯粹白色的。在人的身上掺和着好的和坏的东西——这一点应该认识和懂得。[①]

因此，美者无一不美，恶者无一不恶，写好人完全是好，写坏人完全是坏，这是不符合多样统一的艺术辩证法的。在中国小说的童年时代，这种毛病可以说是很普遍的。在中国戏曲中，红脸象征忠、白脸象征奸的审美定式，一直和小说交互作用，打破这种樊篱的正是笑笑生。

《金瓶梅》在小说观上的突破就在于它所塑造的否定性形象，不是肤浅地从"好人""坏人"的概念中去衍化人物的感情和性格行为，而是善于将深藏在否定性人物各种变态多姿的音容笑貌里、甚至是隐藏在本质特征里相互矛盾的心理性格特征揭示出来，从而将否定性人物塑造成活生生的有血有肉的人物。因此《金瓶梅》中的人物不是简单的人性和兽性的相加，也不是某些相反因素的偶然堆砌，而是性格上的辩证的有机统一。

人不是单色的，这是《金瓶梅》作者对人生观察的一个极为重要的心得。过去在研究《金瓶梅》的不少论著里有这样一种理论，即将人物关系的阶级性、社会性绝对化、简单化，只强调社会性和阶级性对否定性人物思想性格、心理的制约，而忽视了他自身的心理和性格逻辑。于是，要求于否定性人物的就是"无往而不恶"。从思想感情到行为语言，应无一不表现为赤裸裸的丑态。反乎此，就被认为人物失去了典型性和真实性。有的研究者就认为"作者在前半部书本来是袭用了《水浒》的章节，把他（指西门庆——引者）作为一个专门陷害别人的悭吝、狠毒的人物来刻画的。后来又'赞叹'起他的'仗义疏财，救人贫困'……这种变化并没有性格发展上的充分根据……这种对于人物前后矛盾的态度，使作者经常陷入不断的混乱里"。另外，中国社会科学院文学研究所编写组编写的《中国文

① 参见《高尔基选集·文学论文选》，人民文学出版社，1958，第249—250页。译文有出入。

学史》，在谈到李瓶儿的性格塑造时也认为不真实，说：“李瓶儿对待花子虚和蒋竹山是凶悍而狠毒的，但是在做了西门庆的第六妾之后却变得善良和懦弱起来，性格前后判若两人，而又丝毫看不出她的性格发展变化的轨迹。”在谈到春梅的形象时，也认为“庞春梅在西门庆家里和潘金莲是狼狈为奸的，她刁钻精灵，媚上而骄下，是一个奴才气十足的形象；然而在她被卖给守备周秀为第三妾，又因生子金哥扶正为夫人之后，她在气质上的改变竟恂恂若当时封建贵族妇女，也是很不真实，缺乏逻辑和必然过程的”。

对《金瓶梅》人物塑造的简单化的批评曾有文章提出了质疑。我是同意他们的意见的，但从理论上来说，有一些说法，实际上是否定人物身上的多色素，而追求单一的色调。事实是，小说并没有把西门庆写成单一色调的恶，也不是把美丑因素随意加在他身上，而是把他放在他所产生的时代背景、社会条件、具体处境上，按其性格逻辑，写出了他性格的多面性。在中国小说史上有不少作品不乏对人物性格简单化处理的毛病，如鬼化否定性人物的现象，这往往是出于作者主观臆想去代替否定性人物的自身性格逻辑的结果。这种艺术上的可悲的教训，不能不记取。我们不妨听听契诃夫的写作体会：“为了在七百行文字里描写偷马贼，我得随时按他们的方式说话和思索，按他们的心理来感觉，要不然，如果我加进主观成分，形象就会模糊。”契诃夫说得多好啊！要求否定性人物的性格的真实性，不能凭主观臆断，只能通过作者描写在特定环境中所呈现出的个性、灵魂和思想感情。可以这样说，获得否定性人物的美学价值的关键，就在于让他按照自己的性格逻辑走完自己的路。

从小说艺术自身发展来说，应当承认，《金瓶梅》对于小说艺术如何反映时代和当代人物进行了大胆地、有益地探索，打破了或摆脱了旧的小说观念和旧模式的羁绊，这是值得我们重视的。因为这种新的探索既是小说历史赋予的使命，也是现实本身提出的新课题。这意味着《金瓶梅》的作者已经不再是简单地用黑白两种色彩观察世界和反映世界了，而是力图从众多侧面去观察和反映多姿多彩的生活和人物。小说历史上那种不费力地把他观察到的各式各样的人物硬塞进“正面”或“反面”人物框子去的初级阶段的塑造性格的方法，已经受到了有力的挑战。多色彩、多色素地去描写他笔下人物的观念，已经随着色彩纷繁的生活的要求和作家观察生活的能力的提高，而提到小说革新的日程上来了——寻求一种更为高级、更为复杂的方式去塑造活生生的杂色的人。

应当说，这就是《金瓶梅》以它自身的审美力提示出的小说观——小说的潜能被进一步开掘出来，它昭示给我们，书中的“人物是他们的时代的五脏六腑中孕育出来的”①。关于小说中的人物刻画我在《〈金瓶梅〉六人物论》一文中做了详细的分析。

令人感慨系之的是，中国小说发展史上却总是打上这样的印记，即在一部杰出的或具有突破性的小说产生以后，总是模仿者蜂起，续貂之作迭出。它们以此为模式，以此为框架，结果一部部公式化、模式化的作品一涌而出，填充着当时的整个说部，把小说的艺术又从已达到的水平上强行拉下来。这种现象一直要等到另一位有胆有识的小说家以其杰出的作品对抗这一逆流，并站稳脚跟以后，才能结束那不光彩的一页。此种情况往往循环往复，于是构成了中国小说的发展轨迹始终不是直线上升的形式，而是走着螺旋式上升的发展道路。对于这种现象，曹雪芹已经以他艺术家的特有敏感和丰富的小说史知识，发现并提出了中肯的批评和很好的概括，而且力图用自己的作品来结束小说史上的这种局面，他在《红楼梦》第一回中说：

况且那野史中，或讪谤君相，或贬人妻女，奸淫凶恶，不可胜数；更有一种风月笔墨，其淫秽污臭，最易坏人子弟。至于才子佳人等书，则又开口“文君”，满篇“子建”，千部一腔，千人一面，且终不能不涉淫滥。在作者不过要写出自己的两首情

① 巴尔扎克语。

诗艳赋来，故假捏出男女二人名姓，又必旁添一小人拨乱其间，如戏中的小丑一般。更可厌者，“之乎者也”，非理即文，大不近情，自相矛盾。竟不如我这半世亲见亲闻的几个女子，虽不敢说强似前代书中所有之人，但观其事迹原委，亦可消愁破闷；至于几首歪诗，也可以喷饭供酒，其间离合悲欢，兴衰际遇，俱是按迹循踪，不敢稍加穿凿，至失其真。

对于曹雪芹的这段评论，学术界尚有不同看法，但是我认为曹雪芹的批评并非是“牢牢地压住了那么多作品致使它们不得翻身”。不可否认，在过去古典小说研究领域确实存在过那种“一丑百丑”的简单化批评的弊端，时至今日，我们确实不应再那么粗暴了，而是要对具体作品进行具体分析，对每一部作品做出科学的评价。然而，不容否认，从作为一种小说思潮来看，明末清初之际的小说，读起来何尝没有似曾相识之感呢？才子佳人小说，大都写一对青年男女，男的必定是聪明才子，女的必定是美貌佳人，或一见钟情，或以诗词为媒介，顿生爱慕，双方私订终身；当中出了一个坏人，挑拨离间，多方破坏，使男女主人公经历种种波折磨难；最后，才子金榜题名，皇帝下诏昭雪冤屈，惩罚坏人，奉旨完婚，皆大欢喜的结局。生活画面和人物塑形几乎雷同，模式化的倾向极为严重，“千人一面”和“千部一腔”的批评并非过分。因为或是模仿，或是续貂，可以说都是对《金瓶梅》已经开创的写出“杂色的人”的小说观的倒退，其消极作用也不容低估。我视野极窄，仅就所看到的《好逑传》《赛红丝》《玉娇梨》《平山冷燕》等作品来看，虽“有借爱情与婚姻的外壳而抨击社会生活”的，“有因正义美行而导致姻缘的”一面，但是人物的塑形几乎都是皮相的，缺乏我们所要求的“典型环境中的典型性格”。比如，《玉娇梨》里两位小姐白红玉、卢梦梨与《平山冷燕》里的山黛、冷绛雪两位小姐，从外貌到精神状态都极为相似。她们的美貌、才情和际遇、团圆以及模范地恪守封建规范都如出一辙。像《平山冷燕》中燕白颔和山黛、平如衡和冷绛雪的爱情关系，《玉娇梨》中苏友白和白红玉、卢梦梨的爱情关系，乃至《好逑传》中铁中玉和水冰心的爱情关系，都成了欲爱又休、心是口非、情感与行动矛盾的不正常关系。学术界有人认为是宋明理学对明清之际小说的模式化起了很大作用。因为宋明理学以性抑情，于是抹杀了小说形象的个性，使得人物形象越来越概念化、公式化和脸谱化。小说中的人物，往往吟风弄月而不离孔孟之道，真情实意归于理学，这说明了理学教条主义对人物形象塑造的破坏性。这种看法，是耶？非耶？还有待研究。但从创作实践去总结艺术规律，我们可以明确地说，从某种格式出发的公式化、概念化的作品，或带有这种倾向的作品，人物都是单一的，没有丰满的血肉，没有可信的心灵世界和鲜明的个性，是类型化的角色，这就是俗话所说：从一个模子里铸出来的人，当然难免要产生千部一腔、千人一面的平庸乏味的作品了。

在我们走进《金瓶梅》的艺术世界时，也许它的故事并没有使我们不忍释卷。在我看来，它的十几个甚至二十几个活生生的形象却吸引我们关注他们的命运，同时又去领略他们是如何在命运的轨迹上行走着、旋转着，这就是《金瓶梅》艺术魅力之所在。走笔至此，陡然想起德国伟大作家歌德，他在自己的"谈话录"中不无感慨地说：

> 艺术的真正生命在于对个别特殊事物的掌握和描述。此外，作家如果满足于一般，任何人都可以照样模仿；但是，如果写出个别特殊，旁人就无法模仿，因为没有亲身体验过。[①]

信哉斯言！

① 爱克曼辑录:《歌德谈话录》，人民文学出版社，1978，第 10 页。

四、追魂摄魄，白描入骨

世界上许多文学巨擘都曾在语言雄关前经过艰苦的战斗，冲破了一道道“贫乏”“单调”“繁冗”“含混”“枯燥”的防线，才逐步走上“鲜明”“生动”“形象”“准确”的坦途。事实上，即使是我们最熟悉的那些一流的作家，在一生创作中令他苦恼不堪的也仍然是语言的问题，这就是人们所说的“语言痛苦症”。比如在语言上下过那么大功夫的高尔基也曾受过这病症的折磨，他坦言：

> 我的失败时常使我想到一位诗人所说的悲哀的话，“世上没有比语言的痛苦更强烈的痛苦”。①

说实在的，一部文学作品里，如果缺乏鲜明、生动、形象的语言，如果没有玲珑剔透、宛如浮雕似的使意象呈现出来的语言，如果没有妙语连珠、佳句迭出的警策的格言，那么即使故事不错、主题正确，作品的整体也会显得平平，而失去光彩照人的艺术魅力，所谓的文学性和形式美感也会丢掉一大半。妙语佳句在文学作品中之所以那么重要，是因为它们的确显示了一个作家的思想水平、艺术功力和灵、智二气。

然而复杂的是，同样都是语言艺术，由于文体和形态的不同，语言的传达和表述、节奏与格调、换位与切分等也往往同中有异，其中大有学问在。仅就诗与散文来说，从表象看，诗的语言就常会透露出散文语言没有的光辉，而散文中显得十分平凡的字句，有时竟会在诗歌中产生意想不到的艺术效果。而作为叙事艺术的小说文体又和诗、散文有了更大的差异，它们除了语言的一般规则要求之外，小说家在语言使用上的缜密、贴切，还同他对情节中各个部分相互关系的深入认

① 高尔基:《谈谈我怎样学习写作》，载《论文集》，人民文学出版社，1979，第 188 页。据我所知，他引的诗人的话，是（俄）一个叫纳德松的讲的。

识有很大关系。读者朋友可能都熟悉鲁迅在写《阿Q正传》时，为了准确地把握小说的语言表达方式——我们从他的手稿中可以看到——把“满把是钱”改成了“满把是银的和铜的”。俄国伟大作家陀思妥耶夫斯基，曾经为了追求小说的形象性，认为他笔下所写的“有个小银元落在地上”这个句子不理想，而改成了：“有个小银元，从桌上滚落了下来，在地下丁丁当当地跳着。”这真如后来一些作家称赞的那样：使读者看到语言所描写的东西就像看到了可以触摸的实体一样。在这里，我们不正是从小说的写实性的语言符号所呈现的意味中，找到了生活中的对应现象了吗？一个再浅显不过的道理说明，文学的语言，不仅要求“骨骼”，还要求“血肉”；不仅要求“梗概”，还要求“细节”；不仅要求“形似”，还要求“神似”。总之，精彩的文学作品，使用的总是能够描绘形象的语言。也许这一点对作为叙事艺术的小说更为关键。

以上对文学语言、特别是叙事文学的小说语言说了我的一些感受，目的仅仅是为分析《金瓶梅》的语言做一些铺垫，意在说明：现实主义小说的语言力图尽量接近事物的本来面目，从而使抽象的文字符号产生逼真的艺术效果。对《金瓶梅》的文学语言是大可研究一番的。

21世纪初（2002年），我和我的朋友、苏州大学语言学专家曹炜教授合著了一部《〈金瓶梅〉的艺术世界》。书中所有有关《金瓶梅》的文学语言的研究都由曹炜教授撰写。我在通读全书书稿时就已感到，曹先生对《金瓶梅》人物语言的微观世界和宏观世界都有独到的见解。现在我想在他的研究基础上进行一些更通俗化的说明。

要研究和说明《金瓶梅》文学语言的魅力，我认为应该明确以下三个前提，只要把握了这三项前提，我们就会比较容易理解这部小说对语言艺术做了何等重要的贡献。

第一，小说所写，大部分是庸俗、卑琐的生活与人物，以此反映时代、人生和众生相。

第二，小说提供的乃是化庸陋、卑下甚至丑恶的生活和人物为艺术形象之后，所产生的艺术美。我们读此书就是以这种非美的事物、丑的事物为对象的一种审美活动。《金瓶梅》是一株丑之花、恶之花。

第三，家庭之内，妻妾合气斗口，事极琐屑，而其中所塑造之众多人物，各有面貌、心理、话语、动作、性情，声息如画，纷然并陈。有些情节决然不能入于他书，即或采以入书也只能作为点缀，甚或成为赘笔，然而在《金瓶梅》中却不是侧笔、插曲、败笔，而是正笔、胜笔。

据此，我们可以沿着小说情节的滚动逐步看清这部小说在人物语言上的三大特点，即性格化（或曰个性化）、平民化、市井气。以上三大特色，几乎都是用人物对话显现出来，这种人物对话其比重远远超过叙述语言。笑笑生赋予人物对话以多种艺术功能：交代正在进行的、打算进行的、已经进行的事情，烘染环境、氛围，指明器物，带出动作，隐喻表情、心理、性格、人物关系等。笑笑生笔下的人物对话，容量大而多变，技巧精而繁复。至于口语、俗语的纯粹、丰富、生动，表现力之强，作者运用口语俗语的娴熟漂亮，得心应手，都使人惊叹。现在就让我们看看、听听这些鲜活的人物语言吧！

首先让我们看看书中着墨不多的小角色。小说开篇不久，王婆出场了。西门庆向她打听潘金莲是谁的娘子，她张口便说："他是阎罗大王的妹子，五道将军的女儿。"西门庆称赞她的梅汤做得好，有多少在屋里。她装疯卖傻地回答："老身做了一世媒，那讨得一个在屋里！"西门庆请她为自己做媒，她便有意捉弄他，让西门庆感兴趣的那位"生得十二分人才，只是年纪大些"的娘子，竟然是"丁亥生"、属猪的、"交新年恰九十三岁"的老妇人。这种调侃，把西门庆拿捏得急不得、恼不得，只能厚着脸皮求她帮忙。

而到了下一步，在为西门庆定下十件挨光计时，王婆的精细和老谋深算则发挥到了极致，她一口气竟然说了 1016 个字，真让人不能不佩服这个媒婆的语言"功力"。后来西门庆踢伤武大郎，怕武松回来算账，只是"苦也""苦也"地叹息。而王婆却在关键时刻冷静沉着，她对着哭丧着脸的西门庆说："我倒不曾见，你是个把舵的，我是撑船的，我倒不慌，你倒慌了手脚。"西门庆听了这番话，承认自己"枉自做个男子汉"！本来王婆和西门庆是两个地位、身份很不相同的人，然而现在西门庆有求于王婆，只好放下身段，一句硬话也不敢说，被王婆反复调侃、捏弄，"唯命是从"。王婆的几次"发言"，只有出自她之口。从开始对西门庆的油腔滑调到后来对潘金莲嘱咐时所说的狠话，我们真的感到还是金圣叹说得正确，"一样人，便还他一样说话"。此话虽然是说的《水浒传》的语言艺术，但也可用于《金瓶梅》中的人物语言。

人物之间的对话最易显示人物性格，这是生活中的逻辑，而在小说文本中，通过人物之间的对话表现人物的性格特点，同样是艺术上的逻辑。

在这个基础上，我们还可以考虑考虑《金瓶梅》的语言艺术是不是在写人物时已经超越了"性格"。我认为笑笑生不大写一般意义上的"性格"，他甚至连人的外貌都写得很少，几笔吧。他写的是人的内在的东西，人的气质，人的"品"。笑笑生写人物，所用的语言往往是得其精而遗其粗。他的语言风格，看似随意，实则谨严，即使是通俗小说难以避免的造噱头，吸引眼球，你也会感到他是如何以写人为中心，而且写的是生活中真实的人。最经典的例子是小说第七十五回和第七十六回吴月娘与潘金莲的合气斗口：

当下月娘自知屋里说话，不妨金莲暗走到明间帘下，听觑多时了，猛可开言说道："可是大娘说的，我打发了他家去，我好把拦汉子！"月娘道："是我说来，你如今怎么的我？本等一个汉子，从东京来了，成日只把拦在你那前头，通不来后边傍个影儿。原来只你是他的老婆，别人不是他的老婆？行动题起来：'别人不知道，我知道。'就是昨日李桂姐家去了，大妗子问了声：'李桂姐住了一日儿，如何就家去了，他姑父因为甚么恼他？'教我还说：谁知为甚么恼他。你便就撑着头儿说：'别人不知道，只我晓的'。你成日守着他，怎么不晓的！"金莲道："他不往我那屋里去，我成日莫不拿猪毛绳子套他去不成？那个浪的慌了也怎的？”月娘道：“你不浪的慌，你昨日怎的他在屋里坐好好儿的，你恰似强汗世界一般，掀着帘子硬入来叫他前边去，是怎么说？汉子顶天立地，吃辛受苦，犯了甚么罪来，你拿猪毛绳子套他？贱不识高低的货，俺们倒不言语，只顾赶人不得赶上。一个皮袄儿，你悄悄就问汉子讨了，穿在身上，挂口儿也不来后边题一声儿。都是这等起来，俺们在这屋里放小鸭儿，就是孤老院里也有个甲头。一个使的丫头，和他猫鼠同眠，惯的有些摺儿，不管好歹就骂人。倒说着你，嘴头子不伏个烧埋。”金莲道：“是我的丫头也怎的？你每打不是？我也在这里还多着个影儿哩。皮袄是我问他要来，莫不只为我要皮袄，开门来也拿了几件衣裳与人，那个你怎的就不说来？丫头便是我惯了他，我也浪了图汉子喜欢。像这等的，却是谁浪？”吴月娘乞他这两句触在心上，便紫涨了双腮，说道：“这个是我浪了，随你怎的说。我当初是女儿填房嫁他，不是趁来的老婆。那没廉耻趁汉精便浪，俺每真材实料不浪！”被吴大妗子在跟前拦说：“三姑娘，你怎的？快休舒口。”饶劝着，那月娘口里话纷纷发出来，说道：“你害杀了一个，只少我了。”孟玉楼道：“耶哧耶哧，大娘，你今日怎的这等恼的大发了。连累着俺每，一棒打着好几个人，也没见这六姐，你让大姐一句儿也罢了，只顾打起嘴来了。”大妗子道：“常言道：要打没好手，厮骂没好口。不争你姊妹们攘开，俺每亲戚在这里住着也羞。姑娘，你不依，我去呀。嗔我这里，叫轿子来，我家去罢。”被李娇儿一面拉住大妗子。那潘金莲见月娘骂他这等言语，坐在地下就打滚打脸上，自家打几个嘴巴，头上鬏髻都撞落一边，放声大哭，叫起来说道：“我死了罢，要这命做什么！你家汉子说条念款说将来，我趁将你家来了？彼时恁的也不难的勾当，等他来家，与了我休书，我去就是了。你赶人不得赶上！”月娘道：“你看就是了，泼脚子货！别人一句儿还没说出来，你看他嘴头子就相淮洪一般。他还打滚儿赖人，莫不等的汉子来家，好老婆，把我别变了就是了。你放恁个刁儿，那个怕你么？”那金莲道：“你是真材实料的，谁敢辨别你？”月娘越发大怒，说道：“好，不真材实料，我敢在这屋里养下汉来？”金莲道：“你不养下汉，谁养下汉来？你就拿主儿来与我！”玉楼见两个拌的越发不好起来，一面拉起金莲："往前边去罢。"却说道："你恁的怪剌剌的，大家都省口些罢了。只顾乱起来，左右是两句话，教他三位师父笑话。你起来，我送你前边去罢。"那金莲只顾不肯起来，被玉楼和玉箫一齐扯起来，送他前边去了。……

下面还有很多精彩的段子，我很舍不得删去，但受篇幅限制，留待读者去阅读吧！不过仅就我抄录的还不到两千字，人们是不是可以有窥其全豹的感觉呢？这里不仅仅是吴月娘和潘金莲两个人的合气斗口，孟玉楼和吴大妗子也参与其中了。这种对话的形式是非常出色的，它属于多人立体交叉式的对话。是"七嘴八舌"的多声部，是俄国美学家巴赫金所说"众声喧哗"。因此，这里的场面就不再是平面化的两级对垒，而是多极交叉的立体化的多声部的对话，这才是从生活中来又进行了提炼、升华的，它已成为中国古典小说运用对话写人物的经典例证。

以上是从形式上讲。那么，如我上文所言，这种写法还有一个更内在的作用，即写出人的气质、素质和人的"品"来。

小说第七十五回以前，吴月娘和潘金莲的矛盾还未公开化，大部分矛盾都不是她们之间的正面冲突，而是因他人他事引出来的摩擦。到了第七十五回，两个人的矛盾正式进入公开化。这一次的大争吵，从事情的内容来说并不新鲜，无非是将陈年老账重新翻出来进行一次总清算。吴月娘一反常态，和潘金莲你来我往，唇枪舌剑，针锋相对，好不热闹。两个人围绕到底是谁把拦汉子，该不该尊重大老婆当家理财的权力；是不是纵容了丫头使性子骂人；谁是真材实料，谁又是趁来的老婆；连李瓶儿之死的根由也一并提出。吴、潘的这次对决，归根结底是个名分的问题。吴月娘早已感到她的主妇地位在潘金莲面前与心中屡屡受到挑战。潘金莲从开始对吴月娘的奉承，到后来的有恃无恐，吴月娘看得一清二楚。她几次都觉得潘金莲是有意冲撞她的大老婆尊严，也曾想钳制一下潘金莲的得意忘形。机会终于来了，吴月娘的一反常态其实是有根据的，她不能不在这个关键时候出手，杀杀她的威风，旗帜鲜明地维护自己的妻权。而潘金莲的劣势恰恰被吴月娘当众揭了个底儿掉，原来妻权这个幽灵还是隐隐地制约她的行为，而现在吴月娘连表面文章也不做，直斥她是杀人的凶手，是趁来的老婆。这对于潘金莲是无法忍耐的，一番撒泼打滚，丝毫没有挽回自己的颓势，如果不是孟玉楼帮忙，她是很难下这个台阶的。所以我说，这里是有“性格”的，但更是写了两个人的“品”。吴月娘这位一向举止持重、性格温柔敦厚的人，这次也一反常态而“紫涨了双腮”，决意要争个高低了。后续的故事正是证明了这一点，你听吴月娘在大局已定以后说：

无故只是大小之分罢了……汉子疼我，你只好看我一眼罢了。

后来孟玉楼劝潘金莲向吴月娘道歉，潘金莲终于“插烛也似与月娘磕了四个头”，忍气吞声地说道：

娘是个天，俺每是个地。娘容了俺每，俺每骨秃杈着心里。

笑笑生把人物写到这份儿上，读者不能不承认他追魂摄魄、白描入骨的功力了。在性格的潜隐层次的开挖上，让我们今天的读者真的领略、享受了小说大师的艺术腕力，他实在太有实力了。

《金瓶梅》在小说语言艺术上的成就和贡献是多方面的。自它诞生不久，诸多名家就有过很高的评价。当时针已拨到21世纪，在对它一读再读的过程中，我们的体会也更加深入了。因篇幅所限，我们不能展开来说，然而有一点，我想谈谈自己的看法。

《金瓶梅》确实有粗俗的那一面，其中人物语言的粗俗就是一个很显眼的毛病。然而在诸多原因外，小说的规定情境已经决定了它的语言运用，比如男女床笫间、闺阁中的私语，以淫词打趣他人、以淫词咒骂他人、说性事以取乐等确实有些过火，缺乏一种语言的文学转换。可是总观《金瓶梅》的语言艺术，给我的最深刻的印象是它的“活”。“活”是鲜活，不是已死的语言；是活动，所以不是僵化的语言；是活泼，不是用滥了的套话；“活”更在于它全然是生活中富有个性的、有情趣的、形象鲜明的语言。一经它的运用，就又在生活中流行了起来。它稍做修饰就还给了生活。于是我们从后来人们说的话中得到了印证，更从小说、戏曲、讲唱文学和野史笔记中看到了它的存在，看到了它依然那么鲜活，看到了它强大的生命力。不妨再举一个经常被人们引用的例子。小说第八十五回西门庆死后，潘金莲肆无忌惮地与陈经济勾搭，不巧被吴月娘撞见。吴月娘此时再无任何顾忌，直截了当地和潘金莲摊牌，然而又如此讲“策略”，她说：

> 六姐，今后再休这般没廉耻！你我如今是寡妇，比不的有汉子。香喷喷在家里，臭烘烘在外头，盆儿罐儿都有耳朵，你有要没紧和这小厮缠甚么！教奴才们背地排说的磣死了！常言道：男儿没性，寸铁无钢；女人无性，烂如麻糖。其身正，不令而行；其身不正，虽令不行。你有长俊正条，肯教奴才排说你？在我跟前说了几遍，我不信，今日亲眼看见，说不的了。我今日说过，要你自家立志，替汉子争气。

这是吴月娘在西门庆死后对潘金莲一次很重要的“训词”。前面我对第七十五回做过一些分析，吴、潘的关系是很紧张的。而西门庆死后，作为一家之主，吴月娘面临着太多太多的困难。此次发现潘金莲的丑事，她既没有暴跳如雷，也没有幸灾乐祸，更未落井下石、大肆宣扬，而是在“训词”中充满了晓之以理、动之以情和又打又拉的味道，在语言运用上确实有可圈可点之处。谢肇淛说兰陵笑笑生是“炉锤之妙手”不是过誉。这番“推心置腹”的言辞仍属“市井之常谈，闺房之碎语”[①]，但出自吴月娘之口也还是“语重心长”的。用语之妙，是比干巴

① 欣欣子:《金瓶梅词话序》。

巴的说教更灵动的鲜活的家常口语，像“香喷喷的在家里，臭烘烘的在外头”，这话用得极贴切又形象。又如“盆儿罐儿有耳朵”的比喻更是活泼泼的俚语。《金瓶梅》中的这些例子在书中俯拾即是，都体现了作者力求口语化的功力。这种鲜活、真切、自然、生动、形象的特点，大大有助于塑造个性化的人物形象。

《金瓶梅》语言的世俗化、平民化特点是朴实无华，有些近似现实生活的实录，人们很难看出雕琢乃至加工的痕迹，你也许觉得很粗糙，但它带着原生态的野味。比如第二十五回，来旺听说妻子宋惠莲与西门庆勾搭成奸，又见到箱子里的首饰衣服，便问宋惠莲是从哪儿弄来的。下面是宋惠莲的一番精彩的言辞：

> 呸，怪囚根子！那个没个娘老子？就是石头猛刺儿里迸出来，也有个窝巢儿；枣胡儿生的，也有个仁儿；泥人合下来的，他也有灵性儿；靠着石头养的，也有个根绊儿；为人就没个亲戚六眷？此是我姨娘家借来的钗梳！是谁与我的？白眉赤眼，见鬼倒死囚根子。

用曹炜教授的评论：“这种话语在经史子集中看不到，在书房里、贵族世家的深宅大院里听不到，若不接触下层平民，断然写不出。”确实，《金瓶梅》经常给我们耳目一新的感觉，它一扫文人词汇的呆板、僵化的毛病，给人的是真切、生动的感觉。

民间的俗语、谚语、歇后语是民众口语的精华，是人民智慧的结晶。《金瓶梅》把这些语言精粹运用得得心应手，它为整部小说的叙事抒情对谈生姿增色，读来令人神旺。

仅从歇后语来看，《金瓶梅》用量之多、表现之准确也是很多小说难以匹敌的。如“促织不吃癞蛤蟆肉——都是一锹土上人”（第二十四回）；“东净里砖儿——又臭又硬”（第二十回）；“甕里走风鳖——左右是他家一窝子”（第四十三回）；“卖萝卜的跟着盐担子走——好个闲嘈心的小肉儿”（第二十回）。像民间谚语的运用，如“吃著碗里，看著锅里”（第十九回）；“母狗不掉尾，公狗不上身”（第七十六回）；“急水里怎么下得桨”（第三十六回）；“篱牢犬不入”（第二回）；“船载的金银，填不满烟花寨”（第十二回）。这些谚语凝练、生动、形象，大大加强了语言的感染力、表现力，产生了风趣、简洁、化抽象为具体的艺术效果。

《金瓶梅》中更有大量方言词汇，这些词汇当然有地方特色，然而经小说作者提炼和筛选，我们很容易把握其内容。如“胡说”，则称“咬蛆儿”（第二十七回），“隐瞒”则称“合在缸底下”（第二十回），“干老行当”则称“吃旧锅里粥”（第八十七回），“不正经”则称“不上芦席”（第七十六回），“贪图小利”则称“小眼薄皮”（第三十三回），“根本不存在的事情”则称“三个官唱两个喏”（第七十三回）……这些原本显得抽象的意义，经由方言词语道出，就变成可以听到、可以看到、可以触摸到的具象化的东西了。

《金瓶梅》语言艺术研究专家一般认为《金瓶梅》的叙述语言显得有些杂乱，对此我有同感。我认为《金瓶梅》的人物语言确实优于它的叙事语言。曹炜教授把《金瓶梅》的叙述语言比喻为：“是一个万花筒，又是一盘大杂烩。”他说：

> 万花筒云云，是说她文字表达往往锦团花簇，气象万千，具有较高的艺术水准和较强的艺术表现力；大杂烩云云，乃是说她泥沙俱下，良莠混杂，有精华，也有糟粕。因此，评价《金瓶梅》的叙述语言，需坚持实事求是的原则，一切从文本出发，一味褒扬固然不足取，全盘否定更是要不得。[①]

我想他的这些意见值得我们看这部奇书时参考。

---

① 曹炜、宁宗一：《〈金瓶梅〉的艺术世界》，台湾文史哲出版社，2002，第181页。

重读《金瓶梅》断想

《金瓶梅》的文献学、历史学、美学和哲学的研究已初步形成多元化格局。这就是说，对它的研究的起点已被垫高，研究的难度也就越来越大。在这种形势下，我们的《金瓶梅》研究必须面向世界，开辟中外学术对话的通道，注意汲取、借鉴新观念、新方法，在继承前贤往哲一丝不苟严谨治学态度的同时，随时代之前进而不断更新和拓展。事实上，《金瓶梅》这部小说文本已提供了广阔无垠的空间，或曰有一种永恒的潜在张力。因此，从一定意义上来说，每一部“金学”研究论著都是一个过渡性文本。所以，今天重新审视《金瓶梅》仍是学术文化史的必然。

不要鄙薄学院派。学院派必将发挥“金学”研究的文化优势，即可能将“金学”研究置于现代学术发展的文脉上来考察和思考整个古典小说之来龙去脉，以及小说审美意识的科学建构。黑格尔老人在回忆自己走过的学术道路后与友人信中说：“我们必须把青年时代的理想转变为反思的形式。”①所以回顾与前瞻，“金学”的研究，反思规范与挑战规范是我们不可推卸的责任。

《红楼梦》是我们民族文化的骄傲。但又像一位评论家所说，不能总拿《红楼梦》说事儿！现在，暂时把那几部世代累积型的带有集体创作流程的大书，如《三国演义》《水浒传》《西游记》先搁一下，不妨先看看以个人之力最先完成的长篇小说巨制《金瓶梅》的价值，这事太重要了。美籍华人、哈佛大学教授田晓菲女士在她的《秋水堂论金瓶梅》中说：“读到最后一页，掩卷而起时，竟觉得《金瓶梅》实在比《红楼梦》更好。”她还俏皮地说：“此话一出口不知将得到多少爱红者的白眼。”田晓菲的话，我认为值得思考。为了确立我国小说在世界范围的艺术

① 苗力田译编：《黑格尔通信百封》，上海人民出版社，1981，第58页。

地位，我们必须再一次严肃地指出，兰陵笑笑生这位小说巨擘，一位起码是明代无法超越的小说领袖，在我们对小说智慧的崇拜的同时，也需要对这位智慧的小说家的崇敬。我们的兰陵笑笑生是不是也应像提到法国小说家时就想到巴尔扎克、福楼拜；提到俄国小说家时就想到陀思妥耶夫斯基和托尔斯泰；提到英国小说家时就会想到狄更斯；提到美国小说家时就想到海明威？在中国小说史上能成为领军人物的，以个人名义出现的，我想兰陵笑笑生、曹雪芹以及吴敬梓是当之无愧的大家。他们各自在自己的时代和创作领域做出了不可企及的贡献。在中国小说史上，他们是无可置疑的三位小说权威，这样的权威不确立不行。笑笑生在明代小说界无人与之匹敌，《金瓶梅》在明代说部无以上之。至于一定要和《红楼梦》相比，又一定要说它比《红楼梦》矮一截，那是学术文化研究上的幼稚病。

当代著名作家刘震云在对媒体谈到他的作品《我叫刘跃进》时说："最难的还是现实主义。"我很同意。现在的文学界已很少谈什么现实主义、浪漫主义了。其实，正是伟大的现实主义文学才提供了超出部分现实生活的现实，才能帮你寻求到生活中的另一部分现实。《金瓶梅》验证了这一点。我们有必要明确地指出，《金瓶梅》可不是那个时代的社会奇闻，而是那个时代的社会缩影。在中国小说史上，从志怪、志人到唐宋传奇再到宋元话本，往往只是社会奇闻的演绎，较少是社会的缩影，《金瓶梅》则绝非乱世奇情：书中虽有达官贵人的面影，但更多的是"边缘人物"卑琐又卑微的生活和心态。在书中，即使是小人物，我们也能看到真切的生存状态。比如，丈夫在妻子受辱后发狠的行状，下人在利益和尊严之间的游移，男人经过义利之辨后选择的竟是骨肉亲情的决绝。小说写来，层层递进，完整清晰。至于书中的女人世界，以李瓶儿为例，她何尝不渴望走出阴影，只是她总也没走进阳光。

《金瓶梅》作者的高明，就在于他选取的题材决定他无须刻意写出几个悲剧人物，但小说中却有一股悲剧性潜流。因为我们从中清晰地看到了一个人又一个人以不同形式走向死亡，而这一连串人物的毁灭的总和，就预告了也象征了这个社会的必然毁灭。这种悲剧性是来自作者心灵中对堕落时代的悲剧意识。

冷峻的现实主义精神，对《金瓶梅》来说，绝不会因那一阵高一阵的欲望狂舞和性欲张扬的狂欢节而使它显得闹热。事实上，《金瓶梅》绝不是一部令人感觉温暖的小说，灰暗的色调一直遮蔽和浸染全书。小说一经进入主题，第一个镜头就是谋杀。武大郎被害，西门庆逍遥法外，一直到李瓶儿病死，西门庆暴卒，这种灰暗色调几乎无处不在。它挤压着读者的胸膛，让人感到呼吸空间的狭小。在那“另类”的“杀戮”中，血肉模糊，那因利欲、肉欲而抽搐的嘴脸，以及以命相搏的决绝，真的让人感到黑暗无边，而作者的情怀却是冷峻沉静而又苍老。

于是《金瓶梅》和《红楼梦》相加，构成了我们的小说史的一半。这是因为《红楼梦》的伟大存在离不开同《金瓶梅》相依存相矛盾的关系，同样《金瓶梅》也因它的别树一帜又不同凡响，和传统小说的色泽太不一样，同样使它的伟大存在也离不开同《红楼梦》相依存相矛盾的关系（且不说，人们把《金》书说是《红》书的祖宗）。如果从神韵和风致来看，《红楼梦》充满着诗性精神，那么《金瓶梅》就是世俗化的典型；如果说《红楼梦》是青春的挽歌，那么《金瓶梅》则是成人在步入晚景时对人生况味的反复咀嚼。一个是通体回旋着青春的天籁，一个则是充满着沧桑感；一个是人生的永恒的遗憾，一个则是感伤后的孤愤。从小说诗学的角度观照，《红楼梦》是诗小说，小说诗；《金瓶梅》则是地道的生活化的散文。

《金瓶梅》是一部留下了缺憾的伟大的小说文本，但它也提供了审美思考的空间。《金瓶梅》的创意，不是靠一个机灵的念头出奇制胜。一切看似生活的实录，但是，精致的典型提炼让人惊讶。它的缺憾不是那近两万字的性描写，而是作者在探索新的小说样式、独立文体和寻找小说本体秘密时，仍然被小说的商业性所羁绊。于是探索的原创性与商业性操作竟然糅合在一起，即在大制作、大场面中掺和进了那暗度陈仓的作家的一己之私，加入了作家自以为得意却算不上高明的那些个人超越不了的功利性、文学的商业性。

然而,《金瓶梅》的作者毕竟敢为天下先,敢于面对千人所指。笑笑生所确立的原则,他的个性化的叛逆,对传统意识的质疑,内心世界的磊落袒露,他的按捺不住地自我呈现,说明了他的真性情。这就够了,他让一代一代人为他和他的书争得面红耳赤,又一次说明文学调动人思维的力量。

《金瓶梅》触及了堕落时代一系列重要问题,即在社会、文化转型过程中人们的生存状况和心态流变。小说中的各色人等都是用来表现人世间的种种荒悖、狂躁、喧嚣和惨烈。若从更开阔的经济文化生产的视野来观照,笑笑生过早地敏感地触及了缙绅化过程中的资本动力,让人闻到了充满血腥味的恶臭。

时至今日,重读《金瓶梅》我们会发现,对于当下的腐败与堕落的分子,我们几乎不用改写,只需调换一下人物符号即可看到他们的面影。于是我们又感悟到了一种隐喻:《金瓶梅》这部小说中的各色人等不仅是明代的,而且也包括当下那些腐败和堕落分子今天的自己。

笑笑生没有辜负他的时代,而时代也没有遗忘笑笑生,他的小说所发出的回声,一直响彻至今。一部《金瓶梅》是留给后人的禹鼎,使后世的魑魅在它面前无所逃其形。

市井细民的心灵史
——论“三言”和“二拍”

在中国，作为一种文类的小说艺术虽然晚出，可是如果和欧文学史上的小说相比，则又是早产儿。在欧洲文学史上，14 世纪薄伽丘的《十日谈》是划时代之作，开始了小说的新纪元；而同样为市民文艺式样的“宋元话本”，则早于《十日谈》两个半世纪。事实是：自从平凡而富有生气的市民进入小说界，小说王国的版图便从根本上改观了，恰如哥伦布发现新大陆，使世界地图必须重新绘制一样。作为市民文艺的宋元话本在中国小说史上承前启后，独树一帜，自成一个新阶段。

历史进入明代，我国的小说已蔚为大观。《三国演义》和《水浒传》标志着一种时代风尚。它们几乎都是气势磅礴、恢宏雄健，给人以力的感召。明代中后期，小说又有了新的发展，神魔小说《西游记》俏比幽托，揶揄百态，折射出当时社会上的种种弊端和丑恶现象。世情小说《金瓶梅》把现实的丑引进了小说世界，从而引发了小说观念的又一次变革。这些被鲁迅称为“时代精神所居的大宫阙”的长篇小说，充分显示了它们的作者百科全书式的知识和对历史与生活的特殊的人生感悟。

与此同时，另一个引人瞩目的小说现象是：一些有远见的通俗文学的爱好者，不仅将原来流传的话本加以改写和润色，汇集刊刻，有的人还运用话本形式拟作新的白话短篇小说。鲁迅先生在《中国小说史略》一书中把这些作品称为“拟话本”。话本和拟话本都是白话小说，不同的是，后者已经不仅是艺人讲说用的底本，而且是供阅读的案头文学了。拟话本的创作高潮，正是出现于明代中后期。其中代表人物冯梦龙和凌濛初就将古代白话短篇小说的创作推到了另一个峰顶。

一

明末天启年间（1621—1627），被人称为“全能”通俗文学作家的冯梦龙“因贾人之请”，先后纂辑了《喻世明言》（即《古今小说》）、《警世通言》、《醒世恒言》。小说史家一向把这三部集子合称为“三言”。《警世通言》刊行于天启四年（1624），《醒世恒言》刊行于天启七年（1627），而《喻世明言》的出版，又早于两书。“三言”虽非同时刊刻，但是它们的编印，却无疑是一个有计划的工作。传本《古今小说》扉页上有书铺天许斋的三行题识，中云：“本斋购得古今名人演义一百二十种；先以三分之一为初刻云。”而在《古今小说》目录之前，也题有《古今小说一刻》。这说明《古今小说》本来是编者给自己纂辑的几部通俗小说选集所拟定的一个总名。当《古今小说一刻》增订再版时，书名已改为《喻世明言》。而二刻和三刻正式出版的时候都各自标明了自己的书名，即《警世通言》和《醒世恒言》。结果，《古今小说》反而成了《喻世明言》的一个异名了。

冯梦龙不是一个普通艺匠，而是个心底有生活的独具只眼的文史大家。他对于这一百二十篇小说，并不是单纯的收藏和交付书商刻印，而是进行了一次谨慎的去芜取菁的遴选工作。人们只要拿早于冯氏的洪楩编选的《清平山堂话本》和“三言”比较一下，就不难看出，除独具艺术魅力的优秀之作《快嘴李翠莲记》未被收进“三言”中以外，其他冯氏书中没有入选的，大多是一些平庸之作。因此，我们不妨这样看：尽管“三言”还不是宋、元、明三代话本小说的全集，但它几乎把当时广泛流行的作品网罗无遗了。正因为如此，冯梦龙的同代人、另一位著名的小说家凌濛初在他的《拍案惊奇序》中说：

> 独龙子犹氏所辑《喻世》等诸言，颇存雅道，时著良规，一破今时陋习。而宋元旧种，亦被搜括殆尽，肆中人见其行世颇捷，意余当别有秘本，图出而衡之，不知一二遗者，皆其沟中之断芜，略不足陈已。

事实上，“三言”一出，就不胫而走，其流传之广、读者之多以及影响之深远，在古代短篇小说中几无与其相颉颃者，也是明证。

冯梦龙出生的日子，是明代万历二年（1574），正当明代盛极而衰的时候。他的生平，在《苏州府志》卷八十一中，有简明的记载：

> 冯梦龙，字犹龙，才情跌宕，诗文丽藻，尤明经学。崇祯时，以贡远寿宁知县。

他约卒于南明隆武二年（1646）。他的一生只有那短促的四年游宦生活，而主要精力都用在编辑、创作方面。已知著述不下六七十种，堪称宏富；所涉猎的范围极为宽广，经、史、子、集无所不治。尤精于戏曲、小说、俗曲等通俗文学，规模宏伟的“三言”，更使他获得了不朽的声誉。今人魏同贤先生经多年搜集，选择海内外最佳版本，审慎整理，影印出版了《冯梦龙全集》共二十七种，约两万页。这说明冯梦龙绝非轻材小慧的作家所能比拟。他把自己编选的小说分别题名为《喻世明言》《警世通言》《醒世恒言》是同他本人长期形成的小说观念，特别是对小说功能的理解有着密切的关系。许自昌《樗斋漫录》卷六说他“酷爱李氏（卓吾）之学，奉为蓍蔡”。李卓吾文学思想上一个重要特点是敢于突破封建正统文人鄙视通俗小说戏曲的偏见，把通俗小说中的《水浒传》等和《史记》、杜诗并列，并认为至文无分古今，从而提高了小说、戏曲的文学价值。冯梦龙也是如此。在“三言”的各篇能体现冯氏小说观的序中，都一致强调了小说的社会教化功能。他把小说当作严肃的治世的手段。在署名“绿天馆主人”的《喻世明言序》中说，好的小说能使“怯者勇，淫者贞，薄者敦，顽钝者汗下。虽小诵《孝经》《论语》，其感人未必如是之捷且深”。他重视小说所以能吸引人的原因，是它的艺术感染力和它激励人、影响人精神的作用。在《醒世恒言》的序中，除了反复强调小说的教化作用以外，甚至还把小说的意义提高到可以为有国者供鉴，即“为六经国史之辅”“以醒天之权与人，而以醒人之权与言”。同那些把小说当作雨窗寂寞、长夜无聊的消闲解闷的传统观念相悖，他公开为自己的小说选集命名为《喻世明言》《警世通言》《醒世恒言》。用冯氏的话说：“明者，取其可以导愚也。通者，取其可以适俗也。恒，则习之而不厌，传之而可久。三刻殊名，其义一耳。”很明显，冯氏是想通过小说来劝谕世人，警诫世人，唤醒世人的。当然，今天看来，这些提法是过分夸大了小说的社会功能和社会效果，不免有失之偏颇之处，但他提出的却是属于具有反封建正统观念的为人生而艺术的理论。

如果说小说是文化的特殊形态和特殊的文化载体，那么，冯梦龙的“三言”堪称中国中世纪封建社会的百科全书。这一百二十篇故事的题材极为广阔，几乎涉及了当时社会上各个阶层，反映了生活的各个侧面，特别是对于城市市民的生活，有着更多的精彩的描绘（这一点极其重要，因为什么人物成为小说的主角，往往反映一定社会力量的成长、强大以及发挥的作用）。其中有写青年男女爱情的作品，有揭露官僚罪恶的作品，有写诉讼案件的作品，有写朋友之间友谊的作品，有写文士风流韵事的作品，有写神仙灵怪的作品，还有一些涉及少数民族苦难生活的作品。而这一切的表现，大多又是出于市民的思想意识和市民的视角。这从一个方面来说正是市民日益强大并在小说领域寻求表现的反映。

在“三言”中，人物塑造，称得上典型性格者，也不是寥寥几个，而是群像罗列，相互辉映，即使一些次要人物，有的也写得颇为传神。在编织故事上，既有紧张激烈的冲突的营造，又有气象万千、惊心动魄的纽结；而在节奏的处理上，又善于在错综交织的矛盾中用抒情的笔调进行点染，从而获得荡气回肠的诗意效果。至于艺术手法，既有大笔勾勒，也有工笔细描，繁笔简笔交错进行；而且在作品的许多节骨眼上，都倾注着作者的强烈感情。因此，读“三言”像是享受一餐精神上的盛宴，会产生一种艺术鉴赏的极大快感。

然而，“三言”的思想内容，毕竟又是复杂的。这种情况固然同各篇小说并非出自一个时代、又非出自一人之手有关，但归根结底还是和社会经济和社会思潮有着极为密切的联系。宋元以降，社会的基本经济形态是封建经济，但在封社会内部发展起来的商品经济已经达到了较高的水平，它日甚一日地侵蚀着封建的自然经济，瓦解着古老的宗法制度。在思想领域，“三言”的编纂正处在个狂飙突起的时代，正是一个思维世界跌宕起伏的时期。16 世纪与 17 世纪交替之际，随着明王朝命运的日薄崦嵫，朝政专横腐败到了极点，社会风气淫靡堕落到了极点，上上下下一片混浊污秽的空气。但是理学家们却仍然摆出一副道貌岸然的架势，抬出“理”来窒息社会的生机和人性的生机，以维系他们在思想界摇摇欲坠的统治。当时一些头脑清醒、富有叛逆精神的思想家、艺术家，如徐渭、李贽、汤显祖、袁氏三兄弟无不希望吹起一股强劲的心灵之风，来荡涤这恶俗浇漓的世道。这个狂飙时代，还是一个个性发展思潮在文艺创作和美学思想中形成怒涛澎湃的时期，它不断地扫荡前一个时期僵化古板、扼杀性情的颓风。

冯梦龙得天独厚，他在这一反理学的带有个性解放意味的氛围中生活，又得以不断地吸收哲学的新成果，很自然地使他的创作和文学思想的主体哲学意识得到率先强化：重视个性，描写个性，表示他对违反人的天然之情的“理”的批判。但是，这种具有民主主义思想因素的思潮只是不断在萌生成长，它还不能彻底摆脱封建正统观念的羁绊而形成系统的属于资产阶级民主主义思想体系。冯氏的“三言”产生在这样复杂的社会和思想氛围中，必然表现出相当复杂的思想内容。即使同一部选集中，思想倾向也颇不一致，甚至在一篇作品中，往往也有彼此矛盾着的思想。虽然其中优秀之作对中世纪社会中新与旧错综交织的复杂生活有所描绘，揭示出社会矛盾的某些本质方面，但是也有一些作品思想显得混乱。这是我们客观评价“三言”时不容否定的事实。

说“三言”堪称中国中世纪封建社会的百科全书，还有另一层内涵，即冯梦龙在他编辑和创作小说时极其关注世风民俗。在这一百二十篇小说中，在刻画自然环境与社会环境时，小说家们常常怀着浓厚的兴趣挥笔泼墨，描写出一幅幅绚烂多彩的风俗画面，成为刻画人物、表现主题的文化背景。人世间众多的民风世俗举凡礼节习俗、宗教习俗、生活习惯、山野习俗、江湖习俗、匪盗习俗、城市习俗、乡间习俗、娱乐场所习俗、行会与市场习俗、口语习俗、文艺习俗，乃至军事习俗、格斗习俗等，几乎都可以在“三言”中找到，它为我们积淀着形象生动、丰富多彩的风情习俗大观。

二

小说是文化学系统中最富有感染力的情愫层面，同时也是反映人的物质生活，特别是揭示人的精神世界最出色的文化形态。因此它不仅可以充分展示人的全部情感，而且可以描绘人的思想意绪的变化轨迹，形象地反映出意识流变。这种功能决定了小说是情感文化的载体。

于是，在“三言”中，爱情和婚姻问题就成了一个极其引人瞩目的题材。其实，文学中的爱情婚姻主题，似乎是和文学本身同时来到人间的。“永恒的主题”这一说法不论是否成立，爱情婚姻总是古往今来世界文学领域中被反复推敲、不断开掘的一个重要题材。有时它落入一个艺术腕力不足的手里，会被打扮得俗不可耐；有时遇到高明的手，被雕镂成光彩照人的艺术珍品。它不时遭到贬斥，但它总是顽强地又返回文学园地来，因为只要爱情、婚姻在生活里占有不可动摇的位置，爱情就会在文学里占有不可动摇的位置。正因为这个主题带有如此的普遍性，所以在中国的文学发展过程中一直没有中断过。

在“三言”中对爱情、婚姻的描写与传统文学中的爱情描写大异其趣。《崔待诏生死冤家》中描写的爱情称得上卓尔不群。在秀秀和崔宁的爱情史中，我们几乎看不到“女性的娇羞”和“爱的甜蜜”等老套子，它也没有搜集以后才子佳人信有之的模式，更没有记录生活中两性关系上的庸劣、鄙俗的事实。在崔宁和秀秀的奇特爱情中，小说让我们一览无余的是真实的人物和真实的人生。秀秀式的爱情，在中国小说史上还是第一次呈现在读者面前。

说这种爱情差不多还是第一次呈现在读者面前，这主要是因为小说中的秀秀是中国小说史中以前从未出现过的形象，更准确地说是第一个抗争的女奴形象。富有浪漫精神的市民阶层的生活在宋元时代经常激起说话人的诗情。在他们的口头讲述和笔底记录中，市民特别是市民中的女性常常是以豪放不羁、热爱自由、性格奔放的形象出现。他们把市民阶层的女性那种在爱情上的“野性”和自由不羁同贵族少女的矜持、做作形成对照。他们在较少受封建礼教文明侵蚀、具有几分强悍泼辣性格的人物身上，发掘出某些不平凡的动人的东西，来对照虚伪、苍白、卑劣的封建的“文明社会”。同《崔待诏生死冤家》相似的是《闹樊楼多情周胜仙》（《醒世恒言》第十四卷）也具有这种特色。

《闹樊楼多情周胜仙》着重表现的也是市民女子追求个性解放、恋爱自由和反抗封建门阀制度和道德束缚的斗争精神。周胜仙冲破封建礼教的牢笼爱上了樊楼酒店的范二郎。但是她父亲因为对方门第太低，不准他们结婚。她始终没有屈服，为了范二郎，她曾死过两次，甚至做了鬼还要和他相会。这种生前相爱，死后缠绵，充分表现了她生生死死都要为挣脱封建礼教束缚而斗争到底的精神。从整个故事情节来看，它和《崔待诏生死冤家》同样包含着许多荒诞不经的成分，但是，作者同样以赞赏的态度描绘了周胜仙为追求自主爱情所采取的大胆泼辣的行动，严厉地否定了封建家长的专横和封建道德的冷酷，这无疑是中世纪社会市民妇女民主意识觉醒的反映。

这两篇小说有同也有异。说同，是由于两篇小说都是着重表现青年妇女对自由爱情的执着的追求；说异，则是作为女奴的秀秀比商人的女儿周胜仙更具有反抗性，更加泼辣，更加不受世俗观念的羁绊，要而言之，秀秀更具有“野性”。她完全不属于小说史上那种闺阁淑女或高贵命妇的人物体系，在小说作者那里，她更多地被赋予了某些闪光点。她总是自觉地站在这个黑暗王国的对立面，对那个异己的封建专制主义的道德规范公开表示轻蔑，是这个社会的真正的叛逆者。因此，如果说众多的爱情小说的诗意多表现为温馨的、柔美的意蕴的话，那么，《崔待诏生死冤家》通过秀秀表现的爱情的诗意，则是粗犷和豪放的。

《小夫人金钱赠年少》(《警世通言》第十六卷）叙写王招宣府的二十多岁的夫人失宠被弃，嫁给一个年过六十的富商张员外。她十分痛苦，不久便爱上了张员外店里的张主管。后来她被迫自缢而死，其鬼魂继续追求张胜；而张胜始终以主母相待，不为所动。虽然小说意在宣扬张主管的“志诚”，有不尽理想之处，但小夫人的不幸遭遇和对自由爱情的热烈追求，在中世纪的专制国家具有现实意义。这种抒写为“情”而生，为“情”而死的作品，在“三言”中还很多。《乐小舍拼生觅偶》(《警世通言》第二十三卷）和《金明池吴清逢爱爱》(《警世通言》第三十卷）都是把爱情的力量强调得很高。前者的赞诗说“钟情若到真深处，生死风波总不妨”；其他小说也有“隔断生死终不泯，人间最切是深情”的诗句。这里，我们想到了冯梦龙的同时代人汤显祖在《牡丹亭》“题词”中提出的“情”的真谛:“情不知所起，一往而深。生者可以死，死者可以生。生而不可与死，死而不可复生者，皆非情之至也……第云理之所必无，安知情之所必有邪！”这是汤氏创作《牡丹亭》的哲学基础。而“三言”中的这些爱情故事，同样肯定了“天理即在人欲中”，所以冯氏同汤氏一样，他们分别在小说和戏曲中热情地歌颂了“情”，而又都是跟这一时代的先进哲学思潮密不可分。这些作品虽然叙写的都是男女的爱情故事，但并不仅仅限于爱情，也不仅仅限于青年男女，它们都超越了题材自身。情与理的冲突，美好的梦想与严酷的现实的矛盾，这在每个时代都以不同的形式重演着。所以这类小说、戏曲作品既是属于它的时代，又是超越了它的时代。

明代的白话短篇小说在描写爱情婚姻题材时，显得比宋元话本更为细腻，情节更加曲折复杂，而市民意识越显得强化，这些特点集中反映在《蒋兴哥重会珍珠衫》中。可以说，这是一篇典型地反映市民生活的，并以全新的市民视角观照爱情、婚姻的作品。这篇小说的主要人物几乎都是市民：蒋兴哥世代都是“做客买卖”的，陈大郎也是安徽新安的商人，至于卖珠薛婆更是小商贩一类人物。作品所展示的生活场景也多是市民生活的画面。蒋兴哥抛下娇妻经年不归是因为在外经商，陈大郎从安徽到湖北是为了“贩籴米豆”。其他如蒋兴哥与陈商在苏州的邂逅、薛婆的骗局、蒋兴哥的人命官司等重要情节都与当时的商业活动有关。所以，这篇小说给我们展现的是当时市民生活的风俗画和写生画。更为重要的还在于小说所反映出来的市民意识和市民的精神风貌。比如，当蒋兴哥发现自己妻子王三巧与陈商通奸后，内心十分痛苦，但却没有对三巧采取狂暴的行为，而是不动声色地把妻子休了。在三巧改嫁时，蒋兴哥还把十六只箱子送给她当作陪嫁，这表明他的贞操观念并不十分浓厚。而王三巧对蒋兴哥的感情原来也是很深的，被休以后，想到的也是自己负了丈夫的恩情。读此小说的人不禁产生一个使人深思的问题，即除了恶与善以外，有没有这样可能：它既非善，也非恶，而是可以从高于善恶的角度来观照这个故事，来囊括它所反映的社会人生内容。芸芸众生所从事的人生活动，一旦纳入艺术家的视野之中，僵化的道德评判在此也就丧失了它的作用。在这类小说中，生活表象直接从社会的深渊中浮出，呈现为一种平易质朴的形态。即使那坦露的性行为的描写，也是从又一个侧面表现了理学的说教已不能再控制文化思想。窃以为，这可能就是这篇典型的市民小说给我们提供的新思维。

爱情婚姻题材中的轻喜剧是《乔太守乱点鸳鸯谱》(《醒世恒言》第八卷)，小说写了三对青年男女的婚姻纠葛。刘、孙、裴三家先由儿女亲家变成冤家，最后由乔太守乱点鸳鸯谱而重新组合结为亲家，皆大欢喜。小说的喜剧性来自计中计，错中错，经过几起几落的盘旋，既让我们看到了一幅绝妙的封建社会男婚女嫁的风俗画，又让我们领略了小说家结构喜剧情节的艺术才能。读者在捧腹大笑中还获得了不少哲学启示。

“三言”中此类作品还有不少佳作，如《金玉奴棒打薄情郎》(《喻世明言》第二十七卷)、《唐解元一笑姻缘》(《警世通言》第二十六卷)、《白娘子永镇雷峰塔》(《警世通言》第二十七卷)等，在生活色彩、思想深度、艺术魅力等方面，都有可称道之处。

通过以上的代表作，我们可以看到，爱情婚姻题材的小说总是要表现某种不平凡的东西：或感人的故事，或热烈优美的情操，或深刻的社会意义，或隽永的哲理。在一定意义上说，“三言”中的爱情、婚姻小说，它几乎兼而有之了。然而更为重要的是由于这些爱情小说响彻着民主主义理想和热烈的爱的旋律，使它不同于一般腐劣、鄙俗的爱情小说而发出了异彩。可以这样说，这些优秀的小说所具有的特殊价值就在于，它具有强烈鲜明的社会批判性，或者说，它把社会批判性与忧郁动人的抒情性结合在一起了。

事实上，历来的封建势力总是把富有民主精神的爱情，看作是造反精神的表现，并残酷地镇压这些造反者。因此，渴望自由和不屈服，便成为一种危险的反抗既定的社会秩序的行动。世界上有那么多仿佛只是单纯描写爱情悲剧的艺术作品，却包含着那样巨大的爆炸力，这绝非偶然。例如 19 世纪俄国伟大的文学批评家杜勃罗留波夫从奥斯特罗夫斯基的《大雷雨》中卡杰琳娜的爱情悲剧中就看到了这种力量。从世界文学史的角度看，当文学还未最后冲入革命主题的广阔园地时，作家主要是通过社会和恋人们之间所发生的冲突来表现被压迫人民的爱好自由的性格。数不尽的渴望自由的青年男女们的殉情史，清楚地说明了这一点。这就是为什么我们在看到真正美的爱情被毁灭时，就会更加痛恨那凶恶、残暴吃人的封建势力的根本原因。

封建社会的妇女中最悲惨的一部分是被抛掷到商品地位的娼妓。“三言”中的妓女，大多有美好的心灵、纯真的爱情和反抗的性格。不少作品描绘了她们在婚姻和爱情生活中的悲喜剧。《杜十娘怒沉百宝箱》（《警世通言》第三十二卷）和《卖油郎独占花魁》（《醒世恒言》第三卷）就是其中的佼佼者。

杜十娘虽然是一个被侮辱、被损害者，但她在精神上并没有沉沦。她厌恶卖淫生活，追求真挚的爱情，希冀这样的爱情能使她跳出火坑，过真正人的生活。为了这个理想，她对李甲的爱情表现得无比强烈、执着，做出了一个女性所能做的一切。但是，李甲这个官宦子弟在恐吓和利诱下，终于残忍地把她抛弃、转卖了。她面对任意作践她的负心之人和邪恶势力，报以冷笑，投以轻蔑，最后以死表示了与这个不公平的社会的最后决裂。值得注意的是，杜十娘这个人物性格，不仅有斗争性，而且显示了新思想的火花。为了维护做人的尊严，她决不把自己当作他人的附属品而向李甲低声下气地委曲求全，更不把自己降为商品而用金钱去向孙富赎买，她决不会为了再失去自由而向罪恶势力俯首就范。杜十娘投江前，把自己的百宝箱让李甲、孙富一一过目，然后全部投入江中，对李甲说："……今日当众目之前，开箱出视，使郎君知区区千金，未为难事。妾椟中有玉，恨郎眼内无珠。……今众人各有耳目，共作证明，妾不负郎君，郎君自负妾耳！"李甲眼内无珠，正是由于他把杜十娘当作商品看待。而杜十娘形象的光辉，正在于她表现了做人的尊严。杜十娘的死，说明杜十娘的真正觉醒，也表明，她对封建伦理道德所进行的最大限度的斗争。

别林斯基曾说：悲剧是诗的高峰。《杜十娘怒沉百宝箱》这篇小说，是一首崇高悲壮的诗。它写的是美的毁灭，所以，感人肺腑的悲总是和美水乳交融在一起。回味一下杜十娘的悲剧，震撼我们心灵的正是她的人格的力量。一切丑恶和卑鄙只能使她更坚定地追求美和高尚。她的毅然投江，谁能不为之动容。但是，悲剧主人公并非弱者，她已经从弱者走向了真正强者。因为她的心是向着真善美的。所以这篇悲剧小说从始至终贯穿着一种道义的力量，表现出了悲剧的壮烈美，又表现了壮烈的悲剧美。

和《杜十娘怒沉百宝箱》这一壮烈的爱情悲剧相反，《卖油郎独占花魁》为我们写了一出渲染着微笑气氛的喜剧。作品中的莘瑶琴，是杭州名妓，她一心想从良。卖油小贩秦重，攒了钱去会她，对她十分体贴尊重。但是名妓的生活限制了她，使她虽然感激和喜爱秦重，却不肯把他作为从良对象。后来大官僚之子对她任意凌辱，使莘瑶琴对自己受人轻贱的社会地位有了深刻的体验，彻底看出了所谓的衣冠子弟不过是把她当作玩物，唯有志诚的秦重才是尊重自己的人，最后下决心自己赎身，嫁给了秦重。

这篇小说通过生动的情节，宣扬了婚姻和爱情问题上可贵的不是门第、等级和金钱，而是彼此知心知意、相互尊重。正是在这点上，显示了小说所描写的市民爱情生活的又一特色。这种特色说明了在当时的社会生活中，市民已经在用自己的感情去回击当时牢牢附着在爱情、婚姻上的财产、地位和门第观念。这篇小说以“市井小辈”与“衣冠子弟”相并比，把美与丑、善与恶、崇高与粗俗、光明与黑暗相对照，从而对市民和市民的爱情生活做了充分的肯定。因此，小说既使我们看到了被践踏的人性、被侮辱的灵魂，听到了处于生活底层、遭受蹂躏的妇女痛苦的呻吟，同时也使我们看到了那些市井小民的精神美，听到了那尊重人的呼唤。

三

在“三言”中的一部分代表作中，构成小说基本冲突的是市民阶层和封建上层统治集团的冲突，这在《汪信之一死救全家》(《喻世明言》第三十九卷）和《宋四公大闹禁魂张》(《喻世明言》第三十六卷）中可以看得很分明。

《汪信之一死救全家》的主角汪信之是一个冶铁工厂的场主。最初他丝毫没有背叛朝廷的意思，他一直“志在报国”并无“二心”。但是由于无赖的诬害，差吏们的造谣、刺激，和上下官府的罗织人罪，汪信之被逼得真的在荒湖中落草造反。然而在起事之后，他向往的最终目标依然是“就朝廷思抚，为国家出力，建万世之功业”。所以当斗争受到挫折时，他为保全身家财产，自己向官府“束手投罪”了。汪信之作为一个反抗者的形象诚然是不彻底的、不坚决的，然而小说却通过他的境遇，宣告了封建统治下人民生活的没有保障。即使自己多么不愿意，可是无情的现实却逼迫着他们，使他们不能不起来做生死存亡的斗争。这个故事和《水浒传》所写的卢俊义等上层人物被逼上梁山的经历颇相似，写出了封建统治集团的残酷迫害，造成了官逼民反。

《宋四公大闹禁魂张》中描述了宋四公、赵正等一伙侠盗，不仅惩罚了为富不仁、鄙吝贪婪的财主张富，而且偷走了钱大尹的玉带，当面剪走京师府尹的腰带挞尾和马观察的一半衣衫，把天子脚下的东京地面闹得惶惶不安。从中表现了市民对统治者的直接斗争，对封建官府的大胆挑战，对昏庸的官吏的蔑视。

传统的“公案”小说涉及的社会生活面极为广阔，反映的社会内容也十分复杂，它揭露和批判的锋芒是直接指向草菅人命的官府和“糊涂”官吏的。著名的《十五贯戏言成巧祸》(《醒世恒言》第三十三卷）就是以低沉的笔触、黯淡的色调为我们描绘了一个动人心弦的悲剧。

这篇小说叙写的是一对青年男女无辜被杀的冤狱。陈二姐是刘贵的妾，由于误信丈夫的戏言，以为自己已被转卖，急忙赶回家去告知爹娘，路上遇上一个卖丝的青年崔宁，两人搭伴而行。但是，就在她离家的当晚，刘贵竟被一个偷儿杀死在家中。邻居发现后，急忙追赶陈二姐，在与她同行的崔宁身上，恰巧搜出十五贯钱，于是将二人扭送官府。府尹不加调查，就断定这一对青年就是贪财害命的奸夫淫妇，在严刑拷打之下，他们只得招供诬服，最后被“押赴市曹，行刑示众”。所以这篇话本的原名叫作《错斩崔宁》。作者针对这一对青年男女无辜被杀的冤狱，愤慨地指出：

> 这段冤枉，仔细可以推详出来。谁想问官糊涂，只图了事，不想捶楚之下，何求不得。

小说告诫这些昏庸官吏：

> 做官的切不可率意断狱，任情用刑，也要求个公平明允。道不得个死者不可复生，断者不可复续，可胜叹哉！

在这里，它主要的内容是揭露，主要的情感是愤怒。它形象地指出了人民之所以惨遭杀害，是由于官吏昏庸，滥用刑罚，草菅人命。故事是用一连串巧合构成的，而巧合只能是造成事件的假象；而任何假象又是可以通过周密地调查研究去识破的。但官府却全凭主观臆断，便把复杂问题简单地处理了。这说明，被剥夺了生活权利的市井细民，完全可以不明不白地被处死。小说通过这个悲剧故事发出了重视人命的呼声。尽管这个呼声还十分软弱，但这毕竟是和视人命如草芥的封建专制思想根本对立的新思想。

《简帖僧巧骗皇甫妻》(《喻世明言》第三十五卷）也是一篇对封建官僚机构有所暴露的小说。它深刻地反映了封建社会善良无辜的妇女任人摆布的悲剧，也批判了官吏的昏聩残酷，动辄严刑逼供，置他人死活于不顾。如果仅从表象上看，小说中对那个和尚的诡谲淫恶的揭发和嬉笑怒骂，都是咏史诗式的，使读者从作品中强烈地感到了这个和尚的阴险、狡狯、毒辣和老谋深算。但是深入挖掘这篇小说的生活底蕴，人们不难发现，杨氏之所以在两个男人中间反复易手，并遭到一系列不幸，其根源仍然是那个在保护人民的幌子下残害人民的整套官僚机构。

以上两篇故事的复杂描写都是着眼在一个“错”字上。作者无疑是看到了昏官的率意断狱是造成陈二姐、崔宁和杨氏冤狱的重要原因。但是当他去寻觅和探索这幕悲剧的最后根源时，却又迷失在次要的矛盾之中了。即如《十五贯戏言成巧祸》中，作者就把“错斩”直追到“人情万端”“世路崎岖”这些表面现象上去，于是得出了:“口舌从来是祸基”的错误结论。所以冯梦龙同样认为“戏言”是这个悲剧的祸源，因此在他编纂《醒世恒言》时索性把题目写为《十五贯戏言成巧祸》。这种看法是不准确的。因为它模糊了人们对真正祸源的认识。但是，“戏言是祸基”也在一定程度上反映了小市民在长期的黑暗的封建统治下所造成的畸形的心理状态，所谓“颦笑之间，最宜谨慎”的告诫，就不是没有意义的了。

在公案小说中，“清官”形象也已大量出现，如《三现身包龙图冤》(《警世通言》第十三卷)、《况太守断死孩儿》(《警世通言》第三十五卷)、《陈御史巧勘金钗箫》(《喻世明言》第二卷）和《陆五汉硬留合色鞋》(《醒世恒言》第十六卷）

等皆是。在强大的封建势力的黑暗统治下，广大人民的生命财产统统没有保障，随时可能被权豪势要耍弄得家破人亡。在这样的情况下，人民对肆意摧残百姓的封建统治集团和一切恶势力切齿痛恨，希望“刽子手”们得到应有的惩罚。这一实质上是弱者的愿望，就在歌颂“清官”的小说中获得了一定的表达。这里不论是包青天还是况太守、陈御史，他们的突出特点是敢于为民请命、为民申冤，即所谓“民间苟有冤抑，便当力昭为雪。”但是，对“清官”的歌颂和盼望既是一种斗争的表现，又是软弱的表现。“清官”形象之所以在小说中出现还有一定意义，就在于“清官”形象中往往体现出人民自己的智慧以及对事件的健全的判断能力，体现了人民对于罪恶社会的裁判。清官形象的出现是人民要把自己对社会和事件的看法和政治权力结合起来的一种幻想。

以统治集团的内部矛盾为主题的小说，在“三言”中也占有一定比例，且不乏佳作。《沈小霞相会出师表》(《喻世明言》第四十卷)、《木绵庵郑虎臣报冤》(《喻世明言》第二十二卷)、《滕大尹鬼断家私》(《喻世明言》第十卷)是为代表。

《沈小霞相会出师表》是发生在明朝嘉靖、隆庆年间的一件真人真事。它通过写沈鍊一家的遭遇，揭露了明末权奸严嵩父子结党营私、谗害忠良的罪行。严嵩是明末有名的奸臣，他与儿子严世蕃垄断朝政，横行无忌，不可一世。刚正的官员沈鍊因为揭露严嵩的罪行而被反诬，贬至新保安为民。严嵩又派心腹杨顺去新保安，诬沈鍊谋反，先后将沈鍊及其二子杀死。作者用主要笔墨写了沈鍊与严嵩的斗争，和长子沈襄的侍妾机智勇敢地协助丈夫反抗严氏父子迫害的情景。中间也写进了义士贾石、冯主事等人敢于在严重的政治恐怖中，援助沈鍊一家的情节。小说刻画了反动统治集团的一群从上到下的成员。上层的有严氏父子等当朝权贵；中间的有杨顺、路楷一批心腹爪牙；最下面一层则有张千、李万这伙鹰犬走卒。而和这群人面兽心相对峙的是一组反抗权奸恶势力的正面人物。高洁、正直的沈鍊在和罪恶势力进行斗争时，不畏权势，刚正不阿，至死不屈，表现了富贵不能淫、威武不能屈的凛凛正气。沈襄的侍妾闻氏，也给人以极深刻的印象，是她不避艰险，跟随丈夫，长途跋涉，和如狼似虎的差役周旋，从绝境中使丈夫转危为安。这勇敢、智慧的女性，在话本小说中也是罕见的。

《木绵庵郑虎臣报冤》里的南宋权相贾似道，完全是一个政治上的暴发户。他依靠身为贵妃的堂姐的汲引，一步登天，爬上宰相的高位。他陷害忠良，独揽朝政，鱼肉百姓，杜绝贤路，政治上无能，生活上腐化，使南宋朝廷一塌糊涂，终于败亡。小说作者生动地描写了这个阴谋家玩弄权术的险恶手段。例如，因太学生写诗讽刺他，他便在文人的晋身之途设置障碍，黜免有为之士；同时，又收买那些利欲熏心、卖身投靠的无耻之徒，结果是"谄谀进身，文人丧气"。作者特别标出廖莹其人，说他"聪明才学，诗字皆精"，只因"甘为逐臭蝇"，干尽坏事，贾似道倒台以后，也畏罪自杀了。这就有了深刻的鉴戒意味。

《滕大尹鬼断家私》是一篇艺术构思极其别致的小说。如果从小说题材的渊源、衍变和故事的表象来看，它似乎是一篇典型的"公案"小说，然而只要细心地开掘其生活底蕴，作品写的恰恰是封建统治集团及其家庭的内部矛盾。而冲突的焦点又恰恰是集中在"财"字上。小说构思的巧妙也正是用一份"遗产"做镜子，照射出官僚、地主诸色人等的心灵的肮脏和面目的可憎，从而透视出上流社会内部人与人之间关系的本质。

这篇小说前半部分表现封建家庭的纷争，后半部分转向官府，归入本题，集中写滕大尹"鬼断"家私，这实质上是艺术构思的重心。滕大尹同一般贪官、昏官不同，他不仅才智双全，也肯为民事劳心，有时还能主持一点公道，因而博得了一个"贤明大尹"的名声。然而正是这位贤明的大尹，一见黄白之物就两眼出火，冥思苦想，设计占有，露出贪婪、掠夺的本相。这就创造了封建官吏中的又一种类型：既嗜财如命，又顾全脸面。多施诡计，以达到名利双收的目的。以后的"三年清知府，十万雪花银"正可以从这里找到原型。

值得我们注意的是，在黑暗的封建社会里，人们还是在不懈地追求、企望着美好的生活理想，还会张开那浪漫主义的幻想的翅膀和诗意的想象，这就产生了像《灌园叟晚逢仙女》这样充满幻想性情节的作品。一个善良的老人，用自己的心血和劳动浇灌了许多花。花就是他的生命，花也就是真善美的象征。可是劳动者美好的愿望，都与剥削者、掠夺者的存在相矛盾。小说别开生面地写出了濒临绝境的老人，终于被他亲手培植的百花仙子解救出来，恶霸地主及其爪牙都受到了致命的惩罚。神仙是不存在的，但是，作为一种美的愿望和善的化身来看，就是可以理解的了。这篇小说达到的象征意蕴，使我们认识到了美是永存的，善总是要战胜恶的，而一切丑的事物总归要被历史所抛弃。

四

中国传统美学和融合着这种美学的传统的小说艺术形式，是在一个与西方迥异的土壤中培植起来的。那么“三言”是怎样体现这种艺术传统的呢？这就是传奇性、传神和白描手法。这是一些烙印着民族特定历史精神生活的印迹，在长期发展的艺术传统中逐渐培植形成的。

传奇性是以情节丰富新奇、故事曲折多变为特色。如果拿我国的“三言”这样的白话短篇小说来和欧美各国的小说相比较，人们不难发现，外国的小说是写人为主，人中见事，擅长于追魂摄魄地刻画人物心灵变化的辩证法，而我们的古典小说则侧重于记事，事中见人，善于声情并茂地展示事物发展过程的辩证法。这种特色也是渊源有自。因为中国小说的形成是先言而后文，说书人面对听众，为要“黏”人，更加讲究情节的丰富和曲折，一个关子套一个关子，一个悬念跟着一个悬念。如果书情的结构铺排稍一松懈，听众散神，兴味一低落，局面便无可收拾。所以，以情节丰富和生动曲折相见长，在宋元“说话”艺人中已极为突出。明代以来，小说创作虽脱离了说书艺术，却依然保持、发展着这一特点。不但故事的情节夭矫变幻、摇曳多姿，就是情节的一个片段，也往往笔圆句转、一波三折，极尽曲折之能事。因为只有这样的故事情节，才能使读者兴趣盎然，才具有吸引人的艺术魅力。

在“三言”中不少篇什，常能最大限度地运用偶然来暗示必然，而不直接描写必然，这一点充分显示了我国小说家的巧思。“无巧不成书”就是传奇性。它既肯定了小说需要虚构，又揭示了小说虚构本身的奥秘。作家“巧”的艺术表现手法运用得好，就能造成故事情节的回旋跌宕、“奇”与“巧”的辩证统一。《十五贯戏言成巧祸》如果没有那一连串的巧合的情节，就很难丰富地展示陈二姐与崔宁这一对青年男女无辜被杀的冤狱，当然也就谈不上对封建官僚机构进行无情的鞭挞。非常偶然的巧合，在这里却体现出了生活真实的必然，显示了自然而丰富的“巧”的魅力。至于《乔太守乱点鸳鸯谱》不仅关目热闹，矛盾复杂，故事曲折，令人眼花缭乱，而且把巧合的情节写得那样腾挪顿挫、宛转有致，真可称得起是“无巧不成书”的范本。

明末人笑花主人从小说赏鉴之审美趣味与审美满足的角度，充分肯定了“三言”情节艺术的意义。他说：“《喻世》《警世》《醒世》三言，极摹人情世态之歧，备写悲欢离合之致，可谓钦异拔新。”笑花主人所说之人情世态之“歧”和悲欢离合之“致”就是指那些最动人心弦的、最典型的事件，而一经作者精心地提炼、奇妙地布局、意匠地经营，就达到了“钦异拔新”的审美效果。笑花主人深谙小说艺术三昧，因此论及“三言”情节的传奇性就极有艺术见地。

古今中外，文艺创作共同的审美目标都是力求突破事物的外壳而把握事物精神的实质。而中国的传统美学思想更重视“体物传神”。所谓“传神写照，正在阿堵中”。“三言”对我国传统的传神手法的卓越贡献，在于最善于抓住人物的精神气息，把最厚实的生活真实感和最深刻的思想力带进这个最讲究神清气爽、迁想妙得的艺术领域，而且达到了毫不着力、浑然天成的境界。试看《崔待诏生死冤家》中秀秀和崔宁一段脍炙人口的对话：

秀秀道：“你记得当时在月台上赏月，把我许你，你兀自拜谢。你记也不记得？”崔宁叉着手，只应得“喏”。秀秀道：“当日众人都替你喝彩，‘好对夫妻！’你怎地倒忘了？”崔宁又则应得“喏”。秀秀道：“比似只管等待，何不今夜我和你先做夫妻？不知你意下如何？”崔宁道：“岂敢。”秀秀道：“你知道不敢！我叫将起来，教坏了你，你却如何将我到家中？我明日府里去说。”崔宁道：“告小娘子，要和崔宁做夫妻，不妨；只一件，这里住不得了，要好趁这个遗漏人乱时，今夜就走开去，方才使得。”秀秀道：“我既和你做夫妻，凭你行。”当夜做了夫妻。

两个人物，一个大胆泼辣，没有一点矜持和忸怩之态，更没有封建道德的负担；一个却谨慎细心，在关键时刻显示了他对封建人身依附关系的反抗，都反映了下层市民思想意识。这样的描写所以是成功的，就在于作者用简洁有力的笔调，用以描绘人物的音容笑貌，“即通过对话和小动作来渲染人物的风度”（茅盾语）。

“三言”里的白描，并不是简单的直观形象的影写，它是用简洁、精练的文字，通过粗线条的勾勒和工笔细描相结合的手法，赋予人物以可感的外在形态，为揭示人物的性格、气质、感情提供血肉之躯。这种形貌白描多着墨不多，然而却做到了“笔精形似”，能将人物肖像描绘得极为传神，如雕塑般立体地呈现于读者眼前。比如《沈小霞相会出师表》，作者将沈錬打抱不平的经过作了绘声绘色的描述：

沈錬一肚子不平之气，忽然揎袖而起，抢那只巨觥在手，斟得满满的，走到世蕃面前，说道：“马司谏承老先生赐酒，已沾醉不能为礼，下官代他酬老先生一杯。”世蕃愕然，方欲举手推辞，只见沈錬声色俱厉道：“此杯别人吃得，你也吃得。别人怕着你，我沈錬不怕你！”也揪了世蕃耳朵灌去。世蕃一饮而尽。沈錬掷杯于案，一般拍手呵呵大笑。唬得众官员面如土色，一个个低着头，不敢则声。

在这里，作者运笔简练，显示了其笔底的功力。他极简省地勾勒了一个人物的侧影，然而这一白描手法点出了人物的神韵风貌。因此，我们说，“三言”把美感的民族传统贡献于世界小说艺术宝库里的还应有白描手法的单纯美。

“三言”塑造的许多性格鲜明的艺术形象，主要是通过富有个性特征的语言和动作而表现的，这是我国古代小说塑造人物的重要特点。“三言”多善于用一系列生动的情节去叙述人物的言行，使人物的性格随着故事情节的进展而一步步去得到圆满的体现。对人物的心理一般都不脱离情节做孤立的、静止的介绍，这种把对话、行动和内心活动三者结合起来描绘人物性格的手法是极其高明的，它不仅使读者如临其境，如见其人，达到绘声绘色、传神摹态的境界，而且给读者留下想象和再创造的余地。

冯梦龙在辑纂“三言”时在语言通俗化下了一番功夫，这和他的文学思想也有密切关系。他认为，那些古文“尚理或病于艰深，修词伤于藻绘，则不足以触里耳而振恒心”。又说：“大抵唐人言，入于文心；宋人通俗，谐于里耳。天下之文心少而里耳多，则小说之资于选言者少，而资于通俗者多。”意思很清楚，在冯氏来，文言作品只能被少数人欣赏，而难以为广大人民所理解，更不能震动他们的心灵；要使群众理解而且受到感动，写文章就一定用通俗的语言。宋元时代说话人在谈到自己的艺术时就把“通俗”看作话本能否流传的决定性条件之一。冯氏在整理、改编和加工“三言”的过程中，恪守这一原则，多采用通俗口语，并且从民间提炼了不少生动活泼的谚语、比喻，用以反映生活场景，描绘人物风神，从而大大丰富和扩展了小说语言的表现能力。“三言”中的优秀作品，写人物对话，尤为生动、逼真。唐传奇虽已开始努力写人物对话，但却不像“三言”如此口角逼肖、贴合人物的身份，具有性格化的特色。读一读“三言”中的名篇佳作，那些对话，真有恍似躬历其境的感受。

五

“三言”以它的思想的新颖和艺术的魅力，一经出版，即震动当时的小说界。明末清初的文坛曾经出现了一个有相当规模的短篇小说的收集和创作的热潮，且效颦之作蜂起。其中成就显著的是凌濛初。他的《初刻拍案惊奇》和《二刻拍案惊奇》就是在“三言”的直接影响下产生的。

凌濛初，字玄房，号初成，别号即空观主人，浙江乌程（今吴兴）人。生于明万历八年（1580），比冯梦龙小六岁，出身于封建官僚家庭。十八岁补廪膳生。三十岁寓居南京，可能因为科场失意，乃入都谒选。久之，归南京，开始编写《初刻拍案惊奇》，天启七年（1627）脱稿，翌年刊行。崇祯五年（1632），《二刻拍案惊奇》告成。他五十五岁做了上海县丞，六十三岁升任徐州通判并分署房村。甲申（1644）正月，李自成的义军进迫徐州，凌濛初不降，进行抗拒，而力量不敌，遂呕血而死。

凌濛初受冯梦龙的影响，一直致力于民间文学小说戏曲的研究，而他着力最多，也最令人见其功力的是短篇白话小说的创作。“二拍”就是他整理、改编和创作的《初刻拍案惊奇》和《二刻拍案惊奇》的简称。初刻和二刻各为四十卷四十篇，唯二刻第二十三卷《大姊魂游完宿愿小姨病起续前缘》与初刻重复，第四十卷为杂剧《宋公明闹元宵》，所以“二拍”实际共收小说七十八篇。每篇篇目不同于“言”的单句篇目，两篇成偶，而是采用了章回小说的骈句形式。这七十八篇小说中大部分是凌濛初自己创作的。由此可见，凌氏是一位了不起的、产量丰富的短篇小说家。

凌濛初的创作意旨和动机，他在《初刻拍案惊奇·序》中说得很明确，归纳起来不外以下三点：一是由于冯梦龙的“三言”“行世颇捷”，于是凌濛初即在“肆中人”的要求下编撰起《拍案惊奇》；二是宋元旧篇已被冯梦龙“搜括殆尽”，剩下的又只是些“沟中断芜，略不足陈”，于是便“取古今来杂碎事，可新听睹、佐谈谐者，演而畅之”；三是他加工创作小说是“文不足征，意殊有属”。联系他写的《二刻拍案惊奇·小引》中所说“其间说梦说鬼，亦真亦诞，然意存劝诫，不为风雅罪人，后先一指也”。这就说出了他编写小说的目的有进行说教与劝诫之意。所以鲁迅先生也认为他的“二拍”确实有“告诫连篇，喧宾夺主”的一面。

“二拍”的思想内容极为复杂。其中优秀篇章对封建社会晚期，特别是晚明时期新与旧错综交织的复杂生活有生动的描绘，揭示了社会矛盾的某些方面，展现了这个特定时代的一幅幅风俗画，具有社会意义，且可读性很强。但也有部分作品品味不高，乃至有堕入恶趣者。因此，一般读者和研究者普遍认为“二拍”审美价值略逊于冯氏的“三言”。

公案故事在“二拍”中占有一定比重，其中较好的篇目对封建统治的黑暗残酷有所暴露。《进香客莽看金刚经　出狱僧巧完法会分》写卑劣贪婪的柳太守，滥用职权，诬攀洞庭山寺僧为盗，以胁取白居易手书的金刚经。《青楼市探人踪　红花场假鬼闹》生动地勾画了贪吝阴狠的杨巡道做官只以贪财纳贿为事，被撤职后，在乡里“设谋运局，为非作歹……私下养着驯道三十余人在外庄听用，但是掳掠得来的与他平分”，为了吞没五百两银子贿赂，竟杀害了张廪生主仆五命。作者把封建社会“官即是盗”的客观现实暴露无遗。《伪汉裔夺妾山中　假将军还姝江上》，写的同样是“盗通官”“官即盗”的现实。作者竟然引用了一首元代民谣“解贼一金并一鼓，迎官两鼓一声锣；金鼓看来都一样，官人与贼差不多”，去讽刺鞭挞当时的官吏，这不能不说是很有勇气和胆识的行为。小说中还有一些揭露封建司法机构的黑暗，问官糊涂，造成老百姓的不白之冤，如《许蔡院感梦擒僧王氏子因风获盗》即是。作者在篇首对主观断案的危害进行了无情地揭露。

> 天地间事，只有狱情最难测度。问刑官凭着自己的意思，认是这等了，坐在上面，只是敲打。自古道：“棰楚之下，何求不得？”任是什么事情，只是招了。见得说道：“重大之狱，三推六问。”大略多守着现成的案，能有几个伸冤理枉的？至于盗贼之事，尤易冤人。一心猜是那个人了，便觉语言行动，件件可疑，越辩越像。除非天理昭彰，显应出来，或可明白。若只靠着鞠问一节，尽有屈杀了再无说处的。

至于贪赃枉法、颠倒黑白的官报私仇的官吏，“二拍”多有揭露。《硬勘案大

儒争闲气　甘受刑侠女著芳名》一篇，则是这类小说中的佼佼者。小说叙写南宋台州太守唐仲友同陈亮一起蔑视他的上司、身居监职的朱熹。朱熹衔恨寻衅，竞题参唐仲友，污蔑歌妓严蕊与唐有奸，将严蕊下狱，严刑拷问。严蕊不肯无中生有，誓不招供，朱谋终未得逞。通过这个故事，凌濛初暴露了这个“大贤”表面上道貌岸然，内里却是卑劣的阴狠之徒。小说虽多有虚构成分，但作者借书中人物之口直接批判了假道学，把朱熹所代表之“道学”斥之为“害了风痹病，不知疼痒的人”。小说作者写严蕊身为艺妓，但“立心正直”，光明磊落，尽管被朱熹一伙严刑拷打，但始终不为淫刑所屈，一个字也不肯诬陷他人。有人对她说，你即使按照朱熹的要求招供，你的罪名也大不了，何苦不招，让自己受罪呢？严蕊回答是:“……但天下事，真则是真，假则是假，岂可自惜微躯，信口妄言，以污士大夫！今日宁可置我死地，要我诬人，断然不成的！”这句铿锵有力、掷地有声的言语，充分显示了她的刚正、高洁，和道学大师的凶残面目，恰成对比。

值得注意的是，在“二拍”的一些作品中还传达了资本主义生产关系萌芽的某些信息，表现了市民阶层的商业活动和有关的思想意识。《转运汉巧遇洞庭红　波斯胡指破鼍龙壳》就是一篇反映海外贸易的小说。作者写的是一个破产商人冒险出海经商的故事。主人公文若虚，在国内经商失败，而用带的一批只值一两多银子的洞庭橘在海外赚了八百多两银子。回国时，他又拣了一个大龟壳，其中藏有大量珍珠，于是意外地成了大富商。作者主观上是要宣扬“运去黄金失色，时来顽铁生辉”的命运决定论的思想，但在客观上反映了在货币关系日益扩大的情况下，市民阶层中的商人炽烈的发财幻想和对金钱的顶礼膜拜。所以文若虚的故事，并不像过去人们认为的只是“反映了中世纪商人海外冒险的美好幻想”。其实，问题的真正关键恰恰在如何暴发致富。冒险海外只是手段，暴发致富才是目的。

只要能发迹，商人是不择手段的，才不管是海外冒险，还是内陆经营。《叠居奇程客得助　三救厄海神显灵》实际上描写了商人的囤积居奇。小说中的程宰，利用市场变化之机进行投机，先后以极小的代价买下几批无人问津的滞销货，买后不久便成为市场的紧俏商品，只用了十两银子的本钱，便赚得数万两白银。这里明显的是讴歌冒险投机。总之，商品经济的空前发展带来崭新的人生态度，也带来了穷通贫富的差异，它像一股强劲的飓风在晚明的城市和乡村鼓荡，强烈地刺激着人们对金钱的欲求。原本是似乎“静”的世界，一下子变得躁动不安了。对金钱、私利的狂热追求，对发迹变泰的热切向往，不能不说是人们，尤其是市民阶层的“白日梦”。

随着人生追求的异动，当时人们的价值观念也在悄悄地变化。对商贾的态度是一个最明显、最深刻的转变。事实上，对消费意识和对金钱的狂热追求也体现了一种价值观，不同的是它表现为一种人生价值，而对商贾的态度则体现了一种社会价值。显而易见，这种社会价值的改变正是人生价值取向的一种延伸和展开。在《赠芝麻识破假形　撷草药巧谐真偶》中就说：“经商亦是善业，不是贱流”。对商人的看法，也一反过去历史上那种鄙夷的态度。而徽州风俗，甚至“以商贾为第一等生业，科第反在次着”。这说明在“重本轻末”的传统思想笼罩下，社会上已经逐渐兴起了“重商”的风气。正是在这种社会历史条件下，作为新兴市民阶层重要组成部分的商人们，更加悉心关注着自身的命运，并进行着对自身价值的重新发现、认同和肯定。打开“二拍”，我们不难发现，商人们再也不是被诅咒、贬斥的承载体，而是作为被关注、歌颂甚至钦羡的正面角色而在舞台上亮相。

当我们步入“二拍”展现的婚恋世界里，我们像读“三言”一样无疑也会获得一个新天地。在这里，不仅作品主人公正完成由“才子佳人”向市井细民的嬗递，而且无论其表现形式抑或灵魂之蕴涵，都超越以往各时代的范式，而带有鲜明的晚明社会的烙印，显示出独特的时代风采，表现了市民所特有的婚恋意识。

有一定社会意义的作品像《李将军错认舅　刘氏女诡认夫》叙写刘翠翠和金定的恋爱故事。翠翠爱金定的意志十分坚决，迫使父母放弃“门当户对”的婚姻观念而使他们终成美眷。翠翠为了自由幸福的婚姻所做的种种努力和斗争，具有一定的反封建意义；金定远出寻妻的勇敢冒险精神也值得充分肯定。作者将他们生离死别的凄楚遭遇、生死不渝的爱情都写得十分感人。

在以婚姻为主题的小说中，还肯定了爱情应成为结婚的基础的思想。《莽儿郎惊散新莺莺　诌梅香认合玉蟾蜍》的女主角杨素梅，私下里爱上了凤来仪，但外婆又为她找到了一个男人，使她产生了严重的矛盾心理。她的丫鬟龙香把她的矛盾心理做了这样的解释："……我姐姐自小立愿，要自家拣一个象意的姐夫。而今是老孺人作主，不管他肯不肯，许了。他不知新郎好歹，放心不下，故此不快活。"当他人说"新郎是做官的了，有甚么不好"时，龙香立即表示异议："夫妻面上，只要人好，做官有甚么用处！"对以门第为准的包办婚姻给予坚定的否定，而把当事人的个人意愿强调得高于一切；封建礼教对男女结合的评价标准，基本被抛弃了。

在"二拍"中还有一部分以爱情婚姻为主题的作品，表现了一定程度的平等思想。比较有意义的是《满少卿饥附饱飏　焦文姬生仇死报》。这篇小说对男子遗弃经过恋爱而结合的爱人加以斥责。小说中的满少卿，被焦文姬死后的鬼魂捉将了去，实际是写出了一切王魁式的男人的必然下场。小说作者主张对爱情必须忠笃，不能随意遗弃对方，这实质上是要求婚姻双方地位平等。值得注意的是，这篇小说"入话"有一段重要的文字：

> 天下事有好些不平的所在，假如男子死了，女人再嫁，便道是失了节，玷了名，污了身子，是个行不得的事，万口訾议；及至男人家丧了妻子，却又凭他续弦再娶，置妾买婢，做出若干的勾当，把死的丢在脑后，不提起了，并没人道他薄幸负心，做一场说话。就是生前房室之中，女人少有外情，便是老大的丑事，人世羞言；及至男人家撇了妻子，贪淫好色，宿娼养妓，无所不为，总有议论不是的，不为十分大害。所以女子愈加可怜；男人愈加放肆。这些也是伏不得女娘们心里的所在。

这真是一篇时代女性的宣言书！恩格斯在《家庭、私有制和国家的起源》一书中也曾指出过中世纪家庭婚姻的这种现象，并且批评道："凡在妇女方面被认为是犯罪并且要引起严重的法律后果和社会后果的一切，对于男子却被认为是一种光荣，至多也不过被当作可以欣然接受的道德上的小污点。"《满少卿饥附饱飏焦文姬生仇死报》中能提出男女在婚姻问题上不平等问题，而且给予妇女以较多的同情，是十分难能可贵的思想。

"二拍"里还有一些有一定认识价值的小说，如《刘东山夸技顺成门　十八兄奇踪村酒肆》就是劝人不可自恃高强，要知道能人背后有能人，所谓"人世休夸手段高，霸王也有悲歌日"。当然小说中的刘东山固然不足以赞扬，而逞技夸能的十八兄等人也不是什么英雄。值得注意的倒是这篇小说写武艺出众、身有绝技的十八兄等一伙，却开了近世武侠小说新写作技巧的先河。

"三言"和"二拍"的出版，促使了各种文艺样式的互相渗透和影响，特别是和说唱文艺及戏曲的关系更为密切。戏曲和小说在题材上相互借用、改编，大大促进了通俗文艺的繁荣，这也算是中国古代群众文艺的一件盛事吧！

动人魂魄

——读《聊斋志异·促织》随想

在唐传奇以后，我国的短篇文言小说，长期处于衰落状态。明代虽曾出现过《剪灯新话》等仿效传奇的作品，但成就甚微。直到清初，蒲松龄的优秀短篇小说集《聊斋志异》（以下简称《聊斋》）问世，短篇文言小说，才重放异彩，出现了新的高峰。

蒲松龄（1640—1715），字留仙，一字剑臣，号柳泉居士，山东淄川（今淄博市淄川区）蒲家庄人。他出生于一个世代书香而又渐趋没落的地主家庭，他的父亲因家贫而弃儒经商，到蒲松龄青少年时期，家道即已完全衰落，生活很苦。弟兄分家以后，仅有住屋三间，“旷无四壁”，用借来的木板“聊分内外”。他十九岁应童子试，考中秀才，此后屡试不第，始终没有取得做官的资格。中年以后，除有一年去江苏宝应、高邮两县，当过知县的幕僚之外，其余的岁月都是在家乡附近的乡绅之家设帐教书度过的。他在《聊斋志异自序》中说：“门庭之凄寂，则冷淡如僧；笔墨之耕耘，则萧条似钵。”——门庭冷落，无人问津，自己终岁为教书谋食而奔走于主人之门，有如化缘的和尚。可见他中年以后的生涯仍是相当清苦的。

生活地位的低下和科场的坎坷，使蒲松龄有较多的机会接触社会下层，对于现实中的黑暗逐渐有所认识。他在《与韩刺史樾依书》说：“仕途黑暗，公道不彰，非袖金输璧，不能自达于圣明，真令人愤气填胸，欲望望然哭向南山而去。”这种悲愤之情，表现着他多年积累的对现实的强烈的不满。

《聊斋》这部短篇小说集，是蒲松龄长期艰苦劳动的成果。他从二十岁左右开始写《聊斋》，四十岁前后写成，以后又几经修改、增益，直到五十多岁才算定稿，共历时三十余年。《聊斋》的故事，多数以狐仙鬼魅为题材，富有浪漫主义色彩，其中有大量采自民间的神话、传说。作者在《聊斋志异自序》中说："才非干宝，雅爱搜神，情类黄州，喜人谈鬼。闻则命笔，遂以成编。久之，四方同人又以邮筒相寄，因而物以好聚，所积益夥。"这里说的是《聊斋》故事的主要来源。他在自序中还说："集腋成裘，妄续幽冥之录；浮白载笔，仅成孤愤之书。寄托如此，亦足悲矣。"这表明他写《聊斋》并非为了猎奇，而是有所寄托的。

蒲松龄不满于社会上的某些黑暗，为自己的处境而郁郁不平，对于时政，他是有话要说的。但是，清初是思想统治极其严酷的时代，统治集团大兴文字狱，文人稍有不慎，即可招来横祸；这种客观形势，又不允许蒲松龄直接地公开地批评现实。所以，他只好把一腔不平之气寄寓于谈狐说鬼之中，通过幻想的故事，抒发"孤愤"'之情，尖锐地揭露和抨击了社会政治的黑暗。蒲松龄在《感愤》诗中说"新闻总入《夷坚志》，斗酒难消磊块愁"，把他写《聊斋》的思想做了很好的概括。

《聊斋》在作者生前只有抄本流行，直到1765年才有刻本问世。通行本共有小说四百三十一篇，后来续有发现，合计近五百篇。其中多数篇章都有一定的社会意义，也有少数主题模糊、意义不大、思想落后的作品。

在《聊斋》中最有价值的一部分作品是那些揭露贪官污吏、豪绅恶霸的作品。这些小说展示了封建社会后期的黑暗、吏治的腐败、国家机构的衰朽不堪、人民的苦难日益深重的生动图景。在这类题材中，《促织》就是一篇托迹幻象、寄意现实的名作。

《促织》故事一开头就写"宣德间，宫中尚促织之戏，岁征民间"。由于皇帝酷爱斗蟋蟀，每年都向民间征索，结果媚上邀宠的地方官，争相贡献；胥吏则"假此科敛丁口"，借端大肆敲诈勒索，遂至"每责一头，辄倾数家之产"，概括地揭示了封建统治阶级于一般残酷剥削压榨方式之外，因嬉戏游乐给人民带来的无穷的灾难。接着，小说写了一个叫作成名的下层知识分子一家人的悲剧。成名本来是个安分守己的老实人，狡诈的里胥把"里正"的名义，硬套在他头上。他既没有钱能买促织应命，又因为人老实愚钝，不敢按户摊派，于是不到一年，就使他“薄产累尽”。后来他在妻子的劝导下，只好自己去捉，结果连一只善斗的促织也没能捉到。而县令却“严限追比”，十多日内便“杖至百”，被打得“两股间脓血流离”，连促织也不能去捉了，只有“转侧床头，惟思自尽”。请看，为了一头供皇帝玩乐的蟋蟀，竟使他在肉体上和精神上受尽折磨。不久成名在一个巫婆的指引下“强起扶杖”，历尽艰辛，好容易捕到了一头特别大的蟋蟀，这时“举家庆贺”，“备极护爱，留待限期，以塞官责”。哪晓得好事多磨，这头促织竟被他那调皮的九岁的儿子失手扑死了。儿子“惧”而“啼告母”，母亲听后，大惊，吓得“面色灰死”；成名知道后“如被冰雪”，感到大难临头，“怒索儿”，而九岁的儿子却因害怕父母责罚，投井自尽了。弄死一头蟋蟀，这在一般生活中是件无足轻重的小事，可是为了一头“应命”的促织，却给成名全家带来巨大的痛苦，并付出生命的代价。这一笔写得何等辛酸，又是何等深刻啊！

接着，作者以细腻的笔触，精雕细刻的艺术手法描绘了成名夫妇失去儿子的悲痛以及失去促织的恐惧的心理冲突，深刻地揭示出封建统治阶级“尚促织之戏”给人民带来的灾难。儿子的不幸死亡，使成名夫妇陷入了绝望之中。在绝望中他们曾暂时忘记了恐惧，始而“化怒为悲，抢呼欲绝，夫妻向隅，茅舍无烟，相对默然，不复聊赖”。此情此景，对于统治者的控诉达到了高潮。此后情节陡然剧变，当他们去取儿子尸体埋葬时，却意外地发现儿子“气息惙然”，“半夜复苏”了，于是又转悲为喜。但是，现实无情，当他们面对“蟋蟀笼虚”，官限难挨时，则又转喜为愁，“气断声吞”，竟然“不复以儿为念”了。一个孩子的生命，竟抵不上一只小小的蟋蟀宝贵。小说就是这样从成名到全家、从肉体到精神，逐层扩展，不断深化，不断外延，深刻地揭示了封建统治阶级“促织之戏”给人民带来的悲惨的命运和难以忍受的精神折磨。这就是“天子偶用一物”所造成的悲剧，更准确地说是一出血和泪交织的人间惨剧！

小说继而写成名的儿子复活了，但“神气痴木”，原来他的魂灵化为一只轻捷善斗的蟋蟀，跃落成名衿袖间。第二天成名将蟋蟀献给了县宰，县宰献给抚军，抚军献给皇帝。举天下所贡促织都斗不过它，并“每闻琴瑟之声，则应节而舞”，供最高封建统治者玩乐，以赎自己的“罪过”，也是来挽救这一家人将被毁灭的命运。这个出色的情节惊心怵目地表现了人民遭到的迫害已达到这样的程度：走投无路，不得已化为异物，去充当脑满肠肥的寄生虫消闲取乐的玩物！

下层人民为了一头促织弄得倾家荡产，而各级官僚们都以此作为进身之阶，个个飞黄腾达。作者写县令进了一头善斗的促织，便捞到一个政绩“卓异”的嘉奖；抚军得到一只善斗的促织，“以金笼进上”，皇帝就“大嘉悦”，并赐给“名马衣缎”，全都得到了升官发财的报酬。作者通过前后对比的手法，充分暴露了封建社会政治的腐朽、窳败已达到极点。所以小说无情地讽刺道：“抚臣、令尹并受促织恩荫。闻之：一人飞升，仙及鸡犬。信夫！”

这篇小说围绕一只小小的促织的得而复失，失而复得，细致入微地刻画了成名一家的悲“喜”剧。他们的悲是对荒淫残酷的统治者的血泪控诉；他们的“喜”更是一种尖锐深刻的批判。因为这是以九岁的幼儿的死换来的。篇末异史氏曰：“天子偶用一物，未必不过此已忘；而奉行者即为定例。加以官贪吏虐，民日贴妇卖儿。更无休止。故天子一跬步，皆关民命，不可忽也。”笔墨含蓄，讽刺辛辣，值得反复深思。

《促织》这篇小说的主题明确，思想性也很强。从故事情节来看似乎有些荒诞不经，其实《促织》的作者是从现实生活中提炼出它的题材和主题的。小说的背景是在明代宣德年间，一开头就说“宣德间，宫中尚促织之戏，岁征民间”，这一安排是有历史根据的。据《万历野获编》卷廿四“伎艺类斗物条”记载：“我朝宣宗最娴此戏，曾密诏苏州知府况钟进千个。一时语云：‘促织瞿瞿叫，宣德皇帝要’。此语至今犹传。”这里说得很清楚，皇帝爱斗促织，不仅有专差采办，而且仅苏州地即敕令征收上品促织一千头，全国数目可知。[1]另外《明小史》还记载了一个宣德的苏州粮长为了一头上贡的促织，夫妻“畏法”自缢的故事。[2]可见蒲松龄的《促织》完全是取材于现实，绝非“传闻异辞”。[3]

但是，生活在清康熙朝的蒲松龄为什么要选取明朝宣德时期的故事来写作呢？这是有所寄托，寓有深意的。作品描绘的虽然是前朝故事，批判的锋芒却是指向当时的社会现实。因为《促织》这样的悲剧在封建社会里是普遍存在着的。明代如此，清代又何尝不是如此呢！据近人邓之诚《骨董琐记》卷六“蛐蛐罐”记载，在吴三桂旧宅掘土种花时，曾“得蛐蛐罐极多”，其中就有很多是康熙朝所制。这说明康熙朝斗蟋蟀之风也很盛行。因此，统治者于征租、私赋之外，以小虫微物靡费人力，骚扰民间，迫害百姓是可以想见的。另外，康熙朝虽史称“盛世”，但是吏治同样窳败，官贪吏虐，用各种名目敲诈百姓，使人民苦不堪言。蒲松龄目击当时人民的苦难生活，感于民情，发之笔端，于是从封建统治阶级迫害人民的种种形式中，取其细者，因小见大，来揭露当时的政治黑暗。由于康熙时文网森严，因而便借明朝宣德时期的故事影射现实，以古讽今，对贪官虐吏做无情的抨击，对最高封建统治者进行委婉的规劝，为人民的困苦的悲剧命运大声呼喊，振笔请命。这是蒲松龄《促织》的真正可贵之处。

《促织》这篇小说在艺术上也独具特色，特别是情节的曲折多变，布局的奇妙，可以算得上是古典短篇小说中的上品。欧美古典短篇小说，善于追魂摄魄地

---

① 又见明王世贞《四朝丛记》记载一道宣宗朱瞻基在宣德九年七月给苏州知府况钟的敕令：“比者内官安儿吉祥采取促织，今他所进数少，又多细小不堪，已敕令他末后自运要一千个。敕至，你可协同他干办，不要误了。”

② 《明小史》：“宣宗酷好促织之戏，遣取之江南，价贵至数十金。枫桥一粮长，以郡督遣觅，得一最良者，用所乘骏马易之。妻谓骏马所易必有异，窃视之，跃出为鸡啄食，惧自缢死。夫归伤其妻，且畏法，亦自缢焉。”

③ 清人王渔洋评《聊斋志异·促织》说：“宣德治世，宣宗令主”，“以草虫纤物殃民至此”是“传闻异辞”。

刻画心灵变化的辩证法，而我们中国的古典短篇小说则往往擅长于声情并茂地展示事件发展的辩证法。《促织》的情节构思就很值得玩味。

《促织》情节构思的特点，首先在于情节离奇，变化莫测，波谲云诡，引人入胜。这篇小说始终围绕着蟋蟀的得失和主人公的悲惨遭遇，呈现出异常曲折的情节变化。作品开始描写成名捉不到合格的促织，受杖责，转侧床头，唯思自尽。这时情节突然一转，成名绝处逢生，在驼背巫婆的指点下，捕得一头俊健促织，于是举家庆贺。但情节至此又一大转折。这只俊健异常的促织却被成子弄死，成子畏惧而跳井自杀，成名又落到虫毙儿死的悲惨境地，情绪也由喜变忧。作者在推进故事发展过程中，刻意盘旋，悬念迭出。最后成子魂灵幻化为轻捷善斗的促织，进献宫中，得到皇帝赏识，成名因而得入邑庠，过着豪富生活。整个情节就是这样几经曲折，波澜既大且多，险象频起，真是悲止喜来，喜极生悲，悲极复喜，福祸环生，一波未平，一波又起，如惊涛骇浪，激荡翻卷，又如层峦叠翠，峰回路转。这样的写法，绝非作者有意舞文弄墨或炫耀艺术技巧，而是紧紧扣住促织的得失这一条主线来进行的。因此不仅意义深远，也颇耐人品味。

《促织》情节构思的第二个特点是情节的局部有头有尾，自成故事。小说的高潮之一是斗促织。斗盆里两头小虫相斗的胜负决定着成名一家的生死祸福。角斗双方的强弱又是如此悬殊：一头是由成子的灵魂幻化的促织，短小劣弱；一头则是庞然修伟的“蟹壳青”。在极端不利的情况下，经过情节的三个顿挫：先是小虫“蠢若木鸡”，不肯斗，但在屡屡撩拨下，小虫突然“暴怒”，“遂相腾击，振奋作声”，最后以小虫“直龁敌领”取胜，成名大喜过望。但这时一只雄健的公鸡突然闯来，一啄、二逼，到第三回合，小促织已落在鸡爪之下。成名“仓卒莫知所救”，而小虫却又出人意料地突然叮到了鸡冠上。在比斗过程中，成名的心情如波涛起伏，一会儿“自增惭怍”，一会儿大喜，一会儿骇立惊呼，一会儿“顿足失色”，一会儿又惊喜。随着戏剧性的比斗的过程的进展，成名的心情也瞬息万变，真是跌宕起伏，一波三折。这种从整体到局部都显得奇异惊人的情节构思，紧紧抓住了读者的心灵。更大的笔底波澜激起了读者更强烈的感情波澜，使读者在与被迫害者感同身受，顿足失色之余，更加痛恨制造悲剧的皇帝。

《促织》情节构思的第三个特点表现在成子幻化为促织这一富于浪漫主义幻想色彩的情节设计上。鲁迅说《聊斋》是“用传奇法，而以志怪”。[①] 这就是说《聊斋》兼有“志怪”和“传奇”之长。成子幻化促织的情节，充满着丰富的幻想。这一看似怪诞的情节，却深刻地反映了反常的社会现实，它使人强烈地感到统治阶级斗蟋蟀的金盆盛满了人民的血和泪。作者把自己的所感所忿都寄寓在幼儿化为促织这一动人的形象之中了。成名寻找促织时，“壁上小虫，忽跃落襟袖间”和小虫战胜“蟹壳青”后，“翘然矜鸣，似报主知”的描写，显得富有情味，暗示俊健的促织和成名之间感情上的联系和深深的默契。直到结尾处，作者照应前文，作了交代：“后岁余，成子精神复旧，自言：‘身化促织，轻捷善斗，今始苏耳。’”我们才恍然大悟，原来那头善斗的促织乃成子魂灵所化。透过这一精心的情节设计，我们强烈地感到了成名一家人为成名悲惨遭遇而深切的忧虑，我们共同分担痛苦的动人愿望。从而可以看出，在成子幻化的促织形象身上，作者倾注了自己对成名家破人亡的悲剧的深切同情和对封建官吏的强烈的控诉。正是由于有抒发这种强烈感情的需要，作者才大胆地采取了完全基于幻想的奇特的情节构思。

《促织》故事的结局处理是有缺点的，或者说是败笔。因为作者画蛇添足地加上了县宰“免成役，又嘱学使，俾入邑庠”，“抚军亦厚赉成，不数岁，田百顷，楼阁万椽，牛羊蹄躈各千计，一出门，裘马过世家焉”等情节。这些描写，在现实中是不可能存在的，也是违背生活发展的逻辑的，削弱了对封建统治阶级的揭露和批判。这无疑是作者世界观落后因素的反映。但是，从这个结尾的客观意义来看，人们也会想到“操童子业，久不售”的成名，只是在上交合格促织之后，才得以“入邑庠”。所谓科举取士的虚伪性在这里就不言自明了。

① 鲁迅：《中国小说史略》，载《鲁迅全集》第9卷，人民文学出版社，2005，第216页。

艺术与道德并存

——读《聊斋志异·西湖主》随想

一位作家的生活经历、人生态度、道德观念乃至游移不定的心态，总是对创作起着极为重要的作用。德国伟大作家歌德在谈到自己作品时曾说："我所有的作品，都不过是一个伟大告白的片段。"《聊斋志异》从整体来看，在一定意义上也是一个伟大的"告白"。这"告白"就表现在作品中始终贯穿着蒲松龄的个人性格和人生哲学，而其中的每一篇代表作又都不过是他伟大"告白"中的一个片段。这就是这部短篇小说集统一性中所包罗的多样性。因此，不论作者采用什么样的题材，也不论他变换什么样的手法，他所写的作品都是他所体验的丰满人生的一个方面。所以我们读《聊斋志异》时，往往能从统一性中见到多样性，又能从多样性中领略到它的统一性，这正是蒲松龄这位大师的天才所在。

从一定的人生感悟出发，蒲松龄在他的作品所反映的人生世相中，渗透着强烈的爱憎。他一面以厌恶的、战栗的心，展示着这个黑暗社会给他的种种噩梦，一面用热情、迷醉的歌喉，唱出对生活美的追求。这一正一反两个方面互为经纬，交织在蒲松龄的全部创作中。诚然，如很多研究者所论，《聊斋志异》是作者一生血泪之结晶，一腔块垒之倾泻。他时而将那可诅咒的时代尽情地诅咒，时而在谐谑嘲讽中对丑类痛加鞭笞，又时而借幻化的鬼狐来控诉那人间的不平。但是，不能否认，在《聊斋志异》中，爱，尤其是爱人，与人为善，恻隐之心，是它的另一部分代表作的基本主题和中心思想。在作者笔下，爱的神经是那样灵活敏锐，爱的触角又是那样无所不至。对双亲，对朋友，对兄弟，对山山水水，自然无所不爱，爱得深沉，甚至对一株株花草、一只只虫鸟，也往往以爱的眼光去观察、去体味，并以此来回顾人生，默察社会。因之，笔触所及，也就充满情趣、温馨、甜美。尽管作者笔下涌现的往往只是他个人独有的感触，然而却触发了读者以各自的经历和眼光去做不同的体会和联想，从而获得艺术享受。要说这个天地不如前者那样广袤，那也许是对的，然而却不能说它是苍白的。它所激发的是向上的进取的勇气，它所展现的仍然是一个丰满完美的感情世界。正是在这种爱中，我们感觉到了导人向善求真、去丑求美的一种动力。

你不妨翻开《聊斋志异》浏览一番，作者为我们塑造了多少助人为乐的花妖狐魅的动人形象啊！《红玉》中的红玉主动帮助贫士冯相如娶了妻子卫氏，并在以后帮助冯生重整破碎了的家园;《封三娘》里的封三娘热情帮助好友范十一娘择婿;《小翠》中的小翠为了报恩，不仅治好了王太常儿子王元丰的呆痴，而且帮助王太常在险恶的官场倾轧中渡过了难关。对于这种无条件做好事的人物，作者都给予了很高的褒奖，也为他们安排了美好的结局。至于《聊斋志异》中许多禽兽助人和报恩的故事，更是举不胜举。像《赵城虎》写老虎代人养老送终;《象》写大象掘象牙赠恩人;《义犬》写狗泅水救活落难之人，并代为找到仇人；等等。此外，像《宦娘》《章阿瑞》等是写女鬼助人。总之，在这些故事里，人物多是些小人物，形象大多是花妖狐魅、飞禽走兽，但是，作者却让我们从他们身上看到了美好的灵魂、美的道德、美的感情，让人深深感受到了那种净化精神世界的力量。

我们这里要谈的《西湖主》，在《聊斋志异》那些导人向善求真的精品中也是具有代表性的。小说写穷书生陈弼教在洞庭湖救了一条猪婆龙，后来遇大风覆舟，漂至一处，误入西湖主园亭，先被问罪，后被鱼婢传词，与西湖主结为良缘。原来公主的母亲就是陈生曾搭救过的猪婆龙。从表面看来，这篇小说的题旨不外是说人有恻隐之心，必有好报。但是，对于它的立意、旨趣还不好过早地就判定为“平庸”。尽管这则故事纯粹是虚构，然而作品本身却说明：作者发现了人民中间蕴藏着的精神道德的美的矿藏。作者不仅是抓住了恻隐之心、助人为乐和与人为善这个动人的主题，更难得的是，他发现了又写出了人们心灵上的美。作者似乎感觉到，这种美德具有很大的改造社会和改造人的潜化力量。为此，在《西湖主》

这则幻想故事里，他只写善，不写恶。作者这样处理，是从正面寄托渴望人与人关系改善的社会理想。因为只有对现实认识的深化，才能通达于幻想。所以《西湖主》与其说是幻想化的社会生活的写照，不如说是作者审美理想的艺术象征，他是从特异的世界里去探索真善美，因此，它隐喻着更广大得多的人生内容和心灵蕴含。

为了进一步了解《西湖主》的这一写作要旨，我们不妨参之以小说以外的作者的论著，也许这样会更清晰地领会蒲松龄写作这篇小说的旨趣所在。

在《放生池碑记》中，蒲松龄提出了“爱者仁之始，仁者爱之推”。他认为，有无恻隐之心，爱人之心，这是人和禽兽区别的根本标志。在《为人要则》的十二项立身处世之道中，有许多条目，也都是倡导“爱人”，要“与人为善”的。他指出，劝人做坏事易，而劝人做好事难。唯其难，所以更应竭尽全力去做。他还认为，在帮助他人渡过危难、克服险境时，应该“生死以之，劳何辞，怨何避焉”。一个人如果达不到这种精神境界，必然会与人为恶，“甚至骨肉之间，亦用机械，家庭之内，亦蓄戈矛”。于是，他高声呼吁人们要扬仁爱精神，做到“与人为善，不亦乐乎”。

蒲松龄尊奉儒学，这些思想观点仍然没有离开儒学轨迹。但是，如果把蒲松龄在书中写的这种“爱人”和“与人为善”的要则放到当时特定环境中去考察，那么它就有了另一种意义。鲁迅先生在《我们现在怎样做父亲》一文中就曾经说过:“中国的社会，虽说‘道德好’，实际却太缺乏相爱相助的心思，便是‘孝’‘烈’这类道德，也都是旁人毫不负责，一味收拾幼者弱者的方法。在这样的社会中，不独老者难于生活，即解放的幼者，也难于生活。”蒲松龄从充斥冷酷和仇恨的社会现实生活中，深切地感到了这一点，所以他格外热情地描写了一批助人为乐的故事，用艺术的强光照出潜藏于普通人民内在的心底的美情感、美道德，在阴冷的现实中投下一点光明和温暖。试想，当民族道德在封建专制主义统治下受到严重摧残，不断沉沦，出现了崩溃的危机时，作者却用“爱人”的甘露来浇灌那些干涸了的心田，用小说透视出人们美好的灵魂，并把他们移到纸上，又移到千百万人民的心中，这将具有怎样的意义啊！

当然，艺术不应是道德的说教，但它却是“人的一种道德活动”[①]。由此，我想到《西湖主》这篇小说的立意虽然在于宣扬人有恻隐之心，必有好报，强调了有德必报，感恩报德，乍看似乎“平庸”，但在那恶俗浇漓的社会，尔虞我诈像梦魇似的压在人们心头时，这样的道德一经蒲松龄赋予美的形象和新的意义，并且作为一种理想境界来抒发，展现出普通人的情操美，于是就使这篇小说在题旨上具有了一种精神道德的力量。不过，人们也不难看到，蒲松龄恪守的所谓“爱人”“与人为善”的“为人要则”，真正要挽回浇薄的世风，纯粹是一种空想。正是由于时代、世界观使然，作者无法找到人性复归的科学途径，看不到欲达复归，必须首先进行彻底的社会变革，根除导致人性异化的整个旧社会的基础。他只能寄希望于所谓的“审美教育”，即从文学的感化、感染入手，使人们普遍懂得区分美丑善恶，从而倾心美与善，摈弃丑与恶，实现人性复归。蒲松龄的思想、创作，正是停留在这个阶段。当然，这只是一种无从实现的善良愿望，从一定意义上说，也是蒲松龄的精神悲剧。

话说回来了，文艺毕竟不应成为道德原则的图解，人物形象不应成为道德精神的传声筒。如果说《聊斋志异》中确有不少篇什充满了封建说教或图解概念的毛病，那么，《西湖主》这则生动隽永的小说却把善和美水乳交融地结合起来，并塑造出活生生的有血有肉的人物形象，于是这篇小说的认识意义、审美价值和道德影响三者紧密地联成一体，构成了真善美的结晶。

蒲松龄对普通人的道德形态的探索，并没有局限在爱情婚姻范围内，而是还表现在对下层人民诚实、淳厚、爱美等道德元素的发掘上。《西湖主》一个很值得注意的特色是：它不像《聊斋志异》的很多作品那样，通过美与丑的对峙、交锋

① 车尔尼雪夫斯基语。

和善与恶的对照来塑造人物，而是径直地从对生活中美好事物的提炼中获得表现真善美的动力，集中力量刻画小说中的人物。

陈弼教是一位忠厚、诚笃和善良的穷书生，当我们开始接触到这个人物时，感觉到他确实有一股书呆子的“痴”劲儿。你看，当他的上司贾绾射中了猪婆龙，“锁置桅间，奄存气息；而龙吻张翕，似求援拯”时，就立即触发了他的恻隐之心。他不仅请求贾绾释放了猪婆龙和衔龙尾的小鱼，而且用金创药“戏敷患处，纵之水中”。短短一段破题，就把这个善良、充满同情心和憨态可掬的书生形象勾画出来。后来，他再经洞庭湖，险遭灭顶之灾，方才脱险，看到童仆的尸体漂来，就又“力引出之”。紧跟着写他在慌乱之中，因为急不择路，误入西湖主禁苑，偶拾西湖主红巾，诗兴大发，竟然不顾处境的险恶，情不自禁地在公主的红巾上题了一首情诗。在接连触犯宫禁被查获后，又毫不掩饰，坦白是自己拾到并玷染了红巾。这一连串的行动，表现出这位贫苦出身的书生总是待人以诚，存心与人为善，他信守着灵魂的天真，像是一片未被仇和恨污染的世界。他比世俗中的一般少爷公子们保留着思想上更多的童蒙状态，保持着那个社会里最难能可贵的品质——“无邪”之心。蒲松龄从这种原始民风里找到了他渴望的人情美，在他看来，只有这种向善的情感和道德才是人的本来面目。故事几经跌宕起伏，最后陈生终于因祸得福。作者让这个善良、诚实和好心的书生分身为二,一个享尽人间富贵，一个过着神仙生活。陈生何以获得这样理想、美好而奇异的结局呢？作者回答说:“皆恻隐之一念所通也。”应当说，陈生这个人物向我们多少揭示了一些人生的真谛，给当时和现在的人们的心灵投来了闪亮的光束。

蒲松龄以艺术家特有的敏感，钻探、开掘着人的德性美，细腻地描绘了人物的行为与性格，致使他的作品迸射出一种耐人寻味的理性火花，引导人们探索理想之路。陈生的形象，好像是作家的眼睛，带着作家挚爱的感情，也带着作家的憧憬，既蕴藉着作家对生活的审美评价，又有着作家的心灵探索的沉思。而作家的人道主义精神正在这里得到了充分的显现。

情节是由性格决定的，又是为塑造形象、表现主题服务的，这是叙事性文艺创作的共同规律。“文似看山不喜平”，故事情节的曲折而富有变化向来是我国古代小说的突出的艺术特色之一。我国古代不少文论家在总结文艺创作经验时指出：“凡作人贵直，而作诗文贵曲。”[①]“文章要有曲折，不可做直头布袋。”[②]金圣叹在总结戏曲小说情节艺术创作规律时更加强调：“文章之妙无过曲折，诚得百曲千曲万曲，百折千折万折之文，我纵心寻其起尽，以自容与其间，斯真天下之至乐也。”他对《水浒传》的评点中，也一再称赞《水浒传》行文“有波折”，“千曲百折”，“处处不作直笔”。毛宗岗曾经对《三国演义》的故事情节的曲折性也大加赞扬，他在评点中，称赞书中对吕布与董卓之间矛盾纠葛的描写是“波澜倏起倏落，大有层次”，称赞书中刘备与徐庶相遇一段文字是“何其纡徐而曲折也”。

有前人的多方面的开拓和经验的总结，蒲松龄更是逞其雄长，他的小说极尽曲折之能事，波谲云诡，蔚为大观。这位善于编织故事的作家，在艺术上经常采用曲折翻腾法，熟练地运用欲歙故张、欲擒先纵的手法，把读者引导到一个未知的境界，时时有所期待，有所蠡测，有所担心，因此《聊斋志异》的故事多能使读者兴趣盎然，具有吸引人的魅力。《西湖主》这篇小说构思的特点就在于情节离奇，变化莫测，委曲婉转，引人入胜。

蒲松龄的笔底波澜总是以人物为中心来组织故事安排情节的。《西湖主》一开头就对主人公做了概括介绍，并且揭示出他性格的一个重要侧面，构成了故事展开的基础，然后抓住他的主要性格特征，迅速把矛盾铺开，并推向高潮。这样就把人物刻画和故事情节结合在一起，既通过故事情节的发展刻画人物，又通过人物性格的展示反过来加强了小说的故事性。小说写因陈生迷路误入西湖主禁苑，被婢女发现，先是惊问：“何得来此？”又问他，“拾得红巾否？”

① 袁枚：《随园诗话》。

② 元遗山语。参见林纾：《春觉斋论文》。

生曰："有之。然已玷染，如何？"因出之。女大惊曰："汝死无所矣！此公主所常御，涂鸦若此，何能为地？"生失色，哀求脱免。女曰："窃窥宫仪，罪已不赦。念汝儒冠，欲以私意相全；今孽乃自作，将何为计！"遂皇皇持巾去。生心悸肌栗，恨无翅翎，惟延颈俟死。迂久，女复来，潜贺曰："子有生望矣！公主看巾三四遍，冁然无怒容，或当放君去。宜姑耐守，勿得攀树钻垣，发觉不宥矣。"

文势一起一落，时而雷震霆击，阴霾满天；时而凤管鹍弦，光风霁月；山穷水尽之时，却又异峰突起；正觉险阻难通，忽而豁然开朗，往往微澜似平而大波即起，把读者的关注完全吸引到主人公的命运变化里去。

正当陈生等待公主发落，"眺望方殷"之际，"女子坌息急奔而入，曰'殆矣！'"原来是"多言者泄其事于王妃，妃展巾抵地，大骂狂伧"。陈生当听说"祸不远矣"时直吓得面如死灰，一霎时人声嘈杂，数人持索，气势汹汹地前来捉拿陈生。正值危难之时，一婢女认出了陈生，说是等禀报王妃以后再作处置。"少间来，曰'王妃请陈郎入'。生战惕从之。"小说的整个情节就是这样几经顿挫，笔底波澜既大且多，险象频起，真是惊和喜交替出现，祸和福互相转化，一波未平，一波又生。情节的这种曲折变化，速度急，力度强，起伏陡峭，确实显示出蒲松龄讲究布局的艺术技巧。清人但明伦在对这篇小说总评中就极力称赞蒲松龄的"奇思别想"，他说：

前半幅生香设色，绘景传神，令人悦目赏心，如山阴道上行，几至应接不暇。其妙处尤在层层布设疑阵，极力反振，至于再至于三，然后落入正面，不肯使一直笔。时而逆流撑舟，愈推愈远；时而蜻蜓点水，若即若离。处处为惊魂骇魄之心，却笔笔作留风迴云之势。

但是，应当看到，这样的写法虽然是作者匠心独运，却又绝非有意炫耀技巧，而是紧紧扣住主人公命运的变化这一条主线来进行。蒲松龄经营建构的特色也正在这里。

蒲松龄不愧是一位写故事的能手。当然一味编故事是写不出感人肺腑的好作品的，不过缺乏戏剧性的小说也是生气索然的。正是这种戏剧性，使得《西湖主》这篇小说生气盎然。因此要谈这篇小说戏剧性的构成，就不能不谈到蒲松龄善于设置戏剧性悬念的高超的艺术手法。

戏剧性产生于悬而未决的冲突，更确切地说，戏剧性的悬念产生于矛盾冲突的错综复杂的发展过程。蒲松龄通过陈生翻船落水，漂泊到湖君的禁区，私游花园，深入宫殿，偷窥公主射猎和荡秋千，并在公主红巾上题下情诗等一系列触犯宫禁的情节，置陈生于矛盾冲突的焦点，从而围绕着陈生的命运形成一个强烈的总悬念——是祸还是福？而在高潮出现之前，作者又设置了若干局部悬念相配合，在情节进行过程中，连续打上几个小结，在解决一个危机的同时，又制造出另一个危机，使进展性的紧张感逐步加强，使情节在冲突的顶点上腾挪跌宕。你看，作者驱使婢女四次来向陈生透露公主捉摸不定的情绪和王妃的喜怒变化：先是“一女掩入，惊问”，又是“女复来，潜贺曰”，再是“无何，女子挑灯至”'，后来是“女子坌息急奔而入”。通过婢女这几次特异的行动，揭示了福祸全系于公主的一念和王妃的片言，使六神无主的陈生祸福环生，安危莫测。在这里，总悬念和局部悬念有机配合和相互作用，造成一环扣一环、一浪高一浪的艺术效果，最后把高潮写得笔酣墨饱。

总之，蒲松龄设置悬念是吸引读者的一个绝妙手法，不论是布置疑团眩人耳目，也不论是用惊人之笔点明其中奥妙，都是为了激起读者的好奇心。但是这毕竟是手段，真正的目的，还是通过悬而不决的情节的进展，充分显示面对这些事体，同时也是造成这些事件的陈生的心理、态度和思想感情的起伏，以及人物之间关系的变化。而这正是蒲松龄笔底波澜的高明杰出之所在。

一位古代小说家的文化反思

——吴敬梓对中国小说美学的拓展

吴敬梓的《儒林外史》为什么是一部伟大的小说？我认为其中很重要的一个因素，是吴敬梓把他直接感知的封建时代人文知识分子的生活和情感写进了他的作品，而且感知的程度是如此深刻。

如果考察吴敬梓的小说创作，不能不看到我国古典长篇白话小说如下的发展轨迹：从纵向看，随着封建社会的逐渐走向解体和进入末世，文艺的基本主题也逐渐由功利的政治文化的外显层次发展到宏观的民族文化的深隐层次。小说家们纷纷开始注意由于经济生活方式的转变而牵动的社会心理、社会伦理、社会风气等多种社会层次的文化冲突，并且自觉地把民俗风情引进作品，以此透视出人们的心灵轨迹，传导出时代演变的动律。这就不仅增添了小说的美学色素，而且使作品负载了更深沉的社会内容，反映出历史变动的部分风貌。《儒林外史》正是这种审美思潮的产物。

从横向看，《儒林外史》在当时小说界也是别具一格，从思想到艺术都使人耳目一新。吴敬梓在小说中，一方面强劲地呼唤人们在民族文化的择取中觅取活力不断的源头，即通过知识分子群体的、批判的自我意识，来掌握和发扬我们民族传统的人文精神，另一方面，把沉淀于中国知识界的文化—心理结构中没有任何生命力的政治、社会和文化形态——八股制艺和举业至上主义——特别是那些在下意识层还起作用的价值观念加以扬弃，从而笑着和过去告别。

一、小说视野的拓展

我国古代长篇白话小说在几百年的发展过程中，就小说观念更新的速度来考察，应当说并非迟缓。事实是，从《三国演义》《水浒传》奠定了稳定的长篇小说格局，就给文坛和说部带来过欣喜和活跃。这是小说机体内部和外部的一切动因同愿望所使然。小说历史在不断演进，这是客观存在的事实，小说观念必变，这是艺术发展的必然规律。而我国古代小说发展变化的突破口，是小说视野的拓展。视野作为小说内在的一种气度的表现，作为小说自身潜能的表现，是逐渐被认识的。这表现在小说观察、认识、反映领域的拓展和开垦等方面。

有的学者对小说文体演进的历史曾做过轮廓式的描述，认为如果对小说发展的历史进行整体直观，就会发现无论在中国还是世界，小说发展都经历了三大阶段：一为生活故事化的展示阶段；二为人物性格化的展示阶段；三为以人物内心世界审美化为主要特征的多元的展示阶段。作为一种轮廓式的概括，我对此没有异议。然而，若作为一种理论框架，企望把一切小说纳入进去，则难免捉襟见肘。“三阶段”之间的关系是什么呢？三者能够完全割裂和对立起来吗？且不说最早的平话、传奇故事是不是也写了人物的性格和命运，也不说“性格”和“命运”是不是须以“情节”为发展史，只就审美化的心理历程而言，就可以发现，中国长篇白话小说发展到《儒林外史》《红楼梦》时期，就已经得到了较为充分的展示，不好说它们还停留在第二阶段的小说形态上。

事实是《儒林外史》《红楼梦》已经从对现实客观世界的描述，逐渐转入了对人物内心世界的刻画，而且这种刻画具有了多元的色素。只是中国小说内心世界的心灵审美化的展示，有其固有的民族特色而已。《儒林外史》和《红楼梦》一样，都是一经出现就打破了传统的思想和手法，从而把小说这种文类推进到一个崭新阶段。

《儒林外史》像《红楼梦》一样，它已经从功利的、政治文化的外显层次，发展到宏观的、民族文化的深隐层次。从小说视野的更新的角度看，吴敬梓注意到了因社会的演进和转变而牵动的知识分子的心理、伦理、风习等多种生活层次的文化冲突，并以此透视出人文知识分子的心灵轨迹，传导出时代变革的动律。吴敬梓的《儒林外史》对形形色色知识分子的悲喜剧，实质上是做了一次哲学巡礼。

他的《儒林外史》的小说美学特色，不是粗犷的美、豪放的美，更不是英雄主义的交响诗。他的小说从不写激烈，但我们却能觉察到一种激烈。这是蕴藏在知识分子心底的激烈，因而也传递给了能够感受到它的读者。因此，《儒林外史》的小说美学品格，有一种耐人咀嚼的深沉的意蕴。这表现为小说中有两个相互交错的声部：科举制度和八股制艺对于知识分子来说，无论贫富，无论其生活和政治生涯如何，它总是正剧性的——这是第一声部，作者把这一声部处理成原位和弦；作者将科举以外的内容，即周进、范进、马二先生等人的悲歌，作为第二声部，把它处理为变和弦，具有讽刺喜剧旋律。变和弦在这里常有创作者的主观色彩。作者在把握人物时，并不强调性格色彩的多变，而是深入地揭示更多层次的情感区域，研究那种非常性的、不合理的、不合逻辑的、甚至是变态的心理。人的情感在最深挚时常常呈现出上面诸种反常，人的感情发展或感情积蓄，也往往不是直线上升，而是表现为无规则的、弯弯曲曲的、甚至重又绕回的现象。吴敬梓对科举制度的批判，正是通过这种对人性的开拓、对人的内在精神世界的开拓达到其目的。

还应看到，在你读《儒林外史》时，总有一种难以言传的味道。我想，这是吴敬梓对小说美学的另一种贡献，即他在写实的严谨与写意的空灵交织成的优美文字里，隐匿着一种深厚的意蕴：一种并无实体，却又无处不在、无时不有，贯注着人物性格故事情节、挈领着整体的美学风格并形成其基本格调的意蕴。我以为那该是沉入艺术境界之中的哲学意识，是作者熔人生的丰富经验，对社会的自觉责任感与对未来美好的期望于一炉、锻炼而成的整体观念，以及由此产生的审美态度。他能贴着自己的人物，逼真地刻画出他们的性格心理，又始终与他们保持着根本的审美距离。细致的观察与冷静的描述以及含蓄的语气，都体现着传统美学中静观的审美态度。

对于艺术感情的表达，席勒说过这样的话：一个新手就会把惊心动魄的雷电，一撒手，全部朝人们心里扔去，结果毫无所获。而艺术家则不断放出小型的霹雳，一步一步向目的走去，正好这样完全穿透到别人的灵魂。只有逐步打进、层层加深，才能感动别人的灵魂。吴敬梓写《儒林外史》正是采用了这种不断放出小霹雳、逐步打进、层层加深的艺术手法，通过形象的并列和延续，逐渐增强感情的力度和穿透力。

一幅幅平和的、不带任何编织痕迹的画面，给我们留下了深刻印象：它恬淡，同时也有苦涩、艰辛、愚昧。一个个日常生活中最常见和最微小的元素，被自由地安排在一切可以想象的生活轨迹中。这些元素的聚合体，对我们产生了强烈的甚至是主要的影响：它使我们笑，使我们忧，使我们思考，使我们久久不能平静。这就是吴敬梓在《儒林外史》这部小说中为我们创造的意境。这里显现出一个小说美学的规律——孤立的生活元素可能是毫无意义的，但是系列的元素所产生的聚合体被用来解释生活，便产生了认识价值。《儒林外史》正是通过这种生活元素的聚合过程，使我们认识了周进、范进，认识了牛布衣、匡超人，认识了杜少卿，认识了生活中注定要发生的那些事件，也认识了那些悲喜剧产生的原因。《儒林外史》这样一部近四十万字的长篇小说，这样一部没有多少戏剧冲突的近乎速写的小说，就是全凭作者独特的视角，借助于生活的内蕴，而显示出它的不朽魅力的。

从我国小说中经典性作品《三国演义》和《水浒传》发展到《红楼梦》和《儒林外史》时期，我们可以明显地发现小说视野的拓展和更新。往日的激情逐渐变为冷峻，浪漫的热情变为现实的理性，形成了一股与以往全然不同的小说艺术的新潮流。当然，有不少作家继续沿着塑造英雄、歌颂英雄主义的道路走下去，但是我们不难发现，他们所塑造的英雄人物，已经没有英雄时代那种质朴、单纯和童话般的天真，因为社会生活的多样化和复杂性，已经悄悄地渗入到艺术创作的心理之中。社会生活本身的那种实在性，使后期长篇小说的普通人物形象，一开始就具有了世俗化的心理、性格以及人性被扭曲的痛苦和要求获得解脱的渴望。这里，小说艺术哲学中的一个重要范畴——悲剧——的含义，也发生了具有实质意义的改变：传统中，只有那种英雄人物才有可能成为悲剧人物；而到后来，一切小人物都有可能成为真正的悲剧人物。

小说艺术的发展历史，也往往有惊人的相似之处。我曾提到一位当代作家的感觉：文学上的英雄主义发展到顶点的时候就需要一种补充。要求表现平凡，表现非常普通、非常不起眼的人……这就是说，当代小说有一个从英雄到普通人的小说观念的转变。事实是，在我国，小说经历了漫长的发展过程，而在最后，即小说创作高峰期，出现了《儒林外史》和《红楼梦》这样具有总体倾向的巨著。它们开始的自觉对人心灵世界的探索，对人的灵魂奥秘的揭示，对人的意识和潜意识的表现，把小说的视野拓展到内宇宙。当然这种对内在世界的表现，基本上还是在故事情节发展过程中、在人物形象塑造中来加强心理描写的。这当然不是像某些现代小说那样，基本上没有完整情节，对内心世界的揭示突破了情节的框架。但是，内心世界的探求、描写和表现，不仅在内容上给小说带来了新的认识对象，给人物形象的塑造带来了深层性的材料，而且对小说艺术形式本身，也产生了极大影响。这就是我国古代小说从低级形态发展到高级形态的真实轨迹，这才是《儒林外史》等杰作在小说视野本质上的拓展。从这个意义上说，中国古代小说的发展过程，也可以说是一步步向人自身挺进的过程，一步步深化对人的本体和人的实践的认识和感受的过程。

二、小说家的历史反思

列夫·托尔斯泰在《艺术论》一书中反复强调这样一个意思，即艺术的感染力最重要的是艺术家所要表达出的思想感情。他说："艺术的印象（换言之，即感染）只有当作者自己以他独特的方式体验过某种感情而把它传达出来时才可能产生，而不是当他传达别人所体验而由他转达的感情时所能产生。"[①] 这段话对于一个小说家尤为重要，小说家对生活必须有自己的感知和体验。叔本华在他的《作为

① 托尔斯泰:《艺术论》，人民文学出版社，1958，第 107 页。

意志和表象的世界》一书中论及主体和客体关系时说：

> 假定一种自在的客体，不依赖于主体，那是一种完全不可想象的东西。因为〔客体〕在作为客体时，就已经是以主体为前提了，因而总是主体的表象。[①]

这种表述，对认识艺术家和他所描写的对象的关系，是有道理的。无论多么丰富的现实生活（客体），不为艺术家（主体）所感知，也就没有了艺术。18 世纪中叶中国封建贵族的生活，不为曹雪芹所感知，便不会有《红楼梦》这样的艺术珍品。同样，漫长的封建科举制度和举业至上主义不为吴敬梓所深切感知，便不会有《儒林外史》这样的伟构佳作。

进一步说，我们初读吴敬梓的小说，常为他近乎淡泊的笔调所惊异，世态的炎凉冷暖、个人感情的重创、人格的屈辱、亲人的生死离散，都以极平常的语气道出。那巨大的悲苦，都在悠悠的文字间释然，真使人喟然而惶惑。然而这意蕴的产生，正是来源于吴敬梓亲自感知，即家庭中落、穷困潦倒的生活所引发的深沉的人生况味的体验和人的精义的思索。

然而吴敬梓之所以伟大，绝不是停留于他感喟举业中人的利欲熏心、名士的附庸风雅和清客们的招摇撞骗、官僚的营私舞弊、豪绅的武断乡曲，以及他们翻云覆雨的卑污灵魂和丑恶嘴脸。我之所以认为吴敬梓并没有停留在这些社会表层的溃疡面的揭露，就在于作者在沉思一个巨大的哲学命题：他要唤起民族的一种注意，要人们认识自己身上的愚昧性；因为当历史还处于这样一种愚昧的状态时，我们是不能获得民族的根本变化的。因此，吴敬梓做了一次认真的文化反思。他想到的不仅是知识分子的命运，而且是借助于他所熟悉的知识分子群体来考虑这个民族性格的素质。他以自己亲身感知的科举制度和举业至上主义为轴心，开始

① 叔本华：《作为意志和表象的世界》，商务印书馆，1986，第 40 页。

以一种哲学思考去观察自己的先辈们的民族文化—心理结构和政治生涯。所以吴敬梓在小说中提出的范进、周进、牛布衣、匡超人和杜少卿的命运，并非个别人的问题，而是他看到了历史的凝滞。而正是借助于对科举有着深刻的内心体验，他才极为容易地道破举业至上主义和八股制艺的各种病态形式。作者所写的社会俗相不仅是作为一种文化心理的思考，同时更多的是做了宏观性的哲学思辨，是灵魂站立起来以后对还未站起来的灵魂的调侃，由此我们也看到了吴敬梓小说的一个症结：思想大于性格。

黑格尔曾指出："本质自身中的映象是反思。"[①] 又说："本质在它的这个自身运动中就是反思。"[②] 在黑格尔看来，"反思"概念所显示的运动，不仅是本质的"自己运动"，而且是向本质自身内部深入的"无限运动"。这种运动，不是那种没有质变、没有转化、没有飞跃的机械重复的运动，而是经过辩证否定的环节，向着更加丰富和深刻的本质"变和过渡"的"无限运动"。反思其所以能在理性认识发展中完成一次次飞跃，就在于它是由被认识的本质自身的否定性决定的。用黑格尔的话来说就是"本质的否定性即是反思"。吴敬梓在他的小说中对举业至上主义和八股制艺的批判就如同剥笋一样，剥一层就是一次否定，也就是一次理性认识的飞跃，从而也就是向本质的一次深入，《儒林外史》思想内涵的深刻性首先在于此。

如果从第一个层面进行考察，众所周知，科举制度是隋唐以来封建统治集团培养官僚的主要途径。随着封建统治的日趋没落，科举制度已经异化，它的腐朽性暴露无遗。明代以后，封建朝廷又以八股取士，更是为了强化对人们思想的控制，把人们培养成恪守封建道德规范的精神奴才；而一些读书人，为了跻身于官吏行列，也把八股文当作猎取功名富贵的敲门砖。这种腐朽制度，必然孕育出大批社会蛆虫。吴敬梓本人曾既是科举制度的热衷者，又是它的受害者，所以他的

---

① 黑格尔：《逻辑学》下卷，商务印书馆，2011，第8页。

② 同上书，第14页。

感知来得分外深刻，不能不使他进行历史的反思。因此《儒林外史》一书的重要审美特色是它的反思性。吴敬梓创作《儒林外史》的总体构想，就是对中国封建科举制度和举业至上主义的反思。试看，作者笔下的人物大多具有八股取士造成的畸形变态的品格形式。因此，从政治文化的外显层次来看，吴敬梓出色地揭开了科举取士制的溃疡面，这就势必使那些孳生在腐肉上的蛆虫也连同暴露出来。那一批批拥拥挤挤向着仕途攀爬的家伙，正是封建官僚的后备军。吴敬梓揭露这些候补官吏的丑恶嘴脸，在客观上使人们看到封建吏治这株腐朽大树糜烂的根部，认识到它每况愈下的原因。仅就这一点来说，《儒林外史》的思想意义就已经使它不朽了。

然而更为重要的是，吴敬梓的笔触并没在科举制度上徘徊，因此《儒林外史》也没有停留在这种外显层次上，而是发展到宏观的民族文化的深隐层次。这就触及了什么才是人——尤其是作为国家精英的知识分子——的真正的思想解放问题。这是问题的第二个层面，也是不易为人看透的层面。我们的古代作家往往注意到了他的人物在经济和政治方面的解放的企求。而关于其他方面的解放，特别是对人的认识，对人的精神世界的问题，并没有引起众多作家的普遍注意。可是吴敬梓考虑到了民族精神和民族性格的整个素质问题，并通过几个典型人物的活生生的心灵世界，展示了民族文化的实相，从而强劲地呼唤人们对民族文化的积极扬弃和择取，从而觅取到真正的活力不断的源头。这样，吴敬梓就为我们提出了一个民族精神如何获得解放的尺度问题。

在我们当代的《儒林外史》研究中始终有“丑史”和“痛史”之争。而我之所以长期认为《儒林外史》是一部历史的文化反思性的小说，因为在我看来，反思与批判略有不同，只有科举制发展到它的尽头，人们才有可能对自己进行这种反思。在吴敬梓时代，解决精神结构的问题已经提到历史日程上了。在我们的古代小说中，用精神的办法解决精神结构的问题，过去似未曾有人提出过。我们的小说史上还没有一部像《儒林外史》这样对中国民族文化中的糟粕——八股制艺——所造成的精神悲剧，正面表示深沉抗议，并对此进行反思的长篇。

正是这种深邃的思想和他的小说的厚度，乃使鲁迅先生喟然而叹：伟大也要有人懂！《儒林外史》在一定程度上可以看成特定历史时期内我们民族的精神现象史。它并未过多着眼于代表经济、政治压迫的外部势力对知识界的迫害，而恰恰是集中写知识分子的自我表现和自我感觉，笔锋所向是知识分子在举业至上主义和八股制艺的牢笼下如何冲决精神罗网的问题，这是《儒林外史》高于以往批判诸作的地方。这一方面体现出准确的时代感，另一方面提供了反思的基础。且不说像《水浒传》等作品中的人物还在被迫同外部势力做生死攸关的苦斗，无暇顾及自身的精神如何；就是像"三言""二拍"中的市民和文士，也还不过是在谋求经济、政治和婚姻的解放，尚未触及精神解放问题。《儒林外史》中的人物如周进、范进、牛布衣以至于杜少卿诸人，也仅限于提供反思的基础，人物本身还未能进行这种反思：你对周进、范进等人的精神做何感想？感想当然是各式各样的。所以《儒林外史》的反思性的复杂，正反映了社会上对知识分子精神结构问题的复杂态度。这恰好表明对此进行反思的迫切的需要。

一般地说，一部小说不可能容纳两种相反的立意。但是，在《儒林外史》中可以明显地感觉出作者的情感是悲喜兼有。作家从来都是怀着复杂的感情去写他的人物的，正是《儒林外史》展示的悲喜剧中蕴含有复杂而深刻的感情内容，所以才具有艺术魅力，令读者动容。

在科举制和八股制艺的罗网里，知识分子是"没有自由意志的物体"，举业至上主义造成了心理变态和人性的异化。正由于此，我们在《儒林外史》中可以明显地看到吴敬梓笔下的众生相：凄惨和得意，失败和胜利形成强烈的对比；物质和精神，现实和幻想尖锐地冲突；悲剧和喜剧，眼泪和笑声高度地交融统一，它们形成了巨大的情感冲击波，冲击着读者的灵魂。作者由痛苦的沉思转为发笑，而读者则由发笑转入痛苦的沉思。

由此可见，吴敬梓不是要给一个个知识分子画像。他是历史地、具体地活画出掌握知识但愚昧的知识分子的奴性心理。所以这部小说要唤起民族的一种注意，即作者要告诉自己的群体，如果我们不认识到自己身上的愚昧性，则我们的民族是不会有根本的改变的。吴敬梓是以一种深刻的历史哲学去考察自己先辈和同时代人的生活，尤其是他们的内心生活。他提出了这一群体的命运，因此他写的不是个别人的心灵历史，而是从总体上把握了知识分子的心理脉搏。

《儒林外史》作为小说文类，采用的手法应属今日小说理论中的所谓反讽模式（Irony Pattern）：自嘲（自我嘲弄）和自虐（自我虐待）。反讽是赞美的反拨，是对异在于己的历史的清醒时的嘲弄、讽刺、幽默。它是一种否定，一种近乎残酷的否定：我们曾经追求过、挚爱过的，现在又不得不抛弃；然而在抛弃的同时，我们又不能不留恋曾经为此付出的努力、希望、热诚。正如黑格尔所说，反讽产生于这种情境：尽管那些自身毫无意义的微不足道的目的，看起来确实在以十分认真的态度和规模巨大的准备工作，力求实现。所以反讽就是对这样的东西进行嘲弄，人们所虔诚地、全心全意地从事的，恰恰是本身毫无意义的，甚至是与己相敌对的。应该看到《儒林外史》的伟大在于作者没有把反讽停留在第一个层面上，即以胜利者姿态，对对象进行居高临下的嘲弄。用我们现在的俗话，就是把自己也“摆进去”。小说中对对象的嘲弄已开始被自我嘲弄所取代，原来作为反讽主体的我，这时走到了对象的位置，他不再是胜利者而是失意者。他嘲弄了现实以后蓦然回首：“我”同这一现实一样是嘲弄的对象，真正需要和可以嘲弄的，恰恰是自己。由此看出，吴敬梓的感知是有质量的，而他的反讽更是深刻的，这一切使《儒林外史》的反思性有了更为巨大的历史感和当代性。

按照一般创作规律看，没有对于艺术形象的爱，作品就不会诞生。艺术家的职责是在作品中表明自己的思想倾向和感情前途。艺术形象固然体现着作家写实的客观态度，同时，毕竟也渗透着作者主观的审美评价，它表达作者对“世道人心”的主观好恶。这是带有一定普遍性的倾向，这也必然体现在吴敬梓、曹雪芹这样一些具有深度文化修养的作家的创作中。《儒林外史》中的杜少卿不管有没有作家自己的影子，作为一个艺术形象，他那耿介刚直的性格，他在困境中不失操守，宁可穷而不达，也不肯苟合于污浊的世态以及对友谊信念的诚挚等，都集中地概括了传统人文知识分子的道德素质和精神风貌。这些朴素的道德理想，和儒家以伦理为核心的哲学思想有着密切的联系。重视人世间关系的协调，“以心理学和伦理学的结合统一为核心和基础”，把人们的情感“抒发和满足在日常心理—伦理的社会人生中”。[①]这是儒家哲学的基本特征。吴敬梓以生动的艺术形象所表现的，都不是超世间的崇高精神，只是在否定儒家思想中强调等级秩序的偏见和轻视妇女的封建礼教的同时，把其“仁爱”观念中所包含的一般博爱思想、富于实践性精神等具有人民性的部分，艺术性地再现于知识分子的原始生活命运中，使传统的观念在艺术表现中获得时代感。他笔下的杜少卿等正直的有操守的人文知识分子几乎都带有这种思想特征：他们或淡于世事，不屑为浮名俗利而数数然；或甘于寂寞，在清贫的风雅中自得其乐；也有的性情放达，不求进取，飘逸中藏起对人生的严肃态度。这些精神特点正好与他们急公好义、耿介刚直、不苟合于污浊世态的道德风貌相补充。一方面是积极入世、注重实践、有所作为的道德理想；另一方面则是消极出世无为清静的道家精神。二者相辅相成，形成了他们的人生哲学，“达则兼济天下”，施及旁人，“穷则独善其身”，无所求而无所失，有所不为才能保持道德人格的完整。

从《儒林外史》所展示的两个层面我们发现，吴敬梓也具有中国人文知识阶层经常反复出现的“忧患意识”。这种“忧患意识”是在学术界影响极大的徐复观先生提出的。他认为这种“忧患意识”的出现，和儒家特殊性格形成密切相关。杜维明先生认为，中华民族早期，特别是儒学的出现，体现为一种“忧患意识”。这种“忧患意识”促使人们对人进行全面的反思，可以说，对人的反思，构成了轴心时代中华民族的哲学心态。这一观念现已逐渐被大陆学者所接受，并有所发

① 李泽厚:《美的历程》，文物出版社，1989，第 51 页。

挥。实际上我们看吴敬梓也正是有这种积极正视现实的“忧患意识”。在他的小说中，这一“忧患意识”有两层内涵。一层即是肯定人类文明、文化的价值，因而对周代文化传统的崩溃，有一种不忍之情，想恢复过去的礼乐制度。这一点我们可以从吴敬梓小说中祭泰伯祠一节找到内证。但是这不是我们一般所认为的复古，而是对中华民族从殷商以来所建构的文明做了一个内在的肯定，希望这一文明能够延续下去。

然而我认为更重要的也是不易被人发现的那个潜隐的层次，即吴敬梓在资本主义生产关系萌芽出现以后，他对新思潮的敏感，他不知不觉地对八面来风的新鲜信息已有所吸收。他的当代意识极强，所以作为小说艺术家和诗人的吴敬梓就不可能不用其作品唤起民族精神的内省和更新，而这首先需要作者自身的内省和更新。正是由于吴敬梓的思想观念和艺术观念的不断更新，所以在审美判断上使他具有了那样深邃的透视力、洞察力和强烈的感受力。吴敬梓确实把史识、今识和诗识水乳交融在一起了，因此他的内省和反思才是如此真诚和深刻。他的“忧患意识”正是对科举制度进行宏观的历史反思的结果。

歌德说：

> 一个伟大的戏剧体诗人如果同时具有创造才能和内在强烈而高尚的思想情感，并把它渗透到他的全部作品里，就可以使他的剧本所表现的灵魂变成民族的灵魂。我相信这是值得辛苦经营的事业。①

我认为吴敬梓辛苦经营的正是这样一种“事业”。在他内心翻腾的一定是一种痛苦的感情。他看到了科举制度和八股制艺对人的灵魂的残害达到了何等酷烈的程度，因此他意在通过自己对民族文化和民族性格以及民族素质的宏观的历史文

① 爱克曼辑录:《歌德谈话录》，人民文学出版社，1978，第128页。

化反思，引导当时和以后的知识分子走向更高的精神境界、更高的理想、更高的品质，也就是他要通过自己作品中的历史文化反思，去影响民族的灵魂，这就充分说明了吴敬梓的睿智和见地。

总之，伟大的吴敬梓通过他的小说艺术的积极实践，给中国小说史增添了一个新品种，并促进了中国古代小说向着更深隐的文化层次拓展。这就是他对中国小说美学的贡献。

喜剧性和悲剧性的融合

——《儒林外史》的实践

在中外文艺史上，每个有成就的作家都有自己认识生活、反映社会现实的独特角度，也有表达自己心灵世界的独特方式，总有他特别敏感和注意的人物，并由此形成他自己独特的形象体系。因此对一个作家进行科学的研究和评价，必须抓住他创作的独特性，就是这个独特性成为其在文艺史上地位的最重要的标志。那么，什么是《儒林外史》的独创性呢？笔者认为，应该在喜剧性和悲剧性的融合之中去寻找。正是伟大作家从社会悲剧出发，创造了自己的喜剧体系。正是在他的杰作《儒林外史》中把喜与悲、美与丑、崇高与滑稽融合无间，构成了一个浑然一体、别具一格的艺术世界。

一

喜剧性和悲剧性的融合在《儒林外史》中的实现，一方面是吴敬梓才能最突出最鲜明的表现，另一方面也是我国小说艺术发展到成熟阶段的成果。

好恶染乎世情，美丑因时而变。审美意识和审美活动的衍化、凝练和质变，因时代、环境和民族特性而殊异。作为一种审美理想，喜剧性和悲剧性的融合，是在人类审美意识史进入全面综合阶段的时代背景中兴起的。这已为中外文艺实践和文艺思想的演变所证实。为了充分认识《儒林外史》悲喜融合的意义，有必要把它放置在世界文艺发展历史中进行考察。

古希腊文艺中，悲剧和喜剧有严格的界限，各自作为一种独立样式而存在和发展。到了文艺复兴时期，资产阶级人文主义强调普通人的价值，在艺术上也要求全面地反映现实生活，于是提出要打破悲剧和喜剧的界限。意大利戏剧家瓜里尼（1538—1612）首先发难，创造了悲喜混杂剧这一新剧体，并写了《悲喜混杂剧体诗的纲领》(1601)，提出“悲剧的和喜剧的两种快感糅合在一起，不至于使听众落入过分的悲剧的忧伤和过分的喜剧的放肆”。[①]与此同时，莎士比亚和很多造型艺术家都曾大胆地把悲与喜、现实与幻想、崇高与卑下、严肃与滑稽糅合在一起，并在这种糅合中塑造了现实主义的真实性格。18世纪德国伪古典主义重新捡起了悲剧和喜剧不可逾越的僵死教条，而严重束缚了文艺的发展。狄德罗起而反对伪古典主义的清规戒律，认为把戏剧分割为悲剧和喜剧两种截然不同的剧体不符合客观现实。他主张把悲剧和喜剧统一起来成为悲喜剧，即严肃的喜剧，并且自己身体力行。此后，雨果和别林斯基从不同角度提出了“美丑对照”和“悲喜交织”的美学原则。雨果在他那篇被视为“浪漫主义宣言”“讨伐伪古典主义的檄文”的《克伦威尔·序》(1827)中提出：在现实生活中，并非一切都伟大、一切都崇高优美，世界万物是复杂、多面的，一切事物有正面也有背面，再伟大的人也有其渺小可笑的一面，“丑就在美的旁边，畸形靠近着优美，丑怪藏在崇高背后，美与恶并存，光明与黑暗相共”。[②]雨果的“美丑对照”原则，大大开拓了文学的题材范围和表现手法，使广阔的社会生活和复杂的现实人生得以进入文学领域。别林斯基是在评论果戈理的小说《塔拉斯·布尔巴》时阐述了他的悲喜交融的美学理想的。他认为塔拉斯·布尔巴“充满着喜剧性，正像他充满着悲剧的壮伟性一样；这两种矛盾的因素在他身上，不可分割地、完整地融合成一个统一的、锁闭在自身里面的个性；你对他又是惊奇，又是害怕又是好笑”。[③]他还赞扬果戈理的《旧式的地主》是一部名副其实的“含泪的喜剧”。[④]但不久，法国戏剧评

① 北京大学哲学系美学教研室编:《西方美学家论美和美感》，商务印书馆，1980，第75页。

② 雨果:《雨果论文学》，上海译文出版社，1980，第80页。

③ 别林斯基:《答“莫斯科人”》，载《别林斯基选集》第2卷，时代出版社，1953，第340页。

④ 别林斯基:《论俄国中篇小说和果戈理君的中篇小说》，载《别林斯基选集》第1卷，人民文学出版社，1958，第189页。

论权威弗朗西斯科·萨赛（1827—1899）在他的《戏剧美学初探》中，针对雨果《克伦威尔》的序言进行了驳难，提出“笑与泪的任何混合”都有破坏审美感受的危险，因此提出“喜剧与悲剧、滑稽与崇高之间绝对区别，再合理不过”[①]的倒退理论。到了20世纪卓别林的悲喜剧的出现，特别是以后的综合美学的崛起，悲喜融合又提到日程上来，并取得了辉煌的成果。到这里达到了一个经历了正反合总体全程的最高度。

在我国，审美意识和审美活动的衍化和质变，与西方同中有异。我们民族美学中没有严格的截然对立的悲剧和喜剧的范畴，如同我国很多优秀的作品很难用现实主义和浪漫主义来归类一样，我国很多作品的情调也很难用悲剧和喜剧来归类。笔者见闻有限，所知最早提出悲喜观念的是西汉淮南王刘安。他在《淮南鸿烈》中提出：“夫载哀者闻歌而泣，载乐者见哭者而笑。哀可乐者，笑可哀者，载使然也。”这是提出人们主观感情上的差异对悲喜有不同的审美感受。关于中国传统的喜剧理论，似乎着重于批判的功能。梁代刘勰《文心雕龙》强调“会义适时，颇益讽诫。空戏滑稽，德音大坏”。至于柳宗元提出的“嬉笑之怒，甚于裂眥”，算得上是传统中对于喜剧的美学理解了；而“长歌之哀，过于恸哭”，也算得上是传统中对悲剧的美学理解了。但是悲喜交融的审美理想和悲喜对照的艺术手法，却大量地存在于我们各时代的文艺创作中。《诗经》名篇《豳风·东山》诗，悲喜形成了鲜明对照，它给欢乐注入了辛酸，又在哀愁和痛楚中插进了乐观的想象，从而达到感人肺腑的力量。杜甫的《闻官军收河南河北》中含泪的笑和含笑的泪水乳交融。“剑外忽传收蓟北，初闻涕泪满衣裳。却看妻子愁何在，漫卷诗书喜欲狂……”这种达到“狂”的极度欢乐情绪是以“涕泪满衣裳”的形式表现的。明末思想家王夫之在诗学名著中把这些概括成一条带有规律性的审美经验，即“以

① 古典文艺理论译丛编辑委员会编：《古典文艺理论译丛》第11册，人民文学出版社，1965，第273页。

乐景写哀，以哀景写乐，一倍增其哀乐”。[①]

与西方早期戏剧中悲剧和喜剧壁垒森严不同，我国传统戏曲，悲喜从来是混杂的，讲究“庄谐并写”“苦乐相错”，纯粹的悲剧和喜剧较为少见。即使像元代大戏剧家关汉卿的典型的大悲剧《窦娥冤》也有丑的插入，梼杌太守的打诨不仅没有破坏悲剧气氛，而且让观众在鄙笑中建立不妙的预感和批判的态度。无名氏的公案世态喜剧《陈州粜米》用了一整折写张憋古被打死的惨剧。王实甫的爱情剧《西厢记》交织着多种因素，有悲剧的、有喜剧的、有庄严的，也有轻松的，它们相互作用，相互消长。明代汤显祖的《牡丹亭》不乏悲喜剧式的人物和情节。《梁山伯与祝英台》更是通过喜与悲的交替发展构成了对比和反衬。根据我国戏曲中悲喜交织以及喜剧性的行动中隐藏着深刻的悲剧因素的现象，明代的祁彪佳在《远山堂剧品》中提出了“于歌笑中见哭泣”的说法。清代戏曲理论家李渔则提出了“寓哭于笑”[②]的观点，认为这是和道学家们的“板腐”“板实”“道学气”相悖的“机趣”。他所说的“我本无心说笑话，谁知笑话逼人来”[③]的科诨妙境，就是指悲剧和正剧中插入喜剧人物和喜剧情节，构成了戏剧情境的丰富多彩。

在我国浩如烟海的说部里，有许多杰出的单纯悲剧小说和喜剧小说。但是同戏曲一样，属于悲喜剧性的小说则显得格外出色。那些描写广阔生活的史诗性的长篇小说，当然同时存在着悲喜剧人物和悲喜剧的情节，就是那些精致的短篇如《金玉奴棒打薄情郎》《卖油郎独占花魁》《玉堂春落难逢夫》等，完全可以说是人生悲喜剧的真实写照。它们都是把悲与喜、善与恶、美与丑、崇高与粗俗相对照，从而展示出一幅幅社会风俗画。

通过上面的粗略考察，不难看出，由于时代不同，民族生活和文化传统不同，文艺思潮的流变和审美活动也不同。但是艺术家们却不谋而合地把悲喜融合看作

---

① 王夫之:《薑斋诗话》卷一“诗译”，人民文学出版社，1962，第140页。

② 李渔:《李笠翁曲话》，陈多注释，湖南人民出版社，1980，第42页。

③ 同上书，第96页。

是艺术美的极致，是他们殚精竭虑企望奔赴的美的高峰。他们当中的杰出人物似乎都发现了一条规律：悲和喜的对比映衬，相反相成，能激发出比单纯的悲和喜更深刻更丰富的审美感情，更能真实完美地反映充满矛盾的复杂生活。

吴敬梓在他生活的时代，当然还不可能借鉴西方小说创作的经验，形成他创作的特色的，仍然是中国传统文艺的影响。他的思想和作品无不浸润着中国民族的长久的优秀的传统和人民的审美理想。我国传统的诗歌、戏曲、小说等艺术样式中悲喜因素往往是混杂的，但是它们的基本构成大致有三种类型：第一种是悲喜映照和衬托；第二种是一悲一喜交替发展，各自向自己的方向伸展；第三种则是前悲后喜，或前喜后悲，悲剧性和喜剧性两种美学元素还没有完全达到水乳交融、浑然一体的境界。吴敬梓不满足于悲与喜的并存，而是探索如何把二者融合在一起。

《儒林外史》终于取得了艺术上的一次重要突破，它不仅把可悲的、滑稽的、抒情的、哀怨的互相穿插，而且把喜剧的、悲剧的、正剧的、闹剧的各种审美元素糅合在一起，把人们看来似乎对立的艺术因素兼收并蓄，不仅没有带来风格上的杂乱，而是给他的小说带来了艺术上的绚丽多彩，带来了更大的生活真实，带来了哲学的概括和诗意的潜流。《儒林外史》是继17世纪诞生的《堂·吉诃德》之后，19世纪诞生的果戈理、契诃夫作品之前，将喜剧性和悲剧性融合得最好的艺术品。这些辉煌的不朽的巨著虽然走过的是不同的美的历程，但最后都攀登上了悲喜融合的美的巅峰。

二

讽刺大师吴敬梓是用饱蘸辛酸泪水的笔来写喜剧、来描绘封建主义世界那幅变形的图画的。他有广阔的历史视角，有敏锐的社会观察的眼光，因此，在他的讽刺人物的喜剧行动背后几乎都隐藏着内在的悲剧性的潜流。这就是说，他透过喜剧性形象，直接逼视到了悲剧性的社会本质。这是《儒林外史》喜剧性和悲剧性融合的重要特点之一。

讽刺效果最揪动人的心灵的是那些原本出身下层、然而在挣扎着向上爬的人物的悲喜剧。这里的几个人物，堪称吴敬梓讽刺典型的精品。

周进和范进都是在八股制艺取士的舞台上扮演着悲喜剧的角色。一个是考了几十年，连最低的功名也混不到，感到绝望，因而痛不欲生；一个是几十年的梦想突然实现，结果喜出望外，疯狂失态。他们并不是天生怀有变态心理，而恰恰是功名富贵把他们诱骗到科举道路上，弄得终日发疯发痴、神魂颠倒，最后走向堕落的道路。吴敬梓在这里送给读者的不是轻率的戏谑和廉价的笑剧，而是那喜剧中的庄严的含义。当周进刚一出考场，作者就点染了那个世风日下、恶俗浇漓的社会环境。在这样的环境气氛中，这个考到胡子花白还是童生的主人翁的内心感受应该怎样？梅玖的凌辱，王举人的气势压人，最后连一个每年十二两银子束脩的馆也丢了。从这些描写里，无不深切入微地揭示了他积压在内心的辛酸、屈辱和绝望之情。因此他一旦进了号，看见两块号板，“不觉眼睛里酸酸的，长叹一声”，一头撞上去，昏厥于地，就成为事所必至、理有固然了。范进中举发疯，这是因为时时热切盼望这一日，但又从来没有料到会有这一天。这猛然的大惊喜，使他长久郁结之情顿时大开，他的神经竟不能承受。那发疯的状态和过程，无不使人发笑，又无不令人惨然。始而怜悯，继而大笑，最后是深深的悲愤。读者的这种心理过程，正是对周进、范进的悲喜剧的艺术感受的过程。正因为吴敬梓给可笑注入了辛酸，给滑稽注入了哀愁和痛苦，因而更能撩人心绪，发人深省。这喜剧中的悲剧因素，包含着深邃的社会批判性。

但是，对于吴敬梓这种直接的现实写照背后具有的那股深深的悲剧性的潜流，并不是容易一目了然的。有的研究者就曾认为范进只是一个可笑的人物，而不是一个可悲的人物，把可悲和可笑截然分开。一位美学研究者就持此观点，指出：

范进和孔乙己可以说都是封建科举制度的牺牲品，但前者是喜剧的，后者却具有悲剧的成分和因素。因为范进仅仅是一个封建功名利禄的狂热追求者，甚至因中举而喜得发疯了的人物，在性格上没有正面因素的成分。……所以我们说，如果范进是一个十足可笑的喜剧人物，那么孔乙己虽然也是可笑的人物，但同时也是为人所同情的可悲的人物。[①]

这里我们且不论鲁迅笔下的孔乙己是周进和范进一类人物典型的延伸，他们同属于一个“家族”（这关系到人物形象的历史积累与典型人物之间的继承和发展诸问题）。仅就范进这一典型来说，他完全不同于吴敬梓笔下的彻底否定的反面典型严监生兄弟和牛浦郎等，那样的人物确无悲剧性可言。然而范进和周进一类讽刺人物却带有浓厚的悲剧色彩，在一定意义上说，他们本质上是悲剧性的。著名剧作家李健吾先生有个高论：喜剧往深里挖就是悲剧。信然，在喜剧性和悲剧性之间并没有什么不可逾越的鸿沟。如果我们把原来社会地位卑下、生活无着，以及精神上的空虚、颟顸和绝望看作是范进的悲剧性，那未免是皮相之谈。在我看来，范进的悲剧性不是命运和性格的原因，也不是有没有“正面因素的成分”的问题，而是罪恶的科举制度，是举业至上主义把一个原本忠厚老实的人、生活中的可怜虫的精神彻底戕害了。因此，他后来中举时痰迷心窍、发狂失态的带有闹剧色彩的场面是接近于悲剧的。在这里悲剧不是浮在喜剧之上，而是两者熔为一炉，浑然一体，最惹人发笑的疯狂的片段恰恰是内在的悲剧性最强烈的地方。当吴敬梓在揭示范进形象的内容时，他像一位高级艺术摄影师那样，“拍”下了形象的喜剧脸谱，“观众”在脸谱后面看到的，不是被笑所扭歪的人的脸，而是被痛苦所扭曲的脸。

是的，吴敬梓喜剧中的悲剧笔触不像一般悲剧中那样浓烈，哀恸欲绝、慷慨悲歌，而是一种辛酸的、悲怆的哀怨之情。鲁迅先生所说的“戚而能谐，婉而多

---

① 参见施昌东：《“美”的探索》，上海文艺出版社，1980，第391—392页。

讽”，就近似这样的意思，所谓“含泪的喜剧”正是这种色调。

悲剧的因素常常蕴藏在生活的深处，在作品情节构思的背后，就如前面分析的那些悲剧契机，常常是不能够一目了然、一语道破的。这一点在《儒林外史》的其他人物活动中同样表现出来，比如马二先生，实际上也是一个青春被科举制度所牺牲、思想被八股教条所僵化的老学究的典型。他不同于周进、范进之处，就在于他最终也没爬入官场。

在《儒林外史》的讽刺人物画廊里，马二先生不失为一个善良的读书人。他虽然迂阔，可是对人诚恳，做人朴实，又慷慨好义。然而他的可笑和可悲却在于他丧失了现实感。二十多年科场失利，他仍然是一个虔诚的举业至上主义的信徒；为宣传时文奔走一生，最终仍一无所得。他既看不清周围的现实，又丝毫不知道自己的真实处境，内心中始终燃烧着炽热的功名欲望，弥久不衰。马二先生的全部喜剧性，就在于这个人物性格中的主观逻辑和生活的客观逻辑发生了矛盾。正是这个社会性的矛盾，才构成了马二先生喜剧性形象的基础。

但是马二先生又是一个具有双重悲剧的人物，他的悲剧正是通过喜剧性格的发展而构成的。马二先生是八股制艺的受害者，这已够可悲的了，然而在屡屡碰壁之后，仍无一星半点的觉醒，这是更大的悲剧。最可悲的是，他是那么真诚地执着地引导别人去走自己已由实践证明了走不通的老路，于是他变成了一个用“好心”帮助他人演出悲剧的悲剧人物。匡超人的堕落是一明证，而且匡超人后来对他忘恩负义，何尝不是对他的“好心”的一种惩罚呢？吴敬梓对马二先生并没有采取抨击性的和愤怒的讥笑，而是采取了无伤大雅的戏谑和幽默，作者好像和我们读者一道在一种感情默契中共同陷入对人生哲理的深长思索。

在《儒林外史》中，我们从吴敬梓所写的众多人物的每一个富有喜剧性的行动中，几乎都可以挖掘出隐藏在深处的悲剧性潜流。即使着墨不多的范进的老娘、严监生的妾赵氏，都有值得品味的社会性的内涵。范老娘演出的是一场大欢喜的悲剧，而赵氏演出的则是一场空欢喜的悲剧。至于那位鲁编修的女儿鲁小姐更是畸形社会的特殊产儿。在鲁编修熏陶下，她在晚妆台畔，刺绣床前，摆满了一部部八股文，“每日丹黄烂然，蝇头细批”。当她发现自己的夫婿不长于此道时，在痛苦之余，又寄希望于自己的儿女，每天拘着刚满四岁的儿子“在房里讲《四书》读文章”，每晚“课子到三四更鼓”，简直是八股之祸被及幼童了。这里作者虽然用的仍然是不动声色的幽默的笔调，但悲愤的感情已经冲破喜剧的外壳，溢出纸面，读后怎么能不使人长叹息呢！

鲁迅说：“泪和笑只隔一张纸，恐怕只有尝过泪的深味的人，才真正懂得人生的笑。”吴敬梓一生饱尝了人间的艰辛困厄，因而对一切不幸的人总是怀着一颗纯真、仁爱、宽厚的同情心。在他刻画非统治集团的讽刺人物时，似乎越来越笑不起来了，他笔下的人物呈现出更多的悲剧性，甚至讽刺形象的悲剧色彩压倒了喜剧色彩，单纯的喜剧形象让位给大量的悲剧的性格。在这些“失掉了笑”的讽刺形象中，关于王玉辉的一束精彩的速写，更令人欷歔不已。

王玉辉的女儿自杀殉夫的故事本来是一出人间惨剧，王玉辉本质上也是个悲剧性的人物，但作者却偏偏让他扮演喜剧角色。吴敬梓对王玉辉身上那腐朽的、野蛮的、荒唐的一面，给予酣畅淋漓的揭露和讽刺。谁能忘怀王玉辉鼓励女儿自杀殉夫的那一番高论，谁又能忘怀当女儿真的绝食殉夫以后，他那“仰天大笑”的反常行动？然而这里的一“言”一“行”，实际上都是他自己做出来的。借用卓别林《舞台生涯》的一句台词“人硬是做出可笑的样子，该是一件多么可悲的事”，来作为对王玉辉这个穷困潦倒、被社会遗弃的灰色知识分子的人生写照是再合适不过了。吴敬梓对于王玉辉这个喜剧典型是抱着深沉哀怜的，他的笔锋所指，在于深入地剖析了造成这种乖谬可笑现象的社会根源。在笑的后景上是严酷的令人忧郁的现实。

《儒林外史》在一定意义上说是吴敬梓的一部“心史”。作者对于人物的挖苦、嘲笑，并非是对个人的人身攻击，相反却是怀着一种深切的同情。作者好像坚决相信：人多是一些善良的，他们只是受了政治和社会制度的作弄，以致迷失了本性，陷入了这样堕落无耻、愚妄无知的不堪的地步。因此，我们读《儒林外史》总是觉得作者“是用胆汁，而不是用稀薄的盐”，[①]写出他笔底的可悲又可笑的人物的。

匡超人是吴敬梓用最深沉的感情写出的一个血肉饱满的人物。他用他那柄犀利、明快的解剖刀，毫不留情地挑开科举制度下一个丑陋、战栗的灵魂，并发出冷峭的笑。但是，吴敬梓要告诉人们的，却是一个人的精神生命的毁灭，一出真正人性沦丧的悲剧。

匡超人本来是一个多么纯朴善良的农村青年啊！他用自己的辛勤的汗水来养活父母。这样的人在正常的社会，理应具有正常的美好的人性，可是在一切都颠倒了的世界里，他的心灵受到了严重的污染。举业至上主义的毒菌、恶俗浇漓的世风，使他的正常的人性完全被扭曲了，匡超人学会了一套吹牛拍马、坑蒙拐骗的本领。他可以任意诋毁曾经在危难时救济过他的马二先生，他无耻地伙同市井恶棍假刻印信、短截公文、代做枪手、选时文、充名士、攀高结贵、奔竞权门，最后竟然停妻再娶。这已经不仅仅是劳动者美好人性的异化，而是人性的泯灭。匡超人的正常人性的质变和精神毁灭的悲剧，是“圣人”和圣人之徒戕害的结果。吴敬梓以现实主义的清醒的目光，含着讽刺家的忧伤的嘲笑，通过匡超人的堕落历史，既把那无价值的撕破给人看，又将那人生有价值的东西毁灭给人看，嬉笑中带有严肃、深长的思索。这种冷中有热，冷中含愤，笑中有悲，笑中有恨，正是《儒林外史》悲喜融合的独特色调。

吴敬梓是笑的大师。他的喜剧激发着各种各样的笑，嘲讽的、戏谑的、幽默的、欢乐的，有爱的笑，也有恨的笑。但是作为基调的笑声，则是浸透着泪水的、含泪的笑，是发人深省的笑，是令人难以忘怀的笑。正是在这悲喜融合中，包含着作者深邃的社会批判力。笔者非常同意如下的论断：

---

① 别林斯基：《别林斯基选集》第1卷，人民文学出版社，1958，第47页。

混合着痛苦的憎恶和明朗的笑，这是《儒林外史》作为讽刺小说来看，达到了很高的成就的标志。在我国的文学史上，《儒林外史》是第一部显著地具有这种标志的小说。①

值得我们重视的是，吴敬梓并不仅把悲喜融合的美学原则用之于讽刺人物，而且还用之于肯定人物，何其芳先生曾提出过一个问题："如果说吴敬梓所批判的事物是很好理解的，他的理想和他根据这种理想而写出的一些肯定人物却就比较复杂，比较不易说明。"② 笔者对这个问题的理解是：作者没有从"好人"的概念中去衍化人物的感情和性格行为。清醒的现实主义态度，使他真实地写出人物的两重色彩，也就是说作者写这些人物时"爱而知其丑"。乔治·桑在同福楼拜讨论人物性格塑造时提出，真正的艺术大师笔下的典型人物应当"不是或好或坏，而是又好又坏"，说得既中肯又深刻。

关于杜少卿，这是向来被研究者看作是作者取他自己的影子而创作出来的一个肯定人物，在书中被称赞为"品行文章是当今第一人"，傲然独立于儒林各色人等之外。他重孝道，又慷慨重义，经常把大捧的银子拿出来帮助别人，结果田产荡尽，靠"卖文为活"，却依旧"心里淡然"。可是这个在贵族环境中成长起来的杜少卿却又远离人民，几乎不知身边还有另外的生活，因此他不可能看到变革社会的力量和道路。结果热情消失，梦想破灭，只落得整天无所事事，沉溺于诗酒与遨游之中，以填补自己内心的空虚。他虽然蔑视功名富贵，鄙弃举业，但又无力与这个社会决裂。他对社会有一定清醒的认识，但乏于实际的行动，这就是他最终成为悲剧性人物的根本原因。但是富于讽刺意味的是，这位颇为淡雅清高的贵公子，在家乡却又与市井恶棍张俊民和儒林败类臧荼结为知己。一方面他可以

① 何其芳：《论〈红楼梦〉》，人民文学出版社，1958，第44页。

② 同上书，第37页。

嘲骂臧荼“你这匪类，下流无耻极矣”，另一方面又拿出三百两银子为这个“匪类”买来一个廪生，而他又明明知道臧荼买廪生是为以后“穿螺蛳结底的靴，坐堂、洒签、打人”。杜少卿只顾自己的“慷慨好义”，实际上却是鼓励别人作恶，难怪娄焕文临去时批评他“不会相与朋友”，“贤否不明”。这种昧于知人，和娄三娄四公子一类人物又有何不同呢？这样美丑不分、贤否不明，简直是对“品行文章当今第一”的讽喻。杜少卿行为引发人们的笑，是由于不协调产生的，因为外表与内心、意图与效果、现象与本质、行为与环境……之间的不协调，都可以引起人们的笑。杜少卿的悲喜剧都来源于这个“不协调”，而这正是作者对小说反讽模式的一种探索。

《儒林外史》既不是莎士比亚式的穿插着喜剧因素的悲剧，也不是我国传统戏曲小说中那种悲喜混杂和对比映衬，而是悲和喜的融合，具有新的含义的新元素。在艺术史中，当然有许多非常杰出的单纯的喜剧和单纯的悲剧，然而真正含泪的笑或含笑的泪，则往往是对生活的深刻揭示和对人物心灵深入开掘才可能产生的美学效果。悲和喜的相反相成与彼此渗透，能激发比单纯的悲和喜更深刻、更丰富的审美感情，这是由《儒林外史》的艺术实践所证明了的。

三

悲剧性和喜剧性融合的美学原则，归根结底是一个如何更真实更完整地反映复杂的社会生活，更真实更完整地揭示人物的“心灵的辩证法”的问题。

一般地说，传统的喜剧性格往往单纯突出性格的某一方面，如悭吝、贪婪、伪善、吹牛、拍马、好色等，以此作为喜剧性的基础。但是，忠实于生活的吴敬梓却看到了社会和心理因素的丰富意义产生了具有生活中的多样性、复杂性和矛盾性的喜剧性格，而且在喜剧性格中注入了辛酸的、哀怨的、痛苦的、愤激的悲剧因素，于是人物开始超越了固定的角色类型的框框。因此，在吴敬梓笔下的那些成功的喜剧形象往往不是单一的，而是具有两重色彩，这就是后来雨果提出来的“双重的动因”说。

雨果在《克伦威尔·序》中论到“美丑对照”原则时说：

> 在戏剧里，就如同在现实中一样，一切都互相关连，互相推演。这一点人们即使不能表现出来，至少也能设想。在戏剧里，形体和心灵都在起作用，人物和情节都被这双重的动因所推动，忽而滑稽突梯，忽而惊心动魄，有时则滑稽突梯与惊心动魄俱来并至，例如，法官说：“处以死刑！嗨，我们现在吃饭去吧！”……例如，苏格拉底一边喝毒药，一边谈论不朽的灵魂和惟一的上帝，中间还停下来吩咐宰只雄鸡去祭医药之神。例如，伊丽莎白女皇连骂人和闲聊也非用拉丁文不可……[①]

雨果的“双重动因”说，实际上是接触到了把人要当作一个复杂的矛盾体来把握。在特定的情势下，人物的行动方式同时具有两种或几种可能，甚至采取了迥然相反的行动方式。这就要求作家能够“设身处地，伐隐攻微”[②]，进入人物的内心世界里去分析它、解剖它，发掘出人们复杂的心灵世界，把人物性格的内在诸因素加以比照。雨果所举的一系列例证，几乎都是要说明这些人物性格内部滑稽与崇高、粗俗与高雅的两种因素同时并存，相互对比。

吴敬梓似乎也“发现”了这种“双重动因”。在《儒林外史》中，众多人物的行动和情节的发展都是被这双重的动因所推动，小说中许多悲喜剧场面就是通过性格中诸因素之间的交织、渗透、转化和对比，使人物内在的性格特征得到更加鲜明的显现。

杜少卿不能说是一个写得非常成功的理想人物，但是简单地把他说成是一个概念化的人物也绝难使人信服。从“双重动因”的角度看，他想超脱庸俗而偏偏陷在污秽之中，这就是相反的“动因”相互撞击的具体表现。卧闲草堂本第

---

① 雨果：《雨果论文学》，上海译文出版社，1980，第46页。

② 李渔：《李笠翁曲话》，陈多注释，湖南人民出版社，1980，第33页。

三十三回评点者就指出:“衡山之迂，少卿之狂，皆如宝玉之有瑕。美玉以无瑕为贵，而有瑕正见其为真玉。”这话是很有见地的。杜少卿之所以写得真实，就是因为作者没有把他写成一个善和美的标本，而是伐隐攻微，写出一个实实在在的活生生的人。匡超人、王玉辉、周进、范进、马二先生及娄三娄四公子等都是在这种“双重动因”支配下活动着的人物，他们都具有悲剧性和喜剧性的两重色彩。

看来根据“双重动因”的规律进行人物塑造，却可以在丰富中见完整，矛盾中求统一，它们互为补充，相互渗透，浑为一体，相得益彰。吴敬梓创造性地把悲剧性和喜剧性、喜剧性和正剧性、正剧性和抒情性交织在一起，符合性格多样统一的辩证法则。吴敬梓典型人物的悲喜的两重色彩，为开掘人物丰富的性格美，为揭示人物的心灵辩证法提供了很好的经验。

由于《儒林外史》的特定题材和结构，他的众多人物都是速写式和剪影式的。他所写的人物大多不从一生经历下手，兴趣也不放在曲折的故事情节上，而是把他的视点集中在人的性格中最刺目的特征和外现的形态上，从而深入细致地表现相对静止的一个个人生相。这如同从人物漫长的性格发展中截取一个片段，再让它在人们面前转上一圈，把此时此地的“这一个”放大给人看。这是勾画讽刺人物的一个很出色的手法，它使人物形象色彩明净，情节流动迅速，好像人物脸相一旦勾勒成，这段故事便告结束。但是，必须看到，这种速写式手法，给悲喜两种因素的融合也带来困难。因为它提供的生活流程过分短促狭窄，这样必然会影响对人物的两重色彩进行深入细致的描绘。不过，作者似乎感到了这种不足，他用以弥补的方法是，抓住被讽刺对象身上的矛盾性，采用集中、夸张的手法，写出他们性格和品质的急速转变，从而达到悲喜交织的审美效果。匡超人从美转向丑，范进从悲戚陡然变为狂喜，严监生的妾赵氏从成功翻向败北，等等，都是在极短的时间内放大了人物性格、命运的激变，这是夸张的，又是真实可信的，它使人物的喜剧性和悲剧性两种因素获得迅速集中显现的机会。另一种手法就是多用小特点来触及大性格，抓住人物最富特征的细节来写出人物本相的某些方面。

通过人物自己的行动，而不借助于作者的说明，进行人物性格的塑造，这是我国小说人物描写的传统特色。吴敬梓根据悲喜融合的美学原则的要求，更加注意发挥人物自身的行动性，以展示悲喜剧式人物的性格特征。在《儒林外史》以前不乏揭露地主贪婪、悭吝本性的名篇，如话本小说《宋四公大闹禁魂张》是这样描写吝啬鬼张富的：

这员外有件毛病，要去那虱子背上抽筋，鹭鸶腿上割股，古佛脸上剥金，黑豆皮上刮漆，痰唾留着点灯，捋松将来炒菜。

这个员外平日发下四条大愿：一愿衣裳不破，二愿吃食不消，三愿拾得物事，四愿夜梦鬼交。

元代杂剧作家郑廷玉的《看钱奴买冤家债主》也写了一个看钱奴贾仁的形象。他想烧鸭子吃，却舍不得买，于是推说买鸭子，揩了五个指头鸭油来，舐一个指头下一碗饭，四碗饭舐了四个指头，留下一个指头未舐，在他睡觉时，被狗舐了去，他心疼不过，竟一病不起。临死时，舍不得买棺材，要用喂马槽来发送他，而他的身子长装不下，就叫儿子把他的身子拦腰砍成两截。还特意嘱咐借别人的斧头来砍，因为他的骨头硬，砍缺了刀口，又得花几文钱。这将剥削者的吝啬、刻薄可以说刻画得淋漓尽致了。吴敬梓写作《儒林外史》很可能受到过这些作品的启迪。但是，上面的例子都是作者代言和叙述，而不是人物自身的行动，因此，读后给人以一览无余的感觉，毫无潜台词可挖，而《儒林外史》则是一切通过人物的行动。胡三公子买鸭子前先拔下耳挖子，戳戳脯子上的肉看看肥不肥；严监生临死前伸着两个手指不肯闭眼；杜慎卿公开表示对天下女人深恶痛绝，却在暗里托人找妾；至于范进在居丧期间吃大虾丸子的细节更是人所共知的。作家似乎是漫不经心、不动声色地顺笔写下了人物的这些言行，然而人物性格特征毕现。

这种“直书其事，不加断语”“令阅者不繁言而已解”[①] 的手法，为欣赏者提供了再创造的广阔空间。故事情节和人物行动的内在的喜剧性和悲剧性会自然而然地流露出来，这正是吴敬梓对读者审美心理和审美力的理解和尊重。

《红楼梦》和《儒林外史》素称中国小说史上的“双璧”。《儒林外史》是世所公认的讽刺喜剧小说，然而它包含着悲剧性因素。这种悲剧性因素同整个作品的喜剧性熔为一炉，统一于作者严肃的人生态度。《红楼梦》则是世所公认的大悲剧，然而它又包孕着许多喜剧性的因素，这种喜剧性同整个作品的悲剧性互相映照，统一于作者严肃的人生态度。它们都标志着中国小说已发展到成熟阶段，呈现出近代小说美学的特色，值得我们进一步探索和研究。

① 《儒林外史》卧闲草堂本第四回评语。

寂寞的吴敬梓[1]

——鲁迅"伟大也要有人懂"心解

我没有做过细地调查，只是从身边的青年朋友中了解到，现今读文学专业的学生认真读《儒林外史》的并不多，硕士论文以它为主题的更少，那么一般读者特别是青年读者读它的可能就更少了。当然，其原因多多，不能做简单的判断。不过有一条我是坚信的，那就是鲁迅先生在提及《儒林外史》时所感喟的"伟大也要有人懂"。[2]我并不认为我和不少教小说的人都读懂了这部厚重的书，而且更感到它的伟大至今还未被我和我们的青年所理解，即真正地读懂。通常我们一提《儒林外史》，很容易就会说它是一部伟大的讽刺小说，"范进中举"被选入中学课本以后，它的讽刺力量就更深入了人心。然而，为什么鲁迅独独地感喟《儒林外史》的伟大也要有人懂，而没有用这句话衡之以其他几部巨著呢？难道《红楼梦》的伟大就被人读懂了吗？这是什么原因呢？

对我来说，首先感觉非常强烈的是，再没比其他作品能更使鲁迅的心和吴敬梓的心相通的了。鲁迅有两句大家很熟悉的相似的话："我的确时时解剖别人，然而更多的是更无情面地解剖我自己。"[3]"我解剖自己并不比解剖别人留情面。"[4]我为什么看重这两句话，因为这涉及了《儒林外史》和《阿Q正传》以及鲁迅其他写知识分子的短篇小说的心灵纽带。事实是，鲁迅就是常常以自己的灵魂为原型进

① 2001年11月27日，文化部和中国社科院文学研究所为吴敬梓诞生三百周年召开了纪念大会，本文是会上的发言提纲。11月29日，中国互联网新闻中心·中国网发表此文。

② 鲁迅:《且介亭杂文二集》，载《鲁迅全集》第6卷，人民文学出版社，2005，第228页。

③ 鲁迅:《坟》，载《鲁迅全集》第1卷，第300页。

④ 鲁迅:《而已集》，载《鲁迅全集》第3卷，第477页。

行创作。我认为，鲁迅对《儒林外史》的理解，以及从中得到的警示，并不仅仅在于他的讽刺，而在于叙事中的反讽。这就是说他们都把对自己的灵魂的解剖带进了他们自己的小说。对于反讽有那么多理论阐释它，我则认为反讽不完全同于讽刺，最重要的就在于它的自嘲与自讽，它敢于把自己介入进去，是“蓦然回首”我也在其中的深刻自嘲，即强烈的灵魂自审意识。它不单单站在权威地位俯视卑劣灵魂进行揶揄、鞭笞，也不是那种已经站起来的灵魂对还没有站起来的灵魂的讽喻。正是“我也在其中”的这种心态的相通，才有鲁迅对《儒林外史》的婉而能讽的评价。因为吴敬梓所采取的态度不是“金刚怒目”，而是含泪的笑，而含泪的笑往往就有着自怜自审的内蕴。所以我认为要了解《儒林外史》，是不是可以试着跳出过去通常所说的“讽刺小说”，而更要看中它的内核是“反讽”呢？虽然一字之差，但我觉得这对《儒林外史》意蕴的把握会有极大的好处，也许会更能感知到《儒林外史》一书与吴敬梓其人的深刻。我不是说讽刺与反讽有高下之分，而是觉得只有鲁迅所说的更无情地解剖自己的灵魂，才会有反讽。所以把自己介入进去是一种真诚的态度，一种实实在在的反思，即“本质的否定性即是反思”①的实证。吴敬梓在他的小说中对举业至上主义和八股制艺的批判就如同剥笋一样，剥一层就是一次否定，也就是一次理性认识的飞跃。同样，鲁迅的《阿Q正传》通过阿Q形象概括出的生活世界和人性中的荒谬性，又何尝不是这样呢？正是这一点，鲁迅与吴敬梓的心灵契合了，因为他们都是在自己的作品中托出一个个真实的灵魂。

是不是这也算是对鲁迅的“伟大也要有人懂”的一种“心解”呢？

---

① 参见黑格尔:《逻辑学》下卷，商务印书馆，2011，第8页、第14页的有关论述。

心灵的绝唱[①]

——《红楼梦》论痕

《红楼梦》在中国小说艺术发展史上，既结束了一个时代，也开创了一个时代。它的作者曹雪芹比托尔斯泰、巴尔扎克、狄更斯等世界性的艺术巨擘，要早一个世纪就登上了全球文学的高峰。同时，《红楼梦》还是与整个中国民族文化紧紧联系在一起的。人们一提起《红楼梦》，就自然想到了中国民族文化，而一提起中国民族文化，就自然想到了《红楼梦》。

然而，把我国古代小说发展推向顶峰的曹雪芹，在其生前与身后并不是都获得了人们应有的认识，尽管他的《红楼梦》从一问世就受到读者的喜爱。读者以高价争购这部令人入迷的小说，达到了“开谈不说《红楼梦》，读尽诗书是枉然”[②]的程度，但有关作者的真实情况却很少有人记述。直到20世纪20年代初，胡适考订《红楼梦》的作者为曹雪芹，又经过半个多世纪学者们的考索，才使我们对《红楼梦》作者有了一些并不详尽的了解。

曹雪芹名霑，字梦阮，号雪芹，又号芹圃、芹溪，生于清代康熙末年（1715？）。先世原是汉族，大约在明代后期被编入满洲正白旗，身份是“包衣”。这种“包衣”的家庭，对皇帝，他们是奴才；而论其地位，则又属贵族。曹雪芹的曾祖曹玺任江宁织造，曾祖母孙氏是康熙的保姆，祖父曹寅做过康熙的伴读和御前侍卫，后任江宁织造兼两淮巡盐御史，极受康熙帝宠信。曹寅死后，其子曹颙、曹頫先后继任江宁织造。祖孙四人担任此职达六十年之久。曹雪芹自幼就是在这“秦淮风月”之地的“繁华”生活中长大的。

---

① 本文是为人民文学出版社《世界文学名著文库》中《红楼梦》（2000年版）一书所写的“前言”。

② 得舆：《京都竹枝词》。

雍正登位后，曹家即卷入了皇室激烈斗争的旋涡之中，并遭受一系列打击。雍正五年（1727）曹頫获罪革职，第二年被查抄，后曹雪芹随全家迁回北京。曹家从此一蹶不振，至迟到1756年曹雪芹移居北京西郊，陷入了“举家食粥酒常赊”[1]的贫困境地。至乾隆二十七年（1762），雪芹幼子夭亡，他陷于过度的忧伤和悲痛中。到了这一年的除夕（1763年2月12日），终因贫病无医而逝世。

据其友人的描绘，雪芹“身胖，头广而色黑”。[2]他性格傲岸，豪放不羁，嗜酒，才气纵横，善谈吐，能诗善画。同时代的敦诚说他“诗笔有奇气”“诗胆昔如铁”，把他比作唐代诗人李贺。但他的诗仅存题敦诚《琵琶行传奇》两句：“白傅诗灵应喜甚，定教蛮素鬼排场。”

曹雪芹喜绘突兀奇峭的石头。敦敏《题芹圃画石》说：“傲骨如君世已奇，嶙峋更见此支离。醉余奋扫如椽笔，写出胸中块垒时。”可见他喜画石头乃是寄托胸中郁积不平之气。这些都从某一个角度勾勒了曹雪芹的才情风貌和性格素养。

曹雪芹由锦衣玉食坠入绳床瓦灶，个人遭遇的不幸促使他对生活有了更深切的感悟，人生况味的咀嚼以及自身的文化反思，对其创作的推动更为巨大。所以，在一定意义上我们可以把《红楼梦》看作是曹雪芹的心灵自传。

《红楼梦》原名《石头记》。在1754年脂砚斋重评的《石头记》中已经有了“十年辛苦不寻常”和“披阅十载，增删五次”的说法。据此推断，大约在1744年前后，曹雪芹即饱蘸着生命的血泪开始创作《红楼梦》。但是直到他“泪尽而逝”时，也未能完成全篇，仅以并不完整的八十回传世。现在看到的《红楼梦》后四十回，一般认为是高鹗续补的。高鹗，字兰墅，别号红楼外史，1795年中进士，做过内阁中书等官。他续补《红楼梦》是在1791年以前。后四十回可能根据原作者残存的某些片段，追踪原书情节，完成了宝黛爱情悲剧，使全书故事首尾完成。尽管后四十回的续书有不少不尽如人意的地方，但原作八十回强大严密的

---

① 敦诚：《四松堂集·赠曹芹圃》。

② 裕瑞：《枣窗闲笔》。

诗意逻辑和美学趋势，还是被高鹗不同程度地继承了下来。因此，从二百余年的《红楼梦》的传播史和接受史上来观照，仍然可以证明它是比任何续书都更具有特点和更为差强人意的续补。

《红楼梦》的艺术世界异常迷人，它的思想文化底蕴极其深邃，它对许多读者的精神生活曾经发生并仍在发生着强烈的影响。在中国小说史上，还没有像《红楼梦》这样能够细致深微然而又是如此气魄阔大地从整个社会的结构上反映生活的复杂性和广阔性的作品。可以毫不夸张地说，《红楼梦》正是当时整个社会（尤其是上层社会）面貌的缩影，也是当时社会整个精神文化（尤其是贵族和知识分子阶层的精神文化）的缩影。难怪人们发出这样的感喟:《红楼梦》里凝聚着一部二十四史。是的,《红楼梦》本身就是一个丰富的、相当完整的人间世界，一个绝妙的艺术天地！然而,《红楼梦》又是一部很难读懂的小说。事实上，作者在写作缘起中有诗曰：

满纸荒唐言，一把辛酸泪。

都云作者痴，谁解其中味？

这首诗不仅成了这本书自身命运的预言，同时也提示读者作品中寄寓着极为深邃的意味。

如果把《红楼梦》当作人类审美智慧的伟大的独创性体系对待，而不是简单地从中寻找社会政治史料和作家个人的传记材料，就需要回到《红楼梦》的文本深层，因为只有面对小说文本，才能看到作者把主要笔力用之于写一部社会历史悲剧和一部爱情悲剧。这幕悲剧的中心舞台就设置在贾府尤其是大观园中，因此，它对社会历史的反映既是形象的，又是折射式的。而作品中的贾宝玉、林黛玉、薛宝钗、王熙凤等绝慧一时的人物及其命运，尤其是他们爱情婚姻的纠葛，以及围绕这些纠葛出现的一系列各种层次的人物面貌及其际遇，则始终居于这个悲剧舞台的中心。其中令读者最为动容的是宝黛的爱情悲剧。因为他们不仅在恋爱上是叛逆者，而且还因为他们是一对叛逆者的恋爱。这就决定了宝玉和黛玉的悲剧是双重的悲剧：封建礼教和封建婚姻制度所不能容许的爱情悲剧，和上流社会以及贵族家庭所不容许的叛逆者的悲剧。作者正是把这双重悲剧融合在一起着笔，它的意义就更为深广了。

《红楼梦》的深刻之处还在于它使家庭矛盾和社会矛盾结合起来，并赋予家庭矛盾以深刻的社会矛盾的内容，因而《红楼梦》所描写的贾府中的种种矛盾，以及宝玉、黛玉、宝钗等诸多人物的爱情、婚姻的冲突，在一定意义上就是当时社会各种矛盾的反映。既然如此，小说的视野一旦投向了全社会，那么，政治的黑暗、官场的腐败、世风的浇漓、人心的衰萎，便不可避免地会在作品中得到反映。书中所着力描写的荣国府，就像一面透视镜似的，凝聚着当时社会的缩影。这个封建大家族，也正像它所寄生的那个将由盛转衰的清王朝一样，虽然表面上还维持着烜赫的豪华场面，但那“忽喇喇如大厦倾”的趋势，却已从各方面掩饰不住地暴露出来。而这一切也正符合全书的以盛写衰的创作构思的特点。

《红楼梦》一经出现，就打破了传统的思想和手法，从而把长篇小说这种文体推进到一个崭新的阶段。如果从小说美学色素和典型意绪加以观照，曹雪芹是偏重于感觉型的小说家，甚至可以说，曹雪芹作为小说家的主要魅力，非常清晰地表明，他是凭借对活泼泼流动的生活，以惊人准确绝妙的艺术感觉进行写作的。或者说，曹雪芹小说中的思想精灵，是在他灵动的艺术感觉中，在生活的激流中，做急速炫目的旋转的。在《红楼梦》中，让你看到的是幽光狂慧，看到天纵之神思，看到机锋、顿悟、妙谛，感到如飞瀑、如电光般的情绪速度。可以这么说，出于一种天性和气质，从审美选择开始，曹雪芹就自觉偏重于对美的发现和表现，他愿意更含诗意地看待生活，这就开始形成了他自己的特色和优势。而就小说的主调来说，《红楼梦》既是一支绚丽的燃烧着理想的青春浪漫曲，又是一首充满悲凉慷慨之音的挽诗。《红楼梦》写得婉约含蓄，弥漫着一种多指向的诗意朦胧，这里面有那么多的困惑。那种既爱又恨的心理情感辐射，确实常使人陷入两难的茫然迷雾。但小说同时又有那么一股潜流，对于美好的人性和生活方式，如泣如诉的憧憬，激荡着要突破覆盖着它的人生水平面。其中执着于对美的人性和人情的追求，特别是对那些不含杂质的少女的人性美感，所焕发着和升华了的诗意，正是作者审美追求的诗化的美文学。比如，能够进入“金陵十二钗”正册、副册、又副册者，据说将有六十人。这些进入薄命司册籍的妇女，都是具有鲜明个性的美的形象。作者正是以如椽之笔，将这样一大批红粉丽人一个一个地推到了读者的眼前，让她们在大观园那座人生大舞台上尽兴地表演了一番，然后又一个一个地给予了她们以合乎逻辑的归宿，这就为我们描绘出了令人动容的悲剧美和美的悲剧。

在具体的描绘上，正如许多红学家研究所得，小说作者往往把环境的描写紧紧地融合在人物的性格的刻画里，使人物的个性生命能显示一种独特的境界。环境不仅起着映照性格的作用，而且还具有强烈的感染力。作者善于把人物的个性特点、行动、心理活动和环境的色彩、声音融合在一起，构成一个个情景交融的活动着的整体。而最出色的，当然是环绕林黛玉的“境”与“物”的个性化的创造。可以说，中国古典小说的民族美学风格，发展到《红楼梦》，已经呈现为鲜明的个性、内在的意蕴与外部的环境，相互融合渗透为同一色调的艺术境界，得以滋养曹雪芹的文化母体，是中国传统丰富的古典文化。对他影响最深的，不仅是美学的、哲学的，而且首先是诗的。我们把《红楼梦》称之为诗小说或小说诗，或曰诗人的小说，它是当之无愧的。

《红楼梦》证明，曹雪芹创作态度极为严肃，构思缜密精心，章法有条不紊，语言字斟句酌。作者不以叙述一个故事并做出道德裁判为满足，甚至不十分注意他的读者的接受程度，他真正注重的是表现自我。而《红楼梦》恰恰是作者经历了人生的困境和内心的孤独后，对生命的感叹。他不仅仅注重人生的社会意义、是非善恶的评判，而是更加倾心于人生生命况味的执着品尝。他在作品中，倾心于展示的是他的主人公和各色人等坎坷的人生道路，他们的种种甜酸苦辣的感受和体验。我们的读者千万不可忽视和小看了这个视角和视位的重新把握，以及精彩选择的价值。从写历史、写社会、写人生，到执意品尝人生的况味，这就在更宽广、更深邃的意义上，表现了人性和人的心灵。

从《红楼梦》的接受史来观照，体验和体现人生况味，是这部伟大小说的艺术魅力所在，也是它和人们对话最易沟通、最具有广泛性的话题。读者面对小说中人生的乖戾和悖论，承受着由人及己的震动。这种心灵的战栗和震动，无疑是《红楼梦》所追求的最佳效应。因为对广大读者来说，他们之所以要窥视不属于自己的心灵流程和社会体验，不只是出于好奇，更重要的是通过与书中的世界各种殊异的心灵相识，品尝人生的诸种况味。所以从小说发展史角度来看，小说从写历史、写人生到写人生的况味，绝不意味《红楼梦》价值的失落，而是增强了它的价值的普泛性。一部摆脱了狭隘功利性而具有全人类性的小说，即使在今天，仍有巨大的生命意义和魅力，这就是《红楼梦》迥异于它以前小说的地方。

面对大师的心灵史[①]

——走向世界的《红楼梦》

各位朋友：

全国《红楼梦》翻译研讨会邀请我参加此次盛会，今天又能荣幸地在大会上发言，在这里请允许我表示深深的感激之情，并预祝大会圆满成功！

如果让我为自己的这个发言立一个标题，我想应当是“永恒的困惑”。

因为面对《红楼梦》，我的阅读心态始终是永恒的困惑。事实是，在阐释和书写研究《红楼梦》的文字时，我不仅下笔艰涩，而且深感思路的板滞。这样一个事实，这样一种苦恼，既是阅读与研究对象的深邃意蕴所致，也往往是在大师和经典面前的一种说不出的无能为力。我无意把《红楼梦》神化而认为它是不可解之谜，也不认为它带有东方神秘主义的色彩而难以把握。我只是感觉到在它的面前，我们文学智慧的欠缺，我们审美思维力的贫困。然而，又有另外一面，那就是《红楼梦》在知识界，在经历了人生坎坷、具有了咀嚼人生况味的读书界和研究界，它的艺术魅力总是促人进行一次次的探险。或是说，它一次次引发你去阅读和发表对它的理解的冲动，尽管你也许事先充满信心；也许你半途搁笔，掩卷沉思；也许你下笔万言，但又不知所云；也许你被一种解释所征服；但你也许接受不了任何人的诠释，而自认为是曹雪芹的知音，公然认为自己是深“解其中味”的能人；也许诸多理由的合力促使你有一种通脱的理解。于是在读书界、研究界给我们打开了《红楼梦》阅读史上的前所未有的景观。就是在一个多月前，《文汇读书周报》发表了华东师大中文系主任陈大康先生的大作，他用统计数字明确指出在共和国成立后，《红楼梦》在各个时期古典文学研究的所有论著中占有“半壁

---

① 本文是笔者2002年10月25日在全国《红楼梦》翻译研讨会上的大会发言。

江山”，即只要有两篇古典文学研究论文，就有一篇是研究《红楼梦》的。这样一份详尽的数字摆在你面前，是喜是忧？远的不说，20世纪一开头就有对《红楼梦》的各种说法，到了50年代的批俞批胡，《红楼梦》研究的悖论出现了：一是它走进了广大群众中间（其政治原因、动因是不言自明的）；一是在拨乱反正以后，当人们真的想为《红楼梦》讨个公道，对其有个恰如其分的说法时，《红楼梦》又成为很多小说研究者的关注焦点，变成了所谓的“显学”。就是凤凰卫视的圣凯诺世纪大讲堂请来了北京大学艺术系主任叶朗先生，叶先生也没讲他的美学，而是讲的《红楼梦的意蕴》，这到底是怎么个原因？我想《红楼梦》的研究相似于英国对莎氏的研究、法国对巴尔扎克的研究、俄国对托氏的研究，它们似乎都一一证明《红楼梦》是说不尽的，这里用得着歌德论莎士比亚的一句话了：“人们已经说了那么多的话，以致看来好像再没有什么可说的了。可是，精神有一个特性，那就是永远对精神起着推动作用。”歌德评莎氏的话可以移用来看待《红楼梦》，因为作为一部伟大的精神产品的《红楼梦》，也必将对我们的精神和思维空间起着拓展的作用，回过头来，又是对它的新的解读。这是因为人类社会的发展和人类自身的思维发展存在着无限的可能性，于是一部经典对不断发展的人类社会和人类自身思维的发展就会有无限的阐释的可能性。

我今天要讲的有三个问题，想借此机会求教于在座的各位朋友：

第一，文本主义者：我的学术立场；

第二，面对心灵史：难度、困惑与误读；

第三，审美结构的三个层次：谈谈《红楼梦》的不朽魅力，它的象征意蕴。

首先谈第一个问题。中国小说研究界熟悉我的都知道我对《红楼梦》没有做过深入研究，只是在学习红学专家诸多研究该书的论著后，确实觉得对《红楼梦》的解读“回归文本”并非是一个过时或不必再絮叨的策略。质而言之，我认为它起码是一个重要的研究策略。于是我才把自己对《红楼梦》的一贯的学术追求即文本实证和理论研究相互照应的思路作为自己的学术理念。因为，无论从宏观小说学角度看还是从微观小说学角度看，《红楼梦》文本都是一切读者关注的对象。因为，无论古今，小说家得以表现自己对人生、社会、心灵和艺术的理解的唯一手段就表现在文本之中，同时也是他可以从社会、人生、心灵和艺术中得到最高报偿的手段。因此，对于读者来说读懂文本这是最起码的基本功，至于对任何一个真诚的小说研究者来说，细读文本和尊重文本都是第一要义。

可以作为参照系的是西方文学史中的作家本位和文本本位之争。法国批评家圣伯夫是作家本位论者。他认为绝不能把人本和文本分开，必须收集一切有关作家的材料才能阐释作品。而文本本位者是稍后的普鲁斯特，他认为作家的真正自我仅仅表现在文本之中，而且只有排除了那个外在的自我，才能进入写作状态。据说更多的一流作家都本能地站在普鲁斯特一边，像海明威就明确地说："只要是文学，就不用管谁是作家。"而福克纳更干脆地告诉他的传记作者："我的雄心是退出历史舞台，死后除了发表的作品以外，不留下一点废物。"

我上面的话，不外要表达一个意思：无论文本主义还是作家本位以及其他主义，我们都可择善而从，这里既无高下之分，也无是非之别。事实上，在面对《红楼梦》时，就像研究任何伟构一样，肯定有着省略些什么、遗忘些什么的可能。因此我有理由认为，《红楼梦》的研究在一定意义上就意味着有些"遗忘"。我相信这是我们可能对《红楼梦》这一时代巨著进行描述的大前提。这是第一层面的意思，即我为什么选择《红楼梦》的文本研究。

选择"回归小说文本"的策略的第二层面，是和我一直对于"心史"，特别是知识分子、精英作家的审美化心灵史抱有浓厚的兴趣有关。我可以坦诚地告白，我从不满足"文学是人学"这一过分笼统的界定，而是更看中文学实质是人的性格学、灵魂学，是人的精神活动的主体学。因为是心灵使人告别了茹毛饮血的生存方式，是心灵使人懂得了创造，懂得了美和价值观，也是心灵才使人学会区分爱与恨、崇高与猥琐、思考与盲从。而一切伟大的作家最终关怀的恰恰也是人类的心灵的自由，他们的自救往往是回归心灵，走向清洁美善的心灵。曹雪芹不正是以他的纯真的心来写作的吗？事实上文学史上一切可称之为伟大的作家，哪一位不是做着“我心”的叙事？时至今日，不管对《红楼梦》有多少有分歧的说法，但都把《红楼梦》的文本看作是曹雪芹心灵独白的外化，而我更把它看作是曹雪芹心灵的绝唱，是他的心灵自传。因此，在文学创作和文学研究界，在一番“向内转”的趋势中，我们终于看到对《红楼梦》的阐释不只有“一种”，而“一种”阐释也逐渐从研究论著中消失。对《红楼梦》心灵文本的追寻，使这部旷世杰作的多义性成了它艺术文化内涵的常态，而对《红楼梦》任何单一的解析都成了它艺术内涵的非常态。事实上，正因为对《红楼梦》心灵文本的追寻，才极大地调动了读者思考的积极性。每一位读者都有可能根据自己的生活经验和审美体验，思考《红楼梦》文本提出的问题并得出完全属于自己的结论。基于此，我的审美追求才使我更愿与凝聚为文本的曹雪芹心灵进行对话和潜对话。因为我感觉到了这种对话和潜对话，其实也是对自己心灵、魂魄的传达——对人生、对心灵、对小说、对历史，当然也是对《红楼梦》的深一层次的思考。

长期以来，我不断思考一个问题，文化史曾被大师称作心理史，因此文化无疑散落在大量典章制度中、历史著作中，但是，它是不是更深刻地沉淀在小说家们的心灵中？所以，要寻找文化现场，是否应当到作家的心灵文本中去勘察？令我们最感痛心的和具有永恒遗憾意味的是，历史就像流沙，很多好东西都被淹没了，心灵的文化现场也被乌云遮蔽得太久了。但我们又是幸福的，我们毕竟拥有《红楼梦》这样难以超越的心灵文本。在追寻曹氏的足迹时，首先去追寻他的心灵文本不是每一个热爱《红楼梦》的读者的当务之急吗？然而曹氏又是一个例外，对于我这个文本主义者来说，他是唯一一个需要附加条件进行解读的作家。如果我们不读他的传记，不理解他的生平事迹，我们就不会知道他是一个用生命写作的作家。他的小说中，有他人生太多的泪水，有他人生真实的写照。生命的体验只能用生命进行写作。如果他没有对爱情那么深刻而又强烈的体验，没有那么执着而又美好的眷恋，他怎么可能把小说写得像神话一样美？一切美的东西都可以成为小说，一切美的小说都是神话。

现在我谈第二个问题，面对心灵史：难度、困惑、误读。

如果说文学大师的叙述，记录的是人类的灵魂史，经典是大师的精神遗嘱的话，那么《红楼梦》是为典型。《红楼梦》在最准确的意义上为我们记录了人类的灵魂史，曹雪芹的《红楼梦》是给予我们的精神遗嘱。正是基于此，解读曹雪芹和追寻《红楼梦》这部难以企及的心灵文本，人们可想而知，它的难度会有多大。问题是，当你面对心灵的时候，诸多困惑和摆在你面前的诸多难题是无法一一解读的，弄不好会陷入误读中。尽管我们是如此不情愿地当那个误读者，但是我们经常掉入误读的陷阱。

那么为什么我们在面对曹氏的心灵时有那么多的困惑呢？因为按照易卜生的说法：写作本身就是坐下来审视自我。而昆德拉在倡言小说是“欧洲的创造物”这个并非全面的说法时，他毕竟接受了奥地利作家布罗赫对小说的厘定，即“小说惟一存在的理由是发现惟有小说才能发现的东西”。因此对于曹雪芹的小说发现，他的小说智慧，我们是难以一一把握的。记得陈寅恪先生在谈到历史研究时，也是强调“发现”意识是一个历史研究者的必要品质。那么，我们会很快了解到曹氏的发现，恰恰需要我们的再发现，而再发现之难又在于，曹雪芹从来没在他的小说中扮演历史、生活、人生的教父，更不扮演社会生活的法官，更多的是，他总是成为人生、命运的叩问者，只做人生、命运发展的多种可能性的想象者。进一步说，对于别的经典作家来说，比如像孤独，仅仅是指一个作家的写作心态，但对于曹雪芹，则是一种生存状态了。于是在《红楼梦》中我们看到的真正属于小说本体的东西，比如《红楼梦》询问什么是个人的奇遇；他也在尽力探究心灵的内在事件，揭示隐秘而又说不清楚的情感，触摸鲜为人知的日常生活角落的斑痕，捕捉无法捕捉的过去时刻，缠绵于生活中的非理性情状，等等。这一切，作为当代人，即使有人生感悟和深刻的历史感以及审美体验，也不是一下子就能把握得了的。所以我过去就有一种慨叹:《红楼梦》的不可译、无法译，是因为它太难以传达了。对翻译我是外行，我不敢把这一问题延伸，但我可以在文学艺术改编中举上一两个人们常说的最浅俗的例子来说明《红楼梦》的心灵内蕴是何等的难以把握。

例子之一，黛玉刚进荣国府，小说有一段人人皆知的精彩描写。写凤姐看到黛玉，说了一段恭维的话，意思是：呀，这个妹妹真是出息得好，这么漂亮，这么出众，看起来不像是老太太的外孙女儿，倒像是嫡亲孙女儿。这段话内涵很深，不是凤姐的世故和一般恭维话。好了，现在我们看上海搞过的一部越剧，它把这段话编成一段唱词，意思是：林妹妹这么不同寻常，不像老太太的外孙女儿，却像是九天仙女下凡来。请看，都是恭维，可是恭维错了对象，这就首先犯了一个误读的错。为什么凤姐要说不像老太太的外孙女儿，倒像老太太的嫡亲孙女儿？因为外孙女儿是外系的，而孙女儿则是老太太的直系。凤姐说的话表面恭维林黛玉，内里则是恭维老太太，所以我们才说凤姐会说话嘛。这种细节在小说描写中比比皆是，我们即使准确翻译过去了，外国人也不见得能理解其中的意味，因为这是属于心灵层面的东西。

例子之二，一次紫鹃试探宝玉说，我们林家人终究是要回林家的祖籍，早晚要走的，于是宝玉来了一次歇斯底里的大发作，又是闹又是病，怎么也不让林黛玉走。这局面是相当难堪的，而且谁都能窥察出背后有违纲纪的隐衷。而这时候贾母也已经对林黛玉不怎么感兴趣了，她已经把兴趣转移到宝钗身上。当时的情景非常狼狈，这时候薛姨妈的劝慰就极其得体，把这个尴尬的局面给糊弄过去了。她的话大意是：他们两个人从小一起长大，突然地一下子要分手，别说是他这么个傻孩子、实心眼儿的，就是我们大人都受不了。她这几句话，是给贾母面子的，给了老太太一个大大的台阶下。为什么林黛玉始终是那么别扭，又要探宝玉的口风，又不让他把话直接说出？贾宝玉一旦把真情表露出来，林黛玉就觉得受了冒犯，大生其气，这是什么道理？这就是中国女性的含蓄和尊严。即使是对宝玉这样视女孩子为水、视男人为泥土的人，林黛玉也不得不防着一手。倘若她认可了她对宝玉的私情，她的价值就会一落千丈，所以她特别不能容忍贾宝玉露骨地向她吐露情感，将其视为轻薄，而内心又非常迫切地想要得到爱情的保证，心情表现得非常复杂。这些，一般读者不易把握，外国人更会觉得不可思议。我曾开玩笑地对我的研究生说过：把中国小说翻译过去不行，那要加很多注释啊。加多少注释也不行，真得用中国评点派的办法，一一评点才可以，不然很多象征性的、潜台词的东西不易理解。

例子之三，宝玉挨打。宝玉为了艺人蒋玉涵挨了父亲的打。挨打之后，很多人去看宝玉，黛玉也去了，她面对宝玉伤心到了极点，就说了一句话："你可都改了罢！"宝玉回答说："你放心。别说这样话，我便为这些人死了，也是情愿的。"这话实际上是宝玉的一次真正的袒露心迹。他话中的"这些人"，说的是蒋玉涵等人，指的却是包括与林黛玉的儿女私情在内的叛逆性情感。这话林黛玉也听懂了，从此之后便平静下来，再也没闹小心眼儿、别扭了。对这段情节，越剧《红楼梦》把这段探病的情节安排到前面去了，于是在贾宝玉说过此话之后，又连续发生了他和黛玉吵嘴的过节，艺术逻辑乱了。这件事曾让北京大学的已故老教授吴组缃先生很犯了一阵肝气，认为这是把曹雪芹大大地误读了。同时也大大地暴露出改编者缺乏对中国伦理文化的常识。这说明吴先生看得很清楚，《红楼梦》的写实情节的严格与缜密，不会有一丝一毫的疏漏，也就是说《红楼梦》的写实层面是如此严丝合缝，毫无漏洞，栩栩如生。但我们还是忽略了一件重要的事情，那就是我们忽略了这部作品的创造者的心灵世界，即那最不易发现的心海潜流。心灵文本中不易发现的潜流是心灵中最细微处、最微妙处，即心灵的最敏感处，也即是心态的变迁。作为一种精神流动体的心态，它更受个人遭际的影响，而不断变动游移。生活的变迁容易把握，而曹雪芹却总是深入底里，把握心态的变迁。因此，在我们认真观照《红楼梦》的心态时会发现，曹雪芹最了不起的是他从不把笔触放在"过去"就已经凝结的东西上，而是善于把"尚未"被规定的精神现象捕捉住，并用不动声色的笔触表现出来。所以曹雪芹小说中的每个人物、每个情节乃至细节都是一直处在“制作”中，在“创造”之中。谈《红楼梦》这部心灵文本，让我们陡然想起了司汤达最喜欢说的话:“重读自己。”我认为任何谈及心灵的写作都带有强烈的回忆与反思的色彩，它是一种对自己的“重读”。因为当一个人提起笔来进行叙事时，首先他需要面对的正是自己。他的观察、感悟、体验、想象，包括对人的评判、咀嚼，都包容在这个人生中的“自己”里面了，“自己”既是起点也是终点。正因为如此，这属于心灵写作的《红楼梦》，这“重读自己”的《红楼梦》，我们即使熟读以后，也还是有些“隔”。因为“不隔”是不可能的，《红楼梦》只能是属于曹雪芹心灵的叙写、回忆和反思，因此我认为谁也别说读懂了这部大书。读后困惑，有一大堆疑问、一大堆难题是正常的，而诸多误读也正发生于此。

曹氏永远不是一个纯粹的小说家，我们对他的认识始终是不全面的，或者说是在不恰当的意义上来理解曹雪芹，所以我说他是一个用生命写作的作家。巴尔扎克当年想用手中的笔征服欧洲，有人又说安徒生想用手中的笔征服世界，因为他征服世界的征途是从孩子开始的。而我们的曹雪芹征服世界的征途是从心灵开始的，所以他的宽容、仁慈、同情、善良、正义……的理念都蕴藏在其作品中。而这一切你似乎只能从一个角度把握和理解吧！

第三个问题是想谈谈读《红楼梦》时体悟到的审美结构的三个层面，重点谈谈象征意蕴，我想这是理解《红楼梦》的关键。

凤凰卫视的世纪大讲堂中，叶朗先生讲《红楼梦》的意蕴，也是从三个层面分析的。他认为过去的解读只是从两个层面分析，一个层面是说《红楼梦》在反映社会生活广阔图景的广度和深度上是一部前所未有的作品。第二个层面是谈悲剧性，曹雪芹提出了一种审美理想，而最终表达的是美的毁灭。他说曹雪芹从汤显祖那儿继承了情的概念——大致谈情，寻求的是人间的春天。第三个层面，叶先生认为是别人没有谈及的，即《红楼梦》处处渗透着曹雪芹对整个人生的很深的感悟和哲理性的感叹，即人生感、历史感。作品的意蕴是形而上的层面，这是被人忽略的层面。他还说，《红楼梦》是对人生的终极追问、对命运的感叹——有限人生，于是使小说充满了忧郁——何处是归程。叶先生讲得很好，但我认为是否还可以补充一些呢？有没有可能拓宽新的阅读空间呢？因为叶先生所谈及的第三个层面，蒋和森先生、何其芳先生其实在20世纪50年代末已有所涉及。《红楼梦》和一切经典一样，都是作家心灵折射出来的历史之光，然而首先是因为它们具有美的形式，从而成为人们的审美对象。所以从审美结构来看，传世之作都包含三个层次：表层是各种形式美因素及其所唤起的意象；中间层次是意象所指示的社会、历史内容；它的深层结构则是超越题材和超越时空的具有象征意味的深刻意蕴，即它提示了某种普遍性的哲理心理内涵时，这个作品就获得题材之外的象征意味。这种具有象征意味的哲理心理内涵，人们就叫它“象征意蕴”。根据我的理解，在第一个表层层面上，即形式美因素及其所唤起的意象是：曹雪芹凭借对活生生流动的生活，以惊人准确、绝妙的艺术感觉，在生活的激流中做急速炫目的旋转，让你在他的小说中看到的是幽光狂慧，看到天纵之神思，看到机锋、顿悟、妙谛，感到如飞瀑、如电光般的情绪速度。所以在第一层面，你被他的形式美所吸引，因为你看到了曹雪芹美的文笔以及对美的发现的能力，于是也愿意更诗意地看待生活，看待美文。第二层面是中间层面，即意象所指示的社会历史内容。对于这一点，我的阅读心态是极宽容的，因为事实早就证明，不同的读者、不同的年龄段、不同的时代、不同的心态、不同的立场、不同的视点，看到的重点就完全不同或同中有异、异中有同。所以我宁愿把《红楼梦》看成是一座有多个窗口的房间，不同的人从不同的窗口看到的会是不同的天地，有不同的人物在活动，这样我们面前就会出现一个完整的世界。比如，从一个窗口望去，我们看到了一个大家族的兴衰史；从另一个窗口望去，是令人动容的宝黛爱情悲剧；从这个窗口望去，那是众多女性的悲剧命运；从下一个窗口望去，是处在底层的女奴的反抗；又从那个窗口望去，是妻妾的争风吃醋，帮闲的吃喝玩乐，一幅典型的朱门酒肉臭的图景；再换一个窗口，我们看到卖官鬻爵，贪赃枉法；还有一个窗口，我们不时看到一个独特人物，像王熙凤的身影，她是一个无所不在的人物……面对这些窗口，读者也许只站在一个窗口看，那没错；如果站在两个窗口再看看，可能更好些；如果在各个窗口前都浏览一番，那就是中间层次揭示的社会历史内容了。我们过去确实关注、了解、分析的是中间层次。然而，高级的审美和阅读活动则应该是进入审美的深层结构，即应努力把握《红楼梦》的象征意蕴。

在我看来，《红楼梦》绝不以叙述一个故事并做出道德裁判为目的，甚至不十分注意它的读者的接受程度，它真正注重的是表现自我。而《红楼梦》恰恰是作者经历了人生的困境和内心的孤独后，对生命的感叹。曹氏不注重人生的社会意义和是非善恶的评判，而是倾心于人生生命况味的执着品尝。他在小说中倾心于感悟他的主人公和各色人等坎坷的人生际遇及他们内心种种酸辣苦甜的感受和体验——生命的体验。我们读者千万不可忽视和小看了这个视角和视位的重新把握以及精彩选择的价值。从一般的写历史、写社会、写人生到执着地品尝人生的况味，这就在更宽广、更深邃的意义上表现了人性，表现了丰富的心灵世界。而这正是各个时代、各种人都具有的感受和体验。

从《红楼梦》的接受史来观照、体验和体现人生况味，是这部伟大小说的艺术魅力所在，也是它和人们对话最易沟通、最具有广泛性的话题。读者面对小说中人生的乖戾与悖论，承受由己及人的震动，这种心灵的战栗和震动无疑是《红楼梦》所追求的最佳效应，因为对于广大读者来说，他们之所以要窥视不属于自己的生活流程和生命体验，不只是出于好奇，而更重要的是通过与书中的世界各种殊异的心灵相识，品尝人生的诸种况味。于是作者和读者在一个聚焦点上会合了，原来作者和高层次的读者都在追求人类心灵的自由。呼唤和渴望心灵的自由既是作品的真正主旨，也是读者的渴望，于是呼唤人类的心灵自由在作品和读者的阅读中契合了，这就是《红楼梦》的象征意蕴。象征意蕴成了《红楼梦》与各个时代的读者建立情感联系的中间环节，而象征意蕴的内涵正在于曹雪芹的小说揭示了人生普遍的哲理心理内涵。如果说鲁迅的《阿 Q 正传》的哲理心理内涵是通过阿 Q 的形象概括出了人类世界的荒谬性，那么各民族的读者也能从阿 Q 身上看到这种荒谬性，至于《红楼梦》则是通过“自我形象”“自我情感”，概括了世界各族人民受到封建意识形态的禁锢，而要求、渴望、追寻心灵的自由。这样的哲理心理内涵既概括了中国人的民族精神，同时我们也会从世界各民族读者中听到这种对人类呼唤心灵自由的共同声音。于是《红楼梦》这种超越了国界的艺术魅力，随着全球的文化沟通，会有更多的人领会其意蕴，我想这可能是从一个侧面把握《红楼梦》心灵文本的内核吧！

总之，曹雪芹和他的《红楼梦》的伟大，在于他把自己的生命和小说联结在了一起；曹雪芹的天才，在于他利用小说这种文体展现了人生的多重层面（几乎没有一个作家可以与之媲美）。他给小说提供了一种无限的可能性，最大限度地诠释了小说的精神。我更愿意在哲学意义上膜拜曹雪芹。他的小说不断地暗示我们：曹氏是一个诗人、一个美学家、一个伦理学家、一个心理学家、一个哲学家、一个绝好的知己。无论在哪一个意义上，他都是不可取代、不可超越的。

追寻心灵文本[①]

——解读《红楼梦》的一种策略

中国小说研究界熟悉我的都知道我对《红楼梦》没有过深入研究，只是在学习红学专家诸多研究该书的论著后，确实觉得对《红楼梦》的解读，“回归文本”并非是一个过时或不必再絮叨的策略，质而言之，我认为它起码是一个重要的研究策略。于是我才把自己的一贯的学术追求即文本实证和理论研究相互应照的思路做了扼要的陈述。当时的心情只是想为朋友们的讨论提供一个参照，希冀在碰撞和交流中引发更多的思考。后来听说我的意见果然引起了一些争论，反对者有之，也不乏赞成者，我认为这是学术争鸣的正常现象，也必定对我今后思考这一问题大有助益。现在陈维昭先生有大作发表[②]，正式对我的想法提出商榷，拜读后非常兴奋，也引发了很多思绪，只是由于我身体状况欠佳，又杂务缠身，难以抽出较多时间就此再做进一步研究，现在只能凭我的部分记忆，把我的想法大致整理如下，以求教于陈先生和广大爱好、研究《红楼梦》的朋友们。我思忖，对《红楼梦》的解读，永远是一个不会终结的对话和潜对话的过程。

无论从宏观小说学角度看还是从微观小说学角度看，小说文本都是一切读者关注的对象。这是因为，无论古今，小说家得以表明自己对社会、人生、心灵和艺术的理解的唯一手段就表现在文本之中；同时也是他可以从社会、人生、心灵和艺术中得到最高报偿的手段，所以一个小说家真正需要的，除了自身的人格与才情之外，那就是他们的文本本位的信念。而对于读者来说，读懂文本这是最起码的基本功，至于对于任何一个真诚的小说研究者来说，细读文本和尊重文本都

---

① 这里所说的“文本”指的是言语作品，即由文字组成的实体。这包括历史与现代的一切文字材料。

② 参见《红楼梦学刊》2000年第2期。

是第一要义。

可以作为参照系的是西方文学史中的作家本位和作品本位之争。人们知道，19世纪法国批评家圣伯夫是作家本位论者。他认为作家生平是作品形成的内在依据，因此，绝不能把人和文本分开，必须收集有关作家的一切资料，其中包括家族史、书信、知情人的回忆等。而文本本位论者是后来的代表人物普鲁斯特。他认为，作家的真正自我仅仅表现在文本之中，而且只有排除了那个外在自我，才能进入写作状态。据说所有第一流作家都本能地站在普鲁斯特一边。像海明威这样的大家就明确地说："只要是文学，就不用去管谁是作者。"而福克纳更干脆地告诉他的传记作者：我的雄心是退出历史舞台，死后除了发表的作品以外，不留下一点废物。我还发现，德国伟大诗人和思想家海涅原来也是一位坚定的文本主义者。他在评论莎翁的剧作时，捎带发表了一段精彩的文字，现摘抄少许，以飨读者：

> 艺术作品愈是伟大，我们便愈是汲汲于认识给这部作品提供最初动机的外部事件。我们乐意查究关于诗人真实的生活关系的资料。这种好奇心尤其愚蠢，因为由上述可知，外部事件的重大性和它所产生的创作的重大性是毫不相干的。那些事件，可能非常渺小而平淡，而且通常正如诗人的外部生活非常渺小而平淡一样。我是说平淡而渺小，因为我不愿采用更为丧气的字眼。①

海涅还有很多刻薄的言辞，我不再征引了，以免伤害持不同看法的朋友。总之对这两种持之有故又截然不同的意见，我似乎更偏重于海涅和普鲁斯特一边。当然，由此也可以看出史学与文学之差异。历史学如不研究人物的行状、根脚就无所谓历史；而文学除了作家的研究，他们的研究对象绝不会比历史人物留下的

---

① 海涅：《莎士比亚的少女和妇人》，载《莎士比亚评论汇编》上，中国社科出版社，1979，第328页。

文本更少，这也许是一个史学的门外汉说的地道的外行话。

我在上面所说的话，不外是要表达这样一个意思：无论是文本主义还是作家本位以及其他的主义，我想任何人都可择善而从，似乎不存在谁是谁非的问题。我们不必由此就悲观地认为《红楼梦》研究会无所适从。任何时代、任何社会、任何意识形态的影响，对《红楼梦》的研究，就如同对其他伟构的研究一样，肯定有着省略些什么、遗忘些什么的可能，而且这个“陷阱”是研究行为本身天然地带来的，属于无法清除之列。在此意义上，我有理由认为，《红楼梦》研究，在一定意义上就意味着有些“遗忘”。我相信，这是我们有可能对一个时代的文学进行描述的大前提。

说到《红楼梦》研究，从对它的艺术的理解和审美追求来说，我这个“潜”研究读者，也是在兜了一个圈子以后，才又选择了回归文本的策略，这里是有三点可以说明的原因。

第一，我之所以选择回归小说文本的策略，是和我近二十年来对“心史”特别是知识分子的审美化心灵史抱有浓厚的兴趣有关。我可以坦诚地告白：我从不满足“文学是人学”这一过分笼统的命题和界定，而更看重文艺实质是人的性格学、灵魂学，是人的精神活动的主体学。是心灵使人告别了茹毛饮血的生存方式，是心灵使人懂得了创造、美和价值观，也是心灵才使人学会区分爱与恨、崇高与卑琐、思考与盲从。而一切伟大的作家最终关怀的恰恰也是人类的心灵自由。[①]他们的自救往往也是回归心灵，走向清洁的与美善的心灵。具体到曹雪芹，谁又不承认他是以纯真的真、善、美的心来写作的呢？而事实上，文学史上一切可以称为伟大的作家，哪位又不是做着“我心”的叙事？时至今日，我们几乎都把《红楼梦》文本看作曹雪芹心灵独白的外化，是他心路历程的印痕，即使文学史家也逐渐把重心置于“发皇心曲”之上。于是对于《红楼梦》，我们再看不到对它只有

---

① 窃以为曹氏的《红楼梦》的全部旨趣就在于他关怀的是人的心灵自由。

“一种”解释了；而“一种”解释也在逐渐从研究论著中消失。《红楼梦》心灵文本的追寻，使这部旷世杰作的多义性成了它艺术文化内涵的常态，而对《红楼梦》任何单一的解读都成了它艺术内涵的非常态。事实上，对《红楼梦》心灵文本的追寻，极大地调动了读者思考的积极性。每一位读者都有可能根据自己的生活经验和审美体验，思考《红楼梦》文本提出的问题并且得出完全属于自己的结论。基于此，我的审美追求才使我更愿与凝聚为文本的作家心灵进行对话与潜对话。因为这种对话，其实也是对自我魂魄的传达，对人生、对心灵、对小说、对历史，当然也对《红楼梦》进行思考。

长期以来我不断思索一个问题：文化史曾被大师称作心理史。因此文化无疑散落在大量典章制度中、历史著作中；但是，它是不是更深刻地沉淀在小说家们的活动环境中，沉淀在众多作家的身上，尤其是沉淀在他们的心灵中？所以要寻找文化现场，是否应当到作家们的心灵文本中去勘察？令我们最感痛心的和具有永恒遗憾意味的是，历史就像流沙，很多好东西都被淹没了，心灵的文化现场也被乌云遮蔽得太久了。中国人是幸福的，我们毕竟还拥有《红楼梦》这样难以超越的心灵文本。在追寻曹雪芹的足迹时，首先去追寻他的心灵文本不是每一位热爱《红楼梦》的读者的当务之急吗？

第二，选择回归文本的策略，必要的步骤当然是亲近名著和拥抱经典。在名著与经典的多重含义下，我特别看重“划时代”这一点。从外显层次看，“划时代”是指在文学史或小说史上起过重大作用的作品，这些作品标志了中国文学史、中国小说史发展的一个特定时期，具有“划时代”的意义。但从深隐层次来观照，名著与经典在某种意义上都具有艺术探险的意味。从志怪志人、唐宋传奇、宋元话本，一直到明清章回小说，哪一个艺术现象不应看作有史以来作家小说家在精神领域进行最广泛最自觉最大胆的实验？而凡实验又是以大量废品或失败为代价的。但经过时间的磨洗，必然有成功的精品存留下来，成为人类艺术发展长河在这个时代的标志或里程碑而载入史册。所以像《红楼梦》这样真正走进文学史的伟大小说家的精神产品，就具有了如下的品格：由于其不可复制性和不可替代性而具有永恒的魅力。因此小说文本从来不以“古”“今”论高下，而以价值主沉浮。正是在这个意义上，像《红楼梦》等小说巨著是永远说不尽的。歌德在谈到莎士比亚的不朽时说：人们已经说了那么多的话，以致看来好像再没有什么说的了，可是精神有一种特征，就是永远对精神起着推动作用。是的，名著和经典也必将不断对我们的精神和思维空间起着拓展的作用。进一步说，像蒲松龄、吴敬梓、曹雪芹这些可以称为伟大的小说家都具有创造思想和介入现实的双重使命感，这充分体现于他们的小说的字里行间。他们的每一部名著都是他们严肃思考的内心笔记。尽管每部名著都是他们个体生命形态的摹本，然而对于我们来说，它们的文化蕴含确实会随着时间的推移而富有更为广大的精神空间，乃至后世的每一个解读者对它们都不可能做出最终的判定。事实是，解读像《红楼梦》这样的经典小说本身就具有动态的特征，这是由于知识本身就是流动的。它不可能是小学中学乃至大学课本上那几行已经变得发黑的字体和干巴巴的结论。我们不妨借用古希腊先哲赫拉克利特的一句名言：“灵魂的边界你是找不出来的，就是你走尽了每一条大路也找不出；灵魂的根源是那么深。”虽然我深知找不出，但我们会锲而不舍地追寻，并变换着方式去追寻，我们毕竟有可能逐步接近那些伟大名著，其中当然包括《红楼梦》深邃的灵魂边界。

解读《红楼梦》是提升自己的灵魂的一剂良药。我认同这样一种观点：要解读《红楼梦》就需要一个开放而智慧的头脑，自然也需要一颗丰富而细腻的心灵。进一步说，它还需要营造一种精神氛围、一种人文情怀，这样才真正觉得《红楼梦》是永远不会读完的。不可否认，面对大师，那是要求有与之水平相匹配的思想境界的。在研究或阐释大师的思想精神和隐秘心灵时，你必须充当与他水平相当的“对手”，这样庶几有可能理解他的思路和谋略。有人把与大师、名著对话比喻为下棋，那么我得承认，面对《红楼梦》我自己就永远不会是称职的对手，因为棋艺相差太远，常有捉襟见肘的困窘。这当然也绝非故作谦虚，而是不容否定的事实，然而提出这个问题，我仍然认为有其现实意义。

我也深知《红楼梦》所体现的美学价值其意义重大，不做整体思考不行。而一旦经过整体思考，我们就会发现曹雪芹给我们最大的启示是如何思考人生、思考艺术、思考文化。而文化的最深厚内涵是不分时间、不分地域的。而文化的内在层次所以不同于外在层次，更在于它不因时间与地域的变化而变化。所以对《红楼梦》文本的生命力必须以整体态度加以思考。在我走进生命后期时，我才有了一个“宏愿”，想努力地从宏观思维与微观推敲相结合上入手解读《红楼梦》这部经典文本。

第三，我的选择文本策略和张扬细读文本乃是研究《红楼梦》的第一要义，绝无意排斥占有史料和必要的考据。过去在这个问题上我的一些言论曾招致某些误会，这次借机会再加必要的说明。

文史之学是实学，不能离事言理。因此充分占有史料，乃是从事研究的必要手段。一些文史家长于以检验师的敏锐目光与鉴别能力，审视着历史上和古籍中的一切疑难之点，并以毕生精力对此做精细入微的考证，汰伪存真的清理，其“沉潜”之极致乃有乾嘉学派大师的余韵。但是我也发现，个别小说研究者囿于识见，只见树木，不见森林，用力虽勤，其弊在琐屑苍白。无关宏旨的一事一考，一字之辨，尽管可以竭研究者之精思，但重大的文艺现象和文本之真谛往往被有意无意地置于脑后。比如关于曹雪芹祖籍的考证，我就觉得并非很容易与《红楼梦》文本挂上钩。这说明，只凭对作者的一星半点的了解，类似查验户籍表册，那是无以提供对这些名著和经典文本做出全面公允的评价的。因此，长期以来，我在教学时，在面对作家与作品时，我是宁肯从作家创造的艺术世界来认识作家，从作家给人类情感世界带来的艺术启示和贡献，来评定作家的艺术地位。

如果进一步允许我直言不讳的话（而且我也看到了自己的“偏颇”），真的，如果整天埋头在鸡零狗碎的“史料”中，对《红楼梦》的研究并非是幸事。因为它最容易湮灭和斫伤研究者自身的性灵，使审美体验迟钝，使文笔不再富于敏感性和光泽。也许它仅有了学术性而全然失去了《红楼梦》研究必须有的艺术性。如果真到了不动情地审视着那发黄的旧纸时，我想那就成了今日多病的学术的病症之一了，或者应了一位学者的明智之言：学问家凸现，思想家淡出。然而，学者的使命毕竟是在追求“有思想的学术和有学术的思想”这一层次的。

学术研究是个体生命活动，生命意志和文化精神是难以割裂的。学术研究中的“无我”是讲究客观；“有我”则是讲究积极投入，而我们的理想境界则在物我相融也。过去，考据与理论研究往往相互隔阂，甚至相互排斥，结果二者均得不到很好的发展。我们的任务是把二者都纳入历史与方法的体系之中并加以科学地审视，只有这样才能体现考据、理论研究与文本实证的相互应照、互补相生、互渗相成的新的学术个性。如此，《红楼梦》研究庶几可以得到健康的发展。

上面的意见大致表达了我在1998年那次研讨会上发言的主要内容。时至今日，如果还需要补充什么的话，那就是以下的两小段文字。

每位研究者对一部作品和一种文学现象的解读总是从某一个角度和采取一种策略出发。研究者不能不受研究者自身的主客观条件的影响。不同的人由于不相同的生活经验和审美感受而形成互相差异的思维定式，这就是本不应该忽视而恰恰被长期忽视了的理性的个性，虽然理性恰恰是重在共性的发现。一般说来，认识总是一种主观活动，人的知觉总是有选择性。这种选择性在人的经验和习惯的层次上被固定下来，更多地处于潜意识形态，因此人的认识总会自觉不自觉地受到主观因素的作用和个性特征的影响。特殊说来，对文艺现象、小说文本的认识，更是掺杂着审美体验的影响和受着审美情趣的制约，更容易形成个性化的倾向，因为对美的判断包含着比对真与善的判断更复杂的心理因素。当丰富多彩的审美意识直接间接地与物质生活联系在一起时，人们之间的争论一时可能难分难解。在此情况下，对于同一作品同一作家形成悖反之争是常见之事。鉴于多年的经验教训，对于已经开展起来的关于《红楼梦》的争鸣，最好不要简单地下结论，不要急于“一锤定音”。非此即彼的选择很容易使我们的美学思维方式走回头路。

有鉴于此，窃以为，要建构“红学”，就应经常进行对话和潜对话，就要创建一个和谐的学术文化氛围。一位勇于开拓的研究者不是在自我封闭的心态中进行思维的，而是在与外界对话的过程中不断摄取新的信息并调整自己的理论意识中进行的。我常常觉得对《红楼梦》研究实事求是之心难求。而批评家与研究者的思维方式中某种单一的要求则往往给作品和别人的理论文字带来过多的损伤。其实对峙是一种必然，但不一定必然转化为对立，这里就需要一种现实的学术的宽容。学术宽容当然不意味着掩饰意见分歧，在学术上也提倡“好好先生”，行中庸之道。而是说，都应体现在彼此在坚持从自己的思维角度、学术立场发表见解时，努力倾听对方的声音，并从中汲取对自身有益的东西。认识彼此的局限是一种明智，而把自己表现得毫无局限，这才是真正的局限。

白先勇先生“细说”120回《红楼梦》的方法论意义[①]

白先勇先生曾说：“曹雪芹是我的师傅”“《红楼梦》是我的文学圣经”“我写作的百科全书”“曹雪芹是一位天才的天才的作家，《红楼梦》中藏有玄机”。白先勇先生的这几句话证明了法国伟大作家福楼拜的一句名言：“艺术广大之极，足以占据一个人。”

白先勇是一位真正有精神追求的优秀作家；也是一位有思想的有大格局的学者。当我们把这一点稍做延伸，就可以发现，他总是以细微而精准的眼光把握诗意的《红楼梦》；同时，诗意的《红楼梦》又调动了白先生心灵的诗意。所以，我感觉到了白先生的“细说”120回《红楼梦》往往不是我们一般读者所感受到、所理解的《红楼梦》那些内涵。因为白先生总是能在把握小说整体思想艺术构思时，又能把他的叙事触角伸向那细微的人物对话和人物行动的某些细节去观照和发现小说文本的真正内涵与诗意。这种“发现意识”，让他破解了小说文本中很多玄机；很多有意味的象征蕴含。这是白先生的特异功能。

白先生的“细说”还不仅止于诗意的唤醒。正因为他的“一卷红楼，一曲惊梦”，使他获得了生命之情趣，又构建了他独有的审美人生。是的，美与情的水乳交融，永远不可能离开心灵的创造。《红楼梦》是曹雪芹的心灵的自觉创造，也是他的心灵的投影。正如前辈大学者宗白华先生所言：“一切美的光是来自心灵的源泉。”

白先勇先生的“细说”120回《红楼梦》，其实质性的审美价值正就是他对美的心灵和美的意念的阐释。所以，当你读他的“细说”，你就会发现，其本身就是一种灵动的审美活动。正是通过他的心灵的创造，才能把我们带入到一个美的境

① 本文是根据2018年3月24日在上海举办的“《牡丹亭》《红楼梦》与我们的文艺复兴”主题论坛上的发言整理而成。

界。应当说这是白先生给予《红楼梦》的伟大价值做出一次巨大贡献。

“细说”之“细”正是按照这个审美秩序细密无间地演绎的。

且看，白先勇先生充分调动了自己人生道路上的特殊感悟；在人生的各个节点上的回忆，包括那些记忆中的碎片都会以审美的形式呼应《红楼梦》中的人物心态和情节构成。作为曹雪芹心灵史的《红楼梦》和作为心态史的《红楼梦》，都和白先生的心灵史和心态史有着千丝万缕的联系。

白先生作为一位杰出的作家，他在“细说”中倾诉的那些优美的情愫和联想，也是他善于有意识地进行审美观照的结果。其中，白先生有洞见，有思辨，但他不一定要摆出一位理论家的架势，而是在阐释和品评文本时，把洞见与思辨和心灵感悟密切联系起来，交融起来。即使是感性的即兴式的联想，也是一种生命感发！正是这种生命感发才构成了白先生属于绝对个人的审美特质。这一切才有 120 回“细说”的富有艺术魅力的叙述。

白先勇先生几十年来始终处于与《牡丹亭》《红楼梦》的对话和潜对话的过程中。他的生命追求不断在历史与现实中间、作家与作家之间对话。正是这种与经典文本的对话，构成了他心灵生活的鲜明的特点，也就是我认为的，具有鉴赏学中方法论意义的特点，即“让《红楼梦》小说文本自己说话”。

回归文本，“让文本自己说话”是我们研究文学的重要策略。一位真正的作家所具有的唯一权力，是他们创造的作品。我们要把握作家的人生轨迹，思想脉络，情怀和才华，特别是那游移不定的心态，其难度是很大的。其原因，就是这些都并非是有形的。所以我们只能从作家的文本了解。“文本”看似就是一些“话语”，但是，凡天才之伟构，从来没有一个作家是把话淋漓尽致地说出，说死，说尽。而“文本”的本性恰恰是开放的。试想，《红楼梦》文本把曹雪芹的“话”说完了吗？这不是 80 回、120 回的问题，而是曹雪芹有太多“欲说还休”的东西。白先生为什么一再说《红楼梦》是天书，是暗藏玄机，是因为他看到和发现了曹雪芹的文本给我们留下了太多的想像空间。因为曹雪芹自己就有太多的困惑，太多不知情自何起，太多的欲说还休的东西。于是白先生才在“观其格局，望其整体”中，在他的“细说”中把《红楼梦》的知性、意念，不可解又须解的东西以艺术的思维统一起来进行观照。纵观白先勇的120回的“细说”，是随着《红楼梦》这部“开放的文本”，把曹雪芹没有说完，欲说还休的叙事空间，以白先生自己的认知和审美感悟，让曹雪芹“说出来”。一言以蔽之，是让《红楼梦》继续说，接着说，包括“代替”他说。这就是“细说”的功能和效应。因为我们正是通过这“细说”逐步了解曹雪芹不肯完全道出的话，还不想说的话，慢慢说了出来。这就是白先生在“悟”的基础上，“诱导”曹雪芹说出自己的真实想法和想要说的话。所以“细说”，第一步是“顺”着曹雪芹的“话语”去说，也就是“随”着他说。继而就会以相同又相异的立场。和不同的历史时空，与其“分享”，乃至“辩护”，又不时地去“设问”“诘难”，乃至“辩论”，延伸他没说或不想完全说的那些事和人，情和理。

下面就是通过白先勇先生的“细说”去一一破解“玄机”了。

“让《红楼梦》文本自己说话”，这是一种阐释策略。它既尊重文本，又延伸文本，我认为这就有了方法论上的意义。

顺着这个思路，我们可以看到白先生的文本“细读”又“细说”乃是不断思考，不断叙事的过程，当然更是一种感悟和审美的过程。这是一种现实性的，又是一种历史性的交织。而白先生之高妙处就在于他的“细说”是把心灵的感发，从叙事触角伸向文本之幽深处和极痛楚处。白先生的“细说”有很多灵光一闪的思绪，非常智慧地把文本那些写到极痛楚处“点”出来，又旋即收回，进行品味。这种对作家人生况味的把握，是作为作家、小说家的白先勇最娴熟之处，也是这部“细读”最大亮点之一。

对《红楼梦》这部经典文本的“细说”是白先生通过他的时间思维和空间思维对过去历史记忆和现实再感受的最好的唤醒。这既是一种审视，一种联想，更是一种审美判断。这才是它启迪我们重新感悟《红楼梦》内涵的关键。

作为作家的白先勇先生，他的每一次对经典文本的心灵对话，都有一种“情缘”在。对《牡丹亭》如此，对《红楼梦》也是如此。这是因为再没有像白先勇先生这样理解和把握文本作者的内心的困惑了！

事实正是越是伟大的作家，他内心的困惑越多。于是我们才发现，伟大作家的创作，往往就是讲述自身的困惑！因为他们的生命追寻往往是：这是为什么？为什么是这样呢？所以，伟大作家心中常有一个“心魔”。曹氏的小说是他的人生况味的叙事，也是他“心魔”的某种释放，当然又是最隐晦的审慎的表达。白先生把握到了这个“玄机”，看到了曹雪芹的困惑，触摸到了曹氏的“心魔”，于是他在“细说”这120回小说文本时，感悟到人性的复杂性，从而为我们揭开了曹雪芹这部心灵自传的正面和背面，阳光与阴影。

钱锺书先生协助翻译“阐释学”这一词条时说：何谓“阐释学”，即“其事未必然，其理未必不然”。以此理解白先生的“细说”一书，我们发现白先生追踪的正是“其事未必然，其理未必不然”。

白先勇先生“细说”面对的是这部天才的天才的巨著，这是一部“活的文本”。《红楼梦》就像一本管弦乐谱，它要借助人们不断地演奏。“细说”120回《红楼梦》就是一位杰出的演奏者，它已经并必将继续激起更大更多的回响。

白先生是带着热烈的诗情走进《红楼梦》的艺术世界的。也许这会被文献学家们所质疑，会说这种审美感发容易失去它的“客观性”。但是，我常想，即使你竭泽而渔，广罗史料，是否就可以完全避免主观的介入呢？当然不可能。因为即使文献学，选择和阐释史料过程也必然是一种主观判断的过程。

白先勇先生是一位自我意识很强的评论者。他的“角色”始终没变，只是在这部“细说”120回《红楼梦》中，评论格局更加开阔。从文本出发发现问题，然后通过富有情怀的论述“回答”问题。这就必然是一种“超越”，超越了一般的思想体系和“批评语体”。这就是白先生的主体意识。

《红楼梦》之美绝不可能离开生命感发和心灵感应的审美创造。它需要像白先勇先生这样进入“物我同一”的境界。“细说”120 回《红楼梦》是这样，那“一曲惊梦”的《牡丹亭》的改编为青春版，也是白先生激活其生命力的明证。

事实是，白先生的“细说”120 回《红楼梦》正是以他的生命哲学，启示我们如何去感悟、体味《红楼梦》这部天才伟构的诸多“玄机”。而他的审美体验是一种创造，于是他又给我们另一个重要启迪：任何一种艺术欣赏，都是再创造的过程。白先勇先生对曹雪芹的“困惑”，对他的“心魔”的触摸又传递给我们一个信息，欣赏任何艺术之美都是对困难的克服。

总之，任何一部经典小说文本，尤其是天才之天才的曹雪芹的《红楼梦》，永远不是一个封闭的文本，而是永远开放的“活的文本”。对于每一位热爱和想读《红楼梦》这部小说的朋友，我们可以在白先勇先生“细说”的导读下更好地对这部“活”的经典小说文本进行对话和潜对话，不断地欣赏，不断地再创造。

惊天动地的呐喊

——浅谈《窦娥冤》的悲剧精神

在群星灿烂的我国剧坛上，13 世纪出现的伟大戏曲家关汉卿，是闪耀着夺目光芒的巨星之一。

这位活跃在七百多年前的剧作家，竭毕生的精力，以其辛勤的劳动和巨大的艺术胆略，为一代文学的“元曲”的繁荣和发展，做出了奠基性的卓越贡献，他不愧为中国戏曲家的开山祖。他创作的杂剧数量之多，为元代第一；[①] 而更为重要的是他深知人民的疾苦和愿望，站在人民一边，以杂剧为武器，向封建统治者展开了猛烈的抨击。他以作品的强烈的人民性和高度的艺术性的和谐统一，开创了我国戏剧艺术的光辉传统。单以流传下来的《窦娥冤》《救风尘》《望江亭》《单刀会》《鲁斋郎》等名作而言，就经受住了历史的筛选，至今仍葆其不朽的艺术生命，为广大人民所深深喜爱。儒将陈毅生前曾对关汉卿有过高度评价，指出：“关汉卿接近下层人民，熟悉人民的语言和民间艺术形式，也深知人民的疾苦和愿望，所以能成为元代杂剧的奠基人，使他在思想上、在艺术上能发出炫耀百代的光彩。”“关汉卿是一位现实主义的艺术家，也是一位伟大的民主主义人道主义的思想家，因此他不是爬行的现实主义者，而是有思想有理想的伟大的现实主义者，这值得我们纪念和学习！”[②] 经过半个多世纪，他对关汉卿的评价还是很准确的。

关汉卿生活的时代，是一个充满悲剧的时代。蒙古贵族统治者在用武力统一中国的过程中，始终贯穿着民族压迫和民族歧视的政策，他们把当时的中国人分为四个等级，即蒙古人、色目人、汉人和南人。同时，传说统治者又把人分成十

---

① 对于关汉卿一生到底创作了多少杂剧，说法不一，吴晓铃先生编《关汉卿杂剧全集》计六十七种，这数目比莎士比亚的戏剧多将近一倍。

② 参见《关汉卿研究》第 1 辑，陈毅为关汉卿戏剧创作七百年纪念大会的题词。

级，即“一官二吏三僧四道五医六工七匠八妓九儒十丐”。这种划分的结果，进一步使广大人民深受民族压迫和阶级压迫之苦。关汉卿是个有思想有理想的伟大现实主义者，他面对着这黑暗的王国，不甘屈辱，宁愿冒着“妄撰词曲”“犯上恶言”者有被充军和杀头的危险，高擎正义火炬，为人民呼出不平，为后世弹奏出一曲曲悲壮慷慨的剧诗。大悲剧《窦娥冤》就是他创作的众多剧目中最优秀的作品。在国外，这部作品远在百年前就有了巴赞（M. Bazin）的法译本；宫原民平又曾将这剧本译成日文。无疑，《窦娥冤》不仅是我国戏剧艺术中的一颗晶莹的明珠，同时也是世界文学宝库中的一块瑰宝。

《窦娥冤》是一部富有时代精神的伟大作品。它的题材是来源于元代的社会现实的。不容否认，《窦娥冤》确曾运用了《东海孝妇》[①] 的典故，并受过某些历史传说的影响。但是，如果说《窦娥冤》就是取材于东海孝妇事，那是很难令人同意的。根据近年一些学者的考证，《窦娥冤》大约创作于元成宗大德年间（即1279—1307）。[②] 这个时期，元代政治的黑暗、吏治的窳败已达到登峰造极的程度。在民间到处发生冤狱，光是大德七年（1303）一年发现的冤狱就有5176件。因为贪赃过度，实在无法掩盖，而被革免的官员就有18437人。总之，当时到处都是贪赃枉法的官吏，到处都是冤狱，这就是《窦娥冤》杂剧题材和主题提出的现实基础。由此可见，关汉卿在这个杂剧中提出了一个具有重大的社会意义的现实性很强的主题。这是因为真正的艺术家，总是敏锐地感觉到历史的脉搏。正像俄国革命民主主义者赫尔岑所说：“一个伟大的人，生活在人类共同生活里，他无法对世界的命运，对巨大的情势表示冷淡；他不能不理解当代的事件——这些东西应对他有所影响，不管以什么形式出现。”[③] 关汉卿正是抱着对人民的苦难生活和悲剧命运的深切关怀，使他不能不用这样鲜明的富于概括力的人物形象和场景，描绘出当

① 参见刘向《说苑》和《汉书·于定国传》。
② 参见刘世德：《〈窦娥冤〉的创作年代》，《光明日报》1962年9月30日。
③ 译文见《文汇报》1957年4月6日。

时这个悲惨的历史现实；蒙古贵族统治的恐怖与黑暗，封建官僚制度的极度腐朽和人民负屈含冤的痛苦，揭示了元代统治者和被压迫人民之间的深刻的不可调和的矛盾冲突。总之，《窦娥冤》的题材是从现实生活中汲取出来的。因此，任何把《窦娥冤》看作东海孝妇或某些历史传说的简单翻版、拼凑，都是不正确的，也是难以说服人的。

《窦娥冤》在一定意义上说是一篇悲剧性传记。杂剧一方面通过主人公窦娥被无辜杀死的冤狱，愤怒地控诉了元代的黑暗残酷的现实。另一方面又通过窦娥悲剧的一生，展现了被压迫者如何从屈服于命运走向觉醒和反抗的过程。

窦娥的一生都是可悲的。她三岁丧母，七岁又与唯一的亲人、自己的父亲分离，被送到靠放高利贷过活的蔡婆家做童养媳。她结婚不到两年，又死了丈夫。虽然她曾怀疑自己的悲惨遭遇可能是“前世里烧香不到头，今也波生招祸尤”。然而她对生活并没有失去信念，她发誓“将这婆侍养”，“将这孝服守”。但是，在那样的社会制度下，即使是这最起码的生活要求，老百姓也是难以实现的。泼皮流氓张驴儿父子突然闯入她们的生活，于是更大的不幸便倾注到了她的身上。

窦娥的反抗精神，开始于她对张驴儿逼婚的不屈服上。当张驴儿兴高采烈、嬉皮笑脸拉扯她拜堂时，她即勇敢地将张驴儿推跌在地。她虽然觉得受这种恶势力的欺侮“兀的不是俺没丈夫的妇女下场头”，然而窦娥毕竟是不甘受人欺的，蔡婆凭着多年和窦娥相处的经验，深知“我那媳妇儿气性最不好惹的”。但是窦娥的反抗锋芒也不过是初次流露，忠实于生活的关汉卿并没有随心所欲地驱使自己笔下的人物，他恰如其分地写出了窦娥在面临恶棍凌逼时作为一个正直善良人物的本能的自卫。

张驴儿想毒死蔡婆好进一步威逼窦娥成亲，结果反而毒死了自己的父亲，于是他反咬一口，想用诬陷手段迫使窦娥就范。窦娥因为问心无愧，宁愿见官也不肯向罪恶势力屈服。她坚定地说：“我又不曾药死你老子，情愿和你见官去来。”在她的心目中，官府是“明如镜，清如水”的，因此天真的也是不觉悟的窦娥在这时唯一的希冀是官府能为她撑腰，主持正义。然而昏官桃杌太守的皮鞭终于使她清醒了，那“挨千般拷打，万种凌逼，一杖下，一道血，一层皮”的惨不忍睹的事实，使窦娥真正认清了这个社会是那样黑暗，司法机构是那样是非颠倒，她开始从自己的切身遭遇中深切地感到了这个社会中有一些人是压迫迫害另一些人的。窦娥一旦看清她幻想中的“明如镜，清如水”的官府原来是张着血盆大口的豺狼，她开始从幻想走向了现实。

在桃杌的严刑拷打下，窦娥为了不使年迈的婆婆再遭受毒打，情愿招承“药死公公”的罪名。关汉卿为了进一步深化主题，造成更浓重的悲剧气氛，他又大大突出了窦娥自我牺牲的精神和善良的性格。在第二折的最后一支曲子【黄钟尾】里，窦娥唱道：

> 想人心不可欺，冤枉事天地知，争到头，竟到底，到如今待怎的；情愿认药杀公公，与了招罪。婆婆也，我若是不死呵，如何救得你！

窦娥虽然对贪官恶棍誓死不屈，但是为了救婆婆，她以最大的勇敢和自我牺牲的精神，担当了这个天外飞来的横祸。优秀的悲剧都是这样以高尚的感情去感动人，去净化人的灵魂，从而赢得人们的同情之泪。

窦娥被判处了死刑，但她不肯向既定命运低头，她从绝望中进一步看清了“衙门从古向南开，就中无个不冤哉”的残酷现实。她对世界的主宰者天和地发出了埋怨和呵骂，实际上也就是对现实世界的控诉。在这里窦娥的反抗性格已经升华到顶峰：

> 有日月朝暮悬，有鬼神掌着生死权。天地也，只合把清浊分辨，可怎生糊突了盗跖、颜渊！为善的受贫穷更命短，造恶的享福贵又寿延。天地也，做得个怕硬欺软，却原来也这般顺水推船。地也，你不分好歹何为地！天也，你错勘贤愚枉做天！哎，

只落得两泪涟涟。

这是震动人心的怒吼，它充分写出了窦娥无辜受害、含冤难诉的心情。它对封建社会世俗观念中最公正无私的事物——天、地、日、月都彻底加以否定，实质上就是对现实人间最高统治者的否定。因此，它既是窦娥以及和窦娥同样命运的人们愤怒情绪的猛烈迸发，也是觉醒了的妇女的呼喊。这种对黑暗统治的彻底否定，这种觉醒了的意识，具有强大的进攻性精神武器的力量。在重重封建统治的枷锁下，一个年轻的寡妇能喊出这种声音，对统治者来说是不可估量的冲击。正如杜勃罗留波夫所说："以极端反抗极端，最后从最软弱和最忍耐的人们心中所提出来的抗议，也是最有力的。"窦娥的呼声，正是一种对黑暗现实和罪恶统治的最有力的抗议。关汉卿富有生命力的语言为人民呼出了不平之气，表达了他对生活现实和残酷统治的决绝态度，从而显示了他那极可宝贵的剧作家的骨气。

窦娥绝不甘心不明不白地死去，她坚信正义是属于自己的，她更相信总有一天真理之光会照临人间，她的冤屈总会昭雪的。因此，她在临刑时发下三桩誓愿：一要刀过处头落，一腔热血飞溅悬挂在旗枪上的丈二白练上；二要在三伏天降下三尺瑞雪，以证其冤；三要楚州亢旱三年。窦娥之冤果然感天动地，三誓皆验，一切都证明着窦娥委实冤枉。在这个悲剧的高潮中，作者完成了主人公的光辉形象的雕塑。当然，三桩誓愿的实现，不过是作者的一种想象，是现实生活中所不能有的事，而且这里仍然说明天地还是有情的。可是，重要的是，作者凭借了这一生动宏伟的想象，充分表达了当时广大人民对封建统治者所造成的冤狱、不顾人民死活的愤慨，表达了广大人民对屈死的窦娥的无限同情，显示了真理的伟大力量。关汉卿正是通过这样的浪漫主义的幻想性情节的描写，创造了浓郁的悲剧气氛，使主题逐步深化，构成了全剧的高潮，充满了激动人心的艺术魅力。

紧接着作者又写了窦娥鬼魂复仇的情节。窦天章做了肃政廉访使，"体察滥官污吏"，窦娥鬼魂告状，剖白了自己的冤枉，最后终于案情大白，张驴儿和赛卢医伏法，桃杌太守等永不叙用。这个喜剧式的结尾，反映了广大人民的心理和愿望。

关于窦娥鬼魂的出现历来有所争议，我的粗浅的看法是，在传统的优秀的戏曲中，鬼魂往往是作家用以表达他的思想感情、宣泄他的理想和主张而采取的一种手段而已。在《窦娥冤》中窦娥鬼魂的出现仍然是体现了美战胜丑，善打败恶，正义伸张，奸邪覆灭。所以关汉卿笔下的窦娥鬼魂是代表美、善和正义一方的。更何况窦娥鬼魂的出现还表现了她的冤屈之深与斗争心之强。所以在舞台上展现的窦娥的鬼魂是一位刚强的女性，复仇的美魂。这样写鬼，别具一格，有何不可？

法国19世纪末雕塑大师奥古斯特·罗丹曾说过这样一句话："美，就是性格和表现。"[①] 关汉卿塑造窦娥的典型性格的成功，就在于他敢于把自己的艺术触角向人的感情领域伸展、发掘、开拓，让舞台上的窦娥的性格核心——满腔悲愤，深深地激起观众的心灵的共鸣。人们不难看出，关汉卿极尽渲染之能事，他刻画了窦娥的刚毅、坚强而又善良的个性，展示出他对黑暗现实和罪恶势力的抗争，对正义、对真理的忠贞不渝、执着如一的情感波澜。关汉卿正是抓住了窦娥对官府、泼皮之间的不可调和的矛盾冲突，采取了层层递进的情节结构，一层一层地揭示了这个元代普通妇女心灵的美。她既不为酷刑所屈，又不为死亡所惧。而更为难能可贵的是，在死神面前，她还以一颗纯真善良的心去保护懦弱而又无所依靠的蔡婆。正是这样，我们的剧作家就把窦娥这一被压迫者的形象升华到崇高美的高度。与此同时，更加显示窦娥精神美的还在于，她从天真的幻想中终于挣脱了出来，走上了觉醒和反抗的道路。关汉卿的如椽之笔所以犀利而深刻，就在于他不是孤立地、静态地去描绘窦娥的反抗黑暗势力，而是紧紧扣住时代的、社会的、民族的矛盾，在动态的生活流程和感情流程中，揭示窦娥的善良和对丑恶现实的抗争，披露出人物性格的独特生命和独特光彩，显现出特定环境中窦娥性格的内

① 罗丹：《罗丹艺术论》，人民美术出版社，1978，第62页。

涵，把激烈冲突的时代精神凝聚于“这一个”性格的血、肉、情之中。正因为如此，窦娥才是一个具有高度审美价值的艺术形象。

对于关汉卿的杰作《窦娥冤》应当着重研究的是它的独特的悲剧色调和悲剧精神。

自古以来，优秀的悲剧就是战斗的艺术。悲剧反映的是社会生活中悲剧性的矛盾，描写主人公的苦难和死亡。只有代表先进力量和维护人民利益的人物，在反抗黑暗统治的斗争中，由于历史等条件的局限，或敌对势力过于强大，因而遭受无可避免的苦难或者牺牲，从而造成真正的悲剧。恩格斯曾说：“历史的必然要求和这个要求的实际上不可能实现”这种矛盾构成“悲剧性冲突”。恩格斯这句话虽然是针对他所批评的拉萨尔的悲剧《济金根》而发，却是科学地说明了悲剧冲突的实质。我们的鲁迅先生说得更是深入浅出：悲剧是把那有价值的毁灭给人看。有价值的就是珍贵的，就是真善美的。质言之，悲剧就是美的毁灭。在传统悲剧中，悲剧主角往往是具有巨大的精神力量、非凡的才能、执着地为其信念而奋斗的英雄人物。这样的人物，为着崇高的理想和正义的事业，向敌人做斗争，即使遭受苦难而斗志弥坚，纵然牺牲生命而英勇不屈；这样的人物，虽死犹生，具有强大的悲剧力量。

《窦娥冤》的悲剧特色具有我们民族悲剧美学的个性。这突出地表现在它的悲剧精神的实质是悲壮而不是悲惨，是悲愤而不是悲凉，是雄伟而不是哀婉，是鼓舞斗志而不是意气消沉。《窦娥冤》悲剧之美，属于崇高和阳刚之美。请看，窦娥为了真理，只身鏖战，喋血刑场，难道不就是玉碎的悲剧、美的毁灭吗？所以，全剧从始至终贯穿着一种高昂的正义的精神，表现出悲剧的壮烈美，又表现了壮烈的悲剧美。

正因为《窦娥冤》是写美的毁灭，所以感人心腑的悲总是和美水乳交融在一起。回味一下窦娥的悲剧，震撼我们的正是她的人格的力量。她对天地的控诉以及她的三桩誓愿，谁能不为之动容。在我们面前的悲剧主人公不是弱者，她已经从弱者走向了真正的强者的道路。在逆境中，她也是心向真善美；在昏暗中，她的晶莹的灵魂更是熠熠生辉。于是这个窦娥临刑前的场面，给予我们的感受绝不仅仅是个“悲”字，我们从中看到的是诗情的洋溢、人格的伟大、真理的不朽的光辉和力量。窦娥的鲜血挂在丈二白练上，它象征着悲和美的结晶，它是窦娥悲剧精神的升华。在戏剧美学领域，一切令人惊心动魄的奇美，都是激发人们精神振奋的壮美。

对于《窦娥冤》来说，悲剧不仅是个结局，而且是个过程，是窦娥“粉身碎骨全不顾，留得清白在人间”的过程，所以美的毁灭，同时也是美的长存，美的留芳。窦娥的命运令人泪下，令人长叹息，但窦娥的精神不论是当时还是现在仍然是催人向上，激人抗争的。从这个意义上说，我们的传统悲剧确实有着“乐观的悲剧”的味道。

纵观世界文学史，悲剧里面出英雄。“悲剧之父”埃斯库罗斯写的《普罗米修斯》，马克思称之为“哲学历书上最高贵的圣者和殉教者”。19世纪俄国著名悲剧《大雷雨》的主人公卡杰林娜被杜勃罗留波夫颂之为“黑暗王国的一线光明”。[①]我们的窦娥应当被看作是夜空中的一颗明星。作为一出典型的中国式的悲剧，《窦娥冤》列之于世界大悲剧之林是毫无愧色的。

窦娥的时代已经一去不复返了。但是，人们只有从悲剧中得到精神财富，才可以说悲剧已经过去，喜剧接着到来。历史的辩证法不是一直这样指引着我们吗？

总之，大悲剧《窦娥冤》是黑暗荒诞的元代社会的缩影，窦娥的悲剧性的遭遇实质上是元代广大人民的悲剧命运的集中反映。对于一个有正义感有良心的艺术家来说，《窦娥冤》又是关汉卿面对残酷的社会现实发出的一声呐喊。中国戏曲史上的这一声呐喊，惊天动地，启迪、激励着后代剧作家们的斗争精神：不管暴

① 参见杜勃罗留波夫:《杜勃罗留波夫选集》第2卷，辛未艾译，新文艺出版社，1954。

政如何肆虐，不管豺狼如何横行，只要真理受辱，人民蒙难，一个手无寸铁、只有一颗头颅一管笔的剧作家，可以而且应该表现出这种崇高的义愤和勇敢。关汉卿所以受到历代人民的怀念和景仰，主要原因就在于他是剧作家中勇于替人民说话的第一人。历史永远不会忘记关汉卿和他的不朽杰作《窦娥冤》的。

歌颂强者的诗

——激赏《单刀会》

《关大王独赴单刀会》是关汉卿以他的盖世才华和诗人的激情为我们谱写的一支强者的颂歌。

关汉卿笔下的关羽[①]始终坚贞不渝地忠于自己的信念和理想，面对强敌，却一往无前，显示了英勇无畏的豪迈精神；处境险恶，却敢于深入虎穴，克敌制胜。这一大智大勇的强者形象给当时和现在的人们带来了崇高的审美感受，给历史和现实增添了鲜活的艺术光彩。

此剧构思巧妙，高标异彩，情趣盎然，意旨遥深，充满艺术辩证法，观之令人唏嘘感奋，遂生断想。

一、风格样式

中外戏剧文学史上为确定一个剧本的风格样式而发生激烈争论的事例，可以说史不绝书。

关于《单刀会》的风格样式，过去也曾有过不同的看法。一般认为，这是一本历史剧，另外也有的研究者把它称作颂剧。但是，说它是一本历史剧，其论据似不足，因为它的史实根据实在不充分，在《三国志·吴书·鲁肃传》中，关于关羽单刀赴会事，只有一句简略的记载："肃邀羽相见，各驻兵马百步上，但请将军单刀俱会。"而戏中的绝大部分情节和人物之间的关系几乎都是虚构的，即使作者所根据的那一点史实（即"请将军单刀俱会"），也被大胆地改造成为关羽一人

① 对历史上的关羽如何评价，不是本文所要谈的。这里只是就《单刀会》中的关羽形象进行一些艺术分析。

的“单刀会”，因此很难称得上是严格意义的历史剧，充其量是一本非历史化的历史剧。说它是一本颂剧，这是可以首肯的。但是，如果一定要把它和关王会的“娱神”活动硬拉在一起，似乎同样很难找到确凿的根据。因为全剧既没有蒙上任何神秘的迷雾，也没染上什么特异的宗教色彩。那么，它到底是一种什么样式呢？如果需要给它“正名”的话，不妨啰唆地把它称之为“历史英雄颂剧”。这是因为，从全剧的调子来看，作者的美学追求并不在于由这一历史事件构成的故事情节（这部作品和关汉卿其他作品大异其趣之处，也恰恰在于它不以情节的曲折多变见长）。相反，值得我们给予重视的是：剧作者的意旨是要写出一种个性，一种激情。这就是那响彻在全剧的主旋律——对英雄人物的伟大历史业绩的向往和对英勇豪迈精神的礼赞。因此，它具有典型的历史英雄颂剧的品格。

人们要问，为什么要为一部剧作确定创作上的风格样式呢？我认为，它关系到对一部作品的主题思想、戏剧基调和艺术风格的准确评价，特别是关系到如何体味作家的美学追求和艺术匠心的问题。无数成功的名作证明，一部剧作的风格样式是剧作家主观意图的集中体现。确定和把握风格样式是理解“这一个”剧作家的思路和对题材提炼的起点，同时也是我们理解“这一个”剧作个性的标尺之一。

关汉卿绝非轻材小慧的艺匠，而是一位心底有生活的独具只眼的艺术家，他的才艺也是多方面的，特别是他有一种敢于面对现实的创作精神。在元朝统治的黑暗王国里，他不甘屈辱，以崇高的义愤和勇气，为人民呼出不平，为人们弹奏出一曲曲悲壮慷慨的剧诗。同时，在他心底始终蕴蓄着作家动人的理想的温热，激荡着热情的激流。于是他又给我们展现了一部部美战胜丑，善战胜恶的智慧、乐观的战斗喜剧。关汉卿透过如磐夜色，看到了天边一角的曙光。

可贵的是，关汉卿不仅善于从现实和未来汲取自己的诗情，他还以其独具的史胆，从历史中汲取自己的诗情。强烈的历史感使他看中了民间流传着的英雄关羽单刀赴会的故事，发现了它蕴含的现实意义。于是在他的剧作里，以特有的选材角度和不落俗套的描写视点，着意渲染了关羽大无畏的英雄气概和坚贞不屈的精神。

歌德说得好：

> 一个伟大的戏剧体诗人如果同时具有创造才能和内在的强烈而高尚的思想感情，并把它渗透到他的全部作品里，就可以使他的剧本所表现的灵魂变成民族的灵魂。我相信这是值得辛苦经营的事业。①

我认为，关汉卿辛苦经营的正是这样一种“事业”。即在他内心中翻腾的正是一股浩然正气，一种大无畏的精神，一个真正生活中强者的激情。一句话，关汉卿意在通过关羽的精神去反映我们民族的精神火花，同时又把它作为精神的灯光，引导苦难的元代人民走向更高的精神境界、更高的理想、更高的品质，也就是他要通过自己作品的灵魂去影响民族的灵魂。这充分说明关汉卿高昂的斗志和睿智的见地。

关汉卿只有《单刀会》这一本历史英雄颂剧传世。这样的颂剧，在我们所看到的元人杂剧中也是绝无仅有，这是很可宝贵的。它是关汉卿为我们开拓的一个新领域，同时也为我们树立了英雄颂剧的范本。

二、结构排场

结构，是构成文艺作品形式美的一个重要因素。作为形式因素的结构，凝固着艺术的内容。法国16世纪“七星诗社”文艺运动的领导人龙沙在《法语诗艺简编》一文中说得很好：“不用怀疑，在相当高妙的创造之后，美丽的结构跟着就会出现，因为结构与作为一切事物之母的创造相随，有如影之随形。”② 可见，结构之

① 爱克曼辑录:《歌德谈话录》，人民文学出版社，1978，第128页。

② 《文艺理论译丛》第3期，人民文学出版社，1958。

于文艺作品的内容不是无足轻重的因素。

结构之于戏剧更有着生命般的意义，有人说，戏剧是一种结构艺术，这是不过分的。结构艺术是否成功，直接影响作品的质量。明代小说戏曲家凌濛初在《谭曲杂札》中就说："戏曲搭架，亦是要事，不妥则全传可憎矣。"[①]

那么《单刀会》这本杂剧是怎样"布关串目"的呢？它在结构排场上有什么特色呢？《单刀会》的结构排场是为表现英雄主义主题服务的，同时它也是服从于这本杂剧独特的风格样式的，换句话说，它属于历史英雄颂剧式的结构排场。事实是，这本历史英雄颂剧的风格样式，最终是通过它的结构排场固定化、物质化而得以完美表现的。

《单刀会》的最高任务是要调动一切艺术手段来着意刻画和热烈颂扬英雄关羽的。凡是有助于突出关羽性格的，凡是有助于完成剧本的主题思想、符合英雄颂剧样式的，他就大胆放手去写，在他的笔锋前是没有任何遮拦的。关汉卿不顾杂剧体式上的一些通例，不采用当时通行的结构法。首先，剧作家把戏剧冲突设置在鲁肃阴谋设宴想捉拿关羽，而关羽则要击破鲁肃的阴谋，保住荆州这一关键时刻。要使关羽一亮相就能光彩照人，不同凡响，就需要在人物登场之前预施笔墨，为他立传造像。作者苦心孤诣，颇劳神思，精心安排了整整两折戏（请读者注意，元杂剧通常一本只有四折啊），为关羽登场反复铺垫，刻意渲染，从而使人物未上场已具有无比声势。

试看第一折，鲁肃想索还荆州，定下三条妙计，以为胜券在握，特请乔玄过府商议。可是这位东吴国戚却劈头指出："这荆州断然不可取。"且连连称赞关羽有万夫不当之勇，并把以前曹操灞陵桥上三条计全都失败重述了一遍，还警告鲁肃，你的三条妙计断然不会成功。鲁肃不以为然，竟说关云长若不归还荆州，他就要用武力解决，而乔玄的回答则是：

---

① 凌濛初：《谭曲杂札》，载《中国古典戏曲论著集成》四，中国戏曲出版社，1959，第258页。

【金盏儿】他上阵处赤力力三绺美髯飘，雄赳赳一丈虎躯摇，恰便似六丁神簇捧定一个活神道。那敌军若是见了，唬的他七魄散、五魂消。

（云）你若是和他厮杀呵，（唱）你则索多披上几副甲，剩穿上几层袍。便有百万军，当不住他不剌剌千里追风骑；你便有千员将，闪过明明偃月三停刀。

这里，句句是长他人的威风，句句是灭自家的锐气，而句句恰又是向台下观众描述关云长勇猛威武、凛然不可犯的形象。

第二折和第一折的立意与布局极为相似，仍然是在关羽的身上反复着墨，借以深化人物的性格，增强人物形象的魅力，只是在折末为了调和戏的严肃气氛，特意加了点喜剧情调。不过，这折戏的正末司马徽不是乔玄这样人物，而是个“傲杀人间万户侯”的世外隐士。他一听说鲁肃来请喝酒，很是高兴，可是一旦知晓主客是关云长，态度突变，竭力推却说：“若是关公，贫道风疾举发，去不得！去不得！”他列举了关羽杀车胄、刺颜良、斩文丑、诛蔡阳的事迹，说他如何“酒性躁，不中撩斗”，以此劝鲁肃千万打住收取荆州的幻想，并且特意提醒鲁肃：“……他若是玉山低趄，你安排着走；他若是宝剑离匣，准备着头——枉送了你那八十一座军州。”

从这两折戏看，正末乔玄和司马徽两个人物，实际上是剧作家手里的两支彩笔，专门用来为关云长的形象添姿增色的。这是文章的虚写法，而乔玄和司马徽正是作为虚写手段的。在这里作者用了两副笔墨：直接的和间接的。所谓直接，就是经由乔玄、司马徽作褒扬之辞。所谓间接，就是以乔玄、司马徽和鲁肃作关羽的陪衬，明写前者，暗托后者。作者用多种笔法来凸显关羽的超群不俗和盖世威风；既有正写，又有映衬，还有烘托。然而无论是乔玄、司马徽，还是鲁肃，都不过是关羽的垫角。因此，直接反映在观众心理上的已经是如见其人、如闻其声了。

劳神于前，得力于后。由于作者在关羽出场之前做了如此精巧的布局，如此生动的渲染，因此关羽一经登场，就浑身是“戏”了。像这样不尽早让主要人物出场的，在我国古典小说中颇不乏例，像《三国演义》的“三顾茅庐”就和《单刀会》有异曲同工之妙，而戏曲剧本则很少见了。我们只是在17世纪法国的喜剧名作《伪君子》中看到过。莫里哀的达尔杜弗也是迟到第三幕露面，称得上是“千呼万唤始出来”，而一出来就是“戏”。当然，一个是颂剧，主要人物是英雄；而另一个是喜剧，主要人物是恶棍，不过布局的技巧是极为相似的。他们都懂得铺垫笔墨的重要，都懂得高潮有赖于充分蓄势才能形成。

第三折关羽一出场就立即进入了形象刻画，从各个角度映照出他的性格特征。在这里，人物出场的特点交融在他的性格的表现里。开头那沉雄亢爽、慷慨激昂而又字字本色的四支曲文，使人们形象地感受到他确实是“汉家邦”的忠臣，是“只愿同日死”的桃园义士。

在接受“请书”的一刹那间，关羽的态度表现得雍容镇定，而且一下子就看穿了鲁肃的阴谋。这个闯过大风大浪的硬汉子有一种明知山有虎偏向虎山行的“犟劲儿”。他明明知道对方为他安排下的是“杀人的战场”，而非“待客的筵席”，却敢于慨然许诺他的邀请；明明知道摆在面前的是“天罗地网”，“打凤的牢笼”，他却偏要单刀赴会；明明对方给他预备下了“巴豆、砒霜”，他却以看赛会般的轻松心情坦然对之。这一切，都因为在他身上有着一种出生入死的磊落精神和气贯长虹的浩然正气。请听：

【剔银灯】遮莫他雄赳赳排着战场，威凛凛兵屯虎帐，大将军智在孙、吴上，马如龙，人似金刚；不是我十分强，硬主张，但题起厮杀呵磨拳擦掌，排戈甲，列旗枪，各分战场。我是三国英雄汉云长，端的是豪气有三千丈。

面对强敌，却有一种压倒敌人的气势，这是何等雄伟的气魄！那富于动作性的曲文把这位有智谋、有勇略、有胆识的大将军关云长的光辉形象径直地推向了舞台最前沿。

第四折是从正面具体描写关云长和鲁肃的冲突。但是，在关羽会见鲁肃之前，聪明而又“狡黠”的剧作者却采用了戏曲剧本结构技巧中的延宕法，有意地让强烈的矛盾冲突即将揭开时，先来一个回旋，出现一个暂时的“停滞”，抽出时间，再次展示主人公的内心活动，从而使矛盾顿宕前进。关羽在赴会途中，面对大江东去，发抒历史的感慨。【新水令】【驻马听】两支苍而劲、亢而正的曲文，就把关云长在惊心动魄的斗争即将出现时那种泰然、镇静、无畏和信心揭示得淋漓尽致。这一手法，可达一箭双雕的效果。如果说第一、二折是以虚写法为关云长塑像；那么第三折和第四折前部分就是用实写法从正面为关羽塑像，这是第一。第二，急流中的一个回旋，奔逸时的一次颠踬，具有对观赏者心理产生一擒一纵的作用，人们在顿挫有致、大开大阖的情景中被吸引到剧作家早已设置好的激烈的冲突中来了。

经过这个过场再次渲染关羽的气冲霄汉的英雄气概，然后才转入惊险的单刀会，可见关汉卿是把戏剧冲突最尖锐部分摆在最后一折的一个正场上。关羽和鲁肃一经接触，矛盾立即展开，形势随即激化。始而舌战，继而剑拔弩张，最后关羽急中生智，一手捉住鲁肃，一手执剑相逼，直奔江边而来。东吴堂堂中大夫，充当了关羽横闯敌营的通行腰牌，关羽借此而最后脱险。观众为此而衷心称快，戏到此便戛然而止。这一出色的结尾处理，既动人肺腑，又突出了题旨，既是整个情节动人的结尾，又是主题意义响亮的回声，使人沉吟不已，回味无穷。真是戏完意未完，剧终情未终。

编辑《元曲选》的臧晋叔在总结元剧创作得失成败的艺术经验时不无遗憾地指出：“马致远、乔梦符辈，至第四折，往往强弩之末。”这就是说他们不善于处理第四折或者说是不善于处理戏的结尾。而关汉卿的《单刀会》却不然，他把全部重量都集中在结尾部分，以便像箭似的把它的箭头全力射出去，因此，戏的结尾，不是强弩之末，而是做好了一切准备，形成了万弩齐发的高潮。元人乔梦符提出制作乐府的六字诀：凤头、猪肚、豹尾，这是希望一出戏有一个隽美、响亮、有力的结尾。清人李渔在《闲情偶寄》中也提出结尾的重要，他说："收场一出，即勾魂摄魄之具，使人看过数日而犹觉声音在耳，情形在目者，全亏此出撒娇，作'临去秋波那一转'。"关汉卿以他的创作实践实现了很多戏曲理论批评家的理想。

综观《单刀会》全剧的结构排场，显示出剧作家的美学追求和艺术匠心。一二两折有铺垫、有蓄势，造成一种类乎悬置的舞台气氛。乔玄、司马徽那两折戏的反复着墨，显然类似评书形式的介绍，写得好，"讲"得好，唱得也好，颇富装饰趣味，为下面紧接着的关羽的出场造成了必要的声势，目的性极明确。同时，由于关羽一登场就立即引爆出新的波澜，使之和情节的发展有机地统一起来，没有使它落空，这样就完成了预期的效果：关羽未出场前，便有声势，既出场后，更有分量。

三、戏剧意境

《单刀会》的美感力究竟何在？除了它的独特的风格样式、新颖的结构排场以外，我以为关汉卿作品的主要特色是重视戏剧意境的创造，是意境抓住了人。

清末王国维在《宋元戏曲考·元剧之文章》中说："然元剧最佳之处，不在其思想结构，而在其文章。其文章之妙，亦一言以蔽之，曰：有意境而已矣。何以谓之有意境？曰：写情则沁人心脾，写景则在人耳目，述事则如其口出是也。"有意境也称之为有境界。王国维在《人间词话》中还说过："境非独谓景物也，喜怒哀乐亦人心中之一境界。故能写真景物、真感情者，谓之有境界。"早在王国维之前二百年的戏曲家李渔虽然没有使用"意境"这个审美概念，但是已经涉及戏曲中情与景的关系了。他认为只有情与景和谐统一，才能构成美的整体，那种单纯写景“止书所见不及中情者，有十分佳处，只好算得五分”，“妙在即景生情”。[①]王国维和李渔的见解都有偏颇之处，但是他们都涉及中国戏曲美学的一个重要特点：意境。

所谓戏曲中的意境，按照我们的一般理解，主要是指抒情、写景、叙事，达到出神入化、完美统一、熔为一炉的艺术化境。而与此相联系的，也包括神与形的统一，以及内容和形式的统一。因此，只有景中寓情，形足神传，形式充分地表现内容，两个方面契合无间，创造出一种美得令人心驰神往的境界，才能产生强烈的审美力量。

《单刀会》的美感力首先就在于它不愧是诗之剧，是剧之诗，使剧具有诗的意境、诗的韵律，是诗与剧的完美的融合。从中国艺术发展史的角度来考察，自《诗经》《楚辞》而下，我国诗歌已有数千年的历史。其他文艺，无不得到诗的滋养，它的触角伸向各个艺术领域。戏曲得天独厚，它的发展过程中就使它和诗结下了不解之缘，成熟的戏曲文学剧本都是剧诗。关汉卿的《单刀会》就是以诗笔写剧。

下面两支脍炙人口的曲文是很典型的：

【双调新水令】大江东去浪千叠，引着这数十人，驾着这小舟一叶，又不比九重龙凤阙，可正是千丈虎狼穴，大丈夫心烈，我觑这单刀会似赛村社。（云）好一派江景也啊！（唱）

【驻马听】水涌山叠，年少周郎何处也？不觉的灰飞烟灭！可怜黄盖转伤嗟，破曹的樯橹一时绝，鏖兵的江水犹然热，好教我情惨切！（云）这也不是江水。（唱）二十年流不尽的英雄血！

① 李渔：《闲情偶寄》，载《中国古典戏曲论著集成》七，中国戏曲出版社，1959，第27页。

从文词来说，这两支凭今吊古、慷慨苍劲的曲子，应当是从苏东坡的“大江东去，浪淘尽、千古风流人物”这首《念奴娇》蜕化出来的。但它的激情却绝不亚于原词，其中奥妙就在于，关汉卿从剧诗的特点出发，把人物性格的刻画完全融化在环境的描写里，形成一个情景交融的独特的艺术境界。

关云长的唱段一开头气派就很大。“大江东去浪千叠”，就是一幅十分壮美的画卷。那种波涛万顷、吞天浴月的大江景色，浩浩渺渺，流向东方，它气势磅礴，大笔勾勒，先声夺人，使我们的精神为之一振。接着是“水涌山叠，年少周郎何处也？”从不同角度、方位，以纵横自如的笔意，勾勒出赤壁遗迹：仰视是重峦叠嶂，俯视则惊涛拍岸，犹如一组蒙太奇镜头，冲击着我们的感官。而在这千古的历史长河里，该有多少可歌可泣的业绩！中华民族古往今来的风流人物又有多少！在无限广袤的时间、空间的背景下，在绚烂多姿的历史人物画廊里，凸现了剧中人所怀的主体——周瑜、黄盖等。这种怀古之情正是寄寓在一定的历史人物和历史事件之中的。整个自然环境与主人公精神的刻画完全交融在一起，构成了富有深意的境界。

这里剧作家意境创造的技法很值得我们探索。

我们知道，欧洲画的构图有一个显著的特点：画家的眼睛从画面上选取一个固定的透视角度（即视线定在画家眼睛等高的地平线的某一点），以这一“焦点”透视和构思画面上下左右远近的层次和轮廓，创造整幅画的思想意境。关汉卿戏剧意境的创造也是善于把握这种艺术表现的“焦点”。他以意境的“焦点”为中心和动力，由近及远，由远返近，把镜头慢慢缩小到一个聚光点上，着力刻画剧中主人公的历史感受。作者把语言形象的诗、视觉形象的画同活动着的人事融合一体，并借助于这一总体形象，抒写中华民族不屈不挠、英勇悲壮的历史，创造出一个情景交融、诗情蓊郁的艺术境界。

值得注意的是：剧作家不仅运用诗的语言，创造了丰富的诗的意境，而且把剧中的主人公也“诗化”了。关羽的魄力雄强、精神飞动的英雄气概同环抱的万山、汹涌的大江相辉映，自然的雄奇之美反衬人物内心之美。“大江东去浪千叠”，不仅介绍了戏剧环境，更重要的是把关羽“出龙潭，入虎穴”的英雄行为以及他那压倒敌人的气势刻画了出来。因此，在规定情景里，作为剧诗中的主人公关羽本身就是一首英雄豪迈的诗，一首强者的诗。试看，单刀赴会，一路之上，不以面前的“千丈虎狼穴”为意，而以诗人般的情怀去欣赏江景，去缅怀叱咤风云的英雄岁月，去追忆二十年前的威武雄壮的战斗场面，去寄托自己的情思，这是何等豪迈英武的怀抱！面对滔滔江水，不是发出“人生如梦”的感叹，而是把它比作“二十年流不尽的英雄血”。这诗一般的语言，除了“千里独行觅二友，匹马单刀镇九州”的关云长，又何人能有此强大的意志力量！关汉卿以他清新、独到的写意之笔，把关羽对蜀汉的一片赤胆忠心和那光明磊落、坦荡无畏的胸怀，知难而进、百折不回的精神表现得酣畅淋漓。这种对“境”与“人”的高度概括性的描写，达到了生动地具现环境和突出人物性格的艺术效果。这是剧，也是诗。作者以诗笔写剧，是诗与剧的融合，而且融合得极自然，极美。

英国著名诗人雪莱说，诗即热情。以诗笔写剧，关键需要作者有情。一个戏如果有景无情，实实填词，呆呆度曲，怕会是味同嚼蜡。我国古代的戏曲家们早就发现了这条秘诀，李渔在《香草亭传奇序》中认为一部传奇是否能流传，有三个条件：“曰情，曰文，曰有裨风教。”他也是把情放在首位。

由此可见，面对生活，戏曲家若如太上之忘情，则戏就不用写了。从本质上说，戏曲确实是反映生活的艺术，但是，和其他文艺形式一样，戏曲也是抒情的艺术。它和其他文艺形式不同的只是表达感情的方式。任何作者写戏，对人物总是有所爱、有所憎的。有强烈的爱憎，人物才会鲜明，才会在笔下活起来。可以想见关汉卿写《单刀会》是很动感情的，剧本中那些落地作金石声的诗句，我认为是作者和笔下英雄人物共魂魄的最好写照。作者写作，总是有称快之笔，也一定有挥泪之笔。第四折最后一支曲子【离亭宴带歇指煞】的最后两句：“说与你两件事，先生记者：百忙里趁不了老兄心，急切里倒不了俺汉家节。”明显的是剧作者通过对历史英雄关羽维护汉家事业的歌颂，流露了自己强烈的恋念故国江山、追慕前朝旧事的民族感情。

【驻马听】一曲同样寄寓遥深，把长江的奔流视为历史变化的象征，把流淌着的江水比作“二十年流不尽的英雄血”，绝非一般抒发怀古之幽情，而是渗透着剧作家更为深沉的历史感受。这一切都既使人看到剧中人关羽的真情实感，又使人感受到关汉卿之情——剧作者分明把自己心头的话，巧妙而又艺术地通过关羽之口去向观众倾诉了。在这里，“情”虽然包括人物本身的情在内，但常常侧重于作者寄托在形象中的感情，这正是作者感情的客体化（成为人物形象的一部分了）。所以有时看起来作者是在客观地描写人物形象，其实情已融化其中了。

情景交融对戏剧意境的创造十分重要，而形神统一对意境的创造也十分重要。美的意境特别要做到传神，如果只是形似而没有神似，则如泥人土马，有生形而无生气。然而，“为神之故，则又不离乎形”[①]，“神”的表现不能不借适当的“形”来表现。因此，以“形”写“神”、形神兼备同样是戏剧意境创造的理想境界。

关汉卿在《单刀会》中对关羽形象的创造，可以说达到了传神的境界。他极善于从特定情势和人物的精神境界里，深刻地揭示关羽英雄形象的内在威力。他也使用了两副笔墨：一副笔墨是通过当时的情势、氛围以及乔玄、司马徽的口中之言、眼中所见、耳中所闻烘托出他的英雄神威。这种传神的描写，有引人入胜的审美效果。另一副笔墨是在正面表现关羽英勇时，既无战斗行动，更不直接写他的武艺高强，而是从他的神情气势中描绘其英武的形象和内在的威力。两副笔墨都是抓住对象的整个灵魂，表现对象的精神，传其神，写其心，反映他的内貌于毫端，不独摹写他的外形于纸上，因此尽管笔墨经济，而形象却非常丰满、逼真。总之，关汉卿塑造关羽的英雄形象，并不以“神化”“猎奇”作为他追求的目标，而是一切从人的精神状态里发掘和把握他的性格特点，并把他的精神气质的

---

① 沈宗骞:《芥舟学画编》。

特征融化在情节提炼、细节描写、氛围烘托里。《单刀会》传之今日仍然不失其艺术魅力的原因，正是由于它的形象创造的特色在这一方面达到了“气旺神完”[①]的艺术化境。

关汉卿的《关大王独赴单刀会》杂剧是一部富有独创性的艺术珍品。“独创性的作品是，而且应当是人们所喜爱的，因为它是人们的大恩人。它们扩大了文艺之国，给它的版图添加了新的省份。”[②]关汉卿在我国戏剧史上之所以能卓然自命，傲睨千古，正在于他的独创性。文学艺术发展史不断证明，越是有独创性的作家，也越是能够推动文艺历史的发展，并且能够经得起历史洪流的考验，历久弥新，日月常存。

① 陈造:《江湖长翁集》。

② 这是18世纪英国启蒙主义时期诗人杨格说的一段话，参见《论独创性的写作》，载伍蠡甫等编《西方文论选》上册，上海译文出版社，1988，第507页。

生活的潜流

——为关汉卿《玉镜台》杂剧一辩

同一部艺术品，在不同的欣赏者之间会产生内容不同的共鸣、默契与沟通，乃至截然不同的审美感受。究其原因，除了作品内容本身往往复杂和充满矛盾以外，还同欣赏者的经历、学养、阅历和审美趣味有关。正因为如此，鲁迅先生才说："看人生是因作者而不同，看作品又因读者而不同。"

这一欣赏心理的经验对于戏剧作品来说就显得更加突出和有趣了。世界戏剧史上关于哈姆雷特形象的评论纷纭复杂，就跟哈姆雷特所描绘的那一片云彩的形状一样变幻不定。最早的哈姆雷特一般被理解为单纯的复仇者形象，可观众通过看演出，并未感到后世批评家指出的犹豫等种种性格矛盾，18世纪的哈姆雷特是理性的典范；到了19世纪浪漫派手里，哈姆雷特的形象方被赋予幻灭的、感伤的、忧郁的、犹豫的种种色调。难怪人们把这种形象称之为"说不尽的哈姆雷特"。

另外还有一种现象，即剧本作者对自己作品的理解竟同导演和演员的理解大相径庭。最有名的例证是关于契诃夫的《三姐妹》的争论：作者明白无误地在剧本的小标题上称它为正剧，但是，当导演按照正剧进行构思和艺术处理时，契诃夫却坚持不同意把这个剧本解释成沉重的正剧。他再三说服导演和演员：这个戏应当是快活的喜剧，甚至应当是一出通俗喜剧。[①] 至于当代著名戏剧家曹禺先生的《北京人》，也是在他的解释下，一些评论者和导演、演员才接受这样一种说法：这是一出契诃夫式的喜剧。但是，这并没能终止对于这部名剧品种的争议。这是多么令人深思的事啊！

---

① 参见丹钦科《回忆录》，以及契诃夫1903年9月15日给李丽娜的信。

今天，我们要来品评鉴赏的关汉卿的《玉镜台》杂剧也是一本众说纷纭的作品，见仁见智，完全可以从不同角度来评论。因为依我看来，一部作品越是能让众多的读者从中寻觅到多样而又有某种联系的意蕴，越是能让读者根据各自的想象来补充增加艺术家所提供的画面、性格、情感，它便越是具有高度真实性的艺术，越是真正的艺术。

当然，这里应当有一个前提，一个价值标准，这就是从生活和心灵出发的问题。

我们对待艺术作品的态度应该正像对待真实的生活现象一样，要以艺术作品本身提供的东西作为依据，然后研究这样的人物和事件在生活中是否可能产生，在生活中是否真实，从而努力阐明这样的人物、这样的事件在生活中产生的原因是什么，而绝不能从自己的好恶、自己的主观尺度出发。因此，像对待客观的一切事物一样，绝对需要对具体问题做具体分析，这是一方面。

另一方面，如果站在我们面前的是一位伟大的作家，在他那成熟的作品中，描写的即使是普通人的平淡的日常生活，往往也会在直接的现实写照的背后，具有一股“潜流”。所谓“潜流”就是生活的底蕴。这种生活的底蕴并不是一眼可以看清的，而且往往是不易被人发现的。高尔基在谈到契诃夫的剧作时说：“别人的戏不能够使人从现实性中抽象出来，达到哲学的概括——您的戏却做到了这一点。”根据笔者的理解，高尔基正是从契诃夫所描绘的平凡的日常生活中看出那深刻而广阔的哲学的概括，把握到了那些经典性剧作的深刻的诗意的潜流。因此要理解一部剧作的真正的审美意义，把握其内在的生活和心灵潜流，便是它的关键了。

一

《玉镜台》杂剧主要是通过温峤和刘倩英之间的婚姻冲突，展开了古代封建家庭生活中的一个重要方面，从而反映了一定历史条件下人们对家庭、婚姻、生活的看法和愿望。尽管这一杂剧随处都有惹人发笑的细节和语言，但它不只是为娱乐观众的笑剧，更不简单是“为承应官府和有钱人家”写作的闹剧。相反，在它那轻松的形式里包孕着相当严肃的社会内容。把艺术作品的《玉镜台》和它在生活中的原型对照一番，这对把握关汉卿的艺术构思是大有益处的。

关汉卿《玉镜台》的题材是历史上实有的事，温峤和刘氏也是两个实有的历史人物。（严格地说，这出儿女风情戏还是一出地道的历史剧呢。）据刘义庆《世说新语·假谲》类载：

> 温公丧妇。从姑刘氏，家值乱离散，唯有一女，甚有姿慧，姑以属公觅婚。公密有自婚意，答云：“佳婿难得，但如峤比如何？”姑云：“丧败之余，乞粗存活，便足慰吾余年，何敢希汝比？”却后少日，公报姑云：“已觅得婚处，门第粗可，婿身名宦，尽不减峤。”因下玉镜台一枚，姑大喜。既婚，交礼，女以手披纱扇，抚掌大笑曰：“我固疑是老奴，果如所卜。”

当我们看到关汉卿如何提炼他的这篇杰作的情节时，我们不能不钦佩这位天才的戏曲家敏锐的观察力和社会概括的广阔性。关汉卿在《世说新语》提供的事件中所看到的不仅仅是一般人看到的一出闹剧。他以现实主义的清醒目光，含着讽刺家的忧伤的嘲笑，看出他生活的时代，封建家庭中畸形的婚姻现象。关汉卿是在认识到封建社会家庭生活的底蕴的基础上开始他的《玉镜台》构思的。

关汉卿在构思杂剧的情节时，并不是单纯地复述一下《世说新语》中的故事。《玉镜台》的情节核心虽然是关汉卿从《世说新语》记载的一件逸闻中汲取来的，情节的核心——一个老人用欺骗的手段谋娶了一个年轻的女孩子——在关汉卿的剧作中被保留了下来，但是主人公的命运、事件的过程，都有了很大的改变，同时还增加了新的冲突。这说明，关汉卿在过去文献材料的基础上进行了一番提炼，更准确地说是进行了悲喜剧的提炼。

在艺术构思和情节形成的整个过程中，艺术概括是决定的因素。作为艺术家的关汉卿透过自己人生观的三棱镜，充分概括了现实婚姻中的众多现象。在冲突的选择里面，在登场人物的遭际里面和人物关系的发展里面，反映着现实的本质特征。

在《世说新语》中，温峤虽然用诡谲欺骗的手段娶了刘家的女儿，然而一切进行得都很顺利，结局也是充满喜剧性的。使人感到惊异的是，这位新娘并不以嫁给一个和自己年龄过分悬殊的老头子而感到可悲，相反，她却以游戏人生的态度，用笑声和掌声来接纳这反常的命运的安排。这样的人，这样的事，对于魏晋六朝时代高门贵族和一些“名士”的特定生活、特异的人生哲学和畸形的生活作风来说，无疑是有代表性的。这些在洒脱不羁、玩世不恭成为风气的魏晋时代传为美谈也是不足为怪的。但是，从漫长的封建社会来看，一个年轻的女孩子对于自己的终身大事采取了一种玩世不恭的诙谐态度，毕竟是不典型的。即使在封建社会，绝大多数女孩子不可能不幻想着一段美满的婚姻、一个理想的家庭，尽管这种幻想和理想由于各自出身的不同而有着截然不同的要求。关汉卿在进行艺术构思时敏锐地感觉到历史上曾发生过的那件趣闻，那个顺利的愉快的结局是“虚假”的，是极其个别的，是没有充足的现实根据的。在一般人看了哈哈大笑的情节中，关汉卿却深深地感到了封建上层社会中那些被抹杀了自主权的妇女们的悲剧命运。所以关汉卿在构思这个杂剧时，首先摒弃了刘氏原来的性格特点，而代之以我们所看到的杂剧中刘倩英的性格特点。刘倩英这个艺术形象身上体现了更多的少女的特征。当别人把不合理的婚姻强加在身上时，她愤怒，她痛苦，她用了一切所能用的方式进行反抗。这样，杂剧中出现的刘倩英显然比原来历史故事中刘氏的形象更真实、更典型了。试想，当观众从舞台上看到这个家庭婚姻冲突时，必然会使人们逐渐发现深藏在生活潜流中那些被压抑了理想的人们同这个封建社会上层建筑的冲突。人们不难看出，这种冲突就像旋紧了以后突然放开的弹簧那样有力地展开了，深刻的具有浓厚的社会性的家庭婚姻冲突，通过刘倩英和温峤的形象，通过情节的发展被揭开了。事实证明，只有善于看出并深刻地理解社会矛盾的天才作家，才能在一件趣闻、一种特异行径中看出那个成为封建婚姻制度牺牲品的少女的精神悲剧，并且把这个畸形的反常的制度和观念无情地加以暴露和嘲讽。

同样的情况，原来故事的发展结局也是充满偶然性的。一个老头子骗娶了一个少女，而少女却觉得这一切都很有趣，在笑声和掌声中手拉手地走进洞房，这种结局和那种荒谬的不合理的婚姻的形成很难令人找出必然的联系。如果说其中有什么联系，那也只是偶然的。现实的素材需要加以典型化，需要摆脱偶发的事件。当然这绝不是说，偶然的因素，就应该从情节中排除干净。显然不是，情节中的偶然因素往往是合理的。但是，冲突的基础，人与人之间关系的本质，却不能用纯粹的偶然事件构成。所以《玉镜台》杂剧的结尾部分随着情节深入到社会生活的深处，就彻底排除了偶然性的浮渣，在改变人物性格的同时也改变了事件的进程。当老夫少妻的不合理的、反常的婚姻强加在刘倩英身上时，激起了刘倩英的坚决反对，情节上的这个改变富有尖锐的戏剧性，封建婚姻制度和封建婚姻观念的残酷性被大大突出出来了。正是情节中的这个关键环节引起了整个情节的根本改变。最富有独创性的是，在结尾部分，仿佛又要重复原来那件趣闻的结局——终于使刘倩英叫了温峤一声丈夫。关汉卿虽然借用了这个基调，但却给以辛辣的嘲讽，更准确地说是《玉镜台》一剧潜流中的讽刺因素被大大加强了。人们看到的是温峤由于毫无办法才由王府尹请天子设了水墨宴，以期结束不愉快的局面。关汉卿在这里明确地指出了，这种由最高统治者出面帮忙处理臣子的家庭问题乃进一步表明，在“有教养的”“斯文的”统治者的黑暗王国里，隐藏着那样多的残忍的粗暴的行为。这个基调响彻整个杂剧的始终。关汉卿对题材的提炼，他出色的艺术构思，使老夫少妻这一反常的婚姻现象开始成为戏剧冲突中的焦点。杂剧正是通过这一焦点把封建社会生活中的一些本质方面折射了出来。关汉卿就是这样从现实生活中攫取了活生生的东西注入题材中去，从而赋予《玉镜台》故事以更加广阔的社会意义。关汉卿在构思整个作品时并没有走捷径，而是知难而进。记得一位颇有鉴赏力的评论家曾经指出：一部出色的艺术品的产生，往往像一股流水，遇到石头拦阻，又有堤岸约束住，必须另觅途径，却又不能逃避阻碍，只好从石头缝中进出，于是就激荡出波澜，冲溅出浪花来。《玉镜台》的作者描写这出婚姻冲突时，原来故事的束缚逼得他只好去开拓新的境地，同时又把他羁绊在一定范围以内，不容逃避困难。于是一本《玉镜台》杂剧，一方面突破了时代的限制，另一方面仍然带着浓郁的时代色彩，这就造成作品独特的风格，异样的情味。在这个意义上，可以应用19世纪意大利评论家卡斯维特罗的名言："欣赏艺术，就是欣赏困难的克服。"

二

在《玉镜台》中，关汉卿的艺术构思，上节只是说了一个方面。为了要真正揭示这个广阔的社会性的主题，还需要具有典型意义的丰满的艺术形象来体现。关汉卿正是通过温峤形象表现了他的社会批判力量。因此，探讨杂剧主角温峤这个喜剧性形象，对理解关汉卿的艺术构思就变得十分重要了。

关汉卿在《玉镜台》中仍然保持了温峤在《世说新语》中所揭示的那个性格核心：狡黠、虚伪、自私。但是作者却大大强化了这个人物的性格特点。温峤出现在观众和读者面前时，已经是一个翰林学士了，并且得到最高统治者的宠遇，他深深满足于自己眼前所获得的功名富贵：

> 【寄生草】我正行功名运，我正在富贵乡。俺祖宗入世高名望，伯兄万人无诽谤，孩儿累代为卿相。俺帽檐相接御楼前，俺靴踪不离金阶上。

但是，当他对自己的政治地位感到非常满意，暂时没有什么更高企望时，他却深深感到：年事已高，却乏佳偶，为生活中一大憾事。请听他的内心自白：

【幺】不枉了开着金屋，空着画堂，酒醒梦觉无情况，好天良夜成疏旷，临风对月空惆怅。不见可情受锦屋凤凰衾，堪消在玉枕鸳鸯帐。

杂剧一开始，温峤就是处在这样一个特定情景中。因此，一旦他见到貌美多姿的表妹刘倩英时，就堕入狂热的状态，产生了占有刘倩英的情欲。当刘母请他教倩英写字弹琴时，他一面假意推辞，一面却想，在这里教小姐写字弹琴比到翰林院编书要强得多。他一方面假装正经，另一方面又控制不住自己已经放纵开来的情欲。为了能多接近刘倩英，他不辞辛苦，加班加点："白日短，无时晌，兼夜教，正更长，便误了翰林院编修有甚忙？"

正值温峤占有刘倩英的情欲发展到高峰时，刘母恰好向他提出为自己女儿招亲的事，温峤终于为了自私的目的和片面的感情，用偷梁换柱的卑劣手段谋娶了刘倩英。此时此地的温峤完全陶醉在一场虚幻的美梦中，他摇头摆尾地唱起了四季调、幻想曲，什么"到春来，曲阑干把臂行；到夏来，秋千院扇扑萤；到秋来，看银河拜月亭；到冬来，摘疏梅浸古瓶。那时节，趋心性，由他娇痴，任他索憎，善也偏宜，恶也相称，朝至暮不转我这眼睛，孜孜觑定"。美梦毕竟也是梦。温峤在谋娶刘倩英的全部过程中，几乎取得了所有的东西，但是，他恰恰没有得到刘倩英身上最珍贵的东西——爱情，他遭到了刘倩英的坚决反抗。温峤开始发现自己已经陷入了十分尴尬的境地，堕入了深深的痛苦之中。

现在我们回过头来看，温峤并非不了解刘倩英对他怀有强烈的反感，这在他教刘倩英弹琴写字时已经有所领教了，因而在他千方百计设法谋娶刘倩英时是抱着一种冒险心理的：

【贺新郎】似取水垂辘轳，用酒打猩猩。到这里惜甚廉耻，敢倾人命！休休休！做一头海来深不本分，便一场天来大昧前程。

就是用计骗了刘母、亲事快要成功时，他也是忐忑不安。但是，这一切丝毫没有减损他对刘倩英的占有欲。他虽然预感到结婚时会有些麻烦，可是他却深信自己已胜券在握。正是在这里，关汉卿通过温峤的形象让我们接触到隐藏在生活背后的一种支配人物行动的强有力的思想。这种思想当然不是温峤所特有的，而是封建社会长期形成的一种根深蒂固的思想——儿女婚姻问题一向被认为是由父母所决定的，婚姻的当事人的意志是完全不被重视的。这种封建思想最初是代表社会上层中的人的观点，随着他们的统治，这种观点取得了统治地位，并且渗透到上层建筑的许多意识形态领域。“父母之命”成了天经地义，从深入人们头脑到支配人们行动，宋元时代的现实生活中已颇为流行的“指腹为婚”和“割衿为婚”就是很明显的例证。其次，就是众所周知的夫权思想。在封建社会，丈夫对妻子有无上的权威，妻子是不被允许有自己的独立意志的。所以支配温峤所有行动的就是长期以来流行于生活中的这种传统观念。因此，对于温峤来说，他首先考虑的只是刘母是否同意，刘倩英的态度是无须考虑的。所以杂剧给我们展示的正是一个饱受封建伦理观念腐蚀的灵魂。恰恰是封建观念的深入骨髓，才使温峤根本看不到也理解不了什么是追求真正合理婚姻的道路。在温峤看来，强制的婚姻和片面的感情并不是不合理，他甚至深信不疑地认为，这种片面的感情并不妨碍这种婚姻能给他带来幸福。于是，传统的婚姻观念加上对刘倩英片面的狂热的追求，以及一贯使用的狡诈手段，终于使温峤做出了荒唐透顶的勾当。

但是，严峻的生活终于站出来说话了，无情地击碎了温峤的美梦。温峤遭到了他意想不到的坚决反抗，温峤和刘倩英之间形成了难以调和的僵局。杂剧明确地告诉观众：温峤过去的一切幻想都是荒唐的、脱离实际的。当温峤用尽一切心计来挽救自身的失败命运，而又无法挽救时，观众就联想到在不久以前他那得意忘形的一切行动。当观众把“过去”和“现在”做一对照，会忍俊不禁而放声大笑了。正如车尔尼雪夫斯基所说：“只有在人身上，才发展了不安于其本分的倾向，发展了不适当的、不成功的、不像样的野心……那就是滑稽的。”温峤形象的全部喜剧性就在于这个人物性格中的主观逻辑和生活的客观逻辑发生了矛盾，正是这个社会性的矛盾才构成了温峤喜剧性形象的基础。

是的，喜剧是以笑为武器来实现它的审美教育目的的。当人们看到温峤处于狼狈和尴尬的处境时，人们是嘲笑他的，而这嘲笑无疑是一种批判的力量。但是，伟大的剧作家关汉卿并没有让我们仅仅用嘲笑来结束对温峤荒唐行为的批判。关汉卿的伟大还在于他发现了温峤这一人物的行为在观众心理上引起逆反应以后，还引导观众去积极地认识真正生活的底蕴——潜流。关汉卿以其特有的、清醒的现实主义精神，把温峤这一类人物的灵魂的各个侧面完全展示在我们面前。温峤不仅有可笑的一面，同时还有可悲的一面。温峤的可悲就在于他完全看不到任何合理的东西，相反，封建礼教和封建道德观念在驱使其行动。严格地说，他不过是一种腐朽的观念的俘虏。这是一个既可悲又可怕的灵魂，因为当封建道德观念的毒涎浸入到一个人的肌体以后，就会使这个人成为损害别人幸福的魔鬼。从这一意义上来说，温峤这个人物之所以被某些研究者误认为是作者所塑造的正面人物，可能正如别林斯基所说，这样的人物正处于“喜剧性和悲剧性交叉之点”[①]上，因此，他的否定性的品格不易为人所察觉。所以任何片面的关于温峤这一人物的理解都不能导致正确的结论。

三

故事的结局，是人物之间矛盾冲突的结果，是与整个情节有密切勾连的一个环节，是主题的有力提示和深化，而这些又必须是人物思想性格的充分展示，是情节必然而又出人意料的变化，对主题是形象的有感染力的体现。理所当然地，

① 参见《一八四三年的俄国文学》。别林斯基说：“群众只懂得外部的喜剧性；他们不懂得有一个喜剧性和悲剧性的交叉之点，所唤起的不是轻松的、欢快的，而是痛苦的、辛酸的笑声。”参见满涛译《别林斯基选集》第2卷，时代出版社，1953，第125页。

对《玉镜台》的肯定或否定，都会聚集在有争议的结尾的处理上。

《玉镜台》杂剧中刘倩英的最后妥协确实令人“不痛快”。但是这又有什么办法呢？在封建社会类似这样“不痛快”的事不是可以车载斗量吗？历史上一切伟大的艺术家，他们不仅描写了那些鼓舞人心的事件和人物，同时，他们更加正视那些使人“不痛快”的乃至令人极其痛苦的事。关汉卿这位有理想的现实主义剧作家也没有为了理想而忘记现实。如果我们认真考察一下具体的历史生活过程而不是依凭着主观想象的话，类似王府尹设水墨宴强迫刘倩英就范，以及由最高统治者直接出面干预臣子家庭纠纷的事是不乏其例的。请看《郭子》“许允妇”条载：

> 许允妇是阮德如妹，奇丑，交礼竟，许永无复入理。桓范劝之曰：“阮嫁丑女与卿，故当有意，宜察之。”许便入见，妇即出提裙裾待之，许谓妇曰：“妇有四德，卿有几？”答曰：“新妇所乏唯容，士有百行，君有其几？”许曰：“皆备”。妇曰：“君好色，不好德，何谓皆备？”许有惭色，遂雅相重。

唐人韩琬《御史台记》载任瑰事说：

> 唐管国公任瑰，酷怕妻，太宗以功赐二侍子，瑰拜谢，不敢以归。太宗召其妻，赐酒谓之曰：“妇人妒忌，合当七出，若能改行无妒，则无饮此酒，不尔，可饮之。”曰：“妾不能改妒，请饮酒。”遂饮之，比醉归，与其家死诀，其实非鸩也。

从这些记载来看，同《玉镜台》所描写的故事的区别主要是男的嫌女的丑、妻子怕丈夫另有所宠，但是统治者直接出面调停家庭纠纷则是颇为类似的。因此，当人们翻检一下历史上的记载，就不难发现王府尹请天子设水墨宴强迫刘倩英就范是有着浓厚的生活根据的。它既非关汉卿有意“捏造”，更不应和关汉卿“可能有过一段不快意的恋爱故事”硬扯到一块。

当然，评论一部艺术作品，仅仅根据一般历史事实是远不能够说明一切问题的。如果要了解杂剧所描写的事件是否真实，是否具有社会意味，还要对作品中所展示的全部戏剧冲突和人物行动进行一番比较深入的考察。

由于杂剧本身体例的限制，《玉镜台》没能对刘倩英做更多的描写，但是，我们仍然能够从刘倩英的行动中看出她是怎样一个女孩子。像一切少女一样，刘倩英也在追求着美好的婚姻。可是，在现实生活中，她碰到的却是这样一个年岁既大而又轻浮的温峤。因此，从她内心深处本能地对温峤产生一种强烈的反感。然而对于刘倩英来说，也仅止于反感和厌恶而已。至于如何抗拒温峤在婚姻问题上的步步进逼，她是无能为力的。问题十分清楚，决定刘倩英婚姻大权的显然不是她自己而是她母亲。当刘母已经同意这门婚事时，她没有任何力量来推翻这样的决定，而且在那样的时代，又是那样一个特定的家庭环境，她也没有任何可能去推翻这样的决定，她只好带着强烈的厌恶的感情和愤怒的心情嫁给温峤。原来刘倩英抱持的美好理想破灭了，摆在她面前的活生生的现实是，今后要和她极端厌恶的老头子终此一生，于是她陷入了深深的痛苦之中。内心的创伤激发出来的是对温峤更大程度的憎恶，于是洞房花烛夜，刘倩英的反目就成了必然。在这里，使人看到了生活理想的火花在年轻的女孩子心灵深处暗暗地燃烧着，而且在刘倩英这样一个千金小姐的身上掀起一次激烈的反抗，在婚姻这样涉及人的一生幸福的大事上展开了一次颇为壮观的冲突。刘倩英形象的社会意义首先应是在这里，至于刘倩英最后妥协并不会掩盖和贬损她在以前所进行的反抗的重要意义。

对于刘倩英的最后妥协，我们也要从客观和主观上找出原因。这是因为每个人物都有他自己的身份、经历，处于特定的环境和历史背景之中，受一定时间、地点的限制。

首先，在我们面前摆着一个尖锐的问题：在那样的历史时代和具体环境下，生活本身究竟给刘倩英的斗争安排了怎样的出路呢？事实是：“在整个古代，婚姻的缔结都是由父母包办，当事人则安心顺从。”[①] 在这样的婚姻制度的桎梏下，美满的婚姻到底有多少？当然，当事人如果有条件又有决心，可以逃出或利用别种方法进行反抗，但是，这样做却需要多少条件啊！事实上，在更多的场合，这种条件往往是不具备的，因而出路是有限的。而像刘倩英这样深居闺阁的小姐就更缺乏这种条件，在更多的时候，是让时间渐渐磨平她内心的悲怨，数不清的婚姻悲剧就是这样产生的。我们现在所看到的刘倩英所处的就是这样一个孤立无援的绝望的环境，她不屈从于封建礼教，也得屈从于巧计牢笼。在那样的社会制度下，她能走出这个“傀儡家庭”吗？19世纪的挪威，易卜生笔下的娜拉出走了以后怎样？鲁迅先生曾经回答过这个问题：娜拉的结局不是堕落就是回来。13世纪的中国，关汉卿笔下的刘倩英连家门也出不了，还能找到别的什么出路吗？刘倩英如果不自杀，就只能像快嘴李翠莲那样出家当尼姑，否则总要向她丈夫妥协的。水墨宴的圈套只是留给她一个转弯的机会。就像秋胡戏妻的故事在《列女传》里本来是以节妇自杀为结局的，到了元代石君宝的《秋胡戏妻》杂剧里，也改成了团圆的结局，这不能不说是一定历史时期社会意识的反映。基于这种认识，我们还是认为：刘倩英反抗了，但客观生活丝毫没有提供给她任何胜利的可能。因此，她的反抗也只能是绝望的可怜的反抗，虽然我们承认，这种今天看来极其微弱的反抗也是可宝贵的。

现在再来看看刘倩英最后妥协的主观因素。杂剧交代得非常明确：刘倩英从小就受着一整套封建教育，父亲生前教她念书，父死，母亲还是四处寻找名师指点她写字弹琴。封建的诗书礼乐的熏陶，必然在她身上产生深远的影响。当温峤教她写字弹琴时，略微流露了一点点不本分，她立即声色俱厉地教训起温峤：“男女七岁，不能同席。”杂剧最后一折还充分展示了刘倩英对于名位的爱慕以及强烈的虚荣心，这种虚荣心对于刘倩英的倔强性格来说并非不可调和。封建家庭对她

---

① 恩格斯：《家庭、私有制和国家的起源》，载《马克思恩格斯选集》第4卷，人民出版社，1972，第72页。

实施的教育是她的名位思想和虚荣心的根源。也正是由于她自身思想和性格上的缺点，所以一当她的反抗难以取得胜利时，那些站在她对立面的人物就会利用她性格和思想上的弱点强迫她就范，刘倩英终于为了满足一时的虚荣心——金钟饮酒、插金凤冠、搽官定粉——和温峤同居了。这正是深寓在这个人物性格中的悲剧因素。刘倩英和温峤始而撕破面皮，终而成就了夫妻，前者为其斗争的表现，后者乃其性格之软弱所使然，这是完全符合刘倩英性格的发展逻辑的。总之，一切都是那么自然，这样的人就会有这样的结局。性格就是命运。作为一位清醒的现实主义戏剧大师，就是这样从生活出发，描写了这个人物怎样从反抗到妥协，并且以其巨大的艺术说服力揭示了它的主客观原因。关汉卿没有把一些不可能有的品质硬塞给这个封建上层人物中的千金小姐。质言之，在这样的环境下，这样的人物，就会有这样的行动，因此，也就必然产生这样的结局。“人是戏剧的主人公，不是事件在戏剧中支配着人，而是人支配着事件，按自由的意志给他们以这样或那样的收场，这样或那样的结局。”[①] 因此，对刘倩英的妥协就不能以历史上或戏曲中曾有过的卓文君的私奔、莺莺的出走进行责难，问她个为什么不出走？至于像刘兰芝、祝英台式的反抗毕竟是少数，而且也只可能是悲剧的结局。关汉卿之所以伟大就在于他恰如其分地写了具有解放要求的女性，就在于他力求真实确切地从性格的实际矛盾出发对性格做了深刻地剖析，从而揭示出普通的日常生活中所包含的戏剧性。还是托尔斯泰老人说得好：“我小说中的人物所做的，完全……是现实生活中所应该做和现实生活中所存在而不是我希望的事。”[②] 关汉卿也是这样做的。

总之，《玉镜台》不同于一般儿女风情剧之处，就在于它在直接的现实写照背

① 别林斯基语。转引自《戏剧论丛》1957 年第 4 辑，中国戏剧出版社，1957，第 43—44 页。

② 转引自段宝林编《西方古典作家谈文艺创作》上册，春风文艺出版社，1980，第 573 页。

后，具有一股缓缓流淌着的“潜流”。这样的生活底蕴往往不是一眼就可以被人看清的，因此，挖掘和掌握它，就成了理解该剧文学文本审美意义的关键。

必须指出，《玉镜台》不是毫无瑕疵的。最为突出的是，剧作者的倾向在第四折明显地倒向温峤。如果说第一折中的温峤有丑角意味，第二折中的温峤有些流氓气，第三折中的温峤有些无赖相，那么第四折中的温峤却一变而为赤诚的君子了，这里显露出作者对温峤的偏袒。刘倩英的妥协除了上述主观原因以外，另一个原因就是温峤有才华。如果不是温峤的才华，那么冲突的解决是很难想象的。现在剧本告诉人们的是，矛盾之所以得到解决，除了天子和王府尹的干预外，温峤的诗才起了非凡的作用，这无疑地掩盖了这个家庭冲突的社会实质。至于写刘倩英最后妥协，我们也应看到剧作家没有把转折过程写得更合理一些，这都应当说是关汉卿写《玉镜台》的不足。

在黑沉沉的封建王国的深渊中，一场喜剧的终场，激起的却是悲剧的回鸣，这就是戏剧的辩证法，当然，它更是历史的辩证法。

这些论断是耶？非耶？历史证明，严肃的论辩，不懈的探究，是通向真理的金桥。

鉴于关汉卿杂剧成就的巨大及其在世界戏剧史上地位的显赫，对关汉卿留下的十八个杂剧有必要逐一加以深入地探讨，只有这样才能对他全部杂剧的价值做出较为公正的论断，从而建立起我们自己的“关学”。

另一种精神世界的透视

——关汉卿《谢天香》杂剧别解

关汉卿是一位经得起全方位检验的伟大作家——从文学艺术史角度检验，他伟大；从文化思想史方面检验，他也伟大。可以说他的民主性要求很强烈，也可以说他的人道主义精神很突出，还可以说他的剧作整体是一部形象化的心史。

关汉卿一生都在探索——探索人生、探索艺术。他既写出了《窦娥冤》《望江亭》《救风尘》这样的作品，也写出了《单刀会》《西蜀梦》，更有意思的是他还写了《玉镜台》《陈母教子》《谢天香》这样的作品。这说明，关汉卿的创作意识和风格不是单一的。

正因为关汉卿是一个伟大的作家，所以人们往往从正面看到他，而他的作品的丰富性和复杂性，往往使研究者眼花缭乱，误入歧途。研究对象的险峻，使研究者跋涉其中时产生晕眩，产生失误，这在科学史上可以说是极为寻常的事。笔者在对《谢天香》欣赏之余，却有另一种感触，和时贤的大作颇有抵牾。下面试把我的不成熟的想法提出来，希冀在融洽的共同探讨中加深对关汉卿及其作品的理解。我深信，评论失当之处是难免的，我得到的只能是警醒，而不会是过严的诋诃。

一

对罪恶的卖淫制度的深刻揭露，是关汉卿带给中国戏曲史的特异贡献。我们还没有看到元代哪一位剧作家这样尖锐地提出卖淫问题。[①]

关汉卿之所以伟大，就在于他总是面向严酷的生活，怀着一种神圣的道德感，深情地关心着被侮辱与被损害妇女的命运。剧作家从几个不同的视角，考察了妓女的悲剧性的生活和心灵轨迹。他对底层女性的强烈关注被分成若干触发点，分别呈现在不同的剧作中。因此，在我们对关剧进行整体性审美观照时，就看到了关汉卿面对生活思考的结晶体系列。

但是，令人十分遗憾的是，过分地被冷落的是关汉卿别具一格的妓女戏《钱大尹智宠谢天香》(以下简称《谢天香》)。而且似乎还被从妓女戏系列中抛割出去，并在道德法庭和审美法庭上得到了极不公正的判决。[②]是的，《赵盼儿风月救风尘》(以下简称《救风尘》)中的赵盼儿形象，无疑是剧作家美学发现的新大陆。长期的卖笑生涯，使赵盼儿在外观上失去了人的尊严，她可以和有钱的花台子弟们厮混，和花花公子打情骂俏。但是，在她失去人的尊严的外观下，却有着对非人生活的强烈抗议。尽管她自己历经屈辱，而对无知且又轻信的宋引章却诚挚地呈现出一颗亲姐姐似的圣洁的灵魂。在《杜蕊娘智赏金线池》(以下简称《金线池》)中，作者仍然发现了这“可怜的动物”身上的人的精神价值，在“社会的渣滓”中挖出了闪光的东西。赵盼儿也好，杜蕊娘也好，她们凌厉的锋芒始终指向她们的命运的嘲弄者。关汉卿确实从这些被歧视被践踏的人身上发现了她们金子般的善良和潜在的愤怒与抗议，这就恢复和发现了她们作为人的真正价值，这是

---

① 现存十八种关汉卿剧作中，以妓女为主角的旦本戏有《救风尘》《金线池》《谢天香》，占关剧六分之一。如果进一步把《元曲选》《元曲选外编》的一百六十二个剧本都统计进来，以妓女为“正旦”的也只有七种，即马致远的《青衫泪》、石君宝的《曲江池》、戴善夫的《风光好》、张寿卿的《谢金莲》、李行道的《灰阑记》、贾仲明的《对玉梳》和无名氏的《云窗梦》。

② 笔者因见闻有限，所见关汉卿杂剧研究的论著多不论及《谢天香》，只有黄克先生的《关汉卿戏剧人物论》辟有专节进行较充分的评鉴，但他采取了基本否定的态度。笔者过去也曾是这样看的，现在仔细想想，不是没有问题。

极为可贵的。

然而，从关剧的整体审美意识来看，这样的作品只是萌动在关汉卿内心的逼真性审美理想的外现，而对人生思考的另一面，是他对现实中谢天香们的麻木灵魂的更加沉郁的忧虑。

《谢天香》与《救风尘》《金线池》似乎渊薮不一，呈现出迥然不同的艺术风貌。如果说《救风尘》和《金线池》是关汉卿以亢烈、凄切的高腔唱出卖淫制度下妓女的悲歌和战歌，那么《谢天香》则是以低吟浅唱的沉缓调子宣叙多少个岁月、多少个天香在麻木循环着的悲剧。这在当时是一个更加切近现实的严肃思考。

扩而大之，《谢天香》里确实没有关剧的一贯风貌：这里既没有刀光剑影的拼搏（如《单刀会》），也没有惊心动魄、壮烈激昂的牺牲（如《窦娥冤》），更没有崇高人格的献身（如《蝴蝶梦》），在这里展示的是那样琐屑、平庸和无聊的生活。然而正是在这样窒息的氛围内，人的理想渐渐熄灭，感情慢慢冷寂，精神悄悄僵死，心灵默默腐烂。关汉卿几乎是含着深情的泪花凝视着自己主人公的生活历程的，在他的笔触下，谢天香的精神世界，她的对自由的向往始终是作者着重描写的对象。谢天香不像杜蕊娘灵魂犹如一团火，她的性格也不如赵盼儿那样不屈不挠。但像她这样一个聪明、敏感、感情纤细、富于幻想的少女，被命运抛到那样一种环境，千百种的不公平，让她的敏感的神经尤其不能容忍。通过“改词”这一细节，我们不仅看到谢天香的聪慧机敏，更看到她那要迸发出来的郁愤简直如暴风雨前的滚滚乌云；有时在无可奈何之中她的幻想又凝结为人间难得见过的形态和色彩。然而她追求的唯一的人生目标从来未曾动摇：“怎生勾除籍不做娼，弃贱得为良”，“做个自在人”（第二折）。毫无疑问，这是一个不甘沉沦的女性对自身解放的天然的起码要求。可是，谢天香的真正精神悲剧却在于她并不能清醒地认识到仅仅有跳出烟花火海的愿望和行动，并不就能“做个自在人”，在这二者之间并没有必然联系。因为生活早就昭示：在吃人的封建社会，对于一个妓女跳出烟花火海，并不意味就能取得人身自由，往往是“闪了他闷棍着他棒”，“出了孛篮入了筐”（第二折【煞尾】）。而更可悲的是，谢天香从始至终就未能摆脱人身依附的精神状态，而一天不摆脱人身依附关系，她就无“自在”可言。剧本所展示的正是这样：谢天香从来就没有获得过精神独立的幸福。

多才多艺而又绝顶聪明的谢天香，虽然自觉地意识到自己不过是“金笼内的鹦哥”（第一折【油葫芦】），但是却对自己的身陷风尘表现了一种无可奈何的情绪。为了结束卖笑生涯，她一开始就把跳出烟花火海的希望寄托在柳永身上，梦想柳永一旦高中，自己就可以“五花官诰”，“驷马香车”，做一个“夫人县君”。后来钱大尹担心柳永走后，她仍从事送旧迎新的勾当而玷污同堂故友、“一代文章”柳永的高才大名，遂以娶天香做小夫人为名，保护性地把她藏在自己家中。天香不知真相，竟自惭形秽，深怕尊卑悬殊，不敢高攀钱大尹。此后谢天香竟又因三年的小夫人生活的“有名无实”，而陷入了深深的痛苦之中。

谢天香的这种自身不可逾越的精神局限性，被关剧研究者看作是作者为了肯定钱大尹，不惜歪曲了谢天香：她没有怨，没有恨，只是一味地摇尾乞怜，完全是一副卑躬屈膝、自轻自贱的奴才嘴脸。[①]这就言重了。如果不是对谢天香的苛求，就是对剧作家关汉卿的一大误解。

窃以为要真正理解谢天香的性格和关汉卿塑造这个典型的美学真谛，不能迷失了剧作家的创作意旨。而关汉卿的创作意旨却又是如此分明，即他仅仅是写了一个身陷风尘的妓女想跳出火坑的急切心理和愿望。关汉卿压根儿就没想把天香写成在内心燃烧着不熄的生命烈火、酷爱自由和敢于冲破一切桎梏、做困兽犹斗的战士。关汉卿压根儿没想把天香和柳永的关系写成由于爱情理想的驱使，从而点燃了天香热烈的情欲之火，酿成一段火烫灼人而又凄惨哀婉的情史。不，关汉卿在直面现实时，他瞩目的是谢天香的“这一个”悲剧性命运。他在构思这个杂剧时，着眼点无论是谢天香的生活观、爱情观，还是她心灵深处的隐秘感情，都

① 参见黄克：《关汉卿戏剧人物论》，人民文学出版社，1984，第114页。

围绕着一个主轴转动，这就是跳出娼门，跳出这以出卖肉体为生活的火坑！在谢天香看来，和柳永做伴也好，做钱大尹的小老婆也好，这一切都“强似那上厅的祗候”。

事实上，在天香的内心深处的最大隐痛，是对娼门生活的极度憎恶，因为那“匪妓”的处境太可悲了，名声太卑贱了。她何尝不知道钱大尹是“架海紫金梁”，自己是“临路金丝柳”，但一旦被纳为妾，她还是认为这是跳出火坑的一条路。很清楚，剧作者完全无意把谢天香描绘成一个具有清醒的反封建意识的女性，也没有着意去写她为了追求自己的自由爱情，而和特定的什么人物（一般来说，这种人物代表着某种横逆势力）去做针锋相对的斗争。关汉卿是如此严格地把谢天香的理想规范在争取跳出火坑的层面上，而且绝不为人物的每一行动确定价值的归宿，从而使整个剧作的一切都在不知不觉中发生着、推进着，一切又都在顺乎自然的形态下显现出浓烈和冷峻的色调。

谢天香为要跳出火坑而做的追求和挣扎，无疑是十分正当合理的，因为这毕竟说明谢天香绝不甘心沉沦，她企望的是过人的生活，或者说谢天香体现了民族文化心理中普遍的求生存求幸福的意识。恩格斯曾说：“卖淫只是使妇女中间不幸成为受害者的人堕落，而且她们也远没有堕落到普通所想象的那种程度。”[①]谢天香是有人生追求的，但是，我们也发现，作为特定社会历史环境中的一个不幸者，谢天香的追求和挣扎不仅带有很明显的盲目性，而且在精神状态上还带有先天的软弱性。第二折【贺新郎】一曲出色地描绘了谢天香这种复杂的心态：

呀，想东坡一曲满庭芳，则道一个香靄雕盘，可又早祸从天降！当时嘲拨无拦当，乞相公宽洪海量，怎不的仔细参详！（钱大尹云）怎生在我行打关节那？（正旦唱）小人便关节煞，怎生勾除籍不做娼、弃贱得为良。他则是一时间带酒闲支慌，量

① 《马克思恩格斯选集》第4卷，人民出版社，1972，第71页。

妾身本开封府阶下应承辈，怎做得柳耆卿心上谢天香！

在这里，谢天香同赵盼儿和杜蕊娘是全然不同的性格。赵盼儿面对带有无赖相的花台子弟周舍，杜蕊娘面对狠心的娘，都表现出气性高、脾气犟、大胆泼辣、敢说敢做、口齿锋利的反抗性品格。而天香在同钱大尹首次对阵中，就显得信心不足、惶惶不安，感觉“祸从天降”，于是相对于钱大尹，她的那种“自卑情结”，就只有企望钱大尹的宽容、谅解和同情，甚至不敢承认自己是柳永的心上人。究其原因，不仅在于她的社会地位的低下，更在于她缺乏一种反抗的主体意识的武装。对自己所追求的理想缺乏一种自觉的意识，因而也就没有足够的精神力量。她绝不是一个主动的、自觉的叛逆者，而是在一个精神起点很低的位置上被动地推到改变既定命运的舞台上去的。由于在精神境界上没有真正的超越，所以在相当程度上，她仍然是依靠传统凝聚的妓女层的群体意识而生活，这就是说，要去改变她的身份和地位时，她非但没有表现出一种令人解放的欢欣，反而忧心忡忡，因为她企盼的只是别人“恩赐”给她幸福。这是对妓女中某一类人的灵魂达到了前所未有的新的文学透视。总之，站在我们面前的谢天香虽然有跳出火坑、追求“人”的生活的愿望，但却缺乏以自己的意志力量争取这种幸福的勇气，因为她始终就没有摆脱人身依附意识的束缚。如果从政治眼光看，天香的思想和行动是很难理解的，但从审美眼光看，天香的性格形象却是很真实的，因为形象内涵本来就是矛盾的，而人的情感态度也常常是矛盾的。正如马克思所说：任何个人，都是“在一定历史条件和关系中的个人，而不是思想家们所理解的‘纯粹的’个人”。①

---

① 《马克思恩格斯选集》第1卷，人民出版社，1972，第84页。

二

上面我们探讨了生活的严峻性，除了它的客观品性之外，更在于处于特定生活状态中的人的不自觉性。然而值得人们注意的是，伟大的人道主义者关汉卿以透彻的理解和同情，在幽暗、压抑、充满沉重感的色调里，为不幸的谢天香勾勒出她的无可违抗的人生轨迹。试看下面这支曲子：

【牧羊关】相公名誉传天下，妾身乐籍在教坊；量妾身则是个妓女排场，相公是当代名儒；妾身则好去待宾客，供些优唱。妾身是临路金丝柳；相公是架海紫金梁；想你便意错见、心错爱，怎做的门厮敌，户厮当？

谢天香用了一连串的对照比喻，说明她和钱大尹并非门当户对，也就是说谢天香对社会地位的悬殊有清醒的认识。在她耳边不时鸣响着的是钱大尹亲口宣布的律令："歌妓女怎做的大臣姬妾！""品官不得娶娼女为妻！"（第四折）因此这支曲子所揭示的心理内涵，从表层看是说自己不配做你大尹的小夫人，但其深层的潜台词何尝不是提示：你大尹占有我不是违背你自己宣布的律令吗？所以钱大尹一旦命令张千把天香弄到宅中去时，谢天香立即感到自己已经变成了笼中鸟，也就在这时，她才感叹地说出了一句绝非对柳永绝情（实为万不得已）的话："杭州柳耆卿，早则绝念也！"

此时此刻的谢天香已经痛苦地感到很难再有出头之日了

【二煞】则恁秀才每活计似鱼翻浪，大人家前程似狗探汤。则俺这侍妾每近帏房，止不过供手巾到他行，能勾见些模样。着护衣须是相亲傍，止不过梳头处俺胸前靠着脊梁，几时得儿女成双？

谢天香在这里抒发的感情可不像有的论者所言："原来她所不满足的只是钱大尹不能跟她'似鱼翻浪'样的亲近！反过来，如果钱大尹也能像柳耆卿那样跟她'似鱼翻浪'一样相处，她也是乐于相从的。"[①] 这是对此时此地天香的尴尬处境和特定心理的误解。文学是一门探索人类心灵的艺术。我们应当看到谢天香心灵辩证法的轨迹。第一，谢天香在这里明确表示：跟柳秀才在一起如鱼得水，自在逍遥；做钱大尹的小老婆可没有这样的舒服和自由，侍妾的生活可不好过。第二，谢天香只是在刚刚听到宣布她为大尹的小夫人时做出的反应，此时此地的谢天香还没尝到那"有名无实"令人尴尬的三年小夫人的生活。第三，她明明悲叹"几时成双"，不就是感觉和意识到了一入虎口，"做个自在人"就完全成了泡影！评论者忘记的那一句台词是如此重要："指望嫁杭州柳耆卿，做个自在人，如今怎了也！"谢天香分明惦念着柳耆卿，只是事到如今，身不由己，她完全无能为力去改变自己的命运，她只能无可奈何地成为钱大尹掌上的玩物了。

关汉卿真是写情的圣手。他善于以情写戏，任手笔随情奔驰纸上。我们不妨吟咏、玩味那凄怨、悲愤的一曲：

> 【煞尾】罢、罢、罢！我正是闪了他闷棍着他棒，我正是出了箩篮入了筐。直着咱在罗网，休摘离，休指望，便似一百尺的石门教我怎生撞？便使尽些伎俩，乾愁断我肚肠，觅不的个脱壳金蝉这一个谎！

上引三支曲文是关汉卿剖析角色心理情感流程的范例。而【煞尾】一曲更是把谢天香在特殊环境中的悲剧心理点染得淋漓尽致。他把人物热烈与冰冷、明朗与阴暗、欢乐与抑郁、勇敢与怯懦、高尚与渺小等多种心理因子动人地交织在一起，从而建构了一个非常真切而又富于魅力的活生生的人的心理谱系。同时又通

---

① 参见黄克：《关汉卿戏剧人物论》，人民文学出版社，1984，第 114 页。

过具有强烈震颤力的情感的涨潮和落潮，使人们深切地感受到人物内心痛楚的程度。一句“休指望，便似一百尺的石门教我怎生撞？”把个谢天香那种难逃钱大尹罗网的悲苦心情准确地揭示了出来。这样一个弱女子，面对着的是封建专制制度的庞然大物，她又如何掌握自己命运啊！谢天香既是封建专制的牺牲品，又是封建传统的负载者，在她身上集中了封建专制重压下和封建意识毒害下的底层妇女的一切悲剧因素。因此，谢天香的悲剧性命运就带有很大的典型意义，它不光属于谢天香，也属于一切处于社会底层的每个谢天香。所以剧本对谢天香悲剧性命运的描绘，就有了某种形而上的认识含义。

三

应该看到，关汉卿对于谢天香的同情与爱，是对悲剧主人公深刻理解之后的同情与爱，而不是爱谢天香的自我否定的精神状态。对于谢天香的希冀跳出火坑的急切心理，剧作者是充分理解的：身处社会底层的谢天香对自己的非人生活不是茫无所知，犹如历代中国被压迫的妇女在被迫不断做出大大小小的牺牲时每次都不会茫无所感一样。然而她们却往往为了否定自身存在的生活时，却又去否定自己的人格。她们自觉地压抑，从而确认依附关系，因此以其表层心态来观察，往往是“略有所感，复归平静”。在剧作中展示的谢天香的精神状态也往往是以“不该做如此非分之想”以自谴（如做钱大尹的小夫人），又以“幸而未曾如愿”来自我解嘲（终未做“有名有实”的小夫人）。为了改变自己原有的社会地位，取得人们的承认，天香是以牺牲自己的独立意志为代价的。人身依附性，对于天香来说不但是物质的，更是精神的，是精神惰性的表现。因此，天香的想跳出非人生活的火坑，主要是靠求诸他人，而非求诸“己”，她的人生目标并非是谋求自我的肯定与自我的解放，并通过自我的肯定而达到对人的本质的占有。因为她从一开始就确认了依附关系是她实现自我的唯一渠道，全然没有试图由依附性格走向独立不羁的蝉蜕过程。她总是陷入无法真正超越自我的痛苦之中。第三折有这样一段情节：谢天香和钱大尹的侍妾们一道掷骰子游戏，为了一点点输赢又动了肝火，偏偏这场面被钱大尹撞上，她只好乞求大尹的宽恕。钱大尹借机试探她的心思，便以骰盆中的骰子为题，要她赋诗一首。谢天香当即口占一绝："一把低微骨，置君掌握中；料应嫌点涴，抛掷任东风！"这是谢天香自我否定精神的真实写照，也是谢天香真正精神悲剧之所在，她始终自贬自抑、自怨自艾，或者说她的精神状态始终是一元的，不是二元的。无论是在她自己还是在旁观者看来，她的精神生活不存在可以感知的重大矛盾。谢天香精神生活的这种线性性质揭示的规律性就是：自足的、闭锁的、循环的。她虽然意识到了自己命运的不幸，但缺乏悲剧感，没有彻底突破生活的要求。正是基于这一点，我们说谢天香这个形象只有一定的现实性，但绝不具有理想性。谢天香给我们的感受仍然是并只能是"哀其不幸，怒其不争"。尽管如此，我们却绝不能否定天香"这一个"形象的认识价值和审美价值。因为从观众和读者的角度说，对谢天香的精神状态——逆来顺受、思想麻木、视野短浅、胸无大志、随遇而安、以苦为乐——我们固然不能赞同，然而我们又不能不为之叹息。观者也是有心人，也有复杂的感情，我们毕竟不能超越时代去替代彼时彼地的谢天香去思考和行动；我们毕竟不能忽视，传统观念、社会地位和历史环境对她的强制力，特别是她自身潜意识中的惰性使她困惑、畏缩，这一切也构成了观者审美感受上的复杂性。我以为这是符合艺术创作与欣赏规律的。万不可把这一切归咎于剧作家对谢天香形象把握上的局限性所产生的消极作用。因为要求古代剧作家的感情达到化学的纯度，我们拿到的将是一套社会学图解。

从另一角度看，谢天香的形象更贴近生活常态，具有更强烈的生活实感。因为性格的"不可爱"处是性格的缺陷，这种性格的缺陷反映着人的局限性，而真实的人性既有能动性又有局限性。由此我们可以得出这样初步的结论：《谢天香》之美，不是伦理美和道德美，即不是生活美，而是悲剧中的艺术美。由于谢天香自身不可逾越的精神局限性，延续了千余年的中国妇女的悲剧在她身上仍然继续着，铸成了谢天香性格和精神的悲剧，这就是谢天香形象闪光的美学原因。总之，她既体现出准确的时代感，同时又提供了反思的基础。

基于这样的认识，我们可以进一步说，在谢天香的个人命运里，我们最终看到了一幅远比单个人的具体命运更普遍更深刻的人生图景。这幅人生图景，是以人的与生俱来的权利要求与特定社会历史环境之间极端不协调作为标志，这种极端不协调性建构了《谢天香》一剧中推进情节发展的最根本的冲突。总之，正由于谢天香的形象是源于生活的，是典型的，是有现实意义的，那么它就有权成为文本。更由于《谢天香》一剧的艺术特色具有反思性——实质上剧作家涉及了精神解放这个主题，在客观上就有更多值得人们思考的东西。谢天香形象的任务仅限于提供反思的基础，人物本身还未能进行这种反思，这是符合我们古代社会生活中相当数量的妇女的思想实际的。我们过去习惯于一碗清水式的艺术形象太久了，长期缺乏关注特异性格的把握，殊不知，如果人为地把人塑成完美的人，便会造成文学艺术的一种病态，因为美对性格的要求，并非要求性格的完美。

至于结尾，关汉卿《谢天香》一剧中，他的审美意识也未能超越传统审美心理喜欢“大团圆”的倾向，这就把复杂的现实生活在相当程度上简单化了。喜欢“大团圆”是忧患意识派生出来的“乐观”情绪和精神。现实是残酷的，人生是惨淡的，可以到艺术中寻求安慰和解脱，生活本质是“缺”，可以到艺术中去求“圆”。这种忧患意识往往创造出“大团圆”的结局，关汉卿也没跳出这个心态模式，所以他在结尾处使剧本“定格”在生活的表层上，这是局限性的表现。但人们又怎能苛求七百多年前的古代戏剧家呢？

话又说回来了，对于观众来说，看这个戏时，是希望柳耆卿和谢天香团圆的，因为观众看得很清楚（只有戏中的谢天香蒙在鼓里），柳永是毫无二心地爱天香的，天香也是心中有这个“一代文章”的柳永的，而钱大尹的“智宠”只是玩弄了一个把戏，最终他是要完璧归赵的。反过来说，谢天香不和柳永团聚，那么，胜利者倒是在其中玩弄手段的钱大尹了，而不是柳永与谢天香的爱情，因为谢天香无论如何还是对柳永难以忘情的。

结尾似乎是个喜剧，但关汉卿昭告世人的是：隐藏在这部喜剧背后的，那是一个黑暗残酷的社会！在这反常的环境中，像谢天香这样要求过正常合理生活的女性，积压了多么沉重的苦闷啊！

关汉卿的创作特色是榛楛弗剪的深山大泽，而不是人工修饰的盆景。它蕴含着内在美，逗人寻味，启人遐想，令人产生一种散发性的多向思维。《谢天香》杂剧像关汉卿其他杂剧一样，都体现了他是剧坛的宿将、征服人类心灵的大师。

伟人往往是一个复杂的多面体。关汉卿是一个伟人，人们往往只能从一个侧面看到他。我们只有把这些侧面加在一起，才能构成一个真正的本来面目的关汉卿。

同时我们还要指出一点，关汉卿是一位勇于开拓的艺术家，他不是在自我封闭的心理状态中进行创作，而是在与外界“对话”的过程中不断摄取新的信息并调整自己的创作意识而进行创作的，这就构成了他的剧作的千姿百态的丰富性。歌德曾在他的谈话录中说：“我所有的作品，都不过是一个伟大告白的片断。”从整体上看，关汉卿全部杂剧也是一个伟大的“告白”，这“告白”就表现在他的作品中始终贯穿着关汉卿的个人性格和人生哲学，而其中的每一本杂剧又都不过是他伟大告白中的一个片段，即都是关汉卿所体验的丰满人生的一个方面。《谢天香》的价值应当作为一个伟大“告白”的“片断”来理解，这是艺术鉴赏规律和文艺批评所要求于我们的。

《西厢记》进入经典

——一个文本蜕变过程的文化考察

一

以崔莺莺和张生恋爱为题材的故事源出唐代诗人元稹（778—831）所写的传奇小说《莺莺传》（一名《会真记》）。小说写的是张生和莺莺恋爱，最后又把她遗弃的故事。小说的主角崔莺莺是一个具有一定叛逆性的贵族少女，她通过内心的重重矛盾，最后勇敢地冲破了封建礼教的牢笼，接受了张生对她的追求，这无疑是一个大胆的行动。但是，一旦莺莺落入情网，崔母也因木已成舟准备许婚时，张生却为了要沿着科举的阶梯往上爬，而无情地抛弃了莺莺。不少研究者认为，封建思想指导下的作者在塑造莺莺的形象时，极力描绘她的“怨而不怒”，在张生遗弃了她以后，她竟自以为私相结合不合法，“有自献之羞”，于是，被遗弃后的莺莺的行动逻辑出现了某些前后似乎“矛盾”的现象。

至于张生这一人物，据前人考证，是有作者自己的影子的，[①] 因此，可以看出作者极力要把他处理成一个正面人物。为了这个目的，他竭力为张生遗弃崔莺莺的卑劣行为辩护，让张生振振有词地说明自己行为的理由，甚至不惜把他曾经如痴如狂地追求的人污蔑为“尤物”“妖孽”和“不妖其身，必妖于人”的祸水，谁要粘上了她，便不能免于“殷之辛，周之幽”那样为“女色”亡国亡身的灾祸，因此，张生的“始乱之，终弃之”的行为不能被视为负心背义。他还假托舆论，说当时的人“多许张为善补过者”。但是，在我们面对作品中的形象时，我们却不

① 参见宋人赵令畤《侯鲭录》卷五“辩传奇莺莺事”。陈寅恪先生亦持此说，参见《元白诗笺证稿》第四章《艳诗及悼亡诗》附《读莺莺传》。鲁迅认为“元稹以张生自寓，述其亲历之境”，参见《中国小说史略》第九篇《唐之传奇文》（下）。

顾作者的虚伪的说教，而构成了我们自己的道德评价。作品形象本身的行为逻辑把张生这一人物推到了反面的地位上，成为一个用情不专、言行不符、自私自利的封建士大夫的典型，这就使得浸透在形象结构中的思想感情，完全超出了作者的主观意图。

在莺莺故事流传期间以及写定问世以后，有许多诗人都来歌咏其事。[①] 诗人们选择《莺莺传》而不选择其他更富独特色彩的作品，这是因为原传所写男女爱情更符合封建时代知识分子的理想和情趣。当然，它在写作上的委婉曲折，曲尽人情物态，也是一个原因。但是，这些诗篇，或者咏莺莺的美，或是歌咏张生和莺莺的爱情过程，而共同的特点是没有涉及“尤物”“善补过”的荒唐议论，同《莺莺传》“篇末文过饰非，遂堕恶趣”[②] 者不同。

到了北宋，莺莺的故事更加流行，士大夫们常常把崔、张故事当作谈话资料，同时出现了许多歌咏这个故事的作品。其中有名的是词人秦观的《调笑令》和毛滂的《续调笑令》。这两篇所采取的艺术形式是“转踏”。[③] 秦观咏莺莺的《调笑转踏》只写到莺莺月下私期为止。毛滂咏莺莺的《调笑转踏》只写到她的答书寄环为止，内容都没有超过《莺莺传》的范围。而且由于“转踏”体裁上的限制，只能用一诗一词，选择《莺莺传》中的一段情节，用简练的语言加以吟咏，根本没有可能、也没有必要来完整地展开原传中的人物形象和情节，但是，值得注意的是毛滂咏莺莺的《调笑令》的诗情倾向。现节录毛滂《调笑令》和引诗如下：

春风户外花萧萧，绿窗绣屏阿母娇。

---

① 元稹同时代诗人杨巨源有《崔娘诗》一首，见《莺莺传》小说中所引。另外诗人李绅（公垂）有《莺莺歌》一首，原传提到，未引。近人戴望舒《李绅〈莺莺歌〉逸句》一文，据《董西厢》所引李绅《莺莺歌》凡四处，可参看。见《小说戏曲论集》，作家出版社，1958，第2—3页。

② 鲁迅:《中国小说史略》，载《鲁迅全集》第9卷，人民文学出版社，2005，第86页。

③ “转踏”又名“传踏”“缠达”，是宋代的一种歌舞曲。

白玉郎君恃恩力，尊前心醉双翠翘。

西厢月冷蒙花雾，落霞零乱墙东树。

此夜灵犀已暗通，玉环寄恨人何处。

何处，长安路。不记墙东花拂树。瑶琴理罢霓裳谱。依旧月窗风户。薄情年少如飞絮，梦逐玉环西去。

这里诗人斥责张生为“薄情年少如飞絮”，对张生的爱情并非执着专一表示了愤慨，对莺莺表示了同情和惋惜，透露出对原传写法的不满。总之，毛滂按照自己对事件的理解和道德标准，表示了对于负心背义行为的否定。

莺莺故事在士大夫阶层中流传的同时，也开始在广大市民中流传。据北宋末年作家赵令畤在《侯鲭录》卷五中的记载，当时“倡优女子”对张生莺莺故事都能“调说大略”。又据宋末人罗烨《醉翁谈录·小说开辟》记载，当时说话人在传奇小说一类，首列《莺莺传》。它和卓文君、李亚仙、惠娘魄偶、王魁负心、唐辅采莲等属于同一类型的故事。另外宋末人周密《武林旧事》卷十记载，当时的官本杂剧段数中有《莺莺六幺》，元人陶宗仪《辍耕录》卷廿五“诸杂大小院本”中记载有金院本《红娘子》。这说明，莺莺传故事在城市瓦舍中已普遍演出了，在广大市民阶层中有着广泛的影响，可惜这些话本和剧本都没能流传下来。

北宋年间，关于莺莺故事的话本和杂剧虽然散佚，但是有的文人却利用民间讲唱文学中的鼓子词的形式改编了《莺莺传》，这就是具有重要意义的赵令畤的《元微之崔莺莺商调蝶恋花词》。①

赵令畤的《元微之崔莺莺商调蝶恋花词》是根据元稹原作提炼概括而成的。作者在谈到自己的创作过程时说：

① 鼓子词是宋代民间流行的一种曲艺形式。

今于暇日，详观其文，略其烦亵，分之为十章。每章之下，属之以词。或全摭其文，或止取其意。又别为一曲，载之传前，先序全篇之意。调日商调，曲名蝶恋花，句句言情，篇篇见意。[1]

这说明作者曾经细致深入地研究了原传，并在此基础上又根据自己的感情体验，重新提炼了主题，在合理地保存了小说的基本情节“内核”的同时，舍弃了原传中一些病态的东西甚至是主要的枝干，有效地用原作中的素材，又发展了原作的形象。这就构成了赵令畤自己的独特的艺术色调，使作品本身的意义超出了一般的复制品，而成为一个独立的创作。

前面我们提到，当《莺莺传》流传到瓦舍勾栏中去的时候，人民群众对故事中人物有自己的道德评价。赵令畤在以民间的说唱形式改编这个故事时，不可能不受到民间艺术的影响，人民群众对《莺莺传》人物的有力的观点不可能不同时渗透到他的创作中去。所以，在赵令畤的鼓子词里坚决删去了原传结尾部分的伪善的辩解，摒弃了那种把遗弃看作是恋爱的圆满结束、把罪恶说成美德的反人民的观点，而是把崔张故事看作一个使人遗恨无穷的社会性的悲剧，所谓“地久天长终有尽，绵绵不似无穷恨”，从而把深厚的同情给予了莺莺这一封建社会被侮辱被损害的少女。

根据赵令畤的介绍，他的朋友何东白曾认为崔、张二人自己定情在前，各自婚娶在后，完全违背了“理”与“义”，这种论调是当时封建上流社会的典型看法。赵令畤反驳了这种观点，指出莺莺“始相得而终至相失，岂得已哉”！明确了责任不应由莺莺来负。“最恨多才情太浅，等闲不念离人怨”，谴责了张生的薄情和残忍。“弃置前欢殊未忍，岂料盟言陡顿无凭准？”明白无误地批判了张生的背盟。作者还以自己的强烈的同情心，深入地刻画了崔莺莺被遗弃的痛苦，选择

① 赵令畤:《侯鲭录》卷五。

了那些能够充分展开人物性格的情节，细致入微地描绘了莺莺的精神世界，这不仅使莺莺的形象显得更加鲜明生动，而且也大大加强了对于张生背叛行为的有力谴责，于是《莺莺传》中原作者的封建说教和恶劣的辩解不复存在了。在赵令畤的鼓子词中，作者的理论信念和他设计的形象的内在意义，便达到了完全的和谐。

自然，赵令畤的《商调蝶恋花》鼓子词的成就也是有限度的，由于作品的基本骨架仍然没有跳出原传，也还只是写出了一个少女在恋爱中被遗弃的故事。作者虽然对莺莺表示了深切的同情，对张生的背盟给予了无情的谴责，但是对于崔莺莺的冲破封建礼教的樊篱和张生私自结合这件事实本身是否正确、是否正义、是否应当充分肯定，特别是怎样才是比较合理的主张……对于这一切关键性问题，赵令畤在作品中都没能给予明确的坚定的回答，作者的态度有时显得暧昧。这样，对于现实中像莺莺那种为爱情自由而和封建礼教斗争的青年男女就缺乏积极的鼓舞力量。另一方面，也由于可以发挥作者自己创造力的只是短短的十二首词，因此，对其中的人物形象进一步展开就有了很大局限。所有这些缺点，后来都由《董解元西厢记》加以弥补了。

二

相同的或类似的题材，在不同思想的作家笔下，可以写出意义截然不同的作品。恩格斯曾经做过如下一段精彩的论述："情节大致相同的同样的题材，在海涅的笔下会变成对德国人的极辛辣的讽刺；而在倍克那里仅仅成了对于把自己和无力地沉溺于幻想的青年人看作同一个人的诗人本身的讽刺。"从而，海涅所表现的主题是"以自己的大胆激起了市民的愤怒"，而倍克在同样题材中表现出来的主题却是"因自己和市民意气相投而使市民感到慰藉"。[①] 这就是说，作者在处理题材时评价生活的立场不同，概括生活的准则不同，表现生活的方法和能力不同。其

① 恩格斯:《诗歌和散文中的德国社会主义》，载《马克思恩格斯全集》第 4 卷，人民出版社，1972，第 236 页。

中最主要的，仍然是由于作者的人生观不同。因此，古今中外的作家常常从同一题材中提炼出不同的主题来。

金章宗时出现的《董解元西厢记》[1]证实了这点。《董西厢》承袭的仍然是崔张恋爱的题材，但是，它不仅在人物性格的塑造、社会典型环境的描写上有了大胆的创造，对于故事的主题，也进行了一次面目一新的改造。

如前所述，从元稹的《莺莺传》到赵令畤的《商调蝶恋花》鼓子词，关于崔张的恋爱悲剧，不管作者对于它的主观评价如何，但都无力正面回答这样三个问题：

第一，在封建社会，一个贵族少女私自去爱一个男人，是不是就应当受到遗弃的惩罚，就是造成一切不幸的原因？

第二，莺莺不顾一切地追求自己的幸福的婚姻，究竟是不是正义的，应当给以怎样的道德评价？

第三，究竟什么是合理的恋爱和婚姻的主张？

在董解元以前的作品中，由于故事的结局是莺莺最终被张生遗弃而成为此恨绵绵的社会性悲剧，就越发使得作品在回答这些问题上显得软弱无力了，这是不难理解的。因为这样的社会性问题，本来也不可能是站在封建立场上的作家所能正确回答的。从实践的观点来看，这是由于“当事人双方的相互爱慕应当高于其他一切而成为婚姻基础的事情，在统治阶级的实践中是自古以来都没有的”。[2]而《董西厢》却对以上的问题做了有力的形象的回答。《董西厢》从反对封建礼教和封建婚姻制度出发，提出了以爱情为婚姻基础的要求，从而赋予了《莺莺传》故事以新的艺术生命，使这一故事具有了积极的现实意义。

---

① 《董解元西厢记》又名《西厢记诸宫调》《弦索西厢》和《西厢挡弹词》，简称《董西厢》。诸宫调是一种有说有唱而以唱为主的文艺形式。

② 恩格斯：《家庭、私有制和国家的起源》，载《马克思恩格斯选集》第4卷，人民出版社，1972，第75页。

董解元在他的《西厢记诸宫调》中表现的唯一信念和全部哲学就是，要求婚姻的最后决定权应属于爱情，应属于当事的男女双方，而不是属于封建礼教和维护封建礼教的家长的利益。但是，对于一个作家来说，要把这种社会倾向和信念变为艺术实际，需要谨慎地分辨莺莺故事中混杂着的许多极其矛盾的因素。《董西厢》出色地完成了三项工作。

首先是创造性地进行了主题提炼，重新确立了主题思想。提炼主题是艺术构思的中心环节，是构思的中枢神经，它支配着作家艺术构思的全部过程。董解元在构思西厢记故事时，并不是单纯地复述一下《莺莺传》的故事情节。《西厢记诸宫调》本身说明，董解元是从观察体验现实生活而来，又在认识社会现实的基础上对过去《莺莺传》这篇传奇小说做了一番再创造的工作。在原传里悲剧性冲突的焦点是：一个挣脱了封建礼教桎梏的少女，终于被一个薄幸、自私的封建文人所遗弃。这一社会性悲剧在封建社会无疑有它的典型意义。但是，由于故事的最终结局是莺莺遭到不幸，于是，这个恋爱悲剧在其发展过程中，就越来越显得缺乏激励人心的精神力量。尤其是对于那些处在封建礼教束缚下的青年男女就更缺乏积极的鼓舞力量。宋金时代，由于市民社会新思潮的兴起，也由于董解元这样具有丰富生活经验和观察力的作家，特别是对人民的思想情绪有着较为深刻理解的下层“书会才人”，他们能够认识到，作为讲唱文学的诸宫调是为自己生活的时代的人们演唱的，而不仅只是重述那历史上曾发生过的一件传奇事件。因此，董解元进行艺术构思时，试图回答当时人们正在思考的一些尖锐问题。他敏锐地感到“始乱之，终弃之”的消极性，从而扬弃了构成原作的那个悲剧性冲突的基础，重新组合了两组对立人物，这就是一方以老夫人和郑恒为代表的封建礼教和封建婚姻制度的维护者；另一方是崔莺莺、张生和红娘为了追求美满的爱情生活而大胆向封建礼教挑战的人物。戏剧性冲突的基础，也从张生与崔莺莺之间，转到崔莺莺、张生同老夫人之间的冲突，[①] 最后通过这两组人物的对立和冲突，表现了反封建礼教的婚姻观念的最终胜利。这一改动，不但从根本上排除了“始乱终弃”的悲剧性结局，而且也大大增强了作品主题的社会意味。这说明，题材与主题绝不是密不可分的，它们之间的联系仅仅在于题材从所包含的生活内容方面为提炼主题提供基础。但题材与主题是有区别的，不同的作家常常从同一题材中提炼出不同的主题来，这就是题材与主题不能合二为一的例证。

《董西厢》的第二个贡献是对原传中的人物进行了重新的设计，进行了再创作，同时还从主题需要出发，塑造了一些新的形象，借以揭露封建礼法的罪恶，赞颂反封建礼法的斗争。

主题提炼，要求作家在生活事件中，深刻地提炼出生动又新颖的思想，并以它为作品的生命、脉络、焦点，来进行全部作品的艺术构思。但主题的提炼绝不是孤立地抽象地进行的。文艺作品的主题提炼，总是通过形象、或与形象血肉相连地进行的，是和人物形象的塑造以及人物的典型化的过程，自始至终血肉相连地进行的，这就是我们常说的形象思维的过程。所以在构思的过程中，作家对作品的主题提炼的每一次深化，人物形象便会跟着变化，跟着成熟；反过来，作者对人物性格有了新认识、新体会、新创造，作品的主题思想也跟着发生改变和深刻化。

《董西厢》改动最大、也是最有决定意义的是张生的形象。这里仍不免要提

① 戴不凡先生在《论崔莺莺》一书中论证《董西厢》的基本冲突时说：“这部作品所描写的矛盾和冲突，并不是直接地、正面地存在于崔张和老夫人之间，而是存在于他们自己身上，这样，它一方面既反映了封建社会生活中这一类人物的真实面貌；同时，合理、幸福的生活要求和维系封建秩序和礼法制度的矛盾，正是在这两个本身存在着矛盾的性格中，无比深刻地揭示了出来。”（见该书第 22 页）笔者对这一论点有不同看法。《董西厢》展示的并不仅仅是性格冲突，而是真正的社会性冲突。莺莺和张生内心的矛盾斗争以及莺莺和张生之间的矛盾，只是两种婚姻观念展开冲突时的一个侧面，或是说在他们心灵上的反映，并没有构成独立的主要冲突。

到原传。小说中的张生是一个道德情操卑下的人物。他最初用尽心机去追求莺莺，但是当他骗取了莺莺纯洁的感情以后，却狠心地遗弃了她。不管作者怎样为他辩解，毕竟不能掩盖张生虚伪的灵魂。而在《董西厢》中，张生却被塑造成为忠于爱情、坚守信义的正面人物，作者赋予这个形象以热情诚挚，对爱情执着，对封建礼教采取叛逆行为的进攻性格，他为了获得自由的爱情和婚姻，勇敢地向封建婚姻制度进行了大胆的挑战。在事件的全部过程中，张生的内心也曾出现过动摇、踌躇和疑虑，但是这些动摇最终被他对莺莺的热烈的爱情涤荡干净。这样，《董西厢》中的张生就被表现为一个有情有义、始终不渝地热爱莺莺的人物了，这构成了张生性格的基调。在张生遇到莺莺，并热烈地追求莺莺时，作者这样描写他："自兹厥后，不以进取为荣，不以干禄为用，不以廉耻为心，不以是非为戒。"总之，封建卫道者认为的那些道德规范都被张生冲破或抛弃了，张生再不是原传中那个不顾信义的无行文人，也不再是为封建制度和封建礼教进行辩护的说教者了，而是一个用情专一，和封建伦理道德背道而驰的完全肯定的人物。董解元相当成功地塑造了一个具有叛逆精神的有血有肉的青年书生的生动形象。张生形象的彻底改造，一方面使整个故事能以环绕崔、张婚姻问题展开了反封建的斗争，另一方面使崔、张得以团圆终场，从而改变了原传中始乱终弃的结局。正是这最有决定意义的改变，才为后来王实甫的《西厢记》杂剧在思想内容上奠定了基础。

原传中的莺莺，虽然对封建礼教有一定的叛逆性，但是由于作者的落后妇女观作祟，这个人物在一些地方被处理成为弱者。《董西厢》的作者，一方面坚决剔除了莺莺身上那种难以避免的软弱的性格特点，另一方面作者保留和大大强调了原传中莺莺性格的"核心"，即她对封建礼教的叛逆性。作者在设计这个贵族家庭的叛逆女性时，在外在性格上还是赋予了她对自由爱情的炽热的执着的感情色调，但是从内在性格上已大大强化了她的不屈服于命运的特色。她敢于以封建礼法为"小行、小节"，敢于为着追求自由的爱情而和封建家庭决裂，最后还不避"淫奔"之名而和张生双双出走。比如，在她"赖简"以后，她深深感到赖简所造成的严重后果应由自己来负，于是不顾一切地去和张生相会，她说“如顾小行、小节，误兄之命，未为德也”，她出自内心深处迸发出来的“我寻思顾甚清白——救才郎”的呼声，是一曲反封建礼教的战歌。她意识到为了“顾小行、守小节”而断送张生的性命是不道德的，同时也是弱者的表现时，竟不顾那严峻的封建礼教，终于以自己的叛逆性，冲破了内在和外在的封建礼教的牢笼，做出了逸出封建正轨的行为。

值得注意的是，董解元借助于诸宫调这种长于抒情和表现丰富内心世界的艺术形式，为我们充分揭示了莺莺内心世界的丰富多彩。这种内心世界的丰富多彩，绝不是如有些研究者所说是为了表现莺莺内心的动摇和分裂。事实上，《董西厢》和原传之所以不同，就在于莺莺一旦爱上了张生，就从来没有动摇过。她内心中的重重矛盾，只是封建礼教的束缚和挣脱这种封建礼教束缚的矛盾冲突。因此，表现在莺莺和张生恋爱道路上的矛盾，并不是她对张生曾发生过什么动摇或是内心分裂，这二者是有根本区别的，也是不能混淆的。文艺作品中展示人物内心生活时，不在于内在的复杂与单纯，而在于有没有内在的激动，这种内在的激动，可以是由于人物的动摇与犹豫，也可以是为着既定的目的，而顽强坚韧地斗争，这种斗争形成了人物内在的紧张。不能设想人物可以在成败得失之间无动于衷，而听众竟能够关心人物的命运并受到感动。内在的激动是塑造形象的根本要素，因此，莺莺内心世界的展示，只是为主人公性格有层次地发展垫上一块块阶石，直到最后，莺莺自许婚事，并且以私奔的激烈行动反对了母亲的严命。这些描写都很富有意味，对于旧时代的妇女为了反抗封建礼教，打碎封建主义对于她们心灵的桎梏，争取婚姻自由有着巨大的艺术鼓动性。

如果说诸宫调中莺莺的性格，还保留了小说中形象积极性的菁华，经过艺术改造成为一个新的形象，那么诸宫调中红娘的形象，可以说完全是崭新的创造。原传中的红娘，纯属条件人物，除了传递一下书信和送莺莺到张生屋中去以外，几乎没有什么行动。她在原传中和鼓子词中的地位，也仅是作为这个悲剧性事件的目击者而存在。没有行动性的人物，对于诸宫调这种大型的叙事诗式的样式来说显得特别尴尬。这个作品需要创造富有行动性的人物，一则为了情节的需要，如果没有这个人物，斗争便会在莺莺、张生和老夫人之间拉锯似的进行，没有其他力量引进来，对促进戏剧性冲突的激化和刻画人物、组织情节都是非常不利的。更重要的还在于思想上的需要，否则，对于概括生活、揭示矛盾，将会留下很大的空隙。

《董西厢》赋予红娘以爱憎分明、见义勇为的品格，使她成为富有智慧，敢于为正义而斗争，体现劳动人民精神美的一个堪称艺术典型的形象了。红娘具有多方面的性格特征：机智、伶俐、俏皮、勇敢等。但是，这只是构成了红娘性格的外在特征，还没有使红娘成为一个具有深刻社会内容的典型。红娘之所以成为具有典型性的艺术形象的最基本最主要的特点，在于她对崔张爱情的态度，在于她在崔张的婚姻中所起的积极作用，在于她在这场婚姻斗争中所显示出来的崭新的思想境界。

红娘不过是莺莺身边的一个小丫鬟，崔、张的婚姻问题本来和她毫不相干。但是，当她面对这场是维护封建礼教还是挣脱封建礼教的束缚的斗争时，基于她的强烈的是非观念，她逐步地站到崔、张一方来，并积极参与了他们对老夫人的斗争。她为崔张的痛苦而痛苦，为崔张的欢乐而欢乐，为崔、张的婚事，她一反主奴的关系，无情地指责老夫人是“老虔婆”，“心肠太狠毒”。正是这种正义感和强烈的是非观念，使她积极地为崔、张的婚事而热情奔走。可以说，崔、张婚姻事件中的任何一个困难的克服，都离不开红娘的帮助，甚至崔、张两次上吊自杀，也都是红娘把他们从死神面前救了回来。没有红娘，崔张的婚姻能得以胜利是无法设想的，这一切才是红娘形象的最根本的特征。这一形象无疑寄托了在封建婚姻制度桎梏下无数弱男少女的希望、追求和理想。

法聪这个“路见不平，拔刀相助”的侠肝义胆的人物，同样是《董西厢》的创造。他并没有超脱“红尘”，为了解普救寺之围，不惜赴汤蹈火，出生入死；对于崔、张的婚事不断给予帮助和鼓舞。他和红娘对崔张的反封建礼教的斗争起着支持和推动作用。

老夫人在原传中原是一个无足轻重的人物。在《董西厢》中，她是封建礼教的化身，是崔张的对立面。作者大大强调了她的冷酷、虚伪、欺诈的性格特征，这样就加强了主题的深刻性和戏剧性冲突的尖锐化。

郑恒为原传中所没有，《董西厢》塑造了这个从外貌到内心都极为丑恶的人物，让他和老夫人站在一起，而最后，他们都归于失败。作者以郑恒反衬张生，从而把丑与美、粗俗与崇高、恶与善并比，取得强烈的艺术效果。

《董西厢》的第三个贡献是对崔张故事结局的重新处理。故事的结局，是人物之间矛盾冲突的结果，是与整个情节有紧密勾连的一个环节，是主题的有力提示和深化；而这些又必须是人物思想性格的充分展示，是情节必然而又出人意料的变化，对主题是形象的有感染力的体现。《董西厢》改变了原传中的一个根本性情节，就是以张生和莺莺的相偕出走以至获得美满团圆代替了悲剧性的结局。这种结局的处理，当然首先是由于主题改变了，人物性格改变了，戏剧性冲突改变了，团圆的结局构成了崔、张反抗封建礼法斗争的必然结果。但是，是不是可以以悲剧作为结局呢？比如写强大的封建礼教最终摧毁了以爱情为基础的自主婚姻。正像有的研究者主张的那样，《西厢记》最好以悲剧结尾，因为这不是不合于历史真实的。但问题是，怎样才能给人以争取婚恋自由的精神力量呢？

在董解元生活的历史条件下，如果不是作者有着大胆而又先进的思想，是不可能做出这样的艺术处理的。我们知道，在中世纪的封建社会，仅仅是莺莺和张生的私相结合，已经被认为是大逆不道了，已经要受到难堪的非议甚至残酷的打击了。董解元不消说是深深了解这种情况的，而他在自己的作品里却歌颂和肯定了崔、张的大胆行为，这不是董解元对于封建礼教的蔑视的反映吗？不仅如此，莺莺和张生的团圆还是被放在相偕出走这样的局面下取得的。这样性质的出走，“理”所当然地被称之为“淫奔”，是为人所不齿的，也是难以得到同情的，然而

《董西厢》却用它来解决爱情与婚姻之间的矛盾。作者认为莺莺和张生要真正获得胜利，获得自由和幸福，就必须采取这一激烈的行动步骤。事情很明显，作者不止于蔑视封建礼法，他简直是用他的作品向封建礼法进行大胆的挑战了。从这个结局来看，《董西厢》的思想是高于以前一切有关崔、张爱情故事的作品的。从这一点上来说也是高于王实甫的《西厢记》杂剧的，因为王实甫毕竟还是写张生中了状元回来，通过“合法手续”结合的。这就是为什么后来有的作家在改编《西厢记》时采用了董本的结尾方法而未采取王本的一个原因吧。

《董西厢》结局的处理具有什么社会意义呢？在董解元生活的宋金时代，封建势力是很强大的，反封建礼教和反封建婚姻观念在斗争中往往处于劣势，甚至经常遭到失败（如话本小说《碾玉观音》《闹樊楼多情周胜仙》《志诚张主管》等）。但是，在现实生活中，那些为追求幸福的青年男女仍然是不甘心的。因此，如果按照生活本来面貌，只是写封建势力的强大，封建礼教是不可摇撼的，无疑会大大削弱在现实生活中为自由婚姻而进行斗争的青年男女的意志。而董解元却能够站在市民理想的高峰俯视现实社会中的婚姻关系，他终于写了崔、张的胜利。不难想象，这种处理，必然会对当时斗争着的青年男女起着鼓舞斗志的精神作用。作者明确地昭告世人，虽然斗争经常失败，但斗争不是没有前途的，胜利不是没有希望的，相反，新的理想的婚姻，必定战胜封建婚姻。从这里我们可以看到这位“书会才人”不是在消极地冷漠地摹写现实，而是积极地提醒人们：在当时的生活和现实之外，还有另一种生活，另一种“现实”。并且让听众深信，这种理想的生活和现实，只要进行不懈的斗争，就有可能实现。《董西厢》结局的思想意义就在于此。

由此可见，对崔、张的爱情是否正确的问题，对于以爱情为基础的婚姻是否合理的问题，这是一个从《莺莺传》到《商调蝶恋花》鼓子词都没有力量来解答的问题，《董西厢》却以它全部的艺术力量，富有说服力地给予了肯定的答复。

如同一切古代优秀作品一样，《董西厢》在思想上和艺术上也并非没有可以訾议之处。例如，作者把张生的举止写得很轻佻，个别场合又把他写得醉心于功名，给人造成一种形象不够完整的感觉；在处理题材和结构故事情节时，也有轻重失宜的地方；一些不符合人物身份的粗鄙的词汇影响了语言风格的统一，这无疑会影响和削弱作品主题思想的积极意义。而这些瑕疵，大多为王实甫改编时所避免，有些还从反面或另一角度启迪了改编者的艺术构思，在一定意义上说，《董西厢》的缺点、纰漏和局限，恰恰为王实甫发挥艺术创造才能提供了广阔的天地。

总之，从《莺莺传》到《商调蝶恋花》鼓子词，一直到《董西厢》，在主题、人物和情节上都发生了巨大的变化。《董西厢》在进行艺术构思时，把新的生活内容、新的社会意识灌注到这个传统的爱情故事中去了，于是这个古老的题材开始和封建社会广大人民的意向与愿望契合了。

三

上述两节所做的粗浅分析，无非是要说明两点意思：一是由于改编者人生态度不同，所以同出一源的故事，每经一道改编，就是一次推陈出新的过程；二是人民群众在一定程度上曾经直接或间接参与了崔张故事的创作。人民群众以自己的眼光观察周围的现实生活，同时根据自己的生活经验，把这一传统的故事加上自己的想象和判断，就在各种艺术样式中创造了他们所向往、所喜爱的人物，最后以董解元为代表，出色地总结了长期以来这一艺术创造的成就，完全改变了原作的主题和人物的精神面貌，以诸宫调这种民间讲唱文学形式完成了西厢记故事的基本构思。

到了元代，杂剧艺术空前繁荣，现实生活迫切地产生了用杂剧形式来反映崔、张恋爱故事的要求，杰出的杂剧作家王实甫承担起这项历史使命，他在《董西厢》

的基础上进行了再创造，出色地把崔张故事的口头文学搬上了戏曲舞台。[①] 如果把《董西厢》和《王西厢》比较一下，人们不难发现，《王西厢》只有个别情节和人物与《董西厢》有出入。在人物方面，只有惠明不见于《董西厢》，但是我们可以看出即使这一人物也仍然是根据《董西厢》中的法聪创造出来的；在情节方面，《王西厢》删去了《董西厢》中法聪和孙飞虎鏖战的一段，因为它竟以全书约六分之一的篇幅叙写对阵厮杀，不仅近于喧宾夺主，也不适宜杂剧艺术的演出；另外就是改写了最后一段莺莺和张生深夜从普救寺的出走；在语言方面，《王西厢》几乎保存了《董西厢》主题、情节和人物的原貌。比如，主要人物的性格并没有根本性质的改变，故事情节的发展线索全部取自《董西厢》，特别明显的是，《王西厢》还煞费苦心地保留了《董西厢》里许多优美动人的语言（特别是人物的富有行动性的语言）。只是由于诸宫调改为杂剧，由于讲唱的第三身份的语言改为第一身份的人物自己的语言，因此不可能使原来的词句原封不动，尽管如此，王实甫还是尽量采用《董西厢》的精神加以改写。像一切出色的艺术家一样，王实甫利用了民间文学积累起来的巨大的艺术财富，富有独创性地改编，为我们创制出了具有反封建意义的杂剧《西厢记》。

《王西厢》仍然是在《董西厢》的基础上捍卫了反封建婚姻的命题，但是，要把这一鲜明的思想目的变为艺术实际，这需要巨大的艺术魄力，也需要缜密的真正属于戏剧的艺术构思。王实甫充分理解这个创作活动的意义，一切都为了奔赴这个鲜明的境界：反封建婚姻，主张以自由爱情为基础的婚姻！这是王实甫编写这本杂剧的最高任务，也是全部艺术构思的基础。

叙事性文学作品中的矛盾冲突是作品情节的骨干、核心。没有矛盾和冲突，情节的其他因素如场面、细节等便都黯然失色。小说、讲唱文学和戏曲是不同的

① 戴不凡先生在《论崔莺莺》（上海文艺出版社，1963）一书中说："我并不一定相信王实甫就是根据《董西厢》来改编《西厢记》的。"（见该书第 1 页）笔者不同意这一推测，因此做了如上几点说明。

艺术形式。冲突之于戏剧更具有生命般的意义，没有冲突就没有戏剧。

首先，《王西厢》借鉴了《董西厢》的结构规模，从作为舞台艺术的戏剧出发，建立和规划他的独具特色的戏剧结构。根据故事情节发展的需要，突破了元杂剧一本四折的通例，以连续五本二十一折的宏大结构反映了这场反封建礼教的斗争。这里最能显示作者杰出创造力的、也是他匠心独运之处，是他从主题要求出发对戏剧冲突的安排：在整个五本杂剧中有一条贯穿全剧的基本冲突，即自由婚姻和封建婚姻的冲突，具体的表现就是莺莺、张生和老夫人、郑恒的冲突。但是，这个贯穿在五本杂剧中的基本冲突，在一开始时并不是马上作为主要冲突出现的。在第一本中，从莺莺和张生初次会面并产生了相互爱慕之情以后，作为杂剧的基本冲突就已经存在了。但是这时的主要冲突并不表现在崔、张和老夫人之间，反而是在张生与执行"行监坐守"任务的红娘之间展开的。张生说得很清楚："则愿得红娘休劣，夫人休觉，犬儿休恶。"红娘的存在和可能出现的阻梗被张生看作是需要认真对付的首要一条。因此，第一本的主要冲突，就是张生如何千方百计突破红娘的"行监坐守"而和莺莺接近的问题。这一主要冲突在第四折中得到了解决，张生终于胜利地见到了莺莺。但是，第一本中这个主要冲突的解决，作为杂剧的基本冲突不仅依然存在，并且由于崔、张的爱情的增长，基本冲突反而随之加深了。那么，崔、张能否结合，这就是杂剧第二本戏剧冲突的基础。

在第二本里，由于孙飞虎围寺，白马将军解围，崔、张的结合有了希望。但随之而来的是老夫人的赖婚，崔、张的婚姻问题又出现了合而复分的态势。白马解围反而把崔、张同老夫人的矛盾即戏剧的基本冲突向前推进了一步。

第三本在基本冲突加深的基础上产生了新的主要矛盾，这表现在老夫人赖婚后，崔、张的婚姻已属无望。这时一个新的斗争形势产生了，老夫人控制下的红娘从思想到行动同张生和莺莺完全站在了一条战线。矛盾的双方出现了分化和重新组合，斗争形势完全是崭新的，红娘的转变，对于崔、张为了婚姻自由而斗争并且取得最后胜利是一个极其重要的因素。因此，第三本主要冲突是崔莺莺如何更进一步摆脱一切客观和主观的礼教束缚的问题。莺莺的寄简、赖简正表现了莺莺与自己头脑中的封建礼教的桎梏进行斗争的全部心路历程。杂剧第三本最后一折，莺莺寄诗张生约他相会，说明她终于战胜了头脑中的敌人，因为莺莺约张生相会，是对封建礼教的最后背叛。所以，第三本主要冲突的解决反而使全剧的基本冲突更加尖锐化了。

于是，第四本中贯穿全剧的基本冲突完全表面化了，上升为当时的主要矛盾。来自两方面的冲突都带有箭在弦上的紧张性，崔、张与老夫人的冲突以面对面的形式展开了，造成全剧的高潮。最初老夫人好像有所让步，承认崔、张的“不合法”的结合，但是，接下去是老夫人以“俺三辈儿不招白衣女婿”为名，逼迫张生进京赶考，崔、张被迫分离。这是基本冲突在内部激化的反映，反过来又揭示了基本冲突的尖锐对立和向前发展。

第五本由于郑恒的出现，崔、张一方与郑恒之间再度展开激烈斗争。斗争的结果是郑恒的跳阶而死，崔、张胜利结合，贯穿于五本杂剧的基本冲突得到最后解决，“愿普天下有情的都成了眷属”这一创作的最高任务完成了。

从以上的分析，我们可以看出《王西厢》戏剧冲突的特点：每一本杂剧都有自己的主要冲突，因而造成每本杂剧的强烈的戏剧性；而五本杂剧又具有一个完整的贯穿全剧的基本冲突。所以，每本杂剧在主要冲突解决以后，就给予基本冲突以影响，基本冲突不仅没有消失，反而采取逐步激化的形式，一步比一步尖锐，一层比一层强烈，这就是《王西厢》全部戏剧性的根基。

总之，《王西厢》五本二十一折前后勾连，上下承续，各个互相衔接的矛盾都有必然的因果联系，戏剧的“系扣”和“解扣”[①]都有生活逻辑发展的必然性。因此，结构虽极宏大，但却极缜密精细，显得无懈可击，成为一个完整的有机的艺术整体，这个艺术整体紧紧服务于全剧的主题思想。每个矛盾的产生、发展和解决的过程，都体现了人物性格成长的历程，都在于阐释杂剧的主题思想。这就是《王西厢》以戏剧的艺术手段对主题的提炼，这就是大戏剧家王实甫对戏剧辩证法的真正的美学理解。

就具体改编来说，戏剧的兴趣应当集中在主要人物身上，戏剧的基本思想就是在这个主要人物的命运中表现出来的。《王西厢》中的主要人物实际上在《董西厢》中已经塑造成了，真正创造出这些典型形象的是民间艺人们和他们的杰出代表董解元，而并不是王实甫一个人。如果我们把创造这些典型形象完全归功于王实甫，那么我们不仅看不到民间的文学家在创造这些形象上的杰出的贡献，而且也很难看出真正属于王实甫自己的独创。评价一位作家的功绩首先不是看他重复了别人的一些什么，而是要看他对艺术做出了什么新的贡献，和他以前的人相比，和他同辈的人相比，他提供了什么新的东西。王实甫真正的贡献就在于：他把《董西厢》搬上舞台时，对其内容作了出色的发展，并在此基础上对《董西厢》中的一些重要人物一一进行了加工，进行了我们通常所说的“刮垢磨光”的工作。这样，就使原来的主要人物的性格特征更加鲜明，人物的精神世界更加丰满。这样加工，就使崔、张的爱情生活事件得到升华，具有了充分的典型意义，这就是

---

① “系扣”和“解扣”都是剧作法中的术语，最早见于亚里士多德的《诗学》。“系扣”的准确含义是：“系起冲突纽结的那一个事件或那几个事件。”而“解扣”则是指“解开冲突的纽结的那一个事件或那几个事件”。由于它们是处在剧本基本冲突的两端，也有人称作“开端”和“收场”。但是我们发现“系扣”往往不在剧本刚一开始的部分，因此称之为“开端”并不很准确，另外“解扣”也往往不在剧本的最后，称之为“收场”和“结局”也有不妥之处。因此，这里用特定的剧作术语：“系扣”和“解扣”。

为什么《王西厢》在我们戏曲史上获得了“天下夺魁”[①]的崇高声誉的根本原因。

先让我们来看莺莺的形象。《王西厢》中的莺莺比《董西厢》中的莺莺有了明显的发展，这表现在《王西厢》进一步突出了莺莺的反封建的叛逆性格。在《董西厢》中，莺莺和张生的爱情一开始几乎是张生片面追求所造成的，看不到莺莺对于这个切身的问题有什么鲜明的态度，只是到孙飞虎围寺，白马解围，老夫人许亲又赖婚以后，读者才看到她对张生产生了爱情。于是莺莺给人们的印象似乎是这样：只有确定某一男性是她的丈夫时，她才会对他产生爱情。但是在《王西厢》中，出现了截然不同的艺术处理。剧情一展开就描写莺莺对张生的爱慕之情，当佛殿第一次相遇时，她对张生一见倾心，红娘见有人来，催促她回房时，王实甫给莺莺安排了一个“回顾觑生”的富有感情内涵的动作，“怎当他临去秋波那一转”，被敏感的张生立即捕捉到了。所以张生极其肯定地认为：“昨日见那小姐，……那小姐倒有顾盼小生之意。”（这当然不是张生的神经过敏。）后来红娘带着讥讽的口气转述她眼中那个“傻角”张生有意于莺莺时，莺莺含笑静听，并嘱咐小红娘说：“休对老夫人说。”很明显，当张生突然间排闼而入时，立即就引起了她内心的极大波动，而她却听任这股爱情的潮水汹涌流动，老夫人十几年来对莺莺的长期封建教育和建立起的层层堤坝在短短的几天里全部坍塌了，莺莺内心深处的叛逆的意念以她还不曾完全理解的迅猛速度开始发展成为叛逆的行动。到了第二本第一折，莺莺上场后的那段著名的内心抒情颇能说明问题，所谓“坐又不安，睡又不稳，我欲待登临，又不快，闲行又闷，每日价情思睡昏昏”，这就十分强烈地描画出了封建时代一个贵族少女在恋爱中的特定的内心思绪。总之，《王西厢》是有意强调莺莺对张生的爱慕之情，这种强调具有如下的意义：强调莺莺对张生的爱情，实际上就是强调他们的婚姻乃是建立在双方相互爱情的基础上的，

① 明代的贾仲明给《录鬼簿》里所记载的杂剧作家们写了不少吊词。在他吊王实甫的词的末了赞曰：“新杂剧，旧传奇，《西厢记》天下夺魁。”参见钟嗣成：《录鬼簿》卷上，古典文学出版社，1957，第13页。

因为这一爱情从一开始就并不是由于张生的片面追求，于是就使他们的婚姻和那种完全缺乏爱情基础的封建包办婚姻之间的对立显得格外鲜明。

另外，《王西厢》比《董西厢》更加着力刻画莺莺的复杂的内心世界：所表现的她那颗心灵的曲折历程更加淋漓尽致，概括了更为深广的社会生活内容，因此就更加动人心弦，扣人心扉。比如《董西厢》中既写了老夫人的赖婚，也写了莺莺的赖简，但写得都很简略，尤其是赖简应当说还未能充分揭示莺莺的内心冲突，但是在《王西厢》中莺莺性格和内心的丰富性就被揭示得既真实又深刻，更加符合这个出身于贵族的少女在重重封建礼教的束缚下而又要追求自由爱情时的内心矛盾。我们不妨以赖简前后的情节为例进行一些说明。

莺莺月夜听琴后的第二天，就派红娘到书房看望张生，谁知大胆的张生竟然求红娘带来了情书。聪颖出众而又十分精细的红娘这时已经完全了解到她日夜陪伴的小姐的重重心事了，而且深知她的小姐目前的所言所行都被一层“假意儿”的面纱掩饰着，所以红娘悄悄地把张生的书简放在化妆盒之下。莺莺发现了书简，心中自然高兴，这时红娘眼中的莺莺的一番举动真是传神之笔：“拆开封皮孜孜看，颠来倒去不害心烦。”可是，她突然感到事情不妙，这不仅是由于接到一个男性的情书，对她来说还是生平第一次，而且充分意识到，这书肯定是红娘捎来的，红娘一旦泄露机密，事态将会朝着什么方向发展呢？所以她的“假意儿”在这里又以新的形式出现了，先是斥责红娘，而当红娘以要挟的口气公开表示“我将这简帖儿去夫人行出首去来”时，莺莺立即以“我逗你耍来”向红娘和稀泥。但她的内心的秘密仍不想也不敢明告红娘，所以虽然明明写了四句情诗约张生相会，却故意对红娘卖关子：“虽然我家亏他，只是兄妹之情，焉有外事。红娘早是你口稳里，若别人知啊！甚么模样。”“红娘，你将去说：‘小姐看望张先生，相待兄妹之礼，如此非有他意，再一遭儿是这般啊，必告夫人知道。’和你个小贱人都有话说。”这当然不仅是对红娘的又拉又压，而且也还是透露她那复杂矛盾的内心世界。因此，一旦张生真的如约跳墙而来时，莺莺果然是手足无措，“心乱如麻”

了。她出乎意外地感到张生的鲁莽，而且竟然鲁莽到当着红娘的面跳墙过来向她公开求爱。于是，莺莺陡然地“变了卦也”，居于她头脑中的封建意识又以她也意识不到的状态出来活动了。

“赖简”后，莺莺深知自己的“假意儿”很可能置张生于死地，所以当她完成了对红娘诚意的最后试探以后，再次写诗给张生。她在这副独特的“药方”中终于表白了对张生的深挚的爱情，同时也说明了赖简的部分原因——“完妾行”。可见，莺莺性格得以继续发展，不但必须坚持反抗老夫人为代表的封建势力，还必须不断克服自身的封建意识。“酬简”中的莺莺那种“语言虽是强，脚步儿早先行”，十分准确地描绘了她的内心世界。这样，在我们面前出现的莺莺的形象，她的性格特点就表现为：单纯中寓有丰富，柔美中寓有坚韧。她由一个贵族少女而成为一个倔强的叛逆者的历程，是令人信服的，是那个时代出身于贵族家庭的青年人坎坷道路的合乎逻辑的发展。她走的道路是自己选择的，是她所独有的。一句话，是“崔莺莺式”的“这一个”。

王实甫不愧为一个心灵探索者。由于他使自己的人物回到了真实的生活环境、真实的生活状态和心理状态中来，所以他才能牢牢掌握住人物的“心灵的辩证法”[①]。可以看出，王实甫深深爱着他笔下的这个人物，但他却没有掩饰由于出身、教养、环境给莺莺带来的内心矛盾和性格弱点，他只是写出了一个相国家庭出身的叛逆女性，而不是一个英勇无畏的反封建战士；而且在爱情之外诸如生活道路等重大问题上，她也并没有叛逆封建主义的规范。所以王实甫真正杰出之处，正在于七百年前他能够敏锐地观察到和捕捉住出身于贵族家庭的少女在反抗封建婚姻制度和传统的旧教育时的全部内心的斗争过程，并加以典型地概括，这不能不说是王实甫的杰出贡献。

关于张生，《董西厢》已赋予这一人物以封建礼教的叛逆者的性格，但是，必

① 车尔尼雪夫斯基语。参见《古典文艺理论译丛》第5册，人民文学出版社，1963，第161页。

须指出，在《董西厢》中有一些情节处理，大大削弱了张生叛逆性格的完整性。例如《董西厢》写到老夫人在不得已的情况下许婚了，但立即借口莺莺孝服未满，不能马上完婚，这时张生竟然表示："今蒙文调，将赴选闱，姑待来年，不为晚矣。"进京赶考是张生自己提出来的，并答应"三两日定行"。莺莺听说张生要去赶考，"愁怨之容动于色"，张生却大不以为然，并说："烦为我言之：功名世所甚重，背而弃之，贱丈夫也。我当发策决科，策名仕版，谢原宪之圭窦，衣买臣之锦衣，待此取莺，惬予素愿，无惜一时孤闷，有妨万里前程。"这里把张生追求功名之心写得十分强烈，但是这种描写和张生的基本性格特征恰恰是矛盾的，而且在艺术上也显得极不统一。我们不妨回想一下，当张生刚刚爱上莺莺时，《董西厢》写得分明，张生是"不以进取为荣，不以干禄为用，不以廉耻为心，不以是非为戒"，一切封建教义、功名富贵都被他抛弃了，为了自由的幸福和爱情，他作了艰苦的斗争，比起爱情来，功名利禄根本不在他的心上。这正是作为张生叛逆性格的核心。可是《董西厢》在上述的情节处理上却大大损害了这一核心，而且由于张生的赶考是自己提出来的，这样接下去的莺莺送别一场，也只能是一般的离别，而别离的悲痛也就失去了它应有的社会意义。但是，在《王西厢》中，张生的进京赶考是出于老夫人的逼迫。老夫人见木已成舟，勉强许婚后，同时就提出了苛刻的条件："我如今将莺莺与你为妻，则是俺三辈儿不招白衣女婿，你明日便上朝取应去，我与你养着媳妇。得官啊，来见我，驳落啊，休来见我。"正是由于张生是被迫进京赶考，张生前后性格就没有任何矛盾，而显得完整了，后来莺莺和张生的离别就成为在封建主义压力下的被迫分离。他们离别的痛苦，便深刻地体现了当时封建主义的残酷无情，封建礼教和自由爱情之间的冲突便显得格外分明和尖锐。

又如，《董西厢》中，张生中了探花回来，闻知老夫人已把莺莺许配给郑恒，一面忧愁烦恼，一面却又想，郑恒之父"贤相也，稍蒙见知，吾与其子争一妇人，似涉非礼"。于是竟然对老夫人表示：莺莺既已许婚郑恒，那么就以兄妹之礼相见。这里的张生似乎又是为了功名前途和性格的过分软弱，准备放弃经过曲折斗争才获得的爱情成果。这不免影响了反封建的主题思想的积极意义，而且对张生性格来讲也缺乏内在根据，实质上是对张生性格的损害。另外像《董西厢》里张生过多的轻狂和庸俗的表现，在《王西厢》中都被洗刷干净了，从而使张生性格中的积极的一面更加突出，新旧两种力量的冲突更加尖锐，杂剧的主题也得到了鲜明的体现。

红娘这一典型形象是出现于《王西厢》中的真正的奇迹。王实甫把《董西厢》中的法聪和红娘集中在后者一个人身上，她一出场几乎就喧宾夺主地吸引了观众的全部注意力。《王西厢》在红娘性格的再创造上的最大功绩，是更加深入地开掘出红娘作为出身底层的少女的精神美。《董西厢》在塑造红娘这一人物时无疑取得了很大的成功，但是同时也有损害人物精神品质的地方。在白马解围以后，老夫人请张生赴宴，当面赖婚，作者叙写张生回到书房，拿出一支金钗送给红娘，要求红娘为他向莺莺通消息，后来红娘替莺莺送诗约张生相会，张生又送红娘金钗一支，红娘谢张生而归。这种处理就使红娘那成人之美的热心肠和由正义感所驱使的行为，变成了贪图财物的行径了，这不能不说是《董西厢》的败笔。王实甫抛弃了这些有损红娘性格的地方，不仅如此，还进一步把红娘的行为的纯洁无私加以充分的强调。《王西厢》在写到莺莺月夜听琴以后，张生求红娘为之传递消息，并许愿："小生久后多以金帛拜酬小娘子。"红娘无情地嘲讽了张生，义正词严地指出：

> 哎，你个馋穷酸俫没意儿，卖弄你有家私，我莫不图你东西来到此？先生的钱物，与红娘做赏赐，是我爱你的金赀？
>
> 你看人似桃李春风墙外枝，又不比卖俏倚门儿。我虽是个婆娘有志气。则说道："可怜见小子，只身独自！"恁的啊！颠倒有个寻思。

这真是千古绝唱，把红娘这个出身底层的“卑贱者”的精神世界升华到真正美的境界，她的心像水晶一样透明，她的行动完全是从正义感和对于被礼教迫害者的同情心出发的。她之所以积极主动地行动起来，那是因为她不满意“夫人失信”，更不愿见这对早已你有情我有意的青年男女从此陷入绝望的深渊。正是因为如此，促使她从冷眼旁观转到积极玉成其好事。王实甫全部美学的独到的特色，就在于他能够在平凡的人们的身上找到潜在的美，他从《董西厢》张生送金钗的细节里，挖掘出了相反的思想。一支金钗却启发了作者做了截然不同的处理，从而显示出了红娘性格的火花，那“不为人注意”的美。

值得注意的是，王实甫所写的红娘性格的发展是层次井然的。作者牢牢把握了红娘的内心贯穿线，在对待崔、张婚姻的态度上，红娘的性格越到后来越向前发展。在《董西厢》里，红娘是等张生一再请求，才为他设法与莺莺会面，而在《王西厢》中，在老夫人赖婚以后，出于强烈的正义感，红娘从思想上对崔、张的同情转变到积极的行动上的支持，是她冒着被“打下下半截”的危险，主动为张生设法，安排下月夜听琴的场面，而且此后一系列的晓夜奔走和传书递简，都说明她是以行动来促成这段好事的。这就表明，红娘越来越站在崔、张一边，也就是说，她越来越背叛了老夫人。“拷红”一折，红娘敢于在主人面前“据理直陈”，到了第五本，红娘的性格终于发展到一个新的高度，她以铿锵、锋利的语言，剔肤见骨地揭露了郑恒的无耻的霸道行径，伸张了正义。

你值一分，他值百十分，萤火焉能比月轮？

他凭师友君子务本，你倚父兄仗势欺人。齑盐日月不嫌贫，治百姓新民、传闻。

这厮乔议论，有向顺。你道是官人则合做官人，信口喷，不本分。你道穷民到老是穷民，却不道“将门出寒门”。

讪筋，发村，使狠。甚的是软款温存。硬打挨强为眷姻，不睹事强谐秦晋。

这几段“直抒胸臆”的唱词读来令人神旺。它说明：红娘终于突破了等级名分的界限，在主子面前，对崔、张的爱情和婚姻表示了充分的肯定和同情，对老夫人和郑恒的不义与无耻表示了极大的愤慨，做了无情的批判。这样加工和提炼的结果，红娘性格便放出新的光彩。王实甫通过红娘的形象有力地强调出真和美、美和善、美感和道德感的和谐统一。所以，在以后的生活中，人们常常把那些无私地为别人的爱情婚姻幸福而热情奔走，积极帮助别人克服婚姻中的困难的人称为红娘，也正因为如此，红娘的形象才成为古典作家们创造的最深入人心的典型之一，而长期地流行在生活之中。

《王西厢》在老夫人的形象上也有新的补充和创造。当我们对照《董西厢》中的老夫人就不难看出，王实甫是有意识地把老夫人同站在一条战线上的莺莺、张生、红娘当作对立的双方来描写的。王实甫分明看出了当时社会中“情”与“理”的尖锐冲突。但是作者在处理老夫人这个人物时并没有简单化，没有把她写成一个干巴巴的封建礼教的化身或是传声筒。作为母亲，老夫人是爱她的女儿的，所以孙飞虎围寺图谋进行掠夺婚时，她十分焦急，极度悲伤。在崔、张事情败露后，她也没有深责莺莺，这些都说明她对莺莺的爱。但是，这样一个人物在整个戏剧冲突中能不能成为充分的否定人物呢？她的爱莺莺和作为否定人物之间究竟有没有矛盾呢？老夫人作为封建礼教的坚决维护者，反对自由婚姻和她对莺莺的爱正是对立的统一。唯其因为她爱女儿，所以才坚决反对女儿和张生相爱，她毫不怀疑封建礼教的规范，认为只有父母之命的婚姻才是最合理的，才能使她的女儿获得“幸福”。所以她认为莺莺和张生的恋爱是不道德的，她们的婚姻也是不会幸福的。因此，老夫人和张生、莺莺的对立是思想的对立，是两种婚姻观念的对立，而不是感情上、关系上的对立。在具体关系上、感情上，老夫人是莺莺的“慈母”，但是，戏剧中人物的性格的社会本质，一定要在矛盾中显示，孤立地看老夫人的性格，那么老夫人似乎不是充分的否定人物，如果不是游离于戏剧冲突之外，而是从冲突中去看，即在戏剧冲突开展以后，当她坚决反对莺莺、张生的婚姻时，比如“赖婚”一折，以及她的逼迫崔、张分离，宣布崔家不招白衣女婿时，形象本身的逻辑，就把老夫人推向了负面人物的地位上去了，她的全部否定性被确立了。

从上面的分析来看，杂剧《西厢记》对传奇小说《莺莺传》和鼓子词《商调蝶恋花》以及诸宫调《董西厢》的改动是很大的。这种改动和重新处理，说明了一个重要的问题：作家对同一题材的任何取舍和虚构，不单纯是个艺术方法和艺术技术的问题，更重要的是作家思想水平的高度和认识生活的深度的问题，特别是心理体验的力度。作家思想水平高低深浅以及对人生认知的程度，对作品情节的处理和主题的提炼经常起主导的决定性的作用。因为情节不是吸引观众的手段，也不是叙述事件的方法，而是认识生活、表现生活的方法。作家之所以要呕心沥血地把情节加以提炼和典型化，其目的是要揭示人物彼此之间的复杂关系，是要透过生活的表象展示它内在的具有本质特征的思想和情愫。一个作家，如果对生活有过真正的内心体验和研究，他对事件的起因和根据便会有超于一般的见解和认识，对人物间的复杂联系便会做出深刻独到的分析和解释。由于事件的发展和起因有了变化，人物之间的关系有了不同的分析和处理，故事情节的演变自然就会具有独特的运动规律，使人感到新奇可传。《王西厢》所以成为不朽名著，而《新西厢记》《东厢记》《后西厢》《竟西厢》等赝品之所以为人淡忘，其原因就在于此。恩格斯说得好：“任何一个人在文学上的价值都不是由他自己决定的，而只是同整体的比较当中决定的。”①

另外，这种对原作的巨大改动和重新处理，算不算是忠实于原著？不忠实于原著的改编，符合改编的原则吗？

对于名著的改编，经常出现两种截然相反的情况。一种是极力抽去原作中积极的精华，仅仅保留其外壳，打着改编的幌子，利用名著的崇高声誉，或则引导

① 恩格斯：《评亚历山大荣克的〈德国现代文学讲义〉》，载《马克思恩格斯全集》第1卷，人民出版社，1972，第523页。

人民远离现实，或则紧紧抓着作品中病态的一角，来和当时的腐朽哲学相呼应，从而为时尚和政治服务。与此相反，把忠实于原作视为不可动摇的铁的法则，对原作中的积极的因素和消极的因素一视同仁，唯恐动其毫发，这种貌似忠实的改编也非可取。因为把原作奉之若神明，忠实到媸妍不分、金沙不辨，在某种意义上说，是拙劣的临摹式的改编，充其量不过是文学作品的复制，而严格意义下的复制又是不可能的。因此，作为富有民主性和群众性的戏曲艺术，由于它的造型形式特别接近生活这一有别于其他艺术的特点，从它诞生之日起，就和时代生活、时代潮流、时代主题紧紧地联系着。所以用戏曲形式改编名作，必须从原作内部发掘它的现实意义，也只有这样，才能发挥戏剧作为武器的力量。有人说，文学作品的改编，既是原著的奴隶，同时又是它的竞争者，这话是有道理的。

悲剧的咏叹调

——感悟马致远《汉宫秋》第三、四折

第三折选段：

【步步娇】您将那一曲阳关休轻放，俺咫尺如天样，慢慢的捧玉觞。朕本意待尊前挨些时光，且休问劣了宫商，您则与我半句儿俄延着唱。

【殿前欢】则甚么留下舞衣裳，被西风吹散旧时香。我委实怕宫车再过青苔巷，猛到椒房，那一会想菱花镜里妆，风流相，兜的又横心上。看今日昭君出塞，几时似苏武还乡？

【七弟兄】说甚么大王、不当、恋王嫱，兀良！怎禁他临去也回头望！那堪这散风雪旌节影悠扬，动关山鼓角声悲壮。

【梅花酒】呀！俺向着这迥野悲凉，草已添黄，兔早迎霜。犬褪得毛苍，人搠起缨枪，马负着行装，车运着糇粮，打猎起围场。他、他、他，伤心辞汉主；我、我、我，携手上河梁。他部从入穷荒，我銮舆返咸阳。返咸阳，过宫墙；过宫墙，绕回廊；绕回廊，近椒房；近椒房，月昏黄；月昏黄，夜生凉；夜生凉，泣寒螿；泣寒螿，绿纱窗；绿纱窗，不思量！

【收江南】呀！不思量除是铁心肠！铁心肠也愁泪滴千行。美人图今夜挂昭阳，我那里供养，便是我高烧银烛照红妆。

【鸳鸯煞】我索大臣行说一个推辞谎，又则怕笔尖儿那伙编修讲。不见他花朵儿精神，怎趁那草地里风光？唱道伫立多时，徘徊半晌，猛听的塞雁南翔，呀呀的声嘹亮，却原来满目牛羊，是兀那载离恨的毡车半坡里响。

《汉宫秋》没有那紧锣密鼓式的情节，没有那种扣人心弦的对白，它甚至也未让王昭君和她的对头毛延寿当场“撞击”，然而，人们还是被它那抒情诗般的魅力所征服。这里的一段段唱词，实际上是一首首韵味深长的诗。这种魅力主要来自作者重视戏剧意境的创造，是意境抓住了人。其中第三折元帝在灞桥上送别昭君的几支曲子尤为出色，历来为人们击节赞赏。它所创造的辽阔、深远、幽邈、苍凉而又粗犷的塞北风光以及在这画面中所渗透的怀念、忧伤之情，构成了唱词意境的独特美学风格。

马致远以诗笔写剧，他准确、细腻地揭示了汉元帝灞桥送别时的心理流程。剧作家集中用了【步步娇】【落梅风】【殿前欢】【雁儿落】【得胜令】【川拨棹】六支曲子让汉元帝直抒胸臆，尽情倾吐相思的痛苦，离别的哀伤，追忆往日的欢娱，嗟叹自己的无能。就在这黯然神伤之际，昭君要上路了，一句“怎禁他临去也回头望”，写出了汉元帝被撕裂了的心灵。此时此刻，眼泪已模糊了他的视线。紧接着，作者用【七弟兄】【梅花酒】【收江南】三支曲子为我们展现出一幅元帝返咸阳的场景：昭君的车队已经越走越远，送行的汉元帝想到她在塞外旅途中的艰辛，他仿佛看见了旌旗的影子在漫天风雪中摇动，仿佛听到了那凄厉而悲壮的号角在荒漠的太空中回荡。那空旷的深秋原野在他想象中是如此悲凉，那褪了毛的狗儿，那扛着缨枪的猎户，还有那慢腾腾的负载着行装的车马，点缀着一望无际的衰草……当他回眸自视时，他面对的将是更加孤独寂寥的情景。宫墙之内那昏黄的月色，那令人伤怀的像哭泣一样的蟋蟀的鸣叫……王国维赞赏这两支曲子是“写景之工者”。其实，这里写的景，并非实景，而是幻景，是剧作家采用幻觉的形式作间接抒情。汉元帝的幻觉恰恰出现在同王昭君分手诀别的刹那间，这时元帝内心中翻腾的是离恨未已、相思又继的思绪，将要面临的是人去楼空的凄凉景象。而睹物必然伤情，故而作者不以写实手法写景言情，而是深入描绘元帝心灵世界中的幻景：咸阳宫殿的宫墙、回廊、椒房，以及黄色的月、凉夜、寒蛩、纱窗、美人图、孤灯……这是一幅即将出现而又令人惊惧的景象，而透过这些景物所创造的凄清、阴冷的朦胧氛围，深一层地展示了元帝与昭君诀别之际的相思之痛。在这里，人的意绪、情愫与物象、环境互相渗透转化，心灵外化为物象，物象流溢着思绪，来回往复，延伸拓展，臻至浑然无迹之化境，达到了人和自然的和谐统一，从而完成了对爱而不得其所爱、但又不能忘却所爱的痛苦的悲剧心灵历程的描绘。

昭君走远了，幻景也逐渐消失，作者在一段写实性的抒情独白之后，又进一步通过元帝的错觉展示他的悲剧心理和情感波澜。【鸳鸯煞】一曲写出形神凄怆的元帝对昭君思念之切，在凝神痴想中，错把北去的毡车的声音，当作了大雁南归，传来昭君的音信。透过这一错觉造成的心理意象，人们又深一层地透视了由对昭君的依依不舍的惜别之情而引发出的汉元帝心灵的震颤，宣叙了难以言状的情愫。

《汉宫秋》的意境美是和唱词的旋律美结合在一起的。它的音乐感突出表现在对仗手法的出色运用上，如“那堪这散风雪旌节影悠扬，动关山鼓角声悲壮”。“散风雪”对“动关山”；“旌节影”对“鼓角声”；“悠扬”对“悲壮”，对仗工整且极熨帖。这是八字句三个音步的对仗，两句结尾都是双音节词，节奏感强，韵脚响亮。再看，“犬褪得毛苍，人搠起缨枪，马负着行装，车载着糇粮”。这四个五言句，也是对仗，每句都是三个音步，每个音步都是对应的：“犬”“人”“马”“车”都是名词作主语，“褪得”“搠起”“负着”“载着”都是动词作谓语，除“毛苍”是词组作补语外，“缨枪”“行装”“糇粮”都是名词作宾语。这对仗工整的四句，虽然只有二十个字，却描绘出了一幅完整的秋狩图画。可见对仗句运用得巧妙，对于意境的创造能起很好的作用。

《汉宫秋》唱词的音乐感还和它运用短句顶真重复的手段有密切关系。比如“返咸阳，过宫墙；过宫墙，绕回廊；绕回廊，近椒房；近椒房，月昏黄；月昏黄，夜生凉；夜生凉，泣寒螀；泣寒螀，绿纱窗；绿纱窗，不思量”，这些短句，以顶真法，将后一个分句的第一个短句重复前一分句的第二个短句，既回肠荡气，又有鲜明的节奏感。动词“返”“过”“绕”“近”的使用，又十分生动形象地表现了人物行动和心理的细致区别和不同环境不同建筑物的特点，急急地返回咸阳，穿过宫墙，绕过回廊，才接近那人去房空的椒宫，这时才感觉到月亮是昏黄的，夜是清凉的，蟋蟀在哭泣，而纱窗却仍然那样绿。可见，马致远不是单纯地追求词句的音乐感，而是让这种灵活的跳荡的句式服务于意境的创造。清代梁廷枏《藤花亭曲话》评《汉宫秋》曲词说："写景写情，当行出色，元曲中第一义也。"这个评价对于马致远来说是十分恰当的。

第四折选段：

【剔银灯】恰才这搭儿单于王使命，呼唤俺那昭君名姓；偏寡人唤娘娘不肯灯前应，却原来是画上的丹青。猛听得仙音院凤管鸣，更说甚箫韶九成。

【蔓菁菜】白日里无承应，教寡人不曾一觉到天明，做的个团圆梦境。（雁叫科，唱）却原来雁叫长门两三声，怎知道更有个人孤另。

（雁叫科）（唱）

【白鹤子】多管是春秋高，筋力短；莫不是食水少，骨毛轻？待去后，愁江南网罗宽；待向前，怕塞北雕弓硬。

【幺篇】伤感似替昭君思汉主，哀怨似作《薤露》哭田横，凄怆似和半夜楚歌声，悲切似唱三叠《阳关》令。

（雁叫科）（云）则被那泼毛团叫的凄楚人也！（唱）

【上小楼】早是我神思不宁，又添个冤家缠定。他叫得慢一会儿，紧一声儿，和尽寒更。不争你打盘旋，这搭里同声相应，可不差讹了四时节令？

【幺篇】你却待寻子卿，觅李陵。对着银台，叫醒咱家，对影生情。则俺那远乡的汉明妃虽然薄命，不见你个泼毛团，也耳根清净。

（雁叫科）（云）这雁儿呵。（唱）

【满庭芳】又不是心中爱听，大古似林风瑟瑟，岩溜泠泠。我只见山长水远天如镜，又生怕误了你途程。见被你冷落了潇湘暮景，更打动我边塞离情。还说甚雁过留声，那堪更瑶阶夜永，嫌杀月儿明！

【十二月】休道是咱家动情，你宰相每也生憎。不比那雕梁燕语，不比那锦树莺鸣。汉昭君离乡背井，知他在何处愁听？

（雁叫科）（唱）

【尧民歌】呀呀的飞过蓼花汀，孤雁儿不离了凤凰城。画檐间铁马响丁丁，宝殿中御榻冷清清，寒也波更，萧萧落叶声，烛暗长门静。

【随煞】一声儿绕汉宫，一声儿寄渭城，暗添人白发成衰病，直恁的吾家可也劝不省。

从第三折中我们已经领略了马致远剧诗美学的风韵。诗人写剧，剧中有诗，诗中有剧，此已高常人一等。但出自诗人之手的剧诗还有别具一格的特质，即他的剧诗是内在生命与气韵的和谐一致：他发自内心，顺乎天籁，是美的追寻者，梦的呼唤者。因此，《汉宫秋》一线贯穿，充满着智性与玄思，在冰山表层下潜沉着厚重的文化层蕴，但跳跃出来的已是满载着历史郁结、忧国忧民和上下求索的不倦的航渡。把握到这一点就不会感到第三折已经完成了剧诗的主旨，第四折成了多余的赘疣。恰恰相反，只要我们深一层次地探寻第四折荡漾其中的心灵旋律，即不难发现，它不仅仅是主人公悲剧情愫的表层展现，而且是面对郁结与焦虑的心灵突围。作为形象符号的汉元帝的悲情，实质上正是马致远的历史的反思和心灵的叩问。

在这一折中，描述性意象是剧诗作家带着强烈的情感对物与景进行描绘、摹写而成的。这些意象都是主体情思与客观外景的结合物，即“因心造境”。因为内心的积存首先表现在记忆的积存上，而这种内心积存又表现为多重性积存，那些生活场景的、人物命运的、形象记忆的、心理刻痕的、心灵体验的，它们拂之不去，自然流露，结果，一个触媒，就是一次震动；一个闪念，就是一个启示；一句词语，也会像一点火星，引爆出心灵的火药，它一旦爆发，有力又有光焰。试想，在六宫人静之时，悲情与愁绪油然而生，难以排遣，挂起了昭君的画图，观望良久，引发出来的更是刻骨铭心的悔恨和悲怆。炉香燃尽而思绪难尽，进入梦境后却又是昭君的仓皇出逃和番卒紧追不舍的惨景和苦况。梦的飘忽不定，短暂虚幻，模糊无序，又一次证实了它的因情而生。这真符合荀子所说的，梦是想象的方式，也符合《淮南子》所言，梦是记忆的方式。

当然，第四折点题的核心手段，乃是马致远的拟情性意象的出色运用。所谓拟情性意象，就是用托物、拟物、比兴等手法，将抽象的、不可见的情感具象化而产生的意象，孤雁长鸣在《汉宫秋》中的运用正是托物寄情的典范。请听：

【白鹤子】多管是春秋高，筋力短；莫不是食水少，骨毛轻？待去后，愁江南网罗宽；待向前，怕塞北雕弓硬。

孤雁无力，南归愁罗网，北去惧雕弓，只落得在宫门外上空不住啼鸣：

【上小楼】他叫得慢一会儿，紧一声儿，和尽寒更。不争你打盘旋，这搭里同声相应，可不差讹了四时节令？

在这里，你不得不惊诧马致远剧诗艺术中的多向度的运用。昭君图像、惊心梦境和孤雁长鸣与悲情融合为一，它质朴而又明晰，平易而又亲切，令人心悸的单纯和生动，它把人类对情感的咀嚼、体验、感悟、喟叹提升到了一种诗的境界，而又不使其陷入狂热的情感旋涡中。他的忧伤、郁结是有距离感的，这是一种淡淡的哀愁，从从容容的痛苦。人物与动物、声音与画面、感觉与听觉，都进入了更高层次的混成交响。这一交响的基本张力与成为戏剧性高潮的张力交汇成第四折的绝唱。

谈到“绝唱”，那是因为在《汉宫秋》中就包孕着蚀骨销魂与肝胆俱裂这两种相反的感受。如果说前两折有“发现美”的意味，那么到第三、四折就完全是美的毁灭和毁灭后的深深失落感。这种写法在修辞学中被称为“矛盾形容法”。它形成了整部作品的总体张力，并散布到构成文本的各个重要因素上。

更体现气韵生动的是，马致远又把笔锋一转，由己及人：

【幺篇】你却待寻子卿，觅李陵。对着银台，叫醒咱家，对影生情。则俺那远乡的汉明妃虽然薄命，不见你个泼毛团，也耳根清净。

【十二月】汉昭君离乡背井，知他在何处愁听？

在悲凉的情调上，或回肠荡气，或高入云霄，都体现了哀歌的魅力。回顾第三折，在对尸位素餐的文武群臣的谴责批判后，这一折真不能不看作是激愤哀极的哭灵了：其声呜咽，其情苦涩，是典型的灵魂绝叫。

摆脱痛苦，倾诉往往是最有效的解决方式。可怜的男人需要慰藉，也就是需要倾诉的空间。正是在这里，我们读出了马致远心灵里的那份幽深的孤独。也是通过这一折，我们才更完整地领略到全剧呈现出的诗人更完整的生命与更真切的形象。

总之，《汉宫秋》对元帝这个形象符号的重点式的抒情处理，这就在感情上最大限度地贴近了普通人的生活状态，使观众和读者在体验亲情的同时感受到由此而带来的撕心裂肺的悲情。当然，它同时又令人获得一次感情上的审美化升华。

马致远的剧诗和他的散曲一样，“出语天然，风致嫣然”。他的作品以丰美的境象和优美的旋律著称，究其原因，原来马致远像以他那真诚的心感受世界那样，始终以一种孜孜不倦的态度撷取外部世界的光影、声音、色彩、旋律、质感来酿造诗化世界的多彩意象，以博得读者对自己诗心的共鸣。

马致远这位用生命写诗和把诗视为生命的伟大诗人，无论是他的散曲还是剧曲，无论是内容还是形式，都极具磁性。它使人在心灵悸动时，感受到了诗和生命的交响。于是我们再一次领悟到，《汉宫秋》既是一部历史故事剧，更是一部带有强烈个人化情感的戏。

胆识与才情

——睢景臣《高祖还乡》的象征意蕴

一

记得是1987年初春，我参加了江苏省扬州市主办的全国《金瓶梅》研讨会。会间曾结伴补游了几处名胜古迹。虽说已经将近四月，但这“淮左名都，竹西佳处”的春光仍较嫩弱，细柳飘萧，青濛中吹拂着丝丝凉意。站在平山堂前凭眺，不禁为之神往。这里曾经是印证过唐代贵族园林高度集中的繁华胜地。李白的一首《送孟浩然之广陵》，对“烟花三月下扬州”的密友的情意和祝福已溢于言表；杜牧的“春风十里扬州路，卷上珠帘总不如”（《赠别》），“二十四桥明月夜，玉人何处教吹箫”（《寄扬州韩绰判官》），倜傥风流的意绪，更显现了杜牧的才华横溢。然而不到三百年，宋词人张元幹一句“十年一梦扬州路”（《贺新郎》），话虽寥寥，却显得有雷霆万钧之力。这里面包含着建炎元年（1127）宋高宗在南京称帝曾进驻扬州这一段十年前的往事，还寄寓了当时李纲为相，人民对他的引领在望之情，也包含着对当前扬州成为金兵焚毁后的劫后空城的痛心。就是这寥寥七个字，写尽了扬州的沧桑。而姜夔的一首《扬州慢》，则被人称为“震今烁古”的名词，又唱出了“黍离之悲”的“余味”，更卓越地表现了写今中寓有写昔、写昔之中寓有写今的艺术境界……这一连串的诗之意象的浮想，都曾使我沉浸到那时光早已流逝的佳地盛事中。然而两次扬州之行，真正久久萦回于脑际的，或者说在我心坎中始终浮现的更是那位可与青松千尺齐高的画像：“双眸红赤，不能远视。心性聪明，酷嗜音律”，才比天高，桀骜不驯，悲辛中充满着无穷的愤慨，在嬉笑怒骂中显现出“制作新奇”[①]的元代扬州著名曲家睢景臣。

也许扬州出过太多的名人，以及太多的名人和扬州有太多的关系，以至最令我崇仰而又感美学趣味的元曲大家睢景臣的逸闻、轶事和他有关的遗存的古迹，在今日之扬州反而觉得过分地被冷落和少得可怜。对于本就孤陋寡闻而又对扬州不熟悉的我来说，几乎没能得到有关睢景臣的历史和现实社会给予他的新信息。这是令人非常遗憾的事。

实堪告慰的是，睢景臣的同时代人、著名剧曲作家、戏曲史家钟嗣成的旷世杰作《录鬼簿》，为我们留下了有关睢氏弥足珍贵的一束剪影。

在《录鬼簿》卷下“方今已亡名公才人，余相知者，为之作传，以‘凌波曲’吊之”类下记载：

景臣后字景贤。大德七年，公自维扬来杭州，余与之识。自幼读书，以水沃面，双眸红赤，不能远视。心性聪明，酷嗜音律。维扬诸公，俱作《高祖还乡》套数，惟公《哨遍》制作新奇，皆出其下。又有【南吕·一枝花】《题情》云：“人间燕子楼，被冷鸳鸯锦。酒空鹦鹉盏，钗折凤凰金。”亦为工巧，人所不及也。

《千里投人》《鸳鸯牡丹记》《楚大夫屈原投江》

吟髭燃断为诗魔，醉眼慵开为酒酡。半生才便作三闾，些叹番成《薤露歌》，等闲间苍鬓成皤。功名事，岁月过，又待如何？

这真是一幅精彩的印象素描。睢景臣的音容笑貌、个性风度，栩栩如生地呈现在我们的面前。从钟氏写的有关睢氏的小传到为传主所作的《凌波仙》吊词，大致可以了解到：大德七年（1303），景臣自扬州至杭州，与钟嗣成结识。钟氏

① 语见钟嗣成《录鬼簿》。本文所引钟嗣成《录鬼簿》皆见中国戏曲研究院勘校本。参见《中国古典戏曲论著集成》二，中国戏剧出版社，1959。因行文方便，个别文字参照天一阁藏贾仲明增补本。

熟悉他自幼读书勤奋，经常以冷水洗面，他还患有严重的“红眼病”（结膜炎？），乃至不能远看。他心性聪敏，酷爱音律，讲究造语工巧，他的【南吕·一枝花】四句连璧对即是一例。在维扬曲家一次以《高祖还乡》套数为题的创作竞赛中，他所作的《哨遍》因制作新奇，使诸曲家为之黯然失色。可见，他在当时自己的故乡已负盛名。至于吊词中的“半生才”云云，睢氏当属英年早逝，享年约五十岁左右。设若大德七年睢氏到杭州为三十岁上下，则其生年约在公元1275年左右，比钟氏稍大。

睢氏享年不长，且未能登仕，看来当属书会才人。平生所作杂剧《楚大夫屈原投江》等三种皆不传。可以略做补充的是：他还曾作有诗词若干，据《嘉庆扬州府志》卷六十二“艺文·集部·别集类”载，有《睢景臣词》一卷，均不传。后人曾将元散曲集中所录睢景臣曲作汇集而成新的《睢景臣词》。先有蔡伯雅辑、卢前校本，得套数三首，并附睢玄明套数二首，收入《元明曲萃》一书。又有1944年饮虹簃刻本，后收入《饮虹簃续刻曲》丛书中，由此可以看出睢景臣之所以名列元代优秀戏曲作家之列，主要是由于他创作了套曲《高祖还乡》。

二

若从名著重读、文学史重构的学术视野观照，任何信史，对我们研究一位作家及其作品，也只是一种参照系。窃以为，只有从作家自身创造的艺术世界中去认识作家，只有从作家对人类情感世界带来的艺术启示和贡献中给予作家以应有的艺术地位。所以我们还是要从文本来了解睢景臣及其伟大的贡献。

睢氏是以孤篇横绝于曲坛的大家。他的【般涉调·哨遍】《高祖还乡》在我国连中学生都非常熟悉。为了更好地把握睢氏其人其作，我们不妨共同重温一遍这篇散曲中的经典名作。

【般涉调·哨遍】高祖还乡

【哨遍】社长排门告示，但有的差使无推故。这差使不寻俗：一壁厢纳草也根，一边又要差夫，索应付。又言是车驾，都说是銮舆，今日还乡故。王乡老执定瓦台盘，赵忙郎抱着酒葫芦。新刷来的头巾，恰糨来的绸衫，畅好是妆幺大户。

【耍孩儿】瞎王留引定火乔男女，胡踢蹬吹笛擂鼓。见一彪人马到庄门，匹头里几面旗舒。一面旗白胡阑套住个迎霜兔，一面旗红曲连打着个毕月乌，一面旗鸡学舞，一面旗狗生双翅，一面旗蛇缠葫芦。

【五煞】红漆了叉，银铮了斧，甜瓜苦瓜黄金镀。明晃晃马镫枪尖上挑，白雪雪鹅毛扇上铺。这几个乔人物，拿着些不曾见的器仗，穿着些大作怪衣服。

【四煞】辕条上都是马，套顶上不见驴，黄罗伞柄天生曲。车前八个天曹判，车后若干递送夫。更几个多娇女，一般穿着，一样妆梳。

【三煞】那大汉下的车，众人施礼数。那大汉觑得人如无物。众乡老展脚舒腰拜，那大汉挪身着手扶。猛可里抬头觑。觑多时认得，险气破我胸脯！

【二煞】你须身姓刘，你妻须姓吕，把你两家儿根脚从头数，你本身做亭长，耽几盏酒，你丈人教村学读几卷书。曾在俺庄东住，也曾与我喂牛切草，拽坝（耙）扶锄。

【一煞】春采了桑，冬借了俺粟，零支了米麦无重数。换田契强秤了麻三秤，还酒债偷量了豆几斛。有甚胡突处？明标着册历，见放着文书。

【尾声】少我的钱，差发内旋拨还；欠我的粟，税粮中私准除。只道刘三，谁肯把你揪捽住？白甚么改了姓更了名，唤做汉高祖！

汉高祖还乡，在历史上实有其事，《史记》与《汉书》均有明确的记载。大意是说，汉高祖刘邦在做了皇帝后的第十二年冬日，曾趁平定淮南王英布叛乱的机会，回到故乡沛县，与父老兄弟饮酒庆贺，还作了一首《大风歌》，诗曰："大风起兮云飞扬，威加海内兮归故乡，安得猛士兮守四方。"并召集一百二十名儿童，亲自击筑教唱。他在沛县逗留了十余天，临行，故乡人再三挽留，又倾城出送，刘邦才志得意满地返回首都。

作为元代的戏曲家，睢景臣完全可以根据《史记》《汉书》所提供的素材，浓墨重彩地描绘一番刘邦车驾荣归的隆重而又热烈的场面和他那踌躇满志的心情；作家也完全可以写他在兴奋之余产生一丝丝“游子悲故乡”“魂魄犹思沛”的感慨，当然也可以突出他对故乡人民的恩德仁慈，如何免去了沛县百姓的赋税与徭役……这些都可能写得很生动，甚至很成功。但是，充其量那不过是《史记》《汉书》某些记载的形象图解，乃至成为一篇歌功颂德、粉饰太平之作。然而曲坛大家睢景臣的这一篇《高祖还乡》如与史书记载略加对照比较，就可看出它转换了一个全新的视角，创制出了一个截然不同的情景，而且出色地拍摄了一张哈哈镜中的“刘邦”的形象。并且创造性地选择了一位憨、倔、谐三位一体的村民作为叙述人，而事件发展演述的全过程又都是他亲眼看见的，亲口说出的。正是这样全新的视点，才对迎驾的队伍、皇帝的仪仗和扈从乃至皇帝本人，颇有意味地描绘出怪诞离奇而又效果强烈的漫画式的图景，从而进行了调侃、讽刺和鞭挞。于是这篇作品就以未见先例的讽刺性的思想艺术特色，达到了元散曲的高峰。钟嗣成称赞它“制作新奇”，诸公“皆出其下”，并非偶然。

套数一开头，那位村民就按自己的理解讲述了他见到的一切。先是讲村社中的头面人物准备接驾和如何接驾，因而讲社长摊派差役比平时更蛮横无理，讲王乡老、赵忙郎执盘拿酒，打扮得像“妆幺大户”，讲王留带领的乐队，则用“瞎”“乔男女”“胡踢蹬”之类的词语来形容。他又把那些神圣不可侵犯的月旗（房宿旗）、日旗（毕宿旗）、凤凰旗、飞虎旗、蟠龙旗，以及红叉、钺斧、金瓜锤、朝天镫、雉扇等，统统按农村中常见的事物和农民们惯用的语言加以描绘，他的笔墨是如此干净，流水似的畅快、机智、俏皮，引人入胜，带给人的是一种否定神圣光圈变了形后的快感。

仪仗队过去了，接踵而来的是皇帝车驾前的“导驾官”及车后的侍从、嫔妃、宫娥。那位村民也弄不清他们的身份，便又按照他的理解，称之为“天曹判”“递送夫”和“多娇女”。

皇帝下车了，那位村民“不知道”他就是君临天下、擅作威福的皇帝，所以称之为“那大汉”。众人慌忙向“那大汉”跪拜行礼，“那大汉”却十分拿大，“觑得人如无物”。村民细看“那大汉”，认准他就是当年熟识的大无赖刘三！这里绝无一丝一毫的剑拔弩张，而是充满了谐趣。激愤在这里被涂上一层浓郁的喜剧油彩，诗人的讽刺力度并未表现为感情的放纵，而是感情的潜藏，在不露声色中，却使人感觉到深层的心之跃动。

笔锋直下，本来村民一开头是以第一人称出现，省略了“我”。直到“气破我胸脯”一句，才自称“我”，而直呼刘三为“你”，面对面地揭露他的老底，历数他当年如何不务正业、好酒贪杯、借粟支米、抢麻偷豆，什么坏事都能干得出来。你如今既然阔了起来，早该把“少我的钱”马上拨还；“欠我的粟”马上从税粮中扣除，这也是可以的，谁还想把你揪住不放？却为什么今日你竟然平白无故地更名改姓“唤作汉高祖”？你再怎么把刘三改成“汉高祖”，你的“根脚”还是改不掉的，我认得你！这是睢景臣式的冷然的挖苦嘲弄。他仿佛告诉人们：这个挖空心思盘剥百姓的家伙，这个表面威严然而搜刮起来心毒手辣的“汉高祖”，他可是个泼皮流氓皇帝啊！这真有点像我们看到的丹麦童话大师安徒生笔下的那个一丝不挂的皇帝！不过，睢氏的《高祖还乡》却早于安徒生《皇帝的新衣》五百年。

总之，睢氏的《高祖还乡》艺术构思的特色是紧紧抓住讽刺对象身上的矛盾性，并加以集中、夸张，借用现代小说家张天翼先生的一句话，就是把人物“突然翻一个身”，[①] 露出其本相。这里讽刺语言的美学效果是强烈的，引人发笑的，同时又使读者在笑声中感受到一种对丑恶人物、丑恶道德彻底予以否定的快感。“笑是最有力的破坏工具之一。”[②] 笑，是一种锋利的双刃剑，我们终于在睢氏的散套中

① 张天翼:《谈人物描写》，作家书屋，1947。

② 俄国文学艺术批评家、著名启蒙思想家赫尔岑的名言，参见《赫尔岑论文学》。

的字里行间，深切地感受到了讽刺笑声的特殊质感：毁灭性的嘲弄、调侃。这种愤激的笑，如岩浆一样地在字句下面奔突、流动，它使我们终于发出了轻蔑的笑。

钟嗣成评睢氏《高祖还乡》“制作新奇”，我们也说作家采取了全新的视角，其实是包括睢氏的一个重要创造：一切都是通过一个村民看到的，一切都是通过村民叙述的。试想，如果由作者出面直接来叙述，怎么可能用调侃的语言来讲说皇帝的仪仗队呢？正是通过一位村民的叙述，就很贴切地把那些最高统治者用以“明制度，示威等”[①]的东西说成毫无神秘、并不威风的兔、乌、鸡、狗、蛇、斧、甜瓜、苦瓜和马镫，从而揭掉笼罩在它们上面的灵光。设想一下，如果由作者直接来叙述，揭穿皇帝的老底，确实难以措辞。现在作者以极聪明的方法，请一个本就熟悉刘邦根脚的老乡来做第一人称的叙述，就可以彻底暴露他的本相，让人看见貌似威严、做姿拿态的皇帝原来是什么东西！从深化讽刺主题的角度来看，村民的出现也是非常重要的，因为一个正面形象在一群反面人物当中出现，不仅像一道划破暗空的闪电，使人振奋又发人深思，从而加强了讽刺主题的内蕴；同时又像一块投入深潭的大石，搅乱了其中的浊泥与腐草，使它们更其使劲地表演一番不可。进一步说，睢氏塑造的这一村民形象，是因为睢氏看到了、认识到了处于野蛮统治下的一个个逐渐觉醒了的灵魂。过去有的研究者认为，睢氏套曲中的这位村民是一个富有的农户或小地主，“汉高祖”从前是他庄园中的长工，这不仅是当时流行的庸俗社会学或曰机械的简单的阶级分析方法，而且全然忽视了套曲中的村民乃是一个虚拟的或是写意化的形象。作者只是想通过“他”，说出眼前这个“汉高祖”行为不端、出身不显，不过是个道地的乡间无赖而已。因此，这里的村民绝非特指的、实在的、某一“成分”的化身。富农、地主也好，贫农、雇农也好，与套曲的思想底蕴了无关系。也许只是因为睢氏独具只眼，开掘出底层人物平凡而高贵的灵魂，才抒写了他心中的愤懑。而那种从麒麟皮下揭出了马

① 《宋史·仪卫志》。

脚的艺术方式和审美效应，即在短时间内放大了那位皇帝的虚浮威严的外表与伪善、鄙俗本质之间的矛盾，正显现了睢氏艺术腕力的不凡。至于在细节的刻画上，作者则通过这位憨、倔、谐于一体的村民的眼与嘴，“汉高祖”的一眼、一鼻、一嘴、一毛，才构成一个活生生的泼皮流氓的形象。其笔触无驳杂之弊，显得色彩明净流畅。而讽刺形象的各个侧面的塑造，流动迅速，就像一张张肖像摄影，很快叠印到你的脑际，待到人物嘴脸勾勒一成，套曲迅即戛然收煞。这当然非大手笔所不能为。试想，一瞬间集中那么长的人物性格史（尽管是速写式的），那么长的社会生活史，绝非易事。总之，睢氏总能几笔把一个人物写完，他和那种善于用油画的色彩，浓笔重描，在复杂多样的社会关系中，在多条线索交织的结点上写人的叙事文类有别，散曲只允许他用立雕式，而睢氏正是吃透了散曲样式的特点，写人物的脸相是凸起的，但线条简洁，具有一种“浮雕美”。仅此一点，说“维扬诸公皆出其下”绝非过誉之辞。

三

从审美主体结构来观照，以上的认识也许还停留在第一个层次上，或者说我们没有做出超出意象的阐释。那么意象所包孕和指示的历史的、社会的内容是什么，以及那超越时空的意蕴是什么？我们还没来得及开掘。而且这里还有两个极为明显的问题需要回答。一个是，到底是怎样的现实触发了睢氏的创作构思；一个是，历史题材的作品的历史真实问题。这两个问题是文艺批评中说滥了也俗透了的问题，然而你仍难回避。笔者试图合起来谈谈一些极不成熟的看法。

通常看来，一代人本身有怎样的历史，总是或多或少地影响这代人如何理解以往的历史。严格的历史研究要求客观，但谁也没能做到纯客观。人们走不出自己的历史，犹如走不出自己的皮肤。在这方面我始终相信克罗齐的“一切历史都是当代史”的名言。然而我想，一切历史都是思想史是不是更坦率，或者更诚实一些呢？因为诚实地坦言自己的主体性及主观局限，反而更显客观。当然克氏的观点万不可作实用主义解，以此放言无忌，任意曲解历史。它只不过公开承认一切历史著作的局限，以及历史写作者走不出自己皮肤的一份无奈。这个问题说得似乎远了些，但要说明艺术创作过程主体意识渗透的程度，特别是政治的、社会的、哲学意识的渗透的程度，以及古代的题材如没有现实的触发，其艺术构思是不可思议的问题，我认为实与虚的关系必是问题的焦点。

笔者的授业恩师许政扬先生在20世纪50年代就有一篇论《高祖还乡》的力作，[①]他把睢氏的这篇套数的研究推进到一个新的层次。政扬师认为：

> 作品本身说明，作者并不企图把他的作品的重心安放在历史上。从作品的总的精神来看，它事实上是面对着作者的自己的时代的。作者所描写的对象，主要是现实的生活，而不是历史。正惟如此，所以在作品中展示出来的农村，一望而知是一个元代的农村，所刻画的统治者，也俨然是元代统治者的面貌。

许师进行了大量的考证，从“社长”的“排门告示”到仪仗队的排场设置，他都从《元典章·户部·吏部》《元史·仪卫志·舆服志》和宋元大量笔记中找到了有力的根据，证明睢氏《高祖还乡》的一切描写完全是根据元制，亦即作者生活着的当时的制度，而并不以历史的情况为准则。故事虽在外表上悬挂着一个历史的幌子，而骨子里整个的精神，则是直接面向活生生的现实的。代替汉代的沛都，作者描绘了一个当时的农村；在刘邦的名义下，作者刻画了一个元代统治者出行的场面。“不了解这一点就会对这一作品的现实的斗争意义估计不足。”

许师在这里以充分的材料为根据，准确地把握住了触发睢氏创作构思的关键。据史载，元朝统治者每年都有往回于上都与大都之间的事实。上都即开平，是元

---

① 《论睢景臣的〈高祖还乡〉哨遍》，原载《南开学报（哲学社会科学版）》1955年第1期，后收入中华书局1984年所编之《许政扬文存》一书中。本文所引之文字皆见该书。

世祖忽必烈早年未做皇帝时驻居之地。中统元年，忽必烈即在此自立为帝。其后建燕京（大都），开平府“以阙庭所在，加号上都，岁一幸焉”。从此，元朝历代的皇帝照例每年于春天去上都，秋末还大都。元代的百姓，每年总可以看到一次统治者的往还。正由于这一事实的激发，才能触发睢氏创作《高祖还乡》的构思激情。可作旁证的是，据《录鬼簿》载，汉高祖还乡的故事，在元代是一个非常流行的题材。杂剧中有白朴的《高祖归庄》，张国宾的《高祖还乡》。在睢氏创作这一“哨遍”时，维扬的曲家也纷纷热烈地在编写《高祖还乡》的套曲，这一题材成为创作“热点”绝非偶然，他们当然有和睢氏相同或相似的心态，特别是“诸妄撰词曲诬人以犯上恶言者，处死”[①]，杂剧家和曲家们唯一的办法只有让自己的作品披上一件历史外衣，他们以历史故事为烟幕，表现出对元蒙统治集团的憎恨与鄙视是可以理解的。对于许师的这些研究的成果，我们可以把它看作是社会一历史的思考和批评，而且是他把睢景臣《高祖还乡》的研究推进到审美结构的第二层次上来。根据我的了解，一个时期以来，《高祖还乡》的研究多认同许说，即散套虽写汉高祖，但真实意图却是针对元代统治者。

虽然睢氏的讽刺形象来自现实，并与时代斗争息息相关，已成为元曲研究者的共识，但是，随着学术界研究的深化，特别是方法论的不断更新，常常使我们感到：世界原来不是一种哲学可以完全解释的。著名的测不准定律说明，在描述一种现象时，需要一种理论一种方法；在测定另一种现象时，则需要另一种理论和方法。缘于此，窃以为，对睢氏《高祖还乡》的研究是否可以推进到它的深层结构中去，从其超越时空和超越其题材本身，进一步去把握它的富有象征意味的文化意蕴呢？

文艺理论界的深入研究，曾为我们提供了这样一种审美思维的新模式：文学史上许多传世之作都是超越题材的范例。优秀的文学作品是作家心灵折射出来的历

① 《元史·刑法志》。

史之光。因此，从审美结构来看，可以称之为不朽之作的都包含着三个层次：表层是各种形式美因素及其所唤起的意象；中间层次是意象所指示的历史的社会的内容；它的深层结构则是超越时空的具有象征意味的深刻意蕴。也就是说，当作家在作品中超越了题材自身的特定时空意义，揭示出某种普遍性的哲理内涵和心理内涵时，这个作品就获得了题材之外的某种象征意味。它的意味或典型形象就在世世代代读者心目中成为某种象征的形式而被吸收和改造，读者即以自己的不同心境和处境而代入不同的经验内容。这种具有象征意味的哲理内涵，理论家叫它“象征意蕴”。[①] 能够长期流传的文学作品，必然具有某种程度超越时空的“象征意蕴”。

文学作品具有两重性，这就是，一方面它是一种具体的意识形态，另一方面它又是超意识形态的抽象形式，即一种符号。文艺作品的艺术魅力之生成，其秘密正在于审美欣赏过程中做出的观念性向符号性转化的运动。睢氏《高祖还乡》中的刘邦是一个艺术典型。作者通过这个艺术典型，调侃、讽刺了汉代的刘邦，又鞭挞了元代的皇帝们。但在我们欣赏这一意象过程中，它又一步步激发我们展开经验的联想，从而，“这一个”刘邦形象，或借助这一个刘邦形象，我们开始了悟到一种情感表现的符号。正是这种符号的媒介重新创造我们观念中的新的审美意象，于是“刘邦”的形象的“这一个”，成了历代累朝帝王的象征，而不再简单的是哪一个皇帝。于是，睢氏蔑视皇权主义的思想就渗透于具体意象之中，具有了超越时空的不朽的生命力，即进入了“象征意蕴”的境界。“他所讽刺的是社会，社会不变，这讽刺就跟着存在。”[②]《高祖还乡》的永恒正在这里，它的象征意蕴也正在这里。

---

① 笔者过去在研读黑格尔《美学》时留意到了象征和意蕴（按朱光潜先生译法）的问题，并曾力图把这一理论范式用于文学研究中。近年林兴宅先生有大作发表和出版，其中对文艺作品的象征意蕴有精辟的阐释，较之笔者所论完善深刻得多。此处征引林作意见，以示不敢掠美。参见林兴宅《艺术生命的秘密》，海峡文艺出版社，1986。

② 鲁迅：《伪自由书》，载《鲁迅全集》第 5 卷，人民文学出版社，2005，第 46 页。着重点为引者所加。

说《高祖还乡》所讽刺的是社会，社会不变，这讽刺就跟着存在，还有另一层的意思。因为睢氏在作品中接触到了一个古代普遍存在而又十分敏感的问题：皇权主义或是忠君思想。

在数千年的中国宗法社会中，“吾皇圣明”这是一条公理。秦王言法，于是天下人皆言法；汉帝言孝，于是天下人皆言孝；梁武帝言佛，于是国人皆言佛；唐天子好言道，于是天下人就拜老子李耳。正是这种帝王思维，曾以“奉天承运”的至尊意识，带着至高无上的神圣灵光，封闭了全社会的思维天地，以其特有的“子民”观念否定了臣民的主体意识，使他们普遍失落了自我，以其“中央大国”的一统观念，封锁了全社会的视野，使全社会的思维在一潭死水中迅速沉淀而凝固。正是这种帝王思维，以“天子”的角色实行着对“天”的最高模拟。这种原始的愚昧的直觉，完全钝化了国人的思维的锋芒，梦幻般地皈依于富于神秘色彩的“天子”的思维。正是这种帝王思维，以帝王的意志否定了天下人的意志，以帝王的独断取代了天下人的思考，于是所有的臣民都做了“愚民”。当然，中国人也有的骂皇帝，抑或也有一两个揭竿而起、取而代之者，然而，“昏”了一个又一个，便期盼着下一个又下一个。圣明和权威永远属于那一个。这便是历史上中国人思维的悲剧之所在，也是中国人思维的痛苦之所在。①

好了，现在竟有一位处身底层的书会才人，却通过“这一个”刘邦，蔑视了传统的皇权主义，否定了忠君思想，把由于被剥夺了受教育的权利而缺乏文化知识的村民作为正面人物，让他出面来剥掉皇帝的神圣外衣，于是，整个散套闪现出锋利的政治讽刺的锋芒，而且潜台词丰富。读睢氏的这篇杰作，你会有一种看冰山在海面上稳稳浮动的感觉，借用美国作家海明威的比喻：这是因为它只有八分之一露在水面上，“八分之七是在水面以下的”。②

① 参见周毅之、米寿江、严翅君三先生合著之《帝王思维》，上海人民出版社，1993。

② 参见崔道怡、朱伟、王青风等：《“冰山”理论：对话与潜对话》上册，工人出版社，1987，第79页。

像一切事物的发展都有其内在和外在的原因一样，睢氏的带有启蒙意义的反皇权思想也自有其内在和外在的原因。

在元朝特定的政治氛围中，士阶层尤其是江南文人普遍存在着一种心理上的压抑感和失落感，而进取无门的文士尤易滋生厌世和逃世的情绪。以周德清为例，他的散曲凡言“志情”大都回旋着一种压抑的心理情绪，而较少有超旷豪放的逸兴，这与元后期很多南籍曲家的情调基本一致。然而在政治和思想的高压下，知识分子也不会是铁板一块，而是在不断分化：一类投靠权贵，进入庙堂；一类消极颓废，高蹈出世；一类则不屑仕进，自觉或被迫地参加了各式各样的反抗斗争。“愤怒出诗人”，生于压抑必有忧患意识，过于“自由”则反而会丧失使命感，消解创作中必要的激情。作家的感受一般都很敏锐，而在元代，由于人生道路的险巇，更增强了作家们的敏感而沉浸于国家兴衰以及民族命运的思索中，也助长了他们思辨的深邃。而民族的矛盾、社会冲突的激化，必然会在觉醒了的成员身上，在知识精英的伟大作家身上，激起罕见的热情和勇气，必然会涌现出成百上千的群众喉舌，他们必然把人民之爱与恨、愿望与理想最鲜明地表达出来。因此在元曲中杰作的纸底，大多蕴含着人民群众的郁勃的心灵，蕴藏着他们对于极端专制主义暴政的反抗之音，表现出他们对于当权者摧残文化、压抑人才、颠倒善恶美丑的深沉愤慨，并进而发出某些离经叛道的呼声。因此人们在综观有元一代的文学艺术的杰作时，几乎都感受到了作家们感情的喷薄和气质的涵茹。当然这一切又都是时代狂飙带来的社会意识在杰出作家身上的结晶。彭·琼生曾精辟地称莎士比亚的作品为“本世纪的灵魂”，那么我们也完全可以说睢景臣等也是他们所处时代的灵魂。

事实上，睢氏既未高蹈出世，更没有同流合污，作为时代感应的神经，他以一个诗人的心灵良知和文化良知，以文学为武器，对元朝统治集团予以狠狠的一击，而且以离经叛道的无畏精神对皇权主义进行了挑战。睢氏没有辜负他的时代，而时代也没有遗忘睢景臣，他的作品所发出的回声一直响彻至今。一曲《高祖还乡》是留给后人的禹鼎，使后世的魑魅在它面前而无所逃其形。

四

钟嗣成评赞睢氏《高祖还乡》“制作新奇”，诸公“皆在其下”，当然既有思想内容的创新，也有艺术技巧上的创新。在笔者看来，睢氏艺术思维的重点是创造散曲中的讽刺体裁，是致力于对传统散曲历史体裁的改造。当然这种“改造”是自有其本身的特殊的“改造”方式，即变已有的历史体裁为新型的讽刺作品体裁，它既不是完全彻底抛掉历史材料，也不是任意毁弃历史形态，如果完全不要历史的东西，那就不是睢氏的变革和创造了。睢氏的这种新型讽刺散套体裁，正是对于历史散曲体裁予以特殊方式的哲学意义上的“否定”，也就是说，是在旧体裁里孕育新体裁，又在新体裁要求下改造旧体裁的结果。在《高祖还乡》这样杰出的讽刺作品中，或者装点历史的假象，或者构造讽喻的新图，许多地方是涂着一层淡淡的历史色彩的漫画化的现实，而有些地方则又是服从整体需要的装饰性的历史。正是这样的一种变革，才能在历史的外壳中容纳了现实的内容，在历史的掩体后发出战斗火力。由此足见睢氏是通过特殊的否定方式，才使新体裁从旧体裁中诞生，而我们对于该作品的整体和局部的探讨，也必须根据体裁革新的特殊否定方式和特殊处理手法，才能更明白讽刺作品反映现实的方式。

睢景臣眼光远大，感情深沉，幽默中带有严肃、深长的思索，化神奇为平淡，冷中显热，冷中含愤，所以他在展开对于带有历史装饰的现实生活的讽刺描写时，显得驾轻就熟，挥洒自如。他不仅对于艺术形象加以讽喻性的处理，而且经常以漫画式的表现来加强讽刺力量；漫画式的表现和讽喻性的处理相结合，既使整个图景燃烧着讽刺烈火，而又显得意味深长。比如，在汉高祖銮驾回归故里，那讽喻场面展开之前，作者借助社长与王乡老、赵忙郎之类村中有头有脸的人物提壶捧盘，吆喝张罗的那些怪诞的嘲弄和漫画式的描绘，迅速地把人们带到本质认识的境界中去。

下面在描写那些继之而来的浩浩荡荡的旗仗的时候，作者更巧妙地通过村民的观感的折光，对统治者视为神圣不可侵犯的仪仗以毁灭性的嘲弄。被统治者精心制定的“卤簿”，亦即为了吓唬老百姓而采取的排场，则完全失去了应有的效果，它们被还原为鸡、狗、雀、蛇。当我们看到统治者的一切庄严、神圣的伪装被拆穿而显出其可笑荒唐的原形时，都会情不自禁地哈哈大笑了。这是一种“还神奇为臭腐”的讽刺手法，正是这种手法，才鲜明而又突出地暴露了统治者的本质特征。由此，可以看到睢氏这种运用怪诞的、嘲弄的漫画式的描绘，正是他的讽刺作品中极其重要、也是他用以抨击统治者的主要表现方法。也许正是这种滑稽而又不可思议的现象，加强了我们对于“汉高祖”和那一群奴才的丑态的认识，也正是从这种艺术的幽默感中，唤起了我们认识历史、认识社会、认识政治的真实感。

毋庸赘言，《高祖还乡》的幽默风格和新颖的表现手法，带给读者的快感是强烈的，人们好像听了一场精彩的相声，看了一幕新奇的戏剧。你因它的风格幽默犀利而笑也好，你因它的表现新奇而惊讶也好，这都不能妨碍你在它心灵的音乐中陶醉流连。

以上我们试着从内容与形式的统一上运用综合—分析—综合的方法，入乎其内感受作品的精妙；然后出乎其外，从历史和哲学的视角进行观照，从而领会其象征意味，从而对《高祖还乡》的美学精要进行初步的探索，从而对它传世的秘密做一试验性的阐释。领悟《高祖还乡》的过程，也正是感受其启示力的过程，所以《高祖还乡》是属于那一类永远解释不完的诗。

《圣经》上说，“你要做世上的盐”比“你要做世上的光”更好，因为光还为自己留下形迹，而盐却将自己消融到人们的幸福中了。睢景臣既是光，因为他有《高祖还乡》为我们留下了形迹，但他更是盐，因为《高祖还乡》已经溶于我们的心田中了。历史是在不断地阐释中呈现于“当下”的，历史中的人如睢景臣这样杰出的诗人和他的作品，同样是在不断地阅读、接受中展开在每一个“今天”。

重新接上传统的慧命

——说不尽的《牡丹亭》

白先勇先生的青春版《牡丹亭》在国际上获得了盛誉，于是很多评论都试图解读这种成功背后的含义。我的这篇不成熟的小文，就是为了参与这种解读活动而撰写的。

一

可能我们早就感受到了中国好的遗存，是作为史学大国的标志——二十五史，甚至有人说，历史就是中国人的宗教。但是，我们是不是也应看到中国最好的遗存，是那更加闳富的文学艺术遗产和那么多“另类”的野史杂记？王国维、梁启超、胡适、鲁迅、闻一多、钱穆、陈寅恪、钱锺书等文化巨擘，不就是从失意与得意的文人的文字里发现了几近泯灭的性灵吗？于是我们又一次印证了一个真理：文学艺术是一个民族一个国家的灵魂。反过来说，一种美好的精神产品的消失，是最大的哀痛，而保留不下祖先曾有过的思想闪光和艺术智慧，比毁弃无数个古城更使我们感到痛惜。于是，一代又一代有识之士才用毕生之心血去试着重新接上传统的慧命，其中当然包括作为人类口头和非物质文化遗产的昆剧艺术的慧命。

20世纪50年代，面对早已式微的昆剧艺术，部分具有远见卓识和高度审美力的文艺工作者抱着一份雄心，一份使命感，希望重新接上昆曲的慧命。于是经过半个多世纪不遗余力的精神劳动和智慧创造，曾不同程度地掀起过几次整理、改编和演出的高潮。受我过分狭小的观赏与阅读空间的局限，我个人感受最深的有三次。第一次是1956年以浙江省《十五贯》整理小组根据清初朱皠同名传奇改编、陈静执笔，浙江昆苏剧团演出的《十五贯》作为标志。这是昆剧艺术在艰难的文化困境中的新生和突破。它的上演引起了当时的领导人的重视，为此《人民日报》特意发表了一篇社论——《一出戏救活了一个剧种》。然而，它的命运却很快被遗憾地定格在政治含义和政策需要之下，在“古为今用”实则是实用主义的思想指导下，成为反对主观主义的活教材。而昆剧艺术的审美价值、剧作的更深层次的内涵以及表演艺术的出类拔萃，皆未能彰显，反而一一被政治化的评说所消解。第二次是1986—1987年以上海昆剧院唐葆祥、李晓改编的《长生殿》的上演作为标志。对上昆版我情有独钟，而且就是在1987年，我们正聚集在中山大学由王季思先生领衔对《长生殿》进行了热烈讨论，后经文化艺术出版社出版了《长生殿讨论集》一书。这次研讨会对上昆版《长生殿》后来的演出是起了促进作用的，一时间好评如潮。但受地域性的局限，剧作本身内涵张力的局限，它的影响力也并不尽如人意。第三次高潮就是以白先勇的青春版《牡丹亭》的上演为标志。青春版《牡丹亭》的轰动效应源于白先勇的个人魅力，即他与《牡丹亭》共魂魄的精神，他对昆曲的痴迷、热爱以及特有的审美感受；源于苏昆团队的艺术创造，两股精神的合力使青春版达到了心灵的诗性与剧诗形式美的高度契合，这才诞生了具有划时代意义的青春版，这才使《牡丹亭》享誉国际舞台，昆剧艺术终于走向了世界。今天，它得以代表昆剧艺术的最高水平走进刚刚建成的国家大剧院就是明证。而我则又把青春版《牡丹亭》，看作是在多元文化语境中能以特异的姿态重新接上传统昆剧艺术慧命的标志。

二

历史的《牡丹亭》和《牡丹亭》的历史是一幅绵长的斑驳陆离的图景，在众说纷纭中我们看到了它的“说不尽”，这就应了歌德在谈到莎士比亚的不朽时所说的：“……我们已经说了那么多话，以至看来好像再没有什么可说的了；可是精神有一个特性，就是它永远对精神起着推动的作用……”[①]以此来观照《牡丹亭》，

① 参见《莎士比亚评论汇编》上，中国社会科学出版社，1979，第297页。

一方面是，作为戏曲艺术的本体特征是由于它是由血肉之躯来和观众直接面对和交流的，在传播过程中具有直观性；另一方面，也是极为重要的一方面，那就是《牡丹亭》所具有的特殊的心灵史内涵，而心灵的力量是很难言说的。因为剧作本身的潜质和艺术张力给它的观众和改编者都提供了丰富的想象空间。事实是，《牡丹亭》的一切都是虚构的，一切又都不是虚构的；是故事，可也不只是故事。在《牡丹亭》中，“真实的”世界是在幻象涌动中被创造出来的。它的独创性在于，其关目推进的方式是生死两界中杜丽娘和柳梦梅的灵魂与躯体始终在俗人无法攀登的高峰中穿行，这是一次异乎寻常的精神历险。也许是这部惊世骇俗之作帮着人们寻求到生活中的另一部分，才促使一代代青年男女和心灵丰富的人对自身心灵进行反思，为爱情、青春而思考着如何把自己的理想坚持到底。至于它的审美格调、它的美质与大气，是爱意里展现了袅娜，在灵动中洋溢着春光，这种审美感受几乎是每一位观众和读者都能认同的。正因为《牡丹亭》的魅力，所以对于一切处于青春期或从青春期走过来的人，都不能否认《牡丹亭》曾是他们隐形的精神摇篮。

正是基于诸多心理因素和昆剧艺术自身的审美力，《牡丹亭》才能对中国戏曲艺术的整个天地进行一次激情的超越。

《牡丹亭》的生命力，从昆剧传播史和接受史的角度观照，它始终被评论与改编两翼给予特殊的关注。从评论角度来说，前面已提到，它是在“说不尽”中流动，无论是肯定还是否定，抑或激烈的争议，但从品评到戏曲史都无法迈过《牡丹亭》而进行研究，时至20世纪80年代初，钱锺书先生在《管锥编》中还是要提到《牡丹亭》。钱锺书引沈起凤《谐铎》卷二《笔头减寿》语云：“世上演《牡丹亭》一日，汤若士在地下受苦一日。”而西方也扬言：“世上纪念莎士比亚生辰，地狱中莎士比亚正在受罪。”[①] 钱先生引卫道士的言论，是要告之公道的后人，这恰恰

① 钱锺书：《管锥编（二）》下卷，生活·读书·新知三联书店，2001，第504页。

是对经典的赞扬，于是钱先生感慨系之地说："宁与所欢同入地狱，不愿随老僧升天；地狱中皆可与才子、英雄、美妇，得为伴侣。"诚哉斯言！

至于对《牡丹亭》的改编，由于我知识积累的欠缺，所知甚少，但有一则还未被普遍了解的《牡丹亭》改编史上的故实，我想借此机会略做介绍。

我的授业恩师华粹深先生在1956年为了次年纪念汤显祖逝世340周年，整理改编了《牡丹亭》，再由华先生的业师俞平伯先生亲自校订。这个改编本收入中国戏剧出版社1982年出版的《华粹深剧作选》中。关于华粹深先生改编本的意义，1981年第11期《人民戏剧》上有陈朗先生写的一篇谈到北方昆曲剧院新排《牡丹亭》的文章，其中就公正地提到了这样的事实：

> 把《牡丹亭》压缩成为一个晚会演出，解放以后并不始于今天的北昆剧院。1957年北京昆曲研习社就曾排演过，本子是经华粹深先生整理和该社社长俞平伯先生校订的。当时还特地从上海请来了朱传茗、张传芳、沈传芷、华传浩四位老师来为社友们排戏。参加演出的有袁敏宣、周铨厂（庵）、张允和、范崇实等。那次是为了纪念汤显祖逝世三百四十周年而演出，也可以说是一次盛举。当时只作为内部观摩，曾在文联礼堂等处所先后演出过好几场。1959年为建国十周年献礼时，又在长安戏院公演过两场。接着，上海戏校由俞振飞、言慧珠两位校长率领师生们到北京也演出过，所演的即是部分参考了华、俞整订本。[①]

引用陈朗先生的这段记述，意在说明，《牡丹亭》在过去舞台上的演出多是选择几出精彩片段，而"游园·惊梦"也就成了经典中的经典，至于能够在一个晚会上演绎一段爱情故事，领略杜、柳生死恋情的全貌，华、俞二位先生的整理改编本还是功不可没的。时至今天，整整过去了五十年，而恩师华粹深先生已谢

① 陈朗：《亭外的旁百——看北方昆曲剧院新排〈牡丹亭〉》，《人民戏剧》1981年第11期。

世二十六年，俞平伯先生也于十多年前仙逝。现在重提此事，我想，在《牡丹亭》的改编史上，还是不能忽略前人走过的探索的道路，现在还是应当为他们的开创性的功绩记上一笔的。

石破天惊！21世纪之初，白先勇先生的青春版《牡丹亭》辉煌面世，这更是《牡丹亭》传播史和接受史上的大事。青春版《牡丹亭》正是准确地把握到了古典版《牡丹亭》固有的潜质，独具慧眼地发现了《牡丹亭》的心灵诗性和精神内涵，并从原作内部艺术地提炼出传统同现代、历史同现实相契合的生命精神与情志的内核，以及关于青春与生命的思考。在面对当下的观众群的特定文化语境里，清晰明快地体现出青春无悔、拒绝既定命运的安排和追求心灵自由的命题，这才使《牡丹亭》进入了一个新的思想境界，也才使青春版获得了“美到无法抗拒”和“曲高和众”的审美价值。

三

事实证明，作家的生命在于作品，也在于后人反复地观赏、阅读、阐释，乃至于改编、整理，从而赋予作品以新的质素，让宝贵的精神遗产得到激活。《牡丹亭》和《长生殿》《桃花扇》都是昆剧艺术中的经典，而且应归属“核心经典”的范畴，即经典中之经典。然而要想真正进入经典的精神和思想世界是很困难的，而艺术，包括整理、改编的艺术，恰恰就是对困难的克服。这里需要的是思想、情志、灵性、技巧以及对经典艺术的特有的感悟力和百倍的坚韧，同时更加需要一种说不清的那种灵犀相通的缘分。用当代作家刘震云在一次谈话节目中说的一句话：一个作家的创作，对于他写的人物，那是需要一种缘分的；没有这种缘分，你是写不好这个人物的。从中我领会到一位作家改编一部作品，也是需要一种缘分的。

如果说汤显祖是用心灵写作，那么白先勇则是用心灵去感悟。

白先勇改编《牡丹亭》在意境上审美上是有一套完整的构思与设计的，是长期酝酿、思考，是烂熟于心的结果。而且他不断地更新、反思他的改编进程，因此他的青春版《牡丹亭》才完美地体现出他对人生的独特观察，也体现了他对人生审慎的乐观，在理想主义的光照下让这个世界融合于每一天的阳光和月光中，尽管这一切是那么艰难。事实上，在改编过程中，白先勇把他的才情、情怀、气质、审美如此自然如此和谐地潜入笔墨间和舞台上，那是他生命精神的一次大投入。这种诗意的灵性，这种献身于自己酷爱的艺术的心智，很值得我们一步一深入地玩味。

为了探索如何更好地接续上昆剧艺术之慧命，我想把自己接触过的上昆版《长生殿》和青春版《牡丹亭》作一粗疏比较。

上昆版《长生殿》大约诞生于1986年至1987年改革开放的语境中；而青春版《牡丹亭》似诞生于21世纪初多元文化冲突与抉择的语境中。它们给我的共同印象是：都忠实于原著，都紧紧依托于第一文本的内蕴，都不改变第一文本的主旨，尊重文本的情节逻辑和人物的心灵历程。但在二度创作时，即在人们看到第二文本时，我们会发现，从剧情到人物再到视觉效应，却都不同程度地变革了昆曲的语态，并积极地尝试一种新的叙述方式。人们从一贯典雅精致乃至过分程式化的舞台上，看到了民众可以理解、把握的话语的鲜活（不仅仅是借助于字幕），看到了冲突的故事和人物的命运，而故事与命运似又与我们的心态息息相关。这种语态和舞台意象的转变，具体表现是：在表层上都是采用传统的结构法，注意立主脑，剪头绪，有头有尾、情节跌宕多姿、明快清新等，但主要人物之间的矛盾、悬念和戏剧性冲突却大大加强了，且更富于节奏感。但在深层文化一心理结构上，却不露痕迹地关注现代性的转换，它们都在原作内部发掘、提炼出历史与现实、传统与现代相契合的生命精神和情态。这种深层透视与思考，对改编者来说，必然有一个精神世俗化的过程，即必然地考虑戏曲本体的过程。这是一个无须回避的价值普及化的过程，当然也是精英文化走向大众化的过程。因为任何人无法否认，只要是改编，就必然是面对当下的观众群，就必然地朝着“曲高和众”

的境界去努力。而青春版这种着意的特殊的题名本身，就是面对青年以及富有人生活力、尊重生命精神的人群的。

具体到上昆版《长生殿》，它所传达的是人生的永恒遗憾。人生的永恒遗憾是我国戏曲艺术中经常出现的一个母题：爱而不得其所爱，然而又不能忘却这种爱的悲哀与痛苦。这是人间的一种不朽的恋情，也是人间一种不可摧毁的精神力量。它昭示着人的肉体可以分离，但心灵的追求可以得到更高意义上的契合。是的，原著中的“弛了朝纲，占了情场”是作家命意所在，然而又不尽然，因为改编者钩稽出了使我永难忘记的那场“雨梦”。结尾处[幕后合唱]：“天长地久有时尽，此恨绵绵永难偿，永难偿！”好一个“永难偿”！“卒章显其志”，改编者宣叙的正是一种永恒的遗憾的情志和情思。至于“情缘总归虚幻”也是多层面的，而上昆版则是凸显其“沧桑之感”。如果说“弛了朝纲，占了情场”的政治意味在尽量消解中，那么这里是尽可能地摒弃原作中过分虚幻的色彩，留给人们的是此恨绵绵的人生的永恒遗憾，这是一种悲剧心理和悲剧意识的升华。于是上昆版《长生殿》获得了一种象征意蕴，它的超越就在于它把政治意味的东西和虚幻的东西转换成为人性的东西，是一种普遍的人性美。于是它才有了新意，有品头，有回味！

白先勇的青春版《牡丹亭》更没有因为尊重原著而被古典版的手束缚住自己的性灵。三台晚会观赏下来，你会清晰地看出，青春版不是简单地复制原著，而是一次重新地感知；它不是删繁就简，搞一个缩写本，而是重新安排关目，所以它绝非原地踏步；它的主观命意，我认为是作者对天地奥妙与人间玄机的参悟并展现其过程，这也许才是它的魅力所在。因为自由、天然、青春是上苍恩赐给人类，特别是青年的，而把握青春的鲜活应是人的本能，但又常常被人轻易放过，所以改编者才警示人们必须对青春、天然与自由给予深深的感激，必须理解她总是轻轻地来，悄悄地走，再回首，才知道她来过，所以，把握这美好的时机是最关键的。这就是我们通常所说的，故事虽然是虚构的，但精神则是真实的吧！

基于这种认识，我们再回过头来观照青春版的突出贡献。白先勇的功力在于他从古典版中深刻地提炼出生动而又新颖的思想和情志，并以它为作品的生命、脉络、焦点来进行艺术构思，在这种再创造的过程中，作者赋予作品的是时代的亮点，而这亮点又是人类的普遍感情，所以从潜隐层次观照，青春版不仅仅是如过去人们面对汤显祖经典版《牡丹亭》所解读的那样，是对宋代理学“存天理，灭人欲”的反拨，青春版则强化的是青春无悔，是抗拒既定命运，是呼唤心灵自由。这是一种生命价值观的根本转换。所以我说，白先勇的青春版如临帖与读帖之别一样，临帖只能取其形，而读帖则是取其神。白先勇是属于“读帖派”，青春版正是对古典版的神韵给予了精辟的阐释与彰显。因此它是汤显祖的，又是白先勇的。

白先勇智慧地感悟到，越是灵魂不安的时代，越需要文学艺术的安慰，因为他深刻认识到艺术是捍卫人性的，因此在观照原剧时，他紧紧把握和凸显的两个关键词正是天然、自由。白先勇那直视心灵的勇气，让我们体验到真正的爱必然从心灵开端。一颗勇敢的心，一个勇于坚持的自我，胜过一切说滥了的教条。我想，改编者内心翻腾的和关注的就是人的心灵自由，以及自己掌握自己命运的命题。我说这是一种情怀，一种人间情怀，所以他能神交古人，又能为天地立心。至于青春版在形式美上的冲击力、穿透力以及优美而又强烈的视觉效果，则明显比上昆版《长生殿》技高一筹，一言以蔽之，青春版没有复制同一种视觉美，它的视觉美是白先勇和苏昆团队的诗性、哲思和妙想的综合体现。所以，它真的是“美到无法抗拒”了！

总之，把青春版《牡丹亭》和上昆版《长生殿》综合地观照，它们都体现了改编者直视心灵的勇气，都有一份宝贵的人间情怀，都体现了心灵的诗性，都体现了剧诗的内涵。然而，从生命价值观和视觉效果来看，青春版《牡丹亭》的当代性更具有文化诗学的意味。如果像人们所说，青春版是一首青春颂的话，那么上昆版《长生殿》则是成人在步入晚景时对永恒遗憾的人生况味的反复咀嚼和低沉叹息。一个是通体回旋着青春、自由的天籁，一个则是沧桑之感或曰感伤成了主旋律。两者相互映照、比对，我们会看清青春版《牡丹亭》那活力无穷的更为积极的贡献：它的精神力量正像我们仰望苍穹时心中不再怅然，因为人们知道黑夜有了繁星和月亮，所以才美丽。青春需要心灵的创造和体会才能灿烂、无悔。于是我们也从昆剧剧坛上认知到创作题材上已经完美地构成了那刻骨铭心的形象的爱情谱系；而在生命精神的价值系统上，我们又看到了人性发展的经络和心律的脉动。

四

戏曲的演变史是人的精神成长的象征，也是人自身存在的证明。在昆剧艺术走向世界的时候，让我们共同努力，重新接上它的慧命，让最美的艺术更富于魅力，让我们的生命精神更加富有！

《长生殿》的悲剧意识

——敬致改编者

葆祥、李晓先生：

我曾就历史上改编戏曲名著的经验教训说过这样一段话：在古代和近代戏曲史上，对于名著的改编，经常出现两种截然相反的情况。一种是极力抽去原作中积极的精华，仅仅保留其外壳，打着改编的幌子，利用名著的声誉，或则引导读者、观众远离现实，或则紧紧抓住作品中病态的一角，来和当时形形色色的哲学相呼应，从而为某一种政治服务。与此相反，把忠实于原作视为不可动摇的铁的法则，对原作中的积极因素和消极因素一视同仁，唯恐动其毫毛，这种貌似忠实的改编也非可取。因为把原作奉之若神明，忠实到媸妍不分，金沙不辨，在某种意义上说，是拙劣的临摹式的改编，充其量不过是文学作品的复制，而严格意义下的复制又是不可能的。因为，作为富有民主性和群众性的戏曲艺术，从它诞生之日起，就和时代生活、时代潮流、时代主题紧紧地联系着。所以，用戏曲形式改编名作，必须从原作内部发掘它的现实意义。也只有这样，才能发挥戏剧净化人心灵的作用。有人说，文学作品的改编既是原著的奴隶，同时又是它的竞争者，我认为这话是很有道理的。

从白居易的《长恨歌》经白朴的《梧桐雨》杂剧到洪昇的《长生殿》传奇的演变，使我们看到了什么是真正的艺术家的勇气，也看到了不以某一作家意志为转移的时代生活、时代思潮和人民的力量之于艺术家的作用。由这里我就联想到你们二位对《长生殿》的改编。

这次借中山大学举办《长生殿》学术讨论会的机会，我有幸观摩了上海昆剧院的《长生殿》的录像，观看过程我就激动不已，而且浮想联翩。我觉得剧中有一种什么力量始终牵动着我心灵的一角，我骨鲠在喉，而又难以言传。看后，我想把这种艺术的感知如实地告诉你们，但我刹住了自己惯于不假思索发表意见的老毛病，觉得还是想一想再说。后来咱们见面时，我又觉得远不是三言两语能说得清楚的，因为我既不想客套式地恭维改编者一两句，又不想不负责任地轻浮地或吹毛求疵地以作高深之态，因为那不是朋友之间应有的诚实的态度。说句实话，准确地深入地体味改编者的旨趣谈何容易！理论家可以哇啦哇啦地说上两个小时，但是作家却可能听不懂一句话，而且还常常令作家哭笑不得。俄国文学批评家杜勃罗留波夫和《奥勃洛莫夫》作者的那种心灵的契合是很高层次的共同的艺术创造。他们的契合不仅仅是他们心有灵犀一点通，而是因为杜氏首先体味到了冈察洛夫的创作意旨之灵魂，其次才是根据形象的逻辑，发挥了杜氏的社会观点和艺术观点。因此一篇真正称得起优秀的理论文字，如果能首先得到原作者的首肯，那是再幸福不过的了。我当然不是这样的大家，但是，他们作为范本，倒是应当让我们老老实实学习的。

我始终认为，优秀的文学作品（包括名著的优秀改编文本）都是艺术家心灵折射出来的历史之光。因为它总是既有美的内涵，又有美的形式，所以它才能成为人们的审美对象。从审美主体的角度来考察，一件精美的艺术品大多包含三个层次：其一，表层是各种形式美（如戏曲的形式美）因素及其所唤起的意象；其二是中间层次，它是意象所指示的历史内容；其三是深层结构，它是超越时空的具有象征意味的深层意蕴。也就是说，当艺术家在作品中超越了题材本身的特定的时空意义，揭示出某种普遍性的哲理、心理内涵时，这个作品就获得了题材之外的象征意味。它的意境或者典型形象在世世代代的读者心目中就成为某种象征的形式而被吸收和改造。读者、观众和改编者就以自己的不同处境和心境而代入了不同的经验内容。

不知道你们还记得否？在讨论会上，我在谈到白居易的《长恨歌》和白朴的《梧桐雨》时曾说，白居易和白朴都是被一种有力的情感逻辑带到一片新的天地，他们都力图挖掘忠贞不渝的情人心中美好的追求和深深的哀思，从而形成了一曲人情美的颂歌。所以我认为《长生殿》产生以前，具有巨大影响的两部作品——《长恨歌》和《梧桐雨》都获得了一种象征意蕴——永恒的遗憾。这是我们作品中经常出现的一个母题，即爱而不得其所爱，然而又不能忘却这种爱的悲哀。这是人间的一种不朽的恋情，是一种人间不可摧毁的精神力量。我认为要改编洪昇的《长生殿》，白居易的《长恨歌》的这一情志和情愫是不可须臾忘却的。极为可喜的是你们注意了这一点。至于在讨论会上我谈及《长生殿》的意旨时，我因同意未来参加会议的周明先生的意见，即“情缘总归虚幻”而被几位朋友所误解，今天想来，确实是我阐述不够清楚所致，把一部庞大的叙事性的剧诗的主题归结为一句话，这本身就不符合我在会议上力主史诗性作品的主题往往是多元性的多层次的意见，更何况“情缘总归虚幻”也绝非该剧的全部题旨。但是时至今日，我却不愿撤销我对《长恨歌》主旨的那一点肤浅的认识。而由于坚持了这一点，却意外地和你们改编《长生殿》在某一点上暗暗地获得了契合。你们很注意“沧桑之感”，而你们在改编《长生殿》的演出说明书中做剧情介绍时，强调的也是：“唐明皇曾为爱情荒疏了政治，如今又为政治牺牲了爱情，牺牲了杨玉环，牺牲了自己至高无上的地位……”这可能就是原著中所说的“弛了朝纲，占了情场”，然而不尽是，因为使我永难忘记的是你们的改编本“雨梦”一场结尾处的 [幕后合唱]：“天长地久有时尽，此恨绵绵永难偿，永难偿！”好一个“永难偿”！“卒章显其志”，你们的主观命意水到渠成地赋予了在场的观众。你们宣叙的何尝不是一种“永恒的遗憾”的情志和情愫呢？说是“沧桑之感”，又何尝不是既大且深啊！这个结尾，我认为处理得意味深长，是原作结尾的一种出色的改造。它摒弃了原作的虚幻色彩，留给人们的是此恨绵绵的永恒的遗憾，这是一种悲剧心理和悲剧意识的升华，我赞成这个结尾处理——有新意，有品头，有回味！

近读《戏剧报》1987 年第 6 期许寅先生的大作《谈昆剧〈长生殿〉的改编》。许文写得极好，但有些意见我不能苟同，其中关于许先生为改编本设计的结尾是我与他存在歧义最大的地方。许文说：

> 最后一场“雨梦”，我倒有一个浪漫主义的想法：仿前面“絮阁”与“密誓”“有机结合法”，把它同原著末出“重圆”有机结合起来：让明皇“一梦不醒”，高高兴兴地跟贵妃进月宫，作为全剧的一个喜剧结尾。这实际上正是洪昇原著的本来设计，过去为了突出“此恨绵绵无绝期”，都只演到“埋玉”为止。既然改编到“雨梦”，又何必不给观众一个美好的记忆，来个“重圆”呢？①

说到给戏做结尾处理真是难于上青天，契诃夫甚至夸张地说：“谁为剧本发现了新的结局，谁就开辟了新纪元。”许先生为你们的改编本所开的“药方”，我认为并不十分可取，尽管是一种处理法。为什么？就在于许先生在审美意识上仍然没有超越传统审美心理定式——喜欢“大团圆”。传统的大团圆主义实际上是把复杂的现实生活在相当程度上简单化了，喜欢大团圆是“忧患意识”派生出来的“乐观”情绪和精神——现实是残酷的，人生是惨淡的，可以到艺术中去寻求安慰和解脱。生活本身是“缺”，可以到艺术中去求“圆”。如果你们也把《长生殿》套入大团圆的心理模式，在一定程度上只能使改编本“定格”在生活的表层，那是很糟糕的事。

再进一步说，改编本《长生殿》和原著一样，其格调也是地道的悲剧。因为它蕴含的美学气质就是悲剧性的，而且改编者的悲剧意识已力透纸背，我们怎么好强人所难，把一个虚假的喜剧结尾硬塞给改编者呢？宗白华先生在《康德美学原理评述》一文中曾说：“‘会当凌绝顶，一览众山小’（杜甫《望岳》），美学研究到壮美（崇高），境界乃大，眼界始宽；研究到悲剧美，思路始广，体验乃深。”信然。我觉得现在的问题，是应当强化悲剧意识，而不是削弱悲剧意识，因为只

① 许寅：《谈昆剧〈长生殿〉的改编》，《戏剧报》1987年第6期。

有这样才能动观众的情，并给人以哲理的启示，诸如，要获得真正的爱情需要有精神上的勇气；在爱情的困难面前退缩的人，绝不是一个合格的人；或者是……

我在这里想斗胆地猜测一下，你们改编《长生殿》是不是有意要对“理”与“礼”进行反驳？因为在我看来，改编本《长生殿》无意对李杨爱情加以批判，相反是要对“情”做一新的哲学阐释。一般说来，所谓哲学思考，其关键就在于选择一个独特的视角去观察历史、人和他所处的时代。很显然，你们也无意陷入一个古老的论争课题中去——帝妃之间究竟有没有真挚的爱情——而是纵笔直奔人间之真情、深情而去。在我聚精会神观赏录像时，我确实感到改编者把情写得极为充分、饱满。且不说蓄势有力，就以“展示”来说，情之深、情之切，足可与原著相媲美，或者说你们并未削弱而是强化了原著的情思。前面我说过，你们是在对“情”做了新的哲学阐释后写情的。“永难偿”这段咏叹调和我理解的世界文学中经常出现的那个母题，那个反复出现的主旋律——爱而不得其所爱，而又不能忘却这种爱的哀思——契合了。

从本质上说，戏曲确实是反映生活的艺术，它和其他文艺形式不同的只是表达感情的方式。任何作者写戏，对人物总是有所爱，有所恨。有强烈的爱憎，人物才会鲜活，才会笔下生辉。我看二位改编的《长生殿》是动了大感情了，剧中那些落地作金石声的佳句不独属于洪昇，也是属于你们的。我认为这是你们和笔下人物共魂魄的最好写照。说句属于艺术创作规律的话：一个作者进行写作，总有称快之笔，也一定有挥泪之笔，你们那“永难偿”的回旋曲就既是称快之笔，也是挥泪之笔。我体味它，觉得寄寓遥深，它渗透着改编者深沉的历史感受和观照当代的真情实感。改编者分明把自己心头的话，如此巧妙而又艺术地通过人物之口向观众娓娓倾诉了。在这里，“情”虽然包括人物本身的情在内，但常常侧重于作者寄托在形象中的感情，这正是作者感情的客体化。所以有时看起来作者是在客观地描写人物形象，其实，情已融化其间了，改编本《长生殿》是为例证。

正是在这个意义上，我不能完全接受“骂贼”一场的安排。关于《长生殿》

这一出的结构排场许寅先生也做了许多设想，不妨一试。但你们还记得，在《长生殿》录像放过后，在一片沉吟中，有的朋友不是脱口而出，说“骂贼”在改编中是一个“赘疣”吗？我是这种意见的同感者，而且我还不怕唐突改编者，直陈敝见于你们之前。其实当时我已经意识到你们写的是“情”，而写“骂贼”别有“难言之隐”。现在我更可以大胆地建议，应当把“情”写得淋漓尽致，这就要一气呵成，它容不得一点点停滞和阻隔，如稍有停顿，全戏效果就会大减。当时你们解释说，这是舞台的需要，冷热戏的相间，同时也让扮演李隆基的演员有个喘息的机会。我这个人有点“残酷”，经常为了“戏”忘了保护演员身体。我希望于“戏”的是一泻千里，有直捣黄龙的气势，所以如何处理“骂贼”一场仍可商量。总之，我愿提醒您二位，你们的悲剧意识只能强化，万不可削弱。如果悲剧意识一经削弱，改编本的《长生殿》就不是属于唐、李了，也许是别人的了。

1987年8月4日

意蕴：新编史剧的历史深度和反思力度

当代剧作家审视生活的尺度放大了，因而对历史的认识也越来越深刻。从整体的人生出发去认识宏观的历史，思考历史行进的基本轨迹，特别是个人命运和历史运动的必然联系，这是新时期新编历史剧的重要特点。它充分说明戏曲史剧家们历史意识的进一步觉醒和反思历史的强化，这一切都标志着真实的历史精神对戏曲文学的复归。

然而，人们也不无遗憾地发现，新时期历史剧的历史深度和反思力度尚有某些欠缺，它还缺乏一种可以称之为史之魂、诗之魂的气质和两者水乳交融的内在意蕴。对于我们来说，这种内在意蕴的获得，不能不归之于戏曲史剧家们对历史题材的超越意识和自觉的历史哲学意识以及自身富于反省精神的思维力。

一

中华历史五千年，历史人物千千万。新编历史剧所面对着的这历史的每一个地质层面，都蕴含着丰富的矿藏，都给史剧家们创作史剧提供了取之不尽、用之不竭的素材源泉。但是，仅有素材是不够的，还需要有卓越的头脑，更需要十倍百倍的创造宏伟史剧的肝胆。

史剧的创作题材，从微观层次看，并不起决定作用，题材重大未必能成就一部优秀之作，优秀的史剧家完全可以从历史生活的一角提炼出、揭示出深刻的历史真理，创作出具有生命力的史剧来。但是，从宏观层次看，即从艺术发展的宏观的文化背景来考察，每个时代、每个阶层的艺术都有自己的中心题材，题材的差异有时会成为不同时代、不同阶层艺术的重要标志。因此，题材放置在艺术发展的总体上观照，则举足轻重。

然而，在史剧创作中有一个不必讳言的事实，即有的剧作者出于急功近利的考虑，或者由于过于紧迫的政治环境，使剧作者们搞了一些自以为社会需要的粗糙东西，搞了一些朝生夕灭、政治上也是随风起落的东西。这些配合政治任务的史剧之所以经不起时间的考验，与其说是由于政治上太强、功利太深、考虑太多，不如说是政治上太弱、太幼稚、太无远见和定见的结果。因为真正的历史使命感与政治上的随风逐浪、紧跟配合毕竟不是一回事。

我曾怀疑有些剧作是否太关注题材的直接现实意义？有没有用急功近利的态度去处理题材？比如，现实生活中有改制的问题，于是就调转角度写包公改制；生活中有一个开发智力资源、爱护人才的问题，于是就写历史上爱护人才的君王；生活中涉及权与法的关系问题，于是就找来历史上秉公执法、大义灭亲的贤相……这样就把构思的着力点放在考虑选择什么题材能达到宣传教育的结果上面了，满足于表层的、特定的时空意义的思考。这样写出来的作品，充其量是历史和现实生活的浅薄比附，不可能触摸到历史潮流深处的搏动律。这里的问题就在于：史剧作者太固守狭隘的实用观，无法越出题材自身的特定时空意义，而对历史与现实进行深一层次的审美思辨。因此，史剧创作像一切戏剧品种的创作一样，如何摆脱对题材的肤浅的世俗功利观的羁绊，让自己的审美思辨超越题材表面的特定的时空意义，把握历史生活深处的底蕴，这就是摆在史剧家面前一个亟待考虑的问题。窃以为新时期史剧创作要求于史剧家的是一种超越意识。当然这并非主张戏剧创作可以抛弃题材要素，而是说，史剧家要善于超越题材的再现性，而追求题材的表现性，即揭示出题材表面意义之外的深层意蕴，使作品获得超越时空的象征意义。这就是为什么古今中外一些史剧传世之作所创造的艺术境界超越了题材的直接现实性，超越了题材特定的时空意义，而进入了传神的、象征的层次，从而获得了题材自身意义之外的表现力之秘密所在。

超越题材要求创作主体的超越意识和超越手段。超越意识带有主体的修养性，而超越手段则要求剧作家在对历史生活的增删隐显中实现艺术真实性上的超越，即历史生活必须与史剧家的审美创造的旨趣相契合。黑格尔一再强调，艺术的目的在于剥去外部世界的顽固的外部性，说的就是要创造超越历史、超越生活外观的艺术真实性。因此，就超越意识的真正内涵来说，它是在宏观的历史视野——对历史、社会、人生、文化等总体思考和艺术审美创造的基础上提出来的。所谓题材的超越，从作品实际来审视，一方面，它既不是某种观念的外贴和附加，也不能脱离史剧本体描写的历史土壤；另一方面，它的艺术的覆盖面又应远远超越于各种细节、情节、人物、语言描绘本身。借用司空图一句名言，即“超以象外，得其环中”。总之，题材的超越，应表现在思想和艺术的深度上，要求我们的史剧创作能达到这样一种境界：历史形象的艺术描绘，思想的升腾，人生哲理的探索，古今命运的沟通，多方面地相互融贯、辩证统一。

史剧创作的题材超越性必须立足于历史生活，不能立足于空中楼阁。史剧家的超越意识与切近现实是一对矛盾，既对立又统一。为了更好地实现超越意识，先得更加切近现实。远离生活，对现实生活的冷漠和盲目无知，由此建立起来的“超越意识”，必然变成僵硬的抽象哲理思辨，导致对史剧艺术创作规律的背离。这种所谓的“超越意识”和“超越题材”不是我们所追求的目标。超越与切近这两者的关系是辩证的，超越中有切近，切近中有超越，失去一方便会失去另一方。换言之，就是宏观的总体把握与微观的细处落笔的辩证统一。没有前者就没有深厚的历史内涵和艺术内涵，失去后者就没有艺术描绘的生动性、真切性，都会远离时代精神。理想的境界是：在舞台上表现的一切，既让人感到有些陌生——历史感，又觉得相当亲切——时代感，既让人感到仿佛置身于历史生活中，又好像出于历史生活之外。这里要求于史剧的是超越时代风云和轰轰烈烈的表层，站在俯瞰的位置上以深沉的感悟和反思去观照历史。质而言之，史剧家要站在时代的高度去探求历史形成的文化潜流，怎样在人们心灵中留下深深的印记，以及人们为摆脱古老传统的惰力，为挣脱历史羁绊所经历的困扰、磨难与心灵的激荡，这就是对民族历史文化心理结构的透视，对文化积淀和心理结构在历史推移中微妙变化的审察，使史剧家们的精力，从对史剧外在功能的热切追求，转移到对史剧内在功能的关注。这，可能就是史剧获得真正内在意蕴的一个重要方面吧！

以上是从史剧创作主体来看题材的超越意识，现在我们不妨从接受主体的角度来考察题材的超越。

我曾多次说过，优秀的史剧应当是当代剧作家心灵折射出来的历史之光，因为它具有美的形式而成为人们的审美对象。从审美结构来看，那些传世之作都包含着三个层次：表层是戏曲形式美因素所唤起的意象；中间层次是意象所指示的历史内容；它的深层结构则是超越时空的具有象征意味的深刻意蕴。也就是说，当史剧作家在作品中超越了题材自身的特定时空意义，揭示出某种普遍性的哲理内涵时，这个作品就获得了题材之外的象征意味。它的典型形象就在世世代代观众和读者心目中成为某种象征的形式而被吸收和改造，观众或读者就以自己的不同心境和处境而代入不同的经验内容。这种具有象征意味的哲理心理内涵就是所谓的象征意蕴。它在作品中是应该深而不露的，观众或读者必须在深入把握作品的历史内容的基础上，才能逐渐领悟。在史剧欣赏中，它像涓涓细流悄然进入观众或读者的心田，不知不觉影响着观赏者的深层心理。能够长期流传、脍炙人口的史剧，必然具有超越时空的象征意蕴，这就是传世之作的不朽魅力和秘密之所在。

事实上，史剧的特定历史内容和史剧作家的具体感受本身并没有不朽魅力。因为随着社会生活的变迁，人们注意和兴趣的中心是不断转移的。但是，如果史剧内容隐含着某种深刻的哲理心理内涵，那么情况就会大不一样了，由于史剧家能够从历史的表层结构深入历史的内在特征，而且这种特征具有巨大的普遍性和典型性，因而使观赏者在感受这种特征时，由于心灵的抽象作用，会自觉不自觉地把活生生的历史特征抽象为某种观念形式。黑格尔对艺术的这种精妙和奥秘曾经有过揭示，他说：艺术真正职责就在于帮助人认识到心灵的最高旨趣，艺术家为完成这种职责，经过艺术创造过程，使艺术品比起原来非艺术的现实世界所表现的更为纯粹，也更为鲜明，从而显现出一种内在的生气、情感、灵魂、风骨和精神，这就是我们所说的艺术作品的意蕴。黑格尔还认为这里的意蕴总是比直接显现的形象更为深远的一种东西，而那外在形状的用处就在于指引到这意蕴。黑格尔的这些论述对艺术奥秘的揭示是深刻的。史剧作品的象征意蕴本质上是史剧作家的历史感受原型，也就是剧作家在实践中感受到的历史的基本意义和人生的真谛。它的产生是主体心理与客观历史内容的统一，是历史在主体的感性世界中积淀的成果。

二

多少年的实践使人们发现，如果没有一种恢宏的哲学意识，没有一种纵观全局的历史哲学，仅仅满足于模仿历史和所谓的再现历史，就很难在史剧这块有着巨大魅力的土地上建构起与之相匹配的辉煌的艺术殿堂。长期以来，历史剧的创作中，存在着自觉和不自觉地模仿历史的模式，史剧作家或多或少地还受着庸俗社会学的束缚。大师的眼力和巨匠的功底，在戏曲史剧创作领域还显得有些匮乏。史剧家对历史的反思，仅仅停留在观照历史的阶段，站在更高一层所要求的民族感和古远的历史追溯意识还没有形成。一句话，历史反思的力度还不够强，历史的内蕴挖掘得还不够深。

然而，近一个时期，我们毕竟听到了一些戏曲史剧作家的心底呼唤，比如传神史剧作为一个戏曲美学课题，已经从理论的呼唤进入到创作实践，我们激动地看到艺术家主体意识对历史真实做了深层的开掘。这种主体的艺术创造精神表现在：首先是“意识到的历史内容”，要求在宏阔的历史视野内，对历史真实做出巨大的艺术概括，以形成历史叙事的冲击力；其次是在错综复杂的历史矛盾中塑造活生生的性格，着力揭示人物形象的历史内蕴和本质，使性格的历史认识价值和审美价值趋于统一；再次就是创作者的创作个性渗透于历史诗情的发现和凝聚中。这就是说，在戏曲史剧创作领域，富有战略眼光的作家已经开始自觉地寻找自己的艺术魂魄了。

在我们对近几年剧坛的巡礼时，不时发现新崛起的观念在史剧创作中的显现；发现了戏剧思维的历史拓展；发现了民族文化意识对史剧的渗透。但是，也发现了史剧家整体审美意识的缺陷，而史剧家们整体审美意识的欠缺，归根结底，又在于哲学意识的贫困。

事实是，史剧对历史的审美观照，以注入其间的历史哲学意蕴穿透力最强。纵观新时期整个文艺创作对哲学营养的吸取，首先表现在艺术家主体哲学意识的自觉和强化。而相比之下，戏曲史剧创作就显得极为薄弱。歌德很早就说过："谁要想论述当代艺术或者就当代艺术进行争论，他就应当了解当代哲学业已取得的和将要取得的进展。"这是因为，哲学探讨人生，它给人生一个审美的解释；哲学追问世界本体，它对世界本体做出艺术化的说明；哲学沉思万物，它使这澄明的思考闪耀诗的光华。深厚的哲学修养和广泛的科学知识，能够大大拓展艺术家的精神视野和艺术胸襟，从而使作家的作品具有更巨大的思想深度和意识到的历史内容。人们早已看到但丁的《神曲》是他的人文主义思想的产物，歌德的《浮士德》则是理性王国的幻觉，19 世纪 60 年代欧洲的实证主义哲学、生物社会学影响所及，产生了左拉的自然主义的创作方法。席勒则是又写诗又写哲学，他为诗与哲学的冲突苦恼了一辈子。尼采则把诗和哲学完美地融合在一起，追求哲学思考方式本身的诗化，就是尼采浪漫化哲学的主旨。至于我国戏剧的伟大奠基者关汉卿则是一位伟大的人本主义哲学家和人道主义者，而汤显祖和徐渭则毋庸置疑的是两位反理学主义的哲学家，而且他们把反理学主义的抗争精神用之于自己的"临川四梦"与《四声猿》之中。

唯其如此，新时代戏曲文化的提高，营养不独来自戏曲界之内，而且来自戏曲界之外，如经济学界、历史学界、社会学界、心理学界以及整个思想文化界在变革中的新的理论思维成果；其间，哲学界的营养，特别是唯物史观发展的新成果，常常是戏曲舞台形象内蕴深度的一个重要因素。

戏曲文化的哲学渗透具体到史剧的创作应包括两个重要方面：

一是史剧家的主体哲学意识向舞台形象创造的渗透。应当承认，我们的一些戏曲史剧作家根本的缺憾是他们没有自己的哲学。一些形式上相当完美的史剧，如果没有渗透着极其个性化的、永不妥协的历史思辨和思想者的真诚，就休想使作家笔下的历史人物达到一个更高的境界。

二是历史哲学意识。历史哲学作为一门科学，重点强调人们在反思历史的同时亦须反思自身对历史的责任，即历史使命感。黑格尔说，“本质的否定性即是反思”，“本质自身中的映象是反思”。可以看到，“四人帮”粉碎后一批旨在反思的历史剧，其内蕴的深广度，在很大程度上取决于剧作家融注其间的历史哲学意识所达到的程度。

而我们缺乏的正是这样雄踞于历史哲学的高度，将历史人物的可歌可泣的历史作为整体尽收眼底，并超越桩桩历史事件的表层，气势磅礴地对内在规律进行科学的历史思考。他们还缺乏将历史哲学意识融注到自己所能驾驭的突破了常规的有意味的审美形式中，化为一种“史诗”的气魄。

哲学意识和哲学思考在史剧创作中，其关键就在于选择一个独特的视角去观察历史、历史人物和他们所处的时代。而这，需要有一种宏观的整体意识，在他的笔触下不是在细枝末节上闪耀和投射几丝火花的那样的警句，而是贯穿在他整个作品中对历史对生活的深刻探求和感悟，是一个活生生的生命对历史生活的独一无二的感知和把握。它绝不应当是攀附在某一哲学流派的观念上，那种没有自己个性的“小哲学”，是永远不会使自己的史剧升值的。只有不断拓展自己审美思辨的空间，才能对历史做出独一无二的表现，才能触发自己独有的历史感和个性天地，才能自成一个世界。所以，史剧创作必须从创作主体的哲学宏观视角对中华民族的文化心理进行整体观照和反思，才能创造出并非一般的史剧意蕴。

说到整体意识，目前戏曲史剧创作对历史的把握正是缺乏这种审美的整体意识或者说是整体意识的弱化。如果一个史剧作家满足于对历史的直观或静观，缺乏对历史和现实诸社会关系的整体了解，忽视对人们所处的历史潮流的分析和把握，那么，他的审美认识就会缺乏一种历史积淀的感知，由此，他们所创造的艺术形象就会给人以浅薄之感，或者说没有较高的历史哲学深度和美学价值。这就要求史剧作家在历史的审美和展现美时，必须具备纵深的历史视点，而具备这种纵深的历史视点正是历史哲学所应把握的。因为剧作家一旦理解了应将视点投射在历史土壤上，感悟到了直接用“手”去触摸历史生活，发现其底蕴，才能萌发艺术创作的冲动。史剧创作中的历史的“整体意识”必须蕴藉着史剧作家们深邃的思辨色彩和统一的审美情绪，这也许是当代史剧创作中最应关注和令人感兴趣的问题之一。

在谈到史剧创作与哲学的关系时，我们不能不注意到问题的另外一面。在新时期，不少具有艺术探索精神的作家都在努力追踪当代最新哲学思潮，力求在自己创作中达到较高的哲学层次，这是一种可喜的现象。但是，戏曲艺术中的哲学深度问题，应放在创造活生生的有魅力的艺术生命的完整的机体中去解决，绝不是附加或自外于这一艺术生命的完整的机体。哲学意识向舞台艺术形象的渗透，主要体现在人生真谛、普遍经验的心灵化、情态化，即“从丰富的历史内涵中透露出一种沟通古今的哲理感”。这并不等于说，要求剧作家在自己的剧作中生硬地套上或搬弄大量哲学概念，使作品抽象化、概念化，这不是对史剧灵魂的强化，而是对史剧内在意蕴的削弱。对戏曲史剧创作来说，人生哲理、历史感悟并不是一种游离于历史生活实际的不可捉摸的纯抽象的思辨，而是融贯于历史、社会、人生、文化、生死、爱情、人际关系之中的深邃的思想，能揭示历史发展趋势，具有永恒因素和超越一定时空的限制。它是主体对历史、人生命运所做的宏观思考和审美把握。如果哲学的追求有损于艺术的生命机体，愚以为宁可不要这种哲学追求，也要保存艺术的活泼泼的生命形态。对于史剧来说，生活性、历史性是它的艺术生命的第一要素。一部新编历史剧，如果什么都有，但唯独缺乏活生生的人物形象和独特的个性，没有历史感，生活气息、味道、色彩、动作都很寡淡，那么，它所具有的那一切，包括那可怜的“小哲学”也往往会失败。目前，有些史剧的历史哲学和反思的味道很浓，但这种反思，却是盯住了历史、生活的一点聚光透视，而缺乏对历史生活整体的丰富感性形态的通观。这样，为了剧作主题的哲学探求，一再专攻一点、舍弃其余的做法，必然挫伤史剧艺术生命的有机体，把历史生活的千姿百态、色彩气韵都挤出去了。过于执着所谓的哲学思考，对观众也就太累了。史剧不能没有哲学意识，但史剧毕竟自有其魅人的天姿，她不需要戴上哲学面具，使观众莫测高深；这也是和史剧创作追求意蕴背道而驰的。

原载《剧本》1988 年第 5 期

编后赘语

一晃，我在南开大学竟待了整整七十一年！其间，除了非正常的日子以外，六十几年中的大多数时间都是在教学和从事专业研究中匆匆度过。

1954年毕业留校后，没时间进修，系里就安排我接下导师许政扬先生在历史系讲的“中国文学通史”。没想到刚刚理清了一点点中国的文脉，1958年一场整肃知识分子的运动就在各大院校中展开了。政扬师竟成了被拔的“白旗”，遭到无端的批判，许师当场气昏，从此一病不起。许师在病榻上吩咐我接下他在本系讲的“宋元文学史”，顺手还把他的枕边书钱锺书著《谈艺录》送给了我，并说这是钱先生三十岁就写出的大作，好好读必有大收益，于是《谈艺录》也成了我的枕边书。那时记得最牢的是钱公序中的名句“东海西海心理攸同，南学北学道术未裂”，体会到了钱先生那么早就具有的宽广的学术胸怀和对文学发展规律的准确把握。但是，钱先生书中时而英语，忽而德语、法语，我实在看不懂。不过他谈宋诗人部分，让我对照读他的《宋诗选注》，就有了太多的启发。

成为我专攻小说戏曲的拐点，则是和我讲“宋元文学史”而较系统地读了一些小说戏曲的经典文本有关。因为我一直企望沿着许师将小说与戏曲相互参定、同步研究的道路走下去，但许师的这一学术理念直到1979年南开中文系古典小说戏曲研究室挂牌，在华粹深先生执掌研究室工作时才得以明确化。本书有一小文中所说，一部戏曲史就是一部活的小说史；一部小说史就是一部活的戏曲史，就是华师在研究室成立座谈会上说的浓缩版。

后来我带了研究生，力图贯彻这一学术理念。也许是我的学养和功力不够，也许是研究实绩欠佳，不能带头去做，结果很多研究生都是单打一，小说戏曲的综合的整体研究也就没能坚持下去。我长期梦想编出一部“中国古典小说戏曲发展史”，当然也就以破灭告终。现在想来，人各有志，即如西谚所说“趣味无争辩”，此类事也无须较真儿。不过我并未动摇这种信念和思路，仍然想把小说与戏曲同步研究坚持下去。现在呈现于读者面前的这本小书，也许可以看作是我向两位恩师交的不太合格的试卷吧！

机缘巧合，二十八年前我有幸受聘兼职天津大学建筑学院。博士生的必选课中，“西方艺术史”由一位名家讲授，但“中国美学思想史”却一时找不到合适的人讲，结果院方就把这块硬骨头派给了我去啃。俗话说“打鸭子上架”，我就是在这种尴尬局面下匆匆上阵了。说实话，此前我确实在我校东艺系为硕士生讲过“中国美学简史”和“古典美学”，但我却没有写过一篇正式研究古典美学思想的文章，这说明我还没进入中国美学的堂奥。好在我懂得教学相长的道理，我把这门课办成了“美学沙龙”，通过交流，不仅增长了很多建筑艺术的知识，还从那些博士生读的书中受到启发，这就大大拓展了我的阅读空间。无疑在我理论思维提升的同时，也提高了我对中国古典小说戏曲的认知水平。我逐渐领悟到了艺术哲学乃是探讨人生，它给人生一个审美的解释；艺术哲学追问世界本体，它对世界本体做出艺术化的说明；艺术哲学沉思万物，它使澄明的思想闪耀诗的光辉。

我不否认，我是一个文学本位和文本主义的坚守者。但我不会无知到反对文学的文献学研究和文学的历史学研究，这一点，在拙文《古代小说研究方法论刍议》[①] 中有过充分的说明。我所反对的是为考据而考据，认为只有考据才是真学问，进而对一切文学审美的研究嗤之以鼻。对于这些过于偏颇的学风和议论，理所当然地难以认同。其实钱锺书先生早就有言在先，他说：“文学研究是一门严密的学问，在掌握资料时需要精细的考据，但是这种考据不是文学研究的最终目标，不能让它喧宾夺主，代替对作家和作品的阐明、分析和评价。”[②]20 世纪 80 年代他在

---

① 参见《文史哲》2012 年第 2 期。

② 钱锺书：《写在人生边上；人生边上的边上；石语》，生活·读书·新知三联书店，2002，第 179 页。

与黄克先生的个人通信中，还在感叹文学研究一直是历史学等的附庸，“而不能自立门户”。[①] 钱公的“自立门户”说，实乃一种文化焦虑。本来，每个学科和艺术形态都有自己的界限，而今文学研究却有一种取消“文学性”的倾向，这无疑是对文学的致命戕害，它会导致文学审美性的消解！我的忧思是：当人们不再沉浸在诗意世界去领略那天才的文学精魂和美的创造时，是人类文明之大幸还是大不幸？我深信，弘扬人类真善美的文学和诗意，永远是捍卫人性的，而且越是在灵魂不安的时代，越需要文学的抚慰，它是无法代替的，因为，在所有人文领域中，文学最贴近我们的心灵。

至于回归文本，那是因为我相信文学文本最能真实地反映作家的内心世界。当我们纵观一部中国文学发展史时，几乎能感觉到作家感情的喷薄和气质的涵茹。如果我们不透过其创作去追溯其灵魂深处，又如何能领会到这些作家以自己的心灵所感受的时代和人民的心灵呢？所以我们可以把文学史看作一部形象的生动的细腻的心灵史。19世纪丹麦文学史家勃兰兑斯在他的六卷本《十九世纪文学主流》的引言中开宗明义地指出：“文学史，就其最深刻的意义来说，是一种心理学，研究人的灵魂，是灵魂的历史。”这是我迄今看到的对文学史做出的最符合实际最富科学意味的界定。这一思想的深刻性就在于它不再是停留在那个空泛的毫无实际意义的“文学是人学”[②] 的层面上，而是充分认识到文学乃是人的心灵史、性格史，人的精神立体运动的历史。因为心理结构乃是浓缩了的人类文明，文学文本则是打开时代灵魂的审美化的“心理学”。

在感悟到了这一切后，闲暇时把从前读书所看到的中外古今理论家和作家有关文学的心灵史意义的言论稍加排列，发现他们的认识竟如此不谋而合！比如，刘勰早在《文心雕龙·原道》中就说：“心生而言立，言立而文明，自然之道也。”

① 张世林：《想念周振甫》，新世界出版社，2011，第101页。

② 关于“文学是人学”这个说法，过去和现在都在流行，并且指认是高尔基说的。但我多次查阅翻译成中文的高尔基文学理论著作，至今未查到这句话的出处。

唐代张璪在谈及绘画要诀时说：“外师造化，中得心源。”黑格尔则说：“只有心灵才涵盖一切”“美的艺术的领域，就是绝对心灵的领域”。甚至历史哲学家柯林伍德在他的《历史的观念》中也说：“一切关于心灵的知识都是历史的。”

而作家的特有感性就显得更加明快，很多大作家强调的都是，书写是一种探索自我的行为。司汤达说他的创作就是“重读自己”。易卜生说“写作就是坐下来审视自己”。果戈理更加直白地说：“我近年所写的一切都是我的‘心史’。”老托尔斯泰则说：“艺术不是手艺，它是艺术家体验到的感情的传递。”鲁迅先生更是多次提到对自己灵魂的解剖：“要咀嚼自己的灵魂。”这就让我们看到了一个个真诚的作家，他们都是以真心写真情。事实上，很多作家的伟构就是他们血泪凝结的珍品。作为心灵自传的《红楼梦》，作者在他的诗序中说他的创作乃是“一把辛酸泪”，曹雪芹既呼唤又担心“谁解其中味”！于是理论家和作家们都似有灵犀一点，遥相呼应。尼采说：“一切文字，吾爱以血书著者。”法国的缪塞直言：“最美丽的诗歌，是最绝望的诗歌。有些不朽的篇章是纯粹的眼泪……”综合这些表述，我们很自然地看到他们的共识：美需要通过人的审美活动生成，没有心灵的烛照即没有美。他们都符合柳宗元提出的“心凝形释，与万物冥合”的境界。

从前，我们接受的文艺思想教育是：生活，只有生活才是文艺创作的唯一源泉。一个“唯一”就把“中得心源”彻底遮蔽了，我们几乎忘记了中国诗学的一条铁律：拥有生活固然必要和重要，但是作为文学创作来说，心灵更为重要。仅仅拥有生活，你可能瞬间打通了艺术的天窗，但是没有心灵的支撑，这个天窗就会很快掉下来。

对先哲时彦的诸多论述的初步理解和感悟，我想就是我编写的《建构审美化的心灵史》动因吧！

2021 年 1 月